KARA ATKIN
Golden Seoul Days

KARA ATKIN

GOLDEN SEOUL DAYS

Roman

LYX

LYX in der Bastei Lübbe AG
Dieser Titel ist auch als E-Book und Hörbuch erschienen.

Die Bastei Lübbe AG verfolgt eine nachhaltige Buchproduktion.
Wir verwenden Papiere aus nachhaltiger Forstwirtschaft und verzichten
darauf, Bücher einzeln in Folie zu verpacken. Wir stellen unsere Bücher
in Deutschland und Europa (EU) her und arbeiten mit den Druckereien
kontinuierlich an einer positiven Ökobilanz.

Originalausgabe

Copyright © 2022 by Bastei Lübbe AG, Köln

Textredaktion: Stephanie Janek
Covergestaltung: © ZERO Werbeagentur, München
unter Verwendung einer Illustration von © Hwang Se-Rim
Satz: Greiner & Reichel, Köln
Gesetzt aus der Adobe Caslon
Druck und Verarbeitung: GGP Media GmbH, Pößneck

Printed in Germany
ISBN 978-3-7363-1679-9

3   5   7   6   4

Sie finden uns im Internet unter: lyx-verlag.de
Bitte beachten Sie auch: luebbe.de und lesejury.de

Liebe Leser:innen,

dieses Buch enthält potenziell triggernde Inhalte.
Deshalb findet ihr auf der letzten Seite eine Triggerwarnung.

Achtung: Diese enthält Spoiler für das gesamte Buch!

Personen und Handlung sind frei erfunden.
Ähnlichkeiten mit lebenden oder toten Personen sind
rein zufällig und nicht beabsichtigt.

Wir wünschen euch allen das bestmögliche Leseerlebnis.

Eure Kara und euer LYX-Verlag

Für uns alle.
Weil wir lieben, lachen, weinen, atmen und hoffen.
Weil wir weitermachen. Auch dann noch, wenn es wehtut.
Weil wir leben.
Jeden einzelnen Tag.

In your light I learn how to love.
In your beauty, how to make poems. You dance inside my
chest where no-one sees you, but sometimes I do,
and that sight becomes this art.
– Rumi

GOLDEN S(E)OUL DAYS PLAYLIST

RM – *seoul*

NIve feat. HEIZE – *2easy*

Jooyoung feat. GSoul – *Wine*

Jeon Sang Keun – *I Still love you a lot*

LeeHi feat. B.I – *Savior*

Kang Seung Yoon – *BORN TO LOVE YOU*

Sik-K – *ADDICT*

Epik High feat. LeeHi – *HERE COME THE REGRETS*

DPR IAN – *Nerves*

keshi – *skeletons*

NIve – *Maybe I Wanna Die*

JUNNY feat. JAY B – *nostalgia*

PLT – *BLIND*

Eric Nam – *Wonder*

emoji feat JUNNY – *2oclock*

Jung Jin Woo – *Color*

Wildberry feat. Jimmy Brown – *Polaroid*

Seori – *Running Through The Night*

JAY B feat. gınger – *In To You*

Dvwn – *fairy*

Milky Day feat Michelle & Hayne – *Runaway*

DPR LIVE – *Jasmine*

Paul Kim – *Me After You*

Sung Si Kyung – *And we go*

Def. – *SUNSET WITH YOU*

LeeHi – *ONLY*

1. KAPITEL

자업자득 = Du erntest, was du säst

»Oh, komm schon, Jade! Es ist dein Geburtstag.«

»Und in wenigen Monaten ist die erste Ausstellung des Instituts. Was ist wohl wichtiger?« Umständlich schob ich die Tür zu meinem Apartment mit der Schulter auf, peinlich darauf bedacht, keinen einzigen der Blumensträuße oder der liebevollen Kleinigkeiten fallen zu lassen, die meine Kids mir geschenkt hatten. Sie hatten den Transport durch die halbe Stadt überlebt, und darum wäre es umso ärgerlicher, wenn sie jetzt auf den letzten Metern doch noch kaputtgehen würden. Die bunte Vielfalt hatte in der U-Bahn diverse Blicke auf sich gezogen. »Außerdem habe ich doch gesagt, dass ich heute Abend mit euch ausgehe. Ich schaffe es nur nicht zum Abendessen.«

»Kann dein Boss dich nicht wenigstens heute mal aus seinen Klauen entlassen?« Laurens Stimme klang weinerlich, und ich musste lächeln, weil der Hang zur Dramatik von unserem gemeinsamen Freund David scheinbar auf jeden Einzelnen in unserer kleinen Gruppe aus Lehrkräften abgefärbt hatte. Sie ließ es so klingen, als wäre mein Boss Kwon Woo-Young die männliche Version von Miranda Priestly, dabei war er ihr genaues Gegenteil, bis auf die Tatsache, dass Feierabend für ihn ebenso ein Fremdwort war. »Immerhin wirst du nur einmal siebenundzwanzig.«

Siebenundzwanzig. Ich versuchte, nicht allzu sehr über diese Zahl nachzudenken, schob die Tür mit dem Fuß weiter auf und schlüpfte hastig in die Wohnung, damit mein kleiner Mitbewohner nicht entwischen konnte, der hier irgendwo sein Unwesen trieb. »Und die südkoreanische Zweigstelle unseres Instituts hat nur diese eine Chance, mit einer Ausstellung offiziell in der Kunstwelt zu debütieren und zu zeigen, was für vielversprechende Nachwuchstalente wir zu bieten haben.« Mein Apartment empfing mich mit Dunkelheit und Stille, und mein Ellbogen schnellte blitzartig auf den Lichtschalter, um die indigoblauen Schatten zu vertreiben, deren Anblick ich nicht ertragen konnte, und die mich dazu bewogen hatten, ein kleines Nachtlicht in Katzenform neben meinem Bett zu platzieren, auch wenn sie die Albträume von wutverzerrten Stimmen und tränengetränkten Ärmeln nicht zu vertreiben vermochte. »Ich bin mir sicher, die Besprechung wird nicht lange dauern. Und dann stoße ich sofort zu euch. Versprochen.«

»Wenn du später auftauchst als zehn, komme ich höchstpersönlich ins Restaurant und zerre dich da raus, verstanden?« Lauren seufzte. Ihre Sorge war nachvollziehbar, mir wäre es umgekehrt nicht anders gegangen. Denn seit … seit geraumer Zeit bestand mein einziger Lebensinhalt aus meiner Arbeit, in die ich mich mit Freuden kopfüber hineinstürzte, um zu vergessen. »Wir konnten schon deine letzten beiden Geburtstage nicht mit dir verbringen. Lass uns also nicht zu lange warten, okay?«

»Ich werde mir alle Mühe geben.« Ich schlüpfte aus meinen Schuhen und trat über den kleinen Absatz in die Wohnküche meines Apartments. Fluchend bahnte ich mir meinen Weg durch ein Sammelsurium aus kleinen Stoffbällen und den Stab mit den verschiedenfarbigen Federn hinweg und legte die Blumen und Geschenke sicher auf dem Küchentresen ab. Ich lächelte, meine Finger strichen vorsichtig über das Blatt einer violetten Hibiskusblüte, die Farbe intensiv und warm und ein schöner Kontrast zu den blasseren Blumen, die drum herum arrangiert worden waren. »Wo möchtet ihr denn hin?«

Die Antwort ließ auf sich warten, die Stille in der Leitung eigenwillig für jemanden so Informierten und Schlagfertigen wie Lauren. Ich schob es darauf, dass sie vermutlich über unzählige Locations diskutiert hatten und sie einfach einen Moment brauchte, um sich an den korrekten Namen zu erinnern. Doch als Lauren dann endlich zu sprechen begann, war ihre Stimme unsicher. »Hoon hat *The Bulldog Pub* vorgeschlagen.«

»*The Bulldog Pub?*« Ich versuchte mich an den Laden zu erinnern, glaubte aber eher, noch nie dort gewesen zu sein. Ich nahm das Handy vom Ohr und stellte auf Lautsprecher. Der Name war schnell in die Suchmaschine eingegeben, und als die wichtigsten Informationen in einer Übersicht auftauchten, Hibiskusblüte sank mein Magen ins Bodenlose. »Der Pub ist in Itaewon.«

»Ja. Ist er.«

Sein Blick blieb auf den Boden geheftet, als er zögerlich in Richtung meines Apartments ging, so als wollte er sich vor der Welt und vor meinem Anblick verstecken, das Gold seiner Augen vor mir verborgen und sein Gesicht in die indigoblauen Halbschatten der Abendstunden gehüllt.

Gold explodierte vor meinem inneren Auge, und ich schloss flatternd die Lider, in der Hoffnung, die Farbe vertreiben zu können, die durch meine Haut bis tief in meine Seele gesickert zu sein schien, für immer dort in dem Meer aus Grau, ohne dass ich die Flecken jemals wieder würde entfernen können, die wie Sterne glänzten und sich wie Splitter in mein Herz drückten, wenn ich mir zu lange erlaubte, sie zu betrachten. »Lauren, ich denke nicht –«

»Jade, du bist seit sechs Monaten aus Singapur zurück und bist ihm kein einziges Mal über den Weg gelaufen. Das wird sich nicht plötzlich ändern, nur weil du einen Fuß in die Nachbarschaft setzt, in der ihr euch kennengelernt habt.« Die Worte wurden zwar mit sanfter Eindringlichkeit gesprochen, taten aber deshalb nicht weniger weh. Ich schluckte, wollte den Knoten lösen, der mir das Atmen schwer machte. In all der Zeit, die vergangen war, seitdem wir uns getrennt hatten, war sein Name bei keinem unserer Gespräche gefallen, als hätten wir ein stilles Abkommen, das sie, aus mir unerfindlichen Gründen, ausgerechnet heute an meinem Geburtstag brach. »Du kannst nicht ewig einen Bogen um Itaewon machen. Außerdem ist es Freitagabend. Die Wahrscheinlichkeit, dass ihr euch in dem Chaos aus Feierlustigen über den Weg lauft, ist gleich null.«

Objektiv betrachtet wusste ich, dass Lauren recht hatte. Seoul war eine Metropole mit rund zehn Millionen Einwohnern. Allein um die neunzehntausend lebten in dieser einen Nachbarschaft. Und das waren nur die Bewohner, das Partyvolk, das die Straßen am Wochenende in ein buntes Chaos aus Sprachen, Kulturen und Energien verwandelte, nicht mitgezählt. Es grenzte an ein Wunder, dass wir uns in jenem Frühling vor drei Jahren begegnet waren. Immerhin waren wir beide nur zwei Seelen in einem See aus Milliarden, geboren auf verschiedenen Kontinenten, in unterschiedlichen Jahren und unter einzigartigen Konstellationen. Und doch hatten wir einander gefunden, hatten einander geliebt und waren dann am Nachthimmel mit einem lauten Knall verglüht.

»Ich weiß nicht«, sagte ich ehrlich und legte das Smartphone auf dem Küchentresen ab, damit es nicht aus meinen zitternden Händen fiel. Gott, ich hasste sie, diese tiefgehende Sehnsucht, gepaart mit wilder Angst, die meine Gedanken in einen Klammergriff nahmen und mein Mosaikherz in einen

Schraubstock spannten, als ich mich an das Knistern von Papier erinnerte, das sich mit dem feuchten Gefühl nasser Wangen und dem bitteren Geschmack von Enttäuschung in indigoblauen Halbschatten mischte. »Ich halte es für zu riskant.«

Bleib, Jade. Bleib hier bei mir und vergiss alles andere.

»Und ich halte es für längst überfällig.« Ich hörte ein leises Murmeln im Hintergrund, das nach einem kleinen Laut der Zustimmung von Lauren erstarb. »Ich will dich zu nichts drängen, Jade, aber hast du nicht selbst gesagt, dass Dr. Kim meinte, es wäre Zeit für diesen Schritt, wenn du die ganze Sache irgendwann einmal hinter dir lassen möchtest?«

Ja, genau das hatte mein Therapeut gesagt. Der Wechsel zwischen ihm und meiner Psychotherapeutin in Singapur war fließend und mühelos erfolgt, dank Mrs Singhs Hilfe, die immer ein Auge auf mich hatte und sicherstellen wollte, dass es mir gut ging und meine Therapie fortgesetzt wurde, sobald ich südkoreanischen Boden unter den Füßen hatte. Es hatte Mrs Singh einiges an Geduld und viel Einfühlungsvermögen gekostet, doch irgendwann, nach einer langen Woche mit unzähligen Albträumen und wenig Schlaf, hatte ich endlich einer Therapie zugestimmt, und heute war ich dankbar, diesen Schritt gewagt zu haben.

Dr. Kim war schnell eine feste Größe in meinem Leben geworden und machte einen fantastischen Job. Besonders wenn man bedachte, was für eine störrische Patientin ich sein konnte, was ich sowohl vorhin in meiner Sitzung als auch jetzt wieder eindrucksvoll unter Beweis stellte, als ich den letzten Vorwand vorschob, der mir noch geblieben war. »Er hat aber auch gesagt, dass ich es nur dann tun soll, wenn ich wirklich so weit bin.«

»Geh bitte in dich und frag dich, ob du tatsächlich nicht bereit bist, oder ob du dich nur an diese Ausrede klammerst, um diesen Schritt nicht gehen zu müssen.«

Ich zuckte zusammen, war froh, dass Lauren mir jetzt nicht an dem kleinen Tresen gegenübersaß, der exakt zwischen die beiden mit Tellern, Tassen und Gläsern gefüllten Regale passte und auf dem noch immer mein benutztes Weinglas von gestern Abend neben dem Grundriss der Galerie stand. Der Grundriss war mit unzähligen Notizzetteln übersät, die ich übers Wochenende noch zu einem organisierten Dokument für das Meeting mit dem Galeriedirektor und seinen Kuratoren zusammenfassen musste. Ich zupfte einen der selbstklebenden Zettelchen ab, meine Handschrift darauf war zwar ordentlich und geschwungen, doch mit so viel Druck geschrieben, dass jeder einzelne Buchstabe eine deutliche Spur auf dem neonfarbenen Papier hinterlassen hatte. »Ich denke darüber nach, okay?«

»Ich glaube eher, dass Denken das Problem an der ganzen Sache ist, aber ich kann dich nicht zwingen. Ich kümmere mich darum, dass wir woanders hingehen. Mach dir also für heute Abend keine Gedanken darüber. Aber irgendwann solltest du diesen Schritt gehen, Jade.« Lauren schnalzte mit der Zunge, das Geräusch klang wie ein Echo in der Leitung, die mir wie ein Kabel vorkam, das sich enger und enger um meinen Hals schlang. Wir wussten beide, dass die Dinge sich verändert hatten, die letzten Jahre wie ein beständiges Gewicht auf den Schultern der Freundschaften, die ich geknüpft hatte, und die unter den Rissen in meinem fragilen Herzen litten, das noch immer nicht verheilt war und es mir schwer machte, den Menschen gegenüberzutreten, die ich doch so sehr mochte. »Ich schicke dir unseren Standort, sobald wir dort sind, okay?«

»Okay.« Ich klebte den Zettel zurück an seine ursprüngliche Stelle und strich die Ecken glatt, in dem Versuch, zumindest irgendetwas wieder so herrichten zu können, wie es zuvor gewesen war. »Danke, Lauren. Und es tut mir leid.«

Ich weiß, wie egoistisch das von mir ist, aber du bist die eine Sache, die ich nicht verlieren kann, Jade.

»Es ist in Ordnung, Jade.« Ihre Worte hallten in der Stille meines Apartments wider, und ich heftete den Blick auf den mit grauem Vinyl ausgelegten Boden, nur um nicht die Leinwand anzustarren, die seit Wochen unangetastet auf der Staffelei vor der großen Fensterfront stand, hinter der funkelnde Lichter die Dunkelheit durchbrachen, die sich mehr und mehr über die Stadt legte, obwohl es nicht einmal sieben Uhr war. »Alles, was ich mir für dich wünsche, ist, dass du glücklich bist.«

Ich kann nicht, Joon. Ich kann das einfach nicht. Nicht, wenn du nicht einmal hier an meiner Seite wärst.

»Ich bin glücklich«, sagte ich wie aus der Pistole geschossen und fixierte die Lichter, um nicht meine eigene Reflexion betrachten zu müssen.

Es gab keinen Grund, nicht glücklich zu sein.

Ich hatte einen fantastischen Job, ein schickes Apartment, Kids, die ich unterrichten und Kollegen, auf die ich mich verlassen konnte. Mein Name war in der Kunstszene als Mitarbeiterin des Instituts zumindest in Ansätzen bekannt, was nicht allein an meinem Talent, sondern auch an der Tatsache lag, dass ich Mrs Singhs erste Schülerin gewesen war, die in Rekordzeit die Ausbildung unter ihren Fittichen abgeschlossen hatte. Mein Schuldenberg war um einiges geschrumpft, und meine Probleme in London gehörten seit einer Weile dank Chris' neuem Job mit unbefristetem Festvertrag der Vergangenheit an. Ich hatte Zugriff auf Ressourcen, von denen ich früher nicht zu träumen gewagt hätte, und durfte die loyalsten und fürsorglichsten Menschen dieser Welt zu meinen Freunden zählen, die sich auch von meinem vollen Terminkalender und meinen ausweichenden Antworten nicht abschrecken ließen.

Es gab keinen Grund, nicht glücklich zu sein.

Und doch blieb meine Welt ein Meer aus Grautönen, durchzogen von Fasern aus Gold, wann immer ich die Kontrolle über den Pinsel verlor, wenn ich ihn führte, um ein neues Kunstwerk zu erschaffen, in dem ich unzählige Schattierungen unterzubringen versuchte, und dann doch wieder scheiterte und von vorne anfing.

Jade, bitte. Es wären nur achtzehn Monate.

Lauren sagte nicht ein Wort, aber ihre Stille war so viel lauter als jedes ihrer Worte jemals hätte sein können, und ich rieb mir über das Brustbein, in der Hoffnung, die Enge vertreiben zu können, die sich bildete. »Ich muss los. Woo-Young und ich treffen uns in einer halben Stunde, und ich wollte mich noch umziehen.«

»Okay.« Lauren klang wenig überrascht von meinem plötzlichen Rückzug, und diese Tatsache sorgte dafür, dass ich beschämt die Augen niederschlug. Ich wusste nicht, wann ich zuletzt offen über das gesprochen hatte, was zwischen ihm und mir passiert war. Außerhalb meiner Therapiestunden verstand sich. Ich hatte es alles tief in mir verschlossen, die Wochen und Monate aufsummiert zu Jahren, in denen ich zu vergessen versucht hatte. Versucht hatte, nicht zu fühlen. Und doch war ich wieder hier. In dieser Situation, gefangen zwischen Vergangenheit und Zukunft, aber nie wirklich im Hier und Jetzt. »Mach nicht zu lange, ja? Immerhin ist heute dein Geburtstag.«

»Ich fasse mich kurz. Versprochen.« Meine Finger schwebten über dem Display, auf dem ein Foto von uns beiden mir entgegengrinste, aufgenommen in einer Zeit, in der ich geglaubt hatte, dass Glück ein Dauerzustand und nicht nur eine flüchtige Momentaufnahme war. »Bis nachher, Lauren.«

»Bis nachher, Geburtstagskind.«

Es tut mir leid, Joon.

Ich legte auf, die Stille in meinem Apartment genau so schwer wie kurz vorher in dem Gespräch, dessen Verlauf ich mir irgendwie anders vorgestellt hatte. Ich spähte zur digitalen Uhr, die neben meinem Fernseher auf dem Sideboard unter der Treppe stand, die zu meinem Schlafbereich hinaufführte, und fluchte leise, als ich realisierte, dass mir nicht einmal zwanzig Minuten blieben, um alles zu organisieren und mich umzuziehen, wenn ich zu dem Treffen mit meinem Boss nicht zu spät kommen wollte.

Ich beeilte mich, die Sträuße in Vasen zu stellen, ehe ich sie unter größter Anstrengung oben auf den Hängeschränken meiner Küche platzierte. Ich lächelte, als ich zwischen den Aufmerksamkeiten eine kleine Katze aus Ton fand, schwarzbraun bemalt und offensichtlich von ungeübten Kinderhänden geformt. Wie niedlich. Sie sah wirklich ein wenig aus wie –

Ich stieß einen spitzen Schrei aus und fasste nach der Tonfigur, die mir vor Schreck aus den Händen gerutscht war. Streng beäugte ich den schwarzbraunen Fellball, der sich still angeschlichen hatte und ohne jegliche Vorwarnung vor mir auf die glänzende Arbeitsplatte gehüpft war.

»Um Himmels willen, Joonie!« Ich starrte in die goldenen Augen meines Katers, der mich unbeeindruckt ansah, so als wollte er sagen: *Was regst du dich denn so auf?* »Deinetwegen hatte ich fast einen halben Herzinfarkt.«

Joonie gab nicht viel auf meine David-Dramatik, seine Gelassenheit war im Angesicht meines drohenden verfrühten Ablebens beinahe beleidigend. Stattdessen richtete er sich zu seiner vollen Größe auf und stieß mit seinem Kopf gegen meinen, wie immer, wenn ich nach einem langen Tag nach Hause kam und er ein bisschen Aufmerksamkeit wollte. Gesetzt den Fall, dass er sich denn mal von seinem Lieblingsplatz auf meinem Bett oder aus seinem Körbchen direkt vor den boden-hohen Fenstern hochbequemte.

»Du meinst, wenn du dich einschmeichelst, vergesse ich, dass du versucht hast, mich umzubringen?« Ich bemühte mich, ernst zu klingen, doch das Lächeln auf meinen Lippen schlich sich auch in meine Stimme, und ich kraulte den Kater, den ich im Mai schwer krank und verlassen in einer verschlossenen Transportbox am Straßenrand gefunden hatte, hinterm Ohr. Damals hatte ich ihn nur mithilfe des Tierarztes auf der ande-ren Straßenseite aufpäppeln und dann nach ein paar Wochen nach einem neuen Zuhause für ihn suchen wollen. Jetzt war es bereits Oktober, Joonie war kerngesund und noch immer hier. Nicht dass ich es bereuen würde. »Damit hast du auch voll-kommen recht, mein kleiner Charmeur.«

Joonie miaute sein kläglichstes Miauen, und ich kicherte, seine Stimme war eindeutig eine Oktave zu hoch für seine be-achtliche Größe. Seine goldenen Augen musterten mich, und ich schluckte schwer, senkte den Kopf und drückte mein Ge-sicht in sein Fell. Heute war wirklich kein guter Tag.

»Ich würde gerne bleiben und mit dir kuscheln, mein Gro-ßer, aber ich muss leider gleich noch mal los.« Ich atmete sei-nen vertrauten Geruch ein, spürte seine Wärme und lausch-te seinem zufriedenen Schnurren, ehe ich den Kopf wieder hob. »Aber keine Sorge, ich füttere dich erst. Und heute Nacht, wenn ich nach Hause komme, darfst du neben meinem Kopf auf dem Kissen schlafen, okay?«

Wieder ein Miauen, und ich wusste nicht, ob Joonie mir tatsächlich antwortete oder ob er einfach nur versuchte, mir mitzuteilen, dass seine Futterschale leer war. So oder so, sein Miauen war tröstlich. Genauso wie seine Anwesenheit, die die Einsamkeit vertrieb, die ich bis tief in meinem Innersten spü-ren konnte, und die mich selbst dann nicht aus ihren Klauen entließ, wenn ich inmitten meiner Freunde in einer überfüllten Bar saß und den Stress des Alltags mit dem herben Geschmack von Bier und dem sanften Brennen von Soju vertrieb.

Die Einsamkeit war so tief in mir verankert wie die Erinnerung an warme Hände, verziert mit kühlen Ringen. Sie verließ mich nicht, war immer dort, auf der Seite des Bettes, die kalt und leer blieb und die seit diesem Frühling vor drei Jahren keinen neuen Besitzer gefunden hatte. So als wüsste sie genau, dass ihre Leere nie gefüllt werden konnte, ganz egal auf wie viele Dates ich auch ging.

Bevor ich an mein letztes Date denken konnte, das in einer wahrhaftigen Katastrophe inklusive fester Freundin-Drama geendet hatte, brachte ich die Katzenfigur neben den Blumensträußen in Sicherheit und beugte mich hinunter zu dem Schrank, in dem ich Joonies Katzenfutter aufbewahrte. Ich füllte seine Schale, wechselte sein Wasser und zog dann ein Outfit aus meinem Schrank, das sowohl für ein Abendessen mit meinem Vorgesetzten als auch eine lange Nacht in Bars und Clubs angemessen war. Das Blazerkleid saß wie angegossen, die Bluse mit den ausgestellten Ärmeln und dem Rollkragen darunter konnte ich auf der Toilette problemlos ausziehen, sollte es mir in der Enge der Amüsiermeile zu warm werden. Ich schlüpfte in meine Schuhe, aus Gewohnheit stopfte ich die Kette mit dem Kompassanhänger unter den Kragen meiner Bluse, wo sie niemand sehen konnte, und griff mir meine Handtasche, ehe ich mein Tablet darin verstaute. Es passte so gerade hinein, weshalb ich kurz überlegte, doch eine größere Tasche zu nehmen, entschied mich aber mit dem Gedanken an volle Clubs und Bars dagegen. Stattdessen warf ich einen finalen Blick in den großen Spiegel an der Haustür, an dem ich das letzte gemeinsame Foto von meinem Vater und mir befestigt hatte.

Es hatte mich einige Therapiestunden und viele Tränen gekostet, doch ich war stolz darauf, endlich ein Foto von ihm aufhängen zu können. Sein Anblick war nicht länger ausschließlich schmerzhaft und betäubend, sondern erfüllte mich auch mit einer tiefen Wärme, die mich wissen ließ, dass unsere Zeit kostbar und voller Liebe gewesen war. Der scharfe Schmerz war nichts weiter als eine Erinnerung daran, wie gesegnet ich mit meinem Vater gewesen war, der mich bedingungslos geliebt hatte, bis zu seinem letzten Atemzug. Auch wenn meine Zeit mit ihm zu kurz gewesen war, wusste ich doch, dass ich mich glücklich schätzen konnte, denn meine Beziehung zu meinem Vater war etwas, das nur die wenigsten Kinder erleben durften. Und genau diese Erkenntnis war es, die den Schmerz erträglich machte. Zumindest an den meisten Tagen, wenn ich meine Gedanken nicht in den Kaninchenbau voller raschelnder Pillendosen, gemurmelter Abschiedsworte und zitternder, kalter Finger folgte.

»Kann ich so gehen? Was meinst du, Dad? Sieht gut aus, oder?« Ich drehte mich, so als würde ich ihm das Outfit präsentieren und zupfte dann ein paar Strähnen meines Haars zurecht, das ich heute offen trug, auch wenn ich bereits wusste, dass ich es später in der Hitze des Clubs wohl nicht lange durchhalten und mir die lange Mähne eh zusammenbinden würde. Ich trug etwas Lipgloss auf, warf mir einen leichten Mantel über und legte die Hand auf den Lichtschalter. »Bis nachher, Joonie!«

Mein Kater antwortete nicht, in der Stille des Apartments war nur sein genüssliches Kauen zu hören. Ich machte das Licht aus und zog die Apartmenttür auf. Doch ich trat nicht über die Schwelle hinaus auf den Flur, mein Körper war wie festgefroren, und meine Augen fixierten die indigoblauen Halbschatten meiner eigenen Reflexion.

Ich liebe dich, aber ich kann das nicht.

Ich blinzelte hektisch, machte einen Schritt hinaus auf den Flur und zog die Tür mit einem einzigen entschlossenen Ruck hinter mir zu. Heute Abend würde ich nicht das Opfer meiner Erinnerungen sein. Heute würde ich das Ruder übernehmen und würde einfach nur den Abend genießen, anstatt mich in ihnen zu verlieren. In ihm zu verlieren. Und als die Tür mit diesem fröhlichen kleinen Singsang elektronisch verriegelte, ließ ich Hyun-Joon in den abendlichen Schatten meines Apartments zurück.

Zumindest für heute Abend.

2. KAPITEL

속수무책 = Hilflos sein; nichts tun können

Uni-Kids. Überall Uni-Kids.

Ich zog die Schultern hoch und versuchte, mich mit kleinen, tänzelnden Schritten durch die engen Straßen zu schleichen, ohne ständig irgendjemanden anzurempeln. Was war heute nur los? Wo ich auch hinsah, erkannte ich die Uniformjacken verschiedenster Universitäten in unzähligen Farbkombinationen – teils mit aufwendigen Stickereien, die mir verrieten, dass jetzt gerade Kim Seon-Woo von der Kunkuk Universität direkt vor mir herlief, der dem Fachbereich Architektur angehörte. Und ganz offensichtlich war Kim Seon-Woo nicht bewusst, dass es tatsächlich Menschen gab, die es an einem Freitagabend durchaus eilig haben konnten. Ich wollte mich an ihm vorbeischieben, doch neben ihm gingen zwei weitere Studierende, die mir den Weg versperrten, und ich war beim besten Willen nicht lebensmüde genug, den sicheren Bordstein zu verlassen, um sie zu überholen. Nicht in Seoul. Und schon gar nicht am frühen Abend, an dem der Verkehr zwar zäh und langsamer als sonst um diese Uhrzeit floss, die Gemüter aber wegen des ständigen Stop-and-gos durchaus erhitzt waren und der Gasfuß bei so manchem deshalb für meinen Geschmack etwas zu locker saß. So war ich dazu verdammt, hinter ihnen herzugehen, als Teil der Masse aus Studierenden, und fragte mich unwillkürlich, warum ihr Weg sie heute ausgerechnet nach Gwangjin führte. Der Stadtteil war nämlich eher für das *Seoul Childrens Museum*, den *Yeonghwasa Temple* und den *Seoul Childrens Grand Park* bekannt als für ausschweifende Studentenpartys oder ein aufregendes Nachtleben. Klar, Gwangjin war die Heimat der Konkuk- und der Sejong-Universität – was die ein oder andere Bar in diesen Stadtteil lockte –, konnte jedoch nicht einmal annähernd mit den drei großen Party-Hotspots Hongdae, Itaewon und Gangnam mithalten, in denen die Nächte endlos und der Geschmack von betrunkener Euphorie und morgiger Reue an beinahe jeder Straßenecke zu finden waren.

Was all diese Uni-Kids also heute Abend hierher trieb, war mir schleierhaft. Ich hielt mich allerdings auch nicht lange mit dieser Frage auf, denn ich war dank einer verpassten U-Bahn schon verflucht spät dran, und wenn ich nicht langsam die Beine in die Hand nahm, würde mein Meeting mit Woo-Young schon auf dem falschen Fuß beginnen, noch bevor ich ihm eröffnen musste, dass die Pläne, die wir über die letzten Monate geschmiedet hatten, so nicht umsetzbar sein würden.

Ich bog von der Hauptstraße in eine etwas kleinere Gasse ab, die von diversen Restaurants gesäumt wurde, doch sehr zu meinem Leidwesen war der Andrang auch hier groß, mit Schlangen vor den Türen zu verschiedenen Lokalen, die sonst nicht annähernd so stark besucht waren wie heute. Gott, ich hoffte wirklich, dass Woo-Young schon in unserem üblichen *Jjigae*-Restaurant saß, denn wenn nicht, würden wir eine Weile auf einen Platz warten müssen, und die Zeit hatte ich heute eigentlich nicht, wo ich doch meinen Freunden versprochen hatte, meinen Geburtstag nicht allein mit Joonie auf der Couch zu verbringen, sondern mich mit ihnen unters Partyvolk zu mischen.

Als das Restaurant in Sicht kam, mit seinem altmodischen Schild, der verblassten rot-weißen Markise und der Holzbank vor dem großen Fenster, atmete ich erleichtert aus. Keine

Schlange. Sehr gut. Zum Glück war das Restaurant von Mrs Cho ein echter Geheimtipp, den Woo-Young aufgetan hatte, als er regelmäßig vor der Eröffnung des Instituts nach Seoul geflogen war, um die Bauarbeiten und ihren Fortschritt zu begutachten. Seitdem kamen wir mindestens einmal in der Woche nach dem Unterricht gemeinsam mit allen Lehrkräften her und schlugen uns mit leckerem *Kimchi-*, *Doenjang-*, *Sundubu-* oder *Budae Jiigae* die Bäuche voll.

Ich öffnete die Holztür, das leise Knarren der Scharniere war mir mittlerweile ebenso vertraut wie der Geruch von *Jjigae*, der scharf mit Noten von Chili und Sesamöl in der Luft des kleinen Lokals lag. Alle Tische waren besetzt, was ein ziemlich ungewohnter Anblick war, da der Laden nur von Kunden frequentiert wurde, die sich von seinem schäbigen Äußeren nicht abschrecken ließen.

Noch unüblicher war die lange Tafel, an der um die fünfzehn Studierende saßen, dicht zusammengerückt, während die anderen Lehrkräfte und ich uns meist an kleinere Vierertische zurückzogen, um nicht das ganze Lokal zu besetzen. Aber heute waren die Tische der rechten Seite des Restaurants zusammengeschoben worden, und auf vier Gaskochern köchelten große Portionen *Budae Jiigae* blubbernd vor sich hin. Die Gruppe war vermutlich auch erst gerade eben eingetroffen, denn die Soju- und Bierflaschen waren allesamt noch verschlossen, und einige Stühle waren noch unbesetzt, auch wenn weinrote Universitätsjacken darüber platziert worden waren. Das Rot kam mir bekannt vor, doch nach diesem kunterbunten Regenbogen von der Straße gerade eben konnte ich nicht einordnen, ob es eine flüchtige oder eine eingebrannte Erinnerung war. Ich kniff die Augen zusammen und versuchte, den Schriftzug der Uni auszumachen, leider ohne Erfolg.

»Jade!« Woo-Youngs Stimme erklang, und ich drehte mich

zu ihm um. Er saß an unserem Stammplatz in direkter Nähe zur Küche, dort, wo es immer besonders warm war. Mein Boss hob die Hand und winkte mir mit einem breiten Grinsen auf dem Gesicht, das kleine Fältchen um seine dunkelbraunen Augen warf, die wie immer neckisch hinter einer modischen Brille mit dünnem Rahmen aufblitzten.

Ich nickte ihm lächelnd zu und schob mich vorsichtig zwischen den dicht an dicht stehenden Tischen hindurch, murmelte höflich Entschuldigungen, immer wenn ich zwangsläufig irgendjemanden in der beinahe klaustrophobischen Enge des Restaurants mit meinem Arm oder meiner Hüfte streifte.

»Hey, Woo-Young«, begrüßte ich ihn schließlich und ließ mich auf den Stuhl fallen, den er mir mit dem Fuß ein Stück weit herausgeschoben hatte. »Entschuldige bitte die Verspätung. Ich bin so schnell gekommen, wie ich konnte, aber auf den Straßen war kein Durchkommen.«

»Mach dir keinen Kopf. Du bist doch gerade mal fünf Minuten zu spät.« Der Mann mit der Engelsgeduld und dem leicht angeschlagenen Schneidezahn griff sich eins der Gläser und schenkte mir einen Becher Wasser ein. »Wir hätten uns besser woanders treffen sollen. Ich habe völlig vergessen, dass heute der letzte Tag des Konkuk-Universitätsfestivals ist.«

»Das erklärt zumindest den Ansturm.« Die Konkuk Universität lag nur zwei Querstraßen von unserem Institut entfernt und damit in direkter Nähe zu diesem Lokal. »Das nächste Mal merken wir uns das Festival im Kalender vor und halten unsere Meetings einfach im Büro mit geliefertem Essen ab.«

»Fantastische Idee.« Woo-Young legte die Hand in den Nacken und dehnte ihn, die hervorstehenden Sehnen waren genauso klar zu erkennen wie die Schmerzen, die seine Mundwinkel verzerrten. »Wobei ich dankbar dafür bin, auch mal aus meinem Büro rauszukommen.«

»Das glaube ich dir sofort.« Als Institutsleiter war Woo-Young deutlich eingespannter als die Lehrkräfte, die sich frei zwischen den Klassenräumen, Ateliers und der Bibliothek bewegen konnten und deren Tag meist nur wenige Stunden nach der letzten Unterrichtsstunde endete. »Wie laufen die Verhandlungen mit der Stiftung?«

»Nicht gut. Sie sind nicht gewillt, so viel Geld lockerzumachen, weil wir eine private Bildungseinrichtung sind. In ihren Köpfen unterrichten wir nur privilegierte Kids, deren Eltern sich ohne Weiteres die Gebühren und Materialien leisten können.« Sein adrett zurechtgemachtes rabenschwarzes Haar geriet in Unordnung, als er mit beiden Händen frustriert hindurchfuhr. »Wenn wir dieses Vorurteil nicht bald zerschlagen, werden wir nie ein Stipendienprogramm auf die Beine stellen können.«

Ich legte meine Handtasche hinter meinen Rücken auf dem Stuhl ab und schälte mich aus meinem Mantel, während ich Woo-Young mitfühlend ansah. Ich wusste, wie wichtig ihm dieses Stipendienprogramm war, an dem er zu arbeiten begonnen hatte, noch lange bevor die ersten Kids ihre Bewerbungen für die neu geschaffene Zweigstelle des prestigeträchtigen Singapurer Kunstinstituts bei uns einreichten. »Wir schaffen das. Wenn es etwas gibt, wobei ich dir helfen kann, dann sag mir Bescheid, okay?«

»Danke, Jade. Aber du hilfst mir schon genug damit, dass du die Ausstellung auf die Beine stellst. Wenn das ein Erfolg wird und wir uns auf die individuellen Geschichten unserer Kids konzentrieren können, bin ich ganz guter Dinge, dass wir die Stiftung vielleicht dazu kriegen, ihre bisherige Position zu überdenken.« Er nahm die Brille ab und kniff sich in den Nasenrücken, dann setzte er sie wieder auf. »Weißt du schon, was du essen möchtest?«

»Leider nicht.« Ich sah zu der Menütafel an der Wand, obwohl ich sie eigentlich auswendig kannte. Mrs Cho servierte keine Einzelportionen, sondern lediglich kleine Portionen für zwei bis drei Personen und große Portionen für vier bis sechs. Die Uni-Kids kamen mir wieder in den Sinn, und ich spähte über die Schulter zu ihrer langen Tafel. »Wie wäre es mit *Budae Jiigae* und zwei Flaschen Soju? Du siehst so aus, als könntest du einen Drink vertragen.«

»Klingt gut.« Woo-Young hob die Hand, als er Blickkontakt mit Mrs Cho hatte, welche daraufhin mit einem Lächeln zu uns an den Tisch kam. »Eine kleine Portion *Budae Jiigae* und zwei Flaschen Soju bitte.«

»Bringe ich euch. Es kann allerdings einen Augenblick dauern. Ihr seht ja, was hier heute los ist.« Mrs Cho, eine ältere Dame mit schwarzem Haar und sanften Augen, legte die Hand auf die Schulter ihres liebsten Stammkunden und sah zwischen uns beiden hin und her. »Wie geht es euch beiden? Ihr seht erschöpft aus.«

Ich lächelte, und der Gedanke daran, dass sie ungefähr so alt war wie mein Vater jetzt gewesen wäre, versetzte mir mittlerweile nicht mehr so deutlich einen Stich wie noch vor wenigen Monaten. Ich guckte Woo-Young fragend an, doch er machte nur eine einladende Geste mit der Hand, die mich wissen ließ, dass er nicht vorhatte, meine Gelegenheit Koreanisch zu sprechen, zu kapern. »Uns geht es gut, vielen Dank der Nachfrage. Es ist nur der übliche Arbeitsstress, nichts weiter.«

»Ihr müsst gut auf euch aufpassen. Eure Generation arbeitet zu viel.« Sie sah uns beide beschwörend an, den Zeigefinger erhoben, und sprach mit Rücksicht auf mich betont langsam. Sie wusste, dass ich sonst Probleme hatte, Busan-Saturi, den Dialekt ihrer Heimatstadt, zu verstehen. »Das Leben besteht nicht nur aus Arbeit, ganz gleich, ob viele etwas anderes sagen. Ich bin mir sicher, eure Eltern kommen um vor Sorge, wenn ihr euch abrackert, bis ihr umfallt, wie die armen Männer von den Paketdiensten, die gestern in den Nachrichten waren. Früher hab ich auch gedacht, dass Fleiß alles ist, aber nehmt euch meinen Rat zu Herzen. Ihr habt gar nicht genug Zeit, alle Fehler im Leben selbst zu machen.«

Woo-Young lachte und tätschelte liebevoll ihre Hand. »Wir passen auf, *Imo*. Versprochen.«

»Gut, gut.« Sie nahm die Hand von Woo-Youngs Schulter und steckte sie in die Tasche ihrer geblümten Schürze. Sie wirkte trotz des eher halbherzigen Versprechens des jungen Institutsleiters zumindest ein wenig beruhigt. »Bleibt ihr heute nur zu zweit oder – «

»*Imo, Imo*, Verzeihung, hier drüben.«

»Ich komme.« Sie musterte uns beide noch einmal eindringlich, in ihren Augen lag etwas, das mir schon öfters aufgefallen war, wenn ich allein mit Woo-Young unterwegs war, das wir beide allerdings stets geflissentlich ignorierten. »Ich mache eure Bestellung sofort fertig.«

»Keine Eile«, versicherte Woo-Young ihr und sah ihr dann nach, als sie zu der Gruppe Studierender eilte, die sie mit viel Enthusiasmus begrüßten. »Dein Unterricht bei Se-Rim zahlt sich langsam wirklich aus. Deine Aussprache ist sehr gut, Jade.«

Meine Wangen glühten, und ich winkte ab. »Sie ist nicht annähernd so gut, wie sie sein sollte. Vor allem nicht, wenn man bedenkt, dass ich nun seit über drei Jahren Koreanisch lerne.«

»Von denen du zwei Jahre in Singapur verbracht hast.«

»Dennoch.« Ich nickte der Nichte von Mrs Cho dankend zu, die oft am Wochenende im Lokal aushalf, als sie zwei Flaschen Soju und Gläser auf unseren Tisch abstellte, ehe sie mit einem flüchtigen Blick auf Woo-Young und hochroten Wangen zurück nach hinten in die Küche verschwand. »Ich würde mich noch immer nicht trauen, im Berufsalltag Koreanisch zu sprechen.«

»Du hattest ja bisher auch kaum Gelegenheit, formelles Koreanisch zu lernen. Die Kids in Singapur, mit denen du geredet und gelernt hast, sprechen einfach anders, als man es in einem professionellen Umfeld tun würde.« Woo-Young schob unsere Gläser näher zusammen, während ich das Siegel der ersten Flasche brach. »Aber du lernst schnell, und ich bin mir sicher, dass du in null Komma nichts alle Verhandlungen und Elterngespräche auf Koreanisch führen wirst.«

Ich hüstelte verlegen und schenkte Woo-Young Soju ein, darauf bedacht, als Zeichen von Respekt beide Hände zu verwenden, weil er mein Vorgesetzter und dazu auch noch acht Jahre älter war als ich und ich die koreanischen Umgangsformen wahren wollte, die ich über die Jahre hinweg gelernt, aber leider noch längst nicht perfektioniert hatte. »Wo wir beim Thema Verhandlungen wären –«

»Himmel, Jade, lass mich erst einen Soju trinken«, unterbrach Woo-Young mich lachend und nahm mir die Flasche aus der Hand. Schnell ergriff ich mein eigenes Glas und hielt es ihm mit beiden Händen hin, während er mir einhändig einschenkte, das Privileg, das er als Älterer innehatte, während er, genau wie ich, aus Höflichkeit darauf achten würde, dass keiner von uns sich selbst einschenkte. »Danach können wir über die Ausstellung reden, okay?«

»Okay. Ich denke, das ist eine gute Idee.« Wir stießen an und stürzten den Soju, an seinen seichten, aber bitteren Geschmack hatte ich mich längst gewöhnt und fand ihn sogar tröstlich. Ich überlegte kurz, ob ich Woo-Young noch einen Augenblick Entspannung gönnen sollte, entschied mich aber dagegen, weil ich an meine Freunde dachte, mit denen ich den

Abend verbringen wollte. »Ich habe nämlich keine sonderlich tollen Neuigkeiten.«

»Das ist definitiv nicht das, was ich zu hören gehofft hatte.« Woo-Young atmete schwer aus. »Dann schieß mal los mit deinen Hiobsbotschaften.«

»Ganz so schlimm ist es nun auch wieder nicht.« Ich lehnte mich zurück, um Mrs Cho Platz zu machen, die mit der Portion *Budae Jiigae* aus der Küche kam und diese auf den Gaskocher auf unserem Tisch stellte, den sie im nächsten Moment einschaltete. »Danke, Mrs Cho.«

Sie winkte nur hektisch ab und tätschelte mir die Schulter, ehe sie schon wieder verschwand, zu sehr eingespannt in das heutige Tagesgeschäft, als dass sie noch einen weiteren Augenblick für uns übrig gehabt hätte. Der Reis und ein paar *Banchan* folgten, und ich sah Woo-Young fragend an.

»Sollen wir vielleicht erst essen und dann über die Ausstellung reden?«

»Nein. Der *Jiigae* muss eh ein Weilchen kochen, und jetzt hast du mich neugierig gemacht.« Er schenkte mir Soju nach. »Also, was ist los?«

Ich nahm ihm die Flasche sofort aus der Hand und füllte auch sein Glas erneut, seine Geste nicht zu erwidern, wäre unhöflich gewesen. »Erinnerst du dich daran, dass wir erst mit einer anderen Galerie zusammenarbeiten wollten?«

»Aber klar. Die in Gangnam, die dann vor drei Wochen kurzfristig abgesprungen ist.«

»Richtig. Wir mussten dann zu der kleineren in Gwacheon wechseln.« Ich drehte mich auf meinem Stuhl um und kramte in meiner Handtasche nach meinem Tablet, auf dem der Grundriss der hübschen kleinen Galerie in der Satellitenstadt von Seoul gespeichert war, um Woo-Young die Problematik besser veranschaulichen zu können. Meine Finger umschlossen das kühle Leder der Schutzhülle, und ich zog das Gerät heraus. »Daraus ergeben sich leider ein paar Platzprobleme, die wir beim Arrangieren der Kunstwerke bedenken – «

Ich zuckte überrascht zusammen, als im Lokal plötzlich laute Begeisterungsstürme ausbrachen, und mein Tablet fiel mir aus der Hand. Es landete auf dem Fußboden, und ich bückte mich fluchend danach, während Woo-Young etwas zu den Studenten an der langen Tafel hinüberbellte, was alles andere als schmeichelhaft klang, ihre lauten Ausrufe jedoch verstummen ließ.

»Ist alles okay?«, hörte ich Woo-Young fragen. »Ist dein Tablet in Ordnung?«

Ich klappte es auf und atmete erleichtert aus. »Ja. Kein einziger Kratzer.«

Ich richtete mich wieder auf und spähte mit wütend verengten Augen zu den Uni-Kids hinüber. Was zum Teufel war so wichtig, dass sie völlig unvermittelt so einen Lärm veranstalten mussten?

Der Grund dafür waren offensichtlich ein paar Neuankömmlinge. Drei an der Zahl und alle in dunkelroten Universitätsjacken. Ein Blonder und ein Schwarzhaariger waren bereits dabei, die anderen zu begrüßen, während der Dritte, dessen Haar in einem wunderschön dezenten Dunkelrotton schimmerte, an der Tür stand. Funkelnde Silberringe zierten seine langen Finger, die er fest um eine Vintagekamera geschlossen hatte, welche er gerade vor sein Gesicht hielt, um ein Foto zu schießen.

Ich erstarrte, als er die Kamera sinken ließ und sein symmetrisches und surreal schönes Gesicht erschien, das ich überall wiedererkannt hätte – ungeachtet von Zeit und Raum, so tief wie die Erinnerung daran in mir verankert war. Meine Hand verkrampfte sich um das Tablet, das Herz in meiner

Brust stolperte erst kurz und setzte den Bruchteil einer Sekunde später zu einem rasenden Galopp an. Unsere Augen begegneten sich, noch bevor ich es verhindern konnte.

Ich wurde verschlungen von Flammen aus Gold, die das vertraute Grau meiner Welt in Brand setzten, in der es mit einem Mal nur noch einen einzigen Gedanken gab: Kang Hyun-Joon.

3. KAPITEL

운명처럼 ㄴ껴 = Es fühlt sich an wie Schicksal

Ich hatte keine Ahnung, wie lange ich so versteinert dasaß, mit schreckgeweiteten Augen und flachem Atem, dem kühlen Leder der Tablethülle unter meinen Fingerspitzen und dem lauten Pochen meines Herzschlags in meinen Ohren. Die Zeit war zu einem abstrakten Konstrukt verkommen, das keinerlei Bedeutung mehr hatte. Ob Sekunden, Minuten oder Stunden vergingen, war belanglos, denn für mich war alles zu einem abrupten Stillstand gekommen, aus dem ich mich nicht zu befreien vermochte, während lähmender Schmerz, blinde Freude und panische Angst in meiner Brust um die Vorherrschaft kämpften.

Hyun-Joon war hier. Er war wirklich hier. Nur wenige Meter von mir entfernt. Und doch fühlte es sich an, als lägen zwischen uns ganze Galaxien, getaucht in tiefste Dunkelheit und voller glitzernder Sterne, die mit ihrer Schönheit darüber hinwegzutäuschen versuchten, dass vollkommen ungewiss war, was einen im weiten Kosmos aller Dinge erwarten würde.

Er sah mich an, seine goldenen Augen groß wie Untertassen, als könnte er genauso wenig glauben, was hier gerade geschah. Seine Lippen, an deren Geschmack ich mich mit erschreckender Klarheit erinnerte, waren leicht geöffnet, und ich konnte erkennen, wie sein Adamsapfel sich bewegte, während er seinen Mund schloss und schluckte. Seine Oberlippe zuckte, und ich fühlte mich augenblicklich zurückkatapultiert zu jenem Abend vor drei Jahren, als er sie wütend hochgezogen und seine Zähne gebleckt hatte. Wie ein verletztes Tier in diesen indigoblauen Schatten, die mich nie wieder losgelassen hatten.

So wie mich auch sonst nichts von Hyun-Joon je wieder losgelassen hatte.

Sein Gold bedeckte die Leinwand meiner Seele, und meine Welt war mit seinen Farben überzogen. Wie Wasserfarbe auf nassem Papier hatte er seine Spuren hinterlassen, in der Mitte intensiv, die Farben zum Rand hin ausblutend und schleierhaft wie eine Erinnerung.

Ich stieß ein erschrockenes Keuchen aus, als ich eine Hand an meinem Unterarm spürte, und im Nu war ich zurück im Hier und Jetzt, zurück in dem Restaurant und an dem Tisch mit meinem Vorgesetzten, der mich besorgt über den schlanken schwarzen Rahmen seiner Brille hinweg musterte.

»Jade?«, fragte Woo-Young zögerlich, seine Finger fest, aber gleichzeitig sanft, während er leicht zudrückte. Und mir wurde übel von dieser so alltäglichen und fürsorglichen Berührung. »Hey, bist du okay? Du siehst aus, als hättest du ein Gespenst gesehen.«

»Ja«, presste ich hervor, und selbst in meinen eigenen Ohren klang meine Stimme erstickt und alles andere als okay. Höflich, wenn auch energisch, entzog ich ihm meinen Arm. Meine Haut prickelte unangenehm, und ich war drauf und dran, zur Toilette zu rennen und mich zu waschen, bis sie vom heißen Wasser und Schrubben ganz rot wurde. Ich schloss die Augen. Versuchte durchzuatmen, während meine Erinnerungen in mir Bilder hervorriefen. Von Händen mit Silberringen, die meine hielten, miteinander verflochten, als wären sie eins.

Ich riss die Augen auf, um den Bildern zu entkommen. Meine Handflächen brannten, ich legte sie um meine kühlen

Handgelenke, was sich anfühlte, als würde ein unsichtbares rotes Band sich so fest darum schlingen, bis es in mein Fleisch schnitt. »Ja, alles okay.«

»Sicher?« Sein Blick huschte an mir vorbei und fixierte etwas hinter mir. Wie ein Wachhund folgte er seinem Ziel, bis er der Meinung zu sein schien, dass die Luft rein war. Mein ganzer Körper schlug Alarm, ohne dass ich etwas dagegen tun konnte. »Ich hab zwar keine Ahnung, was gerade passiert ist, aber ich könnte –«

»Nein. Nein, es ist alles okay.« Ich knallte das Tablet auf den Tisch, obwohl ich es eigentlich nur vorsichtig hatte ablegen wollen. Mein Körper tat was er wollte, hatte komplett das Kommando übernommen und meinen Kopf ausgeschaltet. Das Schaben der Stuhlbeine war lauter als nötig, als ich abrupt aufstand und blindlings nach meinem Handy griff, das mit dem Display nach oben auf dem Tisch lag. »Ein Anruf. Den muss ich annehmen. Tut mir leid.«

Mein Vorgesetzter runzelte die Stirn ob meiner offensichtlichen Lüge, nickte dann aber. »Okay. Kein Problem.«

»Danke.« Ich ließ meine Handtasche liegen und stolperte Richtung Ausgang, froh, dass Hyun-Joon ihn nicht mehr blockierte. Ich wagte nicht, mich nach ihm umzusehen, stürzte hinaus und begrüßte die kalte Luft, die leider rein gar nichts gegen mein erhitztes Gemüt auszurichten vermochte. Hektisch atmend spähte ich nach links und rechts und entdeckte dann die enge Gasse zwischen dem Lokal und einem kleinen Schmuckladen. Ich rettete mich in die Halbschatten, presste den Rücken gegen die Backsteinwand und war dankbar für dieses Versteck, in dem gerade mal zwei Erwachsene nebeneinander Platz hatten. Mein Herz hämmerte wie wild, und ich legte mir die Hand auf die Brust in der Hoffnung, es damit besänftigen zu können. Doch der kleine Muskel war genauso außer Rand und Band wie meine Gedanken, die unaufhaltsam umherkreisten, sich dabei auffächerten wie Röcke ausladender Ballkleider und somit immer mehr Raum einnahmen und Besitz über mich ergriffen.

Sechs Monate. Sechs gottverdammte Monate.

Monate, in denen ich wohlweislich all die Orte gemieden hatte, wo ich Hyun-Joon hätte begegnen können. In denen ich mich von den belebten Straßen Itaewons und jedem Künstlerhotspot in Seongsu ferngehalten hatte, nur um ihm nicht zufällig in die Arme zu laufen und damit alte Wunden aufzureißen. Sogar um Mapo hatte ich einen großen Bogen gemacht, weil ich wusste, dass seine Mutter dort ein zweites Café eröffnet hatte und Hyun-Sik dort zur Schule ging, dessen kindliches Lachen ich fast genauso sehr vermisste wie die Berührung von Hyun-Joons Hand in meinem Nacken, die sich auf meiner Haut immer gleichzeitig warm und kalt angefühlt hatte, wegen der unzähligen Silberringe an seinen feingliedrigen langen Fingern.

Aber ausgerechnet heute, am Abend meines siebenundzwanzigsten Geburtstags und in einer Nachbarschaft, in der er eigentlich nichts zu suchen hatte, in einem Restaurant, das so unscheinbar war, dass die wenigsten Leute überhaupt auf die Idee kamen, hineinzugehen, geschah genau das, was ich so lange zu vermeiden versucht hatte.

Kraftlos ließ ich den Kopf gegen die Mauer sinken und kämpfte krampfhaft gegen dieses unaufhaltsame Gedankenkarussell an, das sich immer weiterdrehte, in einem nicht enden wollenden Teufelskreis aus Vergangenem und Gegenwart. Mir war schwindelig und übel, und ich schloss die Augen, doch es hörte einfach nicht auf. Das Rauschen in meinen Ohren schwoll zu einer klanggewaltigen Symphonie unserer gescheiterten Beziehung an, die zwischen den tiefen Tönen von

Verlust und Wut und dem hohen Zwitschern von Liebe und Glück hin und her wechselte, zusammengehalten nur von dem melancholischen Streichen schmerzlicher Sehnsucht.

Ich wusste nicht, wohin mit mir.

Alles in mir schrie danach, mithilfe einer fadenscheinigen Ausrede das Weite zu suchen und zu ignorieren, was für einen Eindruck das bei Woo-Young hinterlassen würde. Aber der kleine Funken Rationalität, der trotz der Wellen blinder Panik noch zaghaft vor sich hin glomm, rief mir in Erinnerung, wie sehr ich meinen Job liebte und wie sehr ich ihn brauchte – nämlich genauso sehr wie die Luft zum Atmen. Für ihn hatte ich alles andere aufgegeben, und er war zu meinem kompletten Lebensinhalt geworden. Alles andere war für ihn in den Hintergrund getreten, von Dates über Freizeit bis hin zu Freundschaften, die zu verkümmern drohten. Ich würde ihn keinesfalls aufs Spiel setzen, nur weil ich meine Gefühle gerade nicht im Griff hatte, die nach Jahren meiner erzwungenen Ignoranz wie ein wütendes Kind in mir tobten und rachsüchtig Rot, Gold, Indigoblau und Schwarz vor meinem inneren Auge aufblitzen ließen. Ich musste mir einen Plan zurechtlegen, wie ich dieses Abendessen überstehen würde, ohne –

»Weglaufen ist also immer noch deine Antwort auf alles, was?«

Meine Augen öffneten sich flatternd und ganz ohne mein Zutun, mein Körper reagierte wie von selbst auf Hyun-Joons starke Anziehungskraft, die nach wie vor auf mich wirkte, egal wie sehr ich mich auch dagegen wehrte. Himmel, allein ihn anzusehen, tat höllisch weh. Genauso weh wie seine Worte, die er so bitterlich ausspuckte.

Hyun-Joon stand direkt am Anfang der kleinen Gasse, die Hände tief in den Hosentaschen vergraben. Ich konnte sein Gesicht nicht richtig erkennen, das Licht der Straße schien zu schwach, um an seinen imposanten Schultern vorbeizukommen, die in der Universitätsjacke noch breiter aussahen. Sein Gang war lässig, als er ein Stück weiter in die Gasse trat und dann ganz nah vor mir stehen blieb. Viel zu nah. Und doch nicht nah genug.

»Ich bin nicht weggelaufen«, sagte ich. Meine Stimme klang so heiser und kläglich, dass ich vor Scham am liebsten im Erdboden versunken wäre. In dem Versuch, zumindest einen Funken Kontrolle über mich zurückzuerlangen, räusperte ich mich und schüttelte demonstrativ mein Telefon, das ich mit steifen Fingern umklammert hielt. »Ich musste einen Anruf entgegennehmen.«

»Klar.« Hyun-Joon zog das Wort in die Länge, sein rauer Bariton so angespannt wie der Zug um seine Lippen. Er wandte sich mir zu, die Spitzen seiner Chucks berührten meine Stiefeletten für den Bruchteil einer Sekunde, ehe er einen Schritt rückwärts machte und doch den gesamten Raum einforderte, der in der Gasse blieb. Das Licht schien ihm nun von der Seite ins Gesicht und warf dramatische Schatten darauf, was jeder Fotografie einen spektakulären Effekt verliehen hätte, mir in der Realität aber einen unangenehmen Schauer über den Rücken jagte. Meine Kehle war wie zugeschnürt, und eine Stimme irgendwo in mir drin schrie abwechselnd *Mädchen, sei nicht dumm und lauf* und *Bitte lass uns einfach alles vergessen und uns küssen, bis er mich nicht mehr so ansieht, als wäre ich eine vollkommen Fremde.* »Als würdest du dein Handy jedes Mal stumm schalten, wenn du gerade arbeitest oder malst.«

Ich hasste es, dass er mich so gut kannte. Hasste das Flattern in meiner Brust, das sich regte, weil er sich an diese nicht sonderlich lobenswerte Eigenschaft von mir erinnerte. »Dinge ändern sich.«

Er sah auf mich herab, das Gold seiner Augen schimmerte dunkel, und er lachte bitter auf. »Offensichtlich.«

Ich biss mir auf die Zunge, als mir auffiel, wie dumm meine Bemerkung gewesen war. Schnell ging ich zum Angriff über und hoffte, mich dadurch etwas weniger hilflos, etwas weniger durchschaubar zu fühlen. »Wieso bist du mir gefolgt?«

»Ich bin dir nicht gefolgt.« Hyun-Joon griff betont langsam in seine Jackentasche und zog ein Päckchen Zigaretten hervor, das er demonstrativ schüttelte, genauso wie ich es gerade eben mit meinem Handy getan hatte. Meine Wangen begannen zu glühen. »Ich bin hier, um eine zu rauchen.«

»Du rauchst nicht.«

»Doch, tue ich.« Er zog einen der Glimmstängel aus dem Päckchen und steckte ihn sich zwischen die Lippen, ehe er die Zigarettenschachtel zurück in die Jacke steckte und ein schwarzes Feuerzeug hervorholte, auf dem ein Tiger abgebildet war. Die Flamme hüllte seine Züge einen Augenblick lang in warmes, orangefarbenes Licht. Dann erlosch sie sogleich wieder, und Hyun-Joon verschwand erneut in der schattigen Dunkelheit. Er zog an der Zigarette und atmete tief ein. »Wie sagtest du so schön? Dinge ändern sich.«

»Offensichtlich.«

Meiner Antwort folgte Stille, die sich schwer zwischen uns legte, und die sogar den Lärm der gut besuchten Straße ausblendete. Ich wollte etwas sagen, irgendetwas, brachte aber kein Wort heraus, während ich ihn einfach nur betrachtete. Wie ein Kunstwerk, das ich schon unzählige Male in Ausstellungskatalogen gesehen hatte, dessen Anblick mich aber in natura vollkommen überwältigte.

Ich hätte sie blind nachzeichnen können, die gerade Linie seiner Nase und die scharfen Kanten seiner Wangenknochen, und doch wirkten sie in diesem Moment hier so fremd auf

mich, neu, so wie der verkniffene und distanzierte Zug um seinen Mund, der sich sonst immer nur dann formte, wenn er in
Bars oder Clubs auf unfreundliche Leute stieß.

Ich spürte sie förmlich auf meiner Haut, seine langen, von
unzähligen Ringen geschmückten Finger, und doch sahen sie
so anders aus, mit der Zigarette, ungewohnt. Ich erinnerte mich
genau an seinen Geruch nach Thymian und Wildleder, und
nun überlagerte diese schwere Note von Tabak den vertrauten
Duft, den ich auch Wochen nach unserer Trennung noch in
meiner Wohnung wahrgenommen hatte, fast wie ein Mahnmal, das mich nicht hatte vergessen lassen, was ich geopfert und
wie viel Schmerzen und Tränen es mich gekostet hatte.

Die drastischste Veränderung lag jedoch in seinen Augen.

Seinen honigfarbenen, warmen Augen, die jetzt vor kalter
Wut brannten und mich mit Argwohn statt liebevoller Zuneigung musterten. Meine Hände zuckten. Ich wollte ihn weg-
wischen, diesen Ausdruck in seinen Augen. Aber ich wusste genau, dass ich in den Flammen seines Zorns umkommen
würde. Warum also erschien mir dieser Gedanke dennoch so
unglaublich verführerisch?

»Ich dachte, du wolltest niemals nach Korea zurückkehren. Und doch bist du jetzt hier.« Hyun-Joons Stimme war ruhig und emotionslos, als sie die Stille schließlich durchbrach,
doch ich kannte diesen Tonfall. Er ging stets einem Sturm voran. Einem Sturm, dem ich schon vor drei Jahren nichts ent-
gegenzusetzen hatte, damals in meinem kleinen Einzimmer-
apartment, das daraufhin bis zum Tag meines Auszugs dem
Mausoleum einer Liebe glich, die im Bruchteil einer Sekunde
zerbrochen war. »Hat dein Freund dich dazu überredet? Hübscher Kerl, nur ein bisschen alt für deinen Geschmack, wenn
ich mich recht entsinne, nicht wahr?«

»Mein Freund?« Ich hatte Schwierigkeiten, ihm zu folgen.

Mein Verstand war noch zu sehr damit beschäftigt, diesen Hyun-Joon vor mir mit dem dunkelroten Haar und dem ungefilterten Zorn in den Augen mit dem Mann in Verbindung zu bringen, der mich einmal mit liebevoller Geduld und gemurmelten Worten durch unzählige tränenreiche Nächte getragen hatte. »Wen meinst du?«

»Diesen Typen, mit dem du hier bist.« Er inhalierte den Rauch tief, der Qualm waberte wie Nebelschwaden um sein Gesicht, als er ihn durch die Nase ausstieß. Gepaart mit seinen goldenen Augen erinnerte er mich jetzt an einen Drachen aus einem Film, der seine Beute betrachtete, kurz bevor er sie in Stücke riss. »Du solltest ihn abschießen, wenn er dich an deinem Geburtstag in so einen abgefuckten *Jiigae*-Schuppen schleppt.«

Ich ignorierte seine vulgäre Wortwahl, die so falsch und fremd klang aus diesem Mund, der stets imstande gewesen war, all meinen Schmerz fortzunehmen. Zumindest für eine Weile. Bis ich selbst seine Zähne und Klauen zu spüren bekommen hatte, als wir einander das Herz gebrochen hatten. »Er ist nicht mein Freund, sondern mein Chef.« Ich ballte meine Hand zur Faust, keine Ahnung, weshalb genau jetzt Wut in mir aufstieg. Es war schon unzählige Male vorgekommen, dass andere das Verhältnis zwischen Woo-Young und mir missverstanden hatten, und normalerweise tat ich es mit einem Lächeln ab. Warum es mich bei Hyun-Joon so nervte, wollte ich lieber nicht hinterfragen.

»Und wenn du es unbedingt wissen möchtest, ich bin nur wieder in Korea, weil Mrs Singh mich für ihr neues Institut hierher versetzt hat.«

»Und meinst du, er weiß, dass er *nur* dein Chef ist?« Hyun-Joon schnalzte mit der Zunge, und ich konnte sie förmlich hören, die Worte, die er nicht aussprach. »Andererseits hätte ich natürlich wissen müssen, dass du dich für nichts außer deiner Karriere von A nach B zerren lässt.«

Mir blieb der Mund offen stehen. »Wie bitte?«

»Du hast mich schon verstanden.« Hyun-Joon rieb mit dem Knöchel seines Daumens über seine Augenbraue, während er mich von oben herab ansah, was nicht allein an dem Größenunterschied lag, der uns trennte. »Wir wissen schließlich beide, dass Liebe für dich kein Grund ist, irgendwo hinzugehen, geschweige denn zu bleiben.«

Meine Brust zog sich schmerzhaft zusammen, und mit einem Mal spürte ich sie wieder: die scharfen Kanten meines Mosaikherzens, das nicht länger aus bunten Kindheitserinnerungen, sondern nun aus glänzendem Gold und schimmerndem Indigo gefertigt war, durch das sich unzählige Risse zogen, aus denen Tränen und Blut hervorquollen.

»Schweigen. Kommt mir fast so bekannt vor wie dein typisches Reißausnehmen.« Er trat die Zigarette aus, und als er mit einer Hand durch sein dunkelrotes Haar fuhr, wunderte es mich, mein Blut nicht daran kleben zu sehen, bei dem Todesstoß, den er mir gerade versetzt hatte.

»Hyun-Joon … Ich bin nicht weggelaufen.« Ich wusste nicht, ob ich schwankte oder die Welt um mich herum, aber ich hasste mich dafür, dass mein ganzer Körper zuckte, weil ich instinktiv ausgerechnet bei dem Mann Halt suchen wollte, der mir in seinem Zorn eine Wunde nach der nächsten zufügte, in dessen Armen ich mich aber dennoch einst so geborgen und beschützt gefühlt hatte. »Weder jetzt noch sonst irgendwann.«

»Sag das noch ein paarmal hintereinander, vielleicht glaubst du es dir dann auch selbst.«

Ich wollte schreien, aus vollen Lungen und mit all der Wut, die erneut in mir aufkeimte, doch der Laut erstarb auf meiner Zunge, als Hyun-Joon plötzlich die Hand hob und mein Kinn zwischen seinen Daumen und Zeigefinger nahm. Er drehte meinen Kopf von rechts nach links, sein Blick prüfend wie der eines Fotografen. Ich erstarrte, trotzdem hielt mich irgendetwas davon ab, mich seinem Griff zu entziehen. Seine Berührung brannte auf meiner Haut, so sehr, dass es mir fast den Atem raubte. Gleichzeitig wollte ich nicht, dass es aufhörte.

»Warum nur musstest du zurückkommen?«, flüsterte er und betrachtete mich, mit tiefen Falten auf der Stirn und herabgesunkenen Mundwinkeln. Die schmerzverzerrte Zärtlichkeit in seinem Blick traf mich bis ins Mark. »Gerade jetzt. Warum verdammt noch mal gerade jetzt, Jade?«

»Hyun-Joon …«, begann ich zögerlich. »Ich sagte doch, dass – «

Der warnende Ausdruck in seinen Augen ließ mich verstummen. Und als er mit seinem Daumen über meine Unterlippe fuhr, wusste ich eh nicht mehr, was ich ihm eine Sekunde zuvor noch hatte erklären wollen. Hyun-Joon schien es ähnlich zu gehen, denn er öffnete den Mund, nur um ihn sofort wieder zu schließen, so als wären zorngetränkte Worte nicht genug und doch gleichzeitig alles, was wir noch hatten. Sein Kopf neigte sich vor, wich zurück, lehnte sich dann aber doch wieder langsam in meine Richtung. Die Fältchen um seine Augen zeigten sich, weil er die Brauen so stark zusammenzog, als würde es ihn jede Menge Überwindung kosten.

Ich hob zitternd die Hand, doch er fing sie ab, seine Finger schlossen sich fest um mein Handgelenk. »Joon – «

»Hyun-Joon-*seonbae!* Wo bist du?«

Hyun-Joon ließ mich so abrupt los, dass ich nach vorne taumelte. Unsere Körper kollidierten lediglich nicht, weil Hyun-Joon schon auf halbem Weg zum Anfang der Gasse und zu seinem jüngeren Kommilitonen war, der zwar die Höflichkeitsansprache *Seonbae* benutzte, die im beruflichen oder schulischen Kontext für Leute mit mehr Erfahrung oder aus einem höheren Jahrgang verwendet wurde, aber sonst informelles Koreanisch sprach.

»Ich bin hier. Kein Grund, so rumzuschreien.« Hyun-Joon rieb sich das Ohr, als er auf Koreanisch antwortete. Seine Stimme klang ein wenig freundlicher, aber noch immer angespannt. »Ich hab doch gesagt, ich geh eine rauchen.«

Der Blondschopf von vorhin kam um die Ecke, und ich presste den Rücken gegen die Wand der kleinen Gasse und zog mich tiefer in die Schatten zurück. »Kein Mensch raucht so lange.«

»Ich hab mir gleich zwei hintereinander angesteckt.« Hyun-Joon schob den Kerl mit ausgestrecktem Arm ein paar Zentimeter rückwärts und bäumte sich vor ihm auf. Seine imposante Statur versperrte den Weg in die Gasse und tauchte sie in Dunkelheit. »Was willst du, Dong-Hyuck?«

»Ich wollte nur schauen, wo du bleibst. Der *Jiigae* ist fertig, und wir wollen den Soju aufmachen.«

»Okay, okay. Ich komme.« Hyun-Joon bugsierte den Jüngeren in Richtung Lokal und folgte ihm, ohne sich noch einmal zu mir umzudrehen. Stattdessen steckte er die Hände in die Hosentaschen und verschwand, als wäre ich unsichtbar.

Es tat so verdammt weh.

Ein weiteres Mal musste ich dabei zusehen, wie er ging. Ein weiteres Mal fehlte mir die Kraft, ihn aufzuhalten, ganz egal wie sehr ich es auch wollte.

Wie lange ich noch in der Gasse stand, mit dem Rücken an der steinigen Mauer und von einem betäubenden Schmerz erfüllt, konnte ich später nicht mehr sagen. Ich hatte jegliches Zeitgefühl verloren. Doch irgendwann ging ich wie in Trance zurück ins Restaurant, wo Woo-Young mit besorgter Miene auf mich wartete. Sobald ich saß, begann er auf mich einzureden, doch ich hörte kaum zu. Meine Gedanken kreisten nach wie vor um eiskaltes Gold, kühles Metall an langen Fingern und diesen einen Moment, in dem da noch etwas anderes gewesen war als nur Zorn und Schmerz.

Ich betrachtete mich in der Reflexion meines Displays, überzeugt davon, Brandmale auf meinem Kinn zu finden, doch die Haut war unversehrt. Ganz anders als mein Herz, welches unter größter Anstrengung weiterschlug, während ein Brennen sich von meinem Nacken in meinem ganzen Körper ausbreitete.

Doch genau wie Hyun-Joon würde ich nicht zurückblicken. Auf keinen Fall.

Entschlossen legte ich mein Handy beiseite und griff nach meinem Tablet, ehe ich lächelte, ganz so, als wäre nichts gewesen, während ich mich kopfüber in die eine Sache stürzte, die mich stets vergessen ließ.

»Entschuldige, Woo-Young. Wo waren wir eben stehen geblieben?«

4. KAPITEL

술 = Alkohol

»Das wird noch eine ziemliche Herausforderung.«

»Ja, aber wir kriegen das hin. Das größte Problem wird sein, auf weniger Quadratmeter genug Platz für unsere jetzigen Kids, die ehemaligen koreanischen Absolventinnen und Absolventen des Singapurer Instituts und unsere Lehrkräfte zu schaffen.« Ich erhob mich ein bisschen schwerfälliger als zuvor, weil ich kaum einen Bissen, dafür aber durchaus den ein oder anderen Soju hinunterbekommen hatte. Das Brennen in meinem Nacken war davon allerdings nicht verschwunden. »Aber genau deshalb habe ich ja nächste Woche den Termin mit dem Galeriedirektor und seinen Kuratoren. Wir sind mit diesem Problem also nicht auf uns allein gestellt.«

»Was mich sehr beruhigt.« Woo-Young, der wegen seiner geringen Alkoholtoleranz schon einen seichten Rotschimmer auf den Wangen hatte, warf sich seinen Blazer über und gab mir einen Daumen hoch. »Aber ich würde auch nicht in Panik ausbrechen, wenn dem nicht so wäre. Du würdest das auch allein hinbekommen. Da bin ich mir sicher.«

Ich schlüpfte in meinen Mantel, auch wenn mir dank des Sojus durchaus warm war. »Ich glaube, da hast du ein bisschen zu viel Gottvertrauen.«

»Gott hat damit nichts zu tun.« Mein Chef griff nach seiner schwarzen Laptoptasche und hängte sie sich über die Schulter, ehe er um den Tisch herum zu mir kam. »Ich weiß lediglich, was du kannst, und bin Mrs Singh unglaublich dankbar, dass sie dich zu mir geschickt hat.«

Ich lächelte angespannt, noch immer nicht an solche Komplimente gewohnt, auch wenn der junge Institutsleiter mit ihnen nicht hinter dem Berg hielt. »Du übertreibst, weil du getrunken hast.«

»Und du versuchst dich mal wieder kleiner zu machen, als du bist, weil du noch nicht genug getrunken hast.« Er stieß mich mit dem Ellenbogen an und hielt zwei Finger in die Luft. »Was meinst du? *2-Cha?*«

Ich presste die Lippen aufeinander, um nicht lauthals loszulachen, als er eine zweite Runde vorschlug, was so viel bedeutete, wie an einen anderen Ort zu wechseln und sich dort weitere Drinks zu genehmigen, und schüttelte stattdessen den Kopf. »Heute leider nicht. Ich bin noch mit Freunden verabredet, um meinen Geburtstag zu feiern.«

Woo-Young blinzelte mit großen Augen, bevor er erschrocken nach Luft schnappte. »Heute ist dein Geburtstag?«

»Ja.«

»Warum hast du denn nichts gesagt?« Er raufte sich die Haare, die danach in alle Himmelsrichtungen abstanden, ganz so, als wäre er ein verrückter Professor. »Und ich Hornochse hab auf dieses dämliche Meeting bestanden!«

»Es ist nicht schlimm, Woo-Young. Das Meeting war wichtig, und wir hätten es vor meinem Termin in der Galerie sonst nicht mehr geschafft, uns zusammenzusetzen.« Ich winkte ab, in der Hoffnung, ihm damit versichern zu können, dass wirklich alles okay war. »Mach dir deshalb also bitte keine Gedanken.«

»Mache ich aber. Was bin ich für ein Boss, wenn ich nicht mal weiß, wann meine Angestellten Geburtstag haben?« Er warf theatralisch die Hände in die Luft und erinnerte mich damit an David, auf den ich mich jetzt noch mehr freute. »Ich bin so eine Pfeife.«

»Wenn es dir so wichtig ist, dann kannst du meinetwegen das Essen zahlen.«

»Das geht eh auf das Institut. Immerhin war es ein Arbeitsessen.« Unzufrieden verzog er das Gesicht, als er die Kreditkarte der Bildungseinrichtung zückte und das schwarze Plastik beäugte wie seinen schlimmsten Feind. »Jetzt fühle ich mich echt wie der mieseste Chef der Welt.«

»Das brauchst du aber nicht.« Ich hob die Hand, um ihm sanft die Schulter zu tätscheln, ließ sie dann jedoch gleich wieder sinken, weil ein goldener Lichtstreif über Woo-Youngs Gesicht huschte, als der Kerl am Nebentisch seine protzige Armbanduhr richtete. »Und so eine große Sache ist mein Geburtstag jetzt auch nicht.«

»Dennoch solltest du am Abend deines Geburtstags nicht zur Arbeit verdonnert werden. Wenn Mrs Cho davon wüsste, würde sie mir die Ohren lang ziehen.« Woo-Young sah zu der altmodischen Uhr, die auf dem Tresen neben der Kasse vermutlich die letzten Tage ihres augenscheinlich langen Lebens fristete. »Es ist schon Viertel nach neun. Sieh zu, dass du zu deinen Freunden kommst. Zahlen kann ich durchaus allein.«

Mir der Etikette, die Lokalität nicht vor dem Vorgesetzten zu verlassen, überdeutlich bewusst, wechselte ich unbehaglich von einem Fuß auf den anderen. »Also, die paar Minuten kann ich auch noch warten.«

»Kommt nicht in die Tüte.« Er zog zwei grüne Zehntausendwonscheine aus seiner Hosentasche und drückte mir diese in die Hand. »Geh zur Hauptstraße und schnapp dir da ein Taxi, ja?«

Etwas perplex sah ich auf die Geldscheine. »Woo-Young, das ist nicht nötig.«

»Doch, ist es.« Als ich den Mund öffnete, um ihm zu widersprechen, hob er mit einem Zwinkern den Zeigefinger. »Willst du etwa mit deinem Boss streiten?«

Ich widerstand dem Drang, mit den Augen zu rollen, als er diese Karte ausspielte, und seufzte schicksalsergeben. »Okay. Dann, vielen Dank, *Boss*.«

»Urgh, das klingt seltsam. Lass das.« Er grinste sein übliches freundliches Grinsen und deutete dann Richtung Ausgang. »Nun geh schon.«

»Komisch, gerade wolltest du mich noch zu einer zweiten Runde einladen, und jetzt willst du mich so schnell wie möglich loswerden. Und du wirfst mir immer vor, mich nicht entscheiden zu können.«

»Weil du dreihundert Jahre brauchst, um dich zwischen zwei identischen Gelbtönen zu entscheiden.«

Ich stemmte die Hände in die Hüften, als ich an unsere endlose Diskussion über die Farbe der Polstermöbel im Aufenthaltsraum der Kids dachte. »Der eine war Sonnengelb und der andere Honiggelb. Das sind zwei völlig verschiedene Farbtöne.«

»Ja, ja, Farb-Churchill.« Er lachte, aufrichtig und ehrlich, und meine Mundwinkel zuckten, ohne dass ich etwas dagegen tun konnte, auch wenn mein Herz noch immer schmerzhaft und träge seinen Dienst verrichtete. »Und jetzt geh schon, sonst kriegst du womöglich kein Taxi mehr.«

»Danke, Woo-Young.«

»Kein Problem.«

Ich wartete, bis er sich zum Tresen umgedreht hatte, bevor auch ich mich abwandte und zum Ausgang eilte, um endlich hier rauszukommen. Fort von dem Geruch von *Jiigae*, von

Hyun-Joon, seinem stechenden Blick und all den verwirrenden Gedanken, die eine einzige Berührung in mir ausgelöst hatten. Ich musste nur noch die Tür aufdrücken, und dann wäre ich gleich darauf weit weg von alldem und könnte so tun, als hätte diese Begegnung niemals stattgefunden, die mich um Monate Therapiearbeit zurückwarf, wenn man meinen unterdrückten Gefühlen und dem Zittern meiner Finger Glauben schenken konnte.

Da Selbstgeißelung aber leider mein Spezialgebiet war und die drängende Sehnsucht in meiner Brust danach verlangte, schaute ich mich noch mal verstohlen zu der langen Tafel mit den Studenten um. Ich hielt augenblicklich inne und blieb wie angewurzelt stehen, als ich Hyun-Joon sah. Er saß ganz am Ende des langen Tisches, ließ seinen auffällig glasigen Blick ziellos in die Ferne schweifen, sein Oberkörper schwankte leicht, wie Seetang, der auf den Wellen des unruhigen Ozeans trieb. Ein junger Typ neben ihm, den ich als den Blondschopf von draußen wiedererkannte, redete eindringlich auf ihn ein, doch Hyun-Joon zeigte null Reaktion, starrte einfach weiter, wie ein gedankenloser Goldfisch, ins Leere.

Verschwinde einfach. Das geht dich nichts mehr an. Er war absolut ätzend zu dir, und euch verbindet nichts weiter, außer ein paar sentimentale Erinnerungen. Dass er sturzbetrunken ist und vermutlich nicht mal mehr weiß, wie er heißt, ist nicht dein Problem.

Die Stimme in meinem Kopf hatte ja so recht. Sein Zustand sollte mir egal sein, nachdem er vorhin in der Gasse Gift und Galle gespuckt hatte, ohne auch nur einen Deut auf meine Gefühle zu geben. Ich sollte mich nicht einmal dann um ihn scheren, wenn er vollgedröhnt in irgendeinem Graben liegen würde.

Trotzdem ließ ich den Türgriff los, drehte mich um und zwängte mich an den anderen Studierenden vorbei, die mich mit unverhohlener Neugierde musterten, sobald sie mich bemerkten, bis ich Hyun-Joon erreichte.

»Hey«, sagte ich zu dem Kerl, den Hyun-Joon zuvor Dong-Hyuck genannt hatte. »Wie kommt er nach Hause?«

Dong-Hyuck zog verblüfft eine seiner dunklen Augenbrauen hoch, sodass sie fast mit seinem Haaransatz kollidierte. Ob mein Koreanisch oder die Frage ihn so überraschte, wusste ich nicht. Nach kurzem Zögern stammelte er: »Uhm, keine Ahnung. Wer sind Sie überhaupt?«

»Ich kenne seine Schwester«, antwortete ich ausweichend und war wenig erstaunt darüber, dass Hyun-Joon nicht einmal auf den Klang meiner Stimme reagierte. Er wirkte vollkommen abwesend. »In dem Zustand nimmt ihn wohl kaum ein Taxi mit. Besser, du rufst jemanden an, der ihn abholt.«

»Und wen? Ich wusste ja nicht mal, dass er eine Schwester hat«, erwiderte Dong-Hyuck. »Hyun-Joon-*seonbae* ist nicht gerade der gesprächigste Typ.«

Das ausgerechnet über einen der geselligsten und charmantesten Menschen zu hören, den ich je kennengelernt hatte, war seltsam, bestätigte aber nur das, was wir schon vorhin in der Gasse beide festgestellt hatten: Dinge änderten sich. Und Menschen offensichtlich auch.

Ich begutachtete die besorgniserregende Menge an leeren Bier- und Sojuflaschen auf dem Tisch und griff nach dem Smartphone mit der Tigerhülle, das direkt vor Hyun-Joon lag. Ich wusste, dass es seins sein musste, der Tiger verriet es mir. Er war für mich längst zum Sinnbild für diesen Mann geworden, der faszinierend und wunderschön war, solange man ihn aus sicherer Entfernung betrachtete, der aber mit Zähnen und Klauen um sich schlug, wenn man seine Liebsten oder ihn verletzte.

Als meine Finger sich um das schwarze Silikon schlossen,

spürte ich sofort eine Hand, die meinen Unterarm umfasste. Die Kälte der Silberringe war mir so vertraut wie die Hitze der Haut darunter, und ich erschauerte, ohne etwas dagegen tun zu können.

»Hey, das ist meins«, lallte Hyun-Joon auf Koreanisch, ehe er den Blick hob und mich ansah. Er blinzelte ein paarmal wie ein desorientiertes Kind, bis er mich zu erkennen schien, dann wurde sein Griff fester, beinahe schmerzhaft. »Jade?«

Ich zwang mich, den erstickten, traurigen Tonfall seiner Stimme nicht an mich heranzulassen, doch die indigoblauen Risse in meinem Herzen füllten sich mit Gold und tropften auf das graue Kunstwerk meiner Seele, an dem ich die letzten Monate so konzentriert und diszipliniert gearbeitet hatte. Entschlossen versuchte ich, seine Hand abzuschütteln, doch sie bewegte sich keinen Millimeter.

»Wie lautet dein Code?«, fragte ich, jetzt in gesenktem Tonfall und auf Englisch, damit seine neugierigen Mitstudierenden nicht so leicht weiter mithören konnten. Ich wusste, dass die meisten Leute in Südkorea, die mein Alter hatten oder jünger waren, Englisch sprachen oder es zumindest durch den frühen Schulunterricht verstanden, und da sie uns beide ohnehin schon anstarrten wie zwei exotische Zirkustiere, wollte ich das Risiko, belauscht zu werden, zumindest minimieren. »Ich brauche ihn. Um jemanden anzurufen, der dich abholt.«

»Code?« Er schüttelte den Kopf. »Keine Ahnung.«

»Joon. Konzentrier dich bitte.«

Behutsam fuhr er mit dem Daumen über meinen Puls, zeichnete Muster auf meine Haut und weckte damit Erinnerungen an friedliche Sonntagnachmittage mit gemurmelten Liebesschwüren zwischen weißen Laken, die sich wie Pergamentpapier über das Blatt der Realität schoben. »Du riechst nach Farbe.«

»Tu ich immer.« Ich unterdrückte das stechende Gefühl von Unzulänglichkeit, das in mir aufstieg, weil mir nicht gelungen war, das Cyan von meinen Nagelbetten zu schrubben, mit dem ich heute im Atelier gearbeitet hatte, während die Hände der Menschen um mich herum unbefleckt waren. »Der Code für dein Handy, Hyun-Joon.«

Ich spähte über die Schulter und sah mich nach Woo-Young um. Genau in dem Moment wandte er sich von der Theke ab und durchquerte den Laden. Doch zum Glück waren seine Augen auf sein Handy gerichtet, und er verließ das Restaurant, ohne zu bemerken, dass ich noch da war. Wenigstens diese krampfige Erklärung würde mir erspart bleiben.

»Ich mag es, wenn du nach Farbe riechst.« Hyun-Joon schluckte schwer. »Mochte ich schon immer.«

»Joon, sag mir jetzt einfach deinen Code, damit wir jemanden anrufen können, der dich abholt und nach Hause bringt«, drängte ich ihn, ich wollte schleunigst hier weg.

Er sah zu mir auf, und in seinen großen goldenen Augen lag tiefe Verzweiflung. »Nach *Hause?*«

In dem Wort lag so viel mehr, und mit einem Mal wollte ich einfach nur noch in Tränen ausbrechen. Ich blinzelte, nicht gewillt, auch nur einen Tropfen zu vergießen. Ich nickte. »Ja, nach Hause.«

Ich dachte an Kinderlachen und Zahnlücken. An geteiltes Mango-Rasureis und Spitzenschuhe. An gestohlene Küsse, verregnete Nachmittage und geflüsterte Nichtigkeiten.

Dort war ich zuletzt zu Hause gewesen, und ich hatte es alles in einem einzigen Augenblick verloren, zwischen hässlichen Abschiedsworten und Papierfetzen von Einberufungsbefehlen, Skizzen und zerknitterten Visitenkarten.

Ich schüttelte den Kopf, in dem Versuch, diese Erinnerungen hinter mir zu lassen, die mich schon seit meinem Telefonat mit Lauren fest in ihrem Klammergriff hielten, und konzentrierte mich stattdessen auf die vor mir liegende Aufgabe, irgendwie einen sturzbetrunkenen, über einen Meter achtzig großen Mann nach Hause zu kriegen.

Meine Hand schlang sich um seinen Oberarm, meine Augen auf der Suche nach seiner geliebten Kamera. »Komm, Hyun-Joon. Hoch mit dir.«

Hyun-Joon schob schmollend die Unterlippe vor, eine Geste so unschuldig und niedlich, dass es mich beinahe vergessen ließ, dass dieser Tiger messerscharfe Reißzähne hatte. »Ich will aber noch bleiben.«

»Hyun-Joon, ich denke nicht, dass es eine gute – «

Ich brach ab, als Hyun-Joon plötzlich breit grinsend die Arme hochriss, auf seinen Wangen die Grübchen, die damals schon dafür gesorgt hatten, dass ich alles andere um mich herum vergaß. »Inni-Ya!«

Ich spähte zur Tür und verspannte mich, als ich dem Blick von Kim In-Jae, Hyun-Joons bestem Freund seit Kindertagen, begegnete, den ich problemlos an seiner süßen Stupsnase und den unzähligen Ohrringen wiedererkannte. Sofort sah ich mich nach Yohan und Eun-Ho um, den zwei weiteren Männern, die zu Hyun-Joons engstem Freundeskreis gehörten, und die Hoon so liebevoll das Wolfsrudel nannte, doch sie waren nirgendwo zu sehen, und ich entspannte mich wieder ein wenig. Ich wusste wirklich nicht, ob ich heute noch weitere Begegnungen mit Hyun-Joons und meiner gemeinsamen Vergangenheit aushalten würde.

Überraschung formte In-Jaes Mund zu einem stummen *Oh*, während seine dunkelbraunen Augen zwischen Hyun-Joon, den leeren Soju-Flaschen auf dem Tisch und mir hin und her wanderten. Doch dann blieb sein Blick an meiner Hand um Hyun-Joons Oberarm hängen, und seine Augen verengten sich, während seine Lippen sich zu einem schmalen Strich zusammenpressten.

»Ich wollte ihm nur helfen, nach Hause zu kommen«, beeilte ich mich lautstark zu sagen, beseelt von dem plötzlichen Bedürfnis, mich zu erklären, das mein Koreanisch ruppig und ungelenk klingen ließ, bei dem Neuankömmling aber dennoch für deutliche Überraschung sorgte, weil wir damals notdürftig über eine App und ausschließlich mit Hyun-Joons Hilfe hatten kommunizieren können. »Mehr nicht. Versprochen.«

»Danke«, presste er gezwungen hervor und schob sich durch das Restaurant zu mir und Hyun-Joon herüber, der noch immer die Arme in der Luft hielt wie ein aufgeregtes Kind. »Ich kümmere mich ab jetzt um ihn.«

Die Botschaft war deutlich, und ich trat einen großen Schritt zurück, um Hyun-Joons bestem Freund Platz zu machen, der mir mit wenigen Worten klargemacht hatte, was wohl auch sein skeptischer und verwirrter Blick allein zum Ausdruck hätte bringen können. Meine Hilfe war hier nicht länger erwünscht. »Natürlich.«

In-Jae, der sich als Stylist verrückte Haarfarben erlaubte und sein damaliges Fuchsrot gegen ein auffälliges Platinblond getauscht hatte, beugte sich zu seinem besten Freund herunter, der ihm in betrunkener Anhänglichkeit die Arme um die schmale Taille schlang. »Komm, Hyun-Joon-Ah. Ich bringe dich nach Hause.«

»Okay«, murmelte Hyun-Joon plötzlich ganz handzahm und ließ sich von dem kleineren und zierlicheren Mann aufhelfen, der schon immer an seiner Seite gewesen war, und der sich gewissenhaft Hyun-Joons Kamera über die Schultern hängte, ehe er wortlos mit einer einzigen Geste das Handy von mir zurückverlangte, das ich ihm sofort reichte. »Inni-Ya, können wir irgendwo *Ramyeon* essen? Ich hab einen Bärenhunger.«

»Sicher. Aber nur, wenn du das Taxi nicht vollkotzt.«

»Niemals.«

In-Jae lachte, leise und voller freundschaftlicher Zuneigung, die schmerzte. »Das werden wir ja noch sehen.«

Sie schwankten in Richtung Ausgang, und ich sah ihnen nach, während die beiden mich keines weiteren Blickes würdigten, verloren im Hier und Jetzt, während ich mit einem Fuß noch in der Vergangenheit stand, in der In-Jae mich mit einem ehrlichen Lächeln, anstatt mit tiefstem Misstrauen begrüßt hätte. In der ich mehr gewesen war als eine schmerzhafte Erinnerung, die beschlossen hatte, ihre Gegenwart heimzusuchen.

Erschöpft verließ ich das Lokal, als Hyun-Joon und In-Jae außer Sichtweite waren, jegliche Energie war dem alles beherrschenden Gold gewichen, das unaufhörlich weiter aus den Rissen meines Herzens tropfte und sich mit dem Blutrot mischte, das meine Sicht verschwimmen ließ.

Dennoch stieg ich in ein Taxi. Dennoch nannte ich dem Fahrer die Adresse der Bar, die Lauren mir geschickt hatte. Dennoch setzte ich ein strahlendes Lächeln auf, als meine Freunde mich mit lautem Grölen begrüßten. Dennoch tat ich den ganzen Abend so, als wäre nichts geschehen.

Ich weinte erst, als ich einige Stunden später in meinem Apartment auf dem Bett zusammensackte. Und ich hörte nicht auf, bis die ersten Sonnenstrahlen durch das Fenster fielen und die Erschöpfung mich übermannte. Doch auch sie vermochte mich nicht vor dem Tiger zu bewahren, der meine Träume regierte und der mich aus goldenen Augen zornig anfunkelte, bevor er mich mit seinen Pranken in Stücke riss.

5. KAPITEL

첩첩산중 = Ein Problem nach dem anderen

»Klopf, Klopf.«

Ich sah auf und seufzte beinahe vor Erleichterung, als ich Woo-Young erblickte, der den Kopf zur Tür hereinsteckte, spitzbübisch wie ein Kind, das auf Erlaubnis wartete, das Zimmer betreten zu dürfen. Ich legte den roten Aquarellstift, um den ich meine Finger verkrampft hatte, auf den Tisch und schob das Blatt Papier, auf dem ich seit Beginn meiner Mittagspause nichts anderes zustande gebracht hatte als verschlungene, sinnlose Linien, beiseite.

»Woo-Young«, sagte ich, vermutlich eine Spur zu enthusiastisch, wenn ich sein belustigtes Nasekräuseln richtig interpretierte, »komm rein. Was kann ich für dich tun?«

Mein Chef kam in mein Büro geschlendert, die Brille zwischen seinen Fingern, woraus ich schloss, dass auch er gerade eine kurze Pause einlegte, obwohl sein Tag vermutlich wie immer bis in die letzte Minute durchgetaktet war. »Ich wollte fragen, wie dein Geburtstag noch so war, nachdem dein dämlicher Boss dich vorher mit einem Meeting belästigt hat.«

Ich versuchte, nicht an goldene Augen und gebleckte Zähne zu denken, sondern mich stattdessen auf Wangenküsse, feste Umarmungen und liebevolle Geschenke zu konzentrieren. »Es war schön. Meine Freunde und ich sind von einer Bar zur nächsten gezogen und hatten viel Spaß.«

»Klingt nach der Art Ablenkung, die man braucht.« Er nickte in Richtung des Papiers, das achtlos neben mir lag. »Wie läuft es mit der Kunst?«

»Schleppend.« Das Papier fühlte sich unter meinen Fingern an wie eine Rasierklinge, als ich den Rand nachfuhr. »Ich habe das Gefühl, die Seiten zu füllen, ohne sie tatsächlich zu *füllen*, wenn du verstehst, was ich meine.«

»Nicht wirklich.« Woo-Young setzte seine Brille wieder auf und kratzte sich am Hinterkopf. »Ich bin seit jeher immer eher an der kaufmännischen Seite von Kunst interessiert als an dem kreativen Prozess dahinter.«

»Durchaus verständlich.« Ich zwinkerte und dachte an die ganzen teuren Sachen, mit denen Woo-Young sich gern umgab, wie zum Beispiel die Designerbrille auf seiner Nase oder die schwarze Pradatasche, die er bei der Arbeit oft dabeihatte. Ich gönnte ihm diesen Luxus aber von Herzen, weil ich wusste, dass wir beide aus finanziell prekären Verhältnissen stammten, die wir aus eigener Kraft überwunden hatten. »Ich hingegen kann mit dem ganzen Zahlengedrehe absolut nichts anfangen.«

»So hat jeder seine Talente.« Er kam zu mir herüber und lehnte sich mit der Hüfte gegen den Schreibtisch aus Glas, der für meinen Geschmack unnötig groß und protzig war, so wie er vor der Fensterfront thronte, die mir aus dem zehnten Stock einen fantastischen Ausblick auf die Nachbarschaft erlaubte. »Aber ich bin immer gewillt, Neues dazuzulernen. Also, erklär's mir.«

Skeptisch warf ich einen Blick auf die Uhr, die direkt neben meinem Monitor stand. »Hast du nicht in ein paar Minuten deinen nächsten Termin?«

»Ja, aber der findet online statt, also habe ich fünf Minuten, um den Problemen meiner Lieblingsangestellten Gehör zu schenken.«

Ich lehnte mich auf meinem Stuhl zurück und betrachtete Woo-Young, während mein Magen sich zusammenzog und mein Hirn laute Warnsignale aufheulen ließ. Über meine Kunst zu sprechen, war für mich nach wie vor etwas sehr Intimes, und auch wenn mein Boss und ich uns gut verstanden und ich ihn durchaus fast zu meinen Freunden zählen würde, war das eine Grenze, von der ich nicht sicher war, ob ich sie übertreten wollte. »So wichtig ist es nicht.«

»Wichtig genug, dass Mrs Singh mich nach deinen Fortschritten gefragt hat.«

Ich fluchte, doch Woo-Young lächelte nur entschuldigend und zuckte die Achseln. »Du weißt doch, wie sie ist, wenn es um ihre Schützlinge geht.«

»Hab ich ihr deinen Besuch hier zu verdanken?«

Ertappt zuckte er zusammen. »Die Ausstellung ist schon in wenigen Monaten, und sie hat gesagt, dass deine Antworten in Bezug auf dein eigenes Werk bestenfalls ausweichend sind, während du den organisatorischen Teil fast zu genau rückmeldest.«

»Weil ich wegen meines Gemäldes keine klare Antwort für sie habe.« Ich überkreuzte die Beine und verschränkte die Arme vor der Brust, als ich an die verpassten Anrufe und einsilbigen Gespräche dachte. »Ich werde aber eine Lösung dafür finden und sie kontaktieren. Versprochen.«

Dass er mir nicht wirklich glaubte, war offensichtlich, doch so wie er zu seiner Armbanduhr spähte und sich mit einem resignierten Ausatmen vom Tisch abstieß, war ich wohl zumindest für heute entlassen. »Tu das bitte. Sie schien ehrlich besorgt um dich, Jade.«

Wenn sie sich so einen Kopf um mich macht, hätte sie mich nicht gegen meinen Willen nach Korea versetzen sollen. »Ich werde sie anrufen, sobald es etwas zu berichten gibt.«

»Okay.« Er klopfte mit den Fingerknöcheln auf das Panzerglas. »Gehst du heute noch runter ins Atelier?«

»Ich denke nicht.« Ich nickte in Richtung des Stundenplans, den ich wöchentlich am Whiteboard anzeichnete, damit ich ihn immer im Blick hatte und nichts in Vergessenheit geriet. »Ich hab noch zwei Stunden Leerlauf, in denen ich mich um ein paar administrative Sachen kümmern wollte, bevor mein Privatunterricht heute anfängt. Und mit Tae-Sung dauert es im Moment einfach länger wegen des anstehenden Eignungstests für die Universitäten.«

Woo-Young verzog mitfühlend das Gesicht, das Trauma des *CSAT*, des *College Scholastic Ability Test*, der in Korea über die akademische Zukunft bestimmte, war offensichtlich tief in ihm verankert. »Was meinst du, wie lange ihr heute macht?«

»Schwer zu sagen, aber ich vermute, so bis neun. Vielleicht auch länger.« Ich dachte daran, wie spät es sein würde, bis ich zu Hause bei Joonie wäre, und am liebsten hätte ich vorgespult, bis ich mein Gesicht in sein seidiges Fell drücken und den Stress des Tages loslassen konnte. Meine Tage damals im *Hagwon* waren zwar deutlich länger gewesen, doch seit meinem unschönen Zusammenstoß mit Hyun-Joon letztes Wochenende schleppte ich mich mehr oder weniger durch die Woche, die sich endlos zu ziehen schien. Dabei war heute erst Dienstag. »Soll ich abschließen oder bist du dann noch da?«

»Ich muss heute Abend zu meinen Eltern. Morgen ist der Todestag meines Großvaters, und ich möchte zum *Jesa* unbedingt pünktlich sein.«

Ich runzelte die Stirn, der Begriff sagte mir nichts. »Entschuldige bitte, aber was ist *Jesa*?«

Woo-Young, der schon fast zur Tür raus war, hielt noch einmal inne und grübelte einen Augenblick, so wie immer, wenn er mir einen koreanischen Begriff erklärte. »Es ist eine

Zeremonie im Kreis der Familie für verstorbene Vorfahren. Man deckt einen bestimmten Tisch, den *Jesasang*, und gedenkt gemeinsam des Verstorbenen. Manche Familien machen es für alle verstorbenen Vorfahren bis fünf Generationen zurück, aber meine Familie begrenzt sich auf die letzten zwei, und wir machen es den Abend vorher anstatt wie üblich nach Mitternacht, weil wir alle arbeiten müssen.«

Ich hatte noch Tausende von Fragen, wusste allerdings ja, dass Woo-Young keine Zeit mehr hatte, mit seiner Erklärung noch weiter ins Detail zu gehen. »Danke für die Erklärung, Woo-Young.«

»Kein Problem. Ich bin immer gern als dein Koreanischwörterbuch zur Stelle.« Er hob die Hand salutierend zur Stirn, zwinkerte mir kurz zu und schlüpfte durch die Tür, die leise hinter ihm ins Schloss fiel.

Ich ließ den Kopf gegen die Nackenstütze des Stuhls sinken und sah zu der blütenweißen Decke hinauf. Ihre Platten waren fest verankert, ruhten sicher auf den Streben, die sie hielten. Warum also sah es so aus, als kämen sie immer näher, und näher, um mich schließlich zu zerquetschen? Ich tastete auf dem Schreibtisch nach dem Stift, meine Finger ungeduldig, bis sie die vertraute sechseckige Form und das seidige Holz spürten. Ich hob ihn an, drehte ihn geübt hin und her und versuchte, das vertraute Gefühl von Trost aus ihm zu ziehen. Doch meine Atmung wurde flacher, und die Platten kamen näher und näher, sodass ich die Augen schließen musste, um nicht noch tiefer in die grellorangefarbenen Schatten meiner Panik hinabzustürzen. Ich wusste genau, dass mein Verstand mir einen Streich spielte. Doch das Phantomklingeln meines Smartphones ließ sich partout nicht abstellen, es dröhnte in meinen Ohren, obwohl ich es schon vor einer ganzen Weile auf stumm geschaltet hatte, nicht gewillt, auch nur eine einzige Verbindung zur Außenwelt aufrechtzuerhalten. Ihren Weg in mein Büro hatte sie dennoch gefunden, um mich an all die Probleme zu erinnern, die sich wie Flecken auf der Leinwand meines Lebens festsetzten und die ich bisher mit einem Lappen wegzuwischen versuchte, den ich jeden Morgen in Vergessen und Ignoranz tränkte. Aber sie blieben hartnäckig, suchten mich erneut heim und breiteten sich nur noch weiter aus. Und übers Wochenende hatten sie völlig neue Dimensionen angenommen, die das Kunstwerk, das ich zu erschaffen bemüht war, zu überfrachten drohten.

Ob ich einfach die Klammern auf der Rückseite lösen und noch mal von vorne anfangen sollte? Vielleicht, wenn ich Mrs Singh lange genug darum bäte, würde sie mich zurück nach Singapur kommen lassen. Weit weg von all den Gefühlen, die mein Herz in Aufruhr versetzten.

Jade, das soll keine Bestrafung sein. Du weißt, dass du die beste Schülerin bist, die ich je hatte, und deine Bilder sind technisch perfekt. Aber ich fühle nichts, wenn ich sie ansehe, und ich weiß, dass es dir genauso geht. Du bist mit keinem einzigen Bild zufrieden und findest nie etwas Positives daran, ganz egal, wie gut es objektiv betrachtet auch sein mag. Wir hatten ja vereinbart, dass ich einmal mit deiner Therapeutin darüber spreche, und wir sind beide der Meinung, dass es gut für dich wäre, an den Ort zurückzukehren, an dem du dir selbst erlaubt hast, zu fühlen. Wo deine Kunst noch wirklich lebendig war. Sieh es einfach als Chance, okay?

Ich biss die Zähne so fest aufeinander, dass mein Kiefer spannte, und ich bekam sie auch kaum auseinander, als ich die Augen öffnete, um den Anruf entgegenzunehmen, der mein Bürotelefon laut zum Schrillen brachte. Dennoch war ich insgeheim dankbar, meinen Gedanken mithilfe meiner Arbeit zumindest für einen Augenblick lang entfliehen zu können, die wieder begannen, außer Kontrolle zu geraten. »Schönen Guten Tag. Ms Hall am Apparat.«

»Ms Hall?« Die Stimme der Empfangsdame aus der Lobby unten, deren Name mir beim besten Willen nicht einfallen wollte, erklang warm und freundlich aus dem Hörer, als sie mit übereifrigem Ton sprach. »Hier steht eine junge Ms Kang, die sagt, dass sie einen Termin mit ihnen hat.«

Kang. Der Nachname löste Beklemmungen in mir aus, obwohl ich zwei Schülerinnen mit diesem Familiennamen hatte, der statistisch gesehen nicht selten vorkam. Aber ganz egal wie sehr die Begegnung mit Hyun-Joon mich auch aufgewühlt hatte, es war bloß ein unschöner Zufall gewesen, der sich auf keinen Fall wiederholen würde. Auf gar keinen Fall würde ich ihm noch mehr Platz in meinem Kopf oder meinem Herzen einräumen, so wie er mich behandelt hatte. Ich wusste, ich hatte ihm damals mit meiner Entscheidung, das Angebot von Mrs Singh anzunehmen, höllisch wehgetan. Ich verstand, dass es wehtat. Konnte es sogar sehr gut nachvollziehen. Weil es mir genauso ging. Denn nicht nur er war zutiefst verletzt worden, mir hatte er ebenso das Herz gebrochen, als er mir nicht vertraut und stattdessen mit allen Mitteln versucht hatte, mich hierzubehalten. Wie konnte er es also wagen, mich dermaßen runterzuputzen und mich mit solch einer Verachtung zu strafen, wenn wir doch beide die Schuld an dieser ganzen Sache trugen?

Ich rollte mit den Schultern, um ihn ein für alle Mal abzuschütteln und mich stattdessen auf meine Arbeit zu konzentrieren, die Festung und Zuflucht zugleich war.

Ich zog die Stirn in Falten und kniff die Augen zusammen, um mein Gekritzel auf dem Whiteboard erkennen zu können. Ich hatte weder einen Termin mit Kang Soo-Bin, meiner überdrehten Achtklässlerin mit Schwerpunkt Tuschemalerei, noch einen mit Kang A-Ra, der stoischen Elftklässlerin, die ein Faible für digitale Kunst hatte, vermerkt. Aber bei dem Stress, den ich in letzter Zeit gehabt hatte, und nach diesem emotional anstrengenden Wochenende wäre ich nicht sonderlich überrascht gewesen, wenn ich eine kurzfristig auf dem Flur ausgemachte Privatstunde vergessen hätte.

»Schicken Sie sie bitte rauf. Vielen Dank.« Ich legte auf und öffnete auf meinem Rechner das Register unserer Kids, in dem wir alles vermerkten. Von Schulnoten über Klassenbucheinträge bis hin zu Notizen zum Sozial- und Unterrichtsverhalten. Ich rief die beiden Schülerinnen auf, stockte jedoch, weil keine von beiden einen Eintrag hatte, der eine Privatstunde gerechtfertigt hätte. Kein verhauener Test und auch keine ängstlich erwartete Prüfung. Nicht einmal von einem kommenden Elterngespräch oder notwendiger Recherchearbeit für andere Unterrichtsfächer war die Rede. Eigentlich hatte ich gehofft, mir so erschließen zu können, welches der beiden Mädchen ich in meiner Gedankenlosigkeit vergessen hatte.

Resigniert schloss ich die Dateien und sperrte meinen Computer, ehe ich zu dem langen Sideboard am anderen Ende meines Büros ging und den Wasserkocher mit dem niedlichen Tierdesign einschaltete, den ich vor einer Weile günstig bei einem Ramschladen ergattern konnte. Vielleicht würde meine Schülerin bei den stetig fallenden Temperaturen gern etwas Heißes trinken wollen, und wenn ich auf den Unterricht schon nicht vorbereitet war, wollte ich ihr wenigstens das bieten.

Dann nahm ich an dem kleinen runden Tisch Platz, der mitten im Raum stand und an dem ich für gewöhnlich den Privatunterricht mit bis zu vier Kids gleichzeitig abhielt.

Ein Gutes hatte es, dass bei keiner der beiden etwas Besonderes anstand: Ich würde spielend leicht improvisieren können. Alles, was ich tun musste, war, unauffällig nach dem Grund der Sonderstunde zu fragen, und von dort würde sich alles weitere ergeben. Mittlerweile hatte ich durchaus einiges an Erfahrung als Lehrerin, sodass mich nichts so leicht aus dem Tritt bringen konnte. Und doch war mir meine mangelnde Vorbereitung unangenehm, zu sehr daran gewöhnt, mich auf meine Arbeit zu fokussieren, als dass mir jemals etwas durchrutschen könnte.

Ein Klopfen an der Tür aus Milchglas bewahrte mich vor weiteren unsinnigen Schuldgefühlen, und ich überschlug die Beine, auf meinen Lippen formte sich ganz automatisch mein übliches Lehrerinnenlächeln, als ich meine Schülerin hereinbat.

Doch das Mädchen mit dem braunen Haar und mit so dunklen Augen, dass sie fast schwarz wirkten, war keine Schülerin. Zumindest nicht meine. Ich traute meinen Augen kaum, als ich das vertraute rote Karomuster des Rocks erkannte, von dem ich sicher gewesen war, es nie wieder zu erblicken, während ich mit einem schweren Schlucken zu dem großen Jutebeutel sah, den ich mehr als einmal selbst getragen hatte. Sein Inhalt bestand höchstwahrscheinlich noch immer aus diesem bunten Chaos aus Gymnastikanzügen, Strumpfhosen und Stulpen sowie Tigerbalsam und Blasenpflastern. An den Schulterriemen hing wie gewohnt ein Paar Spitzenschuhe, der Stoff noch fest, die aber die üblichen Male trugen, die jede Ballerina ihren Schuhen zufügte, um in ihnen nicht unnötig zu leiden.

Ich stützte meine Hand auf dem Tisch ab und stand auf, unsicher, was ich sagen sollte. Also murmelte ich das Erste, was mir in den Sinn kam, als ich die hohen Wangenknochen betrachtete, die denen ihres großen Bruders so ähnlich waren.

»Hast du schon zu Mittag gegessen, Hyun-Ah-Ya?«

Hyun-Joons kleine Schwester lächelte schüchtern, während sie ihre Tasche fester umklammerte und mit dem Kopf schüttelte. »Nein, noch nicht.«

»Dann lass mich dich einladen.«

6. KAPITEL

마음이 편하지 않아 =
Ich habe ein ungutes Gefühl bei der Sache

Zeit war eine eigenwillige Sache.

Mal rann sie dahin wie Wasser durch die Finger, für immer verloren in den Untiefen des Kosmos, noch bevor man sie wirklich fassen konnte. Mal zog sie sich zäh, wie Kaugummi, unangenehm und klebrig, während man sich fragte, wie man sich der Situation entwinden konnte, die sich ins Unendliche erstreckte. Und mal war man wie im Limbo, irgendwo dazwischen und festgefroren im Gefängnis der eigenen Existenz, dazu verdammt zuzusehen, wie die Zeit mal stockte und mal rasend schnell dahinfloss und etwas erschuf, das man weder begreifen konnte noch wollte.

Genau dort war ich, die Hände um die Gitterstäbe geschlungen, an denen ich kläglich scheiterte, während die Zeit die Hände auf das Kunstwerk meines Lebens legte und zerrte, bis der Rahmen ein bedrohliches Knacken von sich gab und die ersten Risse im Leinen erschienen. Meine bisherigen Pinselstriche, die ich in den letzten drei Jahren unter größter Anstrengung gesetzt hatte, waren in ihren Schattierungen aus Grau und Blau zur Unkenntlichkeit verdammt.

»Jade?«

Mühsam löste ich meine Augen von der Kerbe in der mahagonibraunen Tischplatte des Restaurants, das für sein *Dak-*

bokkeumtang bekannt war, und blickte in das Gesicht von Hyun-Ah, die mich aus kaffeebraunen Augen aufmerksam betrachtete. »Entschuldige, was hast du gesagt?«

Hyun-Joons kleine Schwester, die so viel älter wirkte, als sie mit ihren neunzehn Jahren sollte, zögerte einen Augenblick, ehe sie mit dem Kopf schüttelte und die schmalen Schultern durchdrückte. »Ich habe gefragt, wie es dir geht.«

Es war eine simple Frage. Unverfänglich. Und doch wusste ich keine wirkliche Antwort darauf. Wie ging es mir, jetzt wo die Kang-Geschwister beschlossen hatten, mein sorgfältig geordnetes Leben in Brand zu stecken? Gut? Das wäre gelogen. Aber das aufgeregte Flattern in meiner Magengegend und die Wärme in meiner Brust, wenn ich Hyun-Ah ansah, hielten mich davon ab, mit bissigen und vernichtenden Superlativen zu antworten, denen es eh nur an Aufrichtigkeit mangeln würde. Also zuckte ich die Achseln. »Es ist kompliziert.«

Hyun-Ah nickte, so als wüsste sie genau, wovon ich sprach. »Das glaube ich sofort.«

»Wie geht es dir denn, Hyun-Ah-Ya?«

»Gut.«

Schweigen legte sich über unseren Tisch, und es hielt an, bis der Kellner kam und die Beilagen auftischte, ehe unser Hauptgericht in einer flachen Pfanne mit Deckel folgte. Er stellte es ab, seine Finger hastig und ungeschickt, während er den kleinen Gasbrenner einschaltete, für den er mehrere Anläufe brauchte, so oft wie er zu Hyun-Ah hinüberspähte. Verdenken konnte ich es ihm nicht. Hyun-Ah war wunderschön mit ihrer kleinen Stupsnase, den symmetrischen Gesichtszügen und vollen Lippen. Ein genaues Abbild ihrer Mutter, die ich auf den Treppen vor Hyun-Siks Schule nur kurz zu Gesicht bekommen hatte, deren Schönheit sich aber in diesem flüchtigen Moment für immer in meiner Erinnerung verankert hatte. Doch Hyun-Ah würdigte den jungen Mann, der kaum älter sein konnte als sie, keines Blickes, sondern knipste mit ihrem Handy ein paar Fotos, vermutlich für Social Media, ehe sie das Smartphone mit der rosa Zeichnung einer Ballerina auf der Hülle beiseitelegte. Ich erwartete, dass sie nun mit der Sprache rausrücken würde, doch nichts dergleichen geschah. Sie sagte kein Wort, starrte stattdessen nur auf das Rotbraun unter ihren Fingerspitzen, die einen gleichmäßigen Takt klopften, der nicht zu dem Popsong passte, der aus dem Radio des Restaurants dudelte.

»Hyun-Ah-Ya«, begann ich nach einer Weile, in der lediglich die Gespräche der Gäste um uns herum zu hören gewesen waren, »warum bist du nicht in der Schule?«

Ihr stetiger Rhythmus stockte, doch dann schlug sie die Augen nieder und nahm ihn wieder auf. »Wir hatten eher Schluss.«

Mir war sofort klar, dass sie mich anlog. Hyun-Ah war, genau wie mein Schüler Tae-Sung, im letzten Jahr der Highschool. Die Vorbereitungen auf den *CSAT*, der wie immer am dritten Donnerstag im November stattfand, liefen auf Hochtouren. Es war ausgeschlossen, dass es ausgerechnet jetzt, keine vier Wochen vorher, zu Unterrichtsausfällen kam, die nicht anderweitig kompensiert wurden. Ich straffte die Schultern und legte den strengsten Lehrerblick auf, den ich zu bieten hatte. »Hyun-Ah-Ya.«

Sie sah auf ihre Hände herab, die Nagelbetten blutig und aufgerissen, die sie sofort wieder mit ihren Fingern und Zähnen attackierte. Weiß durchbrach zartes Rosa, bis Rot erblühte, die roten Blutstropfen wie kleine Edelsteine, gemacht aus Schmerz. Aus einem Impuls heraus griff ich über den Tisch nach ihrer Hand, stoppte mich aber in letzter Sekunde doch noch. Wir hatten nicht mehr die gleiche Beziehung wie früher, in der ich ihr zumindest ein wenig Trost schenken konnte. Nach drei Jahren der Funkstille waren wir praktisch Fremde, und das Wissen, dass Hyun-Joon dieses Treffen unter keinen Umständen gutheißen würde, verstärkte mein Unbehagen.

Ich zog meine Hand zurück und versteckte meine geballte Faust im Schoß, ehe ich erneut ansetzte, diesmal ohne das Suffix der Vertrautheit zu nutzen, die zwischen uns nicht länger existierte. »Hyun-Ah, du kannst nicht einfach –«

»Ich brauche deine Hilfe.«

Der plötzliche Ausbruch überraschte mich mindestens genau so sehr wie ihre Worte, sodass ich einen Augenblick brauchte, um zu verarbeiten, was sie eigentlich gerade gesagt hatte. »Was?«

»Ich brauche deine Hilfe.« Hyun-Ah hörte auf, ihre zarten Finger weiter zu malträtieren, und trank einen großen Schluck Wasser. Ich starrte nur auf die unzähligen Wunden, denen sie nicht einmal einen Funken Beachtung schenkte. »Ich weiß nicht, wen ich sonst fragen soll.«

Ich hatte zwar keine Ahnung, worum es ging, aber in meinem Kopf schrillten sofort alle Alarmglocken. »Hyun-Ah, ich bin mir sicher, dein Bruder kann –«

Sie schüttelte den Kopf, noch bevor ich die Chance hatte, den Satz zu Ende zu führen. »*Oppa* kann ich nicht fragen. Außerdem würde er mir eh nicht helfen.«

Da war Enttäuschung in ihrer Stimme, als sie das koreanische Wort benutzte, das innerhalb der Familie von der jüngeren Schwester für den großen Bruder verwendet wurde, das aber auch enge Freunde nutzten. Doch neben der Enttäuschung war da auch der Unterton von Verständnis, der dafür sorgte, dass mir schwindelig wurde. Das ungute Gefühl, unwissentlich zwischen die Fronten geraten zu sein, machte sich in mir breit, und mir wurde speiübel, obwohl das neben uns brutzelnde *Dakbokkeumtang* verführerisch duftete. »Hyun-Ah, dein Bruder würde absolut alles für dich tun, das weißt du, oder?«

Ihre dürren Finger umklammerten den Becher in ihren Händen fester, und als sie den Kopf schüttelte, brach es mir fast das Herz. »Er ist nicht mehr derselbe, seitdem er von seinem Militärdienst zurück ist.«

Ich dachte an Zigarettenqualm und gezischte Grausamkeiten, schüttelte dann aber entschlossen den Kopf, nicht gewillt, mein Bild von Hyun-Joon mit dem des aufopferungsvollen, großen Bruders zu vermischen, der für seine Geschwister ganze Länder in Brand zu setzen bereit war. »Das mag sein, aber ich bin mir sicher, dass es nichts gibt, das du ihm nicht erzählen kannst.«

»Du hast ihn getroffen, richtig?« Hyun-Ahs dunkle Augen richteten sich mit entwaffnender Klarheit direkt auf mich, und ich musste mich zusammenreißen, um unter der schieren Intensität in diesen jungen Augen nicht zu erschaudern. »Letzten Freitag.«

Es war keine Frage, sondern eine Feststellung, weshalb ich mir eine Antwort sparte, die es unnötig machte, zu hinterfragen, wie Hyun-Ah von meiner Rückkehr und meinem neuen Job erfahren hatte. Er musste von mir gesprochen haben. Zwar vermutlich mit Zorn in den Augen und mit Alkohol getränkter Zunge, aber dennoch. Und auch ich wusste, wie leicht es war, im Internet alles und jeden mit nichts weiter als einer Hand voll Informationen zu finden. »Ganz egal, wie er jetzt auch sein mag, Hyun-Ah, bin ich mir sicher, dass er für Hyun-Sik und dich alles tun würde.«

Sie schnaubte, und es klang viel zu verbittert für die hoffnungsvolle Ballerina, die ich im schönsten Frühling meines Lebens hatte kennenlernen dürfen. »Solange ich das tue, was er von mir erwartet.«

Ich dachte an den Nachmittag im Park zurück und versuchte, die Erinnerungen an große Hände auf meinen Hüften und den Klang von Lachen zu ignorieren und mich stattdessen einzig und allein auf die Worte zu konzentrieren, die wir auf der Parkbank miteinander gewechselt hatten.

Familie sind die Menschen, die dir am ähnlichsten sind. Die Menschen, die dir besonders am Herzen liegen, und für die du absolut alles tun würdest, vollkommen egal, was es auch sein mag.

»Auch wenn du nicht tust, was er von dir erwartet. Dein Bruder liebt dich. Hat er immer und wird er immer.« Egal wie sehr Hyun-Joon sich in diesen letzten drei Jahren auch verändert haben mochte, war ich von meinen Worten überzeugt. Was mir jedoch einen Stich versetzte, war die Tatsache, dass Hyun-Ah sich der bedingungslosen Liebe ihres großen Bruders alles andere als sicher zu sein schien. »Hast du schon mit ihm darüber gesprochen?«

Sie schüttelte den Kopf. »Ich kann nicht.«

»Wieso nicht?«

Hyun-Ah antwortete mir nicht. Stattdessen schwieg sie, ihre Lippen aufeinandergepresst wie ein Siegel, als sie mit den Fingern über die hautfarbenen Spitzenschuhe fuhr, die an ihrem Leinenbeutel hingen, der von der Rückenlehne ihres Stuhls baumelte. Ich sah dabei zu, wie ihre Finger die Nähte nachfuhren, wie sie vorne über die Box tanzten und die langen Satinbänder um ihre Knöchel wickelte, bis kein Millimeter Haut mehr zu sehen war. Ihre Mundwinkel zuckten, bevor sie herabsanken, und im nächsten Moment kullerten Tränen über ihre Wangen.

Erstarrt saß ich da, unfähig zu begreifen, was hier gerade eigentlich geschah. Mein Körper jedoch reagierte aus dem Instinkt heraus, helfen zu wollen, und ehe ich mich versah, saß ich auf dem Stuhl neben Hyun-Ah und hatte ihren zierlichen

Körper an mich gezogen, während ich sie hielt und über ihren Rücken strich. Die Situation fühlte sich eigenwillig vertraut an, als ich an das Jüngste der Kang-Geschwister dachte.

»Alles wird gut.« Die Worte kamen ganz automatisch über meine Lippen, ein substanzloses Mantra, an dem ich mich festklammerte, wann immer das Indigoblau meiner Trauer und Verzweiflung mein ganzes Sein zu ertränken drohte. »Egal, was es ist, es geht vorbei. Und dann kommt alles wieder in Ordnung.«

Hyun-Ah krallte ihre Hand so fest in den Stoff meiner Bluse, dass ich fürchtete, der hauchdünne Stoff mit dem Blumenmuster würde gleich mit einem lauten Ratschen nachgeben. Doch einzig und allein mein Herz schien durch diese Situation deutlich in Mitleidenschaft gezogen zu werden, denn es flatterte und krampfte mit jedem gebrochenen Wimmern, das Hyun-Ah ausstieß. Ich wiegte sie sanft in meinem Arm und verbarg ihr Gesicht an meiner Schulter, als die ersten Leute neugierig zu uns herüberspähten. Auch wenn Hyun-Joon der letzte Mensch war, an den ich in diesem Augenblick denken wollte, so bahnte er sich doch seinen Weg zurück zu mir in Form von rosafarbenen Kirschblütenblättern, sanften Frühlingsnächten und ungeschminkten Wahrheiten.

Niemand hat Anrecht auf dieses Wissen oder auf deinen Schmerz. Absolut niemand. Ganz egal, ob die Leute das anders sehen oder nicht.

Ich versuchte ihn abzuschütteln, und stattdessen mich ganz aufs Hier und Jetzt zu konzentrieren, auf diesen Moment, in dem ein junges Mädchen sich an mich klammerte, als wäre ich ihre letzte Rettungsleine. Gerade spielte es nämlich überhaupt keine Rolle, wer ihr großer Bruder war oder was für eine Vorgeschichte wir teilten. Wichtig war nur, ihren Schmerz zu lindern, ungeachtet der Konsequenzen, die mich erwarten würden, sollte Hyun-Joon jemals von dieser Sache Wind bekommen.

Unser Essen köchelte weiter vor sich hin, doch Hyun-Ah hob den Kopf erst, als der Kellner erneut an uns herantrat, um neues Wasser in unseren blubbernden Topf zu geben, damit nicht sämtliche Flüssigkeit vollständig verkochte. Peinlich berührt strich sie die Tränen von ihren Wangen und räusperte sich, als der Kellner mit hochgezogenen Schultern und krampfigen Schritten davoneilte.

»Entschuldige bitte«, sagte sie, ohne mich anzusehen. »Das war so nicht geplant.«

»Die wenigsten von uns planen, mitten im Restaurant in Tränen auszubrechen.« Ich drückte ihre Schulter mitfühlend und bemühte mich um ein beruhigendes Lächeln, auch wenn die Sorge sich wie ätzende Säure durch meine Adern fraß. Uns verband zwar nichts weiter als Erinnerungen und eine zarte Verknüpfung zwischen Schwester und Ex-Freundin, das änderte aber nichts an meinem Beschützerinstinkt ihr gegenüber. »Du brauchst dich außerdem nie für deine Tränen zu entschuldigen, Hyun-Ah. Manchmal müssen sie einfach raus.«

Sie sah mich an, in ihren rotgeschwollenen Augen lag ein Ausdruck von Dankbarkeit und Kummer, den ich, wie ihre Tränen, fortwischen wollte.

»Bist du okay?«

»Ja.« Die Versicherung kam zögerlich, aber alles, was zählte, war, dass sie kam. »Ich glaube, jetzt geht es wieder.«

»In Ordnung.« Ich stand auf und setzte mich wieder an meinen Platz. Dann nahm ich mir ihr Schälchen und füllte es mit einem Löffel voll scharfem Schmorhuhn. »Iss etwas.«

Skeptisch sah sie auf die rote Soße, ihre dünnen, mit Wunden überzogenen Finger waren über ihrem Magen gespreizt. »Ich weiß nicht, ob ich etwas runterbekomme.«

»Versuch es wenigstens.« Ich hatte dieses Restaurant aus all den kleinen Läden der Seitenstraßen ausgewählt, weil ich wusste, dass *Dakbokkeumtang* eins von Hyun-Ahs Leibgerichten war. »Meine Nan hat immer gesagt, dass leckeres Essen hilft. In allen Lebenslagen.« Ich dachte an ihre schwarzen Locken und ihre Kleider mit den ausgefallenen Mustern, mit denen sie nie versucht hatte, ihre stämmige Statur zu kaschieren, und schmunzelte, trotz der Sehnsucht, die sich in mir breitmachte. »Mein Dad und ich haben diesen Ratschlag stets ernst genommen.« Ich zwinkerte ihr aufmunternd zu. »Komm schon. Du wirst dich besser fühlen. Vertrau mir einfach.«

Zögerlich nahm sie ihre Essstäbchen in die Hand, hob damit eines der Kartoffelstückchen an und steckte es sich in den Mund. Ihr zufriedenes Seufzen war Antwort genug. Ich kostete ebenfalls von dem leckeren Gericht, das früher an meiner Toleranzgrenze gekratzt hätte, jetzt zwar immer noch scharf, aber von seinem Schärfegrad her durchaus aushaltbar war.

Eine Weile lang sagte niemand von uns etwas, unser Schweigen war aber keinesfalls unangenehm. Es war einvernehmlich, geboren aus der Tatsache, dass wir beide einfach einen Augenblick für uns brauchten. Als Hyun-Ah ihre Stäbchen beiseitelegte und mir direkt in die Augen sah, fühlte ich mich zumindest ein bisschen besser vorbereitet und nicht länger hilflos meinen Emotionen und dieser Situation ausgeliefert, auch wenn ich noch meilenweit davon entfernt war, sie unter Kontrolle zu haben.

»Wie hast du es geschafft?«

Hyun-Ahs Frage kam unvermittelt und ohne jeglichen Zusammenhang, fast wie eine Skizze, die so oft bearbeitet worden war, dass das Bild unter all den Bleistiftstrichen nicht mehr zu erkennen war. »Wie habe ich was geschafft?«

Hyun-Ah griff nach ihrem Wasser, trank aber nichts, sondern schwenkte es nur in ihrer linken Hand. Ihr Blick war fest darauf geheftet, als sie erneut ansetzte. »Für deinen Traum alles hinter dir zu lassen? Deinen Job, deine Freunde, meinen Bruder. Wie hast du das geschafft?«

Die metallischen Essstäbchen klirrten, als sie mir aus den Fingern rutschten und auf der rotbraunen Tischplatte aufschlugen. Ein paar Kleckser des angedickten Suds glänzten blutrot auf der in die Jahre gekommenen mattierten Oberfläche. Ich öffnete den Mund, schloss ihn aber direkt wieder, weil ich keine Antwort auf ihre Frage hatte, auf die mich auch wohl Stunden des einvernehmlichen Schweigens nicht hätten vorbereiten können. Doch durch den Nebel des Schocks nahm ich langsam das Unbehagen wahr, dass sich von meiner Magengrube aus in meinem ganzen Körper ausbreitete, während mein Hirn durch den Schleier der Emotionen die Frage formulierte, die ich dringend stellen musste. »Wieso willst du das wissen?«

Hyun-Ah antwortete nicht, aber ihre Hand stoppte in der Bewegung und zog nicht länger Kreise nach.

»Hyun-Ah, wieso zum Teufel willst du das wissen?«

»Weil ich Tanz und nicht irgendetwas anderes studieren möchte. Und ich habe die Chance auf ein Vortanzen für eine Ballettschule in London, die ich auf keinen Fall sausen lassen will. Auch dann nicht, wenn meine Familie dagegen ist.«

Die Offenbarung hing wie ein Damoklesschwert über uns, und alles in mir schrie danach, Hyun-Ah zu sagen, was für eine dumme Idee das war. Dass sie etwas Bodenständiges studieren und das Tanzen nur als Hobby beibehalten sollte. Dass es keine Zukunft hatte, seinen Träumen hinterherzujagen, die keine Stabilität und Sicherheit boten. Doch die Entschlossenheit in ihren Augen, die ich auch in meinem eigenen Blick fand, wann immer es um die Kunst ging, ließ mich wissen, dass ich nur meinen Atem vergeuden würde.

»Weißt du, dass sie dagegen sind? Hast du schon mit ihnen darüber gesprochen?«, fragte ich stattdessen, auch wenn ich die Antwort bereits kannte. Die Tatsache, dass Hyun-Ah jetzt ausgerechnet mir und nicht ihrem großen Bruder gegenübersaß, dem sie noch vor drei Jahren absolut alles anvertraut hatte, sprach Bände. Automatisch drängte sich in mir die Frage auf, was zwischen den Geschwistern vorgefallen war, doch ich biss mir auf die Zunge, nicht gewillt, noch weiter in das Innenleben ihrer Beziehung vorzustoßen, der die Zeit übel mitgespielt zu haben schien.

»Bisher nicht, aber ich kann mir durchaus vorstellen, wie es laufen wird. Immerhin haben sie schon Nein gesagt, als ich auf eine Highschool für darstellende Künste gehen wollte.« Ihre Stimme klang gepresst und eine Spur zu hoch, so als müsste Hyun-Ah sich überwinden, die Worte auszusprechen, die schwer auf ihrem Gewissen lasten mussten, so wie ich die Kang-Geschwister kannte. »Ich weiß einfach nicht, wie ich es ihnen klarmachen soll.«

Ich wollte ihr zu Ehrlichkeit raten, doch der Geist kalter Finger und der bittere Geschmack von Enttäuschung auf meiner Zunge hielten mich davon ab. Sie hatte mich nicht weit gebracht, sondern mich lediglich direkt zum Ende meiner Beziehung geführt, an der ich doch eigentlich so verzweifelt festhalten hatte wollen. Doch Lügen würden ihr auch nicht das bringen, was sie sich erhoffte, ob ihr ihr tatsächliches Ziel bewusst war oder nicht. »Das wirst du leider tun müssen. Besonders, wenn die Schule im Ausland ist.«

»Ich weiß.« Hyun-Ah wand sich auf ihrem Stuhl, die Möglichkeit eines solchen Gesprächs war offensichtlich bedrohlich genug, um ihren Wangen jegliche Farbe zu entziehen. »Ich weiß einfach nur nicht, wie.«

»Pass einen ruhigen Moment ab und sprich mit ihnen.« Ich

dachte an meine eigene Konfrontation mit Hyun-Joon, die ich immer wieder durchgespielt hatte. Immer und immer wieder. Und vielleicht würde mein Hang zur Selbstgeißelung, wie Chris es so schön nannte, sich endlich einmal bezahlt machen. »Stell sie nicht vor vollendete Tatsachen. Hör ihnen zu und nimm ihre Sorgen ernst, mach aber dennoch deinen Standpunkt klar. Sag ihnen, was für eine große Chance es ist, und zeig dich kompromissbereit. Das sollte helfen.«

»Meinst du?« Hyun-Ah wirkte wenig überzeugt, und in Anbetracht der Tatsache, dass dieser Rat ausgerechnet von der Frau kam, die ihr Bruder mittlerweile offensichtlich mit der Intensität Tausender Höllenfeuer hasste, war das wenig überraschend. »Kann ich nicht einfach zum Vortanzen gehen und mit ihnen reden, falls ich einen Platz angeboten bekomme?«

Auch wenn Hyun-Joon mir wie ein Fremder vorkam, war ich mir meiner Antwort doch sicher. »Das kannst du natürlich tun, aber dein Bruder wird das nicht gutheißen.«

Hyun-Ah schnaubte trotzig, doch ihre Schultern sanken herab und sie sah schuldbewusst auf ihre Hände hinab. »Sehe ich so aus, als würde mich das kümmern?«

»Um ehrlich zu sein, ja.« Als sie überrascht aufblickte, lächelte ich nur, glücklich um die Naivität, die das Leben an der Schwelle zum Erwachsenwerden ihr wohl noch nicht hatte rauben können. »Sonst wärst du nicht hier, um mich um Rat zu bitten. Eben weil du nicht den gleichen Weg gehen willst wie ich.«

Hyun-Ah legte den Kopf in den Nacken und blinzelte hektisch. »Ich will doch einfach nur tanzen.«

»Und das verstehe ich.« Hyun-Ah war Ballerina mit Leib und Seele. Die Liebe zum Ballett drang aus jeder ihrer Poren und wohnte jeder ihrer Bewegungen inne, die von der Eleganz und der Selbstsicherheit einer Tänzerin geprägt waren, die schon damals all ihre Freizeit, die für koreanische Schulkinder knapp bemessen war, in Ballettstudios verbracht hatte. »Aber glaub mir, wenn ich dir sage, dass kein Traum dieser Welt es wert ist, dafür die Menschen zu verletzen, die man am meisten liebt.«

Hyun-Ah sah mich an, in ihren Augen war eine Mischung aus unverhohlener Neugierde und glimmender Hoffnung zu erkennen. »Bereust du es?«

»Dass ich gegangen bin?«

Sie nickte.

»Nein.«

Kindliche Verwirrung ließ Hyun-Ahs Gesicht um Jahre jünger aussehen. »Aber du hast doch gerade gesagt –«

»Ich bereue es nicht, meinem Traum gefolgt zu sein. Was ich bereue, ist das Wie und was ich dafür bereit war, in Kauf zu nehmen.« Es war das erste Mal, dass ich diese Worte außerhalb der Sicherheit der Behandlungsräume meines Therapeuten äußerte, und es fühlte sich seltsam an. So als würde ihre Existenz in der freien Wildbahn ein Fadenkreuz auf das malen, was von meinem Herzen noch übrig war, frei für den Abschuss und so viel zerbrechlicher, als es auf den ersten Blick vielleicht den Anschein hatte. Unbehaglich rutschte ich auf meinem Stuhl herum und winkte den Kellner heran, um zu zahlen. »Die Situation zwischen deinem Bruder und mir ist eine gänzlich andere, und sie ist sehr kompliziert, Hyun-Ah. Ich bin mir sicher, dass, wenn du Hyun-Joon dein Anliegen erklärst, er dich verstehen und dich unterstützen wird.«

Hyun-Ah wich dem Blick des Kellners aus, als er zu uns herüberkam und meine Kreditkarte entgegennahm, mit der er verschwand, um unser Essen abzurechnen. »Und was, wenn er es nicht tut?«

»Das wird nicht passieren.« Ich bedankte mich, als ich meine Karte kurz darauf zurückbekam, und stand auf. Meine Bewegungen waren ruhig und kontrolliert, als ich meine Geldbörse in meine Handtasche steckte und sie mir über die Schulter legte, obwohl mein Innerstes das reinste Chaos war. Wir traten hinaus auf die ruhige Seitenstraße, der es an diesem wolkenverhangenen Mittag an dem üblichen Kundenstrom mangelte, und ich legte Hyun-Joons Schwester die Hand auf die Schulter, um sicherzugehen, dass sie die nächsten Worte hörte und auch wirklich verinnerlichte. »Dein Bruder liebt dich, Hyun-Ah. Ganz egal, was auch passiert.«

»Das Gleiche habe ich damals auch über euch gedacht.« Sie rückte ein Stück von mir ab, und meine Hand fiel ins Leere, ebenso wie mein Herz. »Danke für deinen Rat, Jade.«

»Gern«, presste ich hervor, und bevor sie sich umdrehen und ganz verschwinden konnte, ergriff ich noch einmal das Wort, auch wenn es mich zerriss. »Hyun-Ah?«

Sie sah von den Spitzen ihrer weißen Turnschuhe auf. »Mhm?«

Ich nahm mir einen Moment Zeit, um mir ihren Anblick einzuprägen. Ihre großen kaffeebraunen Augen. Ihre symmetrischen Züge. Die offene Verletzlichkeit in ihrem Blick und das schmale Lächeln auf ihren vollen Lippen. Dann holte ich tief Luft.

»Sosehr es mich auch gefreut hat, dich wiederzusehen, würde ich dich bitten, nicht noch mal zum Institut zu kommen. Dein Bruder würde das hier nicht gut finden, und das weißt du auch.« Ich lächelte, obwohl der traurige Ausdruck auf Hyun-Ahs Gesicht es mir unendlich schwer machte, an meinem Vorsatz festzuhalten, obwohl ich wusste, dass ich das Richtige tat. Hyun-Ah würde es schon nicht leicht haben, Hyun-Joon von ihrem Anliegen zu überzeugen. Da brauchte sie keinen zusätzlichen Keil zwischen sich und ihrem Bruder. »Und unser Treffen heute, das behalten wir besser auch für uns, okay?«

Sie zögerte, doch dann nickte sie abrupt, war sich offensichtlich auch bewusst, dass es besser wäre, wenn wir ab hier wieder getrennte Wege gingen. Und diesmal endgültig. »Okay.«

»Gut.« Ich steckte die Hände in die Taschen meines Rocks und lächelte ermutigend, auch wenn ich Hyun-Ah am liebsten gar nicht erst gehen gelassen hätte, die mich so sehr an Hyun-Joon, aber auch an mich selbst erinnerte. »Und jetzt sieh zu, dass du zurück zur Schule kommst, bevor sie sich noch bei deiner Mutter melden, hörst du?«

Sie verzog das Gesicht, doch nach einem strengen Blick von mir lächelte sie, und ich hob die Hand zum Abschied, während sie sich langsam rückwärts von mir entfernte. »Danke, Jade.«

»Gerne, Hyun-Ah-Ya.«

Ich ließ die Hand erst sinken, als sie längst um die Ecke gebogen und außer Sichtweite war. Warum die Kang-Geschwister mich immer wieder dazu zwangen, das Richtige zu tun, obwohl es unfassbar wehtat, wusste ich nicht. Ich wusste nur, dass ich trotz des Schmerzes dankbar darum war, diese Gelegenheit gehabt zu haben, mich endgültig von Hyun-Ah zu verabschieden, die zumindest für einen Augenblick meine kalte, graue Welt in Wärme und zartes Rosa gehüllt hatte, mit kaffeebraunen Flecken und dem Versprechen, dass alles gut werden würde.

Und so ging ich zurück zum Institut, mit beschwingtem Schritt, während ich die dunkelgrauen Wolken ignorierte, die sich am Himmel zusammenbrauten und ein Unwetter ankündigten, vor dem auch der beste Regenschirm der Welt mich nicht beschützen würde können.

7. KAPITEL

뇌우 = Unwetter mit Donner und Blitzen

Scheinwerfer zerrissen die Schwärze der Nacht, in der Ferne hörte man Donnergrollen, während es Bindfäden regnete und die Stadt in Watte packte, ihren Lärm dämpfte, ebenso wie ihre Farben, als sie in den Unmengen an Wasser versank, die vom Himmel herabprasselten. Ich zog meine Jacke fester um mich, froh darum, im Foyer des Instituts zu stehen, anstatt dort draußen zu sein. Meldungen über verspätete öffentliche Verkehrsmittel und lange Staus häuften sich und wurden zu einem nicht enden wollenden Strom aus Nachrichten auf dem Display meines Handys.

»Ist das dein Vater?« Ich deutete auf den unauffälligen silbernen Geländewagen, der am Straßenrand vor dem Gebäude mit eingeschalteter Warnblinkanlage hielt und dessen Scheibenwischer einen wütenden Kampf mit den Wassermassen ausfochten.

»Ja, *Ssaem*.« Tae-Sung lächelte mich an, sein um neunzig Grad gedrehter Schneidezahn genauso liebenswert wie das eher informelle Wort für Lehrer, das er, wie viele anderer meiner Kids, für mich zu verwenden pflegte. »Sind Sie sich sicher, dass ich meinen Vater nicht fragen soll, ob er Sie mitnehmen kann?«

»Ja, ich bin mir ganz sicher.« An der Schulter schob ich meinen Schüler, dessen Privatunterricht deutlich länger gedauert hatte als geplant, in Richtung Ausgang. »Sobald du zu Hause bist, möchte ich, dass du dich ein bisschen ausruhst, okay? Wenigstens für eine Stunde oder zwei.«

Tae-Sung verzog das Gesicht. »*Ssaem*, die Zeit habe ich nicht.«

»Du wirst sie dir nehmen müssen, wenn du willst, dass dein Hirn weiterhin funktioniert und nicht kurz vor dem *CSAT* den Dienst quittiert.« Tae-Sung war normalerweise eins meiner besten Kids, seine Aussprache genauso auf Hochglanz poliert wie seine Grammatik und sein Vokabular. Aber vor lauter Erschöpfung hatte er heute einen Fehler nach dem nächsten gemacht, was unseren Unterricht unnötig in die Länge gezogen hatte, bis es plötzlich zehn Uhr gewesen war. Von dem Nasenbluten ganz am Anfang des Unterrichts mal ganz zu schweigen. »Mach wenigstens auf dem Weg nach Hause ein bisschen die Augen zu. Die Fahrt wird sicherlich eine Weile dauern.«

»Okay.« Er setzte sich seinen Rucksack auf und zog die Schultern hoch, ehe er dem Wachmann des Gebäudes noch mal zuwinkte, der den geselligen und beliebten Neunzehnjährigen mit einem väterlichen Lächeln bedachte, dem offensichtlich auch die drohende Prüfung nicht die Laune verderben konnte. »Bis morgen, *Ssaem*.«

»Bis morgen, Tae-Sung.«

Ich sah zu, wie er durch den Regen zur Straße hetzte und ungelenk mit seinen langen und dürren Gliedern in den Wagen stieg. Kaum zu glauben, dass dieser ungeschickte Bursche ausgerechnet in der Bildhauerei sein Steckenpferd gefunden hatte. Aber ungleiche Paare fanden sich oft. Zumindest hatte ich das bei meinen Kids oft genug gesehen, ihre Spezialgebiete genauso breit gefächert wie ihre Persönlichkeiten und Eigenheiten, die ich nur zu gern in aufgeweckten Gesprächen entdeckte.

Gott, ich wusste wirklich nicht, was ich ohne diese Kids tun würde.

»*Seonsaengnim.*« Wachmann Park, ein Mann in seinen späten Sechzigern mit grauen Schläfen und von jahrelanger, körperlich harter Arbeit gebeugtem Rücken, kam mit langsamen Schritten auf mich zu. Seine Uniform, bestehend aus schwarzer Hose, schwarzem Hemd und grauer Jacke, war wie üblich in tadellosem Zustand. »*Seonsaengnim*, wie kommen Sie nach Hause? Soll ich Ihnen ein Taxi rufen?«

Ich lächelte, dankbar für seine klare und langsame Aussprache, als er sich die Mühe machte, auf Koreanisch mit mir zu reden, auch wenn er anfänglich sehr zurückhaltend gewesen war. »Das wird nicht nötig sein. Außerdem bezweifle ich, dass ich bei diesem grässlichen Wetter überhaupt ein Taxi bekommen würde.«

Der ältere Herr zog nachdenklich die buschigen Augenbrauen zusammen, und ich erwischte mich nicht zum ersten Mal dabei, wie ich mich fragte, wie er in meinem Alter wohl ausgesehen hatte. »Aber *Seonsaengnim*, die öffentlichen Verkehrsmittel sind alle stark verspätet, und ich habe gehört, dass Fahrten über den Hangang wegen des starken Windes für eine Weile eingestellt wurden. Sie haben doch gesagt, Sie wohnen in Gangnam, oder? Das ist auf der anderen Seite des Flusses.«

Dass er sich daran erinnerte, überraschte mich wenig. Mr Park war aufmerksam, immer darauf bedacht, dass es allen gut ging und man mit seiner Arbeit zufrieden war. Er war ein gewissenhafter Mann, und es brach mir das Herz, dass er in seinem hohen Alter noch Nachtschichten als Wachmann schieben musste, um die Rechnungen für das Pflegeheim zahlen zu können, das seine früh an Alzheimer erkrankte Frau betreute.

Ich sah durch die Glasfront hinaus in den Regen, der keine Anstalten machte nachzulassen, und fasste kurzerhand einen

Entschluss, für den mein Rücken mich morgen gewiss verfluchen würde. »Ich werde heute einfach im Büro übernachten. Ich muss eh noch einen Test für zwei Schüler vorbereiten, und ob ich das daheim an meinem Küchentisch tue oder hier, macht nun wirklich keinen Unterschied.«

»*Seonsaengnim*, ich denke wirklich, Sie sollten nach Hause fahren und sich ein bisschen ausruhen.« Seine Augen glitten musternd über mich, und früher wäre es mir unangenehm gewesen, doch mittlerweile hatte ich mich längst an die schonungslose, aber oft liebevoll gemeinte Ehrlichkeit der Leute hier gewöhnt und empfand es beinahe als tröstlich, Teil dieses Kollektivs zu sein, in dem man sich umeinander kümmerte. Teil des *Jeong*, diesem universellen Gefühl von Verbundenheit, wie Hyun-Joon mir mit Worten voller Liebe für seine Heimat erklärt hatte. »Sie sehen sehr erschöpft aus.«

»Für einen Abend wird es schon gehen.« Dass die Erschöpfung wenig mit meiner Arbeit und mehr mit allem anderen zu tun hatte, behielt ich für mich. Stattdessen verbeugte ich mich nur dankbar für seine Fürsorge, was dafür sorgte, dass Mr Park knallrote Ohren bekam. »Aber vielen Dank, Mr Park. Ich weiß Ihren Rat sehr zu schätzen.«

Er räusperte sich, wie mein Großvater, wann immer ihn jemand in Verlegenheit gebracht hatte, ehe er zu den Aufzügen deutete. »Gehen Sie und ruhen Sie sich ein wenig aus, Miss. Sollte die Wetterlage sich beruhigen, lasse ich es Sie wissen.«

»Wie zuvorkommend von Ihnen. Vielen Dank, Mr Park.«

»Nichts zu danken.« Er ging zurück in Richtung Empfangstresen, wo er seine Nachtschicht abhalten würde, während ein weiterer Kollege in einem Raum im Keller die Überwachungskameras im Gebäude im Blick hatte. »Eine angenehme Nachtruhe, *Seonsaengnim*.«

»Danke, Mr Park. Sollte etwas sein, wissen Sie ja, wie Sie mich finden.« Ich ging rückwärts auf die Fahrstühle zu, ohne den älteren Herrn aus den Augen zu lassen, der nur lächelnd den Kopf schüttelte, ganz so, als wollte er sagen: *Was soll schon passieren?*

Erst als er nickte und eine wegwerfende Handbewegung machte, wandte ich mich mit einem Schmunzeln ab und zog mein Handy aus meiner Rocktasche hervor. Natürlich war es vernünftiger, bei diesem Unwetter nicht direkt jetzt, sondern, wenn überhaupt, später den Heimweg anzutreten, aber Joonie musste gefüttert werden, auch wenn er es mit seinem kleinen Wohlstandsbäuchlein sicherlich auch bis zu meiner Rückkehr morgen Abend aushalten würde. Dennoch öffnete ich den Chat mit meiner Nachbarin von gegenüber, einer jungen Frau in meinem Alter, die zusammen mit ihrem Ehemann dort wohnte, und bat sie darum, Joonie zu füttern, weil ich es wegen des Unwetters heute vielleicht nicht nach Hause schaffen würde. Sie antwortete prompt und sagte zu, was mich mit Dankbarkeit erfüllte, zumal es etwas anderes war, ein paarmal übers Wochenende eine Handvoll Blumen zu gießen oder sich um einen miauenden Kater zu kümmern, der gerne auch mal eine Streicheleinheit einforderte. Erst als ich ihr meinen neulich geänderten Türcode geschickt hatte und sicher sein konnte, dass mein Kater versorgt war, steckte ich das Handy zurück in die Tasche und rief den Fahrstuhl, der zum Glück nicht lange auf sich warten ließ, da ich vermutlich neben den Wachmännern die letzte Seele in diesem Gebäude war.

»Junge! Hey, Junge! Hör mal, du kannst nicht einfach –«

»JADE! BLEIB STEHEN! JETZT SOFORT!«

Ich erstarrte zur Salzsäule, mein Fuß halb in der Luft, noch bevor ich über die Schwelle des Fahrstuhls in die Sicherheit des kleinen metallischen Vierecks treten konnte. Die Stimme, die ich geglaubt hatte, nie wieder zu hören, hallte gebieterisch in der leeren Eingangshalle nach wie Donnergrollen, und ich wandte den Kopf dem Haupteingang zu. Doch was ich dort sah, kam mir unwirklich vor.

Hyun-Joon kam mit großen Schritten auf mich zu, seine Miene wutverzerrt, während er eine nasse Spur auf dem polierten Fußboden des Foyers hinterließ. Seine Kleidung klebte an ihm, sein Haar war ein Chaos aus nassen Strähnen, die er sich fahrig aus der Stirn strich, und seine goldenen Augen waren fest auf mich geheftet. Alle Muskeln schienen zum Zerreißen gespannt, als bereite er sich darauf vor, mir direkt hier im Foyer an die Kehle zu springen und die blütenweißen Wände mit meinem roten Blut zu besudeln. Mit seinen symmetrischen Zügen war er wunderschön und Furcht einflößend zugleich, wie ein Tiger, von dem man nicht die Augen abwenden konnte, selbst mit dem Wissen, dass man nur überlebte, wenn man in die andere Richtung davonrannte.

Wild gestikulierend lief Mr Park neben Hyun-Joon her, sein Ton war so scharf und seine Worte so schnell, dass ich kein einziges Wort davon verstand. Meine ganze Wahrnehmung war wie im Super-Zoom nur auf den Mann fixiert, der gerade aussah, als wollte er mich bei lebendigem Leibe häuten. Erst als der Wachmann sich Hyun-Joon in den Weg stellte, ließ er sich von seinem Ziel ablenken, und sein wutentbrannter Blick richtete sich mit einem Mal auf den alten Herrn, der unwissend zwischen die Fronten geraten war und nicht einmal ahnte, dass er einen Fuß auf ein Schlachtfeld setzte.

»Was willst du hier?«, zischte ich zwischen zusammengepressten Zähnen hervor, mein Gemüt schwankte zwischen Wut über Hyun-Joons plötzlichen überdramatischen Auftritt und Erleichterung, seine zornige Aufmerksamkeit von Wachmann Park wieder auf mich lenken zu können. »Spinnst du, dich hier derart aufzuführen? Hast du komplett den Verstand verloren?«

»Das sollte ich ja wohl eher dich fragen.« Er wollte einen Schritt auf mich zu machen, doch Mr Park hielt ihn davon ab, während er mit einem alarmierten Blick über die Schulter zu mir spähte, sichtlich verunsichert durch den harschen englischen Wortwechsel, von dem er kein Wort verstand. »Meine Schwester, Jade? Wirklich?«

Ich hatte keine Ahnung, wie Hyun-Joon so schnell von unserem Treffen erfahren hatte, doch es zu leugnen kam mir jetzt gerade wie die beste Verteidigung vor. Sowohl um mich selbst als auch um Hyun-Ah zu schützen, die sich in ihrer Ratlosigkeit an mich gewandt hatte und deren Vertrauen ich nicht missbrauchen wollte, indem ich sie dem Zorn ihres großen Bruders aussetzte. »Ich weiß nicht, wovon du sprichst.«

»Das Letzte, was du jetzt tun solltest, ist, mir ins Gesicht zu lügen«, bellte er, die Rage wie zuckende Neonlichter, als sie von ihm abstrahlte. »Ich hätte echt nicht gedacht, dass du so tief sinken würdest.«

»*Seonsaengnim.*« Mr Park klang ernsthaft besorgt, als er mich mit dem formellen Titel auf Koreanisch ansprach. »Wollen Sie, dass ich die Polizei rufe?«

»Polizei?« Hyun-Joon schnaubte und wich einen Schritt von dem Wachmann zurück, während er in seine Muttersprache wechselte, sein Ton höflich, aber in seinen Augen noch immer ungefilterte Wut, als er den Wachmann ansah, der für diese ganze Situation nicht das Geringste konnte. »Das wird nicht nötig sein.«

»Hyun-Joon«, zischte ich warnend, damit er in seiner Wut nicht vielleicht noch seine Manieren vergaß, von denen ich genau wusste, dass er sie besaß, die er aber nur zu gern über Bord warf, wann immer er sich in die Enge gedrängt fühlte. »Reiß dich bitte zusammen.«

»Werde ich, wenn du mir verflucht noch mal erklärst, was zum Teufel du dir dabei gedacht hast, dich mit meiner Schwester zu treffen. Oder willst du, dass ich hier an deinem Arbeitsplatz die Welle schiebe?«

»Tust du das nicht schon längst?«

»Du willst nicht erleben, was ich noch zu tun gewillt bin, Jade.«

Ich schenkte seiner Drohung keine Beachtung, sondern wandte mich Mr Park zu, in der Hoffnung, die tiefen Sorgenfalten in seinem sonst so freundlichen Gesicht glätten zu können, während ich auf die beiden Männer zuging, bis mich nur noch eine Armlänge von Hyun-Joon trennte. »Polizei wird nicht nötig sein, Mr Park. Es ist lediglich ein Missverständnis zwischen alten Freunden.«

»Alte Freunde?« Der Wachmann sah skeptisch zwischen Hyun-Joon und mir hin und her, und ich fragte mich, ob die Jahre an Lebenserfahrung ihn Dinge sehen ließ, die ich so dringend hinter einem leeren Lächeln verbergen wollte. »Sind Sie sich ganz sicher, *Seonsaengnim*?«

»Ganz sicher.« Ich packte Hyun-Joon am Unterarm und erschauderte, als ich spürte, wie nass und kalt der vom Regen getränkte Ärmel seiner Bomberjacke war. »Es ist wirklich nur ein ganz dummes Missverständnis, nicht wahr, Hyun-Joon-Ah?«

Etwas wie Überraschung huschte über sein Gesicht, doch so schnell wie es gekommen war, war es auch schon wieder verschwunden, und er sah zu dem Wachmann, der ihn misstrauisch beäugte. »Richtig. Nur ein Missverständnis, Sir.«

»In Ordnung. Wenn Sie das sagen, *Seonsaengnim*.« Selbst wenn Mr Park Bedenken hatte, äußerte er sie nicht, was wohl einzig und allein daran lag, dass er diesen Job dringend brauchte und es sich nicht erlauben konnte, ihn wegen einer Meinungsverschiedenheit mit einer Lehrerin zu verlieren. »Sollte etwas sein, wissen Sie ja, wo Sie mich finden.«

Ich schluckte. Die zuvor bereits gesagten Worte klangen nun mit einem Mal unendlich bedeutungsschwerer und nicht mehr wie eine seichte Floskel. »Ja, das weiß ich, Mr Park.«

»Gut.« Er nickte, trat dann zurück, was Hyun-Joon nur mit einem Grollen bedachte. »Ich bin hier, wenn Sie mich brauchen.«

»Lass uns gehen.« Bevor mein Ex-Freund erneut Mr Park zum Ziel seiner giftigen Worte machen konnte, zog ich ihn am Arm weiter zu den Fahrstühlen, doch Hyun-Joon schüttelte meine Hand ab und ging mit langen Schritten voraus. Ich sah auf die Pfütze, die er hinterlassen hatte, das Wasser tausendmal klarer als sein verschlossener Gesichtsausdruck, ehe ich schicksalsergeben seufzte und ihm folgte. Kaum dass sich die Fahrschultüren hinter uns schlossen, war ich mir der Enge in dem kleinen Metallkasten überdeutlich bewusst, und ich ballte die Hände zu Fäusten, während ich versuchte, mich nicht auf seinen schweren Atem zu konzentrieren, als Erinnerung und Realität sich vermischten.

Das letzte Mal, als ich mit Hyun-Joon schwer atmend in einem Fahrstuhl gestanden hatte, hatte ich seine Hand gehalten, in freudiger Erwartung darüber, mich ihm ganz hingeben zu können, sobald wir allein waren. Jetzt jedoch war die Luft im Fahrstuhl nicht voller elektrisierender Zuneigung, sondern schwer, angereichert mit ungesagten Worten, die auf uns beiden lasteten und durchzogen von Wut, während unser Schmerz aus den Wunden lief, die wir einander vor Jahren zugefügt hatten.

Nervtötend seichter Pop mischte sich mit dem leisen *Tropf, Tropf, Tropf* von Hyun-Joons Kleidung und dem Rascheln seines Atems, während wir so weit voneinander entfernt standen, wie der kleine Raum es nur zuließ, unser Schweigen kein Segen, sondern das Glimmen einer Zündschnur zu einer Bombe, von der wir beide wussten, dass sie detonieren würde.

Die einzige Frage, die blieb, war: Wer von uns beiden würde zuerst von den herumfliegenden Splittern und der Wucht unserer Emotionen zerfetzt werden?

8. KAPITEL

진짜 돌겠네 = Ich glaube, ich werde wahnsinnig

Das Schweigen hielt an, und die Luft schien dünner und dünner zu werden. Selbst dann noch, als wir aus dem Fahrstuhl traten und ich Hyun-Joon in mein Büro führte, in dem ich zwar mehr Platz hatte, um räumliche Distanz zwischen uns aufzubauen, in dem ich mich aber eigenwillig nackt und schutzlos fühlte, jetzt wo wir allein waren und die Tür hinter uns ins Schloss gefallen war. Denn Hyun-Joon, mit dem ich heute im Leben nicht gerechnet hätte, war hier, in meiner Festung kontrollierbarer Einsamkeit, und färbte die weißen Wände golden mit jedem Atemzug, den er tat.

Ich zog mich sofort hinter meinen Schreibtisch zurück, froh um den Schutzwall aus Glas, den ich damit zwischen uns bringen konnte, auch wenn ich wusste, dass er seinen schonungslosen Worten nichts entgegensetzen konnte. Und so wutentbrannt, wie er mich im Foyer angestarrt hatte, konnten sie nur noch harscher ausfallen als bei unserer letzten Begegnung vor wenigen Tagen in der Gasse. Schon danach hatte ich mich gefühlt, als hätte er mir das Herz mit den bloßen Händen herausgerissen, seine Haut so rot wie sein Haar, während mein Blut von seinen Fingerspitzen bis zu seinem Ellenbogen hinabgeronnen und von dort auf den Asphalt getropft war, die Scherben aus Gold und Blau in seinen Handflächen, als er schonungslos zudrückte, bis unser beider Blut sich mischte und es nichts weiter gab als Wunden und Schmerz. Es mochte ausweglos erscheinen, und doch wappnete ich mich für die verbalen Peitschenhiebe, die zweifellos folgen würden, in der Hoffnung, zumindest ein kleines bisschen von den Scherben in meiner Brust retten zu können, die ich, nach allem, was geschehen war, versuchte, wieder zusammenzusetzen.

Nervös schluckte ich und schob Dokumente auf meinem Schreibtisch hin und her, nur um Hyun-Joon nicht ansehen zu müssen. Es war mir egal, ob es feige wirkte. Ob ich ihm vorkam wie ein Kind, das bloß Zeit schinden und die Rüge der Eltern noch einen Augenblick länger herauszögern wollte. Alles, was für mich zählte, war, mit tiefen Atemzügen die Befestigungsmauer wieder aufzurichten, die seit unserem letzten Zusammentreffen in Trümmern zu meinen Füßen lag, die ich jetzt aber dringender brauchte als jemals zuvor.

Sekunden vergingen. Dann Minuten. Und noch immer sagte niemand von uns auch nur ein einziges Wort, lediglich das Säuseln der Klimaanlage war zu vernehmen, von der ich wusste, dass sie die Raumtemperatur konstant bei angenehmen zweiundzwanzig Grad hielt, auch wenn ich gerade das Gefühl hatte, in dem luftleeren Raum zwischen uns zu erfrieren. Als das anhaltende Schweigen mich beinahe in den Wahnsinn trieb, straffte ich die Schultern und spähte durch den dichten Kranz meiner Wimpern vorsichtig zur Tür.

Hyun-Joon stand noch immer dort, die Hände neben seinem Körper zu Fäusten geballt und die Lippen zu einem schmalen Strich zusammengepresst, während seine Kiefer mahlten. Unter ihm hatte sich eine Pfütze gebildet, doch das kühle Nass schien ihn kein bisschen zu stören. Etwas völlig anderes zog ihn vollkommen in seinen Bann. Seine Augen waren stur geradeaus gerichtet, fixierten etwas, das ihm offensichtlich noch mehr missfiel als mein Anblick.

Wider besseres Wissen und einzig und allein meiner unverbesserlichen Neugierde geschuldet folgte ich seinem Blick, verfluchte mich aber genau in der Sekunde, in der mir bewusst wurde, was er so hasserfüllt ins Visier nahm.

Meine Finger zuckten, doch ich schloss sie fest um die eisige Kante des protzigen Monstrums, hinter dem ich mich versteckte, um den zwecklosen Impuls zu unterdrücken, ihm die Augen zuzuhalten und zu beten, dass es die Macht hatte, ihn vergessen zu lassen. Doch dafür war es längst zu spät, und meine Schwäche, die ich bisher bei Rückfragen mit Achselzucken und desinteressierten Worten getarnt hatte, lag offen, entlarvt durch seinen scharfen Fotografenblick, dem nichts entging.

»Was zum Teufel machen meine Fotos hier?« Seine Stimme klang nicht länger wie ein lautes Donnergrollen, sondern war in ein bedrohliches Flüstern übergegangen, das mir durch Mark und Bein fuhr und mich wissen ließ, dass ich diesen Augenblick nie würde vergessen können. So wie viele unzählige andere Momente, die mein Hirn in der Galerie meines Lebens ausstellte wie Kunstwerke. Es waren simple Erinnerungen, die nicht laut und auffällig daherkamen, in ihrer leisen Unscheinbarkeit aber ihr ganz eigenes Gewicht trugen, das sich bemerkbar machte, wann immer ich auch nur versuchte, eine von ihnen von ihrer Befestigung zu lösen und sie in den Lagerraum des Vergessens zu verbannen.

Wie das Gefühl seiner Finger zwischen meinen, wenn er meine Hand hielt. Die Kälte seiner Ringe auf meiner Haut, wann immer er die Hand in meinen Nacken legte, um mich zu küssen. Die Fältchen um seine Augen, wenn er lachte. Die Art, wie er im Schlaf seinen Oberschenkel zwischen meine schob und mich hielt, als könnte er keinen Millimeter Platz zwischen uns dulden. Wie er wütend die Oberlippe zurückzog, bevor er etwas besonders Grausames sagte. Wie seine warmen Augen kalt wurden oder seine Knöchel weiß hervortraten, wenn er, wie jetzt, die Fäuste ballte.

»Sie passen zur Einrichtung«, gab ich trocken zurück, obwohl wir beide wussten, dass es eine Lüge war. Selbst jetzt in der Dunkelheit der Nacht und mit den grellen Deckenlichtern, die grausam jeden Millimeter erreichten und keine Schatten erlaubten, in die ich mich hätte zurückziehen können, war es offensichtlich, dass mein Büro sonst sonnendurchflutet, hell und freundlich war. Hyun-Joons melancholische Fotos mit ihren verwaschenen Tönen und dunklen Schatten bildeten einen unstimmigen Kontrast zu den buntgetupften Tassen auf dem Sideboard und den gelben Bezügen der Stühle, die um den runden weißen Tisch arrangiert waren. Doch mein Stolz erlaubte es mir nicht, ihn wissen zu lassen, dass ich einen Teil von ihm immer bei mir gebraucht hatte, wenn auch nur in Form der Fotografien, die er mir damals im Tausch gegen mein erstes Gemälde schenkte. Ich hatte sie immer bei mir gehabt. Sowohl in Singapur, versteckt zwischen den Seiten meiner Skizzenblöcke, als auch hier, gerahmt und in ihrer vollen traurigen Schönheit und im direkten Sichtfeld für jeden, der mein Büro betrat. »Aber du bist ja nicht hergekommen, um mit mir über das Dekor meines Büros zu sprechen. Also?«

Hyun-Joons Nasenflügel bebten, und er brauchte einen Moment, um seinen Blick von seinen subtilen Momentaufnahmen unserer gemeinsamen Zeit loszureißen, doch als er es schaffte, bereute ich es sofort, das Thema gewechselt zu haben. Denn mit einem Mal waren die Fotografien vergessen, und Hyun-Joons Fokus lag nur auf mir, intensiv und entwaffnend und eine Spur einschüchternd, während er näher kam, bis zwischen uns nichts weiter war als die Breite des Schreibtisches, und damit entschieden zu wenig Abstand. Instinktiv wollte ich einen Schritt zurückweichen, doch seine Augen hielten mich, wo ich war, unterjocht von der Anziehung, die ich nie hatte leugnen können. Vom ersten Augenblick an nicht, unter dem Glanz von Neonlichtern und in den Schatten der Nacht, die mich für immer verändert hatte, als das Schicksal ein rotes Band geknüpft hatte, das ich nie wieder hatte abschütteln können.

Hyun-Joon fegte mit einer nachlässigen Handbewegung mein Schreibtischnamensschild beiseite und stützte sich auf der massiven Glasplatte ab, die Linie seines Kiefers so verkrampft wie seine Schultern, als er den Kopf schieflegte und mich anstarrte. »Was zum Teufel hast du dir dabei gedacht, dich mit meiner Schwester zu treffen, Jade?«

»Ich habe keine Ahnung, woher du das hast, aber ich habe Hyun-Ah seit Jahren nicht gesehen.« Die Lüge kam mir erschreckend leicht über die Lippen, ein Zeugnis jahrelanger Übung, in der man mich nach meinem Befinden oder dem meines Vaters gefragt hatte. »Ich bezweifele sogar, dass ich sie überhaupt wiedererkennen würde.«

»Bullshit«, presste er hervor und zog sein Handy aus der Hosentasche, das er entsperrte und mir über den Tisch unter die Nase schob. »Für wie dämlich hältst du mich eigentlich?«

Ich sah auf das Display und die Instagram-Story darauf, und es kostete mich alle Selbstbeherrschung, die ich aufbringen konnte, um nicht ertappt zusammenzuzucken. Zu sehen war das Mittagessen, welches ich mit Hyun-Ah geteilt hatte, das Rot des marinierten Schmorhuhns genauso deutlich in meiner Erinnerung wie das Mahagoni der Tischplatte. Das war dann wohl das Foto, das sie dort gemacht hatte.

»Hat es einen tieferen Sinn, dass du mir ein Foto von deinem Mittagessen präsentierst?« Ich legte die gleiche gespielte Gleichgültigkeit in meine Stimme, die ich verwendete, wann immer Yeo-Reum mich in ruhigen Momenten zwischen dem dritten und vierten *Somaek* fragte, ob ich wirklich erneut auf ein Date gehen wollte, anstatt mir endlich einzugestehen, dass ich noch lange nicht mit Hyun-Joon abgeschlossen hatte. Sie passte immer diese Momente ab, wenn ich den herben Geschmack des Mischgetränks aus Bier und Soju auf der Zunge hatte, der mir viel zu schnell zu Kopf stieg und mich fast schon redselig machte. »Sieht aus, als wäre es lecker gewesen.«

»Versuch nicht, mich zu verarschen, Jade.« Seine Nasenflügel blähten sich, und er stoppte den Boomerang mit einem kurzen Tippen, was Hände am Bildschirmrand offenbarte, die ich bisher übersehen hatte. »Das sind deine Hände.«

Es war eine Feststellung. Keine Frage.

So unauffällig wie möglich klemmte ich meine Hände unter meine Achseln, in der Hoffnung, die verfärbten Nagelbetten verstecken zu können, die nie wirklich sauber wurden, ganz gleich wie viel ich auch schrubbte. »Was macht dich da so sicher?«

»Weil ich diese verfluchten Hände über Monate fast jede Nacht auf mir hatte, Jade.« Hyun-Joon lachte, humorlos und trocken und vor allem fremd, als er das zwischen uns auf so grausame Art und Weise zu etwas rein Physischem zu reduzieren versuchte. »Außerdem, was meinst du, wie viele Künstlerfreunde meine Schwester wohl hat, wenn ihr gesamtes Leben bisher immer nur aus Schule und Ballett bestanden hat, hm?«

Ich schluckte sie hinunter, meine Tränen, geboren aus Wut, die in meinen Augen brannten, und ließ die Hände sinken, die die Wahrheit in die Welt hinausschrien. »Wenn du doch schon so genau über alles Bescheid weißt, wieso bist du dann überhaupt hier, Hyun-Joon?«

Einer seiner Mundwinkel zog sich nach oben, offensichtlich erfreut über den Triumph, dass ich nicht länger versuchte, an meiner Lüge festzuhalten. Doch so schnell dieser selbstzufriedene Ausdruck auch gekommen war, war er wieder verschwunden und wich etwas so Distanziertem, dass man hätte meinen können, wir wären zwei vollkommen Fremde, als Hyun-Joon sein Handy wieder einsteckte und die geballten Fäuste in seine Jackentaschen stopfte. »Ich bin hier, um dir zu sagen, dass du dich von meiner Schwester fernhalten sollst. Das Letzte, was ich im Moment gebrauchen kann, ist, dass du ihr irgendwelche Flausen in den Kopf setzt.«

»Hyun-Ah ist zu mir gekommen, Hyun-Joon.« Ich wusste, dass es aussichtslos war, mit ihm zu streiten. Ich hatte meine Lektion gelernt, an diesem Abend vor drei Jahren, an dem unsere Liebe ihr schmerzhaftes, aber unausweichliches Ende gefunden hatte. Und doch war da dieses Feuer tief in meinem Bauch, das ich weder ignorieren noch kontrollieren konnte. »Vielleicht solltest du dich zuerst fragen, warum deine Schwester lieber mit deiner Ex-Freundin spricht als mit dir, bevor du mir sagst, was ich zu tun oder zu lassen habe?«

»Es ist scheißegal, ob sie zu dir gekommen ist oder nicht. Sie ist erst neunzehn und geht noch zur Schule, verdammt noch mal, und du hättest sie wegschicken sollen, anstatt dich in etwas einzumischen, von dem du keine Ahnung hast.« Er legte den Kopf in den Nacken und atmete einmal tief durch, doch als er mich wieder ansah, waren die Flammen in seinen Augen keinesfalls verschwunden, sondern brannten lichterloh. »Und ich weiß, warum sie bei dir war. Wenn du glaubst, ich hätte keine Ahnung, was in Hyun-Ahs Leben vor sich geht, dann irrst du dich. Und du bist wirklich die Letzte, die meine Schwester jemals um Hilfe bitten sollte.«

Ich ignorierte seinen garstigen Kommentar und konzentrierte mich stattdessen auf den kleinen Fetzen Information, der das Bild von Hyun-Ahs Leben in meinem Verstand von hoffnungsvollem Rosa in gedämpftes Violett der Enttäuschung hüllte. »Du weißt es?«

»Meine Schwester könnte nicht mal ein Geheimnis für sich bewahren, wenn ihr Leben davon abhinge.«

»Warum unterstützt du sie dann nicht?«

Er sah mich an, seine Miene war ausdruckslos, aber in seinen Augen lagen so viele Emotionen, dass sie mich an das erste Gemälde erinnerten, das wir damals zusammen betrachtet hatten. Das Gemälde, das derartig überfrachtet gewesen war, was es beinahe unmöglich gemacht hatte, nur eine einzige Farbe oder gar die Botschaft klar herauszufiltern. »Weil ich jemand bin, der aus seinen Fehlern lernt, Jade.«

Ein einziger kraftvoller Pinselstrich, und das Grün seiner giftigen Worte verteilte sich im ganzen Raum. »Das ist nicht fair, Hyun-Joon.«

Er zuckte die Achseln, seine Stimme klang angespannt, als er mir antwortete. »Die wenigsten Dinge im Leben sind fair, Jade.«

»Sie ist deine Schwester. Sie braucht dich jetzt.« Die Worte kamen mir bekannt vor, eine Wiederholung unserer Geschichte, die mehr und mehr Raum einnahm in der Realität, in der sie keinen Platz haben durfte.

»Und das weißt du so genau, weil du ja so viele Geschwister hast.«

Ich zuckte zusammen, erinnert an die Wunde, die ich einzig und allein ihm jemals offengelegt hatte. Er presste seine Klauen hinein, riss sie wieder auf und betrachtete mit perfider Genugtuung, wie Rubinrot hervorquoll. »Ich mag von Familie nichts verstehen, aber von Träumen und Hoffnungen verstehe ich offensichtlich mehr als du.«

»Alles, wovon du etwas verstehst, ist wegzulaufen, ohne einen Scheiß darauf zu geben, wie die Menschen um dich herum sich damit fühlen.« Hyun-Joons Atem ging schneller, seine Hände fahrig, als er sie durch sein feuchtes Haar gleiten ließ in einer vertrauten Zurschaustellung seines kaum zu bändigenden Zorns. »Hyun-Ah weiß das nicht, weil sie dich nicht wirklich kennt und immer zu dir aufgeschaut hat. Aber ich kenne dich, und alles, was ich will, ist, sie zu beschützen.«

»Wovor denn bitte?«

»Vor deinem toxischen Egoismus.«

»Witzig, dann solltest du wohl von zu Hause ausziehen, meinst du nicht?«

Hyun-Joon hörte auf, an seinen Haaren zu zerren, seine Augen verengten sich, als er die Hände sinken ließ. »Wie bitte?«

»Du hast mich ganz genau verstanden, Hyun-Joon.« Woher ich den Mut genommen hatte, diese Worte auszusprechen, wusste ich nicht, doch jetzt gab es kein Zurück mehr. Und in meiner Wut und dem Schmerz, den ich spürte, war der letzte Funke Zurückhaltung und Rationalität eh längst verglüht.

»Jade –«

»Nein«, unterbrach ich ihn barsch, und wenn ich Hyun-Joons größer werdenden Augen trauen konnte, überraschte ihn dieser Ausbruch mindestens genauso sehr wie mich. »Du kannst nicht einfach hier an meinen Arbeitsplatz kommen und mir Grausamkeiten an den Kopf werfen, nur weil dir mal wieder die Zündschnur durchbrennt und du mit deinen Gefühlen überfordert bist. Du beschuldigst mich, egoistisch zu sein, und tust dabei so, als wärst du anders! Als wärest du besser als ich. Dabei sind wir beide aus demselben Holz geschnitzt, du Heuchler.«

Als wäre das die schlimmste Beleidigung, die ich ihm hätte an den Kopf werfen können, zog sich eine tiefe Zornesröte von seinen Wangen über seinen Hals hinab und verschwand unter dem V-Ausschnitt seines Shirts. »Ich bin kein Stück wie du.«

»Ach ja?« Ich verschränkte die Arme vor der Brust, und selbst der laute Knall des Donners draußen war nicht in der

Lage, mich von dem Mann vor mir abzulenken. »Wo war dann deine verfluchte Selbstlosigkeit, als du mich darum gebeten hast, in Korea zu bleiben?«

Hyun-Joon wechselte von einem Fuß auf den anderen, seine Finger unruhig, als er mit ihnen über die Zähne des Reißverschlusses seiner Jacke fuhr. »Das ist etwas völlig anderes.«

»Ist es nicht.« Ein erneuter Blitz zerriss den nachtschwarzen Himmel hinter der Fensterscheibe. »Du hast mich darum gebeten, hier in Korea zu bleiben, obwohl du deinen verfluchten Einberufungsbefehl bekommen hattest, Hyun-Joon.«

»Den Militärdienst habe ich mir nicht ausgesucht. Ich habe dir erklärt, dass er verpflichtend ist für alle Männer zwischen achtzehn und achtundzwanzig.«

»Ausgesucht hast du ihn dir nicht, aber du hast dich entschieden, ihn anzutreten, anstatt ihn noch mal aufzuschieben, ohne vorher mit mir darüber zu sprechen, obwohl du mir ein paar Tage davor noch gesagt hast, dass wir große Entscheidungen nur gemeinsam treffen sollten.«

»Ich musste gehen, um rechtzeitig für Hyun-Ahs Abschluss wieder hier zu sein!« Hyun-Joon warf frustriert die Hände in die Luft, seine Ringe glichen den Blitzen draußen, als das Licht der Deckenleuchten sich in ihnen brach. »Ich hatte keine Wahl, verdammt noch mal.«

Ich hielt seiner Wut stand, die auch meine weiter anfachte. »Du hattest die Wahl, mich gehen zu lassen und darauf zu vertrauen, dass ich zu dir zurückkomme.«

Gold traf auf Blau, und ich verglühte unter der Intensität seines Blicks. »Das ist nicht wirklich ein Fass, das du gerade aufmachen willst.«

»Warum nicht? Weil du dann einsehen musst, dass dir der Schuh des verschmähten lieben Kerls von nebenan nicht passt, der von seiner karrieregeilen Ex verlassen wurde?«

»Du hast mich verlassen.«

»Ich wollte mit dir zusammen sein.«

»Bis zu meiner verfluchten Einberufung, damit du dich danach schön nach Singapur verziehen kannst, ohne darüber nachzudenken, wie ich mich dabei fühlen würde, monatelang darüber nachzudenken, dass wir ein beschissenes Ablaufdatum haben.«

»Nein, stattdessen hast du mich lieber direkt fallen lassen, anstatt die Zeit, die uns noch blieb, mit mir zu verbringen.« Ich ging um den Schreibtisch herum, direkt in die Schusslinie, plötzlich todesmutig, wo ich doch eh schon aus unzähligen Wunden blutete. »Sieh es ein, Hyun-Joon: Wir haben beide absolut egoistisch gehandelt, und wir haben beide den Preis dafür gezahlt.«

»Zwischen uns gibt es nur einen entscheidenden Unterschied, Jade.« Hyun-Joon rieb sich mit dem Handballen über die Stirn, ehe er tief ausatmete und sämtliche Spannung aus seinem Körper wich, so, als wäre er selbst nicht bereit für die Worte, die folgten, die er mehr ausspuckte, als sie klar auszusprechen. »Ich habe dich geliebt.«

Die Zeit kam zum Stillstand, zumindest für einen Augenblick, in dem mein Herz sich so schmerzhaft zusammenzog, dass ich es in jedem Millimeter meines Körpers nachhallen spürte, und ich stützte mich an der Tischkannte ab, um irgendwo Halt zu finden. »Und du denkst, dass es mir nicht genauso ging?«

Er schnaubte, sah aber zu Boden, anstatt mir in die Augen zu blicken. Und das war Antwort genug.

»Sieh mich an und sag mir ins Gesicht, dass du wirklich denkst, ich hätte dich nie geliebt.« Als er nicht reagierte, glaubte ich, kaum noch Luft zu bekommen. »Sieh mich an, Kang Hyun-Joon.«

Es dauerte, doch dann irgendwann hob Hyun-Joon den Blick und die Verletzlichkeit darin brachte mich beinahe um.

»Ich habe dich geliebt. Mehr als alles andere«, flüsterte ich erstickt in den Raum hinein, in dem Gefühle über Verstand regierten und uns beide in die Knie zwangen. »Und wenn du ganz ehrlich zu dir selbst bist, dann weißt du das auch.«

Ich umklammerte die Tischkante fester, während Stille sich zwischen uns ausbreitete wie ein grenzenloser Ozean. Ich rührte mich keinen Millimeter, aus Angst, damit einen Tsunami auszulösen, in dem wir beide umkommen würden. Doch als ich in seine goldenen Augen sah, wusste ich, dass es dafür längst zu spät war. Die Erschütterung hatte es längst gegeben, in Form von Worten, mit denen wir die Erdkruste zwischen uns zum Zerreißen gebracht hatten. Alles, was wir jetzt noch tun konnten, war, auf die Welle zu warten, vor der es kein Entkommen gab.

Mein Atem beschleunigte sich, und meine Hände zitterten, als ich trocken schluckte, nicht in der Lage, meinen Blick von Hyun-Joon abzuwenden, der so nah und doch zu fern erschien.

»Joon –« Ich machte den Mund wieder zu, als ich bemerkte, wie zittrig meine Stimme klang. Dünn und schwach und viel zu heiser.

Er schloss die Augen, schwankte sogar leicht, ehe er die Augen wieder öffnete, in denen nun ein gänzlich anderes Feuer lag. »Jade.«

Ich wusste nicht, wer den ersten Schritt tat, aber das spielte auch überhaupt keine Rolle. Alles, was zählte, war, dass unsere Körper kollidierten und die Welt in Flammen aufging, als Hyun-Joon die Hände in mein Haar grub, er seinen Mund auf meinen presste und mich küsste, als gäbe es kein Morgen mehr.

Und nur für diesen einen Augenblick wollte ich genau das. Ich wollte, dass es kein Morgen gab, an dem wir uns den Konsequenzen stellen mussten, die Hyun-Joons Lippen auf meiner Haut und seiner Hand unter meinem Rock zweifelsohne mit sich bringen würden. Ich wollte einfach nur hier sein, bei ihm, mit seiner Haut auf meiner, ohne an all die Dinge zu denken, die zwischen uns standen. Sein Körper war eiskalt, seine Kleidung klamm. Hastig streifte ich ihm die Jacke von den Schultern, die eine Sekunde später auf dem Boden landete. Ich spürte jedoch weder seine Kälte noch, wie klamm seine Unterarme waren, an die ich mich klammerte, als er an meiner Bluse zerrte, bis die Knöpfe nachgaben. Ich spürte nur seine eiskalten Lippen auf meinen, die mit jedem Kuss zu brennen schienen und uns beide weit weg von jeder Vernunft trugen. Ich zog an seinem Shirt, zufrieden, als er es achtlos über den Kopf zog und beiseitewarf, ehe er meinen Rock nach oben schob und seine ungeduldigen Finger mir die dünne Strumpfhose und meinen Slip buchstäblich von den Beinen rissen. Ich vernahm, wie er den Gürtel seiner Hose öffnete, und mir war bewusst, dass ich ihn stoppen müsste, ich mich darauf besinnen sollte, wo wir waren, und was uns dieser unüberlegte Moment beide kosten würde. Doch als er sich eine Sekunde später von mir löste, sein Atem sich mit meinem mischte und die Welt um uns herum ins Schwanken geriet, konnte ich keinen klaren Gedanken mehr fassen. Er blickte mir tief in die Augen, und ich nickte, weit entfernt von jeglicher Vernunft, und auch der letzte seidene Faden, an dem wir gehangen hatten, löste sich in Luft auf, als Hyun-Joon ein Kondom aus seiner Brieftasche fischte. Er zog mich fest an sich, zwischen uns einzig und allein dieses Feuer, in dem wir beide endgültig verglühten. Und als er mich auf den Tisch hob, seine kühlen Finger in meinem Nacken, und er tief in mir versank, schienen sie wirklich zu verschwin-

den, all die Jahre und all die Grausamkeiten, die eh keinerlei
Bedeutung hatten, solange er nur bei mir war, eins mit mir und
so nah, dass ich all seine Worte auf meiner Zunge schmecken
konnte.

Selbst jene, die keiner von uns zu sagen wagte.

9. KAPITEL

약점 = Schwäche

»Wir hätten das nicht tun sollen.«

Ich stockte, meine Finger wie auf Autopilot, während ich mit ihnen durch mein Haar fuhr, in der Hoffnung, das Chaos darin einigermaßen wieder in Ordnung bringen zu können. »Dafür ist es jetzt ein bisschen spät, meinst du nicht?«

Hyun-Joon sah mich nicht einmal an, seine Augen waren einzig und allein auf sein Spiegelbild im Glas der bodenhohen Fenster gerichtet. Er zog den Kragen seines Shirts zurecht, unter dem lauter dunkle Male hervorblitzten, die ich mit meinen Lippen und Zähnen dort hinterlassen hatte. »Ich wollte es trotzdem gesagt haben.«

Ich wusste nicht so richtig, was ich darauf antworten sollte, als ich den Reißverschluss meines Rockes prüfte, nachdem ich ihn über die Hüften nach unten geschoben hatte. »Das war wirklich unfassbar dumm von uns.«

Hyun-Joon zog den Gürtel etwas enger und gab ein Geräusch von sich, das alles hätte bedeuten können, ehe er sich nach seiner Jacke bückte. »War es. Auf allen Ebenen.«

Ich zuckte zusammen, konnte ihm diese Worte allerdings kaum übel nehmen. Es war ein Fehler gewesen. Wir hatten einer Emotion nachgegeben, die zwischen uns keinen Raum mehr haben sollte, und die uns beide ohne Rücksicht auf Verluste in den Abgrund gestoßen hatte, in dem wir nun beide gemeinsam festsaßen, schonungslos entblößt im Angesicht unserer eigenen Unbesonnenheit und mit all den Gefühlen, die keiner von uns beiden hatte preisgeben wollen.

»Das hier ändert nichts, das ist dir klar, oder?« Hyun-Joon schlüpfte in seine nasse Jacke. »Ich will nach wie vor, dass du dich von Hyun-Ah fernhältst.« Sein Ton klang nüchtern und abgeklärt, doch ich sah genau, wie seine Augen zu mir herüberhuschten, das erste Anzeichen dafür, dass es ihn zumindest ansatzweise kümmerte, wie ich mich bei dieser ganzen Sache fühlte.

»Das ist mir klar.« Ich löste das Haarband von meinem Handgelenk und begann mit steifen Fingern, einen Zopf zu flechten, nur um meinen Händen und meinem Verstand zumindest kurz eine geringfügige Ablenkung von der Intensität dieses Augenblicks zu gönnen. »Ich habe ihr bereits bei unserem letzten Treffen den Rat gegeben, nicht noch einmal ins Institut zu kommen.«

Hyun-Joons Hände, mit denen er das Revers seiner Jacke gerichtet hatte, stoppten, und unsere Blicke begegneten sich im Fenster. »Hast du?«

»Habe ich.« Ich warf den fertigen Zopf über meine Schulter auf meinen Rücken und versuchte zu ignorieren, wie Hyun-Joons Augen der Bewegung folgten. »Auch ohne deinen Überfall hier hätte ich gewusst, was du von diesem und von allen weiteren Treffen halten würdest, Hyun-Joon.«

»Und woher willst du das bitte so genau wissen?«

»Weil ich dich kenne.« Ich drehte mich zu ihm um und lehnte mich gegen den Schreibtisch, um meinen weichen Knien ein wenig Halt zu geben, als Hyun-Joons skeptischer Blick mich traf. »Und weil du mich kennst.«

»Wir kannten einander.« Hyun-Joon fischte seine Zigarettenschachtel aus seiner Jackentasche und klappte sie auf, ehe er das Gesicht verzog und sie zu den Taschentüchern und dem benutzten Kondom in meinem Papierkorb warf. »Aber das ist lange her.«

Das von jemandem zu hören, mit dem man gerade erst Sex gehabt hatte, tat höllisch weh. Mein Magen sank ins Bodenlose, und Splitter lösten sich aus den Scherben in meiner Brust. Meine Kehle fühlte sich eng an, und meine Atmung beschleunigte sich, doch ich versuchte, es zu kontrollieren und mit einem bitteren und traurigen Schmunzeln zu überspielen. »Wenn du meinst.«

Wieder dieses Geräusch, das wohl alles hätte sein können. Wieder wich er meinen Augen aus und starrte stattdessen aus dem Fenster hinaus in die Nacht, die nicht länger von Blitzen heimgesucht wurde. Der Regen trommelte dennoch weiterhin rhythmisch gegen die Scheibe, wenn auch deutlich weniger als vorhin, als wir mein Büro betreten hatten. Jedoch war dieses Unwetter noch lange nicht vorbei, auch wenn der Zorn von Mutter Natur fürs Erste seine scharfen Reißzähne verloren zu haben schien. Hinauszugehen, wäre vermutlich noch immer unangenehm, aber nicht länger leichtsinnig. Und mit einem Mal öffneten sich die Gitterstäbe des Käfigs, in den Hyun-Joon und ich uns eingesperrt hatten, und ich wusste nicht, ob ich bereit war, aus ihm hinaus ins Freie zu treten.

»Jade?«

Ich wandte den Blick von den bodenhohen Fenstern ab und Hyun-Joon zu, der mich zum ersten Mal wieder direkt ansah, seitdem der Schweiß auf unserer Haut getrocknet war. »Ja?«

Er kam einen Schritt auf mich zu, und meine Hände umfassten die Kante des Schreibtisches fester, auf dessen Glasplatte ich von nun an für immer Hyun-Joons Handabdrücke finden würde, ganz gleich, wie oft ich auch versuchen mochte, sie wegzuwischen. Er blieb direkt vor mir stehen, und ich legte den Kopf in den Nacken, um weiter in diese goldenen Augen zu blicken, in denen so viel mehr lag als die kühle Distanz, die bisher zwischen uns geherrscht hatte. Er nahm mein Kinn zwischen Daumen und Zeigefinger und beugte sich zu mir herunter, wie er es neulich in der Gasse getan hatte. Doch wieder berührten seine Lippen meine nicht, er hielt inne, sein Gesicht war nur wenige Millimeter von meinem entfernt, während er mir in die Augen sah und seine Lider senkte. Sein Atem ging schwer, als er gegen meine geöffneten Lippen prallte, die bebten, ohne dass ich etwas dagegen tun konnte.

»Das hier«, murmelte er und fuhr mit seinen Lippen über meine, »darf nie wieder passieren.«

»Ich weiß.« Ich schluckte trocken, unfähig, mich zu rühren, obwohl alles in mir danach schrie, zurückzuweichen und dem Selbsterhaltungstrieb nachzugeben, der mich förmlich anflehte, die kläglichen Überbleibsel meines geschundenen Herzens vor noch mehr Schmerz zu bewahren.

»Gut.« Hyun-Joons Stimme war rau, und als er meine Lippen mit seinen verschloss, konnte ich nicht anders, als leise in den Kuss zu seufzen und die Arme um seine Schultern zu schlingen. Hyun-Joon gab einen Laut von sich, der halb nach zufriedener Zustimmung und halb nach schmerzverzerrtem Wimmern klang, als er die Arme um meine Taille legte und mich fest an sich drückte. Ich wusste nicht, wie lange wir dort standen und einander küssten, seine Zunge verlangend und drängend, während sie meinen Mund eroberte, so als wollte er sichergehen, dass ich seinen Geschmack niemals vergaß. Doch auch wenn ich nicht wusste, wie schnell die Sekunden zu Minuten wurden, wusste ich doch, dass ich nicht wollte, dass dieser Augenblick endete.

Doch er musste enden.

Nach allem, was wir zueinander gesagt hatten, nach allen Wunden, die wir einander zugefügt hatten und den Schmerz des anderen billigend in Kauf genommen hatten, mussten wir einander loslassen. Denn wir hielten aneinander fest, ungeachtet dessen, dass wir beide noch nicht bereit waren, unsere gemeinsame Vergangenheit hinter uns zu lassen. Und die Gründe, warum wir getrennte Wege gegangen waren, verschwanden nicht plötzlich, nur weil das Band, das sich um uns beide schlang wie blutrote Ranken einer Schlingpflanze, uns einen Augenblick gegeben hatte, in dem wir dem süßen Vergessen nachgegeben hatten.

Hyun-Joon löste sich zuerst, die Augen verhangen, aber gespickt mit etwas anderem, das uns verschlingen würde, wenn wir jetzt nicht losließen. Er beugte sich weiter herunter, seine Lippen ruhten auf meiner Halsschlagader, als er mich dicht an sich gepresst hielt. Seine Hand lag auf meinem Hinterkopf und brannte wie die Tränen in meinen Augen, als er noch mal tief einatmete, bevor er sich ein für alle Mal von mir löste.

Er trat einen großen Schritt zurück, zwischen uns war urplötzlich ein ganzer Meter Abstand, der sich mit eiskalter Luft füllte, als Hyun-Joon sich abwandte und zur Tür ging.

»Hyun-Joon?«

Er drehte sich nicht zu mir um, doch seine Hand auf der Türklinke hielt mitten in der Bewegung inne.

»Mach nicht den gleichen Fehler wie damals.« Meine Stimme verklang sanft in der Stille zwischen uns. »Halt nicht zwanghaft an ihr fest, sondern nimm einfach ihre Hand und lass sie gehen. Dann wird sie auch zurückkommen.«

Hyun-Joon sagte kein Wort, doch ich sah, wie die Linie seines Rückens sich verspannte, ehe er die Tür aufriss und verschwand. Ich lauschte noch einen Augenblick lang seinen schnellen Schritten, bis er fort war und nichts anderes blieb als der Geruch nach Thymian und Tabak in der Luft und sein Duft auf meiner Haut. Die Tränen, die so hartnäckig an meinen Augenwinkeln ausgeharrt hatten, bahnten sich ihren Weg und strömten meine Wangen hinab.

Sie flossen unkontrolliert, und meine Hände zitterten, als etwas in mir realisierte, dass Hyun-Joon nun nicht mehr da war. Ich spürte es genau, so als wären meine Knochen mit einem Mal von innen hohl, und ich geriet ins Schwanken.

Hyun-Joon war fort. Und diesmal vielleicht wirklich für immer.

Meine Atmung wurde flach und viel zu hektisch, während ich versuchte, mich am Schreibtisch aufrecht zu halten. Der Schmerz breitete sich in meinem ganzen Körper aus, ich erkannte ihn sofort, den dunklen Schleier am Rande meiner Wahrnehmung, der mir über die letzten drei Jahre hinweg viel zu vertraut geworden war.

Blind tastete ich nach meinem Smartphone. Meine zitternden Hände entsperrten es unbeholfen. Es klingelte ein paarmal, und als ich hörte, wie abgenommen wurde, spürte ich, wie zumindest ein kleines bisschen von dem Gewicht verschwand, das wie ein geparkter Van auf meiner Brust lastete.

»Jay-Jay!« Christopher klang unbeschwert, und ich hörte, wie er etwas kaute, so, als würde er gerade in aller Ruhe seine Mittagspause genießen, und augenblicklich regte sich das schlechte Gewissen in mir, doch meine Panik überlagerte alles andere, während ich mich an meine einzige Rettungsleine klammerte.

»Chris«, würgte ich erstickt hervor, und mein bester Freund, der noch immer an meiner Seite stand, auch wenn Tausende Kilometer und diverse Stunden Zeitverschiebung uns trennten, fluchte leise, ehe er prompt reagierte und mit sanfter und beruhigender Stimme auf mich einredete, so wie meine Thera-

peutin in Singapur es ihm in diversen Telefongesprächen beigebracht hatte.

»Ich weiß, du fühlst dich schrecklich«, begann er, und ich
musste mich wirklich anstrengen, um durch das Rauschen in
meinen Ohren irgendetwas wahrzunehmen. »Aber alles wird
gut, Jade. Ich möchte, dass du dich einzig und allein auf meine Stimme konzentrierst.« Er sprach nun lauter. »Sieh auf
deine Füße, Jade. Fokussiere dich auf deine Fußspitzen und
schließ den Mund. Atme durch die Nase, hörst du? Versuche,
deine Atmung zu verlangsamen, so wie wir es geübt haben,
okay?«

Ich brauchte ein paar Anläufe, um Chris' Worten Folge zu
leisten, schaffte es aber dann. Ich atmete tief durch die Nase ein
und aus, während mein Herz seinen gefährlichen Galopp endgültig aufgab und in einen gemäßigteren Trab verfiel.

»Sehr gut.« Die Stimme meines besten Freundes war angenehm, weit, weit entfernt von all den Gefühlen, die mich gerade eben noch zu übermannen gedroht hatten, und ich war froh,
ihn damals gefragt zu haben, als meine Therapeutin mir vorschlug, wegen meiner wiederkehrenden Panikattacken jemanden auszuwählen, dem ich vorbehaltlos vertraute. »Das hast du
sehr gut gemacht, Jade.«

Meine Knie gaben unter mir nach, aber zum Glück vor Erschöpfung und nicht, weil ich das Bewusstsein verlor. »Entschuldige bitte, Christopher.«

»Es gibt nichts, wofür du dich entschuldigen müsstest, Jade.«
Einen Moment lang hörte ich nur noch gemurmelte Worte in
der Leitung, dann vernahm ich schlurfende Schritte, vermutlich bewegte er sich von seinem Platz in der Kantine fort. »Ich
bin stolz auf dich. Ich weiß, wie schwer es für dich ist, Verletzlichkeit zuzulassen, auch wenn ich es bin, also mach dir keinen
Kopf. Ich bin eher dankbar dafür, dass es etwas gibt, womit ich

irgendwie helfen kann, nach allem, was du für Linda und mich getan hast.«

Meine Lippen fühlten sich an wie zusammengeklebt, und ich ließ den Kopf kraftlos in meinen Nacken sinken. »Danke, Chris.«

»Wo bist du gerade?«

»In meinem Büro. Ich sitze auf dem Fußboden.«

»Kannst du aufstehen?«

Ich horchte in mich hinein, aber da Chris mit seiner beruhigenden Stimme der Panikattacke schnell den Garaus gemacht hatte, fühlte ich mich nicht ganz so ausgelaugt wie nach all den anderen unzähligen Augenblicken, in denen ich niemand anderen gehabt hatte als mich selbst, um sie durchzustehen. »Ja.«

»Gut, gibt es in deinem Büro ein Sofa, auf das du dich setzen kannst?«

»Ja.« Ich stand auf und ging auf wackeligen Beinen zu dem gelben Sofa, auf das ich mich fallen ließ, und sofort wünschte ich mir, Chris jetzt bei mir zu haben, auf dem gelben Sofa, das mir ohne ihn jetzt gerade so unfassbar leer vorkam. »Ich sitze auf dem Sofa.«

»Sehr gut. Hast du Wasser oder Tee in deinem Büro?«

»Ja.« Ich spähte zu dem Sideboard, doch auch wenn es kaum mehr als eine Armlänge entfernt stand, kam es mir vor, als lägen zwischen mir und dem Pappbecher Meilen. »Ich glaube aber nicht, dass ich es gerade dahin schaffe.«

»Kein Problem.« Chris klang wie immer einfühlsam und verständnisvoll, was mich nur noch weiter beruhigte, während ich in Erinnerungen an Sandkästen und, in kindlichem Übermut, aufgeschlagene Knie schwelgte, die sich mit denen an wütend geballte Fäuste und lange Krankenhausflure mischten. Egal was für eine Art Schmerz ich auch hatte ertragen müssen, Chris war immer da gewesen. Und das würde er auch immer sein. »Du solltest allerdings etwas trinken, sobald du glaubst, wieder aufstehen zu können.«

»Das mache ich.« Ich presste die Lippen fest aufeinander.

»Chris?«

»Ja, Jay-Jay?«

Ich nahm all meinen Mut zusammen und presste das Handy fester an mein Ohr, geflissentlich die Stimme ignorierend, die mir zuraunte, dass ich Chris seine Mittauspause gönnen sollte, anstatt ihn am Telefon zu halten. »Hättest du einen Augenblick? Ich würde gerne … reden.«

Ich hörte das Lächeln ganz klar aus seiner Stimme heraus, als Chris zu mir sagte: »Natürlich habe ich Zeit, Jay-Jay. Rede, worüber auch immer du reden möchtest.«

Ich ließ meinen Kopf gegen das Polster der Couch sinken, und ehe ich mich versah, legte ich die Scherben meines Herzens in Christophers Hände, in der Hoffnung, sie mit seiner Hilfe wieder zusammenfügen zu können, jetzt wo ich mir sicher war, dass sie wirklich wieder mir gehörten. Doch Löcher würden bleiben, denn Fragmente steckten noch immer in Hyun-Joons Händen, längst fest mit ihm verwachsen und ein Teil von ihm, den keiner von uns beiden jemals würde leugnen können.

Ganz egal, wie sehr wir es auch versuchten.

10. KAPITEL

제가 실수 하는 걸 그냥 보세요 =
Sieh mir dabei zu, wie ich Fehler mache

»Bis morgen, *Ssaem*.«

»Bis morgen, Eun-Ha«, verabschiedete ich meine Schülerin mit einem aufgesetzten Lächeln, bemüht, möglichst entspannt zu wirken, während meine Augen zur Uhr an meinem Handgelenk spähten und ich innerlich die schlimmsten Flüche ausspuckte, die mir in den Sinn kamen. Als Eun-Ha im Fahrstuhl verschwand, hetzte ich zurück in mein Büro und ließ den unaufgeräumten Tisch mit den Arbeitsmaterialien einfach links liegen und griff mir stattdessen meine Umhängetasche, die mein Vergangenheits-Ich glücklicherweise in weiser Voraussicht noch vor Beginn der Einzelstunde gepackt hatte. Bis zu dem Termin in der Galerie war zwar noch eine Stunde fünfundvierzig Zeit, aber der Weg allein dauerte eine Stunde fünfzehn, und ich wollte auf keinen Fall riskieren, zu spät zu kommen und direkt einen schlechten ersten Eindruck zu hinterlassen. Zumal es mein erster Termin dieser Art war, den mein Vorgesetzter mir so vertrauensvoll übertragen hatte und dessen Gewichtigkeit ich jetzt, so kurz vorher, mit erdrückender Deutlichkeit spürte.

Ich flitzte zum Telefon und rief unten bei der Rezeption an, die Freizeichen eine unwillkommene Unterbrechung meiner Eile, die mich allerdings dazu verführte, auf das Glas zu sehen, das nun zwar blitzblank daherkam, auf das meine Erinnerung dennoch große Handabdrücke projizierte, die ich nie wieder auslöschen können würde, und die ihre Heimat auch an meiner Hüfte und in meinem Nacken in Form von dunklen Malen gefunden hatten.

»Ms Hall, was kann ich für Sie tun?«, begrüßte mich die höfliche Stimme unserer ältesten Rezeptionistin, die seit dem ersten Tag bei uns war und jedes Kind, jede Lehrkraft und sogar jede Servicekraft mit Namen und zugeordneter Telefonnummer kannte.

»Hallo, Mrs Jeong. Es tut mir wahnsinnig leid, aber könnten Sie mir bitte ein Taxi rufen, das mich zur Galerie in Gwacheon bringt? Meine letzte Unterrichtsstunde hat länger gedauert, und ich muss noch rüber zu Institutsleiter Kwon, um ihm Bescheid zu geben, dass ich mich jetzt auf den Weg mache, und –«

»Natürlich, Miss. Das ist überhaupt kein Problem.« Die Ruhe in ihrer Stimme verlieh auch mir etwas mehr Gelassenheit, und der Klammergriff, mit dem ich den Hörer des Telefons umfasst hielt, lockerte sich ein wenig. »Ich rufe Ihnen ein Taxi und sage dem Fahrer, er soll in zehn Minuten hier sein. Reicht Ihnen das?«

»Ja, das wäre fantastisch.« Erleichterung machte sich in mir breit, und ich atmete einmal tief durch.

»Das mache ich doch gern, Miss. Ich rufe im Büro von Institutsleiter Kwon an, sobald Ihr Taxi da ist. Der Verkehr könnte um diese Uhrzeit etwas zäh sein, ich werde vorsichtshalber auch direkt die Galerie darüber informieren, dass es zu einer Verspätung kommen könnte.«

»Vielen Dank, Mrs Jeong. Sie sind wie immer meine Lebensretterin.« Ich legte auf, bevor die bescheidene Rezeptionistin mit dem stets perfekt frisierten modischen Bob mir widersprechen konnte, und prüfte ein letztes Mal den Inhalt meiner Tasche.

Das Tablet mit dem Grundriss und all meinen Notizen und Anmerkungen? Hatte ich. Einen Thermobecher mit heißem Tee für die Fahrt, damit meine Stimme nicht plötzlich mitten im Gespräch, nach einem Tag voller Unterricht und Einzelstunden in gesprochenem Englisch, nachgeben konnte? Hatte ich. Den ausgedruckten Vertrag mit allen Anmerkungen unserer Rechtsabteilung in Singapur, die diesmal erstaunlich wenig zu meckern gehabt hatte? Hatte ich ebenfalls. Alles andere, wie meine übliche Packung Kaugummis, der kleine Skizzenblock mit dem daran befestigten Druckbleistift, eine kleine Flasche Parfüm, diverse Haarbänder und Haarnadeln sowie mein Cushion, mit dem ich meine Augenringe zu verdecken versuchte, waren reiner Bonus und konnten zur Not auch nur unvollständig vorhanden sein.

Ich schnappte mir meinen dünnen kaffeebraunen Mantel, den ich nach dem Unwetter brauchte, welches ein Tiefdruckgebiet und für Oktober ungewöhnlich kühle Temperaturen um die zehn Grad mit sich gebrachte hatte, vom Garderobenständer und schlüpfte hinein, ehe ich mir den Riemen meiner Tasche über die Schulter legte und mein Büro verließ.

Das laute Klackern der kleinen Absätze ließ mich innerlich katzbuckeln, doch es war zu spät, um mein Outfit, bestehend aus eleganten Stiefeln, einem knielangen Rock und einer passenden Bluse, zu hinterfragen. Und so biss ich die Zähne zusammen und sah einfach zu, größere Schritte zu machen, um das ungewohnte Geräusch so wenig wie möglich hören zu müssen.

Am Büro meines Chefs angekommen spähte ich ein letztes Mal auf die Uhr. Ich hatte noch fünf Minuten. Ich klopfte, kurz und schnell und vielleicht ein bisschen zu hart, aber Woo-

Young schien es nicht aufzufallen, denn er murmelte nur sein übliches, leicht abgelenktes *Herein*, das durch die dicke Milchglastür kaum zu hören war.

Ich schob die schwere Tür gerade weit genug auf, um hineinzuschlüpfen und hielt mich in ihrer Nähe, auch wenn es eventuell ein bisschen unhöflich erscheinen konnte. Doch so wie Woo-Young dasaß, mit gelockerter Krawatte, der Brille tief auf seiner Nase und Sorgenfalten auf der Stirn, war ich mir sicher, dass er nichts dagegen einzuwenden hatte, wenn mein Besuch heute etwas knapper ausfiel als sonst.

»Woo-Young?«, sprach ich ihn vorsichtig an, und mein Boss hob erst dann seinen Blick von den vor ihm ausgebreiteten Unterlagen. »Ich mache mich jetzt auf den Weg zur Galerie. Gibt es noch irgendwelche letzten Fragen, die du geklärt haben möchtest, oder irgendwelche Anmerkungen, die dir noch einfallen?«

»Ach stimmt. Das war ja heute.« Woo-Young zog sich die Brille von der Nase und warf sie achtlos auf den Aktenhaufen vor sich, der so gewaltig war, dass man durchaus fürchten konnte, dass das dicke Sicherheitsglas seines Schreibtisches unter der Last nachgeben würde. »Nein, ich glaube, wir haben alles geklärt.« Er ließ seine müden Augen über mich wandern, und ich konnte nicht verhindern, dass ich mich instinktiv etwas gerader hinstellte. »Fühlst du dich gut vorbereitet?«

»Ja.« Über die Antwort musste ich nicht einmal für den Bruchteil einer Sekunde nachdenken, denn die letzten zwei Tage hatte ich an nichts anderes gedacht als an diesen bevorstehenden Termin, der über das Schicksal unserer ersten Institutsausstellung in Südkorea entscheiden würde. Ein Event, das die Zukunft unserer Kids und die des Instituts nachhaltig formen und verändern würde. »Ich bin sehr gut vorbereitet. Nervös bin ich trotzdem.«

»Das ist gut. Ein gesundes Maß an Nervosität kann sehr beflügelnd sein und den entscheidenden Unterschied zwischen einem einmaligen Event und einer langjährigen vertrauensvollen Zusammenarbeit ausmachen.« Woo-Young schloss die Hand um seinen Kaffeebecher, der am Rande des Tisches gestanden hatte, und trank einen Schluck, ehe er angewidert das Gesicht verzog. »Ich bin mir sicher, dass der Termin heute gut laufen wird. Ich habe vollstes Vertrauen in dich, Jade.«

»Wenn du es jetzt noch schaffen würdest, das ohne diesen angewiderten Gesichtsausdruck zu sagen, könnte ich dir vielleicht sogar glauben.«

Woo-Young lachte, rau und ein bisschen zu erschöpft. »Das liegt an dem kalten Kaffee und kein bisschen an dir.« Das Lächeln schwand, und seine Augen wurden wachsamer, als er mein Gesicht betrachtete. »Ist bei dir alles okay?«

Sofort verspannte ich mich, und instinktiv fuhr ich mit der Hand hoch zu meinem Hals. Erleichtert atmete ich kaum merklich aus, als ich den Rollkragen ertastete, den ich unter meiner Bluse trug, um die verfärbten Male zu verbergen, die für Kinderaugen vielleicht unschuldig wirken mochten, jeden Erwachsenen jedoch sofort an gänzlich andere Dinge erinnern würden. »Ja, alles okay.«

»Mir ist zu Ohren gekommen, dass du die letzten zwei Tage kaum das Institut verlassen hast.«

»Ich habe mich auf den Termin vorbereitet.« Ich wusste, meine Worte klangen etwas zu defensiv und verkrampft, aber ich konnte nicht gegen den Impuls ankämpfen. Woo-Youngs Blick blieb an meiner Hand hängen, die auf meinem Schlüsselbein ruhte, und schnell fingerte ich an meiner filigranen Kette herum. Es war besser, nervös zu wirken, als ihm auch nur einen kleinen Einblick in den Tumult zu geben, der wirklich in mir brodelte.

»Okay.« Woo-Young nickte und schloss erschöpft die Augen, während er sich weit in seinem Stuhl zurücklehnte, der ein leises Knarren von sich gab, obwohl er genauso neu war wie der Rest des gesamten Mobiliars. »Denk nur dran, dass zu viele Überstunden dich umbringen können.«

»Ich denke nicht, dass du der Richtige dafür bist, um über ein gesundes Maß an Arbeitsstunden zu referieren, oder?« Ich legte Humor in meine Stimme, meinte es aber durchaus ernst. Woo-Young und ich hatten beide die ungesunde Angewohnheit, uns in unserer Arbeit zu verlieren, weshalb wir zwar ein unschlagbares Team waren, was aber auch leider unweigerlich zu einer ungesunden Synergie aus Kaffee, unzähligen Überstunden und sogar durchgearbeiteten Wochenenden führte. »Wenn ich den Vertrag mit der Galerie heute abschließen kann, helfe ich dir mit der Stiftung, okay?«

Woo-Young schmunzelte nur und gab mir einen erschöpften Daumen hoch, ehe das Telefon klingelte, was uns beide zusammenfahren ließ. Er hob den Hörer ab und hielt ihn sich ans Ohr, und allein an der Art, wie er antwortete und zu mir herüberspähte, wusste ich, dass es der versprochene Anruf von unserer Rezeptionistin sein musste.

»Dein Taxi ist da«, informierte Woo-Young mich, nachdem er aufgelegt hatte, und deutete Richtung Tür. »Viel Erfolg.«

»Danke. Dir auch, Woo-Young.« Ich hob die Hand zum Gruß und verließ dann sein Büro. Auf dem Flur begegnete ich ein paar der anderen Lehrkräfte, doch ich wünschte ihnen nur im Vorbeigehen einen schönen Feierabend, weil für mehr die Zeit nicht reichte.

Ich wartete auf den Fahrstuhl und fuhr hinunter in die Lobby, wo Mrs Jeong mich bereits mit einem beruhigenden Lächeln erwartete.

»Das Taxi parkt am Straßenrand, Ms Hall.« Sie deutete vor das Gebäude. »Viel Glück für Ihren Termin.«

»Vielen Dank, Mrs Jeong.«

»Immer wieder gern, Ms Hall.« Sie winkte mir noch kurz zum Abschied zu, und ich eilte hinaus auf die Straße.

Das Taxi, das sie mir gerufen hatte, erkannte ich sofort. Es war ein *Mobeom-Taxi*, ein schlichtes schwarzes Stufenheck mit einem goldenen Streifen an der Seite und dem gelben Zeichen auf dem Dach, das in Hangul verriet, dass es sich um ein gehobenes Taxi handelte. Ich spähte über die Schulter zurück zu Mrs Jeong, die aber längst wieder mit anderen Aufgaben zu tun hatte, und beschloss, mich bei ihrem nächsten Dienst mit einem großen Kaffee vom Café die Straße herunter erkenntlich zu zeigen. Und vielleicht sollte ich ihr auch eine neue Packung von den Mandelkeksen besorgen, die sie immer verstohlen an ihrem Platz aß, wenn sie glaubte, von niemandem beobachtet zu werden.

Hastig rannte ich auf das Taxi zu. Da ich nicht in einer überfüllten U-Bahn würde hocken müssen, konnte ich vielleicht tatsächlich noch kurz meine Unterlagen durchgehen und einen Moment durchatmen, bevor –

»Jade!«

Ich blieb wie festgefroren stehen, die Hand auf dem kühlen Türgriff des wartenden Taxis, dessen Motor bereits lief. Ich hatte mich verhört, richtig? Ich hatte nicht gerade wirklich die Stimme von Hyun-Ah gehört, der ich geraten hatte, nicht noch einmal im Institut aufzukreuzen.

»Jade, warte!«

Gequält schloss ich die Augen. Nein, ich hatte mich nicht verhört. Das war eindeutig die Stimme von Hyun-Ah. Für einen Augenblick war ich versucht, die Tür einfach aufzuziehen und so zu tun, als hätte ich sie nicht gehört. Doch der verzweifelte Ton in ihrer Stimme hielt mich davon ab und verleitete mich stattdessen dazu, den Blick zu heben und mich nach ihr umzusehen.

Und da war sie, wenige Meter die Straße herunter, in ihrer Schuluniform und mit ihrem Jutebeutel bewaffnet, während sie mit schnellen Schritten auf mich zukam, ihr schwarzes Haar wie Seide im Wind, als es hinter ihr herflatterte.

Was war das nur mit diesen Kang-Geschwistern, dass sie es sich scheinbar alle in den Kopf gesetzt hatten, mein Leben immer wieder auf den Kopf zu stellen?

Ich seufzte leise und öffnete die Tür des Taxis.

»Einen Moment bitte noch«, sagte ich zum Fahrer, der mich über die Schulter hinweg skeptisch ansah, dann aber nickte, als ich meine Tasche auf den Rücksitz legte und ihm andeutete, seinen Taxameter zu starten. Ich schlug die Tür wieder zu und spähte verstohlen auf meine Uhr mit dem dezenten Goldrand und dem marmorierten Zifferblatt.

Zwei Minuten. Zwei Minuten und dann würde ich dieses Kapitel meines Lebens ein für alle Mal schließen, so wie Chris mir bei unserem Telefonat geraten hatte.

Ich bemühte mich, unbeteiligt zu wirken, als Hyun-Ah mich erreichte, die Hände auf die Knie gestützt und die Wangen rot vor Anstrengung, während sie versuchte, wieder zu Atem zu kommen.

»Hyun-Ah.« Ich wusste, es war unfair, einen so kühlen und beinahe schon scharfen Tonfall gegenüber dem Mädchen mit der sanften Seele anzuschlagen, aber es war die letzte Option, die mir noch geblieben war, wenn ich nicht erneut mit ihrem Bruder aneinandergeraten wollte, den ich doch so dringend zu vergessen versuchte, um mein eigenes Herz zu schützen. »Ich habe einen Termin und nicht viel Zeit.«

Hyun-Ah richtete sich auf und musterte mich ungläubig

mit ihren großen braunen Augen. Doch dann schien ihr etwas klar zu werden, denn ein wissender Ausdruck löste die kindliche Überraschung ab, und ein harter Zug legte sich um ihren Mund. »*Oppa* war hier, richtig?«

Ich ließ ihre Frage in der Luft hängen, nicht gewillt, mich dazu zu äußern, wenn die Antwort doch so offensichtlich war. »Wieso bist du hier, Hyun-Ah?«

»Ich wollte mit dir reden.« Hyun-Ah sah auf ihre manikürten Nägel herab und faltete ihre filigranen Finger mit den verkrusteten und verletzten Nagelbetten unsicher vor ihrem Körper zusammen. »Einfach nur so.«

Hyun-Ah war eine deutlich schlechtere Lügnerin als ihr großer Bruder, denn sie konnte das Zittern in ihrer Stimme nicht verbergen, das mich wissen ließ, dass unter der Oberfläche verschiedenste Emotionen brodelten, mit denen die junge Frau offensichtlich nicht umzugehen wusste.

Ich legte die Hand auf dem Dach des Taxis ab und betrachtete sie eindringlich. Die herabhängenden Schultern, die aufgesprungenen Lippen, der matte und blasse Teint ihrer Haut. Alles an ihr schien die Worte *Ich fühle mich elendig* in die Welt hinauszuschreien, und bevor ich mich davon abhalten konnte, stieß ich geräuschvoll den Atem aus und zog die Tür zum Taxi auf.

»Steig ein.«

Hyun-Ah blickte mich an, auf den Lippen ein unsicheres Lächeln, als sie in das Innere des Taxis spähte. »Kann ich wirklich?«

Ich wusste, ich sollte Nein sagen. Ich sollte sie wegschicken, so wie ich es Hyun-Joon versprochen hatte. Doch Hyun-Ah weckte den Wunsch in mir, ihr zu helfen. Ob es nun daran lag, dass ich ihre Träume und Wünsche verstehen konnte, oder aber daran, die Züge ihres großen Bruders in ihrem Gesicht wiederzufinden, hinterfragte ich nicht. Viel zu sehr fürchtete ich mich vor der Antwort.

»Ich habe einen wichtigen Termin in Gwacheon, den ich wahrnehmen muss. Aber wenn du möchtest, können wir danach bei einem Spaziergang gerne – «

Ich hatte nicht einmal die Chance, den Satz zu beenden, so schnell stieg Hyun-Ah ins Taxi ein. Sie rutschte auf der Bank durch und klopfte auf das Leder, meine und ihre Tasche auf dem Schoß, wobei sie mich dankbar anlächelte, mit Grübchen und zu vielen Zähnen. Ein Stich durchfuhr mich und trieb einen weiteren Keil in mein Mosaikherz, dessen Kanten offen lagen und nur vom letzten Rest Klebstoff aus Tränen und Blut zusammengehalten wurden.

Einen Augenblick lang blieb ich unschlüssig am Straßenrand stehen, stieg dann jedoch wider besseren Wissen ein. Und als die Tür zuschlug und der Wagen sich in Bewegung setzte, kam ich nicht umhin, mich zu fragen, ob Christopher vielleicht doch recht hatte. Ob ich wirklich nicht anders konnte, als mich selbst zu geißeln, jeder Peitschenhieb treffsicher und härter als der vorherige, während ich mich innerlich unter den Schmerzen krümmte, die ich mir so leichtfertig selbst zufügte, mit jeder dummen Entscheidung, die ich traf.

11. KAPITEL

외유내강 = Jemand mit sanftem Äußeren,
aber gesetzter Persönlichkeit

»Auf gute Zusammenarbeit.«

»Vielen Dank.« Ich ergriff die Hand von Galeriedirektor Yang und drückte sie sanft, während ich mich verbeugte.

Der ältere Mann lächelte mich an, als ich ihn wieder ansah, seine Hand steckte nach unserem symbolischen Vertragsabschluss nun locker in der Hosentasche seines marineblauen Anzugs. Er betrachtete mich wohlwollend und beinahe väterlich. »Wenn ich nicht wüsste, dass Mrs Singh mir das nie verzeihen würde, wäre ich glatt in Versuchung, Sie als Kuratorin abzuwerben.«

Ich spürte, wie meine Ohren sich nach diesem ehrlich klingenden Kompliment pink färbten, und ich schlug die Augen nieder, in der Hoffnung, dass er nicht bemerkte, wie leicht seine Worte mir zu Kopf stiegen. So eine Anerkennung von einem Mann entgegengebracht zu bekommen, der über fünfunddreißig Jahre Erfahrung in der Kunstwelt auf dem Buckel hatte und unzähligen Hoffnungsvollen mit dem Verkauf ihrer Kunst in seiner Galerie zu einem mehr als guten Auskommen und einem gewissen Bekanntheitsgrad in der Kunstszene verholfen hatte, machte mich wahnsinnig stolz. »Sie schmeicheln mir zu sehr, Direktor Yang.«

»Nicht im Geringsten. Das Konzept, das Sie für die Ausstellung vorgestellt haben, war wirklich beeindruckend, und mein Team und ich haben dadurch eine bereits sehr starke Basis, aus der wir versuchen werden, das Beste herauszuholen. Es ist offensichtlich, dass Sie sich intensiv mit der Materie beschäftigt haben und dass Sie die Talente der Nachkömmlinge und Absolventinnen und Absolventen sehr gut kennen und ausführlich studiert haben. Sie wissen, wie man das Auge leitet, und auch wenn es Ihnen noch an Erfahrung mangelt, bin ich mir sicher, dass Sie schnell lernen würden, wie man Kunstwerke anordnen muss, um einen möglichst hohen Verkaufspreis zu generieren.« Er schlenderte neben mir her durch die lichtdurchfluteten Gänge, die die administrativen Büros vom Rest der einflussreichen und modernen Kunstgalerie in der Satellitenstadt von Seoul von den Ausstellungsräumen trennten, die derzeitig nie zuvor gesehene Aufnahmen eines kürzlich verstorbenen Fotografen beherbergten, die seine Familie zu verkaufen versuchte. »Sie haben ein sehr geschultes Auge für die Kunst, und ich kann es kaum erwarten, eines Ihrer Werke an den Wänden unserer Galerie auszustellen.«

Die Erwähnung des Gemäldes, das ich noch immer nicht fertiggestellt, geschweige denn auch nur angefangen hatte, verpasste meiner Euphorie einen erheblichen Dämpfer. »Vielen Dank, Direktor Yang.«

»Nichts zu danken. Diese Zusammenarbeit ist für beide Parteien von Vorteil, und ich hoffe, dass es für einige Jahre so bleiben wird.« Als wir die Türen zu den Ausstellungsräumen erreichten, blieb er stehen, die Hände hinter dem Rücken gefaltet. »Ich schicke Ihnen eine Kopie der von uns unterzeichneten Verträge, bevor die Dokumente ihre Reise nach Singapur antreten.«

»Danke. Das weiß ich wirklich sehr zu schätzen.« Ich richtete den Schulterriemen meiner Handtasche und presste die

Lippen fest aufeinander. »Und auch noch einmal vielen Dank, dass Sie es meiner Begleitung erlaubt haben, sich während unseres Termins in ihren Ausstellungsräumen aufzuhalten.«

Direktor Yang winkte ab, so als wäre es keine große Sache, ein junges Mädchen durch seine Galerie schweifen zu lassen, in der Kunstwerke hingen, die für mehrere Millionen Won gehandelt wurden. »Es war mir eine Freude. Ich hoffe sehr, dass sie unsere derzeitige Ausstellung genossen hat.«

»Ich bin mir sicher, das hat sie.« Ich verneigte mich erneut, diesmal tief, um meiner ehrlichen Wertschätzung gebührenden Ausdruck zu verleihen. »Ich freue mich wirklich sehr auf die kommenden Monate der intensiven Zusammenarbeit, Direktor Yang.«

Als ich mich wieder gerade hinstellte, nickte Direktor Yang nur langsam, eine Geste so voller gesetzter Gelassenheit, dass ich nicht umhinkam, ihn darum zu beneiden. Wenn ich selbst auch nur einen Funken davon besessen hätte, wäre ich wohl jetzt nicht in dieser Situation, gefangen in dieser eigenwilligen Konstellation zwischen Bruder und Schwester, die man wohl sonst unter keinem Himmel dieser Welt würde finden können.

Direktor Yang und ich tauschten noch ein paar letzte Worte des Abschieds, ehe ich mich abwandte und aus dem Verwaltungstrakt zurück in die Ausstellungsräume der Galerie trat. Und zum ersten Mal, seitdem die Vertragsverhandlungen begonnen hatten, erlaubte ich mir, sie einfach nur mit den Augen einer Besucherin und nicht mit dem analytischen Blick einer Mitarbeiterin des Kunstinstituts zu sehen.

Die Galerie war atemberaubend.

Warmer, aber dezenter Holzboden traf auf hohe Decken und große Oberlichter, die den Ausstellungsraum in sanftes Licht tauchten und die in den Abendstunden der Wintermonate von perfekt arrangierten Deckenleuchten unterstützt wurden. Große Fensterfronten an den Seiten, an denen keine Kunstwerke hingen, verliehen der Weite der Galerie ein Gefühl von Unendlichkeit, und das zeitlose Creme der Wände lenkte nicht von den Kunstwerken ab, die in ihrer einzigartigen Schönheit keine Nebenbuhler duldeten. Im Hintergrund lief leise Musik, die diese ruhige Lebendigkeit des Raumes genauso wenig zu stören vermochte, wie die Schritte der Besucher, welche auf dem Parkett widerhallten und wie ein Rhythmus unter den Gesprächen lagen, die in gedämpfter Lautstärke geführt wurden.

Gern hätte ich noch einen Augenblick länger in diesen Hallen verbracht, um die wunderschönen Fotografien zu betrachten, aber meine Uhr verriet mir, dass Hyun-Ah nun schon seit knapp eineinhalb Stunden auf mich wartete, und je später sie nach Hause kam, desto eher würde Hyun-Joon sich Sorgen machen und Fragen stellen. Ein Zustand, den ich unter allen Umständen vermeiden wollte.

»Verzeihung?«, fragte ich einen Galeriemitarbeiter, der gerade einen kleinen schwarzen Punkt auf ein Schild unter der Fotografie klebte, der verriet, dass diese Aufnahme nicht länger verkäuflich war. »Haben Sie zufällig eine junge Frau in Schuluniform gesehen? Sie ist ungefähr so groß«, erklärte ich und deutete ihm mit der Hand Hyun-Ahs Größe an, ehe ich weitersprach. »Sie hat einen Rucksack und einen Jutebeutel bei sich, an dem Spitzenschuhe hängen.«

Der Mann, den ich auf Mitte dreißig schätzte, lächelte höflich und zeigte dann mit der Hand auf den Durchgang zum nächsten Raum zu meiner Linken. »Ich habe sie vor ein paar Minuten vor den Exponaten zur Zeit des Fotografen in London gesehen, Miss.«

»Vielen Dank.« Ich verbeugte mich hastig und drehte mich dann auf dem Absatz um. Mit langen Schritten und gezücktem Handy, das mir verriet, dass wir bei der derzeitigen Verkehrslage besser daran täten, uns mit überfüllten Bussen und U-Bahnen herumzuärgern, anstatt ein Taxi zu nehmen, mit dem wir uns nur von einem Stau zum nächsten quälen würden, eilte ich in den Nebenraum.

Vielleicht sollte ich auch einfach hier in Gwacheon nach einem Restaurant suchen und erst später die Rückreise mit Hyun-Ah antreten, um eventuell ein wenig Zeit zu sparen.

»Und so etwas in einer Galerie zu machen, also wirklich.«

Ich sah vom Display meines Handys auf, als ich den brüskierten Tonfall eines älteren Mannes vernahm, der mit gedämpfter Stimme zu seiner Begleitung sprach, die ihn nur warmherzig anlächelte.

»Ich finde es wunderschön. Es ist ein bisschen so, als würden die Fotos zum Leben erweckt werden, meinst du nicht, *yeobo*?«

Ich steckte mein Handy weg und schaute mit gerunzelter Stirn in die gleiche Richtung wie das Ehepaar, blieb dann abrupt stehen, bei dem Bild, das sich mir bot. Ich schloss meinen Griff fester um den Riemen meiner Handtasche, um sie nicht auf der Stelle fallen zu lassen und meinen Skizzenblock hervorzuholen und diesen Moment auf Papier festzuhalten, der mir den Atem raubte.

Oh mein Gott, wie wunderschön.

Hyun-Ah stand vor einer Auswahl an Fotografien, doch sie würdigte sie keines Blickes. Stattdessen stand sie auf ihren Zehenspitzen, den Rücken in einer perfekten Beugung nach hinten gelegt, während sie zur Decke hinaufsah. Ihr offenes Haar glich einem Wasserfall bei Nacht, und die Fingerspitzen ihrer rechten Hand, die sie zu den Oberlichtern ausstreckte, waren in das sanfte Licht der Deckenleuchten gehüllt. Ihr Gesicht war konzentriert, und obwohl ich einen leichten Schweißfilm auf ihrer Haut erkennen konnte und ihre Muskeln vor Anspannung bebten, war da doch dieses unverkennbare Lächeln, das ihre Mundwinkel umspielte und dem es gelang, jegliche Erschöpfung aus ihren Zügen zu vertreiben. Sie schien nichts anderes um sich herum wahrzunehmen.

Nicht die anderen Besucher, die stehen geblieben waren, um anstelle der Kunstwerke lieber sie zu betrachten. Nicht die Gespräche, die sie führten, die Hyun-Ah mit den Stöpseln in den Ohren nicht hören konnte. Und auch nicht meine Ankunft, die sie aus dem Augenwinkel hätte bemerken können, wenn sie nicht völlig in ihrer eigenen Welt versunken gewesen wäre.

Eine Welt, in die sie uns alle mit entführte.

Wie lange sie diese Pose hielt, vermochte ich später nicht mehr zu sagen, doch ich atmete tief aus, als sie sich wieder auf die Fersen sinken ließ, nachdem das Zittern sich nach und nach in ihrem ganzen Körper ausgebreitet hatte. Doch anstatt sich umzusehen, trat sie näher an die Wand heran und musterte mit einem prüfenden Blick eine der Fotografien. Ich schluckte, als ich sie erkannte, diese gleiche harte Linie um ihren Mund, die auch Hyun-Joon immer zeigte, bevor sie wie er ihre Unterlippe zwischen die Zähne zog, in selbstverlorener Grübelei.

Hyun-Ah war Hyun-Joon so unfassbar ähnlich. Sie mochte ihrer Mutter zwar wie aus dem Gesicht geschnitten sein, doch vieles von ihrer Mimik und Gestik erinnerte an ihren älteren Bruder. Sie besaß auch diese mühelos beeindruckende Ausstrahlung, die alle Augen im Raum magisch anzog, nicht allein durch ihre Schönheit getragen, sondern an etwas viel Kraftvolleres geknüpft, das auch Hyun-Joon innewohnte und dafür sorgte, dass ich nie hatte aufhören können, ihn anzusehen. Selbst dann nicht, wenn mein Verstand mich anflehte, mein törichtes Herz zu schützen und wegzusehen, in diesen Momenten, in denen die Intensität seiner Augen mich beinahe in die Knie zwang.

Ich verspannte mich, als Hyun-Ah einen Schritt zurücktrat und in die nächste Position wechselte, das rechte Bein gerade und das linke angewinkelt, während sie auf ihren Fuß hinabsah, ihre Arme zart und gleichermaßen stark, als sie diese wie eine Puppe von sich fortstreckte. Doch anders als gerade eben schien sie diesmal etwas zu stören, denn ihre Augenbrauen zogen sich zusammen, und sie schüttelte den Kopf, ehe sie die Position aufgab und sich erneut den Fotos zuwandte.

Ob sie sich dessen bewusst war, dass sie die Beine in perfektem Winkel nach außen stellte, während sie die Hände in die Hüften stemmte und die Fotografien betrachtete?

Ich schüttelte den Kopf, um mich aus meiner Bewunderung zu befreien, und trat an ihre Seite. Vorsichtig legte ich meine Finger um ihren Ellbogen.

Hyun-Ah zuckte zwar zusammen, brauchte aber ein paar Sekunden, bis sie sich von den Fotografien losreißen konnte und ihre Augen auf mich richtete. Sie blinzelte, offensichtlich noch in den Wolken ihrer eigenen kleinen Welt, in die ich gerade eingedrungen war, und ihre Mundwinkel zogen sich freudig nach oben, als sie mich zu registrieren schien.

»Jade«, sagte sie etwas zu laut und zog die Ohrstöpsel heraus, aus denen ein langsamer RnB-Song tönte, obwohl man vermutlich eher ein klassisches Musikstück erwartet hätte. »Ist dein Termin schon vorbei?«

»Ja, ist er.« Ich spähte über ihrer Schulter, als sich die kleine Menschentraube, die sich während Hyun-Ahs Balletteinlage gebildet hatte, auflöste. »Entschuldige. Es hat länger gedauert als erwartet.«

»Das macht doch nichts.« Sie beugte sich zu ihrem Jutebeutel herunter und zog ein kleines Stofftuch mit floralem Muster hervor, mit dem sie sich den Schweiß von Stirn und Hals tupfte, das Rot der Blumen in eigenwilligem Einklang mit ihren kaputten Nagelbetten. »Ist es denn gut gelaufen?«

»Ist es.« Ich ersparte ihr die trockenen Details, die für eine Neunzehnjährige wahrscheinlich alles andere als interessant waren, und deutete auf ihre vor Anstrengung geröteten Wangen. »Was hast du da gerade gemacht?«

Hyun-Ah strahlte, offensichtlich nicht im Mindesten reumütig über ihre spontane Trainingseinheit inmitten einer Kunstgalerie. »Ich hab ein paar neue Posen ausprobiert.«

Ich musste schmunzeln, als mir jetzt die Fotografien auffielen, die die anstrebende Ballerina zuvor so eindringlich studiert hatte. Es waren Aufnahmen von Ballerinen, allesamt in dezentem Schwarz-Weiß, um die Aufmerksamkeit des Betrachters nicht von der jenseitigen Eleganz der Tänzerinnen abzulenken, die der Fotograf abgelichtet hatte. Es war eine ganze Ansammlung, kein Bild glich dem anderen und nie mit derselben Tänzerin als Motiv, so als wären die Posen der zentrale Fokus des Fotografen gewesen und nicht das Modell, das sie ausführte. Ich fragte mich, ob Hyun-Ah jede einzelne von ihnen nachzustellen versucht hatte, und der Schweißfilm auf ihrer Haut und die Art, wie ihr Brustkorb sich hob und senkte, war mir Antwort genug. Es erinnerte mich an mich selbst, wenn ich mich in meiner Kunst verlor, weit entfernt von jeglichem Sinn und Verstand und vollkommen versunken in einer Sphäre, in der Zeit und Anstrengung keine Bedeutung hatten und nur der Geruch von Farbe und der Klang meines hämmernden Herzens übrig blieb.

»Zu Tanzen ist alles für dich, oder?« Es war eigentlich keine wirkliche Frage, und doch kamen die Worte nur zögerlich über meine Lippen, weil ich nicht wusste, inwieweit ich den Traum fördern durfte, der so deutlich in jeder von Hyun-Ahs

Bewegungen mitschwang und der doch so eindeutig gegen den Wunsch ihrer Familie war.

Hyun-Ah sah mich nicht an, ihre Augen waren einzig und allein auf die Fotos gerichtet. Und dennoch erkannte ich das ernste Funkeln in den kaffeebraunen Iriden, das sich zu der harten Linie um ihre Lippen gesellte, die von Entschlossenheit zeugte. »Ist es. So wie die Kunst alles für dich ist.«

Stille breitete sich zwischen uns aus, getragen von einem Verständnis, das keiner Worte bedurfte und das doch so zerbrechlich war wie eine Seifenblase, wenn es nicht mit der nötigen Vorsicht behandelt wurde.

»Ist das der Grund?«, fragte ich leise in die Stille hinein, nachdem ich meine Worte sorgfältig abgewogen hatte. »Nicht nur, um nicht die gleichen Fehler zu machen wie ich, sondern weil du dir sicher warst, dass ich es verstehen würde?«

»Ja.« Hyun-Ahs Schultern hoben sich, als sie tief einatmete, das Tuch zwischen ihren Fingern zerknüllt, während sie die Hand fester darum schloss. »Weißt du, ich habe dich dafür gehasst, dass du meinen Bruder verlassen hast, weil ich es nicht verstanden habe. Weil es mir nicht in den Kopf wollte, wie etwas wichtiger sein könnte als die Liebe, die ihr füreinander empfunden habt, und wie du ihm so rücksichtslos wehtun konntest, um deinen eigenen Träumen nachzujagen.« Sie schlug die Augen nieder, eine grotesk zarte Geste für ihre so harschen Worte. »Aber als mein Tanzen in meiner Familie plötzlich zum Thema wurde und meine Mutter mich darum gebeten hat aufzuhören, um mich auf den *CSAT* zu konzentrieren, nachdem ich schon meinen Traum von einer Highschool für darstellende Künste aufgegeben hatte, weil sie mich nicht hingehen lassen wollte, habe ich es plötzlich verstanden. Denn ich liebe meine Mutter. Und ich liebe meine Familie. Aber wenn ich nur daran denke, das Tanzen aufzugeben, fühle ich mich einfach nur leer. Als wäre da ein schwarzes Loch in mir, das mit einem Mal alle Freude mit sich nimmt.« Sie schluckte schwer, und als sie den Blick hob, glänzten ihre Augen mit einer Mischung aus nicht vergossenen Tränen und dem Funken einer Entscheidung, die längst gefallen war und keinen Widerspruch duldete. »Ich habe nichts, wenn ich nicht tanzen kann, Jade. Rein gar nichts.«

Ich wollte ihr sagen, dass sie übertrieb. Dass es ein Gefühl war, das vorüberging und an das sie sich gewöhnen würde, wenn sie der Zeit nur erlaubte, ein Pflaster auf die klaffende Wunde zu kleben.

Aber das wäre nichts weiter als eine Lüge gewesen. Denn die Wahrheit war, dass ich genau wusste, wovon sie sprach.

Als ich die Kunst aufgegeben hatte, hatte ich einen Teil von mir selbst verloren. Einen Teil, der so sehr mit meiner Seele verflochten war, dass nach seiner Entfernung nur Fragmente von mir geblieben waren. Zusammenhanglose Teile, die kein stimmiges Ganzes ergaben und meine Welt von brillanten, hochauflösenden Farben in fade Graustufen gehüllt hatte, deren Schatten dunkler geworden waren, an dem Tag, an dem mein Vater gestorben war.

Mein Vater war meine ganze Welt gewesen. Das Zentrum meines Universums. Und doch hatte er die Leere nie füllen können, die das Fehlen meiner Kunst in mir hinterlassen hatte. Denn es gab mehr als nur eine Form von Liebe. Unzählige Abstufungen einer einzigen Emotion, die in allen Farben des Regenbogens und in Milliarden Schattierungen existierten. Und keine war wie die andere, unersetzlich und einzigartig und elementar in dem großen Gefüge des Ganzen, das uns zu den Menschen formte, die wir waren.

Ich beugte mich hinunter und löste einen ihrer Spitzenschuhe von dem Trageriemen ihres Jutebeutels. Es war erstaunlich, welche Macht diese Schuhe hatten, die mit einem zarten Rosaton die unbeugsame Festigkeit ihrer Box zu verstecken wussten.

»Wie bist du zum Tanzen gekommen?«, fragte ich, die Seide der Bänder fühlte sich zwischen meinen Fingern gleichermaßen fragil wie beständig an.

Auf diese Frage schien Hyun-Ah nicht vorbereitet gewesen zu sein, und doch antwortete sie mir nach nur wenigen Augenblicken des stummen Zögerns. »Durch *Appa*.«

Nun war es an mir, überrascht zu sein, denn das war keinesfalls die Antwort, die ich erwartet hatte. Instinktiv dämmerte mir, dass ich mich unwissentlich auf viel zu dünnes Eis begeben hatte, das jeden Augenblick unter mir einbrechen konnte. Hyun-Joon und ich hatten nie über seinen Vater gesprochen. Alles, was ich wusste, war, dass er nicht länger Teil der eng gestrickten Familie war, die so erbittert zusammenhielt, und dass Hyun-Joon ihn nicht erwähnte. Niemals. »Durch deinen Vater?«

Sie nickte, als sie die Arme um ihre zierliche Taille schlang. »Er hat selbst Ballett getanzt.«

Gequält schloss ich die Augen, als ich sie hörte, diese unverkennbare Note bodenloser Trauer, die sich in die Stimme schlich und die sich über alles und jeden legte, wann immer man über einen geliebten Menschen sprach, von dem man sich für immer hatte verabschieden müssen.

Die Achse meiner Welt verschob sich, und mein brüchiges Mosaikherz zog sich schmerzhaft zusammen, als ich an den Nachtspaziergang von vor circa drei Jahren zurückdachte, bei dem ich zum ersten Mal einen Blick auf Hyun-Joons Schmerz hatte werfen können, bevor unserer beider Welt in den funkelnden Lichtern der Stadt und dem Zartrosa der Kirschblüten versunken war.

Hyun-Joons Eltern waren nicht geschieden. Sein Vater war tot. Und ich hatte es die ganze Zeit nicht gewusst.

»Mein Dad war gut, aber bevor er wirklich etwas daraus machen konnte, wurde meine Mutter ungeplant mit Hyun-Joon schwanger. Um für die Familie zu sorgen, hat er das Tanzen aufgegeben und stattdessen ein Sportgeschäft in der Nähe der *Korea National Sport University* aufgemacht.« Sie schloss die Augen und senkte den Kopf, offensichtlich verloren in ihren eigenen Erinnerungen, die zwar von Trauer durchzogen waren, denen aber etwas Positives anhaften musste, so wie ihre Mundwinkel sich kaum merklich nach oben bogen. »*Oppa* hatte kein Interesse am Tanzen. Er wollte lieber mit den anderen Jungs in der Nachbarschaft spielen und Unsinn anstellen. Mein Dad hat zwar ein paarmal versucht, ihm Ballett näherzubringen, hat aber schnell aufgegeben, als er gemerkt hat, dass Hyun-Joon keinen Spaß daran hatte. Stattdessen war das Ballett unser Ding, das von meinem Dad und mir. Er ist mit mir zu meiner ersten Tanzstunde gegangen, hat mich in meine erste Vorstellung mitgenommen und mir beigebracht, wie man Spitzenschuhe vor dem ersten Tragen weicher macht. Dafür hat er sogar extra seine ehemalige Tanzpartnerin angerufen, weil er selbst keine Spitzenschuhe getragen hat.« Als sie die Augen wieder öffnete, war die Trauer nicht länger versteckt. Sie lag offen da, in all ihren Facetten aus Indigoblau gemischt mit erdrückendem Schwarz und dem Kaffeebraun, das Hyun-Ah selbst so eigen war. »Mein Vater war alles für mich, Jade. Ich möchte diesen Traum verwirklichen. Nicht nur für mich, sondern auch für ihn, weil ich genau weiß, dass er es sich gewünscht hätte.«

Als Hyun-Ah mich ansah, konnte ich nicht anders, als scharf die Luft einzuziehen, plötzlich konfrontiert mit dem Ausdruck wilder Entschlossenheit, die kein Maß und keine Zurückhaltung kannte und die ich so oft in Hyun-Joons Augen bemerkt hatte, wann immer es um seine Familie gegangen war. Und genau in diesem Moment begriff ich, dass Hyun-Ah sich nicht würde umstimmen lassen. Weder von ihrer Familie noch von ihren Freunden oder gar von mir. Sie hatte ihren Entschluss gefasst und war bereit, alles aufzugeben, nur um dem Pfad zu folgen, der doch offensichtlich nicht von Blumen, sondern einem Meer aus Tränen gesäumt war.

»Das bin ich ihm schuldig, Jade. Ihm und auch mir selbst.« Mir kam es vor, als wäre das zarte und hoffnungsvolle Blassrosa von Hyun-Ahs Stimme binnen eines Satzes in die gedeckten und düsteren Töne von Altrosa abgedriftet, und meine Finger umfassten das Seidenband ihrer Schuhe fester, in dem Versuch, ihre unbekümmerte Unschuld noch einen Moment länger halten zu können, die doch so offensichtlich schon vor Jahren ihr jähes Ende gefunden hatte. »Ich weiß, wie egoistisch es ist und wie sehr ich meine Familie damit verletze, aber ich muss es tun. Denn wenn ich es nicht tue, dann werde ich es den Rest meines Lebens bereuen, und das will ich nicht. Das kann ich nicht.«

Als ihre Stimme brach, nahm ich instinktiv ihre Hand in meine und drückte sie sanft, um sie wissen zu lassen, dass sie nicht allein mit der Last war, die ihre viel zu zierlichen Schultern trugen, ohne dass jemand etwas davon wusste.

»Okay«, murmelte ich leise.

»Okay?« Hyun-Ah schien nicht zu verstehen. Das zeigte sich offen und ungeniert in dem irritierten Tonfall, der ihren Worten anhaftete.

»Okay, ich helfe dir.« Ich trat einen Schritt näher an sie heran und legte auch meine andere Hand über ihre, der Spitzenschuh baumelte zwischen uns wie ein stummer Zeuge, als ich mein eigenes Schicksal besiegelte. »Sag mir einfach, was du brauchst.«

Ich taumelte rückwärts, weil Hyun-Ah ihre Arme so stürmisch um meine Schultern schlang und sich fest an mich drückte. Etwas unbeholfen stand ich da, tätschelte dann aber ihre Schulter in einem tollpatschigen Versuch, ihr Halt zu geben.

Keiner von uns sagte auch nur ein Wort in der Stille dieses Moments, in dem Hoffnung und Trauer in eigenwilliger Unstimmigkeit koexistierten. Zumindest so lange, bis Hyun-Ah sich gerade weit genug von mir löste, um mir in die Augen sehen zu können.

»Kannst du mich zu meinem Vortanzen begleiten?«

Die Bitte war so simpel und doch so bedeutungsschwer, dass es mir sämtliche Luft aus den Lungen presste. Sie wollte mich dabeihaben. Nicht Hyun-Joon. Und auch wenn es mich ehrte, fühlte es sich unfassbar falsch an.

»Wann ist denn dein Vortanzen?«

»Am achtundzwanzigsten November.«

Das war nur wenige Tage nach dem *CSAT*. Dem Test, der die weitere akademische Laufbahn koreanischer Jugendlicher maßgeblich formte. Und an dem Hyun-Ah vermutlich nicht einmal vorhatte teilzunehmen.

»Ich begleite dich zu deinem Vortanzen«, sagte ich mit ruhiger Stimme, obwohl in mir ein gewaltiger Tumult herrschte, als ich mich aus der Sicherheit der Großstadt in den Dschungel begab, in dem ein Tiger lauerte, den ich nicht besänftigen können würde, wenn er mich in seinem Territorium bemerkte. »Unter der Bedingung, dass du am *CSAT* teilnimmst.«

Hyun-Ah trat einen großen Schritt von mir zurück, der gleiche Argwohn auf ihren Zügen, den auch Hyun-Joon mir gegenüber an den Tag legte. »Wieso?«

»Weil er wichtig ist.«

»Ich kann ihn auch nächstes Jahr noch machen. Und für die Ballettschule in London brauche ich ihn nicht.«

»Ich weiß, aber es geht darum, einen Kompromiss zu finden.« Ich hielt den Spitzenschuh fest zwischen meinen Händen, meine Augen zielstrebig auf Hyun-Ah gerichtet und nicht gewillt, auch nur einen Millimeter nachzugeben, um uns den kleinen Vorteil zu erhalten, den wir so dringend brauchen würden. »Es wird dir dabei helfen, deinen Traum vor deiner Familie zu verteidigen.«

Hyun-Ah schnaubte, zupfte dann jedoch mit ihren Zähnen wieder an ihrer Unterlippe herum. Das war ein gutes Zeichen, denn das bedeutete, dass sie zumindest darüber nachdachte.

»Aber ich muss für das Vortanzen proben. Ich habe keine Zeit zu lernen.«

»Du wirst dir die Zeit nehmen müssen, Hyun-Ah.«

Schuldbewusst schlug sie die Augen nieder. Die Art, wie ihre Schultern herabsanken und wie sie von einem Fuß auf den anderen wechselte, ließ nichts Gutes erahnen.

»Was ist los?«

Sie druckste herum, rückte dann aber doch mit der Sprache heraus. »Ich habe all meine Kurse im *Hagwon* abgebrochen.«

Mir blieb der Mund offen stehen. »Du hast was?«

Hyun-Ah schlug sich die Hände vors Gesicht und fluchte leise. »Ich hab die Kurse abgebrochen. Schon vor ein paar Wochen. *Eomma* weiß nichts davon. Und *Oppa* auch nicht.«

»Hyun-Ah ...« Nervosität mischte sich in meine Stimme, als ich an Hyun-Joon dachte. »Dein Bruder wird außer sich sein vor Wut, wenn er das herausfindet.«

»Ich weiß.« Sie kam auf mich zu, ihre Hände waren wie Schraubstöcke, als sie sich um meine Unterarme schlossen und zudrückten. »Bitte hilf mir, *Unnie*.«

Überrascht sah ich Hyun-Ah an, die zum ersten Mal seit drei Jahren die vertraute Ansprache für eine ältere weibliche

Freundin für mich verwendete, die in familiären Verhältnissen der Älteren von zwei Schwestern vorbehalten war.

»Entschuldige.« Sie ließ mich los, und ihre Hände schwebten in der Luft. Verlegen wich sie meinem Blick aus. »Ich hätte erst fragen, sollen ob das für dich –«

»Ab morgen kommst du nach der Schule direkt ins Institut.« Mein Ton war etwas zu brüsk, um als freundlich durchzugehen, doch die Wärme darin konnte ich sogar selbst heraushören. »Im Institut treten auch zwei Jungen in deinem Alter zum *CSAT* an. Ich spreche mit meinen Kollegen, ob du dich in ihren Unterrichtsstunden dazusetzen kannst.«

Hyun-Ah starrte mich einen Augenblick lang an, nickte dann aber eifrig, ehe sie ihren Rucksack und ihren Jutebeutel vom Boden aufsammelte. »Danke, *Unnie!* Vielen, vielen Dank.«

Ich erwiderte nichts. Stattdessen seufzte ich nur leise und wandte mich zum Gehen. Mir war durchaus bewusst, dass ich mir gerade mein eigenes Grab geschaufelt hatte, sollte Hyun-Joon jemals davon erfahren.

12. KAPITEL

큰일났다 = Wir sind geliefert

Okay, ich hatte wirklich absolut keine Ahnung, was die Kids an Videospielen fanden. Das repetitive Knöpfedrücken auf Zeit sorgte bei mir schon beim Zusehen für stressbedingte Schweißausbrüche. Was wohl auch der Grund war, warum ich kein bisschen Gefallen daran finden konnte, Hyun-Ah wie eine Videospielfigur über den Bürgersteig manövrieren zu müssen, in dem verzweifelten Versuch, sie unbeschadet vom Restaurant zurück zum Institut zu kriegen.

»Hyun-Ah-Ya, meinst du nicht, dass –« Ich verwarf den Satz, als ich zu ihr hinüberspähte und realisierte, dass sie mir überhaupt nicht zuhörte. Hyun-Ah war in ihre rosa Karteikarten versunken, die sie mühsam per Hand geschrieben und dann, auf Tae-Sungs Vorschlag hin, erst gelocht und anschließend auf einen breiten Schlüsselring gefädelt hatte.

Ich war dem jungen Bildhauer unendlich dankbar dafür, dass er keine Fragen gestellt, sondern Hyun-Ah schlichtweg im Kreis der Lernenden akzeptiert hatte. Sie waren regelrecht zu Verbündeten geworden, beide verstrickt in den Kampf mit dem großen Monstrum, das sich *CSAT* nannte und dem sie beide schon morgen um zwanzig vor neun gegenübertreten mussten.

Ein ungutes Gefühl erfasste mich, als ich daran dachte, wie ereignislos die letzte Zeit vonstattengegangen war, und das, ob-

144

wohl ich Hyun-Ah jeden Tag sah, manchmal sogar am Wochenende.

Sie hatte sich brav an unsere Abmachung gehalten, war nach der Schule ins Institut gekommen, um zu lernen, und von dort zu den Proben geeilt, nur um auf dem Rückweg etwas zu essen mitzubringen, das wir üblicherweise an dem Tisch in meinem Büro verspeisten, bevor sie noch zwei weitere Stunden fürs Lernen aufwendete und ich sie dann gegen Mitternacht in die U-Bahn nach Hause setzte, damit sie zu einer für Highschool-kids vor dem *CSAT* typischen Zeit zu Hause war und niemand aus ihrer Familie sich Sorgen machte. An den Wochenenden probte sie meist die ganze Zeit, kam aber doch hin und wieder vormittags in meinem Apartment vorbei, um einen Kaffee zu trinken, mit Joonie zu kuscheln und noch ein bisschen für den englischen Teil der Prüfung zu pauken, ehe sie mit ihrem Jute-beutel über der Schulter zurück in den Tiefen des immer kühler werdenden Großstadtdschungels verschwand.

Ein Dschungel, der mich das Fürchten gelehrt hatte, weil ich davon ausgegangen war, innerhalb von vierundzwanzig Stunden nach unserer Abmachung in einer Welle aus oran-gefarbenem Zorn unterzugehen und von Pranken in einem Wutanfall zerrissen zu werden.

Doch Hyun-Joon hatte sich kein einziges Mal blicken lassen. Und wenn ich ganz ehrlich war, wusste ich nicht, ob mich das nun beruhigen oder aber in Alarmbereitschaft versetzen sollte.

Denn ich kannte Hyun-Joon. Und wie er selbst bei unserem Streit in meinem Büro gesagt hatte, wusste er immer, was im Leben seiner Geschwister vor sich ging. Ganz gleich, ob ihnen das bewusst war oder nicht.

Die Tatsache also, dass er noch nicht im Institut aufgekreuzt und Hyun-Ah wutschnaubend mit sich geschleift hatte, mach-te mich, gelinde gesagt, nervös.

Denn es bedeutete entweder, dass Hyun-Ah recht hatte und ihre Beziehung zu ihrem Bruder einen erheblichen Knacks abbekommen hatte, oder aber, dass er längst im Bilde war und sich bewusst dagegen entschied, zu intervenieren. Was nicht weniger Angst einflößend war als Option Nummer eins, denn beides entsprach nicht meinen Erwartungen, was wiederum bedeutete, dass ich von nun an ohne Kompass und Karte in der Dunkelheit herumirrte, in der ich mit nur einem unüberlegten Schritt direkt über die Kante einer Klippe ins Nichts stürzen konnte.

Ich umfasste Hyun-Ahs Ellbogen etwas fester, während ich sie an einem jungen Kerl mit schlecht blondiertem Haar vorbeimanövrierte, der übermäßig laut in sein Handy plärrte, und seufzte erleichtert, als das Institut in Sicht kam, welches mit seiner schmalen Erscheinung und den fünfzehn Stockwerken durchaus imposant wirkte. Das Weiß der Fassade setzte sich mit seiner perfekt platzierten Außenbeleuchtung stolz gegen das Blau des immer dunkler werdenden Abendhimmels durch. Und mit dem schwindenden Licht am Himmel schien auch der letzte Funke Wärme zu sterben, der die Temperaturen heute wacker an der Zehn-Grad-Marke gehalten hatte, jetzt aber seinen Kampf aufgab und der Kälte Tür und Tor öffnete, die gegen Mitternacht sicherlich ein Tänzchen mit dem Nullpunkt wagen würde.

»Hyun-Ah?« Ich drückte meine Finger fester in ihren Arm, da sie noch immer nicht reagierte, und stoppte erst, als sie unzufrieden das Gesicht verzog und ihren Blick von ihren Karteikarten losriss. »Hast du für später einen Schal dabei?«

»Einen Schal?« Sie sah mich an, als würde ich plötzlich nicht länger Englisch, sondern Klingonisch mit ihr sprechen. »Wofür denn einen Schal?«

Wie auf Kommando fegte eine knackig kalte Böe durch die Häuserschluchten, die selbst mich, trotz dickem Trenchcoat und Schal, frösteln ließ. Das tropische Klima Singapurs hatte mich zu einer totalen Frostbeule werden lassen.

Hyun-Ah schlang sofort die Arme um sich selbst und schob unzufrieden die Unterlippe vor, ehe sie mit zornig funkelnden Augen gen Himmel starrte. »Echt jetzt? Was soll das, du dämlicher Wettergott! Ich kann es mir nicht leisten, krank zu werden, verdammt noch mal.«

Ich schmunzelte und beschleunigte meine Schritte, um Hyun-Ah schnellstmöglich raus aus der beginnenden Kälte und zurück in mein warmes Büro zu kriegen. Die Unterrichtsstunde am letzten Abend vor dem wichtigen Test fiel zwar aus, Hyun-Ah bestand aber darauf, noch ein paar Stunden zu lernen. »Ich guck gleich mal, ob ich noch einen Schal im Büro rumfliegen habe. Ansonsten kannst du meinen nehmen.«

»Danke, *Unnie*«, sagte Hyun-Ah und richtete ihren Blick sehnsüchtig in Richtung des Instituts, das Wärme versprach. »Es ist aber auch wirklich eisek–«

Sie blieb so abrupt stehen, dass auch ich unweigerlich sofort zum Stillstand kam und dabei beinahe über meine eigenen Füße stolperte. Verdattert guckte ich zu Hyun-Ah, deren Mund offen stand und deren Augen Untertassen glichen, während ihren zartrosa Wangen jegliche Farbe entwich, beinahe so, als hätte sie ein Gespenst gesehen.

»*Oppa.*« Die koreanische Ansprache einer jüngeren Schwester für ihren älteren Bruder hatte in meiner gesamten Zeit in Korea wohl noch nie so besorgniserregend geklungen, und ich verspannte mich instinktiv, als Hyun-Ah ins Koreanische wechselte, obwohl sie es bevorzugte, sowohl vor als auch mit mir Englisch zu sprechen. »Wir sind so was von geliefert.«

Es war die Situation, die ich in der Galerie billigend in Kauf genommen hatte, als ich diesen Deal mit Hyun-Ah eingegangen war. Und doch war ich nicht im Mindesten darauf vorbereitet gewesen, Hyun-Joons attraktives Gesicht nun in den Halbschatten der Nacht zu erblicken, erleuchtet von den Außenlichtern des Instituts, die ihn wie einen Weichzeichner trafen und die starken Linien seines Gesichts ungewöhnlich sanft und verschwommen aussehen ließen.

Er stand einfach nur da, mit den Händen in den Taschen seines schwarzen Trenchcoats. Dann machte er einen Schritt auf uns zu, und ich hielt den Atem an. Mein ganzes Bewusstsein konzentrierte sich gegen meinen Willen auf Hyun-Joon. Darauf, wie das Dunkelrot seiner Haare schimmerte, als hätte er es gerade frisch nachgefärbt, und wie das Lettering auf dem Ärmel seiner Jacke mit jedem Schritt, den er tat, mitschwang und für mich unleserlich wurde. Wie seine goldenen Augen zwischen Hyun-Ah und den Karteikarten in ihrer Hand hin und her sprangen, ehe sie auf mir landeten, verengt vor Argwohn, und doch mit einer eigenwilligen Zweischneidigkeit, die ich nicht als Zuneigung, aber auch nicht als Ablehnung einordnen konnte. Wie Hunderte Emotionen über sein Gesicht huschten, das Bild überlagert wie bei einem Gemälde von Kyung Song-Hyun, einschüchternd in seiner Komplexität, sodass ich sie nur erahnen konnte und gefangen war von der rauen Ehrlichkeit, die sich dahinter verbarg.

Und doch war dort jetzt auch etwas anderes, der namenlose Schmerz unter der Fassade für mich nun greifbar, wo ich um das Schicksal der Kang-Geschwister wusste, die ihren Vater verloren hatten.

Ob er deshalb die Schultern immer so durchdrückte? Weil er mehr sein musste als nur ein großer Bruder. Mehr sein musste als nur ein Fünfundzwanzigjähriger, in einer Kultur, in der Männer nach wie vor primär als Familienoberhäupter galten?

Erst als er direkt vor uns stehen blieb, nicht weiter als einen halben Meter von mir entfernt, stieß ich die Luft aus, doch meine Lungen fühlten sich noch immer so an, als wären sie mit zu viel Sauerstoff gefüllt, so wie das Blut in meinen Ohren rauschte. Komplett in Schwarz, mit einem Rollkragenpullover und dem Silberschmuck sah er unwirklich und gelassen aus, als hätte er alle Zeit der Welt und das Urteil über die Situation längst gefällt, in der er Ankläger, Anwalt und Richter zugleich war.

Es war das erste Mal, dass wir einander wiedersahen, nach diesem Unwetter und unserem unüberlegten Ausrutscher, und aus einem Impuls heraus fasste ich mir mit der freien Hand an den Hals. Doch die Male, die er mit dem Mund und den Fingern dort hinterlassen hatte, waren längst verblasst. Meine Erinnerungen jedoch leider nicht, die sich plötzlich, wie aus dem Nichts, zurück an die vorderste Front meines Bewusstseins schoben, in all ihren intensiven Neonfarben, die meine Sicht überfrachteten und mich beinahe ins Schwanken brachten.

Denn sie waren lebendig.

So sehr, dass ich glaubte, ihn wieder auf meinen Lippen schmecken, seinen Atem wieder auf meiner Wange und seine Hände auf meiner Haut spüren zu können, während er mir Dinge ins Ohr raunte, die mein Gesicht auch jetzt noch zum Glühen brachten. Diese Erinnerungen konkurrierten allerdings mit jenen an all die Gemeinheiten, die er mir vor die Füße gespuckt hatte, und die aus seiner Hilflosigkeit und seiner Unfähigkeit geboren worden waren, seinen negativen Emotionen anders Ausdruck zu verleihen als mit überschäumender, intensiv roter Wut, die weder Freund noch Feind kannte.

»*Oppa.*« Hyun-Ahs Stimme, die eine Oktave nach oben gerutscht zu sein schien, befreite mich aus den Klauen meiner Erinnerungen und brachte mich zurück ins Hier und Jetzt, in dem ich mir, wie beim Versiegeln eines Gemäldes, keine groben Fehler erlauben konnte, wenn ich nicht alles ruinieren wollte. »Was machst du hier?«

Hyun-Joon zog eine Augenbraue hoch, und ich konnte die schnippische Rückfrage, die auf seiner Zunge lag, schon förmlich hören. Doch zu meiner Überraschung deutete er nach einem Augenblick abgewogener Stille nur über die Schulter zu einem schwarzen, ein wenig in die Jahre gekommenen SUV, der mit eingeschalteter Warnblinkanlage am Straßenrand parkte. »Ich bin hier, um dich abzuholen. Morgen ist *Suneung*.«

Hyun-Ah schnaubte bei der Erwähnung des koreanischen Kürzels für den *College Scholastic Ability Test* und hielt ihm trotzig ihre Karteikarten unter die Nase. Ihr Temperament stand seinem manchmal wirklich in nichts nach. »Das ist mir durchaus bewusst.«

»Hyun-Ah«, murmelte ich mahnend und zog ihren Arm am Ellbogen wieder herunter, ehe ich die Hand ganz sinken ließ. Ich spürte genau, wie Hyun-Joon mich beobachtete, sein Blick wie immer intensiv und bohrend und so viel mehr, als ich ertragen konnte, doch ich gab nicht nach, sondern sah Hyun-Ah stattdessen an, die mich mit großen Augen anstarrte, so als hätte ich sie gerade vor einen Bus geschubst und sie nicht lediglich für ihre Provokation gerügt. »Ich weiß, du bist nervös, aber so etwas bringt gerade niemanden weiter, okay?«

»Okay.« Hyun-Ah presste schuldbewusst die Lippen aufeinander und begutachtete die Spitzen ihrer weißen Turnschuhe. »Entschuldige, *Unnie*.«

Ich rieb ihr beruhigend über den Rücken und ignorierte gekonnt, wie Hyun-Joon missbilligend mit der Zunge schnalzte, auch wenn er nicht dazwischenging, was er sicherlich wollte, wenn man seinem ungeduldigen Fußwechsel trauen konnte.

»Ich bin nicht hergekommen, um mit dir zu streiten, Hyun-Ah-Ya«, sagte Hyun-Joon, er hatte die Hände aus seinen Manteltaschen genommen und hielt sie entschuldigend vor sich. »Alles, was ich will, ist, dich nach Hause zu bringen und sicherzugehen, dass du etwas isst und genug schläfst.«

Misstrauisch beäugte Hyun-Ah ihren großen Bruder, antwortete jedoch dann mit Bedacht. »Ich habe schon mit *Unnie* gegessen.«

Hyun-Joon sah zu Boden, und seine Schultern hoben und senkten sich, als er tief einatmete, bevor er das brüderliche Lächeln zeigte, das ich kannte und welches mein gesplittertes Mosaikherz schmerzlich höherschlagen ließ. »Das ist okay. Vielleicht hast du ja trotzdem noch etwas Platz im Magen. *Eomma* hat *Yeot* für dich gekauft.«

Ich schmunzelte, als ich an die klebrigen Süßigkeiten dachte, die Woo-Young heute unter den Kids verteilt hatte. Es war Brauch, *Yeot* vor wichtigen Prüfungen zu essen, in der Hoffnung, dass es dabei helfen würde, dass all das hart erarbeitete Wissen und eine ordentliche Portion Glück an den Prüflingen kleben bleiben würde. Und welche Prüfung könnte wichtiger sein als der *CSAT*, für den die gesamte Stadt sich verwandelte und in kollektiver Stille versank, die Geschäfte und Banken in den Morgenstunden schlossen, um das Verkehrsaufkommen zu minimieren, der Aktienmarkt verspätet öffnete, Bauarbeiten und Militärübungen pausierten, und sogar für ausgewählte Stunden ein Start- und Landeverbot für Flugzeuge herrschte. Diese kollektive Stille der Stadt wurde nur dann durchbrochen, wenn die Sirenen von Polizeifahrzeugen erklangen, die Beamten auf ihren Motorrädern bemüht, die verspäteten Kids noch rechtzeitig zum Test zu bringen.

Hyun-Ah biss sich auf die Unterlippe, als Hyun-Joon ihre Mutter erwähnte, die Schuldgefühle standen ihr klar und deutlich ins Gesicht geschrieben, obwohl sie in den letzten Wochen so erbittert versucht hatte, entgegen dem Wunsch ihrer

Mutter ihre eigenen Ziele zu verfolgen. »*Eomma* hat *Yeot* gekauft?«

»Hat sie.« Hyun-Joon räusperte sich, offensichtlich mit der Anspannung seiner Schwester ein wenig überfordert, was das Herz in meiner Brust weiter splittern ließ. Noch vor drei Jahren hätte er genau gewusst, was er hätte tun oder sagen sollen. Hatte er sich in der Zeit beim Militär derartig verändert? »Sie wollte auch morgen während deiner Prüfungen zum Tempel, um für dich zu beten.«

Nervös wrang Hyun-Ah ihre Hände vor ihrem Körper zusammen, ehe sie den Kopf schüttelte. »Ich sollte noch hierbleiben und ein wenig lernen.«

Hyun-Joon seufzte schwer, seine Mundwinkel sanken herab, als ehrliches Mitgefühl seine Stimme mit den sanften karamellbraunen Tönen ungefilterter Fürsorge durchzog. »Hyun-Ah-Ya.«

Wieder schüttelte sie den Kopf, diesmal allerdings ruckartig und panisch, und sie wich einen Schritt von Hyun-Joon zurück. »Ich kann noch nicht nach Hause. Ich bin noch nicht so weit. Ich muss noch lernen! Ich kann morgen nicht durchfallen!«

Der Druck der letzten Wochen schien sich mit einem Mal Bahn zu brechen und den Boden unter Hyun-Ahs Füßen beträchtlich ins Wanken zu bringen. Die ganze Zeit über war sie ruhig geblieben, hatte ihre vollgepackten und stressigen Tage mit für ihr Alter untypischer Widerstandskraft gemeistert. Doch jetzt, im Angesicht ihres großen Bruders und mit den Erwartungen ihrer Mutter konfrontiert, brach sie einfach entzwei, und es gab nichts, was ich dagegen tun konnte.

Hyun-Joon und ich wechselten besorgte Blicke, als Hyun-Ah immer hektischer den Kopf schüttelte. Worte verließen ihren Mund wie ein Wasserfall, so schnell, dass ich sie nicht länger verstehen konnte. Ihre Atmung beschleunigte sich und Halt suchend griff sie nach ihrem großen Bruder, der nicht einen Augenblick lang zögerte, um Hyun-Ahs Umarmung zu erwidern, die schwer ausatmete und sich mit ihrem ganzen Gewicht gegen ihn sinken ließ, in einer Zurschaustellung grenzenlosen Vertrauens, die ihre zuvor so bissigen Worte Lügen strafte.

Hyun-Joon schlang die Arme um seine kleine Schwester und strich ihr über das lange schwarze Haar, während er sie hin- und herwiegte und leise Worte murmelte, die im Lärm der Hauptstraße für mich untergingen.

Und mit einem Mal war er wieder da, der Mann, den ich mit jeder Faser meines Seins geliebt hatte. Direkt vor mir, mit all seiner Wärme und Fürsorge und Kraft, die so viele auf den ersten Blick weder zu erkennen noch zu würdigen wussten. Sie übersahen die großen Hände, die mich durch unzählige Albträume getragen hatten. Wussten nicht um die zarten Noten seiner Stimme, wenn er mir zugeflüstert hatte, dass alles wieder gut werden würde. Oder wie stetig sein Herz in seiner Brust schlug, ganz egal wie sehr mein eigenes vor Angst und Trauer zu rasen begann.

Er war wie der Ozean, durchzogen von düsteren Untiefen und hohen Wellen, die ganze Städte verwüsten konnten, und gleichzeitig so ruhig und wunderschön, dass man nicht anders konnte, als aus seinem Anblick Kraft zu ziehen.

Unsere Blicke begegneten sich über Hyun-Ahs Kopf hinweg, und ich wusste nicht, was es war, das er in meinem Gesicht fand, doch es brachte ihn dazu, seine Wange fester gegen Hyun-Ahs Kopf zu schmiegen und flatternd die Augen zu schließen. Und mit einem Mal schien es nicht länger so, als wäre Hyun-Ah die Einzige, die ein bisschen Halt brauchte.

Unauffällig überließ ich die Kang-Geschwister sich selbst und ging hinauf in mein Büro, um Hyun-Ahs Sachen einzusammeln, die noch immer aufgefächert auf dem runden Tisch lagen. Ein Lehrbuch nach dem nächsten wanderte in den mintfarbenen Rucksack mit den abgenutzten Ecken, ehe ich ihre pastellfarbenen Textmarker in dem Etui mit dem Design einer bekannten Messenger-App-Figur verstaute. Zuletzt folgte der Ordner mit all den Lernzetteln, an denen sie so gewissenhaft gefeilt hatte, und die Karteikartenschlüsselringe. Auch wenn ich ehrlich hoffte, dass Hyun-Joon sie für den Rest des Abends vom Lernen abhalten würde, wollte ich ihr nicht die Möglichkeit nehmen, morgen auf dem Weg zur Prüfung noch einen letzten Blick auf ihre Notizen werfen zu können. Es würde ihr zwar keine neuen Erkenntnisse bringen, aber zumindest ihre Nerven beruhigen.

Ich suchte an meiner Garderobe nach einem zweiten Schal und fand einen cremefarbenen, den ich erst vorgestern getragen hatte, und schwang mir dann ihren Rucksack über die Schulter, bevor ich wieder nach unten ging. Als ich zurück auf den Bürgersteig trat, umarmten die Kang-Geschwister einander nicht länger, standen aber dennoch nah beieinander, während Hyun-Ah sich verstohlen über die Wangen wischte und Hyun-Joon nervös an dem Feuerzeug in seiner Hand herumfingerte.

Sobald Hyun-Ah mich sah, kam sie auf mich zu, die Augen beschämt gesenkt, aber mit einem schmalen Lächeln auf den Lippen, das mich ein wenig beruhigte. »Danke, *Unnie*.«

»Kein Problem.« Ich reichte ihr ihren Rucksack, und meine Hand fühlte sich seltsam leer an ohne den üblichen Jutebeutel mit ihrer Trainingsausrüstung. Ihre Ballettlehrerin hatte Hyun-Ah am Anfang der Woche jegliches Training bis zum *CSAT* strikt untersagt, und so resolut wie sie war, hätte es nichts genützt, gegen ihr Wort aufzubegehren, was wohl auch der sonst eher rebellischen Hyun-Ah klar gewesen war, die es nicht einmal auf einen Versuch hatte ankommen lassen.

»Hör auf deinen Bruder und ruh dich heute einfach aus, ja? Was du heute Abend nicht weißt, das weißt du morgen früh auch nicht.«

Hyun-Ah öffnete den Mund, vermutlich, um zu protestieren, doch ich schnitt ihr mit einer einfachen Geste das Wort ab.

»Vertrau mir, es ist besser, wenn du deinem überanstrengten Hirn auch mal eine Pause gönnst. Sonst wird es nur nachgeben. Und du hast zu hart für den morgigen Tag gearbeitet, um in den letzten Sekunden vor dem großen Finale aus dem Takt zu geraten und deine Balance zu verlieren.«

Mein tollpatschiger Vergleich entlockte ihr, wie erhofft, ein leises Kichern, und ich sah aus dem Augenwinkel, wie Hyun-Joon sein Feuerzeug zurück in seine Jackentasche steckte. »Okay. Ich werde versuchen, mich ein bisschen zu entspannen.«

Ich legte ihr die Hand auf den Arm und drückte sanft zu. »Verbring einfach ein bisschen Zeit mit deiner Familie. Ich bin mir sicher, das wird Wunder wirken.«

Hyun-Ah nickte, erst zögerlich, dann mit etwas mehr Enthusiasmus, als sie die Schultern durchdrückte. »Das mache ich. Vielleicht hat meine Mutter ja Zeit, einen Tee mit mir zu trinken und *Yeot* zu essen.«

»Das klingt nach einem sehr schönen Plan. Schreibst du mir morgen Abend, wie es gelaufen ist?« Am liebsten wäre ich persönlich mitgekommen, um ihr an den Toren vor ihrem Prüfungszentrum noch mal viel Glück zu wünschen, aber ich würde die beiden Jungs von unserem Institut betreuen müssen, die in anderen Testzentren den *CSAT* ablegten. Außerdem war ich mir sicher, dass Hyun-Ahs Familie sie begleiten würde, und das würde nur zu unzähligen Fragen führen, auf die ich jetzt gerade keine Antwort hatte.

»Das mache ich, *Unnie*. Versprochen.«

»Danke, Hyun-Ah-Ya.« Ich schlang ihr den Schal um den Hals und zog sie kurz an mich, ehe ich in Richtung des SUVs am Straßenrand zeigte. »Und jetzt los. Wir wollen ja nicht, dass ihr zwei noch bis in die Puppen im Verkehr festhängt.«

Hyun-Ah griff noch einmal nach meiner Hand, bevor sie sich zum Geländewagen aufmachte und auf der Beifahrerseite einstieg.

Doch anders, als ich erwartet hatte, folgte Hyun-Joon ihr nicht sofort. Stattdessen stand er noch immer dort, nur wenige Meter von mir entfernt und mit einem Ausdruck auf dem Gesicht, den ich nicht deuten konnte, der sich aber irgendwo zwischen Verwirrung, Zerrissenheit und Dankbarkeit bewegte.

Kurz überlegte ich, ob ich mich einfach auf dem Absatz umdrehen und gehen sollte, entschied mich aber dagegen, als er auf mich zukam, bis er mir so nahe war, dass ich wieder seinen Geruch nach Thymian und Wildleder aufschnappen konnte.

»Will ich wissen, wie lange Hyun-Ah schon zum Lernen herkommt?« In seinem Ton klang ein Vorwurf mit, der mir zwar nicht gefiel, den ich ihm aber leider zugestehen musste. Immerhin hatte ich gewusst, wie sehr Hyun-Joon dagegen sein würde, als ich dieser Abmachung mit seiner kleinen Schwester zugestimmt hatte, die er nur beschützen wollte.

»Ich denke, das ist etwas, das du sie selbst wirst fragen müssen, Hyun-Joon.« Ich zog meinen Mantel fester um mich zusammen und sah ihm in die goldenen Augen, in denen wieder der gleiche Funke Wut aufflammte, der mittlerweile so sehr zu ihm gehörte. »Du solltest lieber zum Auto gehen. Hyun-Ah wartet auf dich.«

Hyun-Joon presste die Lippen fest aufeinander, rührte sich jedoch keinen Millimeter von der Stelle. Die Pause zwischen uns wurde vom Lärm der stets lebendigen Stadt verschluckt, die mit ihren plärrenden Sirenen, den Schritten der Leute und dem Surren von Motoren für mich längst zu einem steten Hintergrundgeräusch geworden war, das ich aber jetzt nur zu gern wieder bewusst wahrnahm, um irgendetwas gegen die erdrückende Stille zwischen uns zu unternehmen, die mich regelrecht anschrie.

»Hyun-Joon, ich –«

»Über diese Sache reden wir noch«, unterbrach Hyun-Joon mich barsch, und ich seufzte leise, obwohl diese Worte zu erwarten gewesen waren. »Nicht jetzt. Und schon gar nicht hier. Aber irgendwann. Scheißegal, wie dankbar ich dir auch dafür bin, dass du meine kleine Schwester offensichtlich zum Lernen bewegen konntest.« Er schluckte angestrengt, und zum ersten Mal bemerkte ich die Sorge, die eine tiefe Furche zwischen seine Brauen zeichnete und seine Augen kaum merklich immer wieder zum Auto zurückhuschen ließ. »Ich bin zur Bibliothek gefahren, damit sie heute mal nicht bis Mitternacht paukt, und habe sie dort nicht gefunden. Die Bibliothekarin dort hat mir gesagt, dass sie Hyun-Ah seit Wochen nicht gesehen hat. Ich musste auf dem kompletten Campus nach ihr fragen, bis eine ihrer Freundinnen endlich mit der Sprache rausgerückt ist und mir gesagt hat, wohin Hyun-Ah seit ein paar Wochen immer verschwindet. Seit Wochen, Jade.« Er fuhr sich mit einer Hand durchs Haar. »Hast du überhaupt eine Ahnung, wie ich mich dabei gefühlt habe?«

Verflucht. Daran hatte ich überhaupt nicht gedacht.

Meine eigene Scheu vor der Konfrontation mit Hyun-Joon hatte mich für Situationen wie diese völlig blind gemacht, in der Hyun-Ahs Familie über Stunden hinweg nicht wusste, wo sie steckte, weil sie ihnen bisher offensichtlich nur einen Berg Lügen aufgetischt hatte, um ihr Geheimnis zu bewahren.

»Es tut mir leid. Wirklich. Das muss schrecklich gewesen sein, nicht zu wissen, wo sie ist. Eine von uns beiden hätte es dir sagen müssen. Außerdem gibt es keine Entschuldigung dafür, dass wir das alles hinter deinem Rücken gemacht haben, anstatt die Karten auf den Tisch zu legen«, sagte ich ehrlich betroffen, und doch erlaubte ich den Schulgefühlen nicht, weiter an mir zu nagen, und führte mir den Grund vor Augen, warum Hyun-Ah und ich überhaupt erst in diese Situation geraten waren. »Aber vielleicht solltest du dich auch mal fragen, wie Hyun-Ah sich wohl dabei fühlt, wenn sie offensichtlich glaubt, ihrem großen Bruder nicht die Wahrheit sagen zu können.«

Hyun-Joon zuckte ertappt zusammen, die Schultern defensiv hochgezogen. Kurz befürchtete ich, dass er wieder vollkommen ausflippen würde, denn seine Nasenflügel blähten sich wie die Nüstern eines feuerspeienden Drachen, bevor er mit seinem Atem ganze Goldberge zum Schmelzen brachte und tapfere Ritter Leib und Leben kostete.

Doch zu meiner Überraschung sagte er nichts, sondern stopfte seine geballten Fäuste in die Taschen seines Mantels und stakste in Richtung des Wagens davon.

Hyun-Ah ahnte nichts von unserem kleinen Schlagabtausch und winkte mir überschwänglich zu, als der SUV sich in Bewegung setzte und die beiden Menschen mit sich fortnahm, die immer wieder neue Farben mit leichtsinnigen und brutalen Pinselstrichen auf der Leinwand meines Lebens auftrugen, die mehr und mehr ihre monochromen Grautöne verlor, an denen ich doch mit aller Macht festzuhalten versuchte.

13. KAPITEL

오디션 = Vortanzen

»Hyun-Ah, langsam.« Ich hielt Hyun-Ah gerade noch rechtzeitig am Oberarm zurück, bevor sie sich der Länge nach auf
dem gefrorenen Boden hingelegt hätte, und lächelte trotz der
ansteckend nervösen Energie, die in Wellen von ihr abstrahlte
und die an diesem Samstagmorgen langsam auch durch meine Haut zu sickern begann. Schon als Hyun-Ah sich in meinem Apartment für ihr Vortanzen fertig gemacht hatte, war sie
schrecklich unruhig gewesen, von der Ruhe und Erleichterung
wegen des gut gelaufenen *CSAT* fehlte jegliche Spur. Sogar
Joonie, der sonst gern auf Hyun-Ahs Schoß lag und schlief,
hatte sich lieber oben auf mein Bett verkrochen, anstatt sich
mit ihren wippenden Beinen und zittrigen Fingern auseinanderzusetzen. »Wenn du stolperst und dir den Knöchel brichst,
war's das mit deinem Vortanzen, bevor es überhaupt angefangen hat.«

Unzufrieden schürzte sie die geschminkten Lippen. »Aber
Unnie, wir –«

»Sind noch längst nicht zu spät.« Ich zog sie fest an meine
Seite, legte meinen Arm locker über ihre Schulter und zwang
sie zu einem gemächlicheren Schritt. »Die Anmeldung beginnt
erst in fünfzehn Minuten, und laut dem Schreiben bist du in
Gruppe drei, was heißt, dass du sogar noch genügend Zeit zum
Aufwärmen und Proben hast.«

Sie gab ein jammerndes Murmeln von sich, verlangsamte aber ihren gehetzten Lauf. »Ich will einfach nicht zu spät kommen.«

»Und das wirst du nicht.« Ich drückte beruhigend ihre Schulter und setzte mein aufmunterndes Grinsen auf, als sie mich skeptisch ansah. »Deshalb bist du doch extra zu mir gekommen, um dich fertig zu machen. Weil meine Wohnung nur einen Katzensprung von dem Theater entfernt ist, in dem du dein Vortanzen hast.«

»Du hast ja recht, aber –«

»Kein Aber. Wir sind so gut wie da, und du wirst nicht zu spät kommen. Und du wirst schon gar nicht die Nerven über ein hypothetisches Szenario verlieren, das nicht eintreten wird.« Wir erreichten die große Kreuzung kurz vor dem Theater, und ich deutete auf die ausladende Glasfassade, hinter der an diesem verhangenen Vormittag bereits Lichter brannten. »Siehst du? Wir sind schon da.«

»Gott, ich glaube, ich muss mich gleich übergeben.« Hyun-Ah presste sich die Faust gegen den Magen, der leider leer war, weil ich sie nicht einmal zu einem einzigen Bissen French Toast hatte überreden können, und ich hoffte ehrlich, dass sie nicht auf der Theatertoilette Rotz und Galle hochwürgen würde, weil die Nerven mit ihr durchgingen.

»Tief durchatmen, Hyun-Ah.« Ich zog sie noch etwas näher an mich, als sie zu zittern begann. »Alles wird gut. Du wirst vortanzen und das Auswahl-Komitee vom Hocker reißen und schon bald in London Ballett tanzen.«

»Und was, wenn nicht?« Hyun-Ah krallte ihre Finger fest in meinen Mantel und sah zu mir auf. In ihren Augen war die tief sitzende Angst vor dem Scheitern zu erkennen. »Was, wenn ich es nicht schaffe, *Unnie*? Was soll ich dann machen?«

»Darüber machen wir uns erst Gedanken, wenn es so weit

kommt.« Die Ampel sprang um, und diesmal war ich es, die Hyun-Ah beinahe ins Strucheln brachte, als ich einen entschlossenen Schritt auf die Straße machte, während sie wie festgefroren stehen geblieben war. »Vorher verschwenden wir unsere Energie nicht mal für den Bruchteil einer Sekunde daran, sondern konzentrieren uns einzig und allein auf die Dinge, die wir kontrollieren können.«

Hyun-Ah presste die Lippen fest aufeinander und nickte entschlossen. »Ja, du hast recht.«

»Ich bin älter und weiser als du. Natürlich habe ich recht«, neckte ich sie.

Hyun-Ah schnaubte, aber sie wusste genau, dass ich das nicht ernst meinte, und ich spürte, wie sie sich verspannte, als sie an der Fassade des Gebäudes hinaufblickte, das mit all dem Chrom und dem Glas aussah wie ein futuristischer Traum inmitten einer Großstadt, in der Tradition und Moderne so mühelos nebeneinander existierten.

»Du schaffst das.« Ich führte sie unter das lange Vordach aus Glas, das von Säulen getragen wurde, an denen viele Familien mit ihren hoffnungsvollen Kindern standen, die darauf warteten, endlich in die Vorhalle strömen zu dürfen und ihr Glück für die Ausbildung in London zu versuchen.

Ich hatte mich ein wenig über die Akademie informiert, deren schillernde Welt der darstellenden Künste Welten entfernt von dem East End war, in dem Christopher und ich groß geworden waren.

Es war eine renommierte Akademie mit vielen namenhaften Absolventen, die auf den unterschiedlichsten Bühnen dieser Welt ihren Namen in die Geschichtsbücher des Balletts getanzt hatten. Jedes Jahr eröffneten sie eine Klasse für nicht mehr als fünfzehn Studenten, und allein in Südkorea bewarben sich an die fünfzig, in der Hoffnung auf einen der heiß begehrten Plätze, von denen oft mindestens zehn an europäische Bewerber gingen.

Die mathematische Erörterung ihrer Chancen hatte ich mir nach meiner Recherche gespart. Denn egal, wie schlecht sie auch standen, wusste ich, dass Hyun-Ah es trotzdem versuchen musste. Für sich und für diesen Traum, den sie nicht nur für sich selbst lebte.

»Okay.« Ich blieb vor den Türen stehen, an denen ein einfaches Papierschild klebte, das den Schülern den Weg wies und darüber informierte, dass Angehörige und Zuschauer nicht geduldet wurden. »Ruf einfach an, sobald du fertig bist. Dann komme ich dich abholen, hörst du?«

Hyun-Ah nickte, ihre Finger spielten unruhig an den Tragriemen ihres Jutebeutels herum, in dem sich derzeitig nur eine Banane, eine Wasserflasche, eine ganze Armada an Haarbändern und Haarspangen sowie zwei Paar Spitzenschuhe befanden, da sie ihre Strumpfhose mit dem Rock und dem Gymnastikanzug längst unter dem dicken und wärmenden Stoff ihres Trainingsanzugs trug, der unter dem schwarzen Steppmantel hervorlugte.

Die Türen öffneten sich, und ich vernahm gemurmelte Abschiedsworte und lange Wünsche für Glück und Erfolg, als die ersten Bewerber ihren Weg in das Innere der Halle antraten. Hyun-Ah folgte ihnen nicht, unruhig sah sie sich mit gerecktem Hals um.

»Hyun-Ah?«

Sie guckte mich nicht an, murmelte bloß ein kaum hörbares *Mhm?*

»Du solltest reingehen.« Der Vorplatz des Theaters leerte sich mehr und mehr, auch wenn noch immer ein paar Nachzügler eintrudelten.

»Ich ...« Sie brach ab und schaute mich mit einem gleichermaßen entschuldigenden wie auch geheimniskrämerischen Blick an. »Ich warte noch auf *Oppa*. Er hat heute Morgen, bevor ich mich auf den Weg zu dir gemacht hab, gesagt, dass er kommt.«

Na, das waren ja mal Neuigkeiten. Ich gab mir alle Mühe, meine Gesichtszüge unter Kontrolle zu halten, doch so nervös wie Hyun-Ah zu plappern begann, scheiterte ich daran offensichtlich kläglich.

»Es tut mir leid, ich hätte es dir sagen sollen, aber ich hatte Angst, dass du dann nicht mitkommst, und ich brauche dich heute.« Sie ergriff meine Hand und drückte sie fest, so als fürchtete sie, ich würde sofort davonlaufen. »Aber auf der Rückfahrt vom Institut nach Hause haben *Oppa* und ich das erste Mal seit Langem wieder wirklich miteinander geredet, und ich hab ihm vom Vortanzen erzählt, und ich möchte einfach, dass er hier ist, wenn ich reingehe.«

Ihre Erklärung machte es mir unmöglich, ihr wegen ihrer Heimlichtuerei böse zu sein. Sogar dann nicht, als die nervöse Energie, die ich den Vormittag über von Hyun-Ah absorbiert hatte, mit einem Mal wie heißes Wasser in einem Topf überkochte.

Über diese Sache reden wir noch.

Hyun-Joons Worte hallten in meinem Kopf wider, doch ich versuchte sie von mir zu schieben, nicht gewillt, auch nur eine Facette meiner eigenen Nervosität auf Hyun-Ah abfärben zu lassen.

»Bist du sehr böse?«

Ich schüttelte den Kopf und tätschelte beruhigend ihre Hand. »Nein. Er ist dein Bruder, und er sollte hier bei dir sein, Hyun-Ah.«

Sie atmete erleichtert aus, und ich fragte mich, wie viel von ihrer Anspannung mit dem Vortanzen zu tun hatte, und wie intensiv sie über diese Situation zwischen Hyun-Joon und mir nachgedacht hatte, die sie unwillkürlich heraufbeschwor, um die moralische Unterstützung zu bekommen, die sie gerade so dringend brauchte. »Danke, *Unnie*.«

»Das ist doch selbstverständlich, Hyun-Ah.«

»Ist es nicht.« Sie sah zögerlich über die Schulter zur Eingangshalle. »Ich hoffe so sehr, dass er kommt.«

»Wenn du ihn darum gebeten hast, dann wird er das auch tun.« Auch wenn Hyun-Joon sich verändert hatte und nicht mehr der Mann zu sein schien, den ich geglaubt hatte besser zu kennen als mich selbst, war das doch etwas, dessen ich mir absolut sicher war. Hyun-Joon war nicht der Typ Bruder, der seine Geschwister im Stich ließ. Schon gar nicht, wenn sie ihn explizit um etwas baten. »Er kommt bestimmt gleich.«

Mit jeder Minute, die verstrich, wurde Hyun-Ah neben mir unruhiger, und egal, wie sehr ich sie auch mit belanglosen Gesprächen abzulenken versuchte, scheiterte ich doch kläglich daran. Immer wieder schaute Hyun-Ah zurück zur Straße, und mit jedem Augenblick, in dem Hyun-Joon nicht aufkreuzte, sanken ihre Schultern tiefer herab.

Nach weiteren fünf Minuten wusste ich, dass wir nicht länger warten konnten. »Hyun-Ah, du musst jetzt wirklich reingehen.«

Sie schüttelte den Kopf. »Nein, nur noch fünf Minuten.«

»Hyun-Ah …« Ich legte die Hände auf ihre Schultern und sah in ihr Gesicht, das trotz des Make-ups durch die Anstrengungen der letzten Wochen ausgemergelt wirkte. »Du hast keine fünf Minuten mehr. Du musst reingehen und dich anmelden, damit du dich noch aufwärmen und ein bisschen proben kannst. Wenn du willst, warte ich hier draußen auf Hyun-Joon, und er wird dann hier sein, wenn du rauskommst.«

Ihre kaffeebraunen Augen glänzten, doch nach einem weiteren Moment des Zögerns nickte sie. »Okay.«

»Ich warte hier auf ihn, versprochen.« Ich drückte ihre Schultern sanft. »Viel Glück da drin. Du schaffst das.«

»Danke, *Unnie*.« Sie schlang ihre zierlichen Arme um mich, und ich legte ihr die Hand auf den Hinterkopf und wiegte sie hin und her, so wie Hyun-Joon es vor wenigen Tagen getan hatte.

»Also, ruf an, sobald du fertig bist. Und dann gehen wir ein Stück Kuchen essen, ja?«

Sie kicherte, und auch wenn es etwas hölzern klang, war es Balsam für meine besorgte Seele. »Alles klar. Obwohl ich nicht weiß, ob ich dann schon wieder etwas essen kann.«

»Das werden wir dann herausfinden.« Ich löste mich von ihr und deutete auf die großen Türen, die zur Vorhalle führten, in der kaum noch jemand zu sehen war. »Und jetzt geh und hau sie um.«

»Das mache ich.« Hyun-Ah sah mir fest in die Augen. »Danke, dass du für mich da bist.«

Ich schluckte unbeholfen, weil ich nicht wusste, was ich dazu sagen sollte, und so nickte ich nur und schob sie dann entschlossen zu den Türen. »Jetzt geh schon.«

»STOPP!«

Wir beide hielten mitten in der Bewegung inne, und zum ersten Mal, seit ich wieder in Korea war, atmete ich erleichtert aus, als ich Hyun-Joons laute Stimme hörte. Ich wandte meinen Blick Richtung Straße, und die Splitter meines Mosaikherzens bohrten sich in meine Lunge, als ich Hyun-Joon sah, der mit langen Schritten auf uns zuggesprintet kam, mit einem Bouquet Tausendschön auf dem Arm.

Hyun-Ah atmete, wie ich, erleichtert aus, ehe sie ihrem Bruder hektisch entgegenging. »Du bist doch noch gekommen.«

Hyun-Joon kam zum Stehen, seine Atmung schwer und angestrengt. Auf seiner Stirn glänzte ein Schweißfilm, und ich entdeckte eine Schürfwunde an seiner Handkante, die ich nicht kommentierte. »Natürlich.«

»Danke.« Hyun-Ah umarmte ihren Bruder fest, offensichtlich wenig bekümmert um die Blumen, die sie damit fast kaputt drückte. »Danke, *Oppa*.«

»Immer doch, Hyun-Ah-Ya.« Hyun-Joon hielt sie einen Moment lang fest, ehe er sie losließ und auffordernd in Richtung der Türen nickte, durch die Hyun-Ah schon vor einer Weile hätte gehen sollen. »Und jetzt geh da rein und zeig ihnen, was du kannst.«

»Aber die Blumen.«

»Die gebe ich dir, wenn du rauskommst, okay?«

»Okay.« Hyun-Ah nickte und ging zur Tür.

»Hyun-Ah-Ya?« Sie drehte sich zu ihrem Bruder um, als er sie noch mal rief. »Du bist eine Kang. Wir geben nicht auf, egal, wie schwer es auch ist.«

Die Worte, die in einer individualistisch geprägten Gesellschaft vielleicht nach falschem Stolz und Druck klangen, in einer kollektivistisch geprägten Gesellschaft aber ein Gefühl von Zusammenhalt und Ehre trugen, schienen genau das zu sein, was Hyun-Ah hatte hören müssen. Denn mit einem Mal drückte sie die Schultern durch und die nervöse Energie, die sie zuvor noch so fest im Griff gehabt hatte, wandelte sich in kühne Entschlossenheit, mit der sie es endlich schaffte, die große Tür aufzuziehen und über die Schwelle in die Vorhalle zu treten.

Erst als Hyun-Ah durch die hohen Glastüren nicht mehr zu sehen war, wagte ich es, den Blick von ihr abzuwenden, nur um zu bemerken, dass Hyun-Joon noch immer auf die Stelle sah, an der seine kleine Schwester gerade eben noch gestanden hatte. Seine Wangen waren rot, und trotz des dicken Mantels konnte ich sehen, wie er bibberte. Den Strauß Tausendschön umklammerte er so fest, dass die zerbrechlichen Stängel dem wahrscheinlich nicht lange standhalten würden, und so nahm ich sie ihm vorsichtig ab.

Das riss ihn aus seinen Gedanken, und er starrte mich völlig perplex an.

»Ich würde ungern mitbekommen, wie du diese armen Blumen zerquetschst.« Ich richtete ein paar der Blüten, die durch Hyun-Joons Sprint in Mitleidenschaft gezogen worden waren, und war froh darum, so zumindest dem Gold seiner Augen für den Bruchteil einer Sekunde entkommen zu können, das mich noch immer jede Nacht in meinen Träumen heimsuchte.

»Weißt du, wie lange ihr Vortanzen dauern wird?«, fragte Hyun-Joon, und ich war fast überrascht, dass er mir weder die Blumen aus der Hand riss noch einen spitzen Kommentar fallen ließ.

»Drei Stunden mindestens. Wenn nicht sogar länger. Hyun-Ah ist in Gruppe drei von fünf, und wenn ich das, was ich online gelesen habe, richtig verstanden habe, nehmen sie sich für jede Gruppe ungefähr eine Stunde, um Übungen an der Stange, Einzeltanz und Paartanz zu prüfen, um sicherzugehen, dass alle Anwärter dem Standard der Schule gerecht werden können.« Ich rollte mit den Schultern, um die Anspannung darin zu lockern, und räusperte mich dann. »Ich habe ihr gesagt, sie soll mich anrufen, sobald sie fertig ist. Und ich bin mir sicher, dass sie auch dir Bescheid sagen wird.«

Hyun-Joon nickte nur und zog eine Zigarette aus der Schachtel in seiner Hand und steckte sie sich an. Er nahm ein paar tiefe Züge, ehe er erneut die Stimme erhob. »Hast du vor, hier zu warten?«

Ich schüttelte den Kopf. »Nein. Dafür ist es viel zu kalt.« Ich zögerte kurz, entschied mich dann aber dafür, die Wahrheit zu sagen. »Mein Apartment ist nur zehn Gehminuten von hier entfernt. Ich werde einfach zu Hause auf ihren Anruf warten.«

»Du lebst also jetzt in Gangnam, was?« Hyun-Joon lächelte, aber es sah keinesfalls freundlich aus. »Was für ein Upgrade.«

Ich seufzte, wenig überrascht, dass er meinen Umzug in einen der wohlhabendsten Stadtteile von Seoul nicht unkommentiert lassen konnte. »Können wir uns nur ein einziges Mal nicht anfeinden, wenn wir uns sehen?« Ich kannte die Antwort, auch ohne dass Hyun-Joon etwas dazu sagte, und ließ nur resigniert die Schultern sinken. »Komm. Ich hab keine Lust, mich in aller Öffentlichkeit zusammenfalten zu lassen, und ich nehme an, genau das hast du vor, jetzt wo Hyun-Ah weg ist, richtig?«

Hyun-Joon schnaubte, folgte mir aber, als ich in Richtung der Kreuzung ging. »Ich hatte dir ja gesagt, dass wir noch über diese Sache mit Hyun-Ah reden müssen.«

Immerhin stritt er es nicht ab. Das war ja schon mal was.

»Ja, ja, ich weiß.« Ich wandte den Blick gen Himmel. »Ist mein Apartment okay?« Als er mich verdattert ansah, winkte ich nur nachlässig ab, mir durchaus bewusst darüber, dass es tausend gute Gründe dafür gäbe, ihn nicht in meine Wohnung zu lassen. »Das ist kein Gespräch, das ich in irgendeinem Café führen will, wenn ich ehrlich sein soll.«

Hyun-Joon schien einen Augenblick mit sich zu hadern, nickte aber dann und deutete die Straße entlang, ehe er die Zigarette austrat und den Stummel wegwarf. »Nach dir.«

Ich ging zur Ampel, an der ich schon zuvor mit Hyun-Ah gewartet hatte, und versuchte, Hyun-Joons Präsenz neben mir so gut es ging zu ignorieren, was, zugegeben, kaum möglich war. Als ich tief einatmete, bemerkte ich plötzlich, dass der Geruch von Schnee in der Luft lag.

Und genau in dem Moment begannen sie zu fallen, große, fluffige Flocken, die erst einzeln kamen und dann mehr und mehr wurden, je länger wir an der Ampel standen und warteten.

Ich streckte die Hand aus und versuchte, einen der einzigartigen Kristalle zu fangen, die die Natur geformt hatte.

Es war so lange her, dass ich zuletzt Schnee gesehen hatte.

»*Eomma! Eomma!*«, sagte ein kleiner Junge zu meiner Rechten aufgeregt zu seiner Mutter, die ihn mit wohlwollendem Lächeln betrachtete. »Guck mal! Der erste Schnee des Jahres!«

Ich erinnerte mich noch gut an den ersten Winter, den ich in Korea verbracht hatte. Beim ersten Schneefall hatte ich mit Lauren und Yeo-Reum in einem Restaurant gesessen, die Flaschen Soju auf dem Tisch waren hauptsächlich von mir geleert worden, in der Hoffnung, zu vergessen, anstatt mich zu fragen, wie es Hyun-Joon ging, der nur wenige Wochen zuvor seinen Militärdienst angetreten hatte. Wie heute waren dicke Schneeflocken gefallen, und ein kollektives Raunen war durch den Raum gegangen, ehe unzählige Leute zu ihren Handys gegriffen hatten, Männer und Frauen gleichermaßen.

»Was ist denn jetzt los?«, hatte ich gefragt, und Yeo-Reum hatte nur gelächelt und unauffällig nach Laurens Hand gegriffen.

»In Korea gibt es diesen Glauben, dass, wenn du den Tag des ersten Schnees mit jemand Besonderem verbringst, ihr eine lange Zeit zusammenbleiben werdet.«

Ich sog scharf die Luft ein, meine Hand noch immer zum Himmel ausgestreckt, als ich zu Hyun-Joon hinüberspähte, nur um festzustellen, dass er mich längst aus seinen goldenen Augen betrachtete, so intensiv und eindringlich, als wären wir ganz allein auf dieser Welt. Ein paar der Schneeflocken hatten es sich bereits in seinen Haaren und seinen Wimpern bequem gemacht, nicht eingeschüchtert von dem feurigen Temperament, welches wie Magma unter seiner Haut ruhte, vermutlich viel zu sehr angezogen von seiner Schönheit, an der sie teilhaben wollten. Er sah unwirklich aus, mit dem roten Haar, den kleinen glänzenden Schneeflocken in seinen Wimpern und den goldenen Augen, die mich schon immer hatten daran zweifeln lassen, ob er wirklich echt war, bis er mich an sich gezogen hatte und mich mit jedem Kuss daran erinnerte, dass wir gemeinsam in diesem Moment existierten, in einer Realität, die wir gemeinsam mit unseren Händen formten, und einer Zukunft, die so viel hätte mehr sein können, wenn wir beide sie nicht einfach zwischen unseren Fingern hätten zerrinnen lassen.

Ich ließ die Erinnerung schnell fallen, wie ein glühendes Stück Kohle, und sah aus dem Augenwinkel, wie die Ampel von Rot auf Grün sprang, und die Passanten um uns herum setzten sich in Bewegung. Nur Hyun-Joon und ich blieben stehen, gefangen in diesem Moment, in dem keiner von uns auch nur ein einziges Wort sagte, zwischen uns wieder Galaxien und doch nicht annähernd Abstand genug, als dass wir uns voneinander hätten lossagen können, für immer verbunden durch einen Faden, den das Schicksal so mühsam aus rotem Garn geknüpft hatte.

Der erste Schnee des Jahres.

Ich spürte ihn eisig auf meinen Fingerspitzen. Fühlte seine nasse Kälte auf meinen Wangen und in meinem Haar.

Der erste Schnee, und zwischen uns unzählige Probleme und eine Milliarde unausgesprochener Worte. Trotzdem gab es niemanden sonst, mit dem ich diesen Moment lieber verbracht hätte.

Wie seltsam.

14. KAPITEL

비일비재 = Ein Ereignis, das sich ständig wiederholt

»Komm rein.«

Als ich über die Schwelle meiner Wohnung trat und Hyun-Joon die Tür aufhielt, hoffte ich inständig, dass meine Stimme sich in Wirklichkeit nicht so unsicher anhörte, wie sie in meinen eigenen Ohren klang.

Hyun-Joon stand auf dem Flur, mit offenem Mantel und den Händen in den Hosentaschen, und spähte skeptisch an mir vorbei. »Bist du dir sicher, dass das okay ist?«

Trotz der Anspannung, die mich fest im Griff hatte, musste ich bei der Zurschaustellung seiner guten Manieren doch ein wenig lächeln. »Hast du vor, mich zu ermorden?«

Überraschung huschte für einen Augenblick über seine Züge und ließ ihn um Jahre jünger aussehen, ehe sie wieder hinter der distanziert kühlen Maske verschwand, die er seit diesem Moment an der Kreuzung aufgelegt hatte. »Nein.«

»Gut. Dann ist es auch in Ordnung.«

Hyun-Joon schien noch immer nicht wirklich überzeugt, und ich konnte es ihm nicht verdenken. In Korea war es nicht üblich, jemanden zu sich nach Hause einzuladen, mit dem einen nicht eine innige platonische, familiäre oder romantische Beziehung verband.

Und wir waren nichts dergleichen. Doch Fremde waren wir auch nicht.

Wir waren ein Museum, gefüllt mit unzähligen Gemälden, die alle Töne der Welt zeigten, die Farben erst brillant und überwältigend, bevor sie mehr und mehr an Glanz verloren, bis am Ende nur noch verwaschenes Gold und Indigoblau übrig blieb, das sich mit dem Grau mischte, das den Tod einer Beziehung betrauerte, von der wir beide geglaubt hatten, dass sie das Potenzial hätte, für immer zu halten.

Aber das hatte sie nicht. Sie hatte nur wenige Monate überstanden, unsere Hände rußbedeckt von dem Moment, in dem unsere Liebe verglüht war und nichts weiter zurückließ als verbrannte Erinnerungen, in deren Überresten noch Funken glommen, und aus denen wir dennoch mit vollen Händen schöpften, ganz egal, wie sehr es auch schmerzte.

Hyun-Joon rührte sich noch immer nicht, seine Hand lag auf dem Türrahmen, so als wollte er sich festhalten wie ein Ertrinkender, der ein Stück Treibgut zu fassen gekriegt hatte.

»Hyun-Joon«, sagte ich, streng darauf bedacht, keinen Funken Irritation oder Ungeduld in meine Stimme zu legen, um dieses eh schon aufgeladene Gespräch nicht direkt auf dem falschen Fuß zu beginnen. »Ich würde es gerne vermeiden, aber wir können auch immer noch in ein Café gehen, wenn dir das lieber wäre. Aber du müsstest dich schnell entscheiden, weil ich einen Ka–«

Ich hörte das leise Trappeln von Pfoten auf Holz, bevor ich den kleinen schwarz-braunen Blitz bemerkte, der an mir vorbeizuschießen drohte. Doch Hyun-Joon stellte mal wieder seine schnellen Fotografenreflexe unter Beweis und machte einen Schritt vorwärts, ehe er den Kater abfing und ich die Tür hinter ihm schnell zuknallte.

Die Melodie des elektrischen Türschlosses erklang, und mit einem Mal waren wir allein in meinem Apartment, in dem ich nie geglaubt hatte, ihn auch nur ein einziges Mal zu empfangen.

Hyun-Joon sah verdattert auf das Fellbündel in seinem Arm, das ein protestierendes Miauen von sich gab und sehnsüchtig die Tür anschmachtete.

»Entschuldige bitte, ich hätte dich wohl vorwarnen sollen, dass ich einen Mitbewohner habe.« Zögerlich streckte ich die Hand aus und kraulte Joonie hinter dem Ohr, der noch ein paarmal vorwurfsvoll miaute, sich aber allmählich beruhigte und interessiert an Hyun-Joon schnupperte.

»Du hast eine Katze?«

»Einen Kater«, korrigierte ich und ging in die Küche, wo ich den Blumenstrauß außerhalb von Joonies Reichweite auf den Küchenschränken verstaute, damit er ihn nicht aus Langeweile anknabbern konnte. »Er mag Männer nicht besonders. Nimm es also nicht persönlich, wenn er mit dir nichts zu tun haben will. Hoon hat er sogar schon angefaucht, ohne dass der arme Kerl irgendetwas getan hätte.«

Ich trat zurück auf den Flur, wo Hyun-Joon nach wie vor leicht verloren dastand, der große Kater auf seinem Arm, während sie einander misstrauisch beäugten. Trotz der Anspannung, die in der Luft lag, kam ich nicht umhin, über dieses Bild, das sich mir bot, zu lachen, und ich schälte mich aus meiner Jacke, um Hyun-Joon aus seiner misslichen Lage zu befreien. »Soll ich ihn dir abnehmen?«

Hyun-Joon sagte nichts, sondern starrte weiter in die goldenen Augen meines Katers, der ihn nach Herzenslaune beschnupperte, vermutlich irritiert von den Duftnoten von Tabak und Wildleder, während dem Fremden gleichzeitig der Geruch von Hyun-Ah anhaftete, Joonies Lieblingsmenschen, was mir manchmal die Frage aufdrängte, ob mein Kater sie lieber mochte als mich.

»Entschuldige, Joonie versteht das Konzept von Intimsphäre leider nicht.« Ich trat an Hyun-Joon heran und nahm ihm vorsichtig den Kater ab, der sich zwar nicht wehrte, aber die Augen auch nicht von dem Neuankömmling nahm, den er offensichtlich noch abzuschätzen versuchte. »Du brauchst Hyun-Joon nicht so skeptisch zu beäugen, Joonie. Der tut dir nichts«, gurrte ich und drückte dem Kater einen Kuss auf den Kopf, ehe ich ihn behutsam absetzte.

Als ich mich wieder aufrichtete, begegnete ich Hyun-Joons intensivem Blick, der mich ansah, als wäre mir mit einem Mal ein zweiter Kopf gewachsen.

»Hyun-Joon?« Ich wedelte mit der Hand vor seinem Gesicht herum. »Hey, ist alles okay?«

Seine Hand schloss sich so schnell um mein Handgelenk, dass ich erschrocken die Luft einsog, als seine Haut mit einem Mal auf meiner brannte.

»Joonie?« Seine Stimme klang rau, und eine Vielzahl an Emotionen schwang in ihr mit. »Dein Kater heißt Joonie?«

Auch ohne einen Spiegel wusste ich, dass meine Wangen sich rot färbten, als mir klar wurde, was genau er mich da eigentlich gerade fragte. Verflucht, als ich Joonie seinen Namen gegeben hatte, war mir nicht einmal in den Sinn gekommen, dass diese zwei sich irgendwann einmal begegnen würden. Und doch waren sie jetzt beide hier, Namensvorbild und Namensträger, und ich hatte keine Ahnung, wie ich mich aus dieser Sache jetzt herausreden sollte, ohne die Schwäche meines Herzens für Hyun-Joon vollkommen offenzulegen.

»Ja, niedlich, oder?« Ich entschied mich für gespielte Ignoranz und grinste nur nichtssagend, während ich mich aus Hyun-Joons Griff befreite. »Zieh deine Schuhe aus und komm rein. Kann ich dir etwas zu trinken anbieten?«

Keine Ahnung, ob Hyun-Joon mir glaubte, ob er die schlecht verschleierte Fälschung tatsächlich erkannte, die ich ihm so direkt unter die Nase hielt, doch ich musste es auch nicht herausfinden, denn er ging einfach darüber hinweg und zog Schuhe und Jacke aus, ehe er über den kleinen Absatz in mein Reich trat. »Hast du Kaffee?«

»Ja.« Ich trat durch den Türbogen zurück in die Küche und stellte den Wasserkocher an. Dann nahm ich zwei Tassen und zwei gelbe Päckchen Instantkaffee aus dem Schrank. »Zwei Stück Zucker und einen Schuss Milch?«

Meine Muskeln verspannten sich, bevor ich wirklich registriert hatte, was ich gesagt und was ich damit preisgegeben hatte, all meine Worte gefärbt von den Farben, die ich für unser gemeinsames Gemälde verwendet hatte. Und ganz egal, wie oft ich die Pinsel auch auswusch, um auf einer neuen Leinwand von vorne anzufangen, der Schleier blieb. Jetzt und für immer und auf jeder einzelnen Leinwand, an der ich Kunstwerke zu vollenden versuchte, sei es Freunde, Beruf oder sogar eine neue Beziehung. Alles trug diesen Schleier aus Gold und Indigo und Grau, den ich nicht wieder loswurde, sosehr ich es auch wollte.

»Ja, vielen Dank.« Der professionell freundliche Ton in Hyun-Joons Stimme riss mich aus meinen Gedanken, und mechanisch füllte ich das Pulver in die Tassen, bevor ich es mit heißem Wasser aufgoss und seinen Kaffee mit Milch und Zucker verfeinerte.

Mit den Henkeln beider Becher in einer und zwei goldenen Untersetzern in der anderen Hand ging ich langsam in den Wohnbereich meines Apartments, wo Hyun-Joon bereits über das Parkett schlich, die Hände hinter dem Rücken verschränkt, und sich neugierig umsah.

Es war eigenartig, wie es sich gleichermaßen richtig und falsch anfühlte, dass er hier war. Wie ein Kunstwerk eines alten Meisters inmitten eines Museums für Zeitgenössische Kunst. Es war wunderschön anzusehen, und man kam nicht umhin, es zu bewundern, und doch wirkte es vollkommen deplatziert zwischen der modernen Kunst, die von genau diesen Werken inspiriert war.

Und auch wenn ich hasste es zuzugeben, Hyun-Joon war in jeder Ecke meines Apartments präsent. In den goldenen Akzenten, die überall im Raum verteilt waren, in den Fotografien, die ich anstelle von Kunstdrucken aufgehängt hatte, und in der kleinen Auswahl von Gold- und Silberschmuck, die ihren Platz auf einem Ständer auf dem Sideboard unter dem Fernseher gefunden hatten. Sogar in meiner Garderobe fand er sich, in den Kleidungsstücken in warmen Tönen, die ich nie selbst gewählt hatte, oder in den weißen, eher klobigen Turnschuhen, die versteckt in meinem Schrank darauf warteten, dass ich mich endlich traute, sie anzuziehen, in dem Wissen, dass sie nicht einmal einen ganzen Tag lang so schön weiß bleiben würden.

»Malst du nicht mehr?«

Hyun-Joons Frage traf mich unvorbereitet, und ich folgte seinem Blick zu der zusammengeklappten und in der Ecke vergessenen Staffelei, deren Anblick mich wie ein Dorn in meiner Seite daran erinnerte, warum Mrs Singh mich zurück nach Korea geschickt hatte. »Doch, schon.«

Er gab seine lockere Haltung auf und griff sich einen der unangetasteten Pinsel, die auf dem unbefleckten Wägelchen neben der Staffelei standen, und betrachtete ihn. »Der ist unbenutzt. So wie viele von den Farbtuben auch.«

»Viele der Farben sind giftig für Joonie.« Ich versuchte mir nicht anmerken zu lassen, wie sehr seine Auffassungsgabe mir widerstrebte, und legte die Untersetzer auf meinem Couchtisch ab, ehe ich die Tassen darauf abstellte. »Ich arbeite darum meistens in meinem Atelier im Institut.«

»Du hast jetzt ein Atelier?«, fragte er, und zum ersten Mal klang seine Stimme nicht spitz und mit Gift getränkt, sondern ehrlich interessiert.

»Ja. Alle Lehrer an der Schule, die selbst kunstschaffend sind, haben eins bekommen.« Ich dachte an den hellen lichtdurchfluteten Raum mit den hohen Decken und den großen Fenstern, in dem ich viel weniger Zeit verbrachte, als ich eigentlich wollte, und lächelte wehmütig. »Ich würde gerne mehr Zeit dort verbringen, aber mein Terminkalender ist immer ziemlich voll. Aber vielleicht ja im nächsten Schuljahr.«

»Verstehe.« Hyun-Joon drehte den Pinsel noch einmal zwischen seinen Fingern und legte ihn dann an seinen vorherigen Platz zurück. »Wie läuft es denn mit der Kunst?«

»Schleppend«, antwortete ich ausweichend, doch anders als bei Woo-Young drängte mein Mund beinahe darauf, weitere Worte zu formen, während mein Hirn meine Zunge an die Leine nahm. Meine Kunst war der Grund gewesen, warum wir uns getrennt hatten, das war also sicherlich nichts, worüber er tatsächlich reden wollte. Es war ein Relikt unserer damaligen Beziehung, geboren aus alten Mustern, jeder Strich unserer Konversationen sicher wie bei der Finalisierung einer Skizze, wenn man dieses wohlige Gefühl hatte, sowohl Komposition als auch Perspektive nach endlosen Versuchen endlich richtig getroffen zu haben. »So ist das eben mit der Kreativität. Sie lässt sich nicht erzwingen, ganz egal, wie sehr man sich das manchmal auch wünschen würde.«

Hyun-Joon nickte, doch die Linie um seinen Mund wirkte plötzlich wieder angespannt, so, als wäre das nicht die Antwort, die er hatte hören wollen.

»Was?«

»Nichts.« Er kratzte sich am Hinterkopf und sah unschlüssig auf den Platz neben mir auf dem Sofa, steckte dann aber nur die Hände in die Taschen seiner Jeans mit dem weiten Sitz und geraden Beinschnitt. »Es ist nichts.«

»Okay.« Ich zog das Wort in die Länge, so wie David es so

oft tat, und wir beide lächelten unweigerlich, so, als würden wir einen kleinen privaten Scherz teilen. Und nur für einen Augenblick wollte ich, dass es wirklich so war. Dass wir einfach zusammen sein konnten, ohne diesen Schleier der alten Emotionen, der Gespräche zwischen uns immer zu einem Minenfeld machte, in dem wir beide um Leib und Leben fürchteten, weil wir nicht wussten, wann wir wieder auf eine Stelle traten, die unzählige Gefühle detonieren ließ, die uns beide in Stücke rissen.

Hyun-Joons Lächeln schwand zuerst, und er setzte sich, nah genug, um nicht unhöflich zu sein, aber doch so weit entfernt, als wäre ich eine vollkommen Fremde. Er griff nach dem Kaffee und rührte mit dem Löffel ein paarmal um, und als er den ersten Schluck trank, fragte ich mich, ob er für ihn wohl noch süß schmeckte oder ob die Erinnerung an gemeinsame Morgen ihn bitter machte.

Ich nahm mir meinen eigenen Kaffee, trank jedoch nicht, sondern legte die Hände um die Tasse in der Hoffnung, aus ihr die Wärme zu ziehen, die mit jedem Moment mehr und mehr aus dem Raum zu entweichen schien.

Es war nichts weiter zu hören als Joonies genüssliches Kauen, mit dem er den letzten Rest von seinem Trockenfutter verputzte, das er heute früh in seiner Schüssel gelassen hatte, ehe er in unsere Richtung trottete. Er machte einen Bogen um Hyun-Joon und sprang zwischen uns auf das Sofa, was ich sofort zum Anlass nahm, mich in den Schneidersitz zu setzen. Mein Kater belohnte mich mit einem zufriedenen Miauen und rollte sich dann in meinem Schoß zusammen. Einen Moment lang hielt er die Augen noch offen, schloss sie dann und füllte die anhaltende Stille mit seinem Schnurren.

Ich trank meinen Kaffee, nicht gewillt, erneut dieses ernste Gespräch zu beginnen, das Hyun-Joon so dringend führen wollte. Das hatte ich ihm in meinem Büro schon abgenommen, und das würde ich nicht erneut tun. Wenn er so unbedingt reden wollte, dann würde er schon selbst den Anfang machen müssen, anstatt, wie auf einer Kunstauktion, erst einmal aufs Erstgebot zu warten, bevor er den Preis mit einem Mal in schwindelerregende Höhen trieb.

Joonie hatte sich in meinem Schoß mittlerweile zweimal umpositioniert, meine Tasse war leer und das Porzellan kalt, als Hyun-Joon endlich zu sprechen begann.

»Ich ...« Er brach ab und räusperte sich, bevor er es erneut versuchte. »Ich wollte mich dafür bedanken, dass du Hyun-Ah beim Lernen für den *Suneung* geholfen hast.«

Meine Hand, mit der ich durch Joonies Fell gestrichen hatte, kam mit einem Mal zum Stillstand, und ich blinzelte, während mein Hirn die gesprochenen Worte langsam verarbeitete, die Welten entfernt von der Schimpftriade waren, die ich erwartet hatte. »Wie bitte?«

Hyun-Joon biss die Zähne so fest aufeinander, dass ich es hören konnte, als sie gegeneinanderschlugen. »Ich werde es nicht noch einmal sagen«, presste er hervor. »Ich bin mir durchaus darüber im Klaren, dass sie, ohne dein Zutun, nicht einmal zum Test erschienen wäre, und das muss ich anerkennen. Dennoch war es nicht richtig, dieses Geheimnis für dich zu behalten, zumal wir eine Abmachung getroffen hatten, Jade.«

»Es tut mir leid. Keine von uns beiden hätte dir verschweigen dürfen, wohin Hyun-Ah jeden Tag nach der Schule geht. Vor allem, nachdem, was damals mit Hyun-Sik passiert ist«, gab ich ohne Umschweife zu. »Aber ich kann mich nicht daran erinnern, eine Abmachung mit dir getroffen zu haben. Und in diesem Augenblick habe ich Hyun-Ahs Zukunft einfach über unsere gemeinsame Vergangenheit gestellt.«

Hyun-Joon schloss die Augen und atmete tief ein, seine Nasenlöcher blähten sich dabei, und er bemühte sich ganz offensichtlich mit aller Macht, ruhig zu bleiben.

»Ich will dich damit nicht kritisieren, Hyun-Joon. Ich weiß aus erster Hand, wie schwer es ist, zu Kids im Highschoolalter durchzudringen. Besonders dann, wenn sie ihr Bestes tun, um dich auszuschließen.« Ich versuchte, die richtigen Worte zu finden. »Was ich sagen will, ist, dass das, was auch immer zwischen euch vorgeht, etwas ist, das ihr nur zusammen in den Griff bekommen könnt. Wenn ihr euch gemeinsam hinsetzt und über die Dinge redet, die euch beschäftigen. Ruhig und mit Bedacht und dem Willen, aufeinander zuzugehen und einander zu verstehen.«

Hyun-Joon schnaubte, und ich erkannte ihn sofort, diesen Funken, der Ärger ankündigte und hinter dem er sich versteckte, wann immer er mit sich selbst nicht umzugehen wusste. »Aha, hast du das etwa bei deinem Therapeuten gelernt?«

Ich verzog keine Miene, als ich antwortete. »Ja.«

Hyun-Joon sah mich an, und alle Farbe wich aus seinem Gesicht, als er zu realisieren schien, dass ich das vollkommen ernst meinte. »Scheiße, Jade, das … Fuck, es tut mir leid.«

»Es ist nicht okay, aber ich verstehe durchaus, warum du es gesagt hast.« Ich zuckte nicht mit den Schultern oder versuchte sonst irgendwie, seine Aussage herunterzuspielen. »Wir kommen halt aus zwei unterschiedlichen Kulturen, in denen mit psychologischen Behandlungen in den letzten Jahren vollkommen anders umgegangen wird. Und wer sagt, dass das eine richtig und das andere falsch ist? Es sind halt einfach unterschiedliche Sichtweisen, und die Dinge verändern sich eh stetig.«

Hyun-Joon lehnte sich auf dem Sofa zurück und legte den Kopf in den Nacken. »Das ist keine Entschuldigung.«

»Ist es nicht. Aber es ist eine Erklärung.« Ich räusperte mich und begann wieder, Joonie zu kraulen, der sofort zu schnurren begann. »Aber darum geht es jetzt nicht. Es geht darum, dass Hyun-Ah nicht das Gefühl hat, dir die Wahrheit sagen zu können, und das ist etwas, das ihr nur gemeinsam wieder in den Griff kriegen könnt.« Ich zögerte einen Augenblick, entschied mich dann aber doch einfach dafür, das zu sagen, was mir im Kopf herumschwirrte. »Ich bin froh, dass du heute zu ihrem Vortanzen gekommen bist. Deine Unterstützung ist ihr wahnsinnig wichtig.«

Hyun-Joon schloss die Augen, ob aus Scham oder weil er sich entspannte, konnte ich nicht sagen. »Es fällt mir verdammt schwer, sie bei dieser Sache zu unterstützen.«

»Wegen eures Vaters?«

Hyun-Joon riss die Augen auf, die Adern an seinem Hals traten plötzlich deutlich hervor. »Was hat Hyun-Ah dir erzählt?«

Da war er wieder, der angespannte Tonfall der Defensive, in den Hyun-Joon immer dann wechselte, wenn er sich bedrängt fühlte. Ich beschloss, nicht weiter nachzuhaken, ganz egal, wie sehr ich das auch wollte. Denn was Hyun-Joon bei unserem Spaziergang vor über drei Jahren zu mir gesagt hatte, war mir längst in Fleisch und Blut übergegangen.

Niemand hat Anrecht auf deinen Schmerz, Jade.

»Dass er auch Ballett getanzt hat.«

»Unser Vater ist nur einer von vielen Gründen.« Hyun-Joon umschloss mit seiner Hand den Anhänger seiner Kette, die unter dem V-Ausschnitt seines locker sitzenden schwarzen Pullovers hervorlugte. Er ließ die Kette wieder los und sah mich an. »Aber eigentlich geht es mir mehr darum, dass ihre Karriere in nicht einmal fünfzehn Jahren vorbei wäre. Und das auch nur dann, wenn sie es überhaupt zur Profitänzerin schafft, was eine verdammt große Variable ist, wenn man bedenkt, wie wenig Rollen es für Ballett-Aufführungen auf der ganzen Welt gibt. Da ist es vollkommen egal, wie gut meine Schwester ist. Noch dazu ist es schlecht bezahlt und macht ihren Körper kaputt, und ich will einfach nicht, dass sie so ein hartes Leben führen muss, wenn sie es so viel leichter haben könnte.«

»Aber es ist ihr Traum.«

»Träume können einen auch zerstören, Jade. Oder aber sie zerstören die Menschen um einen herum.«

»Manchmal geben sie uns aber auch einen Grund, um weiterzumachen.« Auch wenn ich wusste, dass es aussichtslos war, versuchte ich dennoch, zu Hyun-Joon durchzudringen, in der Hoffnung, ihn zum Umdenken zu bewegen. »Hyun-Ah liebt das Tanzen, Hyun-Joon.«

»Ich weiß. Und ich habe nie gesagt, dass ich nicht will, dass sie tanzt.« Er klang frustriert, so als hätte er diese Konversation schon unzählige Male geführt, und ich konnte mir gut vorstellen, wie er Hyun-Ah gegenübersaß, am Küchentisch mit einem Tee in der Hand und mit dieser ruhigen Stimme sprach, mit der er auch damals mich versucht hatte, von seinem Plan zu überzeugen. »Sie kann gerne für den Rest ihres Lebens Ballett tanzen. Aber muss es denn professionell sein? Kann sie es nicht neben ihrem Studium oder ihrem Job machen, anstatt alles auf eine Karte zu setzen, bei der ihre Karriere im Bruchteil einer Sekunde vorbei sein könnte, weil sie sich beispielsweise am Fuß verletzt?«

»Wenn irgendjemand wissen sollte, wie schnell der Alltag Träume fressen kann, dann doch wohl du, oder?« Ich erinnerte mich an Augenringe, an so tiefreichende Erschöpfung, dass er stundenlang nur noch schlafen konnte, und an die seltenen Momente der Schwäche, in denen er zugelassen hatte, dass ich den überforderten jungen Erwachsenen hinter der Maske des starken Mannes sah. »Sobald sie auf die Uni geht oder einen Job anfängt, wird sie kaum noch Zeit für Tanzen haben. Sie wird lernen oder zu Geschäftsessen gehen, und nach und nach wird dieser Funke, den wir alle so an ihr lieben, ausgelöscht werden. So wie bei mir damals.«

Hyun-Joon zuckte zusammen, doch ich sprach die Worte einfach aus, die er scheinbar so dringend hören musste.

»Ich war nicht ich selbst, als wir uns damals begegnet sind. Und ich bin dir heute noch unendlich dankbar dafür, dass du mich daran erinnert hast, wofür mein Herz wirklich schlägt.« Ich hob meine Hand an meine Brust und presste sie auf mein Herz, genau über die Stelle, die so lange geschmerzt hatte, bis ich es geschafft hatte, diese Tatsache zu akzeptieren. »Ohne deinen Zuspruch damals hätte ich wohl nie wieder einen Pinsel in die Hand genommen, Hyun-Joon. Und völlig egal, wie das zwischen uns beiden auch geendet ist, ändert das nichts daran, dass du mir die Liebe meines Lebens zurückgegeben hast, als ich selbst noch nicht in der Lage gewesen bin, sie wieder in mir zu finden.«

Hyun-Joon sagte lange nichts, aber als er dann sprach, klang seine Stimme dünn. »Dafür habe ich aber auch einen verdammt hohen Preis gezahlt.«

»Und trotzdem würdest du es wieder tun, oder?«

Er schloss die Augen, nickte aber. Und das war genug.

»Vielleicht solltest du darum überlegen, ob es nicht an der Zeit ist, das Gleiche für Hyun-Ah zu tun. Ich bin mir sicher, dass es nichts gibt, was sie sich sehnlicher von ihrem großen Bruder wünschen würde, als dass er die eine Sache unterstützt, die sie mehr liebt als alles andere.« Er öffnete den Mund, doch ich unterbrach ihn, bevor er mich missverstehen konnte. »Und damit meine ich nicht, ihr mit Tigerbalsam die schmerzenden Muskeln zu massieren oder Tanzschuhe für sie zu kaufen,

Hyun-Joon. Damit meine ich, sie ihren Weg gehen zu lassen und ihr zur Seite zu stehen, wann immer sie dich darum bittet.«

»Ich denke, das reicht für heute, Freud.« Hyun-Joon hob kapitulierend die Hand. »Meine Kapazitäten für gute Ratschläge sind für heute erreicht.«

»Wirst du denn wenigstens darüber nachdenken?«

»Ja.« Sein Ton war zwar angespannt, aber durchaus ehrlich. »Aber nicht jetzt. Und nicht mehr heute.«

»Das musst du auch nicht.« Ich sah auf Joonie in meinem Schoß hinab und lächelte, als sich eine Erkenntnis in mir ausbreitete. »Das ist das erste Mal, dass wir wieder miteinander gesprochen haben, ohne zu streiten.«

Hyun-Joon gab bloß ein Murren von sich, die Arme vor der Brust verschränkt und die Füßen locker auf dem Couchtisch. Nur die Linie seines Kiefers verriet, dass er nicht annähernd so entspannt war, wie es von außen vielleicht den Anschein machte.

Die Stille, die unserem ernsten Gespräch folgte, war keinesfalls unangenehm. Sie war eine willkommene Abwechslung zu der feindseligen Atmosphäre der letzten Male zwischen uns, als unsere verwundeten Herzen auf unterschiedlichen Wellen gefunkt und ein statisches Rauschen erzeugt hatten, das in den Ohren schrillte. Und so genoss ich sie einfach, bis das laute Klingeln meines Handys sie unterbrach.

Hyun-Ah verkündete mir mit aufgeregter Stimme, dass sie gerade von der Bühne kam und dass es ihrer Meinung nach gut gelaufen war. Die Gratulation, die mir über die Lippen kam, war überschwänglich, und als ich bemerkte, wie Hyun-Joon aufstand, um den Blumenstrauß aus der Küche zu holen, wurde das Lächeln auf meinen Lippen zu einem breiten Grinsen, das sich regelrecht in ein Strahlen wandelte, als ich auflegte und er mir stumm meine Jacke hinhielt.

Ich hob Joonie von meinem Schoß, der brüskiert protestierte, und eilte zu Hyun-Joon, um meine Jacke anzuziehen. Gemeinsam verließen wir meine Wohnung, zwar Seite an Seite, aber ohne auch nur ein einziges Wort zu wechseln. Doch das war auch vollkommen okay.

Denn das hier war ein Fortschritt. Ganz egal, wie klein er auch sein mochte.

15. KAPITEL

여동생 = Kleine Schwester

Rot. Es erblühte unter meinen Fingern, als ich den Stift über das Papier trieb. Das Geräusch der Buntstiftspitze auf dem Skizzenpapier war vertraut und tröstlich, genau das, was ich gerade brauchte. Ich saß auf dem Sofa, Joonie lag neben meinem Oberschenkel eingerollt und mein Zeichenblock auf meinem Schoß, zusammen mit meinem Handy, das auf Lautsprecher gestellt war.

»Schön, dass du dich auch mal wieder meldest.«

»Entschuldige bitte, Sunita.« Nach Jahren intensivem Privatunterricht, tiefen Gesprächen und unzähligen langen Nächten in den Studios des Instituts in Singapur kam mir Mrs Singhs Vorname leicht über die Lippen, auch wenn es am Anfang noch sehr befremdlich für mich gewesen war. Das schlechte Gewissen darüber, dass ich ihr bewusst so lange aus dem Weg gegangen war, ließ sich hingegen nicht so leicht abschütteln. Doch ich musste dieses Telefonat führen, ob ich nun wollte oder nicht. Und jetzt, wo der Vertrag unter Dach und Fach war und auch Hyun-Ah nicht mehr meine tägliche Aufmerksamkeit brauchte, war ich endlich so weit, mich meiner Mentorin zu stellen. »Ich war die letzten Wochen sehr beschäftigt.«

»Ich hörte davon.« Sunitas Stimme klang zwar tadelnd, aber die Wärme darin war unverkennbar, und auch wenn ich nervös war, hätte ich gerade meinen rechten Arm gegeben, um ihr Gesicht zu sehen und den vertrauten Lilienduft ihres Parfüms einzuatmen. »Herzlichen Glückwunsch zu dem Vertragsabschluss. Die Rechtsabteilung hat mich wissen lassen, dass alles finalisiert ist und der Ausstellung nichts mehr im Weg steht.«

»Genau.« Ich ließ den Stift planlos über das Papier gleiten und folgte einfach den verschlungenen roten Mustern, die er erschuf, ohne wirklich darauf zu achten, was ich dort gerade eigentlich entstehen ließ. »Alles, was wir jetzt noch tun müssen, ist, die Exponate auszuwählen und der Galerie zur Verfügung zu stellen.« Ich hielt inne und sah auf das Display meines Handys, als es mir einen eingehenden Anruf anzeigte, den ich ignorierte. Die Nummer war mir unbekannt, und das Letzte, was ich wollte, war, mich an einem freien Freitagabend mit Betrügern auseinanderzusetzen, die mit miesen Maschen versuchten, mir persönliche Daten oder Geld zu entlocken. »Hattest du schon Gelegenheit, dir die Liste anzusehen, die ich gestern geschickt habe?«

»Du meinst die mit den Absolventinnen und Absolventen, von denen du glaubst, dass sie in das Gesamtbild der Ausstellung passen würden?«

»Ja, genau die.« Ich verzog unzufrieden das Gesicht, als ich an die Stunden zurückdachte, die ich darauf verwendet hatte, die Stile der Künstlerinnen und Künstler zu vergleichen und daraus eine Auswahl zu treffen. »Ich hätte dazu gern deine Meinung, weil es mir so schwergefallen ist. Sie alle sind auf ihre Weise gut, aber durch den begrenzten Platz müssen wir ein paar Abstriche machen, und ich denke, dass die fünf, die ich dir geschickt habe, am besten passen würden. Vor allem im Hinblick auf die Stiftung, die Woo-Young zu gründen versucht.«

»Nein, ich bin noch nicht dazu gekommen, aber ich werde sie mir mit deinen Anmerkungen im Hinterkopf mal genauer ansehen. Kann das eventuell bis Montag warten?«

Mein Stift stoppte seine Fahrt über das Papier, als erneut jemand auf der anderen Leitung anklopfte. Diese Betrüger wurden auch echt immer dreister. Ich öffnete den Mund, um ihr zu antworten, doch es klingelte sofort wieder. Seltsam, dieselbe Nummer. Entschlossen drückte ich weg, doch ein ungutes Gefühl in meiner Magengrube blieb, und unruhig tippte ich mit dem Stift auf meinem Block herum, dessen Spitze rote Flecken auf dem Weiß hinterließ.

»Jade?«

Ihre sanfter, aber bestimmter Ton brachte mich zurück ins Hier und Jetzt. »Natürlich. Nimm dir so viel Zeit, wie du brauchst.«

Sunita atmete schwer aus. »Ich werde dir meine Einschätzung am Montag schicken.«

»Okay. Vielen Dank.«

»Wie läuft es mit der Malerei?«

Der Themenwechsel kam nicht überraschend, sorgte aber dennoch dafür, dass ich den Stift wieder aufnahm, anstatt weiter auf das Handy zu starren, auf dem mir ein Foto von meiner Mentorin, Chefin und Freundin entgegenblickte. »Ich bin noch immer nicht zufrieden.«

»Aber du malst wieder regelmäßiger?«

»Ich war in letzter Zeit sehr beschäftigt.« Mein Stift kratzte härter und schneller über das Papier, und Joonie hob den Kopf. »Die Planung der Ausstellung, der Unterricht, die Vorbereitung von zwei unserer Kids auf den *CSAT* und die Stiftung haben mich ziemlich auf Trab gehalten.«

»Jade, auch wenn ich es zu schätzen weiß, was du alles fürs Institut leistest, ist das nicht der Grund, warum ich dich zu dieser Zweigstelle geschickt habe.«

»Und ich dachte, du hättest mich hergeschickt, damit Woo-Young nicht sang- und klanglos untergeht.«

»Auch.« Für einen Augenblick hörte ich das Lächeln in Sunitas Stimme, doch es hielt nur kurz an, bevor die Sorge wieder in hässlich verwaschenem Gelborange durch die Leitung tropfte. »Aber ich habe dich primär deshalb nach Korea versetzt, damit du diesen Funken wiederfindest, den ich in deinen Werken gesehen habe.«

Die Spitze meines Stiftes brach. »Ich versuche mein Bestes.«

»Ich weiß, Jade. Aber vielleicht ist genau das das Problem.« Ich hörte das Schaben von Stuhlbeinen über Parkett und stellte mir vor, bei Sunita im Büro zu sein, zwischen meiner Mentorin und mir nur wenige Meter anstatt Ländergrenzen, ihre großen braunen Augen warm und die auffälligen Farben ihrer Anzüge intensiv und vertraut, während sie mit mir sprach. »Du versuchst, perfekt zu sein und alles richtig zu machen, und vergisst dabei völlig zu fühlen, was du auf die Leinwand bringst.« Das Klimpern ihrer Armreifen im Hintergrund war beruhigend, und ich konzentrierte mich darauf, ihr anstatt dem Rasen meines Herzens meine volle Aufmerksamkeit zu schenken, welches in meiner Brust zu stolpern begann. »Als ich dir angeboten habe, dich zu unterrichten, habe ich das nicht getan, weil ich perfekte Technik von dir wollte. Ich wollte deine Kunst auf ein neues Level heben. Und das haben wir getan. Die ersten Werke, die du hier erschaffen hast, sind atemberaubend. Aber je länger du hier warst, desto mehr hast du dieses Feuer verloren.« Sie stockte, und ich griff den Stift fester. Sunita hielt sich nie zurück. Sie war die Art Frau, die einer Fremden in einem Café einen Job angeboten hatte, wegen zwei Gemälden, die ihr aufgefallen waren. Sie war die Art Frau, die Museumsdirektorinnen und Museumsdirektoren das Fürchten lehrte, weil sie für ihre *No-Nonsense*-Haltung berühmt-berüchtigt war. Die Frau, deren Kritik oder Lob über die Karriere eines

Kunstschaffenden entscheiden konnte. »Und genau deshalb dachte ich, dass es gut für dich wäre, nach Korea zurückzukehren. An den Ort, an dem du dir selbst erlaubt hast, wirklich zu fühlen, völlig ungeachtet von Techniken und Kritiken und all den ganzen anderen Dingen, die der Kunst das Leben aussaugen können, wenn man es nicht schafft, sich davon zu lösen.«

Ich ließ den Stift endgültig sinken und schloss die Augen, als ich mich an diese intensive Zeit in Korea erinnerte. Daran, wie ich zögerlich die ersten Farben gekauft hatte, in diesem Laden, der mit seiner pinken und babyblauen Erscheinung irgendwo zwischen künstlerisch und Hipster eingeordnet werden konnte. Wie ich geweint hatte, als ich zum ersten Mal wieder ein Gemälde schuf, überwältigt von Glück und all den Dingen, die ich noch immer nicht in Worte zu fassen vermochte. Wie ich nicht hatte aufhören können, eine Leinwand nach der nächsten zu füllen, bis sie in meinem winzigen Apartment viel zu viel Raum eingenommen hatten.

Sunita hatte recht. Damals war meine Technik mir vollkommen egal gewesen. Ich hatte einfach nicht aufhören können zu malen, hatte all die Dinge, die ich fühlte, in Farbe tunken müssen, nur um nicht länger davon überwältigt zu werden.

Und jetzt?

Jetzt arbeitete ich monatelang an ein und demselben Gemälde, kritisierte es, bearbeitete es, versiegelte es und fühlte … kaum etwas. Alles schien gedämpft, wie durch einen Filter, der einen monochromen Schleier über alles legte. Und es war frustrierend. Meine Kunst war immer mein Ventil gewesen. Der eine Ort, an dem ich all die Dinge loslassen konnte, die mein Mosaikherz in seine Einzelteile zerlegte. Aber ich konnte nicht mehr auf diese Art loslassen, war gehemmt von all den Techniken, die ich nun erlernt hatte, und von den harschen Worten, mit denen Kritiker und Kritikerinnen so gern um sich warfen, wenn sie vergaßen, dass hinter jedem Bild ein Mensch und damit auch eine Geschichte steckte.

»Loslassen ist sehr schwer«, gab ich zu und machte mir erst gar nicht die Mühe, meine Stimme fester klingen zu lassen, sondern ließ den unsicheren und zittrigen Tonfall meiner vertrauten Mentorin gegenüber zu. »Ich habe Angst, wieder die Kontrolle zu verlieren, wenn ich loslasse.«

»Diese Angst kann dir niemand nehmen, Jade.« Ich war Sunita dankbar, dass sie nicht versuchte, mich mit leeren Versprechungen zu besänftigen, und mir stattdessen einfach die Wahrheit sagte. »Du musst für dich entscheiden, ob die Angst vor dem Kontrollverlust schlimmer ist als deine Unzufriedenheit, Gemälde zu erschaffen, mit denen du nicht hundertprozentig glücklich bist.«

Ich legte den Skizzenblock auf dem Tisch ab und verstaute den Stift in dem dafür vorgesehenen Metallkästchen, damit Joonie nicht wieder mit den Stiften spielte und sie überall in der Wohnung verteilte. »Ich weiß nicht …«

»Angst ist ein schlechter Lebensberater. Erst recht, wenn man nach Glück strebt. Das kann ich dir versichern.«

Goldene Augen und silberne Ringe erschienen vor meinem inneren Auge, was wohl kein Zufall war. Meine Kehle fühlte sich plötzlich ganz eng an, und ich nahm mein Smartphone in die Hand und sprang vom Sofa auf.

»Und was, wenn ich in meinen Bildern nicht das finde, was ich sehen will?« Ich legte das Handy auf der Kommode ab und schlüpfte in meinen gefütterten Mantel. »Wenn da kein Feuer mehr ist, sondern nur Leere?«

»Das wird nicht passieren.« Sunita schien sich ihrer Sache so sicher, dass es beinahe ansteckend war.

»Woher willst du das wissen?«

»Weil ich dich kenne. Und weil du so viel zu geben hast,

wenn du dir nur selbst erlauben würdest, dich für all die Dinge zu lieben, die du fühlst. Auch für die Dinge, die auf den ersten Blick nicht so hübsch anzusehen sind.«

Meine Finger, mit denen ich gerade den Reißverschluss meines Mantels nach oben zog, hielten mitten in der Bewegung inne. Ich starrte das Telefon an, als würde ein Monstrum hinter dem Display lauern. Doch es lag nach wie vor nur da, in seiner schlichten schwarzen Eleganz, der auch mein bunt bemaltes Case nichts anhaben konnte.

»Und, hast du dir deine Jacke schon angezogen?«

Ertappt zuckte ich zusammen, seufzte aber ergeben, als mir klar wurde, dass Lügen zwecklos war, da Sunita dank des Lautsprechers vermutlich alles mitbekommen hatte. »Ja.«

»Dann bist du auch so weit.« Sunitas Lachen erfüllte den Flur meines Apartments bis in jede noch so kleine Ecke, und ich wünschte mir einmal mehr, dass sie hier sein könnte oder ich dort, nur um ein paar Stunden in ihrer Nähe zu sein, die mir immer ein Gefühl von Sicherheit gab. »Lass mich wissen, wie die Session gelaufen ist.«

»Mache ich.« Ich rollte mit den Augen, weil erneut ein Anruf anklopfte, den ich zum wiederholten Male genervt wegdrückte. Ich nahm mir vor, die Nummer zu blockieren, sobald ich aufgelegt hatte, und schnappte mir meinen kleinen Rucksack, in den ich rasch meine Geldbörse, einen dicken Pullover meines Vaters und eine kleine Flasche Wasser stopfte. »Aber erst Montag.«

»Viel Erfolg, Jade.«

Ich lächelte, ehrlich und ungekünstelt, und fühlte mich mindestens drei Kilo leichter, nachdem Sunita mich von dem Ballast befreit hatte, der auf meinen Schultern gelastet hatte. »Gute Nacht, Sunita.«

»Und Jade?«

»Ja?«

»Gib dir Zeit.« Ihr sanfter Tonfall sorgte dafür, dass mir Tränen in die Augen traten. »Werde nicht direkt ungeduldig oder frustriert, wenn es nicht sofort wieder so ist wie früher, hörst du? Diese Dinge brauchen Zeit. Heilung braucht Zeit.«

»Ich –« Ich brach mit einem Schniefen ab und blinzelte hektisch die Feuchtigkeit in meinen Augen fort, ehe ich entschlossen nickte und den Lautsprecher abschaltete, um mir das Handy ans Ohr zu halten. »Ich werde es versuchen.«

»Das reicht schon.«

Ich verabschiedete mich von Sunita, steckte das Handy in meine Jackentasche und schnappte mir Mütze und Schal. Die zweite Dezemberwoche hatte endgültig den Wintereinbruch eingeläutet. Der Schnee lag hoch und überzog die Metropole mit einer wunderschönen weißen Decke. Noch vor wenigen Jahren hatte ich absolut nichts für Schnee übrig gehabt, doch seit ich die Kids in der Grundschule unterrichtet und sie mich mit ihrer Begeisterung dafür angesteckt hatten, freute auch ich mich über jeden Morgen, an dem die Flocken fielen und die Stadt in dieses Wunderland verwandelten, dem auch zertrampelter, grauer Schneematsch und zu spät kommende Busse und überfüllte U-Bahnen nicht die Magie rauben konnte.

»Wie die Zeiten sich ändern, was, Dad? Früher hätten mich bei dem Wetter keine zehn Pferde nach draußen gekriegt«, sagte ich an das Bild meines Vaters auf der Kommode gewandt, ehe ich aus meinen Hausschuhen stieg und in die gefütterten Stiefel schlüpfte, die meine Jeans vorm Schnee schützten und meine Waden in mollige Wärme hüllten.

Joonie schlich auf mich zu, seine Augen groß und vorwurfsvoll, als ich von dem Vorsprung aufstand und ein Paar Handschuhe anzog. »Schau mich nicht so an. Ich bin in ein paar Stunden wieder da, versprochen.«

Joonie miaute, hoch und kläglich und sehr theatralisch, weshalb ich ihn noch mal kurz hochhob und ausgiebig herzte.

»Bis später, mein Hübscher.«

Er sprang von meinem Arm und verschwand Richtung Küche, während ich bereits die Hand auf die Türklinke legte, doch die Melodie meines Video-Türsprechsystems ließ mich innehalten. Wer auch immer an der Tür stand, war offensichtlich ziemlich ungeduldig, denn es klingelt sofort noch einmal, und ich sah auf meine Stiefel hinab, ehe ich sie widerwillig auszog und zu der Einheit huschte, die im Wohnzimmer an der Wand angebracht war.

Was ich sah, führte zu einem unwillkommenen Déjà-vu.

Hyun-Joon stand vor der Kamera, in dunklen Halbschatten verborgen. Sein Gesicht war blass und der Zug um seinen Mund angespannt, als er hektisch wieder und wieder auf die Türklingel drückte. Unwillkürlich fühlte ich mich zurückgeworfen zu jenem Abend vor drei Jahren, und mein Herz schrie auf, nicht gewillt, den Schmerz noch einmal durchleben zu müssen, auch wenn mein Verstand wusste, dass das nicht der Grund für sein Kommen war.

Denn Hyun-Joon und ich führten keine Beziehung mehr. Was sein Erscheinen an meiner Tür, unangekündigt an einem Freitagabend, nur noch seltsamer machte.

Ich drückte den Summer und konnte gerade noch beobachten, wie Hyun-Joons Kopf zur Tür des großen Apartmentkomplexes schnellte, ehe er schon aus dem Bild verschwunden war. Ich atmete tief durch, meine Hände fühlten sich klamm an in den dicken Handschuhen. Mit einer unguten Vorahnung ging ich zur Wohnungstür und zog sie auf, wobei mein Herz mir bis zum Hals schlug und mein Magen wie wild rebellierte.

Die Fahrstuhltüren öffneten sich, und Hyun-Joon stürzte heraus. Anders als vor drei Jahren waren seine Schritte nicht zögerlich und klein, seine Schultern nicht herabgesunken und seine Augen nicht verborgen. Nein, er sah mich direkt an, als er zielstrebig und mit Panik in den Augen auf mich zueilte.

»Ist Hyun-Ah bei dir?«, rief er, noch bevor er mich erreicht hatte.

»Hyun-Ah?«, fragte ich dümmlich nach, da ich mit der Situation, gelinde gesagt, ein wenig überfordert war. »Nein. Ist sie nicht.«

Hyun-Joon kam direkt vor mir zum Stehen, blickte mich aber nicht an, sondern über meinen Kopf hinweg in das Innere meiner Wohnung, so, als würde er meinen Worten nicht trauen. »Wirklich nicht?«

»Wirklich nicht.«

»Fuck!« Hyun-Joon raufte sich die Haare. Es war pitschnass und seine Nase rot. »Fuck! Fuck! Fuck!«

Meine Augen weiteten sich, und ich packte ihn an seinem viel zu dünnen Mantel, um zu verhindern, dass er gleich wieder davonstürmte. »Hyun-Joon, was ist los?«

»Hyun-Ah ist weg.« Hyun-Joons Stimme klang erstickt, und er fischte sein Handy aus seiner Manteltasche.

»Hyun-Joon, sie ist ein Teenager, und es ist ihr erster freier Freitagabend seit Wochen. Ich bin mir sicher, sie ist nur – «

»Nein, du verstehst nicht. Hyun-Ah ist weg!« Er tippte etwas auf seinem Handy ein und schickte es ab, ehe er mir wieder in die Augen sah. »Die Akademie aus London hat sich gemeldet, Jade. Hyun-Ah hat den Platz nicht bekommen.«

Der bittere Geschmack der Panik machte sich auf meiner Zunge breit, die nur träge reagierte. »Wie hat sie reagiert?«

»Sie hat mich weinend angerufen, aber als ich nach Hause kam, war sie nicht mehr da. Ihre Winterjacke hing noch am Garderobenständer, und auch ihre Tasche und ihr Handy hat sie zurückgelassen.« Hyun-Joons Atem rasselte, als er mir die Lage erklärte, die mehr und mehr aus den Fugen zu geraten schien. »Ich suche sie schon seit zwei Stunden und hatte gehofft, sie wäre bei dir. Aber hier ist sie auch nicht, und jetzt habe ich absolut keine Ahnung, wo sie sonst sein könnte.« Hyun-Joon sprach so schnell, dass er über seine eigenen Worte stolperte. »Die Jungs klappern auch schon alles ab, aber sie ist nirgends und ...« Er brach ab, sein Körper geriet ins Schwanken, und er schloss die Augen, als er sich am Türrahmen abfing. »Wenn ihr etwas passiert, Jade, dann – «

Ich reagierte ganz automatisch, als ich zurück in meine Wohnung hetzte, mir meine Stiefel überstülpte und Schal und Mütze schnappte, die ich Hyun-Joon in die Hand drückte, als ich die Tür hinter mir zuknallte. »Wir werden sie finden, Hyun-Joon.«

Er schüttelte den Kopf, in seinen Augen lag die blanke Angst. Er machte einen Schritt rückwärts. »Was, wenn nicht – «

»Über so etwas denken wir nicht nach.« Ich zog ihn am Oberarm zum Fahrstuhl. »Wir finden Hyun-Ah.«

Hyun-Joon trat nach mir in den Fahrstuhl, und ich drückte den Knopf für das Erdgeschoss. Seine Atmung schien sich allmählich wieder zu normalisieren, und er wirkte schon etwas ruhiger.

»Hast du überhaupt keine Ahnung, wo sie sein könnte?«, fragte ich und sah den Zahlen auf der Anzeige dabei zu, wie sie gemächlich fielen, auch wenn ich am liebsten in Millisekunden unten gewesen wäre.

»Ich habe schon alles abgesucht. Ich war bei ihrer Ballettschule, ihren Freunden, ihrer Schule, ihrem Lieblingscafé. Ich bin sogar zu ihrem verfluchten Ex-Freund gefahren.« Er schluckte schwer und schloss die Augen, ehe er tief einatmete und die Luft dann kontrolliert wieder ausstieß. »Ich hab nicht den blassesten Schimmer, wo sie sonst noch sein könnte.«

Ich durchforstete mein Hirn nach den unzähligen Gesprächen, die ich mit Hyun-Ah in den letzten Wochen geführt hatte. Sie hatte ihre Freunde erwähnt, aber die hatte Hyun-Joon schon abgegrast. Von dem Ex-Freund, den er erwähnt hatte, oder dem Café hatte sie mir gegenüber nicht ein Wort verloren. Das Einzige, was mir noch einfiel, war …

Mein Vater war alles für mich, Jade. Ich möchte diesen Traum verwirklichen. Nicht nur für mich, sondern auch für ihn, weil ich genau weiß, dass er es sich gewünscht hätte. Das bin ich ihm schuldig, Jade. Ihm und auch mir selbst.

Ich spähte zu Hyun-Joon, der aussah wie der wandelnde Tod, beschloss aber seine Gefühle jetzt hintanzustellen und mich stattdessen einzig und allein um Hyun-Ahs Sicherheit zu kümmern. »Gibt es einen Ort, an dem Hyun-Ah oft mit eurem Vater gewesen ist?«

Die Türen des Fahrstuhls öffneten sich, doch Hyun-Joon schien wie versteinert, als er mit vor Schreck geweiteten Augen nach vorne starrte. »Was?«

»Gab es einen Ort, an dem Hyun-Ah oft mit eurem Vater gewesen ist?«, hakte ich ruhig nach und trat aus dem Fahrstuhl heraus. »Sie hat mir gesagt, dass sie diesen Traum nicht nur für sich, sondern auch für euren Vater verwirklichen will. Ich glaube also, dass er es sein wird, an den sie jetzt gerade denkt, und dem sie nahe sein wi–«

Hyun-Joon setzte sich in Bewegung, bevor ich reagieren konnte, und ich hatte Probleme, zu ihm aufzuschließen, als er zu dem schwarzen SUV rannte, der auf dem Besucherparkplatz meines Apartmentkomplexes stand.

»Joon! Joon, warte!« Ich schaffte es gerade noch, die Beifahrertür aufzureißen und auf den Sitz zu hüpfen, bevor der SUV sich schlitternd in Bewegung setzte. Ich unterdrückte einen panischen Schrei, als Hyun-Joon einfach durch einen Schneeberg pflügte und den Wagen dann viel zu schnell auf der Hauptstraße in den Verkehr einfädelte. Seine Knöchel traten weiß hervor, als er das Lenkrad fest umklammerte, und er murmelte auf Koreanisch hektisch Worte, die nach einem Gebet klangen, die ich aber beim besten Willen nicht verstand.

»Joon, sprich mit mir, was –« Meine Worte wurden von der lauten Hupe unterbrochen, als Hyun-Joon wie wild versuchte, die Autos vor sich dazu zu bringen, ihn durchzulassen. »Was zur Hölle ist los?«

»Er ist von einer Brücke gesprungen, Jade«, presste Hyun-Joon hervor, seine Stimme brach.

»Wie bitte?«

Hyun-Joon sah mich nicht an, sein Blick einzig und allein auf die schneebedeckte Straße vor sich gerichtet, die uns durch die Dunkelheit ins Ungewisse führte.

»Unser Vater hat sich umgebracht.«

16. KAPITEL

눈 = Schnee

Hyun-Joon sagte kein einziges Wort mehr zu mir. Seine ganze Konzentration war auf die Straße gerichtet, und ich war auch ganz froh darum, denn der SUV schlitterte auf den schnee-bedeckten Straßen beachtlich, während Hyun-Joon ihn mit beängstigendem Tempo am Rand des Hangang entlangjagte.

Ein Navi brauchte er nicht. Aber ich hätte auch keine Karte gebraucht, um in London den Weg zu dem Friedhof zu finden, auf dem das Grab meines Vaters lag. Ich war nur ein einziges Mal bei seiner Beisetzung dort gewesen, und doch hatte es sich in mein Gedächtnis eingebrannt.

Ich sah hinaus auf die dunkle Oberfläche des Flusses, auf der der Vollmond sich spiegelte wie ein Tor zu einer anderen Welt. Bisher hatte ich den Hangang immer als wunderschön empfunden. Als blaue Ader, die die Metropole teilte und am Leben hielt. Doch jetzt kamen mir seine schwarzen Untiefen bedrohlich vor, und ich lehnte die Stirn gegen das Glas der Fensterscheibe.

Bitte, bitte, bitte. Bitte lass es Hyun-Ah gut gehen.

Ich war kein gläubiger Mensch. Mein Glaube an Gott war in dem Moment gestorben, in dem mein Vater seinen letzten Atemzug getan hatte. Und doch erwischte ich mich dabei, wie ich mir wünschte, meine Bitte an irgendjemanden richten zu können. An jemanden, der die Kraft hatte, die Zeit anzuhalten oder zumindest in Zeitlupe laufen zu lassen, bis Hyun-Joon und ich Hyun-Ah gefunden hatten.

Ich ließ die letzten Wochen mit ihr Revue passieren, auf der Suche nach einem Anzeichen. Auf der Suche nach irgendetwas, das Hyun-Joons Panik rechtfertigen würde. Aber mir kam nichts in den Sinn. Ich hatte nur ihr Lächeln vor Augen. Und das Bild, wie sie auf ihrer Lippe herumkaute, wenn sie über etwas nachgrübelte. Wie sie mit Tae-Sung lachte und wie ihre Wangen rot wurden, wann immer ich sie dabei erwischte, wie sie ihn vielleicht eine halbe Sekunde zu lange ansah. Wie sie in meinem Büro, während unserer Pausen, Pirouetten übte, weil sie damit immer Schwierigkeiten hatte, und wie sie kicherte, wenn ihr davon schwindelig wurde.

Aber wer, wenn nicht ich, wusste, dass nichts so war, wie es schien.

Die letzten Tage mit meinem Vater waren genauso gewesen: geprägt von Lachen und Liebe und Nähe und ohne ein einziges Anzeichen dafür, dass er sich längst von mir verabschiedet hatte, in einem verzweifelten Ringen mit dem Tod und der Krankheit, um das letzte bisschen Kontrolle über das Leben, das ihm noch geblieben war.

Es ist Zeit, Jellybean.

Ich schloss die Augen, als meine Sicht sich orange färbte und ich das Rascheln von Pillen wieder in meinem Kopf hörte, nachdem ich monatelang nicht mehr von diesen Erinnerungen heimgesucht worden war.

Wenn deine Erinnerungen dich zu übermannen drohen, fokussiere dich auf das Hier und Jetzt, Jade.

Ich setzte mich auf und spürte das kühle Glas an meiner Stirn und meinen warmen Atem, der über meine Lippen glitt. Ich horchte auf das wütende Jaulen des Motors und das nasse Schmatzen der Reifen, als sie sich durch den Schnee fraßen.

Der unangenehme Geschmack von Hilflosigkeit und Ohnmacht auf meiner Zunge katapultierte mich beinahe wieder zurück, doch als ich die Augen öffnete und die anderen Autos neben uns sah, gelang es mir endlich, mich im Hier und Jetzt zu verankern, in dem meine Erinnerungen keinen Platz hatten und in dem ich gebraucht wurde.

»Joon?«, fragte ich zögerlich in die Stille hinein. »Glaubst du wirklich, Hyun-Ah würde –«

»Ich weiß es nicht«, presste er zwischen zusammengebissenen Zähnen hervor. »Ich weiß es nicht, verdammt noch mal. Ich hätte auch nie für möglich gehalten, dass unser Vater uns so was antun würde.«

»Joon –«

»Jade, ich kann das jetzt nicht«, bellte er und presste die Lippen zu einem schmalen Strich zusammen. »Ich kann jetzt einfach nicht, okay?«

»Okay.« Ich streckte die Hand aus und legte sie ihm zögerlich in den Nacken, so wie ich es unzählige Male getan hatte, als wir noch ein Paar gewesen waren. Um ihn zu erden und ihn aus seiner Welt zu holen, in der nichts außer Wut und Zorn Platz hatte. Ich spürte, wie sich die Muskeln in seinem Nacken verspannten, doch er sagte nicht, dass ich aufhören sollte, also erhöhte ich den Druck meiner Finger, um die Anspannung zu lösen. »Es ist okay. Alles kommt wieder in Ordnung.«

Ob ich mir diese Worte selbst glaubte, wusste ich nicht, aber darauf kam es jetzt auch nicht an. Wichtiger war, dass sie in der Luft hingen, bereit, um als Rettungsleine zu dienen, wenn einer von uns beiden auf dem dünnen Eis dieser misslichen Lage einbrach und in den eisigen Wassermassen seiner Sorgen zu ertrinken drohte.

Als wir auf eine der weniger befahrenen Brücken auffuhren, zog ich meine Hand zurück und fokussierte mich ganz auf die

Brüstung. Hier gab es keinen hohen Zaun, die Stadt hatte nur dort welche installiert, wo die Suizidrate besonders hoch war.

Die Brücke war lang. Unfassbar lang. Sie kam mir schier endlos vor.

»Siehst du sie?«, fragte Hyun-Joon, und in seiner Stimme rangen Hoffnung und Angst gleichermaßen um die Vorherrschaft.

»Nein.« Ich reckte den Hals, wurde jedoch abrupt aus meiner Konzentration gerissen, als vor uns plötzlich rote Bremslichter aufleuchteten und Hyun-Joon in die Eisen gehen musste, um einen Unfall zu verhindern.

Das Blut rauschte in meinen Ohren, und ich starrte auf die rote Limousine vor uns, deren Reifen durchdrehten, die sich aber keinen Millimeter bewegte.

»Verfluchte Scheiße.« Hyun-Joon schlug auf die Hupe, die laut aufheulte. »Jetzt fahr schon, du Idiot!«

Ich spähte in den Seitenspiegel, bevor ich die Beifahrertür aufstieß und meinen Gurt löste. »Fahr rechts ran und aktiviere die Warnblinkanlage. Wir suchen die Brücke zu Fuß ab.« Ich sprang aus dem Wagen, ohne Hyun-Joons Antwort abzuwarten, und meine Stiefel steckten im nächsten Moment knöcheltief im Schnee. Mit schnellen Schritten hastete ich über die Straße zum Gehweg, der neben der Fahrbahn verlief. Ich hatte in der ganzen Aufregung gar nicht bemerkt, wie stark es mittlerweile schneite. Fette Flocken rieselten vom Himmel, und das Metall der Leitplanke war eiskalt, als ich mich darüber hievte, bevor ich mich unter einer der Metallstreben her duckte und auf den Bürgersteig trat. Die friedvolle Schneedecke vor mir passte nicht so recht zu der in mir aufsteigenden Panik und den grellen Farben, die sich über meine ganze Wahrnehmung legten.

Bitte, bitte, bitte. Wer auch immer du bist, und egal wie wütend ich dich vielleicht gemacht habe, bitte mach, dass es Hyun-Ah gut geht! Ich hab dich immer wieder angefleht, Dad zu helfen, und du hast mich ignoriert. Du schuldest mir was. Also, bitte!

Ich trieb meine Beine voran, so schnell, wie das Wetter es eben zuließ, und suchte die Brücke nach Hyun-Ah ab. Doch der Schnee fiel so schnell und dicht, dass ich, trotz der Beleuchtung der Straßenlaternen, in der Dunkelheit kaum etwas erkennen konnte.

Mein Atem rasselte in meinen Lungenflügeln, und ich schüttelte den Kopf, als mein Verstand mir wieder versuchte, einen Streich zu spielen und mir statt der Brücke das Schlafzimmer meines Vaters vor Augen führte, ein Raum, gefüllt mit Erinnerungen und einem Krankenbett, das eigentlich nicht dorthin gehörte.

Lass mich gehen, leb dein Leben und behalt mich in deinem Kopf und in deinem Herz, ja? Dann bin ich immer bei dir, ganz egal, wohin du gehst.

Dad.

Jellybean, es ist Zeit.

Ich schluckte das Schluchzen entschlossen herunter und beschleunigte meine Schritte, bis ich rannte.

Dad, es tut mir leid.

Es gibt nichts, was dir leidtun muss. Ich liebe dich, Jellybean. Und vergiss nicht, was du mir versprochen hast.

Mein hohes Tempo war leichtsinnig, denn der Boden war gefroren und rutschig, aber das war mir egal, als ich ihn wieder spürte, den Tod, der seine Hände nach mir ausstreckte und mich daran erinnerte, dass ich vor ihm nicht davonlaufen konnte. Dass er mit mir fest verbunden war, die Fäden der Schicksale geliebter Menschen in seinen Händen, die er mit meiner Kleidung verwob, um mich mit jedem Schritt daran zu erinnern, dass ich nicht gegen ihn gewinnen konnte.

Diesmal nicht. Diesmal nicht!

Mein Herz stolperte und brachte mich aus dem Tritt, doch ich zwang meine Beine weiter voran, während ich immer wieder über die Brüstung spähte. Die Angst überkam mich jedes Mal von Neuem, wenn ich mich vergewisserte, in dem eisigen Fluss unter mir niemanden zu entdecken.

Hab keine Angst, Jellybean. Du kannst das.

Ich nickte, zu wem auch immer, und hetzte weiter die Brücke entlang. Sie schien nicht enden zu wollen, und von Hyun-Ah fehlte nach wie vor jede Spur. Doch auch wenn ich mich an die Hoffnung klammerte, dass sie nicht hier war und Hyun-Joon sich geirrt hatte, war das kein Gedanke, auf dem ich mich ausruhen wollte. Mich ausruhen konnte. Ich musste sie finden sonst –

Da. Da war eine schmale Silhouette auf der Brüstung. Sie saß, die zarten Schultern bebten, und die Füße baumelten im Nichts, aber die Hände hatten das Geländer noch nicht losgelassen. Die Silhouette zitterte wie Espenlaub, der Körperbau kam mir vertraut vor, und spätestens als ich das leise Schluchzen hörte, hatte ich Gewissheit.

Hyun-Ah.

Ich presste meine Lippen aufeinander, um vor lauter Erleichterung nicht ihren Namen auszurufen und sie damit vielleicht aufzuschrecken. Stattdessen rannte ich, grub die Sohlen meiner Stiefel tief in den weißen Schnee und fokussierte mich ausschließlich darauf vorwärtszukommen, näher an mein Ziel und einen Schritt vor Gevatter Tod, der seine Hände nach einem Leben ausstreckte, von dem ich hoffte, dass es noch Jahrzehnte andauerte. Und als ich sie schließlich erreichte und meine Arme sich um ihre dürre Mitte schlangen, bevor ich sie rückwärts über das Geländer zurück auf den Bürgersteig zerrte, wollte ich einfach nur noch in Tränen ausbrechen.

Hyun-Ah stieß einen spitzen Schrei aus und wehrte sich instinktiv, sodass ich ins Straucheln geriet, doch wir beide landeten weich und sicher in dem pudrigen Schnee, der unseren Fall zumindest ein wenig abdämpfte, als Hyun-Ah mit ihrem vollen Gewicht auf meiner Brust landete und mir die Luft aus den Lungen presste.

Gut gemacht, Jellybean.

Hyun-Ah wehrte sich weiter in meinen Armen und schlug wütend um sich, während sie versuchte, sich von mir herunterzukämpfen. Aber ich ließ sie nicht los, hielt sie ganz fest an mich gedrückt, um ihr Wärme und Trost zu spenden. Und das würde ich so lange tun, bis sie realisierte, dass ich sie nicht fallen lassen würde. Weder jetzt noch sonst irgendwann.

»Hyun-Ah«, würgte ich hervor, als sie mich mit dem Ellbogen in die Rippen traf. »Hyun-Ah, ich bin es.«

Sofort hörte ihr Kampf auf, und ich spürte, wie ihre Muskeln sich unter meinen Händen verspannten. »*Unnie?*«

»Ja.« Ich schlang meine Arme nur noch fester um sie. »Es tut mir so leid, Hyun-Ah.«

»*Unnie* ...« Sie schluchzte, ihre Stimme wie Schmirgelpapier. »*Unnie*, ich kann nicht ...« Sie brach ab, um nach Luft zu schnappen, doch sie verschluckte sich an ihrer eigenen Spucke und begann zu husten. »Ich habe mein ganzes Leben darauf hingearbeitet. Ich habe nichts, wenn ich nicht tanzen kann! Und *Appa* –« Sie wimmerte gequält und schlug sich die Hände vors Gesicht. Ein Laut entrang sich ihrer Kehle, der so schmerzerfüllt war, dass ich ihn wohl nie wieder würde vergessen können. »*Appa.*«

Ich kämpfte mich aus unserer liegenden Position hoch, öffnete meinen Mantel und zog Hyun-Ah an mich, um das bisschen Körperwärme mit ihr zu teilen, das ich in meinem fröstelnden Zustand noch zu bieten hatte. Ich suchte nach tröstlichen Worten, doch nichts kam mir in den Sinn, so, als würde ich auf eine weiße Leinwand starren. Ich griff zwar nach den Farben, stellte sie aber alle gleich wieder unbenutzt zurück und blickte weiter auf die Leere, die sich vor meinem Auge erstreckte und die mir eine Höllenangst einjagte. Aber ich musste sie akzeptieren, wenn ich nicht mit leeren Floskeln um mich werfen und ihr versichern wollte, dass alles gut werden würde. Ich wollte sie nicht rügen und ihr sagen, dass sie noch immer tanzen konnte, auch wenn es mit London nicht geklappt hatte. Ich wollte diesen intensiven Schmerz, den sie spürte, nicht relativieren, indem ich versuchte, ihn herunterzuspielen, obwohl ich ihn doch in all seinen Ebenen und Nuancen gar nicht nachfühlen konnte, wenngleich er mir entfernt bekannt vorkam, nur in einer anderen Gestalt.

Also sagte ich das Einzige, das ich mit voller Überzeugung ehrlich über die Lippen brachte. »Es tut mir so leid.«

Hyun-Ah blieb stumm, die Tränen wie Sturzbäche und das Schlottern ihrer Zähne eine traurige Symphonie, die ich kaum ertragen konnte, als sie in meiner Brust widerhallte und meinen Kopf mit allen Schattierungen von Blau und Grau füllte, von denen mir Indigo die Vertrauteste war. Doch trotz allem spürte ich auch einen Hauch Erleichterung. Denn obwohl Hyun-Ah kein Wort sagte, wusste ich, anhand der eisigen Finger, die sich in den Stoff meiner Jacke krallten und nach Wärme verlangten, dass sie mich verstand.

Der Schnee fraß sich durch meine Jeans, tat sich gütlich an meiner Haut, die sicherlich längst in wütendem Rot versuchte, mich zum Aufstehen zu bewegen. Doch ich blieb sitzen, nicht gewillt, Hyun-Ah mit diesem Schmerz allein zu lassen, der ihren ganzen Körper zum Beben brachte. Ich wusste zwar, dass es keine Option war, für immer hier sitzen zu bleiben. Hyun-Ah und ich mussten raus aus dem Schnee, raus aus der eisigen

Kälte, in der wir uns beide den Tod holen würden, wenn wir uns nicht bald bewegten.

Wo zur Hölle war Hyun-Joon?

Ich hob den Blick von Hyun-Ahs tränenüberströmtem Gesicht und sah mich nach ihm um. Als ich ihn erblickte, brach mein Herz ein weiteres Mal.

Hyun-Joon stand wenige Meter von uns entfernt, seine rechte Hand lag auf dem Geländer der Brücke. Mit schockgeweiteten Augen starrte er auf seine Schwester, die beinahe eine Entscheidung getroffen hätte, die sie niemals hätte zurücknehmen können.

Seine Lippen waren nur zwei schmale Striche, und sie bebten, doch ich wusste nicht, ob es an den Tränen lag, die er nicht weinte, oder ob er hinter ihnen eine Vielzahl von Worten gefangen hielt, die aus ihm herauszuströmen drohten. Schneeflocken ruhten auf seinen herabgesunkenen Schultern, und er rührte sich nicht.

»Joon«, murmelte ich leise und streckte die Hand nach ihm aus, stockte aber, als ich sah, wie er einen Schritt von uns zurückwich. »Hyun-Joon.«

Da schien sich auch Hyun-Ah aus ihrer Trance zu lösen, denn sie hob den Kopf und blickte zu ihrem Bruder, dessen ganzer Körper zum Zerreißen gespannt war, wenn die scharfe Linie seines Kiefers als Indikator dienen konnte.

»*Oppa*«, würgte Hyun-Ah zwischen Schluchzern hervor, und sie klammerte sich noch mehr an mich. »*Oppa*, es tut mir so leid. Es tut mir leid, ich –«

Hyun-Joon hob die Hand in einer stummen Bitte an Hyun-Ah, ehe er über die Brüstung auf den reißenden Fluss hinabsah. Er schwankte leicht, und das Echo seiner klimpernden Ringe hallte in der Luft wider, als auch seine zweite Hand das Geländer umfasste. Er drehte uns den Rücken zu, und ich konnte sehen, wie er sich unter der unsichtbaren Last der Situation wand, die schwer auf ihm lastete.

»*Oppa*.« Hyun-Ah klang auf einmal panisch, und alarmiert registrierte ich, wie ihre Brust sich immer schneller hob und senkte. »*Oppa*, es tut mir leid. Bitte! Ich weiß, ich hätte nicht ... Aber ... Bitte, bitte hass mich nicht. Bitte hass mich nicht so wie *Appa*.«

»Hyun-Ah«, sprach ich sie an, um ihre Aufmerksamkeit auf mich zu lenken, doch sie blickte weiterhin nur ihren Bruder an, ihre Stimme klang immer höher und angestrengter, je öfter sie um Vergebung flehte.

»Es tut mir leid! Ich weiß nur einfach nicht, wie ich weitermachen soll! Ich habe es ihm versprochen. Ich habe ihm versprochen, dass ich unseren Traum wahr mache und ich – «

»Hyun-Ah.« Ich schüttelte sie sanft, wollte sie aus den Krallen der Panik befreien, begriff aber schnell, dass sich die Klauen längst in ihr Fleisch gebohrt hatten, als ich ihre geweiteten Pupillen bemerkte, und sie mit jedem Zug mühsamer um Luft rang. »Hyun-Ah, du musst dich beruhigen.«

»*Oppa*, es tut mir leid!«

Der Schrei war schrill, und ich wusste, dass er sich für immer in meine Erinnerungen fressen würde, genauso wie der letzte Atemzug meines Vaters, als er losgelassen hatte und ich in einer Welt ohne ihn zurückgeblieben war, für die ich nicht bereit gewesen war und die sich ohne ihn nach wie vor schrecklich leer anfühlte.

Hyun-Ah japste nach Luft, ihre Finger zitterten, als sie sich krampfhaft an mir festkrallte.

»KANG HYUN-JOON!«, rief ich laut, und das schien ihn endlich genug aufzuschrecken. Er schaute über die Schulter zu uns herüber, seine Schritte staksig, als er näher zu uns kam. Er war kreidebleich, und der Ausdruck in seinen Augen völlig weggetreten. Aber darauf konnte ich gerade keine Rücksicht nehmen. »Wir brauchen einen Krankenwagen. Jetzt sofort.«

Hyun-Joon schüttelte den Kopf, während sein Blick auf Hyun-Ah ruhte, die immer schlimmer hyperventilierte und kein einziges Wort mehr herausbekam. Er machte die Augen zu, verschloss sie vor der Szene, die sich ihm bot und die er offensichtlich nicht verarbeiten konnte. »Ich kann nicht – «

»Doch. Du kannst. Und du wirst«, bellte ich und gab ihm nicht die Chance, sich weiter in sich selbst zurückzuziehen. »Hyun-Ah braucht medizinische Hilfe. Und das jetzt sofort. Sie wird gleich das Bewusstsein verlieren, und sie ist komplett durchgefroren. Sie muss ins Krankenhaus. Jetzt. Und mein Koreanisch reicht nicht aus, um Hyun-Ahs körperliche Verfassung zu beschreiben.«

»Aber – «

»Kein Aber.« Ich holte tief Luft, überrascht über die Ruhe, die sich in mir ausbreitete, so wie damals, als Dad mich gebraucht hatte. »Du konntest deinem Vater vielleicht nicht helfen, aber Hyun-Ah kannst du jetzt helfen. Und zwar, indem du einen Krankenwagen rufst.«

Hyun-Joon guckte mich noch einen weiteren Moment lang aus großen, hilflosen Augen an, doch dann nickte er und zog das Handy aus seiner Manteltasche. Während wir auf den Krankenwagen warteten, kam er nicht näher. Selbst dann nicht, als Hyun-Ah, wie ich befürchtet hatte, das Bewusstsein verlor. Nachdem die Sanitäter eingetroffen waren, sprach er zwar mit ihnen, wandte sich aber ab, als sie Hyun-Ah auf die Trage hoben und sie für den Transport vorbereiteten.

»Wer begleitet die Patientin?«, fragte einer der beiden Sanitäter in eiliger Hast, und da Hyun-Joon keine Anstalten machte, hob ich die Hand.

»Ich.«

Ich sah dabei zu, wie sie Hyun-Ah in den Krankenwagen verfrachteten und mit Sauerstoff versorgten. Dann teilten sie mir mit, dass wir nun gleich abfahren würden. Ich drehte mich zu Hyun-Joon um. »Du wirst uns hinterherfahren, verstanden?«

Er nickte abgehackt, die Hände tief in seinen Manteltaschen vergraben, während er auf die Brüstung starrte. Und als ich seinem Blick folgte, bemerkte ich sie zum ersten Mal, die zarten Spitzenschuhe, die am Geländer hingen und im Wind hin und her schaukelten.

Hyun-Joon trat auf sie zu und zückte ein Taschenmesser aus seiner Hosentasche. Mit einem einzigen Ratscher schnitt er die Knoten auf, die Hyun-Ahs Hände in der Kälte gebunden hatten. Doch anders, als ich erwartet hatte, steckte er die Schuhe nicht ein, sondern warf sie im hohen Bogen in den Hangang. Die schwarzen Wassermassen verschluckten das zarte Rosa unschuldiger Hoffnung, und weg waren sie, so, als wären sie nie dort gewesen.

17. KAPITEL

담배 연기 = Zigarettenrauch

»Nachdem die Patientin das Bewusstsein wiedererlangt hat, hat sie erneut hyperventiliert und ließ sich nicht beruhigen. Um ihre Lunge zu schonen, die von der kalten Luft schon stark beansprucht war, haben wir sie sediert, sodass sie jetzt für ein paar Stunden schlafen sollte.« Die ziemlich überarbeitet wirkende Ärztin sah auf ihr Tablet und verzog unzufrieden das Gesicht. »Die Hypothermie ist durchaus ernst zu nehmen, und wir werden sie ein paar Tage lang beobachten müssen, ob sich daraus Folgeschäden ergeben oder sich eine Lungenentzündung entwickelt. Können Sie mir sagen, warum sie ohne angemessene Winterbekleidung unterwegs war?«

Sie guckte Hyun-Joon nicht an, der auf kein einziges Wort reagierte, seitdem wir angekommen waren. Er stand einfach nur da, am Bettende, mit den Händen in seinen Manteltaschen und gesenktem Blick, ohne jegliches Anzeichen, ob er überhaupt zuhörte, weshalb man eine Ärztin mit sehr guten Englischkenntnissen zu uns geschickt hatte, die mir die Situation erklärte.

»Sie ist einfach ohne Winterkleidung nach draußen gelaufen, bevor sie jemand aufhalten konnte«, antwortete ich, ohne selbst dabei gewesen zu sein. »Die Nachricht über ihr gescheitertes Vortanzen hat sie schwer getroffen.«

»Nachdem, was Sie uns bei Ihrer Ankunft geschildert haben, wurde das Team der Psychiatrie zurate gezogen, und wir werden, nach Absprache mit der Mutter, eine Verlegung auf eben diese Station veranlassen.« Die Ärztin tippte etwas auf ihrem Tablet ein, das Hyun-Ahs Krankenakte beherbergte. »Die persönlichen Sachen der Patientin wird man Ihnen mit aufs Zimmer geben, sobald wir das Mädchen verlegen können.«

»Vielen Dank, Doktor.« Ich verneigte mich vor der Ärztin, die nur nickte und dann zu Hyun-Joon hinüberspähte.

»Ich hörte, der Bruder ist schon seit der Ankunft in der Notaufnahme in diesem Zustand?«

Ich atmete schwer aus und nickte. »Ja.«

Sie schnalzte leise mit der Zunge. »Sie sollten versuchen, zu ihm durchzudringen. Er muss seine nasse Kleidung wechseln, wenn er nicht ebenfalls erkranken will. Genauso wie Sie.«

Der Kommentar der Ärztin machte mir erst wieder richtig bewusst, dass meine nassen, kalten Sachen auch immer noch an mir klebten, und ich schauderte. Jetzt, wo ich wusste, dass man sich um Hyun-Ah kümmerte, schien mein Verstand meine eigene missliche Lage nicht länger ausblenden zu können. »Danke. Werde ich so schnell wie möglich.«

Wir tauschten eine letzte förmliche Verbeugung, ehe die Ärztin davoneilte. Ihr Kittel flatterte hinter ihr her, während sie mit langen Schritten verschwand, um das nächste Leben zu retten.

Erschöpfung machte sich in mir breit, doch als ich zu dem Plastikstuhl neben dem Bett schielte, entschied ich mich trotz meiner müden Glieder dagegen, mich hinzusetzen. Ich erinnerte mich noch viel zu gut an das unbequeme Plastik dieser Stühle, die doch überall auf der Welt gleich waren. Ich vergrub die Nase in meinem klammen Schal, um dem Gestank von Desinfektionsmittel zu entkommen, der hier allem und jedem anhaftete und der mich geradewegs zu mintfarbenen Kasacks, warmen Worten von Krankenschwestern und der kühlen Distanz der Onkologen zurückkatapultierte, an die ich jetzt nicht denken wollte. Ich wollte hier einfach nur raus und frische Luft schnappen, doch in meinen klammen Sachen war das keine gute Idee. Außerdem hatte ich kein gutes Gefühl dabei, Hyun-Ah allein zu lassen, auch wenn sie schlief.

Von ihrem Bruder mal ganz zu schweigen.

Also rang ich sie nieder, die Geister meiner schmerzhaften Vergangenheit, und konzentrierte mich stattdessen auf die Gegenwart, in der ich nicht in London, sondern in Seoul war, und in der Hyun-Ah Chancen auf Heilung hatte. Es würde zwar dauern, denn die Leiden der Seele lagen tief, und kein Arzt konnte bei einer Operation den infizierten Teil entfernen. Die Heilung konnte nur durch einen selbst erfolgen, indem man die Wunden mit therapeutischer Hilfe wieder und wieder aufriss, in der Hoffnung, dass sie irgendwann zu einer glatten Narbe verheilen würden, anstatt immer neue Geschwüre und Infektionen hervorzubringen, die einen nach und nach zerstörten.

Ich zog Hyun-Ahs Decke etwas höher und steckte sie sanft um sie herum fest, damit sie sie im Schlaf nicht wegtreten und sich selbst die Wärme rauben konnte, die sie doch so dringend brauchte. Wie so oft für meinen Vater prüfte ich dann routiniert den Tropf, an dem sie hing und der medikamentös dafür sorgte, dass sie im lauten Chaos der überfüllten Notaufnahme schlafen konnte.

Tropf. Tropf. Tropf.

Die Flüssigkeit kam etwas zu schnell und staute sich. Das Rädchen unter meinen Fingern war vertraut, als ich es neu einstellte.

Tropf. Tropf.

Der Schlauch glitt durch meine Finger, während ich ihn richtete und sicherstellte, dass er keine Knicke hatte, die Hyun-

Ahs Versorgung unterbrechen konnten. Die Flüssigkeit darin war klar, doch mein Unterbewusstsein färbte sie automatisch in dickflüssiges, fahles Grün, das ich immer mit Krankenhäusern verband. Der Kloß in meinem Hals wurde größer, und ich wechselte unruhig von einem Fuß auf den anderen, erledigte dennoch wie im Schlaf all die kleinen Dinge, die ich damals auch immer für Dad übernommen hatte. Ich füllte den Becher am Rand des Bettes mit Wasser auf, zog die Vorhänge zu, damit Hyun-Ah von dem Tumult um sie herum nicht überwältigt wurde, wenn sie aufwachte, und richtete ihr Haar, um zu verhindern, dass es ihr in die Stirn fiel und sie aufweckte, sobald die Beruhigungsmittel nachließen. Automatisch fanden meine Hände die Fernbedienung am Bett, doch ich stoppte mich und richtete sie nicht auf. Hyun-Ah hatte keine vom Krebs zerfressene Lunge, die nur unter Entlastung noch ihren Dienst verrichtete. Also steckte ich sie zurück in ihren dafür vorgesehen Platz und stand nun hilflos da, jetzt, wo es für mich nichts mehr zu tun gab.

Und weil ich für Hyun-Ah nichts mehr tun konnte, richtete ich meine Aufmerksamkeit auf ihren großen Bruder, der noch immer regungslos am Bettende stand. Hier in der Notaufnahme, wo alle hektisch hin- und herliefen, hatte seine stoische Bewegungslosigkeit fast etwas Beängstigendes an sich. Ich wusste nicht, wie ich ihn daraus befreien konnte, oder ob ich das überhaupt sollte. Er war irgendwo, weit weg, ein Gefangener seiner Gedanken, die nur er kannte und die nur er würde preisgeben können, sobald er so weit war. Bis dahin würde ich warten müssen, mit ihm in einem Raum, und doch durch unzählige Planeten von ihm getrennt, ohne ihn erreichen zu können.

Als ich es nicht mehr ertrug, in sein fahles Gesicht und die blicklosen Augen zu sehen, studierte ich das Muster der Vorhänge, welche die eng stehenden Betten voneinander trennten, um zumindest einen Hauch von Privatsphäre zu ermöglichen. Das Muster war grässlich. Es waren simple Linien in Türkis, Orange und Rot, die starr über den weißen Stoff verliefen, der oben in netzartiger Struktur endete, bevor er in der Aufhängung verschwand. Die Farben wechselten sich unregelmäßig ab und erlaubten somit dem Türkis die Vorherrschaft auf weißem Grund.

Türkis. Die Farbe des Ozeans, an weißen Stränden, die ich nur von Fotos kannte. Von jetzt an würde ich diese Farbe jedoch für immer mit dem heutigen Tag verbinden, der in meiner Erinnerung in Schwarz, Weiß und Rosa getaucht war. Meine Finger zuckten, und ich faltete sie vor meinem Körper, in der Hoffnung, es somit unterdrücken zu können. In mir wuchs der Wunsch, sie in Farbe zu tauchen und mich in den sicheren vier Wänden meines Ateliers abzuschotten. Den Rest der Welt auszuschließen und so zu tun, als würde sie nicht direkt hinter der Tür auf mich warten.

Ich wollte selbst zu Farbe werden. Wollte in den bunten Weiten eines Gemäldes verschwinden und mit den anderen Tönen verschwimmen, bis das Indigo meiner Existenz nicht länger aufzufinden war.

Aber ich konnte nicht, mein Pflichtgefühl fesselte mich an diesen Ort. Mein Pflichtgefühl und die goldenen Flecken auf meiner Seele, die wohl nie ganz verschwinden würden und die längst schon wieder begonnen hatten, sich in mir auszubreiten, egal, wie sehr ich sie auch zu ignorieren versuchte.

»Hyun-Ah-Ya!«

Ich wich einen Schritt vom Bett zurück, als ich eine aufgeregte Frauenstimme hörte, die es sogar schaffte, Hyun-Joon aufzurütteln, der erschrocken die Schultern hochzog und noch blasser wurde, auch wenn ich das für unmöglich gehalten hatte.

Der Vorhang wurde aufgerissen, und Hyun-Ahs Mutter erschien an der Seite ihrer Tochter. Ihre Augen waren rot und geschwollen und ihre Hände zittrig, mit einer umklammerte sie sofort Hyun-Ahs. Sie murmelte undeutliche Worte, liebkoste die Wangen ihres Kindes mit der anderen Hand, und ich musste den Blick abwenden, um nicht in Tränen auszubrechen, als ich Bruchstücke aufschnappte, die von Vätern, Fehlern und gebrochenen Herzen sprachen.

Etwas Schwarzes bewegte sich am Fußende des Bettes, und ich konnte gerade noch sehen, wie die Spitze von Hyun-Joons nassem Mantel verschwand. Ich folgte ihm auf der Stelle, wollte ihn nicht sich selbst überlassen.

Ihm fehlte seine übliche Eleganz, als er sich durch die volle Notaufnahme schob, und er zog nicht wie sonst die Blicke der Menschen auf sich. Mit hochgezogenen Schultern und langen Schritten, mit denen er mich fast abzuhängen drohte, stahl er sich davon.

»Verzeihung«, murmelte ich, als ich um ein Haar mit einer brünetten Krankenschwester zusammengestoßen wäre, die mit drei Infusionsbeuteln auf dem Arm den Gang herunterkam und für mich nicht mehr als einen mahnenden Blick übrig hatte. Ich lief an ihr vorbei, bis zur Eingangstür der Notaufnahme und hinaus in die kalte Dezemberluft.

Ich fand Hyun-Joon im Raucherbereich, der mit gelber Farbe auf dem Boden markiert worden war. Eine Zigarette steckte bereits zwischen seinen Lippen, und er hielt seine Hand schützend davor, um die Flamme des Feuerzeugs am Leben zu erhalten. Doch seine Hand zitterte so stark, dass er es fallen ließ. Mit einem lauten Fluch hob er es auf und versuchte es erneut, jedoch ohne Erfolg. Denn er konnte das Feuerzeug nicht lange genug stillhalten, sein Daumen rutschte immer wieder vom Rädchen ab, bevor ein Funke zustande kam.

Ich trat neben ihn und durchbrach damit die Mauer, die wir so sorgfältig zwischen uns aufgebaut hatten, und nahm ihm das Feuerzeug aus der Hand. Sie war ungewohnt kühl, obwohl wir uns in der Notaufnahme ein bisschen hatten aufwärmen können. Wortlos ließ ich das Feuerzeug aufflammen, ehe ich es an das Ende seiner Zigarette hielt. Er zögerte einen Augenblick, doch dann inhalierte er, und die Zigarette glomm auf.

Ich schloss das Feuerzeug, und mein Blick fiel auf den eingravierten Tiger, während ich sein metallisches Gewicht schwer in meiner Hand spürte.

Hyun-Joon nahm ein paar tiefe Züge, der Qualm dick und dunkelgrau, als er ihn ausstieß. Das Schweigen zwischen uns dauerte an, ab und an unterbrochen von Sirenen heraneilender Krankenwagen und dem lauten Bellen von Rettungssanitätern und Ärzten, die einen Patienten nach dem nächsten brachten. Das Aufkommen musste heute besonders hoch sein, denn es fielen noch immer dicke Flocken vom Himmel, die zweifellos die gesamte Stadt lahmlegen würden, wenn dieses Schneegestöber die ganze Nacht anhielt.

»Das ist alles meine Schuld.« Die Worte kamen wie aus dem Nichts und rissen mich aus meinen Gedanken. Ich sah zu Hyun-Joon, der mit dem Knöchel seines Daumens über seine Augenbraue fuhr und zu Boden starrte. »Wenn ich diesen dämlichen Traum nicht unterstützt hätte, dann wäre das alles nicht passiert.«

Ich hob meine Hand und legte sie behutsam auf seinen Arm, doch Hyun-Joon entzog ihn mir sofort wie ein verletztes Tier. »Joon, das glaubst du doch nicht wirklich, oder?«

»Was soll ich denn sonst glauben, Jade?« Er schüttelte so heftig den Kopf, dass es mich nicht gewundert hätte, wenn ihm dabei die schwarze Mütze weggeflogen wäre. »Meine Schwester wäre beinahe von einer Brücke gesprungen, weil sie bei einem Vortanzen gescheitert ist. Einem Vortanzen, das ich von Anfang an hätte unterbinden müssen.« Der Selbsthass tropfte wie Säure aus jedem seiner Worte und brannte auf meiner Haut, als sie sich hindurchfraß und die Fragmente meines Herzens vor Schmerz schreien ließ. »Ich habe die Broschüre vor Monaten bei ihr gefunden. Vor Monaten! Und ich habe nichts getan, um sie aufzuhalten. Als Mom es dann spitzgekriegt hat, habe ich mich rausgehalten. Stattdessen hätte ich mich einmischen und Hyun-Ah die ganze Sache ausreden sollen.« Er zog ein letztes Mal an seiner Zigarette, bevor er sie zu Boden fallen ließ und sie wütend austrat. »Schon damals, als sie nach Dads Tod darauf bestanden hat, mit dem Tanzen weiterzumachen, hätte ich dem ganzen einen Riegel vorschieben müssen, anstatt ihr diese letzte Verbindung zu diesem egoistischen Scheißkerl zu lassen, der sein ganzes Leben lang nichts Besseres zu tun hatte, als meiner Schwester einzureden, dass sie Primaballerina werden muss, nur um den Traum zu verwirklichen, den er nie leben konnte. Wenn ich das getan hätte, und nicht aus einem dämlichen Schuldgefühl heraus diese Verbindung weiter geduldet hätte, dann wäre das alles überhaupt nicht passiert.« Er riss sich die Mütze vom Kopf und zerknüllte sie in seiner Faust, der Stoff blitzte so dunkel wie das Wasser des Hangang zwischen seinen vor Kälte schon ganz roten Fingern hindurch. »Und spätestens als sie bei dir aufgekreuzt ist und dich um Hilfe gebeten hat, hätte ich der ganzen Sache ein Ende machen müssen. Stattdessen habe ich auf dich gehört und diesen Traum gefüttert, von dem ich von Anfang an wusste, dass er zum Scheitern verurteilt war, weil meiner Familie einfach keine guten Sachen passieren. Wir sind gefangen in diesem beschissenen Kreislauf. Und immer, wenn wir gerade mal glauben, den Kopf endlich über Wasser halten zu können, saufen wir schon wieder in verfluchtem Dreckswasser ab.«

Er legte den Kopf in den Nacken und blinzelte hektisch. Und dann lachte er plötzlich. Laut und freudlos und leer, und mir stellten sich die Nackenhaare auf.

»Ich meine, sieh den Tatsachen doch mal ins Auge: Hyun-Ah hat gerade den *CSAT* überstanden und wieder angefangen, mit mir zu reden, also wirklich mit mir zu reden. In den Cafés meiner Mom läuft es gut genug, sodass wir keine Finanzspritze mehr von meinem Onkel und meiner Tante brauchen. Mein Bruder ist an seiner neuen Schule angekommen und hat Freunde gefunden, anstatt ständig drangsaliert zu werden. Und ich hab den Militärdienst hinter mir und muss nicht mehr Schichten schieben, bis ich umfalle. Und dann hab ich auch noch die Chance bekommen, endlich –« Hyun-Joon brach ab und wich noch einen Schritt vor mir zurück. »Alles, was wir uns nach dem Tod meines Vaters aufgebaut haben, hat endlich angefangen zu funktionieren, und jetzt das. Und das alles nur meinetwegen. Weil ich es nicht schaffe, diese Familie zusammenzuhalten. Weil ich es nicht schaffe, für sie da zu sein, wie ich es sollte. Weil ich nicht der Mann sein kann, den diese Familie braucht. Den meine Schwester gebraucht hätte. Weil ich verdammt noch mal nicht gesehen habe, dass meine Schwester lieber sterben würde, als einen Mann zu enttäuschen, dem wir scheißegal waren. Und weil ich nicht sehen wollte, dass ich sie verlieren könnte, wenn ich nicht –« Hyun-Joons Worte erstarben, er wand sich, wie vor Schmerzen, und machte mehrere Schritte rückwärts, weg von mir, die Hände zu Fäusten geballt und die Zähne fest aufeinandergebissen. »Ich hätte es wissen müssen. Ich hätte es sehen müssen. Und vor allem hätte ich sie von diesem dummen Traum fernhalten sollen, anstatt ihn auch noch zu unterstützen.«

»Hyun-Joon –«

»Nein. Bitte! Lass mich einfach!« Er schnitt mir mit erhobener Hand das Wort ab. »Nein.« Er räusperte sich, versuchte, die Fassung zurückzuerlangen, doch er scheiterte kläglich. Ich konnte sie genau erkennen, die panische Angst und tief sitzende Trauer in seinen glasigen Augen. Ich hörte die Wut in seiner Stimme, ungefiltert und hässlich und selbstzerstörerisch, und diesmal wünschte ich mir, dass sie sich gegen mich richten würde, und nicht gegen ihn selbst. Ich hoffte inständig, dass keins der Worte, die über seine Lippen kamen, ernst gemeint war. Dass er einfach nur hilflos überfordert war, mit all den Gefühlen, die er seit Jahren unterdrückte und die er nicht zuließ, nach außen stets glücklich tat, aber völlig zerrüttet und erfüllt mit Schmerz tief in seinem Inneren war, ganz weit unten, in den Schluchten seiner Seele, in denen er sein wahres Ich verbarg, auf das ich vor drei Jahren einen Blick hatte werfen dürfen, in diesen seltenen Momenten zwischen uns, in denen er Schwäche zugelassen hatte.

Ob ihm das allerdings klar war, wagte ich zu bezweifeln. Denn Hyun-Joon war selbst sein härtester Kritiker, der für seine Familie und Freunde ein unglaubliches Maß an Geduld und Liebe aufbringen konnte, für sich selbst aber offensichtlich keinen einzigen Funken übrig hatte.

Ich fragte mich, wie ich vor drei Jahren nicht hatte merken können, dass er am Verdursten war.

»Hyun-Joon, ich –«

Die Maske des Zorns schob sich wieder vor sein wunderschönes Gesicht, und zum ersten Mal erkannte ich sie als das, was sie war: Eine Mauer, hinter der sich ein Mann versteckte, der Angst vor all den Dingen hatte, die er fühlte. »Verdammt, Jade, lass es einfach gut sein. Ich bin heute echt nicht scharf auf irgend so einen Ratschlag aus deiner Therapeutenkiste, klar!«

Ich ignorierte, wie er die Zähne bleckte und seine Krallen schärfte, und ging langsam auf ihn zu.

Hyun-Joons Augen weiteten sich, doch er lief nicht länger vor mir davon. »Lass den Scheiß. Sieh mich verflucht noch mal nicht so an! Ich brauch kein Mitleid!«, spuckte er mir vor die Füße. »Mitleid ist das Letzte, was ich von der Frau will, die meiner Schwester überhaupt erst diesen Floh ins Ohr gesetzt hat.«

Ich ließ mich von seinen Worten nicht beirren, sondern ging einfach weiter, bis ich direkt vor ihm stand. »Joon?«

Er sah auf mich herab, die Augenbrauen wütend zusammengezogen. »Was?«

»Sie ist jetzt in Sicherheit«, murmelte ich leise, legte ihm behutsam die Hand in den Nacken und drückte sanft zu.

Hyun-Joon starrte mich an, mit geöffneten Lippen und verspannten Schultern und mit der Erinnerung an eine Verbindung in den Augen, die keiner von uns jemals restlos würde kappen können, ganz egal, wie sehr wir es auch versuchten.

»Sie ist in Sicherheit.« Ich zog ihn vorsichtig zu mir herunter und bettete seinen Kopf auf meine Schulter. Meine Hand glitt wie von selbst in sein Haar, als ich meinen anderen Arm um seine Schulter legte. »Hyun-Ah ist in Sicherheit.«

Und plötzlich wich alle Spannung aus Hyun-Joons Körper, er ließ sich gegen mich sinken, kraftlos, machtlos und in einer Zurschaustellung von Vertrauen, die es mir schwer machte, ruhig weiterzuatmen. Doch ich hielt stand. Selbst dann noch, als seine Tränen meinen Mantel durchnässten, und seine Arme sich so fest um meine Taille schlangen, als wollte er mich zerquetschen. Und auch dann noch, als er nicht aufhören konnte zu weinen. Sein Schluchzen war laut und bitterlich. Es fuhr mir durch Mark und Bein und brachte meine eigenen Tränen zum Vorschein. Für den Bruchteil einer Sekunde hatte ich das Gefühl, den Boden unter den Füßen zu verlieren. Doch dann erkannte ich die Kraft, die in diesem Moment ruhte.

Und während Hyun-Joon in meinen Armen in tausend Teile zerbrach, hielt ich ihn fest an mich gedrückt, ungeachtet der Scherben, die sich in meine Haut bohrten und mir Narben zufügten, die nie wieder verschwinden würden. Denn mit einem Mal verstand ich es. Warum Hyun-Joon es damals gewollt hatte, dieses Mosaikherz in meiner Brust, das noch immer blutete und das nie ganz heilen würde.

Weil genau das Gleiche in seiner Brust hauste, notdürftig zusammengeklebt und mit lauter Rissen, die immer weiter aufklafften, mit jedem angestrengten Schlag, den es tat.

Ich konnte gar nicht anders, als meine Hände fester darum zu schließen. Ich wollte es schützen. Wollte es wieder zusammenflicken. Ganz egal, wie weh es auch tat.

18. KAPITEL

꿀유자차 = Honig-Zitronen-Tee

»Pass auf die Stufen auf, könnte glatt sein.«

Zusammen mit Hyun-Joon stieg ich die kleine Treppe vor seinem Elternhaus hinauf, das hinter einem grünen Tor und weißen Mauern lag, von denen der Putz abblätterte. Das Haus, das eindeutig schon seit mindestens drei Generationen in der Seitengasse in Itaewon seinen Platz hatte, war aus rotem Stein gebaut und um ein Halbgeschoss erhöht, das es über den kleinen schneebedeckten Vorgarten erhob, in dem sich ein paar Topfpflanzen, ein Stellplatz für den Familienwagen und ein *Pyeongsang* – eine große, quadratische, mit Füßen über dem Boden erhobene hölzerne Sitzfläche – befanden.

Vor der braunen Tür mit den geschnitzten Verzierungen blieben wir stehen, und Hyun-Joon gab den Code in das moderne Türschloss ein, das eindeutig nachgerüstet worden war. Dann schob er die Tür auf und betrat den Eingangsbereich.

Ich blieb unschlüssig auf dem Treppenabsatz stehen. Nach Hyun-Joons Zusammenbruch hatte ich ihn nicht fahren lassen wollen. Und es hatte mich weniger Überzeugungskraft gekostet, als ich erwartet hätte, zumal ich schon seit Jahren nicht mehr selbst gefahren war. Noch ein Indiz dafür, wie fix und fertig er war. Nie im Leben hätte er sonst eingewilligt und meine Hilfe angenommen. Doch jetzt, wo ich ihn mit seinem Wagen sicher zu Hause abgesetzt hatte, überlegte ich, mir doch lieber direkt ein Taxi zu rufen. Bestimmt wollte Hyun-Joon jetzt lieber allein sein und niemanden dahaben. Schon gar nicht mich.

Bei diesem Schneegestöber ein Taxi zu kriegen, würde allerdings kein leichtes Unterfangen werden. Es war bereits zu unzähligen Autounfällen gekommen, was unsere Rückfahrt neben meinen eingerosteten Fahrkünsten deutlich in die Länge gezogen hatte. Laut den Nachrichten, die wir vorhin im Radio gehört hatten, war das der stärkste Schneefall seit Jahren in Seoul, und er zwang die sonst so routinierte und koordinierte Stadt regelrecht in die Knie, deren Regierung bereits mit Hochdruck versuchte, die Straßen für den Arbeitsbeginn am Samstagmorgen wieder frei zu räumen.

Ich spähte über die Schulter zurück zum Tor. Wenn ich mich jetzt auf die Suche begab, hatte ich eventuell eine Chance. Oder vielleicht erwischte ich noch die letzte U-Bahn in Richtung Heimat, auch wenn der Weg durch den Schnee wohl eine ganze Weile länger dauern würde und damit die Wahrscheinlichkeit erhöhte, dass ich sie verpasste.

»Jetzt steh da nicht so rum und komm endlich rein.« Hyun-Joons Stimme klang matt vor Erschöpfung, und ich blickte in seine müden Augen, die ganz klein und gerötet waren.

»Hyun-Joon, ich denke, ich sollte mich besser auf den Heimweg machen.«

Er stieß schnaubend die Luft aus und stützte sich schwerfällig an der Tür ab, die in den Angeln ächzte. »Keine Chance, dass du jetzt noch ein Taxi bekommst, und die U-Bahn erwischst du auch nicht mehr.«

»Aber –«

»Kein Aber.« Hyun-Joon schlang die Finger um meinen Unterarm, und beinahe erwartete ich, dass er mich grob über die Schwelle zog, doch stattdessen drückte er nur sanft zu. »Selbst wenn du noch ein Taxi bestellen kannst, könnte es bei dem Wetter Stunden dauern, bis es hier ist. Komm wenigstens kurz rein und wärm dich etwas auf. Und dabei überlegen wir uns was.«

Mir der Bedeutungsschwere dieses Moments überdeutlich bewusst, brauchte ich noch einen Augenblick, doch als ich über die Schwelle ins Innere des Hauses trat, das mich mit molliger Wärme und dem Geruch von gekochtem Reis empfing, entspannte ich mich ein wenig.

So wie es üblich war, zog ich die Stiefel aus, und Hyun-Joon reichte mir ein Paar rosa Gästepantoffeln.

»Achtunddreißig, richtig?« Er suchte Halt an der Wand, als er sich zu seinen Boots herunterbeugte, deren Reißverschluss er öffnete, bevor er sie nachlässig von seinen Füßen trat. Sein Mantel erfuhr eine ähnlich achtlose Behandlung, ein klammes Stück Stoff, das schief auf dem Bügel an der Garderobe hing und darunter zweifellos eine kleine Pfütze hinterlassen würde.

»Ja. Vielen Dank.« Ich schlüpfte in die Pantoffeln und stellte fest, dass sie tatsächlich wie angegossen passten. Mein nasser Mantel fand seinen Platz direkt neben dem von Hyun-Joon, bevor ich ihm mit zögerlichen Schritten folgte.

Das Wohnzimmer der Familie Kang war offen, und ich bewunderte die schönen geschnitzten Verzierungen an den in Holz eingefassten gläsernen Schiebetüren, die ein Stückchen offenstanden und einen Blick auf einen schmalen Vorbau freigaben, der wie ein Wintergarten gebaut zu sein schien und auf dem ein Wäscheständer mit unterschiedlichsten Shirts und Hosen stand. Die Küche befand sich im selben Raum, war aber durch eine Konstruktion mit zwei Säulen und einer halbhohen Wand vom Rest des Zimmers abgetrennt. Das warme und gedeckte Gelb der Wände ließ mich an Sumpfdotterblumen denken. Die Möbel waren allesamt aus dunklem Holz gefertigt und dem Design nach zu urteilen, ein wenig in die Jahre gekommen, auch wenn man ihnen sonst ihr Alter nicht ansah, was von großer Sorgfalt im Umgang sprach. Auf einem rechteckigen Esstisch stand, mit Abdeckhauben geschützt, Abendessen. Zwei unberührte Gedecke warteten dort noch auf ihre Besitzer, während der saubere Abwasch auf der Spüle darauf schließen ließ, dass Hyun-Sik und seine Mutter bereits gegessen hatten und sie für die Rückkehr der beiden ältesten Kang-Geschwister die Speisen bereitgehalten hatte, bevor alles im Chaos versunken war.

Entfernt verspürte ich so etwas wie Hunger, doch es war nicht mehr als eine Fußnote am Rande meines Bewusstseins, das selbst in diesem müden und erschöpften Zustand nur einen Fokus kannte: Kang Hyun-Joon.

Unschlüssig stand er mitten im Raum. Seine Hände fuhren über seine Oberschenkel, als er von rechts nach links linste, ohne irgendetwas Spezifisches ins Auge zu fassen. Dann setzte er sich plötzlich wie von der Tarantel gestochen in Bewegung.

»Du solltest etwas essen«, sagte ich und beobachtete ihn dabei, wie er farbenfrohe Schulbücher auf dem Couchtisch zusammenschob, ohne wirklich darauf zu achten, was er tat, denn die Seiten schoben sich ineinander, verursachten Knicke, die für immer ein Zeugnis dieses Abends sein würden. Ich ging zu ihm und nahm sie ihm aus der Hand, um sein geschäftiges Treiben zu unterbrechen, mit dem er sich offensichtlich abzulenken versuchte. »Aber vor allem solltest du eine heiße Dusche nehmen und dich umziehen.«

Hyun-Joon runzelte die Stirn, zog aber dann an dem dunkelgrünen Pullover, der an seiner Haut klebte, so als würde ihm erst jetzt auffallen, in was für einem Zustand seine Kleidung war. »Du zuerst.«

Ich schleifte ihn entschlossen an einem Arm hinter mir her in Richtung der angelehnten Tür, hinter der ich bunte Fliesen erkennen konnte. »Ich hatte einen viel dickeren Mantel an als du. Meine Sachen sind kaum nass.«

Was natürlich eine Lüge war und auch Hyun-Joon nicht überzeugte. Ich schob es auf seinen erschöpften Gemütszustand, dass er nicht mit mir diskutierte, sondern lediglich nickte. »Okay. Ich brauche auch nicht lange.«

»Lass dir Zeit, Hyun-Joon. Wärm dich richtig auf. Das Letzte, was du jetzt brauchst, ist eine Lungenentzündung.« Ich zog die Bücher behutsam wieder auseinander, während ich sie auf meinem Arm sortierte und schnell erkannte, dass es Hyun-Siks sein mussten, denn sie alle trugen die Kennzeichnung für die Grundschule. Er musste mittlerweile zu den älteren Kids an seiner Schule gehören, und ohne dass ich es verhindern konnte, sah ich mich nach dem kleinen Jungen mit den leicht abstehenden Ohren um, der sich damals mit seinem hellen Lachen und seiner unbeschwerten Art direkt in mein Herz geschlichen hatte.

»Hyun-Sik schläft«, sagte Hyun-Joon, seine goldenen Augen musterten mich wissend, und er nickte in Richtung einer Zimmertür, an der ein Holzschild mit einem Pilz aus *Super Mario* hing, auf dem der Name des Grundschülers eingebrannt war. »Er geht immer zwischen acht und neun ins Bett, und als das Krankenhaus meine Mutter auf dem Handy erreicht hat, muss er schon geschlafen haben, sonst hätte sie ihn sicherlich mitgenommen. Sie wird den Nachbarn Bescheid gegeben haben, bevor sie ins Krankenhaus gefahren ist. Hyun-Sik weiß, dass, wenn er wach wird und niemand von uns zu Hause ist, er drüben anrufen soll. Die haben schon gegenüber gewohnt, als ich geboren wurde und sind mittlerweile beide Rentner.«

Erleichterung erfasste mich. Es war besser, wenn Hyun-Sik von allem so wenig wie möglich mitbekam, und ich war froh, dass ihn die ganze Situation zumindest heute in seinen Träumen nicht belasten konnte. Der Schreck würde noch früh genug kommen und den sensiblen kleinen Jungen erneut verletzen, der genauso sehr an seinen Geschwistern hing, wie sie an ihm. »Ich mache uns, während du duschst, einen Tee und schaue schon mal, ob ich in der App ein Taxi finden kann, das gewillt ist, mich abzuholen.«

Hyun-Joon schien der Gedanke nicht zu gefallen, doch er kapitulierte mit einem tiefen Ausatmen und deutete in Richtung der Hängeschränke. Himmel, er musste wirklich vollkommen ausgelaugt sein, so leicht, wie er jetzt gerade nachgab. »Tassen findest du da, und der Tee ist im Kühlschrank.«

»Alles klar.« Ich legte die geordneten Bücher in einem feinsäuberlichen Stapel zurück auf den Couchtisch. »Und jetzt geh schon.«

Hyun-Joon zögerte noch einen Augenblick, setzte sich dann aber endlich in Bewegung. Er öffnete eine der Türen, die gegenüber von Hyun-Siks Zimmer vom Wohnzimmer abgingen, und schaltete das Licht ein, welches den Raum mit den marineblauen Wänden in einen sanften Schein hüllte. Ich erkannte Fotografien an den Wänden und eine Ansammlung von Objektiven auf dem Schreibtisch, doch ich trat nicht näher. Ich war schon viel zu sehr in Hyun-Joons Privatsphäre vorgedrungen, und auch wenn er in meiner Wohnung gewesen war, kam es mir nicht richtig vor, einfach in sein Zimmer zu platzen und mich neugierig umzusehen, was besonders heute vollkommen unangebracht war.

Stattdessen ging ich in die Küche und holte zwei schlichte weiße Tassen aus dem Hängeschrank, auf den Hyun-Joon zuvor gedeutet hatte, und füllte dann den Wasserkocher. Als ich ihn einschaltete, hörte ich gedämpfte Schritte auf dem Parkett, gefolgt von einer zufallenden Tür. Als kurz darauf das Rauschen von Wasser erklang und ich mir sicher sein konnte, zumindest für ein paar Minuten allein und ungestört zu sein, erlaubte ich meiner eigenen Erschöpfung, endlich zum Vorschein zu kommen.

Sofort spürte ich sie bis ins Mark.

Sie ergriff Besitz von mir, wandelte meine Knochen in Blei, als ich mich in der mir fremden Küche bewegte, in der Hoffnung, sie einfach abschütteln zu können wie das Wasser, das immer nach dem Auswaschen meiner Pinsel noch an meiner Haut klebte. Doch ich wusste, dass sie zu tief reichte, eine Mischung aus den Ereignissen von heute, Erinnerungen von damals und all den Gefühlen, die an die Oberfläche drängten und die ich nicht verarbeiten konnte, ganz egal, wie sehr ich es auch versuchte.

Es war zu viel.

Zu viel Verwirrung, zu viel Angst, zu viel Sorge und zu viel Zuneigung, die alle gleichzeitig in mir hochkochten, bis mein System pfeifend überhitzte wie ein Wasserkocher, in den man zu viel Wasser geschüttet hatte, und aus dem nun alles herausspritzte und einen mit jedem Tropfen verbrühte, den man abbekam.

Ich fuhr mir mit einer Hand übers Gesicht, um die Gedanken zu vertreiben, doch sie blieben genauso hartnäckig wie die Müdigkeit, die meine Augen trocken und meine Glieder schwer machte. Ich hätte gerne meinen rechten Arm dafür gegeben, meine Brille bei mir zu haben und meine Kontaktlinsen herausnehmen zu können. Aber das würde wohl noch eine Weile dauern, auch wenn ich ein Taxi bekam, das mich nach Hause brachte.

Ich zog mein Handy hervor und öffnete die App, doch als ich die Benachrichtigung bemerkte, die sofort beim Start angezeigt wurde, wusste ich, dass ich diese Hoffnung zumindest für ein paar Stunden würde aufgeben müssen.

Aufgrund der derzeitigen Wetterlage sind alle Taxifahrer in Seoul aus Sicherheitsgründen dazu angehalten, ihre Fahrten bis auf Weiteres einzustellen. Geben Sie in der App Ihr gewünschtes Ziel ein, und wir werden Sie per Nachricht darüber informieren, sobald die Route wieder befahrbar ist. Die Sicherheit unserer Mitarbeiter und Fahrgäste hat für uns oberste Priorität. Wir bitten um ihr Verständnis.

Ich registrierte mich für die Benachrichtigung und steckte mein Handy dann unverrichteter Dinge zurück in meine Hosentasche. Es hatte keinen Sinn, mich jetzt über meine eigene Kurzsicht zu ärgern. Also griff ich nach dem Wasserkocher, der mit einem leisen Klicken verkündete, dass das Wasser nun heiß genug war, um den Tee aufzugießen. Ich suchte in den Schubladen nach zwei Teelöffeln und ging dann zum Kühlschrank, in dem eine Unmenge von Tupperdosen mit vorbereiteten *Banchan*, koreanischen Beilagen, die man zum Hauptgericht servierte, sowie diverse Zutaten zum Kochen lagerten. Es war der klassische Kühlschrank einer Familie, ein buntes Durcheinander aus persönlichen Vorlieben und kleinen Leckereien, die jeden einzigartig machte. Sofort erspähte ich zum Beispiel die kleinen Fläschchen mit Bananenmilch, die Hyun-Sik so mochte, und die Tafel dunkle Schokolade, die Hyun-Joon besonders gerne gekühlt aß, während Hyun-Ah kalten Getränken und Speisen nicht so viel abgewinnen konnte, weshalb es wohl eine Vielzahl von Einmachgläsern mit koreanischem Tee gab, von denen ich mir eins schnappte.

Ich wählte den Tee mit Zitrone und Honig, den ich selbst zu Hause und in Singapur schmerzlich vermisst hatte. Mit einem Löffel gab ich den Tee, den viele wohl für Marmelade gehalten hätten, in die Tassen und goss ihn mit dem heißen Wasser auf. Ich rührte die Flüssigkeit sorgfältig um, bevor ich das Einmachglas neben dem Wasserkocher stehen ließ, in der

Hoffnung, dass Hyun-Joon mehr als nur einen Becher trank. Als ich unsere Tassen von der Arbeitsplatte hob und zum gedeckten Esstisch sah, verzog ich unsicher das Gesicht.

Die liebevoll zubereiteten abgedeckten Speisen mit den arrangierten Schalen und Utensilien kamen mir wie ein Mahnmal vor, das ich Hyun-Joon nicht direkt vor die Nase setzen wollte, wenn wir beide etwas Abstand von der ganzen Situation gebrauchen konnten. Andererseits war sein ganzes Zuhause eine Erinnerung an Hyun-Ah und damit zwangsläufig auch eine an jenen Moment auf der Brücke, in dem seine kleine Schwester auf dem Geländer gesessen hatte, mit nichts weiter als dem Hangang unter sich, während die anderen Menschen in ihren Autos zu sehr mit sich selbst und dem Schnee beschäftigt gewesen waren, um sie überhaupt zu bemerken.

Ich schluckte den dicken Kloß in meinem Hals hinunter, unterdrückte die aufsteigenden Tränen und entschied mich für die Couch, auf der Hyun-Joon sich hoffentlich ein bisschen würde entspannen können. Zumindest genug, damit der Schlaf ihn endlich übermannte und er diesem Tag auf diese Weise ein Ende setzen konnte, der auch so noch lange genug an ihm haften würde.

Behutsam stellte ich die heißen Tassen auf den Couchtisch und bemerkte erst jetzt den Stapel mit trockener Kleidung, die Hyun-Joon für mich dorthin gelegt haben musste. Meine Finger fuhren über den weichen Stoff des Hoodies, und ich spähte zur Badezimmertür, hinter der das Wasser noch immer rauschte, ehe ich aufstand und meine nasse Kleidung gegen einen trockenen Pulli und die Jogginghose tauschte. Ich ging in dem Stoff völlig unter, und um mich von dem vertrauten Geruch abzulenken, der dem Stoff anhaftete, setzte ich mich aufs Sofa, das mit dem gemusterten Bezug an die frühen Nullerjahre erinnerte, und sah mich um.

Das Wohnzimmer der Familie Kang war aufgeräumt, wirkte aber keinesfalls steril oder unpersönlich. Es war ein Sammelsurium von Erinnerungen mit gerahmten Kinderfotos an der Wand, unterbrochen von aufgehängten Zeichnungen, die eindeutig von Kinderhänden erschaffen worden waren und die ihren Platz Seite an Seite mit Stolz zur Schau gestellten Auszeichnungen und Schulurkunden fanden. Alles in diesem Raum schien sich um die Kinder zu drehen, denn anstelle von Büchern übers Backen oder Kochen, erspähte ich in den Regalen Bildbände zu Fotografie und Ballett sowie Kindergeschichten mit ganz abgenutzten Buchrücken. Der Fernseher, der gegenüber vom Sofa an der Wand hing, war neuer als die Möbel, aber sicherlich auch über zehn Jahre alt, wenn ich da an meinen eigenen Flachbildfernseher dachte, der kaum dicker als mein Daumen war.

Auf eine eigenartige Weise erinnerte mich Hyun-Joons Elternhaus an die Wohnung, in der ich aufgewachsen war. Es schien so viele Parallelen zu geben, sie lebten so ähnlich, wie wir es getan hatten, nicht unbedingt am Rande des Existenzminimums, aber mit nie mehr als der nächsten Rate auf dem Konto. Mit den Fingern strich ich über das glatte und polierte Holz des Tisches, durch das sich ein paar Kerben und Macken zogen, die aber kaum der Rede wert waren und die Geschichte eines Haushaltes erzählten, in dem ungeübte Kinderhände Tassen fallen ließen, die zweifellos der Grund dafür waren, dass der Teppich das wohl neuste Möbelstück im ganzen Raum war, der vor Liebe und Wärme aus allen Nähten zu platzen schien und dem doch das melancholische Gefühl einer Zeitkapsel anhaftete, deren Schloss nie geöffnet worden war.

Ich hingegen hatte nichts mehr. Weder alte Schulbücher, in die mein Vater voller Stolz Sterne geklebt hatte, wann immer ich eine Aufgabe besonders gut erledigt hatte, noch aufbewahrte Ultraschallbilder, von denen mein Spitzname her-rührte. Nicht einmal eines seiner alten Modellautos hatte ich behalten, alles weggeworfen, in dem Versuch, loszulassen, ohne zu realisieren, wie viel Trost in alldem schlummerte, wenn ich nur an ihnen, anstatt an den schmerzhaften Erinnerungen, festgehalten hätte, die meine Nächte mit Albträumen in grellen Orangetönen und meine Ohren mit dem Rascheln von Pillenschachteln füllten.

Jellybean.

Ich schloss die Augen und gab mir Mühe, die Stimme meines Vaters zu ignorieren, die gebrochen und mit Trauer erfüllt in meinem Kopf erklang. Ich wollte ihn jetzt nicht hören, mich nicht ausgerechnet jetzt an ihn erinnern, wo das Orange in meinem Kopf sich mit dem Weiß von Schnee und dem Kaffeebraun von Hyun-Ahs Augen vermischen konnte, während das Rascheln in meinen Ohren lauter und das Bild der von der Brüstung baumelnden Spitzenschuhe vor meinem inneren Auge immer deutlicher wurden.

Jellybean, es ist Zeit.

Zittrig schnappte ich nach Luft, als sich hinter meinen Lidern das altvertraute Brennen von Tränen bemerkbar machte. Kälte erfasste mich. Rasend schnell bahnte sie sich durch meinen Körper und ließ mich bibbernd zurück.

Ich liebe dich, Jellybean.

»Scheiße.« Schnell presste ich mir die Hand vor den Mund, um das Schluchzen zu ersticken, das sich meiner Kehle zu entringen drohte. Den Kampf gegen meine Tränen hatte ich längst verloren, und so ließ ich sie fließen, ihr Strom nicht enden wollend wie der Schneefall.

Was, wenn wir nicht rechtzeitig dort gewesen wären?

Ich ließ den Kopf in die Hände sinken, als ich wieder den Tod spürte, der mit meiner Kleidung verwoben schien. Seine knöchrigen, kalten Hände griffen nach mir und schlossen sich fest um die Fragmente meines Herzens, ehe sie zudrückten, bis ich mich vor Schmerzen wand.

Du hättest sie fast verloren. So wie du deinen Dad verloren hast. So wie du alles und jeden verlierst, der dir wichtig ist.

»Hattest du Erfolg mit dem Taxi?«

Ich schrak auf, als ich plötzlich Hyun-Joons Stimme hörte, und mein Blick schnellte zu ihm hinüber. Er stand in der Tür zum Badezimmer, die Schulter locker gegen den Rahmen gelehnt. Das dunkelrote Haar hing ihm nass in die Stirn und um seinen Nacken hatte er ein Handtuch geschlungen, mit dem er es abtrocknete. Als er mich ansah, stoppten seine Hände sofort mitten in der Bewegung, und seine Züge, die gerade noch beinahe entspannt gewirkt hatten, verkrampften sich vor Sorge. »Jade?«

Schnell wandte ich mich ab und wischte hektisch mit den Ärmeln des Pullovers die Tränen fort.

»Es geht gleich wieder«, würgte ich hervor und betete inständig, dass sie augenblicklich versiegten, während meine Wangen vor Scham brannten. Ich wollte hier nicht sitzen und heulen, wenn Hyun-Joon gerade eben um ein Haar seine Schwester verloren hatte. Das Letzte, was er jetzt brauchte, war seine flennende Verflossene, die sich nicht im Griff hatte und ihre Ängste und Trauer über seine eigenen stellte. »Entschuldige. Gib mir nur einen klitzekleinen Moment. Ich krieg mich gleich wieder ein. Ich habe Tee gemacht. Du solltest Tee trinken.«

Stille legte sich über den Raum, und ich wagte nicht aufzusehen. Auch dann nicht, als ich das Schlurfen von Pantoffeln über dem Boden hörte und spürte, wie er sich neben mich aufs Sofa niederließ. Er saß so nah bei mir, dass sein Oberschenkel meinen berührte, und ohne ein einziges Wort zu sagen, schloss er mich einfach in seine Arme.

Ich stockte, meine Hände hingen unschlüssig in der Luft, während seine Wärme durch die Kälte meiner Erinnerungen drang und mich ins Hier und Jetzt zurückholte. Seine Hand ruhte auf meinem Hinterkopf, und er schmiegte seine Wange gegen mein Haar. Er schwieg und ließ meinen Schmerz zu, der sich mit seinem eigenen mischte und in Farbströmen aus Schneeweiß, Indigo und Pastellrosa aus den Rissen unserer Seelen sickerte und den Boden mit unseren Tränen tränkte.

Ich wusste, es war nicht richtig, mich an ihn zu klammern. Sollte mich nicht an ihm festhalten, wenn er es doch war, der eigentlich meinen Halt brauchte. Aber als ich merkte, wie auch seine Schultern bebten, und wie verzweifelt er mich an sich presste, konnte ich nicht anders, als mich gegen ihn sinken zu lassen. Wir brauchten einander in diesem Augenblick, in dem die Ereignisse des Tages uns endgültig übermannten. Ich krallte die Hände in seinen Pullover und zog ihn so fest an mich, wie ich nur konnte, hörte auf, gegen die Trauer anzukämpfen, die sich scharf durch mich hindurchfraß und die einzig und allein in dieser Umarmung Trost fand, aus der sich keiner von uns auch nur einen Millimeter löste.

Auch dann nicht, als die Erschöpfung sich Bahn brach und mich mit Hyun-Joon an meiner Seite in die Tiefen eines traumlosen Schlafes führte, der zumindest für ein paar Stunden die Illusion erweckte, dass alle Sorgen von morgen noch äonenweit entfernt waren.

19. KAPITEL

쥐구멍에도 볕들 날 있다 =
Auch in tiefster Dunkelheit findet sich Licht

Wärme.

Ich nahm sie wahr, wie sie durch den dichten Nebel meines Bewusstseins drang, der irgendwo an der Grenze zwischen Traum und Realität waberte, noch nicht ganz da, doch auch nicht mehr in dem Schlummer versunken, der heute Nacht zwar erholsam gewesen war, aber beklemmende Eindrücke von Kaffeebraun, Weiß und tiefstem Schwarz hinterließ. Meine Finger zuckten, und ich versuchte, die Augen zu öffnen, um ihnen zu entkommen, aber meine Lider waren noch schwer wie Blei, und so ließ ich sie zwangsweise geschlossen und konzentrierte mich stattdessen einfach auf die Wärme, die mich ganz und gar umfing, in der Hoffnung, dass sie die Erinnerungen vertreiben würde, die sich mehr und mehr an die Oberfläche vorkämpften.

Die Wärme war allgegenwärtig, schlang sich wie Ranken um meine Schultern, drückte sich willkommen gegen meine Brust wie eine schützende Rüstung und ruhte mit einer beruhigenden Schwere zwischen meinen Oberschenkeln und Knien. Weicher Stoff schmiegte sich gegen meine Handflächen, als ich zugriff, und ich seufzte zufrieden. Die Wärme war so angenehm. So heilsam in ihrer Vertrautheit, die die Risse in meinem Mosaikherzen mit Klebstoff füllte, damit die Scherben und Splitter sich nicht bei jedem Atemzug in meine Lunge bohren konnten. Es war eine willkommene Auszeit von dem Schmerz, der mich noch so oft begleitete, und dem ich nur in flüchtigen Augenblicken entkommen konnte, meist dann, wenn ich nicht allein war und das Lachen meiner Freunde oder Joonies Schnurren in meinen Ohren erklangen und die Geister meiner Vergangenheit vertrieben, in denen sich Orange und Gold mit Indigo vermischten, bis alles schwand und nichts weiter blieb als ein Bild in Graustufen.

Nach und nach entließ der Schlaf mich aus seinen sanften, samtigen Fingern, und ich öffnete die Augen. Marineblau war alles, was ich erkennen konnte, und ich blinzelte, weil ich nicht gänzlich davon überzeugt war, nicht doch noch zu träumen. Doch dann bemerkte ich, dass das tiefe Blau eine Struktur besaß.

War das Stoff?

Ich zog den Kopf zurück, kam aber nicht weit, denn die Arme, die sich um meine Schultern schlangen, verstärkten ihren Griff, und das verschlafene Murren sorgte sofort dafür, dass ich eine Gänsehaut bekam und mein Herzschlag sich beschleunigte. Ich kannte dieses Murren. Ich hatte es oft genug gehört, wenn ich versucht hatte, das Bett zu verlassen, während Hyun-Joon noch schlief, unsere Glieder so miteinander verflochten, dass es immer eine wahre Herausforderung gewesen war, aufzustehen. Wenn die Zeit es erlaubte, hatte ich mich stets noch ein bisschen an ihn gekuschelt, doch meist hatte ich mich aufrappeln müssen, um pünktlich in der Schule zu sein, und war notgedrungen den Kampf mit dem schlafenden Hyun-Joon eingegangen, der mich immer so festgehalten hatte, als würde ihm ein Teil seiner selbst entrissen, den er nicht hergeben wollte.

Und genauso fest hielt er mich auch jetzt, meinen Oberschenkel zwischen seinen und seine Arme um meine Schultern. Der Länge nach lagen wir aneinandergeschmiegt auf dem Sofa und waren uns so nah, wie wir uns nur sein konnten, ein Relikt unserer gemeinsamen Zeit als Paar.

Aber wir waren nicht länger ein Paar. Wir waren nicht einmal Freunde. Wir waren ein unvollendetes Gemälde, von dem wir beide nicht wussten, wie wir es fertigstellen sollten, unsere Finger besudelt mit den Pigmenten unserer Erinnerungen und unfähig, neue Farben auszuwählen und aufzutragen, denn sie mischten sich immer wieder mit dem, was gewesen war, und machten es uns unmöglich, fortzufahren oder gar von vorne anzufangen.

Und doch brachte ich es nicht über mich, ihn loszulassen.

Krallte meine Hände sogar noch fester in den Stoff seines Pullovers, mir vollkommen bewusst, dass diese Erinnerung wie Farbe durch meine Haut sickern und diesen Augenblick in Tönen von nassem Dunkelrot und kräftigem Marineblau auf der Leinwand meines Lebens verewigen würde. Wie einen Film würde ich sie abspeichern und sie ansehen, wann immer ich raue Bezüge unter meinen Fingerspitzen spüren oder jemanden mit einem ähnlichen Pullover erblicken würde. Denn so waren all meine Momente mit Hyun-Joon, ewiglich eingebrannt und mit dem roten Faden verbunden, der mich beständig in seine Richtung zog, ganz gleich, wie sehr ich auch versuchte, die Fragmente in meiner Brust zu schützen und in die andere Richtung davonzulaufen.

Irgendwie endete ich doch immer wieder hier, bei ihm, mit seinem Duft in der Nase und mit neuen Farben auf unserer Leinwand, das Gemälde ständig ein *Work in Progress* und nie beendet.

Ich zog den Kopf ein wenig zurück, um Hyun-Joons Gesicht zu betrachten, der im Schlaf um Jahre jünger aussah. Seine langen dichten Wimpern lagen auf seinen Wangen auf, eine von ihnen war unter dem Sofakissen eingequetscht, auf dem Hyun-Joons Kopf ruhte. Die scharfen Linien seiner Wangenknochen und seines Kiefers traten deutlich hervor, eine Besonderheit seines so unverschämt attraktiven Gesichts, das die Leute stets dazu brachte, ihn anzusehen, selbst wenn er nur an ihnen vorbeilief. Doch im Schlaf fehlte diesen Linien die Härte, die die letzten drei Jahre dort hinterlassen hatten. Ihnen fehlte der Groll, der Hyun-Joon sonst aus allen Poren zu dringen schien und an den er sich klammerte wie an eine Rettungsleine, wann immer er in den Wellen seiner eigenen Gefühle zu ertrinken drohte.

Jetzt, wo er schlief, glich er wieder mehr dem Mann, an den ich mich erinnerte, der zwar in überfüllten Bars voller alkoholisierter Streitlustiger selten die Fassung verlor, aber Zähne und Klauen zeigte, wenn man seiner Familie unrecht tat. Der mit Staunen und Funkeln in den Augen stehen blieb, wenn er etwas entdeckte, das er fotografieren wollte, und der meine Hand nur dann losließ, wenn er unbedingt musste. Der mich ungeniert in der Öffentlichkeit küsste und der mich mit sanften Worten und warmen Händen durch meine Albträume begleitete, die er zwar nicht vertreiben, deren Nachwehen er aber mit jedem Kuss und jedem Streichen über meinen Rücken erträglicher machte.

Eine steile Falte bildete sich zwischen Hyun-Joons Augenbrauen, und er murmelte leise ein paar Worte, die ich nicht verstand. Doch sein Ton, in dem tiefe Verzweiflung mitschwang, verriet, dass der Traum, der Hyun-Joon gerade heimsuchte, kein schöner war. Vorsichtig löste ich meinen Finger von seinem Pullover und rieb mit dem Daumen zärtlich über die Falte, die mit jeder zaghaften Berührung weiter verschwand.

»Es ist alles okay«, flüsterte ich genau die Worte, die Hyun-

Joon mir so oft ins Ohr gehaucht hatte. »Du bist nicht allein. Es ist alles okay.«

Hyun-Joons Mundwinkel zuckten, und seine Nase zog sich kraus, ehe er tief ausatmete und seine Wange tiefer in das Kissen schmiegte. Doch der Schlaf hielt dem Licht nicht stand, das sanft zum Fenster hineinfiel, und er öffnete flatternd die müden Augen, das Gold darin noch verklärt von den Träumen, die ihn scheinbar nicht aus ihren Klauen entkommen lassen wollten.

Mit angehaltenem Atem wartete ich darauf, dass er mich von sich wegschob oder meine Hand von seiner Stirn nahm, doch nichts dergleichen geschah. Stattdessen drückte er sie kaum merklich stärker gegen meine Finger, bis die Sorgenfalte dort endgültig verschwunden war.

»Morgen«, wisperte er schlaftrunken.

»Morgen«, antwortete ich und strich zaghaft mit dem Daumen seine Augenbraue entlang, unter der ich eine Narbe erkennen konnte, die vor drei Jahren noch nicht da gewesen war. Sie war verblasst, die kleinen Punkte neben der ehemaligen Wunde zeugten aber davon, wie tief sie gewesen sein musste, wenn sie sogar hatte genäht werden müssen. Ich rang den Stich nieder, der mich durchfuhr, und genoss dieses unglaubliche Gefühl, hier mit Hyun-Joon zu liegen, auch wenn meine innere Stimme mich anflehte zu fliehen, damit wir einander nicht erneut verletzen konnten. Doch ich ignorierte sie. »Wie hast du geschlafen?«

»Gut.« Hyun-Joon schloss die Augen und ließ seine Finger über meine Schulter kreisen. »Du?«

»Gut. Traumlos«, sagte ich ebenso kurz angebunden. Mein Daumen wanderte zu seiner Schläfe, die ich sanft massierte, was mir ein zufriedenes Seufzen einbrachte. Entfernt fragte ich mich, ob dieser Moment der Zärtlichkeit zwischen uns nur dem geschuldet war, dass Hyun-Joon noch nicht ganz wach war. Doch die Minuten verstrichen, in denen er mich noch immer nicht losließ, und seine Finger mich beständig und unendlich sanft weiterstreichelten.

Ob er wohl, genau wie ich, einfach für einen kleinen Moment lang hier verweilen wollte, in dieser Blase, in der unsere Vergangenheit und unsere Sorgen nicht existierten? In der es keine Schlachten zu schlagen und keine Streitereien auszufechten gab?

Hier so mit ihm zu liegen, erinnerte mich an gemeinsame Abende und sanfte Küsse in einer Zeit, in der die Welt um einiges leichter erschienen war.

Aber genau das war doch das Problem, oder?

Denn die Welt war nicht unbedingt leichter gewesen. Wir hatten nur entschieden, es uns nicht nehmen zu lassen, unser kleines Glück. Keiner von uns war bereit gewesen, die Schatten der Vergangenheit in unsere gemeinsame Welt zu lassen, die sich aber doch durch die Risse geschlichen und sich von dort ausgebreitet hatten, bis alles in Dunkelheit versunken war.

»Ich kann dich praktisch denken hören«, flüsterte er.

Überrascht sah ich auf und begegnete dem Gold flüssigen Honigs, während mein Daumen seine sanften Kreise stoppte.

»Hör auf damit, lass uns ausnahmsweise mal keine Gedanken machen. Ich will einfach nicht.« Die Ehrlichkeit in seinen Worten hüllte den gesamten Raum in seine Farben, vereinte sich mit dem Licht der Morgensonne und machte es mir unmöglich, etwas anderes zu sehen als Hyun-Joon. »Ich will gerade nur hier mit dir liegen und vergessen, was gestern passiert ist.«

»Okay.« Ich räusperte mich und versuchte ein Stück von ihm abzurücken, um ihm den Raum zu geben, den er brauchte, doch Hyun-Joon hielt mich fest. Ich sah ihn an, doch er starrte nur auf seine Arme, die mich umfangen hielten, so, als hätte er seinen Griff aus Reflex gehalten, anstatt sich wirklich bewusst dafür zu entscheiden. »Joon –«

Er schüttelte den Kopf, runzelte die Stirn und zog mich dann noch näher an sich. »Bleib bei mir. Bleib einfach bei mir«, raunte er heiser in mein Haar.

Ich wollte genau das. Nichts lieber als das. Doch konnte ich mir diesen Moment wirklich erlauben, der sich so richtig anfühlte, der aber gleichzeitig das Potenzial hatte, die Dinge zwischen uns nur noch komplizierter zu machen?

Hyun-Joon grummelte unzufrieden, bettete sein Kinn auf meinen Kopf und drückte mich so fest an sich, dass meine Lippen fast seinen Hals berührten. »Nicht denken.«

Es war erschreckend, wie leicht es mir fiel, sobald ich die Erlaubnis dazu bekam. Ich ließ meine Gedanken einfach los, übergab sie vertrauensvoll in die Hände von Zukunfts-Jade, auf die unzählige Fragen und Probleme warteten, für die sie sich wappnen musste.

Aber nicht jetzt. Nicht in diesem Augenblick, in dem es so schön war, den Schmerz zu vergessen und die komplizierte Realität hinter sich zu lassen, die außerhalb dieser Mauern auf uns lauerte.

Keine Ahnung, wie lange wir so verschlungen dalagen. Die Sonne stieg höher und höher, und ihre Strahlen fielen durch das Fensterglas warm auf meine Wange. Meine Motivation, jemals wieder aufzustehen, schwand mit jeder Sekunde, kam aber urplötzlich zurück, als ich hörte, wie eine Tür geöffnet wurde. Hyun-Joon ließ mich sofort los, und ich rückte ein Stück von ihm ab.

»*Eomma?*«

Als ich die vertraute kindliche Stimme hörte, setzte ich mich sofort auf dem Sofa auf, und als ich Hyun-Sik erblickte, der mit wild abstehendem Haar in einem viel zu großen Pyjama mit lauter kleinen verschiedenfarbigen Yoshis darauf aus seinem Zimmer geschlurft kam, wäre ich am liebsten in Tränen ausgebrochen. Gott, er war so groß geworden. Ich öffnete den Mund, um Hyun-Sik zu begrüßen, schloss ihn aber gleich wieder, unsicher, ob es okay war, den Kleinen derartig zu überrumpeln. Doch ein Blick über die Schulter und ein Nicken von Hyun-Joon, der sich neben mir aufsetzte, genügten, damit ich meine Bedenken in den Wind schoss.

»Guten Morgen, Hyuni.«

Hyun-Sik ließ die Faust sinken, mit der er sich die Augen gerieben hatte, und sah ungläubig zu uns herüber. »*Seonsaengnim?*«

»Schön, dich zu sehen, Hyuni.«

Die Müdigkeit, die ihn gerade eben noch so fest im Griff gehabt hatte, schien wie weggeblasen. Mit ausgestreckten Armen rannte er auf mich zu, hüpfte zu uns aufs Sofa und stürzte sich regelrecht auf mich. Seine Umarmung war fest und sein Lachen ansteckend.

»Jade-*seonsaengnim!*« Er zog den Kopf zurück, um mich anzusehen, und ich schmunzelte, als mir auffiel, dass er noch immer nicht in seine Ohren hineingewachsen war, auch wenn seine Wangen an kindlicher Rundlichkeit verloren hatten, jetzt, wo er zu den älteren Kids an der Grundschule gehörte. »Was machst du denn hier?«

Ich drückte den Jungen an mich und wuschelte ihm durch die dunkelbraunen Haare, die an ein Vogelnest erinnerten. »Ich bin zu Besuch«, sagte ich ausweichend, da ich nicht wusste, was Hyun-Joon vorhatte, seinem kleinen Bruder über den gestrigen Vorfall zu erzählen. »Ich habe dich so sehr vermisst, dass ich einfach herkommen musste.«

Hyun-Siks Augen glänzten vor Freude. »Wirklich?«

»Wirklich.« Ich entließ ihn aus meiner Umarmung, doch er blieb auf meinem Schoß sitzen. Er wog mehr als damals, war aber noch immer leicht wie eine Feder. Auch wenn er einen ordentlichen Schuss nach oben gemacht hatte, war er eher schmächtig und zierlich. »Himmel, du bist ja richtig groß geworden.«

»Ich bin schon eins vierzig«, verkündete er stolz, bevor er seinen Bruder anguckte. »*Hyung* hat gesagt, ich bin größer als er früher war.«

»Stimmt. Ich frag mich auch immer noch, wer dir Dünger in die Schuhe gekippt hat, während ich nicht da war.« Hyun-Joon lächelte seinen kleinen Bruder liebevoll an. »Als ich zum Militär gegangen bin, warst du gerade mal einen Meter fünf. Und achtzehn Monate später komm ich wieder und du bist ein Riese.«

Hyun-Sik lachte, und der Klang kindlicher Unbeschwertheit trug mich weit fort von allem, was auf mir lastete. »Meinst du, ich werde irgendwann mal so groß wie *Hyung*, *Seonsaengnim*?«

»Ganz bestimmt.« Ich wiegte den Jungen auf meinem Schoß ganz automatisch hin und her und schaute über seinen Kopf hinweg zu Hyun-Joon, der uns beide mit einem Blick bedachte, den ich als Nostalgie wertete. Das Gefühl erfasste auch mich und katapultierte mich geradewegs drei Jahre zurück zu unzähligen Augenblicken mit diesem aufgeweckten Sonnenschein, der sich für absolut alles begeistern konnte. »Wenn du jetzt schon größer bist als er damals, dann wirst du bestimmt noch viel größer als er jetzt ist.«

»Gott bewahre.« Hyun-Joon verzog das Gesicht und kniff Hyun-Joon in die Wange, der seinen Händen mit einem Glucksen zu entkommen versuchte. »Über so was will ich überhaupt nicht nachdenken. Du bleibst einfach für immer so wie jetzt, wie klingt das?«

Entschlossen schüttelte Hyun-Sik den Kopf, und mein Magen sank ins Bodenlose, als ich die gleichen Grübchen bemerkte, die auch Hyun-Joons Wangen zierten, wenn er lächelte.

»Auf keinen Fall.« Hyun-Sik sah mich an, in seinen Augen lag noch immer dieses grelle Funkeln echter Wiedersehensfreude, die auch ich empfand. »Bist du jetzt für immer wieder da?«

Unsicher, was ich darauf antworten sollte, kitzelte ich Hyun-Sik, der sofort zu quietschen begann und versuchte, sich meinen Händen zu entwinden. Doch noch war ich stärker als er, und so genoss ich einfach den Klang seines Lachens, an dem er sich hin und wieder sogar verschluckte, sodass ich kurz pausierte, bevor ich mich wieder auf ihn stürzte.

Hyun-Joon beobachtete uns nur schmunzelnd und wich den Beinen seines Bruders aus, der übermütig um sich trat. Erst als er unsere Tassen, die noch mit dem kalten Tee von gestern Abend gefüllt waren, in Sicherheit bringen musste, stand er auf und trug sie zur Spüle hinüber.

»Hyuni?«

Ich ließ von Hyun-Sik ab, der einen Moment brauchte, um sich auf seinen Bruder zu konzentrieren. »Ja?«

Hyun-Joon schob die Ärmel seines Hoodies nach oben, und ich schlug die Augen nieder, als ich die dunklen Flecken auf seiner Haut bemerkte, die die Kälte gestern dort hinterlassen hatte. »Geh dir bitte das Gesicht waschen, damit wir gleich frühstücken können, okay?«

»Okay.« Hyun-Sik sprang vom Sofa und hastete mit nackten Füßen zum Badezimmer. Doch bevor er darin verschwinden konnte, drehte er sich noch mal zu mir um und sah mich aus seinen großen honigfarbenen Augen an. »Frühstückst du mit, *Seonsaengnim*?«

Eine weitere Frage, die nicht so leicht zu beantworten war, und so zögerte ich, doch Hyun-Joon erlöste mich aus meiner Misere, die Augen gesenkt und die Hände routiniert, als er prüfte, ob der Reis von gestern im Reiskocher noch warm und vor allem genießbar war.

»Dafür ist sie doch hergekommen. Um mit dir zu frühstücken.« Er aß etwas von dem Reis und nickte zufrieden, ehe er zum Tisch hinüberlugte. »Es wird noch einen Moment dauern. Ich muss neuen *Jjigae* machen. Der hier ist zu scharf für Hyuni.«

Das schien Hyun-Sik glücklicher zu machen, als es sollte, und er sah mich erwartungsvoll an. »Kann ich dir mein Zimmer zeigen, während wir warten?«

»Natürlich.« Aufgeregt kam er zu mir herüber, und ich schüttelte den Kopf, ehe ich auf die Badezimmertür deutete. »Aber erst, nachdem du dir das Gesicht gewaschen hast.«

»Okay.« Er flitzte los, und als die Tür hinter ihm zufiel, erhob ich mich, um nachzusehen, ob Hyun-Joon Hilfe brauchte, der mit scheinbar gelassener Ruhe Zutaten aus dem Kühlschrank hervorsuchte.

Ich spähte auf die Speisen auf dem Tisch und suchte nach etwas, womit ich mich irgendwie nützlich machen konnte. Den *Sundubu Jjigae*, der für das Frühstück eigentlich zu scharf und schwer war, würden Hyun-Joon und ich erneut aufwärmen können. Auch die *Banchan* hatten die Nacht gut überstanden. Ich nahm den Topf mit dem *Jjigae* vom Tisch und stellte ihn auf den Gasherd, schaltete ihn jedoch nicht ein, weil ich wusste, dass Hyun-Joon noch ein Weilchen brauchen würde. Stattdessen warf ich also einen schnellen Blick in den Kühlschrank, wo ich an Hyun-Joons Schulter vorbei Joghurt erspähte, mit dem wir Hyun-Siks ersten Hunger besänftigen konnten, bis das Essen fertig war.

»Gibt es irgendetwas, wobei ich dir helfen kann?«

Hyun-Joon schloss den Kühlschrank mit einem leisen Klicken und kam dann zu mir herüber, auf den Armen Tofu, Frühlingszwiebeln und diverse kleine Behälter, die ich ihm abnahm, bevor er sie in der Küche verteilen konnte. Behutsam stellte ich sie auf der Arbeitsplatte ab.

»Es würde mir sehr helfen, wenn du dich einfach ein bisschen um Hyun-Sik kümmern würdest und ihn ablenkst. Ich will nicht, dass ihm auffällt, dass Hyun-Ah nicht da ist.« Er sah sich prüfend um, doch Hyun-Sik war noch nicht zurück. »Während das Frühstück köchelt, würde ich deine Sachen in den Trockner schmeißen, damit du sie wieder anziehen kannst.«

Die Sonne verbarg sich hinter den Wolken, und mit einem Mal war sie zurück, die kalte Realität, vor der wir bis jetzt so erfolgreich davongelaufen waren und der ich gern weiter entflohen wäre, wenn sie nicht so beharrlich an die Tür geklopft hätte.

»Okay.« Ich sah zur Badezimmertür und legte ein strahlendes Lächeln auf, als Hyun-Sik herauskam, sein Haar ordentlich gekämmt und seine Augen frei von Schlaf. »Danke.«

»Wofür?«, fragte Hyun-Joon mich leise, als er einen kleinen Topf aus einem der unzähligen Unterschränke hervorzog.

»Für ein kleines bisschen Frieden.«

»*Seonsangnim!*«

Ich grinste Hyun-Sik an, als er die Arme um meine Taille schlang und erwartungsvoll zu mir aufsah. Sein Mund galoppierte seinem Hirn davon, als er Koreanisch und Englisch vermischte, während er mit mir sprach, so unbeschwert und befreit von all den Geschehnissen, von denen er nichts ahnte. Und als er mich mit sich zog, folgte ich ihm bereitwillig in seine kleine Welt, in der es nur Videospiele, gute Schulnoten und einen großen Bruder gab, der in der Küche das Früh-stück zubereitete, was mir einen Aufschub der eisigen Realität schenkte, die zweifelsohne auf mich wartete, die sich nach die-sem Morgen aber zumindest ein bisschen weniger harsch an-fühlte.

20. KAPITEL

동상 = Kältebrand

»Herein.«

Ich zögerte, meine feuchte Hand lag auf der Klinke des Zimmers mit dem schlichten Schild und zwei Namen. *Station A1; Zimmer 134; Kang Hyun-Ah und Moon Ha-Eun.* Die Stimme, die mich gerade hineingebeten hatte, war nicht Hyun-Ahs, doch ich schob dennoch die Tür auf und spähte vorsichtig ins Zimmer hinein, das mit seinen weißen Wänden und den schlichten Möbeln aus Ahornholz unpersönlich wirkte. Zwei Betten standen in dem Zimmer, das vordere war nicht belegt und der Vorhang zurückgezogen, welcher den Blick auf das hintere Bett freigab, und mein Herz zog sich schmerzhaft zusammen, als ich Hyun-Ah sah, die leichenblass darin lag und schlief. Es war ungewohnt, sie so zu sehen, regungslos und mit blassen, spröden Lippen, das kränklich blasse Rosa durchzogen von wütenden roten Linien, dort, wo sie die zarte Haut aufgebissen hatte.

Auf der breiten Fensterbank, zwischen Blumen und Präsentkörben, saß Mrs Kang mit Mandarinenschalen auf ihrem Schoß und in den Händen eine weitere geschälte Frucht, obwohl sich bereits vier auf dem Tisch neben ihr befanden. Mit ihrer Geschäftigkeit erinnerte sie mich an Hyun-Joon. Sie sah mich an, ihr Lächeln war freundlich, aber die Stirn fragend gerunzelt, als sie mich aus ihren kaffeebraunen Augen betrachtete, die denen von Hyun-Ah so ähnlich waren. Die Sorgen der letzten Tage warfen tiefe Schatten unter ihre Augen, und doch war es offensichtlich, dass weder diese noch die letzten drei Jahre ihrer Schönheit einen Abbruch hatten tun können.

»Hallo«, begrüßte ich sie steif auf Koreanisch mit einer respektvollen Verbeugung, während mir das Herz bis zum Hals schlug. »Mein Name ist Jade. Ich bin eine Freundin von Hyun-Ah und wollte sie besuchen.«

Mrs Kang musterte mich eindringlich, und eine seltsame Mischung aus Gefühlen machte sich in meiner Magengegend breit, als Erkenntnis sich über ihre Züge legte. »Jade Hall?«

Ich griff den Korb fester, dessen geflochtener Henkel sich tief in meine Haut drückte. »Ja.«

Ihr höflich professionelles Lächeln wurde von etwas so Ehrlichem und Offenem abgelöst, dass ich beinahe ins Schwanken geriet. »Es freut mich, dich endlich kennenzulernen. Meine Kinder haben mir schon sehr viel über dich erzählt.«

»Wirklich?« Ich hasste, wie nervös und verunsichert meine Stimme klang, kontrollieren konnte ich es jedoch nicht. Ich hatte kaum Erfahrungen mit Müttern, da meine eigene seit meiner frühen Kindheit abwesend war. Erschwerend kam hinzu, dass Mrs Kang nicht einfach die Mutter einer Freundin war. Sie war die Mutter meines Ex-Freundes, und wenn das nicht schon unangenehm genug war, traf ich auch noch in einer Situation auf sie, die allen Beteiligten emotional alles abverlangte.

»Ja, wirklich.« Sie legte die Mandarine auf dem Tischchen ab. »Hyun-Ah hat mir erzählt, was für gute Freundinnen ihr geworden seid, und mein kleiner Hyun-Sik hat sich so gefreut, dich wiederzusehen, und spricht seitdem ununterbrochen von dir.« Sie zögerte kurz und sah mich unter dem dichten Kranz ihrer Wimpern her an, der es, in Kombination mit den vollen

Lippen und der eleganten Linie ihres Kiefers, schwermachte, zu glauben, dass sie alt genug war, um einen fünfundzwanzigjährigen Sohn zu haben. Sie schlug die Augen nieder, ihr Lächeln war eine Spur angespannt, als der Raum sich mit Worten füllte, die niemand sagte. »Ich wünschte, ich hätte die Gelegenheit bekommen, dich unter anderen Umständen kennenzulernen.«

Ich sah zu Hyun-Ah, die noch immer schlief und seufzte leise. »Ja, ich auch.«

»Komm, setz dich«, sagte die Mutter der Kang-Geschwister und las die Schalen auf ihrem Schoß mit einem Taschentuch auf. »Hyun-Ah freut sich bestimmt, dich zu sehen.«

»Meinen Sie?« Unsicher trat ich etwas näher und nickte in Hyun-Ahs Richtung, die den Schlaf bitternötig hatte und zum Glück von unserem Gespräch keinerlei Notiz nahm. »Ich kann auch ein andermal wiederkommen.«

Mrs Kang erhob sich, und ich machte einen Schritt beiseite, als sie mit dem Taschentuch in der Hand in Richtung des Mülleimers ging. »Nein, ich bin mir sicher, dass sie dich sehen möchte. Sie hat die letzten Tage mehrfach nach dir gefragt.« Mrs Kang warf die Schalen in den Mülleimer und blieb neben mir stehen. Sie betrachtete ihre Tochter. »Die Ärzte haben ihr starke Medikamente verschrieben, die sie sehr träge und müde machen. Auch das Sprechen fällt ihr schwer. Sei also bitte nicht überrascht, wenn sie anders ist, als du es gewöhnt bist.«

»Vielen Dank für die Vorwarnung.« Ich war unfähig mich zu rühren, von der Schwere meiner Erinnerungen an Ort und Stelle wie festgetackert, denn mit den Nebenwirkungen starker Medikation kannte ich mich bestens aus, und ich versuchte, den Bildern meines kranken Vaters Einhalt zu gebieten, der besonders während seiner ersten Chemotherapie sehr unter eben jenen gelitten hatte. »Wie geht es ihr denn sonst so?«

»Nicht gut.« Mrs Kangs Geruch nach Kaffeebohnen und einem Hauch Parfüm war auf eigenwillige Art und Weise tröstlich, denn er versetzte mich zurück ins *SONDER*, das wohlige Gefühl von verregneten, gemütlichen Sonntagnachmittagen regte sich zaghaft in den hintersten Ecken meines Bewusstseins. Es tat zwar ein bisschen weh, milderte aber den bitteren Geschmack von Desinfektionsmittel, Tränen und Verzweiflung auf meiner Zunge. »Sie weint sehr viel, seitdem die Ärzte ihr verschiedene Einrichtungen außerhalb von Seoul für eine längerfristige stationäre Behandlung vorschlagen. Sie will sich zwar helfen lassen, glaubt aber, dass sie das auch zu Hause tun und nebenher weitertanzen kann. Sie hält das alles für eine Kurzschlussreaktion. Ich hoffe wirklich, dass sie ihre Meinung ändert und einen der Plätze annimmt, die ihre Ärzte ihr raussuchen. Sosehr ich sie auch hier haben möchte, weiß ich genau, dass eine Therapie gerade das Beste für sie wäre.« Mrs Kang rieb sich mit der Hand über die Brust, und ihre Stimme brach. »Aber sie hat einen ziemlichen Dickkopf. Genau wie ihr Vater.«

Ich wusste nicht, was ich darauf antworten sollte, entschied mich deshalb für Stille, die doch so viel mehr ausdrückte, als ich mit Worten hätte sagen können.

»Hyun-Ah hat mir erzählt, dass du es warst, die sie vom Geländer gezogen hat.« Mrs Kang sah mich an, ihre Augen voller Dankbarkeit, die mir das Atmen schwer machte. »Vielen Dank dafür.«

»Nicht doch.« Unbehaglich wechselte ich von einem Fuß auf den anderen.

Mrs Kang legte mir die Hand auf den Unterarm und drückte sanft zu. Ihre kaffeebraunen Augen strahlten eine solche Wärme aus, dass ich mich am liebsten vor ihnen versteckt hätte, um diesem intensiven Fokus zu entkommen, der mich unruhig machte. »Meine Familie und ich werden dir immer dankbar dafür sein, was du an diesem Abend für meine Tochter getan hast. Das ist schon das zweite Mal, dass du einem meiner Kinder geholfen hast.«

Meine Brust, die sich gerade schon wie zugeschnürt angefühlt hatte, war jetzt eindeutig ganz und gar abgeschnürt, und ich musste die Augen für einen Moment schließen und mich nur auf meine Atmung konzentrieren, die immer mehr in Richtung Hyperventilation abzudriften drohte. Dankbarkeit hatte schon immer dafür gesorgt, dass ich mich unwohl fühlte, aber Dank von Eltern trug für mich ein gänzlich anderes Gewicht, das ich kaum ertragen konnte.

Danke für alles, Jellybean.

Ich schluckte den Speichel herunter, der sich in meinem Mund sammelte und aufsteigende Übelkeit mit sich brachte, die ich zu ignorieren versuchte, als ich die Augen wieder öffnete und mich langsam in Bewegung setzte, in der Hoffnung, meinen eigenen Gefühlen damit entkommen zu können.

»Sind Sie wirklich sicher, dass es okay ist, Hyun-Ah zu wecken?« Ich stellte meinen Präsentkorb zu all den anderen, die mit unterschiedlichen kleinen Kärtchen und bunten Bändern daherkamen.

Wenn Mrs Kang über den abrupten Themenwechsel erstaunt war, zeigte sie es nicht. Stattdessen winkte sie mit dem Ansatz eines Lächelns ab. »Es wäre für sie bestimmt weniger okay, wenn sie aufwacht und erfährt, dass sie dich verpasst hat. Und mir würde sie das auch niemals verzeihen.« Bevor ich weitere Bedenken äußern konnte, trat Mrs Kang an das Bett ihrer Tochter heran und berührte sie behutsam an der Schulter. »Hyun-Ah-Ya? Schätzchen, wach auf. Du hast Besuch.«

Hyun-Ah kräuselte Nase und Mund, die Augen fest zusammengepresst, so, als wolle sie auf keinen Fall den sanften Händen des Schlafes entrissen werden. Sie wand sich wie ein Kind und unwillkürlich schmunzelte ich. Hyun-Joon hatte genau die gleiche Angewohnheit. Ob es wohl üblich war, dass Geschwister sich auf so vielen unzähligen Ebenen ähnlich waren? Es dauerte einen Moment, doch dann schlug Hyun-Ah die Augen auf. Sie blinzelte hektisch, als sie versuchte, das Licht davon abzuhalten, in ihr Gesicht zu scheinen. Hyun-Ah öffnete den Mund, brauchte jedoch zwei Versuche, um ein Wort zustande zu bringen. »*Eomma?*«

Mrs Kang beugte sich zu ihrer Tochter herunter und strich ihr zärtlich durchs Haar, welches aufgrund der wenig schmeichelhaften Krankenhausbeleuchtung ziemlich stumpf aussah. »Hast du gut geschlafen, Schätzchen?«

Hyun-Ah schmiegte sich in die Hand ihrer Mutter und nickte. Ihre Bewegungen waren ruckartig, nicht fließend und tänzerisch, wie ich es sonst von ihr gewohnt war.

»Ja.« Sie zog die Stirn in Falten beim Klang ihrer belegten Stimme und räusperte sich. »Wieso weckst du mich?«

Mrs Kang lächelte sie an und deutete mit dem Zeigefinger in meine Richtung. »Weil du Besuch hast, Schätzchen. Deine Freundin Jade ist hier.«

Ich trat näher ans Bett heran und Hyun-Ahs Augen weiteten sich. Kaum trafen sich unsere Blicke, legte sich ein feuchter Glanz über Hyun-Ahs kaffeebraune Iriden. »*Unnie.*«

»Hey«, flüsterte ich und ergriff sofort die Hand, die sie nach mir ausstreckte. »Wie geht es dir?«

»*Unnie.*« Hyun-Ahs Händedruck war schwach, aber die Art, wie ihre Nägel sich in meine Haut gruben, schrie mir ihre Erleichterung beinahe entgegen. »Du bist hergekommen.«

»Aber natürlich.« Ich drückte sanft zu und setzte mich auf die Bettkante neben sie. Sie sollte die Nähe von mir bekommen, die sie doch so offensichtlich verlangte. »Ich hätte dich gerne schon eher besucht, aber ich wollte dir ein paar Tage Zeit geben, um dich ein wenig zu erholen, und die Arbeit für die Ausstellung hatte mich auch ziemlich fest im Griff.«

Hyun-Ah schluckte schwer, und die ersten Tränen kullerten. Ihr Anblick brach mir fast das Herz, obwohl ich mit ihnen gerechnet hatte. »*Unnie*, es tut mir so leid.«

Etwas hilflos tätschelte ich ihre Hand. »Es ist okay, Hyun-Ah.«

Sofort schüttelte sie den Kopf, und die Tränen flossen jetzt wie Sturzbäche. »Ist es nicht. Ich –«

»Doch, Hyun-Ah. Es ist okay.« Ich streckte die Hand aus und schob ihr eine Strähne hinters Ohr, die sich gelöst hatte. Ihr sonst so seidiges Haar war strähnig und spröde. »Ich bin einfach nur froh, dass dein Bruder und ich dich gefunden haben. Alles andere ist nebensächlich, hörst du?«

»Aber –«

»Kein Aber.« Ich ließ die Hand sinken und legte sie auf ihre zierliche Schulter, die sich unter meinen Fingern so zerbrechlich anfühlte, als könnte Hyun-Ah jeden Augenblick unter meinen Fingerspitzen zu Staub zerfallen. »Ich weiß, dass du nur so gehandelt hast, weil du der Überzeugung warst, keinen anderen Ausweg zu haben. Und auch wenn ich nie darüber weggekommen wäre, dich zu verlieren, weiß ich, dass es eine Entscheidung gewesen ist, die du für dich gefällt hast, und nicht, weil du mich oder irgendjemand sonst verletzen wolltest.«

»*Unnie*, ich …« Hyun-Ah schluchzte laut auf, sie ließ den Kopf hängen und weinte weiter. »Ich bin nichts, wenn ich nicht tanzen kann.«

Ich hörte ein leises Schniefen hinter mir, drehte mich aber nicht um. Selbst dann nicht, als ich Schritte hörte, die sich entfernten, bis die Tür dann ins Schloss fiel. Ich verstand durchaus, warum Mrs Kang gegangen war. Worte wie diese aus dem Mund des eigenen Kindes zu hören, musste die Hölle sein.

»Ich will doch einfach nur tanzen.«

»Ich weiß.« Ich rutschte auf der Matratze etwas näher und zog Hyun-Ah vorsichtig in meine Arme, mein Griff war locker genug, dass sie sich befreien konnte, wenn die Nähe ihr zu viel wurde. »Aber du kannst immer noch tanzen.«

»Nein.« Sie schob mich ungewohnt grob von sich, und ich versuchte, es nicht persönlich zu nehmen, obwohl es mir einen Stich versetzte. »Du verstehst das nicht! Mein Dad und ich haben immer davon geträumt, dass ich mal im Ausland studiere und als Primaballerina berühmt werde. Ich kann nicht …« Hyun-Ah würgte, so, als würde allein der Gedanke daran ihr Übelkeit verursachen. »Ich kann ihn nicht enttäuschen. Ich kann unseren Traum nicht einfach aufgeben und nur nebenbei tanzen. Ich kann das nicht.«

Erschrocken von dem Spiegelbild, in das ich blickte, brauchte ich einen Augenblick, um meine Gedanken und Gefühle zu ordnen und sie in Worte zu fassen, die seit Jahren auf meiner Seele lasteten und die ich außerhalb der Sicherheitszone der Behandlungszimmer meiner Psychotherapeuten nie zu sagen gewagt hatte.

»Hyun-Ah, Träume können unzählige Formen und Gestalten annehmen. Und nur weil du nicht im Ausland studierst, heißt das nicht, dass du nur nebenbei tanzen kannst. Tanzen kann noch immer dein Leben sein.« Ich räusperte mich und hob die Hand, als sie mich unterbrechen wollte. »Mein Dad und ich haben immer davon geträumt, dass ich irgendwann mal mit meiner Malerei berühmt werde und Museen sich um Ausstellungen von mir reißen würden. Wir haben uns vorgestellt, wie wir gemeinsam durch die Gänge schlendern und sie betrachten und mein Leben zu einem Kunstwerk formen, in dem ich glücklich bin und den ganzen Tag nichts weiter tue als in meinem Atelier zu malen. Ich habe ihm kurz vor seinem Tod versprochen, dass ich mein Leben nur für mich leben würde, ohne auf andere zu achten, nur um meine eigenen Träume zu verwirklichen.« Ich ergriff Hyun-Ahs Hände fest, in der Hoffnung, zu ihr durchdringen zu können, um ihr das klarzumachen, was mich Jahre an Therapie und unzählige Tränen gekostet hatte. »Aber das ist nicht mehr das, was ich will. Natürlich möchte ich weiterhin malen und meine Werke ausstellen und an meinen Wünschen festhalten, aber ich will auch unterrichten und für die Kids da sein, einfach, weil es mir Freude bereitet. Ich kann mir gar nicht mehr vorstellen, den ganzen Tag nur den Pinsel zu schwingen und einsam bei Musik vor mich hin zu malen. Ich will anderen dabei helfen, ihre Träume zu verwirklichen, und ich will ihnen den Weg in eine Welt ebnen, die mir selbst über Jahre hinweg verschlossen geblieben ist.« Die Worte strömten aus mir heraus, ohne dass ich sie zurückhalten konnte. Ich hatte sie bisher tief in mir verschlossen gehalten, aus Angst, sie könnten prahlerisch klingen, aber nun war ich mir sicher, dass sie gehört werden mussten, hier in diesem Krankenzimmer einer großen Uniklinik, in dem es mit all seinem Weiß und Ahorn an den schillernden Farben von Hoffnung und Perspektive mangelte. »Und auch wenn es nicht das Leben ist, das wir uns für mich ausgemalt haben, weiß ich genau, dass mein Dad genau das hier für mich gewollt hätte. Weil ich glücklich mit dem bin, was ich mache.«

Hyun-Ah starrte mich aus großen Augen an, in ihrem Blick ein Konflikt, den ich nur zu gut kannte und der auch jetzt noch hin und wieder in mir tobte, wenn ein weiterer Tag verging, an dem ich nicht einen Pinselstrich gesetzt hatte. »Aber ich bin glücklich, wenn ich tanze.«

»Vielleicht solltest du dich fragen, ob du glücklich bist, weil du tanzt, oder ob du glücklich bist, weil du tanzt, um irgendwo auf der Welt eine Primaballerina zu sein.«

Hyun-Ah presste die blassen Lippen zu einem schmalen Strich zusammen und schüttelte den Kopf. »Ich weiß nicht.«

»Und das musst du jetzt auch nicht wissen. Wichtig ist nur, dass du darüber nachdenkst und es dir durch den Kopf gehen lässt.« Ich streichelte ihr sanft über den Unterarm. »Es ist eine Frage, die dich umtreiben und dir schlaflose Nächte bereiten wird, weil sie schwer zu beantworten ist. Aber ich bin mir sicher, dass es dir helfen wird, wenn du eine Antwort darauf gefunden hast. Ganz egal, wie diese Antwort auch ausfallen mag.«

Hyun-Ah schaute auf ihre Finger hinab, die auch jetzt noch, Tage später, leichte Male der Erfrierungen zeigten, die Hyun-Ah in der eisigen Dezembernacht davongetragen hatte. Sie rieb die Fingerkuppen aneinander, war offensichtlich für einen Augenblick in ihren eigenen Gedanken versunken, ehe sie zaghaft wieder zu mir aufsah. »*Unnie?*«

Ihr Tonfall war so vorsichtig, dass ich mich automatisch etwas mehr aufsetzte. »Ja?«

»Wie geht es *Oppa?*«

Die Überraschung über diese Frage musste mir ins Gesicht geschrieben stehen, denn Hyun-Ah kräuselte die Lippen und senkte den Blick wieder auf ihre verfärbten Fingerkuppen. Ich wartete, ob sie noch etwas hinzufügen würde, doch Hyun-Ah blieb verdächtig still, und so langsam dämmerte mir, warum sie diese Frage gestellt hatte. Auch wenn ich inständig hoffte, dass ich mit meiner Vermutung unrecht hatte.

»Hyun-Ah?« Sie antwortete nicht, sondern starrte weiter auf die verfärbte Haut, die gewiss noch immer schmerzte, obwohl sie nicht länger der eisigen Kälte ausgesetzt war, die sich binnen einer Nacht durch ihre Hautschichten gefressen hatte, um sich dort einzunisten. »Hat Hyun-Joon dich noch gar nicht besucht?«

Wieder kein einziges Wort. Doch die schwere Stille, die sich über das Krankenzimmer legte, war Antwort genug.

»Oh, Hyun-Ah.«

Und diesmal, als sie in Tränen ausbrach, nahm ich sie einfach ganz fest in den Arm und wiegte sie hin und her. Mir war schmerzlich bewusst, dass meine Umarmung nichts weiter als ein Trostpflaster war, das ich auf eine Wunde zu kleben versuchte, die nur ein einziger Mensch auf dieser Welt schließen konnte, der aber gewiss selbst gerade mit jeder Faser seines Seins dagegen ankämpfte, dass sein eigenes Herz nicht in Tausende von Teilen zerbarst.

21. KAPITEL

사촌 형 = älterer männlicher Cousin
(eines anderen Mannes)

Alles hatte seine Grenzen, und ich war definitiv an meinen angekommen.

Wütend starrte ich auf das grüne Tor zwischen den weißen Mauern, das mich von dem zurückversetzten Haus in Itaewon trennte, in das ich vorgehabt hatte vorläufig keinen einzigen Fuß mehr zu setzen, um Hyun-Joons Privatsphäre zu wahren. Aber nachdem ich die letzten Tage nach meinem Feierabend stets ins Krankenhaus gefahren war, um Hyun-Ah zu besuchen, während ihr großer Bruder nach wie vor keinen einzigen Fuß in die Station gesetzt hatte, war meine Geduld eindeutig am Ende. Jede Träne des jungen Mädchens hatte mich näher an diese Grenze gebracht, die ich, aus Respekt vor Hyun-Joon und aufgrund unserer eigenen verzwickten Lage, eigentlich nicht hatte überschreiten wollen. Doch als sie heute unter größter Anstrengung hervorgebracht hatte, dass ihr großer Bruder sie sicherlich zutiefst verachtete und sie nie wieder sehen wollte, konnte ich einfach keine Rücksicht mehr auf all das nehmen.

Sein Abschotten musste ein Ende haben. Und zwar sofort.

Ich hob die Hand an die Klingel am Tor, stoppte aber, als mir auffiel, dass es nur angelehnt war. Beherzt schob ich es auf und bemerkte zufrieden, dass im Haus Licht brannte. Hyun-

Joon musste also da sein. Von Mrs Kang wusste ich, dass er sich fürs Erste von der Uni hatte freistellen lassen, um auf Hyun-Sik aufzupassen und vormittags in beiden Cafés nach dem Rechten sah. Ein völlig unnötiges Unterfangen, wie Mrs Kang mir erklärt hatte, denn die Angestellten hatten alles bestens im Griff.

Ich hastete zu den wenigen Stufen, die mich von der Haustür trennten, und klopfte, sobald ich den obersten Absatz erreichte. Doch niemand machte auf.

Es war mir vollkommen egal, wie lange ich hier draußen in der Kälte stehen und auf Hyun-Joon warten musste. Irgendwann würde er diese Tür öffnen müssen, und wenn er das tat, dann konnte er was erleben. Bei allem Verständnis, das ich für seine eigene emotionale Ausnahmesituation auch hatte, war es dennoch ein absolutes Unding, dass er sich noch kein einziges Mal bei seiner kleinen Schwester hatte blicken lassen. Genau jetzt brauchte sie ihn dringender denn je. Und er würde es sein Leben lang bereuen, nicht für sie da gewesen zu sein. Die Schuldgefühle würden ihn wie eitrige Parasiten von innen zerfressen, sobald er sie nur zulassen würde.

Unruhig wechselte ich von einem Fuß auf den anderen, ehe ich der Ungeduld nachgab und wild gegen die Tür hämmerte.

»Joon!« Nichts. »Kang Hyun-Joon, ich weiß, dass du da bist. Mach auf!«

Ich schlang die Arme um mich selbst und sah mich im Vorgarten um. Erst da registrierte ich den großen protzigen Geländewagen, der im Innenhof parkte. Der Lack war silbern, und über ihn hatte sich nur eine ganz dünne Schicht Schnee gelegt, obwohl seit einer Weile dicke Flocken vom Himmel fielen. An dem Fenster auf der Beifahrerseite entdeckte ich einen dezenten Aufkleber einer bekannten Autovermietung. Verwundert runzelte ich die Stirn.

Wer zum Geier –

Ich machte einen großen Schritt rückwärts, als die Haustür plötzlich aufgerissen wurde und die Welt mit dem Rot wütenden Geschreies und den beruhigenden Erdtönen eines monochromen Outfits färbte. Ein Kontrast, so grotesk wie die Tatsache, dass es nicht Hyun-Joon war, der mir die Tür öffnete, sondern eine junge Frau, die ich noch nie zuvor in meinem Leben gesehen hatte.

»Vorsicht!«

Doch die Warnung kam zu spät, und so trat ich ins Leere. Meine Unachtsamkeit und die Kante des Treppenabsatzes waren eine recht ungünstige Kombination, und instinktiv schloss ich die Augen und machte mich auf den Schmerz gefasst, der sicherlich gleich folgen würde. Doch bevor ich fallen konnte, packten mich ein paar zierliche Finger am Handgelenk und zogen mich zurück in Richtung Tür, an die ich mich Halt suchend klammerte, sobald sie in Reichweite kam.

»Bist du okay?«, fragte mich die Frau. Sie hatte eine tiefe ruhige Stimme und sprach mit amerikanischem Akzent, und ich brauchte einen Moment, um mich nach diesem kleinen Schreck genug zu fangen, um sie wirklich wahrzunehmen.

Die Frau war eher klein, knackte nicht mal die ein Meter sechzig, wenn ich das richtig einschätzte. Sie trug ein schlichtes unifarbenes Longsleeve, das sie bis zu den Ellbogen hochgeschoben hatte, und ihre Handgelenke zierten unzählige bunte Bänder. Das Auffälligste an ihr waren jedoch ihre feuerroten Korkenzieherlocken und der sonnengeküsste Schimmer ihrer Haut, der so gar nicht in das derzeit eisige Wetter von Seoul passte.

Irritiert sah ich zur Türklingel, doch noch immer fand sich dort der Name Kang, und ich war mir sicher, vor dem richtigen Haus zu stehen, denn mit seinem blauen Ziegeldach und gepaart mit den Erinnerungen an meinen letzten Besuch hier hätte ich es nicht verwechseln können, selbst wenn ich gewollt hätte. Jetzt, wo die Tür offen stand, hörte ich die wütende Stimme aus dem Inneren nur noch deutlicher, doch auch sie war mir unbekannt. Es war die Stimme eines Mannes, etwas höher als die von Hyun-Joon, aber erfüllt mit einer solchen Autorität, dass ich mich automatisch fragte, wer dort im Haus der Kangs mit solch einem Selbstverständnis ein derartiges Theater veranstaltete.

»Hallo?«, hakte die Frau nach, ihre kleine Stupsnase kräuselte sich fragend, und sie zog belustigt die Mundwinkel nach oben. »Ist alles okay?«

»Ja, alles okay.« Ich rieb mir mit den Händen peinlich berührt über die weiße Pufferjacke und spähte in den Flur, in dem ich die schwarzen Boots erspähen konnte, die Hyun-Joon so oft trug, dass die Schuhspitzen schon ganz abgetragen waren. »Verzeihen Sie, aber das ist doch das Haus der Familie Kang, oder?«

»Ja, du bist hier richtig. Wir sind lediglich zu Besuch, weil wir gehört haben, was passiert ist.« Die Frau lächelte trotz der Situation freundlich, als sie mir die Hand entgegenstreckte. Gold schimmerte an ihrem linken Ringfinger. »April Young. Ich bin die Frau von Tyler, dem Cousin von Hyun-Joon.«

»Oh.« Ich ergriff ihre Hand schnell und drückte sie zaghaft, die Verbeugung längst ein Automatismus, geboren aus Höflichkeit, als mein Hirn mich an einen Abend in einer Bar vor drei Jahren erinnerte, an dem Lauren und Hoon einen Cousin von Hyun-Joon erwähnt hatten, der aus Amerika kam und für eine Weile bei den Kangs gelebt hatte. Mit ihm zusammen hatte Hyun-Joon damals Nachhilfe gegeben. »Ich bin – «

»Jade, richtig?«

Verdattert blinzelte ich bei dieser scheinbar vollkommen selbstverständlichen Schlussfolgerung. »Ja.«

»Habe ich mir gedacht.« April, die im Gegensatz zu mir offensichtlich ganz genau wusste, wen sie vor sich hatte, lächelte noch eine Spur breiter, ehe sie beiseitetrat, ohne ihren kryptischen Kommentar weiter auszuführen. »Komm doch rein. Ich denke, Tyler ist mit seiner Schimpftriade gleich fertig. Solltest du daran anknüpfen wollen, bist du natürlich herzlich dazu eingeladen. Hyun-Joon könnte es durchaus brauchen, dass man ihn mal ordentlich einnordet.« April blieb stehen, das schelmische Funkeln in ihren Augen unmissverständlich. »Wobei ich mir sicher bin, dass du genau darum hergekommen bist, so wütend, wie du durch den Garten geschaut hast, als ich rauskam.«

»Schuldig im Sinne der Anklage.« Ich räusperte mich verlegen und überlegte für einen Augenblick, ob ich mich nicht lieber zurückziehen sollte, doch als ich an Hyun-Ahs tränennasse Wangen dachte und daran, wie kummervoll sie sich an mich klammerte, wenn sie weinte, entschied ich mich dagegen. Ich trat über die Schwelle und schlüpfte aus meinen Schuhen, die wütende Stimme, von der ich nun wusste, dass sie zu Hyun-Joons Cousin gehörte, klang hier noch eine Spur lauter, und ich fragte mich, wie lange das wohl schon so ging. »Dein Mann hat ein sehr lautes Organ.«

»Hat er.« April blieb neben mir, während ich mich aus meiner Jacke schälte, bevor sie voran in Richtung Wohnzimmer ging. Ob der unterschwellige Stolz in ihrer Stimme mir Sorge bereiten sollte? »Aber falls es dich beruhigt, er ist eigentlich nicht der Typ, der die Stimme erhebt.« Das beruhigte mich tatsächlich, denn das machte es leichter, die Situation einzuschätzen. Für mich waren die beiden Neuankömmlinge völlige Fremde, doch die Selbstverständlichkeit, mit der April sich durch den kleinen Eingangsbereich bewegte, deutete darauf hin, dass es nicht ihr erster Besuch in diesem Haus war. »Das hier ist eine Ausnahme, weil Hyun-Joon für ihn eher kleiner

Bruder als Cousin ist. Und Geschwistern muss man manchmal den Kopf waschen, ob sie nun wollen oder nicht.« Sie blieb stehen, und ich strauchelte, um nicht gegen sie zu laufen. »Hast du Geschwister, Jade?«

»Nein. Ich bin ein Einzelkind.«

April tätschelte wohlwollend meine Schulter. »Entschuldige die Neugierde, aber aus diesem starrsinnigen Ochsen kriegt man ja nichts raus. Dabei brennen Tyler und ich schon ewig darauf, dich endlich mal kennenzulernen.«

»Wirklich?«

»Gott, ja.« Die rothaarige Amerikanerin zwinkerte mir verschwörerisch zu, und instinktiv wusste ich, dass wir zwei gut miteinander auskommen würden. Auch wenn ich mir wünschte, dass wir einander unter anderen Umständen das erste Mal begegnet wären. »Er würde mich lynchen, wenn er wüsste, dass ich dir das verrate, aber er redet sehr viel über dich. Besonders dann, wenn er zu tief ins Glas geschaut hat. Aber das scheint was Genetisches zu sein. Hyun-Joon hat mir mal gesteckt, dass Ty die gleiche Angewohnheit hat.«

Dank Aprils Humor war meine Wut schon ein wenig verraucht, als wir ins Wohnzimmer traten, und sie verrauchte gänzlich, als ich die Szene betrachtete, die sich mir bot.

Hyun-Joon saß auf dem Sofa, den Blick gesenkt und die Hände vor dem Körper gefaltet, wie ein kleiner Junge, der die Schelte seines Vaters ertrug. Seine Lippen hatte er zu einem schmalen Strich zusammengepresst, und nur die harte Linie seines Kiefers deutete darauf hin, dass er wirklich zuhörte. Doch sein gespieltes Desinteresse schien vollkommen an dem Mann direkt vor ihm abzuprallen, der mit zornesroten Wangen und verstrubbeltem silberblonden Haar nur wenige Meter entfernt stand und wild vor sich hin gestikulierte.

Das musste dann wohl Tyler sein.

Er sprach so schnell, dass ich ihn kaum verstand, und nur einzelne Wortfetzen aufschnappen konnte, die auch ohne lange Ausführungen und treffende Übersetzungen ein ziemlich klares Bild zeichneten.

Krankenhaus. Schwester. Feigling.

Die Worte schnellten wie Gewehrsalven durch den Raum, und alarmiert sah ich mich nach Hyun-Sik um, der den Boden vergötterte, auf dem Hyun-Joon lief. Als ich ihn nicht fand, sah ich April an, doch sie kam mir zuvor, die Arme vor der Brust verschränkt und die Augen auf ihren Ehemann gerichtet.

»Hyun-Sik ist mit einem Paar Kopfhörer in seinem Zimmer. Ty und ich haben ihm ein neues Videospiel mitgebracht, um ihn ein bisschen von allem abzulenken.« April seufzte leise und legte sich eine Hand in den Nacken, während sie die beiden Männer beobachtete, einer stumm und mit seinen goldenen Augen meilenweit entfernt, der andere wütend und laut und offensichtlich mit seiner Geduld genauso am Ende wie ich. »Wir sind so schnell gekommen, wie wir konnten, als wir von meiner Schwiegermutter erfahren haben, was passiert ist. Wir wollten sofort alles stehen und liegen lassen, waren aber beide jobtechnisch derartig eingespannt, dass es ein paar Tage gedauert hat, bis wir alles arrangieren und herkommen konnten. Von der Flugverbindung zwischen Bora-Bora und Seoul mal ganz zu schweigen. Als Ty von seiner Tante gehört hat, dass Hyun-Joon noch nicht im Krankenhaus war, sind wir schnurstracks erst mal hierher gefahren anstatt zu Hyun-Ah. Das ist jetzt eine gute Viertelstunde her.«

Mein Vorhaben, Hyun-Joon wegen seines Versäumnisses in die Mangel zu nehmen, verpuffte an dieser Stelle. Fünfzehn Minuten voller wütender Vorwürfe waren gewiss mehr als genug. Noch dazu, wenn sie aus den Reihen der eigenen Familie kamen. »Und seitdem geht das schon so?«

»Mehr oder weniger.« April zuckte die Achseln, doch die Sorge, die sie mit Humor zu überspielen versuchte, zeigte sich auch für mich deutlich in ihren warmen Augen mit den außergewöhnlichen moosgrünen Flecken, die mich an dicht bewachsene Wälder denken ließen. »Das ist das Blöde an Familie. Kaum macht man sich Sorgen, dreht man gerne mal am Rad. Deshalb ist er auch jetzt gerade so hart zu ihm, weil er genau weiß, wie sehr Hyun-Joon das alles später bereuen wird, wenn er jetzt nicht die Kurve kriegt.«

Ich teilte Tylers Meinung zwar, fragte mich jedoch, ob wütendes Geschrei hier der richtige Weg war. Aber das war leicht gesagt. Hyun-Joons hitziges Temperament und der Zorn, der immer direkt unter der Oberfläche nur darauf wartete, überzukochen, machten das Ganze jedoch zu einer Angelegenheit, die wir wohl alle mit etwas mehr Fingerspitzengefühl angehen sollten, auch wenn wir alle knietief im Morast unserer eigenen Emotionen steckten.

Ich musterte Hyun-Joon akribisch, wie meine eigenen Werke, bevor ich sie versiegelte, und suchte nach den üblichen Anzeichen seiner Aggression wie den geballten Fäusten, den zurückgezogenen Schultern, oder ob er seinen Nacken in Vorbereitung auf eine Auseinandersetzung dehnte. Nichts dergleichen konnte ich erkennen. Stattdessen sah ich nur einen Mann, dessen Schultern herabhingen, während er zu Boden starrte, ohne mich oder sonst irgendetwas um sich herum wahrzunehmen. Doch dass die Worte seines Cousins nicht von ihm abprallten, zeigte sich deutlich daran, dass er zusammenfuhr, als Tylers Stimme zu einem erneuten Peitschenhieb ausholte.

»Ty. Ich denke, du hast deinen Standpunkt klargemacht.« Aprils mahnenden Worten folgte Stille, die sich wie Nebelschwaden über die Wohnküche legte. »Außerdem haben wir Besuch.«

So froh ich auch darüber war, dass Hyun-Joon nicht länger der Wut seines Cousins ausgesetzt war, war es doch auch verdammt unangenehm, plötzlich selbst im Zentrum der Aufmerksamkeit zu stehen, als beide Männer die Köpfe in unsere Richtung drehten.

Hyun-Joon wurde zeitgleich blass und rot, während Tyler noch einmal wie ein wütender Drache schnaubte, bevor seine Lippen sich zu einem Grinsen verzogen.

»Na, sieh mal einer an.« Er wechselte ins Englische, auch sein amerikanischer Akzent war nicht zu überhören, der sich auch in der Aussprache der drei Kang-Geschwister wiederfand, und mir allein dadurch verriet, was für einen regen Kontakt sie pflegen mussten, und wie tiefreichend sein Einfluss war, wenn sie sogar seine Art zu sprechen übernommen hatten. Um ehrlich zu sein, hatte ich das bisher immer darauf geschoben, dass amerikanische Medien und damit auch amerikanisches Englisch einfach weiter verbreitet waren, aber offensichtlich hatte ich damit danebengelegen. »Wen haben wir denn da?«

Hyun-Joon stand auf und warf seinem Cousin einen bitterbösen Blick zu, der es offensichtlich machte, dass seine Unwissenheit nur gespielt war. »*Hyung* – «

Tyler ignorierte seinen Cousin und kam mit ausgestreckter Hand auf mich zu. Auch wenn das hier nicht gerade eine gewöhnliche Situation war, bemühte er sich, so normal und unbekümmert wie möglich rüberzukommen. Verschmitzt lächelte er mich an, der Schalk stand ihm in den Augen. »Tyler Young. Ich bin der Cousin dieses starrsinnigen Hornochsen.«

»Freut mich sehr.« Schnell ergriff ich seine Hand und drückte sie, seine Finger lang und schmal wie die von Hyun-Joon. »Ich bin Jade Hall. Ich bin ...« Ich stockte, unsicher, was ich sagen sollte. Ja, was genau war ich eigentlich? Hyun-Joons Ex-

Freundin? Eine Freundin der Familie? Eine ehemalige Lehrerin von Hyun-Siks Schule?

»Lass den Scheiß, *Hyung*.« Hyun-Joon stellte sich zu uns und zupfte sich mit einer Hand hektisch im Haar herum, als wolle er es sich am liebsten ausreißen. »Du weißt genau, wer sie ist.«

»Natürlich weiß ich das. Immerhin redest du ständig über sie.« Jetzt, wo Tyler direkt neben mir stand, bemerkte ich die zwei Schönheitsflecken unter seinen Augen. Die hohen Wangenknochen und die Form seiner Augen erinnerten mich an Hyun-Joon, doch seine Lippen waren voller, und auch die Gesichtszüge waren anders. Ihn schätzte ich auf knapp über dreißig, während seine Frau mir jünger vorkam. Vermutlich hatte sie ungefähr mein Alter, obwohl ihr Gesicht noch recht jugendlich wirkte. »Aber ihre eigene Antwort darauf ist so viel spannender.«

Hyun-Joon räusperte sich unbehaglich und wischte Tylers Hand fort, der mich sofort losließ, aber weiterhin aufmerksam musterte. Auch dann noch, als Hyun-Joon sich praktisch zwischen uns schob, auf seine Wangen legte sich ein dezenter Rotschimmer.

»Was machst du denn hier?« Seine Worte klangen nicht angriffslustig. Stattdessen glaubte ich, fast so etwas wie Erleichterung herauszuhören.

»Eigentlich bin ich hergekommen, um dir eine Standpauke zu halten, aber das hat dein Cousin ja schon für mich übernommen.«

»Mit exzellenter Rhetorik, wenn ich bitten darf.«

Ich konnte das Lachen nicht unterdrücken, das bei Tylers Worten aus mir herausplatzte, obwohl es ein wenig unpassend war. »Da du diese nun ja schon hinter dir hast, bin ich jetzt einfach nur da, um nach dir zu sehen.«

Hyun-Joon zerrte mit einer Hand an seinem übergroßen grauen Pulli, der zu der Jogginghose passte, in der er sich sonst sicherlich nur kurz vorm zu Bett gehen hätte erwischen lassen. »Und? Ich gebe ein ziemlich beschissenes Bild ab, was?«

»Nein. Du siehst einfach nur sehr erschöpft aus.« Ich spürte die Blicke von April und Tyler genau auf uns, weshalb ich dem Drang widerstand, Hyun-Joon zu berühren, auch wenn alles in mir danach schrie, seinen Kummer und seine Befangenheit damit zu besänftigen. »Hast du die letzten Nächte überhaupt mal geschlafen?«

Ertappt presste Hyun-Joon die Lippen aufeinander, und das allein war Antwort genug. Schon damals hatte er Schlafstörungen gehabt, die sich auch drei Jahre später offensichtlich noch nicht gelegt hatten. »Nicht wirklich.«

»Was in seiner Sprache so viel heißt wie gar nicht.« April gluckste, als sie dafür ein unzufriedenes Murren erntete. »Du lügst echt immer noch ziemlich schlecht.«

»Na vielen Dank auch, *Hyungsoo*.«

»Das sieht doch jeder an den schwarzen Augenringen, die du mit dir rumschleppst.« Locker legte Tyler seiner Frau den Arm über die Schulter, während er lässig in Hyun-Joons Richtung deutete, auf den Lippen ein breites Grinsen, das mit seinem auf Hochglanz polierten Ehering um die Wette strahlte, als Hyun-Joon seine Frau April *Hyungsoo*, also *die Ehefrau von Hyung*, nannte. »Sieht er nicht sogar ein bisschen aus wie ein Panda?«

Ich brauchte einen Augenblick, um zu realisieren, dass er mit mir sprach, und als ich Hyun-Joon anblickte, der blass um die Nase war und wirklich sehr dunkle Augenringe hatte, kicherte ich. »Ein bisschen schon.«

»Was wird das hier? Alle gegen Hyun-Joon?« Er rollte die Augen, doch seiner Stimme fehlte der nötige Biss, als dass ich mir wirklich Sorgen darüber machte, dass er wütend sein könnte. »Ich gehe mir eben was anderes anziehen. Das hält ja keiner aus.«

»Mach das.« Tyler sah Hyun-Joon nach, bis er die Hand auf die Türklinke seines Zimmers legte. »Und wenn du damit fertig bist, kannst du dir auch direkt Schuhe und Jacke anziehen, damit wir ins Krankenhaus fahren können. Und zwar wir alle.«

Hyun-Joon schaute gequält über die Schulter zurück, der neckende Sarkasmus aus Tylers Augen war verschwunden, als die beiden Männer einander einen langen Moment ansahen.

»*Hyung* – «

»Ich will kein Wort mehr hören. Hyun-Sik ist nicht dumm, und er weiß genau, dass etwas nicht stimmt. Glaubst du wirklich, du bist der Einzige in dieser Familie, der seine Schwester vermisst?« Diesmal erhob Tyler nicht die Stimme, doch sein Tonfall, so sanft er auch sein mochte, duldete keinen Widerspruch. »Er hat ein Recht darauf, Hyun-Ah zu sehen, und du wirst ihm früher oder später erklären müssen, was passiert ist. Je länger du damit wartest, desto schwerer wird es für alle Beteiligten. Also schlage ich vor, dass du langsam mal den Kopf aus dem Arsch ziehst, und endlich so für deine Familie da bist, wie ich es von dir kenne.«

Hyun-Joon biss die Zähne fest aufeinander, nickte aber dann abrupt, ehe er durch einen schmalen Spalt in seinem Zimmer verschwand.

Und im nächsten Moment war ich allein mit zwei Augenpaaren, die mich so eindringlich betrachteten, dass ich mich automatisch fragte, was genau sie wussten, obwohl die Frage nach dem, was sie nicht wussten, mich vielleicht noch ein bisschen stärker hätte beschäftigen sollen.

22. KAPITEL

검붉다 = Dunkelrot

»Kaum zu fassen, dass ich echt mit diesem Sturkopf verwandt bin.« Ich atmete erleichtert aus, da Tyler offensichtlich nicht vorhatte, mich mit Fragen zu löchern, sondern stattdessen auf Hyun-Joons Zimmertür zeigte, so, als würde sich dahinter ein gefährlicher Bulle und nicht sein Cousin verbergen.

April zog nur eine Augenbraue hoch, tätschelte ihrem Mann aber besänftigend in einer liebevoll sarkastischen *Klar-du-armer-Junge*-Geste die Brust. »Komisch, ich finde das nicht schwer zu glauben.«

Theatralisch schnappte Tyler nach Luft, wie ein Schauspieler in einer schlechten Daily Soap. »Willst du damit etwa sagen, ich wäre stur?«

April konterte mit einem übertriebenen Augenaufschlag, der mich schmunzeln ließ. »War die Anspielung nicht deutlich genug?«

»Du setzt echt alles daran, meinen ersten Eindruck bei Jade zu ruinieren, oder?«

»Dafür brauchst du meine Hilfe nicht.« April schlang die Arme um Tylers Taille und sah zu ihm auf, auf den Lippen ein triumphierendes Lächeln, das dem schelmischen Grinsen ihres Mannes in nichts nachstand und sich auf eigenartige Weise wie ein Pflaster auf die Wunden der letzten Tage legte. »Das schaffst du ganz alleine.«

»Wo du recht hast.« Tyler drückte ihr einen schnellen Kuss auf die Lippen, ehe er seine Augen erneut auf mich richtete. »Entschuldige bitte meinen Auftritt gerade eben. Ich habe bei diesem wandelnden Chaos vielleicht ein bisschen die Fassung verloren.«

»Ein bisschen ist die Untertreibung des Jahrhunderts.« April boxte Tyler in die Seite, der das Gesicht dramatisch verzog, obwohl der Schlag kaum wirklich geschmerzt haben konnte. »Ich bin mir sicher, es war nötig, aber ich denke, sobald wir aus dem Krankenhaus raus sind, solltest du dich bei ihm entschuldigen.«

Schuldbewusst zog Tyler die Schultern hoch, und auch wenn er Hyun-Joon nur entfernt ähnlich sah, erinnerte mich diese Geste durchaus an ihn. »Mache ich. Aber erst wenn er bei seiner Schwester war.«

»Sicher, dass du es so lange aushältst?«

»Nein, aber einen Versuch ist es wert, Däumeline.«

Das Paar küsste sich erneut, und schnell wandte ich den Blick ab. Ihre Liebe war offensichtlich und machte etwas mit mir, das ich nicht in Worte fassen konnte oder wollte. Ich rieb mir über die Oberarme und spähte zu der Tür, hinter der Hyun-Siks Zimmer lag. Ob er etwas von dem Streit mitbekommen hatte?

»Du warst Lehrerin an Hyun-Siks erster Grundschule, richtig?«

»Ja«, antwortete ich April, ohne den Blick von dem Türschild mit dem Pilz abzuwenden, hinter dem ein kleiner Junge wartete, dessen ganzes Leben bald zum wiederholten Male auf den Kopf gestellt werden würde. »Allerdings war ich nicht seine Lehrerin. Wir sind uns nur durch Zufall begegnet.«

»Hyun-Joon hat mir erzählt, dass du damals bei dem Problem mit seinen Mobbern geholfen hast«, sagte Tyler, sein

Tonfall sorgte dafür, dass ich ihn von der Seite her ansah und bemerkte, wie er mich musterte. »Der Kleine hat wohl einen ziemlichen Narren an dir gefressen. Er hat uns ganz ausführlich erzählt, wie schön es war, letztens mit dir zu frühstücken.«

Den Kommentar zum Frühstück überging ich gekonnt. »Und ich an ihm. Hyun-Sik ist ein ganz toller Junge.«

»Das ist er.« April und Tyler wechselten einen Blick, und als er nickte, lächelte die Rothaarige mich an, die etwas so Gewinnendes an sich hatte, dass man sofort das Gefühl bekam, sie Jahre und nicht nur wenige Minuten zu kennen. »Er wird sich riesig freuen, dich zu sehen.«

»Du kommst doch mit ins Krankenhaus, oder?«

Auf Tylers Frage gab es nur eine Antwort, die mir auch augenblicklich über die Lippen kam. »Natürlich.«

»Sehr gut. Ich bin mir sicher, alle wollen dich dabeihaben, auch wenn vielleicht nicht jeder in der Lage ist, das zuzugeben.« Hyun-Joons Cousin zwinkerte mir zu, und ich war ihm unendlich dankbar, dass er bei der erdrückenden Last dieser Situation eine solche Leichtigkeit an den Tag legte, die nicht deplatziert, sondern beruhigend wirkte, so, als wäre es einfach seine Art, an Probleme mit einem sonnigen Gemüt heranzugehen. Er spähte auf die große silberne Uhr an seinem Handgelenk und runzelte die Stirn. »Wie lange kann es denn bitte dauern, sich neue Klamotten anzuziehen?«

April lehnte sich herüber, um ebenfalls einen Blick auf das Zifferblatt werfen zu können. »Wir sollten wirklich langsam los, oder?«

»Sollten wir.« Tylers Gesichtsausdruck war irgendwo zwischen ungeduldig und besorgt einzuordnen, als er wieder zur Zimmertür seines Cousins spähte. »Was macht der denn so lange?«

»Vielleicht braucht er einfach noch einen Moment.« April deutete zu der geschlossenen Tür. »Jade, würde es dir etwas ausmachen, nach ihm zu sehen, während wir Hyun-Sik holen?«

»Was?«

Tyler fuhr sich mit einer Hand durchs Haar, ehe er mir seine Uhr unter die Nase hielt, die Bewegung ein wenig zu schnell, als dass ich die Zeit hätte ablesen können. »Wir sollten langsam mal los, wenn wir die Besuchszeit einhalten wollen. Und ich sollte da grad besser nicht reingehen, so wie ich ihn eben zusammengestaucht habe. Noch dazu vor dir, was er mir sicherlich die nächsten zehn Jahre nicht verzeihen wird, weil er nicht nur stur, sondern auch verdammt nachtragend ist.«

Eine Tatsache, die ich am eigenen Leib erfahren hatte, weswegen mich die Bitte der beiden zögerlich stimmte. »Aber – «

»Das wäre echt klasse, Jade.« April stemmte sich gegen ihren Mann und schob ihn in die Richtung von Hyun-Siks Zimmer. »Sag ihm, er hat noch zehn Minuten, bevor wir losfahren, okay?«

Die beiden verschwanden, bevor ich großartig protestieren konnte, und als die Tür hinter ihnen zufiel, fragte ich mich, was sie wohl über unsere Beziehung und unsere Trennung wussten. Es war jedoch nicht der richtige Moment, mir darüber den Kopf zu zerbrechen, und so trat ich einen Schritt auf die schlichte Holztür zu, hinter der Hyun-Joon vorhin verschwunden war. Unsicher hob ich die Hand, klopfte aber schließlich zaghaft nach einem kurzen Augenblick des Zögerns.

»Hyun-Joon?« Ich wartete, doch eine Antwort bekam ich nicht. »Hyun-Joon, ist alles okay?« Als auch diesmal kein Lebenszeichen erklang, nahm ich all meinen Mut zusammen und öffnete die Tür ein Stück, ehe ich den Kopf ins Zimmer steckte. Nur das Licht auf dem Schreibtisch brannte und tauchte

den kleinen Raum mit den marineblauen Wänden und zuge-
zogenen Vorhängen in schummriges Licht, an das meine Augen sich erst kurz gewöhnen mussten. Schemenhaft konnte ich
erkennen, dass die Tür zu seinem Kleiderschrank offen stand,
aus dem er scheinbar einige Teile gezogen hatte, die nun verteilt auf dem Boden lagen. »Entschuldige, aber wir wollen in
zehn Minuten los und –«

Ich brach ab, als ich Hyun-Joon sah, der auf der Kante
eines schmalen Bettes saß. Seine schwarze Jeans hatte er bereits angezogen, aber sein Oberkörper und seine Füße waren
noch nackt, und er starrte wie hypnotisiert auf das dunkelgrüne
Sweatshirt in seinen Händen.

»Hyun-Joon?«

Mir blieb die Luft weg, als er aufschaute, mit Tränen in den
goldenen Augen, die so verletzlich wirkten, wie ich sie noch nie
zuvor gesehen hatte. Noch nicht mal in diesen Momenten im
Frühling vor drei Jahren, mit seiner Haut an meiner, als er mir
erlaubt hatte, einen Blick hinter die Fassade des starken Mannes zu werfen. Er hielt mir das Sweatshirt hin, ließ es dann aber
wieder sinken, ohne ein Wort zu sagen, und fuhr mit dem Daumen über den Stoff. »Es ist kalt draußen, oder?«

»Ja, sehr. Es schneit ziemlich stark.«

»Mhm.« Er nickte, keine Ahnung, ob aus Zustimmung oder
aus Gewohnheit. »Ich wollte mir etwas Warmes anziehen,
aber …« Er stockte, die Worte mehr hervorgewürgt als wirklich gesprochen. »Es ist das wärmste Sweatshirt, das ich habe,
aber ich kann es nicht anziehen. Ich kann einfach nicht.«

Erneut warf ich einen Blick auf das Kleidungsstück, die
dunkelgrüne Farbe kam mir auf seltsame Art und Weise vertraut vor, bis ich realisierte, welches Sweatshirt er da heraus-
gesucht hatte. Jetzt in dem schummrigen Licht und ohne Nässe von geschmolzenem Schnee erkannte ich erst, dass es mehr

der Farbe Kieferngrün als dunklem Blaugrün entsprach. Meine Hand schloss sich fester um den Türgriff. »Joon …«

»Fahren wir wirklich *Noona* besuchen?«

Als ich Hyun-Siks freudig aufgeregte Stimme hinter mir hörte, dachte ich nicht länger nach, sondern schlüpfte durch den Spalt in Hyun-Joons Zimmer, ehe ich die Tür hinter mir schloss. Er musste seinen großen Bruder nicht so sehen, der stets darauf erpicht war, vor seinen Geschwistern den Starken zu mimen, ganz egal, wie schlecht es ihm auch ging. Und jetzt gerade ging es ihm alles andere als gut.

»Es ist nur ein Stück Stoff, richtig?« Hyun-Joon sah mich an. Offensichtlich hatte er die Stimme seines kleinen Bruders überhaupt nicht registriert. »Warum also krieg ich es nicht hin, es einfach anzuziehen?«

»Weil es eben nicht nur ein Stück Stoff ist, Joon.« Ich trat näher an ihn heran, weil ich die Distanz zwischen uns kaum ertragen konnte, auch wenn der Raum sehr klein war. »Es ist eine Erinnerung an ein sehr schmerzhaftes Ereignis, das erst wenige Tage her ist und noch keine Chance hatte, ansatzweise zu heilen.«

Hyun-Joons Hand fuhr über seine Brust zu der Kette mit dem schlichten Anhänger, von der ich wusste, dass er sie niemals abnahm. »Kann es das überhaupt jemals?«

»Was?«

»Heilen?« Er guckte mich an, seine Augen voller Zweifel. »Ich kann nicht einmal die Augen schließen, ohne sie wieder auf diesem beschissenen Geländer sitzen zu sehen, Jade.«

Ich dachte an meinen Vater. An die Pillendose in seiner schwachen Hand und an das Orange der Verpackung, das auch jetzt, Jahre später, noch dafür sorgte, dass ich in jedem Geschäft um Artikel mit genau dieser Farbe einen großen Bogen mach-te, die sich niemals in auch nur einem einzigen meiner Gemälde wiederfand. »Nein, aber es wird irgendwann leichter, damit umzugehen.«

Hyun-Joon schüttelte den Kopf. »Das mit meinem Vater ist Jahre her, und ich könnte immer noch jedes Mal kotzen, wenn ich über eine Brücke fahren muss.«

»Aber du kannst es.« Ich ging einen weiteren Schritt auf Hyun-Joon zu, getrieben von der Hoffnung, den Schmerz vertreiben zu können. Gleichzeitig wusste ich, dass das unmöglich war, wenn man bedachte, wie jung er und seine Geschwister gewesen waren, als sie ihren Vater verloren hatten. »Du kannst über die Brücke fahren, ohne dich zu übergeben. Das allein ist schon ein Sieg.«

Hyun-Joon sagte nichts, starrte bloß nachdenklich auf das Sweatshirt in seiner Hand. »Ich habe keine Ahnung, was ich anziehen soll.«

»Dann lass mich dir helfen.« Ich überbrückte auch das letzte bisschen Abstand zwischen uns und hockte mich vor ihn, ehe ich die Hände vorsichtig um seine schloss, die noch immer das Oberteil festhielten. »Lass mich etwas für dich heraussuchen, Hyun-Joon.«

Die Hand, die er über die Kette gelegt hatte, ballte sich zur Faust, als er mich betrachtete. »Warum?«

»Warum was?«

Hyun-Joon sah mir tief in die Augen und tauchte alles um mich herum in Gold. Doch diesmal war es nicht kalt und erdrückend, sondern warm und einladend, sodass es mich fast die Fasern von Indigo vergessen ließ, die sich durch jeden unserer gemeinsamen Momente zogen und die auch vor diesem hier keinen Halt machten. »Warum bist du hier, Jade?«

Meine Fingerspitzen fuhren über seine Knöchel, feste Erhebungen unter der warmen Haut, in deren Zwischenräume meine Finger genau hineinpassten, wenn ich seine Hand hielt.

»Weil du auch immer für mich da warst, wenn ich dich gebraucht habe.«

Hyun-Joon sog scharf die Luft ein, und seine Haut färbte sich weiß, weil er die Hand dermaßen fest in den Stoff des Sweatshirts krallte.

»Also, wirst du mich dir helfen lassen?«

Einige Atemzüge lang waren nur die gedämpften Stimmen aus dem Nebenzimmer zu hören. Doch dann endlich nickte Hyun-Joon.

»Okay«, murmelte ich leise und ließ seine Hand los, um mir das Oberteil zu greifen. Stumm stand ich auf, zog das Stück Stoff zwischen seinen Fingern hervor, ehe ich es behutsam faltete. Auf den Zehenspitzen balancierend legte ich es oben auf den Kleiderschrank, weit weg von all den Sachen, die Hyun-Joon tagtäglich trug, aber dennoch in Reichweite, wenn er irgendwann einmal so weit war, um es erneut in die Hand zu nehmen, auch wenn ich aus eigener Erfahrung wusste, dass es vermutlich Monate dauern würde.

Schweigend suchte ich in Hyun-Joons Kleiderschrank nach etwas Warmem und entschied mich schließlich für einen Rollkragenpullover und eines der unzähligen Hemden, die er besaß. Mit beidem in der Hand ging ich zu ihm zurück, und ohne ein Wort der Aufforderung hob er die Arme über den Kopf und ließ zu, dass ich ihm half, in den Rollkragenpullover zu schlüpfen. Behutsam fischte ich die Kette unter dem Kragen hervor, das Hemd über meinen Arm gefaltet, während ich mir Zeit ließ, Kette und Haar zu richten, in dem Versuch, eine Ruhe auszustrahlen, die ich nicht wirklich spürte.

Ich wollte einen Schritt zurücktreten, damit Hyun-Joon sein Hemd anziehen konnte, doch plötzlich schlangen seine Arme sich um meine Mitte, und er zog mich an sich. Er presste seine Stirn gegen meinen Bauch und atmete tief ein und aus. Wie von selbst glitt meine Hand in sein dunkelrotes Haar, und ich strich behutsam durch die weichen Strähnen, die sich so vertraut anfühlten. Seltsam, in der dunklen Gasse vor ein paar Wochen hatte ich sie noch als fremdartig wahrgenommen, ihr Rot wie nasses Blut, das an seinen Händen hätte kleben müssen, so tief, wie er seine Krallen in mein Herz geschlagen hatte. Aber jetzt waren sie nicht mehr abschreckend, sondern ebenso wie das Gold seiner Augen: vertraut.

Und ganz egal, wie oft Hyun-Joon sie auch färben mochte. Ganz egal, wie spröde oder seidig sie waren, oder welche Länge sie auch hatten. Ich würde für immer wissen, wie diese Strähnen sich unter meinen Fingern anfühlten.

Ganz gleich, was auch geschah.

23. KAPITEL

재회 = Wiedersehen

Ein Hoch auf Kinder.

Dieser Gedanke kam mir, als Hyun-Sik mit seinem aufgeregten Geplapper die Stille im Wagen füllte, die sich sogleich ausgebreitet hatte, nachdem wir losgefahren waren. Glücklicherweise war er sich der gedrückten Stimmung nicht bewusst, die herrschte, und auch wenn er große Augen gemacht hatte, als wir ihm gesagt hatten, dass wir Hyun-Ah im Krankenhaus besuchen würden, schien doch die Freude auf das kommende Wiedersehen zu überwiegen. Als ich ihm beim Anschnallen geholfen hatte, hatte April mir zugeflüstert, dass es eventuell auch ein bisschen daran liegen könnte, dass ich dabei war, was ich bezweifelte, wenngleich sein fröhliches Quietschen und seine feste Umarmung vorhin die verwaschenen Grautöne meiner Erschöpfung mit seinem eigenen Sonnengelb vertrieben hatten.

»Und ich kann jetzt den Switch auf dem Skateboard!«

»Oh wirklich?« Ich lächelte Hyun-Sik an, der darauf bestanden hatte, dass ich auf der Rückbank in der Mitte saß, damit er in Ruhe mit mir plaudern konnte, um die Dinge nachzuholen, die wir bei meinem letzten Besuch nicht hatten besprechen können. Seine Aufregung darüber, seine Schwester gleich wiederzusehen, war so deutlich spürbar, dass sie mich ebenfalls unruhig machte. »Was ist denn ein Switch?«

»Das ist, wenn man seine Fußstellung drehen kann. Also wenn man beliebig wechseln kann, welches Bein man vorne hat, ohne hinzufallen. *Hyung* hat es mir beigebracht und meinte, dass ich das erst hinbekommen muss, bevor er mir kompliziertere Tricks zeigt. Cool, oder?«

»Auf jeden Fall.«

»Willst du es mal sehen? Wir können ja mal wieder zu dritt in den Skatepark gehen, dann zeige ich es dir. Und *Noona* könnten wir eigentlich auch mitnehmen.« Hyun-Sik lehnte sich auf seinem Sitz nach vorne, seine dürren Beine baumelten in der Luft, und das, obwohl er so einen gewaltigen Schuss gemacht hatte. »Wollt ihr auch mit, Tae-Il-*Hyung*?«

Tyler, dessen koreanischer Name Tae-Il war, wie ich mitbekommen hatte, lachte nur und funkelte den übermütigen Jungen belustigt durch den Rückspiegel an, bevor er sich wieder auf die Straße konzentrierte. »Dafür ist es im Moment ein bisschen kalt, findest du nicht, Hyuni?«

»Es gibt doch Indoor-Parks.« Hyun-Sik reckte den Hals und spähte an mir vorbei zu seinem großen Bruder, der still und angespannt und mit vor der Brust verschränkten Armen neben mir saß und nervös mit dem Fuß wippte. »Können wir hingehen, *Hyung*? Bitte.«

»Vielleicht ein andermal, Hyuni.« Seine Hände umfassten seine Oberarme etwas fester, die nach kurzer Diskussion an der Haustür jetzt in einer dicken Pufferjacke steckten. »Es wird noch eine Weile dauern, bis Hyun-Ah nach Hause und mitkommen kann.«

Die Begeisterung in Hyun-Siks honigfarbenen Augen bekam einen ordentlichen Dämpfer, und er sah mich fragend an, die kindliche Unschuld auf seinen Zügen war entwaffnend. »Ist *Noona* wirklich so krank, *Seonsaengnim*?«

Ich streckte die Hand aus und strich dem Jungen, der so

leicht mein Herz erobert hatte, durch die dunkelbraunen Haare. »Es wird leider wirklich ein bisschen dauern, bis sie nach Hause kommen kann, fürchte ich.«

»Wieso?« Schmollend schob er die Unterlippe vor. »Als ich mir letzten Sommer das Bein gebrochen habe, durfte ich auch schnell wieder nach Hause.«

»Das, was Hyun-Ah hat, ist aber leider nichts, was man sehen kann, Hyuni.« Hyun-Joons Stimme war sanft und einfühlsam, als er seinem kleinen Bruder zu erklären versuchte, was los war. »Außerdem verheilt es etwas anders als ein Beinbruch, weshalb sie Ärzte braucht, die sich gut um sie kümmern.«

Angst machte sich auf den Zügen von Hyun-Sik breit, und ich legte den Arm um ihn und zog ihn näher an mich. »Sie wird aber wieder gesund, oder?«

»Ja, wird sie.« Ich rieb ihm über die schmächtigen Schultern, die mir trotz der dicken Winterjacke noch immer unfassbar zerbrechlich vorkamen, die aber zum Glück nicht länger das Gewicht von ständigem Mobbing tragen mussten, sondern durch Freude und schulische Erfolge gestärkt waren. »Es wird nur einfach ein bisschen dauern. Das ist alles.«

»Wirklich?«

Ich nickte bekräftigend, doch das schien ihm nicht zu reichen, und so sah er auf der Suche nach Bestätigung zu Hyun-Joon.

»Wirklich, *Hyung?*«

Aus einem Reflex heraus ergriff ich mit meiner freien Hand Hyun-Joons und drückte fest zu, um ihm die nötige Kraft und Zuversicht zu geben, die er für seine Antwort brauchen würde. Überrascht sah er mich an, doch ich nickte ihm nur kaum merklich zu, und scheinbar war das genug. Er rang sich, trotz seiner eigenen Nervosität, ein Lächeln ab, das zwar nicht ganz seine Augen erreichte, aber offensichtlich ausreichte, um

Hyun-Sik zu beruhigen, denn die Anspannung wich aus seinen zierlichen Schultern, sobald Hyun-Joon nickte.

»Natürlich. Du weißt doch, dass sie stärker ist als sie aussieht.«

Hyun-Sik schien einen Augenblick lang über die Worte seines Bruders nachzugrübeln, aber dann nickte auch er überzeugt. »Stimmt.« Er guckte mich wieder aus großen Augen an. »Wusstest du, dass *Noona* sich einmal bei einer Aufführung den Zeh gebrochen und trotzdem noch weitergetanzt hat?«

»Oh Schreck, wirklich?« Auch wenn ich die Geschichte bereits von Hyun-Ah kannte, legte ich so viel gespielte Unwissenheit in meine Stimme, wie ich konnte, nur um Hyun-Sik ein bisschen abzulenken. »Wann war das denn? Das musst du mir unbedingt erzählen.«

Und genau das tat Hyun-Sik auch, in seiner Stimme lag ganz viel Bewunderung für seine große Schwester, die er offensichtlich in den letzten Tagen mehr vermisst hatte, als wir alle geahnt hatten. Und je mehr er über sie sprach, desto fester hielt Hyun-Joon meine Hand, während er den Blick abwandte und aus dem Fenster starrte, sein Gesicht nichts weiter als ein verschwommenes Bild in der Reflexion, in dem ich die messerscharfen Kanten von Anspannung und Sorge erkennen konnte, wann immer die Lichter der Stadt es mir erlaubten, einen klareren Blick auf den Mann zu werfen, der wieder einmal versuchte, den Starken zu mimen.

Nach einer Weile bogen wir auf den Parkplatz des großen Universitätsklinikums ein, das zwischen Wolkenkratzern und Hochhäusern stand und es mit seinem schlichten Leuchtschild trotzdem schaffte, Aufmerksamkeit zu erregen. Jetzt, nach der üblichen Feierabendzeit, war der Parkplatz sehr voll, das Krankenhaus würde gewiss ebenso überschwemmt sein von Angehörigen, die ihre Liebsten besuchen wollten. Tyler drehte ein paar Runden, ehe er eine freie Parklücke weit entfernt vom Eingang fand, in die der SUV kaum hineinpasste. Einer nach dem anderen stiegen wir aus, und meine Hand fühlte sich ohne Hyun-Joons in meiner seltsam leer an. Er stapfte ein paar Schritte voraus über den mit Schneematsch bedeckten Asphalt, die Hände tief in den Jackentaschen vergraben und den Blick zu Boden gerichtet, so, als könnte er es nicht ertragen, das Krankenhaus anzusehen, ohne in die andere Richtung davonzulaufen.

Hyun-Sik hingegen schien immer aufgeregter, je näher wir den Türen kamen, und April und Tyler, die ihn zwischen sich und an die Hände genommen hatten, schafften es kaum, den Jungen zu bremsen.

Als wir über die Schwelle ins Foyer traten, begrüßte ich die Wärme, die uns umfing, auch wenn der Geruch nach Desinfektionsmittel, an den ich mich niemals gewöhnen würde, mir wieder einmal Übelkeit verursachte. Doch nachdem ich tagelang immer nach Feierabend hergekommen war, war es etwas leichter auszuhalten, die Galle nicht sofort in meiner Kehle, die ich kaum hinunterschlucken konnte.

Hyun-Joon stand unschlüssig etwas von uns entfernt, seine Augen zuckten unstet hin und her, als er sich in dem großen Foyer umsah, in dem es vor Angehörigen und Patienten in gleichen Patientenhemden nur so wimmelte. Natürlich, er wusste nicht, wohin er gehen musste. Er war ja noch nicht hier gewesen, seitdem Hyun-Ah von der Notaufnahme auf ihre Station verlegt worden war.

»Es ist ganz leicht«, erklärte ich mit einem Lächeln an die anderen gewandt und schloss zu Hyun-Joon auf, dem ich die Hand auf die Schulter legte. »Ihr müsst einfach nur den violetten Linien auf dem Boden folgen. Sie liegt auf Station A1 in Zimmer 134.«

Er blickte mich an, das Gold seiner Augen schien eigenwillig verloren in den weißen Weiten des Krankenhauses, in das er nicht einmal einen einzigen Fuß hatte setzen wollen, beinahe wie ein kleiner Farbklecks auf einer übergroßen Leinwand, die man nie vollständig füllen konnte.

Ich ließ meine Hand sinken und machte einen Schritt vorwärts, doch Hyun-Joons Finger schlossen sich um mein Handgelenk, und er hielt mich zurück, während Tyler und April gemeinsam mit Hyun-Sik vorausgingen, der mit kindlicher Freude auf dem Strich balancierte wie ein Hochseilartist.

»Ich bin nicht sicher, ob ich das kann.« Hyun-Joons Worte mischten sich mit den Stimmen um uns herum, und sie waren so leise, dass sie beinahe in diesem Gewirr untergingen. Hören konnte ich sie trotzdem, so nah wie wir beieinanderstanden.

»Doch, du kannst.« Ich legte meine Hand über seine und drückte bestätigend zu. »Du hast doch immer gesagt, dass du nie davonlaufen willst, nur weil dir etwas Angst macht.«

Gequält verzog er das Gesicht, als ich ihn an seine eigenen Worte erinnerte, gesprochen auf einer Parkbank in angenehmer Frühlingswärme, meilenweit von dem harschen und kalten Winter entfernt, den wir jetzt gerade durchlebten. Ein Nachmittag, den ich in meinen Erinnerungen oft besuchte, in schwachen Momenten, in denen ich Stärke brauchte.

»Jade …«

»Du wirst es dein Leben lang bereuen, wenn du jetzt auf dem Absatz kehrtmachst«, sagte ich mit so viel sanftem Nachdruck in der Stimme, wie ich aufbringen konnte. »Hyun-Ah braucht dich jetzt, so wie Hyun-Sik dich damals gebraucht hat. Und auch wenn du es dir vielleicht nicht eingestehen willst, glaube ich, dass auch du sie jetzt brauchst und dass du sie eigentlich sehen möchtest, ganz egal, wie verunsichert und besorgt du auch sein magst. Denn du bist einfach nun mal so. Du liebst deine Geschwister, was der Grund dafür ist, warum es dir so schwerfällt herzukommen. Weil du nicht erträgst, mit anzusehen, wie Hyun-Ah leidet. Und ich denke, das ist ganz normal. Aber du bist stärker als das. Das warst du immer und das wirst du immer sein.«

Gold traf auf Blau, und ich hielt den Atem an, als ich spürte, wie Finger über meine Haut glitten, ehe sie sich zwischen meine schoben, und mein Herz setzte einen Schlag lang aus, als Hyun-Joons Fingerkuppen sich gegen meinen Handrücken drückten. Er hielt meine Hand ganz fest, klammerte sich beinahe an mich, so, wie es die Fragmente meines Herzens taten, wann immer wir allein waren, in dem verzweifelten Versuch, nicht in seine Einzelteile zu zerfallen.

»Danke.«

Es war nur ein einziges Wort, und doch wog es so viel schwerer als Tausende andere es hätten tun können. Ich strich sanft mit meinem Daumen über seinen, bevor wir uns langsam in Bewegung setzten. Erst zögerlich, aber dann mit immer mehr Sicherheit, als wir der violetten Linie auf dem Boden folgten. Das Prozedere vor der geschlossenen Psychiatrie ließ Hyun-Joon über sich ergehen, bis wir schließlich passieren durften und uns kurz darauf vor der Tür von Hyun-Ahs Zimmer wiederfanden. Hyun-Joon hob die Hand, um anzuklopfen, ließ sie aber dann unverrichteter Dinge wieder sinken.

Ich überlegte, ob ich das für ihn übernehmen sollte, um ihm zumindest diese kleine Hürde zu erleichtern. Es war aber nun mal ein Schritt, den Hyun-Joon selbst tun musste, weshalb ich mich dagegen entschied. Stattdessen blieb ich einfach weiter an seiner Seite und hielt seine Hand, während Hyun-Joon mit seinen inneren Dämonen rang, denen nur er selbst Einhalt gebieten konnte.

Nach einer Weile legte er den Kopf in den Nacken, starrte einen Augenblick lang in das helle Licht der Neonröhren und atmete ein paarmal tief durch. Seine Schultern hoben und senkten sich schwer. »Lass mich nicht los, okay?«, bat er mich, seine Stimme klang rau und voller Emotionen, die auch mich in diesem Augenblick überschwemmten und sich in meiner Brust festsetzten, die sich viel zu eng anfühlte.

»Okay.«

Erneut hob er die Hand, und sein Klopfen hörte sich so viel fester und entschlossener an, als wir beide uns wahrscheinlich fühlten. Die Tür wurde von innen geöffnet, und Tyler blickte uns entgegen. Er klopfte Hyun-Joon brüderlich auf die Schulter und machte uns den Weg frei. Seite an Seite traten wir über die Schwelle in das Krankenzimmer, das mir mittlerweile schon vertraut war, in dem heute allerdings viel mehr Menschen zusammenkamen, als ich es gewohnt war.

Mrs Kang saß auf ihrem üblichen Platz auf der Fensterbank, doch diesmal war sie nicht allein. April hockte direkt neben ihr und hielt ihre Hand, während sie beide zum Bett sahen, auf dem Hyun-Ah lag, Hyun-Sik im Arm und die Wangen tränennass. Sie drückte die Nase in sein Haar, und ihr kleiner Bruder klammerte sich fest an sie. Auf seinem sonst so unbekümmerten Gesicht zeichnete sich große Erleichterung ab, nicht mal die Schuhe hatte er ausgezogen, die jetzt einen nassgrauen Fleck auf der Bettdecke hinterließen.

Hyun-Joon stand regungslos wie eine Statue neben mir, während er seine Geschwister betrachtete und meine Hand so fest drückte, dass es schmerzte. Doch ich ließ ihn nicht los, ertrug den Schmerz, der sich heiß durch meine Hand zog, nur um ihm weiterhin beizustehen und mein Versprechen zu halten.

Ich würde an seiner Seite sein. Ich würde nicht davonlaufen. Diesmal nicht.

Hyun-Ah sah auf, als Tyler hinter uns leise die Tür schloss, und ihre Augen wurden groß, als sie Hyun-Joon bemerkte. Noch mehr Tränen quollen hervor, rannen über ihre Wangen, die längst rot und fleckig waren, während ihre Knöchel weiß hervortraten, weil sie die Hände in Hyun-Siks Jacke krallte.

»*Oppa*«, brachte sie dieses kleine Wort heiser hervor, das so aufgeladen mit Emotionen war, die schon viel zu lange Zurückweisung erfahren hatten. Langsam löste sie eine Hand von Hyun-Sik und streckte sie nach ihrem älteren Bruder aus. »Schön, dich zu sehen.«

Hyun-Joon nickte ruppig, seine Augen fest auf seine kleine Schwester gerichtet, und doch wirkte er meilenweit entfernt, offensichtlich gefangen auf der Brücke. Eine Momentaufnahme, die sich sicherlich auch jetzt vor sein inneres Auge schob und das warme Krankenzimmer mit Erinnerungen an Schnee und Eis füllte.

Beruhigend strich ich mit dem Daumen über seinen Handrücken, in der Hoffnung, ihm ein bisschen von der Stärke zurückgeben zu können, die er mir damals so oft gegeben hatte.

»Danke«, murmelte Hyun-Ah leise in die Stille hinein, doch die Enttäuschung konnte sie nicht verbergen, als sie die Hand sinken ließ. »Und es tut mir leid.«

Ich wusste nicht, wie oft ich diese Worte jetzt aus ihrem Mund gehört hatte, doch jedes Mal klangen sie verzweifelter, so, als könnte sie nicht glauben, dass ihr jemals jemand verzeihen würde, ganz gleich, wie oft ihre Mutter oder ich versucht hatten, sie vom Gegenteil zu überzeugen.

Hyun-Joon hielt meine Hand noch fester, rührte sich allerdings keinen Millimeter. Auf seinen Zügen wechselten sich unzählige Fragmente von Emotionen wie Freude, Unsicherheit, Sorge und Erleichterung ab.

»Es tut mir wirklich so unfassbar leid. Ich hätte nicht …« Hyun-Ah brach ab und sah auf Hyun-Siks Haarschopf hinab, der das Gesicht an ihrer Brust vergrub. Er war ganz offensichtlich mit dieser spannungsgeladenen Atmosphäre im Raum hoffnungslos überfordert, die er nicht einordnen konnte, deren Gewicht wir aber alle spüren konnten. »Ich weiß nur einfach nicht, wie ich weitermachen soll. Ich weiß nicht, was ich – «

»Wir finden etwas.« Hyun-Ah sah ihren großen Bruder überrascht an, als er plötzlich zu sprechen begann. »Wir werden eine Lösung für das alles finden, Hyun-Ah-Ya. Gemeinsam.«

»*Oppa* …«

Hyun-Joon löste sich von mir, und ich ließ ihn gehen. Seine Schritte waren groß und sicher, als er auf das Bett zuging, ehe er sich auf die Kante setzte und sie in eine Umarmung zog, die andere Hand auf dem schmalen Rücken seines Bruders, und sie beide hielt, so, als wären sie seine ganze Welt, die es zu beschützen galt.

»Entschuldige, dass ich so lange gebraucht habe, um herzukommen.«

Ich stützte mich mit der Hand an der Wand ab, als mein Herz schmerzhaft zu flattern begann. Hyun-Joon drückte seine beiden Geschwister fest an sich, die sich vertrauensvoll an ihn klammerten, in dem Wissen, dass sie bei ihm sicher waren, ganz gleich, was auch geschah.

Wenige Meter von mir entfernt saß endlich wieder der Mann, den ich so sehr geliebt hatte. Und ich hatte ihn noch nie mehr vermisst als in diesem Augenblick, in dem ich zugleich Zuschauerin und Akteurin war, auf diesem schmalen Grat zwischen Freundschaft, Hass und einer Liebe, die wir beide nicht hinter uns lassen konnten. Und langsam fragte ich mich, ob auch nur einer von uns es jemals wirklich versucht hatte.

24. KAPITEL

심사숙고 = Lange und intensiv
über etwas nachdenken

»Also, ich weiß nicht, wie es euch geht, aber ich könnte jetzt was zu essen vertragen.« Tyler streckte sich, als wir das Krankenhaus verließen, die Nacht längst schwarz und die Sterne kaum zu sehen, so verhangen, wie der Himmel heute war. Kälte fraß sich sofort durch meine Kleidung, und ich schlang die Arme auf der Suche nach Wärme um mich selbst, die sich sofort einstellte, als Hyun-Joon einen Schritt näher an mich herantrat.

»Gott ja, ich auch. Ich bin fast am Verhungern.« April presste sich die Hand auf den Magen und sah zu Hyun-Sik, der glücklich und zufrieden über den nun deutlich leereren Parkplatz schlenderte. »Worauf hättest du Lust, Hyuni?«

Kurz überlegte er, und unter dem Licht der Laternen konnte ich durchaus die Anzeichen von Müdigkeit erkennen, die sich auf seinem Gesicht zeigten, die er aber tapfer zu verbergen versuchte. »*Baechu Doenjang Guk?*«

»Das habe ich lange nicht gegessen.«

April, die sah, wie Hyun-Sik bei einem seiner etwas zu enthusiastischen Hüpfer ins Straucheln geriet, hielt ihn am Kragen seiner Jacke aufrecht, während sie Tyler interessiert musterte. »Was ist das?«

»Eine Suppe mit Kohl und Rindfleisch.« Tyler verbarg ein Gähnen hinter seiner Hand, welches in Kombination mit seinem knurrenden Magen sogar mich zum Schmunzeln brachte. »Es ist superlecker.«

»Klingt gut. Und danach sollten wir zusehen, dass wir alle ins Bett kommen. Es war ein langer Tag.« Aprils feuerrote Locken sprangen um ihren Kopf herum, als sie sich zu Hyun-Joon und mir umdrehte. Ob wir uns bewusst hatten zurückfallen lassen, wusste ich nicht, und jetzt, wo sie mich mit einem einzigen Blick darauf aufmerksam machte, spürte ich, wie mir Hitze in die Wangen stieg. »Wollt ihr auch mit?«

Ich wollte schon antworten, doch Hyun-Joons Hand, die sich auf meinen unteren Rücken legte, brachte mich überrascht zum Schweigen.

»Ich habe nicht wirklich Hunger. Und du, Jade?«

»Ich auch nicht.« Das war zwar eine Lüge, sie kam mir aber ganz automatisch über die Lippen, die so vertraute Geste, die nicht so richtig zu dem Hyun-Joon der letzten Wochen passen wollte, hatte mein Interesse geweckt.

Tyler schnalzte mit der Zunge. »Ihr solltet beide besser was essen.«

»Sie sind ja erwachsen und können das selbst entscheiden, du alte Glucke.« April nahm Hyun-Sik an die Hand und schob ihren Mann an der Schulter vor sich her. »Sehen wir uns morgen hier im Krankenhaus, Hyun-Joon?«

Hyun-Joon nickte, seine Hand lag nach wie vor auf meinem Rücken, warm und schwer und angenehm, trotz der Gänsehaut, die sie auslöste. »Ja, *Hyungsoo*.«

April lächelte, warm und ehrlich. »Was ist mit dir, Jade?«

Ich dachte an den langen Tag, den ich morgen vor mir hatte, und verzog unzufrieden das Gesicht. Einerseits wollte ich mehr Zeit mit Tyler und April verbringen, andererseits war mir bewusst, dass ich meine Arbeit in den letzten Tagen schwer vernachlässigt und nun einiges aufzuholen hatte. »Ich hab morgen einiges auf dem Tisch. Ich denke also, ich werde, wenn überhaupt, erst sehr spät hier sein können.«

»Wie schade, aber das ist nicht zu ändern. Dann muss ich dich wohl ein andermal über deine Zeit in Singapur ausquetschen.« April hob zum Abschied die Hand. »Vielleicht schaffen wir es ja noch, uns auf einen Kaffee zu treffen, bevor Tyler und ich zurück nach Bora-Bora fliegen.«

»Das würde mich sehr freuen.« Und genauso meinte ich es auch. Ich mochte Tyler und April und wollte gerne noch etwas Zeit mit ihnen verbringen.

»Mich auch.« Ihr Blick wechselte zwischen Hyun-Joon und mir hin und her, ehe sie sich endgültig abwandte. »Bis dann, ihr zwei.«

»Aber Zwerg, ich denke wirklich – «

»Halt den Schnabel und geh einfach weiter, Ty.«

Wir sahen den dreien noch nach, bis sie den SUV erreichten und einstiegen. Erst als sie fortfuhren, traute ich mich, Hyun-Joon anzusehen. Seine Züge wurden von dem Licht der Leuchtschrift über den Krankenhaustüren angestrahlt. »Hast du echt keinen Hunger?«

»Um ehrlich zu sein, ist mir mehr nach Soju als nach Essen.« Seine Hand drückte sich fester in meinen Rücken, und ich lehnte mich automatisch in die Berührung. »Auf dem Weg hierhin habe ich ein *Pojangmacha* um die Ecke am Straßenrand gesehen. Ich weiß allerdings nicht, ob es noch da ist oder ob eine Streife sie schon weggeschickt hat.«

Auch ich erinnerte mich an den fahrbaren Imbissstand mit dem roten Zelt, von denen manche sich wünschten, dass sie aus dem Stadtbild verschwinden würden, die für mich aber irgendwie zu Korea dazugehörten, auch wenn man sie immer seltener sah. Sie waren Kult, doch aufgrund verschiedener Gesetze mittlerweile zu einer Rarität verkommen. Dennoch war ich schon einige Male mit meinen Freunden in so einem Zelt eingekehrt, wenn die Bars und Restaurants der Stadt zu überlaufen waren oder wir einfach mehr Lust auf diese ganz spezielle Atmosphäre gehabt hatten, und wir durch Zufall eins in einer Seitenstraße entdeckt hatten, wo die Stadt sie duldete, weil sie dort nicht den Verkehr behinderten. Obwohl es kalt war und wir durchaus ein Stückchen laufen mussten, sah ich dem leckeren Essen und dem bitteren Soju jetzt schon mit Vorfreude entgegen. »Klingt gut.«

Etwas überrascht sah er mich an. »Also kommst du mit?«

»Wenn ich darf.« Ich versuchte mich an einem Lächeln. »Außerdem hat Lauren mir mal gesagt, dass man Freunde niemals allein trinken lassen soll.«

Hyun-Joons Hand glitt auf meinem Rücken höher nach oben, und ich erschauderte. »Sind wir das denn? Freunde, meine ich?«

»Ich weiß es nicht«, antwortete ich ehrlich, denn die Frage beschäftigte auch mich, seitdem Tyler sie gestellt hatte. »Aber genau so wenig weiß ich, was wir sonst sind.«

Darauf hatte Hyun-Joon offensichtlich ebenso wenig eine Antwort wie ich. Als seine Hand sich in meinen Nacken legte und seine kühlen Ringe gegen meine Haut drängten, fühlte es sich allerdings ganz und gar nicht wie die Berührung eines Freundes an. Doch im nächsten Moment war sie auch schon wieder fort, und Hyun-Joon schob die Hände tief in seine Jackentaschen und ging los.

»Komm, immerhin ist es noch ein Stück.«

Der Schnee fiel weiterhin, doch die Flocken waren klein und würden die Stadt nicht wieder in völliges Chaos stürzen. Etwas, das sich auch auf dem Gehweg vor dem Krankenhaus bemerkbar machte, auf dem, trotz der späten Stunde, noch reges Treiben herrschte. Hyun-Joons Schritte gaben den Takt vor, doch ich wusste, er nahm Rücksicht auf mich, ohne mich wäre er sicherlich viel schneller gewesen. Zum Glück dauerte es nicht allzu lang, bis das *Pojangmacha* in Sicht kam, und als wir durch die Öffnung am Eingang in die mollige Wärme des Zeltes traten, in dem ein paar Heizstrahler neben der Küche des Imbisswagens für Wärme sorgten, seufzte ich zufrieden. Einen Platz bekamen wir problemlos, denn nur sechs der insgesamt zwölf weißen Klapptische mit den Plastikhockern darum waren besetzt.

Ich spähte auf die Karte, während ich mich auf den Hocker setzte. Dieses *Pojangmacha* servierte viele verschiedene Gerichte mit Meeresfrüchten, und mir lief das Wasser im Mund zusammen, als ich *Jjamppong* entdeckte, eine scharfe Nudelsuppe mit Meeresfrüchten, die ich schon eine ganze Weile nicht gegessen hatte und die besonders in Kombination mit den leckeren gedünsteten Teigtaschen auf der Karte hervorragend zu Soju passte.

»Was möchtest du?«, fragte Hyun-Joon mich, der seine Jacke auszog und die Ärmel seines Shirts hochschob, während auch er die Karte direkt über dem Kopf der Köchin studierte. »*Jjamppong* und vielleicht ein Paar *Jjin-mandu?*«

Ich stockte mitten in der Bewegung, als auch ich mich aus meiner dicken Jacke zu schälen versuchte, damit ich nicht fror, sobald wir das Zelt später wieder verließen.

Als ich nicht antwortete, spähte Hyun-Joon zu mir herüber, die Stirn tief in Falten gezogen. »Was?« Er wirkte ehrlich irritiert. »Du isst doch noch gerne Meeresfrüchte und *Mandu*, oder nicht?«

»Doch, doch.« Ich räusperte mich und ließ den Blick durch das Zelt schweifen, an dessen Seiten sich Kühlboxen stapelten, nur um Hyun-Joon nicht ansehen zu müssen. »Ich hätte nur nicht gedacht, dass du dich daran erinnern kannst.«

Darauf entgegnete er nichts, sondern stand lediglich auf und ging zu der älteren Dame hinter dem Küchentresen, bei der er die Bestellung aufgab und mit zwei Flaschen Soju, zwei ineinandergestapelten Shot-Gläsern und einer kleinen Schale, in der sich Gurkenspalten und eine rote Paste befanden, die ich als mit Essig und Sojasoße angerührte *Gochujang* erkannte, zurück zu unserem Tisch kam. Er stellte alles mit den geübten und sicheren Händen eines Barkeepers ab, ehe er sich setzte und sofort die Soju-Flasche öffnete. Augenblicklich griff ich mir die Gläser, zog sie auseinander und stellte sie vor Hyun-Joon hin, der sie bis zum Rand füllte. Er machte sich nicht einmal die Mühe, die Kappe wieder auf die Flasche zu schrauben, sondern legte sie einfach mitten auf dem Tisch ab, ehe er mir mein Glas hinschob und umgehend seins in die Hand nahm. Wir stießen an, und während ich den ersten Schluck zögerlich trank und den bitteren Alkohol auf meiner Zunge genoss, stürzte Hyun-Joon ihn in einem Zug hinunter, dem sofort ein zweites Glas folgte. Als er sich direkt den dritten eingießen wollte, nahm ich ihm die Flasche aus der Hand und deutete auf die Gurkenspalten.

»Iss erst mal etwas.« Vermutlich hätte ich es als höfliche Frage formulieren sollen, doch ich schob diesen Gedanken von mir, als Hyun-Joon ohne Einwände meiner Aufforderung nachkam.

Mit dem Zeigefinger fuhr er nachdenklich über den Rand des Glases, das im Glanz der provisorisch angebrachten Lampen feucht schimmerte. »Danke.«

Ich ließ meine Gurkenspalte beinahe fallen und blinzelte wie ein Reh im Scheinwerferlicht. »Wofür?«

»Dafür, dass du mit ins Krankenhaus gekommen bist.« Hyun-Joon sah auf seine Finger hinab. »Ich hab keine Ahnung, ob ich das alleine gekonnt hätte.«

»Hättest du.« Ich biss von der Gurke ab und war froh um die Abkühlung, jetzt, wo mein Mund sich mit einem Mal staubtrocken und meine Wangen heiß anfühlten.

»Vielleicht.« Er sah mich unter dem dichten Kranz seiner Wimpern her an. »Aber es hätte sicherlich eine ganze Weile länger gedauert.«

Was ich darauf antworten sollte, wusste ich nicht so richtig. Also genoss ich einfach die angenehme Stille, die sich zwischen uns ausbreitete. Es gab gerade auch nichts weiter zu sagen, in diesem tiefer gehenden Verständnis, das wir langsam und Stück für Stück wieder füreinander aufbauten, nachdem wir es mit unseren eigenen Händen in Stücke gerissen hatten.

»Es sollte eigentlich nicht so schwer sein, oder?«

Auch ohne dass Hyun-Joon sich erklärte, wusste ich genau, wovon er sprach. »Doch, sollte es. Zumindest wenn man sich wirklich für den Menschen interessiert, der da im Krankenbett liegt.«

Er lehnte sich vor und stützte die Ellbogen auf den Tisch, von dem ich fürchtete, dass er unter all den Sorgen zusammenbrechen könnte, die auf Hyun-Joon lasteten. »Ich kann es einfach nicht nachvollziehen.« Er stieß einen frustrierten Laut aus, der die Aufmerksamkeit der Frau am Nebentisch auf uns lenkte. »Ich verstehe nicht, wie man sich dafür entscheiden kann, die Menschen, die einen lieben, zurückzulassen.«

Ich dachte an den Mann, der aus Liebe zu mir jahrelang einen Kampf ausgefochten hatte, für den er eigentlich selbst längst zu müde gewesen war. Ich stürzte meinen Soju hinunter und schenkte uns beiden nach. Der Alkohol hatte nicht einmal die Chance warm zu werden, bevor wir ihn schon getrunken hatten. »Weil der Schmerz vielleicht manchmal einfach so groß ist, dass man nichts anderes mehr sieht als ihn.«

Er nickte erst, verzog aber dann das Gesicht und schüttelte den Kopf. »Kann ich mir beim besten Willen nicht vorstellen.«

»Verstehe ich, Joon. Aber Hyun-Ah ist krank. Ihre Gedanken sind für jemand Gesunden wahrscheinlich auch nicht nachvollziehbar.«

Hyun-Joons Blick ruhte auf seinem Glas, langsam drehte er es zwischen seinen Fingern und beobachtete die Tropfen darin, die nach und nach ineinanderflossen und zu einem immer größeren Tropfen wurden. »Diese ganze Situation ist so was von beschissen.«

»Das ist sie.« Daran gab es auch absolut nichts schönzureden. »Aber du hast eine tolle Familie und Freunde, auf die du dich verlassen kannst.« Ich hatte damals niemanden gehabt außer Christopher, und ich wusste genau, wie erdrückend die Last sein konnte, wenn es niemanden gab, mit dem man sie teilen konnte. »Sogar dein Cousin ist extra hergeflogen, um zu helfen.«

Das unbestimmte Murmeln, das folgte, hatte ich nicht erwartet, und fragend sah ich Hyun-Joon an, der ein trauriges Lächeln sehen ließ, das die Farben um mich herum dimmte. »Leider macht genau das es nicht unbedingt besser.«

»Wieso?«

»Weil ich nicht sonderlich gut darin bin, Hilfe anzunehmen.« Er fuhr sich mit einer Hand durchs Haar, das danach wild in alle Richtungen abstand, ehe er es wieder sorgfältig richtete. »Wie du ja aus eigener Erfahrung weißt.«

Ich erinnerte mich an seine Nachricht damals und wie schwer es für ihn gewesen war, mich in sein Leben zu lassen. Dieser Nachmittag, an dem ich im Café ausgeholfen hatte, war eine einmalige Sache geblieben, die sich nie wiederholt hatte. »Ja, ich weiß.«

»Sobald Leute mir helfen, fühle ich mich abhängig, völlig egal, ob sie es einzig und allein deshalb tun, weil sie helfen wollen, oder ob mehr dahintersteckt.« Hyun-Joon seufzte, das Geräusch so schwer wie die Verantwortung, die seit Jahren auf ihm lastete, und die er wahrscheinlich zum ersten Mal mit jemandem teilte. Dass ausgerechnet ich diese Person war, ließ mein Herz, trotz der Schwere unseres Gesprächs, höherschlagen, auch wenn ich versuchte, es wieder zu besänftigen, damit es mir nicht zu Kopf stieg, den ich doch genau jetzt so dringend brauchte. »Besonders wenn es um Ty geht.«

»Warum?« Ich rückte auf meinem Hocker etwas zu Hyun-Joon hinüber, getrieben von dem Wunsch, in diesem Augenblick nah bei ihm zu sein, in dem das Grau unserer Leinwand mehr und mehr auswusch, und die ersten Farben von zaghaftem Rot und schimmerndem Silber erblühen ließ. »Hat er nicht eine Weile bei euch gewohnt?«

Hyun-Joon nickte nachdenklich. »Hat er.«

»Also habt ihr ihm doch auch geholfen. So macht man das in einer Familie.«

»Er war hier, weil wir ohne ihn nicht klargekommen wären, Jade.« Hyun-Joon sah mich an, und ertappt zuckte ich zusammen, als seine Augen genau registrierten, dass ich näher an ihn herangerückt war. »Damals hat mein Cousin ein Auslandsemester in Japan gemacht, das er gerade abgeschlossen hatte, als mein Vater sich –« Er brach ab, offensichtlich nicht in der Lage, weiterzusprechen, und ich drängte ihn nicht. Von ihm hatte ich gelernt, dass es wichtig war, den Schmerz und die Grenzen anderer zu respektieren und sich nicht auf sie zu stürzen, um seine eigene Neugierde zu befriedigen. »Er ist sofort hergeflogen und hat mir geholfen, die Familie aufzufangen und alles zu organisieren, während Mom und wir alle einfach versucht haben, irgendwie den Tag zu überstehen. Mein Onkel hat sogar Geld geschickt und die Schulden getilgt, die mein Vater hinterlassen hatte und von denen bis zu seinem Tod niemand gewusst hatte. Und dann hat Ty auch noch meine Mutter mit dem Café unterstützt. Und auch wenn sie von dem Geld nie etwas zurückhaben wollten und es auch nie wieder zur Sprache kam, fühle ich mich meiner Tante und meinem Onkel gegenüber total verpflichtet. Ohne sie wären wir damals auf der Straße gelandet.«

Mir kamen all die Nebenjobs wieder in den Sinn, die Hyun-Joon gleichzeitig gehabt hatte, als wir uns kennenlernten, und wie er über Geld gesprochen hatte, das ihm sehr wichtig war. Wie er sich Tag für Tag abgerackert hatte, damit die Familie genug Geld hatte. Wie er sein eigenes Wohlergehen und seine Belange immer hintangestellt hatte, um seiner Mutter dabei zu helfen, ein weiteres Café zu eröffnen. Wie er seine ganze Zukunftsplanung darauf auslegte, irgendwann einmal den Laden zu übernehmen und es zu einem Franchise auszubauen, in der Hoffnung, dass Geldsorgen einmal der Vergangenheit angehören würden.

»Armselig, oder?«

»Überhaupt nicht.« Ich ergriff seine Hand, ohne weiter darüber nachzudenken. Plötzlich war er wieder da, ein roter Faden, der zwischen uns gespannt war und eine Verbindung schuf, besonders jetzt, wo wir so nah beieinandersaßen. »Es ist nie armselig, Hilfe anzunehmen, Hyun-Joon. Manchmal ist einfach alles zu viel, und es gibt halt Dinge, die man nicht allein durchstehen kann.« Es war offensichtlich, dass sein Stolz ihn daran hinderte, mir zuzustimmen, und ich atmete tief durch, bevor ich weitersprach, gewillt, ihm einen Teil von mir zu offenbaren, da auch er mir erlaubt hatte, einen Blick auf seine Seele zu werfen.

»Als mein Vater krank wurde, wollte ich auch mit allem allein fertigwerden. Ich hab gedacht, dass ich bloß niemand anderen damit belasten darf, weil es ja meine Aufgabe war, für ihn zu sorgen und für ihn da zu sein, nachdem er das mein ganzes Leben lang auch für mich getan hat. Und für eine Weile ging das auch gut. Ich hab einfach alles links liegen lassen, und viele meiner Freunde haben sich von mir abgewendet, weil sie mit dieser neuen Version von mir nicht zurechtkamen, die keine Zeit für gar nichts mehr hatte. Doch je schlechter es ihm ging, desto schwerer wurde es, und irgendwann wurde es alles zu viel. Ich bin selbst krank geworden, habe mich ständig übergeben und rapide an Gewicht verloren, bis Chris irgendwann die Schnauze voll hatte, mir bei meiner Selbstzerstörung zuzusehen. Er hat mir abgenommen, was er konnte, ist für uns einkaufen gegangen, hat meinem Vater in besonders schweren Phasen beim Waschen geholfen oder hat mich einfach aus dem Krankenzimmer gezerrt, das ich nach Operationen oft tagelang nicht verlassen hatte, und hat dafür gesorgt, dass ich esse, dusche und schlafe. Besonders in der Endphase, in der ...« Ich schloss die Augen und verdrängte das Bild von meinem Vater, der mit eingefallenen Wangen und knochigen Händen in seinem Bett lag und mich anlächelte. Die Trauer über den kommenden Abschied lag in seinen Augen, die ich bis heute nicht vergessen konnte. »Besonders in der Endphase, in der die Ärzte uns gesagt haben, dass alle weiteren Maßnahmen nur palliativ sein könnten, hat er getan, was er konnte. Er war jeden Tag bei mir, und ohne ihn hätte ich das alles nie im Leben überstanden.« Ich räusperte mich und öffnete die Augen, wenig überrascht, als mein Blick sofort den von Hyun-Joon fand, der mich intensiv betrachtete, so, als würde er mich zum ersten Mal wirklich sehen. »Genauso wenig, wie ich ohne deine Hilfe zum Malen zurückgefunden hätte. Ich kann gar nicht zählen, wie oft du mich nachts einfach nur im Arm gehalten hast, wenn ich mal wieder einen Albtraum hatte. Und auch die Momente, in denen ich völlig überfordert war und nur geweint habe und dich in meiner Nähe brauchte, waren für mich unfassbar wichtig.« Ich drückte seine Hand fest und rang mir ein Lächeln ab, auch wenn es mir jetzt gerade ganz schön schwerfiel. »Du hast dann nie gedacht, ich wäre armselig, oder?«

Umgehend schüttelte er den Kopf. »Auf keinen Fall.«

»Warum also denkst du das über dich selbst, obwohl du allen Menschen, die du liebst, genau diese Art von Unterstützung zugestehst?«

»Ich weiß es nicht.« Ich hielt den Atem an, als er unsere Finger miteinander verflocht. Ich wusste, dass ich meine Hand besser zurückziehen sollte, schaffte es aber nicht. Zu stark war der Drang, ihm nahe zu sein, die Fragmente meines Herzens zu stur, um die Mischung aus warmer Haut und kaltem Metall aufzugeben, die es so sehr vermisst hatte.

Ich schluckte in dem Versuch, meinen Verstand wieder in geordnete Bahnen zu lenken. »Es ist richtig und wichtig, an seinem Stolz festzuhalten, wenn man glaubt, sonst nichts mehr zu haben. Aber hin und wieder Hilfe von den Menschen anzunehmen, die uns am nächsten stehen, ist keine Schande, Hyun-Joon.«

Er erwiderte darauf nichts, war offensichtlich versunken in seinen eigenen Gedanken. Mich hatte es Jahre an Therapie gekostet, und ich hoffte inständig, dass Hyun-Joon schneller begreifen würde, dass es sogar von großer Stärke zeugte, Hilfe zulassen zu können, wenn man sie brauchte. Ich selbst hatte viel zu lange darauf verzichtet und war mit den Bruchstücken meiner kaputten Seele allein gewesen, die noch immer die Macht hatten, mich in die Untiefen meiner Erinnerungen zu zerren, in denen es nichts weiter gab als die Schuldgefühle, den brennenden Schmerz des Verlustes und eine Angst, die so eins mit mir geworden war, dass ich fürchtete, sie nie wieder abschütteln zu können.

Als die Köchin mit dem Essen kam und es uns servierte, zog ich meine Hand zurück und nahm meine Essstäbchen auf, in der Hoffnung, durch das Essen etwas von dem bittersüßen Belag loszuwerden, der sich durch dieses emotionale Gespräch auf meiner Zunge gebildet hatte. Hyun-Joon jedoch machte keinerlei Anstalten zu essen, starrte nur auf die Hand, die bis gerade eben noch meine gehalten hatte, ehe er sie vorsichtig bewegte, so wie ein Künstler, der nach Jahren der Zwangspause das erste Mal wieder einen Pinsel in die Hand nahm.

»Du solltest essen, bevor die Nudeln pampig werden.«

Hyun-Joon nickte, tat aber nichts, um meinem Rat Folge zu leisten, sondern goss sich noch einen Soju ein, den er in einem Zug leerte. Mit dem Handrücken fuhr er sich über die Lippen. Seine Hand streifte immer wieder wie zufällig meine, während wir stumm unsere Nudelsuppe genossen, und erst als auch die zweite Flasche Soju geleert war, zahlte Hyun-Joon trotz meines Protestes, ehe wir das Zelt verließen und er am Straßenrand ein Taxi herbeiwinkte.

»Sollen wir uns das Taxi teilen?«, fragte ich, mit einem Bein bereits im Innenraum, während ich Hyun-Joon abwartend ansah, der mit den Händen in den Hosentaschen unschlüssig vor mir stand. Sein Gesicht war undurchsichtig, und ich hatte keine Ahnung, was er wohl in diesem Augenblick dachte.

»Nein. Ich gehe zurück zum Krankenhaus«, antwortete er, ohne mich anzugucken, sein Blick war über meine Schulter hinweg in die Ferne gerichtet. »Dann kann *Eomma* mal eine Nacht in ihrem eigenen Bett schlafen.«

Ich lächelte, unfähig, die Erleichterung zurückzuhalten, die ich in dieser Sekunde empfand. »Ich finde, das ist eine sehr gute Idee.«

Er schaute mich an, und für den Bruchteil einer Sekunde wirkte er fast verlegen. Er winkte ab. »Wir wissen beide, dass ich das schon viel eher hätte tun sollen.«

»Besser spät als nie.« Ich legte ihm die Hand auf den Unterarm, mit dem er die Autotür aufhielt. »Du bist ein fantastischer großer Bruder und ein toller Sohn, Kang Hyun-Joon. Ganz egal was auch passiert.«

Seine goldenen Augen weiteten sich, und als sein Kiefer sich verspannte, befürchtete ich schon, unbewusst eine Grenze überschritten zu haben, die ich vielleicht durch den Weichzeichner des Soju in meinem Blut nicht mehr in der Lage war, wahrzunehmen.

Doch dann beugte Hyun-Joon sich plötzlich zu mir herunter, und sein Atem traf heiß auf meine Lippen, ohne sie zu berühren. Jeder Zentimeter meines Körpers, den Hyun-Joon nicht berührte, brannte wie Feuer. Mein Herz setzte einen Schlag aus, und mein Magen schlug Purzelbäume, als er seine Stirn gegen meine lehnte. Seine freie Hand, die zuvor noch auf dem Dach des Taxis gelegen hatte, war nun in meinem Nacken, und er hielt mich ganz dicht bei sich, jeder seiner Atemzüge vermischte sich mit meinen.

»Danke«, murmelte er leise gegen meine Lippen, und ich konnte das Seufzen nicht zurückhalten, das sich meiner Kehle entrang, als seine Lippen meine zaghaft streiften. Doch so schnell, wie dieser Moment gekommen war, war er auch wieder vorbei, und Hyun-Joon ließ mich abrupt los. Mit staksigen Schritten entfernte er sich in Windeseile von mir und ließ mich mit einem Kopf voller Fragen und einem wild hüpfenden Herzen zurück.

25. KAPITEL

진보 = Fortschritt

Routinen waren ein zweischneidiges Schwert.

Einerseits erleichterten sie einem den Alltag mit ihren Automatismen und dem Autopiloten, der komplett das Steuer übernahm. Doch andererseits machten sie uns auch unaufmerksam und wiegten uns in einer trügerischen Sicherheit, geformt aus aneinandergeknüpften Erinnerungen an reibungslose Abläufe, von denen wir glaubten, dass sie nie durchbrochen werden konnten.

Ein Trugschluss und genau der Grund, warum ich vollkommen aus der Puste und gestresst im Krankenhaus ankam, mit der abgerissenen Schultertasche in der Hand und Flecken auf meiner Seidenbluse.

Heute war wirklich alles schiefgegangen und folgte konsequent der Ästhetik von greller, chaotischer *Pop-Art*, als mir die Ruhe und die gedeckten Töne der *Romantik* zu gönnen, nach denen ich mich sehnte. Aber sie blieben mir verwehrt, meine Tage hektisch und meine Nächte unruhig und schlaflos, gefüllt mit Erinnerungen an den bittersüßen Geschmack von Soju, kalten Ringen auf meiner Haut und dem heißen Atem, der sich mit meinem mischte. Und genau dieser Moment, irgendwo zwischen den warmen Pastelltönen von Nähe und der düsteren Sättigung von Distanz, war es, der mich tagtäglich in mein Atelier zwang und mich jede meiner raren freien Minuten mit Bleistiftstaub oder Acrylfarben verbringen ließ.

Natürlich war ich froh um die Muse, die mich an diesem Abend im *Pojangmacha* wachgeküsst hatte, und doch hätte der Zeitpunkt nicht schlechter ausfallen können, da ich Meetings für die Ausstellung, die Fertigstellung eines Gemäldes für eben diese, den Unterricht für meine Kids und Besuche bei Hyun-Ah unter einen Hut bekommen musste, die tragischerweise das erste Opfer meines sich stetig füllenden Terminkalenders war.

Meine täglichen Besuche waren Anrufen gewichen, und auch wenn Hyun-Ah versuchte, es sich nicht anmerken zu lassen, hörte ich doch heraus, wie traurig sie jedes Mal war, wenn ich es nicht schaffte, bei ihr vorbeizuschauen. Ihr ging es jedenfalls mit jedem Tag besser, was mich sehr freute, auch wenn noch ein langer Weg vor ihr lag.

Bis zur Ausstellung blieb nur noch wenig Zeit, und mit jedem Tag, der ins Land zog, wurde es immer ungewisser, ob ich es überhaupt noch mal vorher zu ihr schaffen würde. Also hatte ich heute die Reißleine gezogen. Was konnte an einem so miserablen Tag mehr helfen als das Lächeln einer Freundin, die einem das Gefühl gab, die Dinge allein mit ihrer Anwesenheit besser zu machen?

Die Erkenntnis, dass das allerdings nicht der einzige Grund war, sondern mich eine tiefe Stimme, die ich mehrfach im Hintergrund vernommen hatte, dazu verleitete, über den Gang zu ihrem Zimmer zu hasten, schob ich mit der gleichen Entschlossenheit von mir, mit der ich auch die Tür öffnete. Ich wusste, dass Hyun-Ah mein Klopfen eh nicht hören würde, weil sie es sich nach ihrem Abendessen eigentlich immer in ihrem Bett gemütlich machte, um auf ihrem Laptop ein Drama zu schauen, die Decke bis zur Nasenspitze hochgezogen und mit einem kleinen Snack in der Hand abgetaucht, in eine Welt, so weit weg von den weißen kahlen Wänden ihres Zimmers. Ich war David für die lange Empfehlungsliste mit Ablenkungen aus der koreanischen Traumfabrik unendlich dankbar, die er mir gegeben hatte, ohne Fragen zu stellen.

Dementsprechend war ich völlig überrascht, als ich Hyun-Ah nicht in ihrem Bett vorfand, sondern mich stattdessen Hyun-Joon gegenübersah, den einen Arm locker unter dem Kopf gefaltet und in der anderen Hand ein Buch, während seine Füße in stetigen Bewegungen einem Rhythmus folgten, den nur er durch die kleinen Kopfhörer in seinen Ohren hörte.

Wie angewurzelt blieb ich stehen, als mein Herz erneut einen Schlag aussetzte und meine Hand sich um den Türgriff verkrampfte. Plötzlich stand ich wieder auf dem Bürgersteig, schon halb im Taxi. Schneeflocken rieselten auf Hyun-Joons Wimpern, als er seine Stirn gegen meine lehnte, während unser Atem sich mischte, bis allein er meine Lungen und meinen Kopf füllte.

Es war das erste Mal, dass wir uns seitdem wiedersahen, und ich hatte absolut keine Ahnung, was ich jetzt tun sollte. Ein Teil von mir wollte sich auf den Hacken umdrehen und davonsprinten, aus Angst, was passieren würde, jetzt, wo ein paar Tage vergangen und die Pinselstriche auf unserer gemeinsamen Leinwand ohne den Soju wieder verblasst waren.

Aber ein anderer Teil von mir wollte bleiben, in Hyun-Joons Nähe sein, anstatt mir genau das immer wieder in meinen Träumen nur vorzustellen, bevor ich aufwachte, mit rastlosen Händen und unzähligen Ideen, die die Skizzenbücher füllten, welche ich bei mir hatte, und deren zusätzliches Gewicht den Schulterriemen meiner Tasche heute auf dem Gehweg vor der Galerie zum Zerreißen gebracht hatten.

Nähe oder Distanz? Zartes Pastell oder düster gesättigte Farben? Gehen oder bleiben? Gehen oder –

Die Entscheidung wurde mir abgenommen, als Gold auf Blau traf, und wenn ich nicht so angespannt und die Stille zwischen uns nicht so seltsam ausgedehnt gewesen wäre, hätte ich vielleicht sogar gelacht, als Hyun-Joon sich wie in einer Komödie die Kopfhörer aus den Ohren riss und sich so ruckartig aufsetzte, dass er sich den Kopf an der Aufrichthilfe über dem Bett stieß, die unter der Wucht wie ein Pendel wild umherbaumelte.

»Verdammt.«

Hastig ließ ich den Türgriff los und eilte zum Bett, während Hyun-Joon sich die schmerzende Stelle rieb und damit sein Haar ungeschickt durcheinanderbrachte. »Geht es?«

Hyun-Joon hob die Hand von seinem Kopf und begutachtete sie prüfend, so, als erwartete er tatsächlich, Blut zu sehen, ehe er wieder zu reiben begann, was die ganze Sache nicht besser zu machen schien. »Ja, ja. Geht schon.«

»Da hast du dir aber wirklich ordentlich die Rübe gestoßen.« Neben dem Bett stellte ich mich auf die Zehenspitzen, denn auch wenn Hyun-Joon auf dem Bett saß, war er doch noch ein ganzes Stück größer als ich. »Soll ich mal schauen?«

»Nicht nötig.« Er ließ sich zurück aufs Bett sinken und zog unzufrieden die Mundwinkel nach unten. »Mir ist schon mehrfach gesagt worden, ich sei ein ziemlicher Dickschädel. Ich geh also mal davon aus, dass so ein kleines Plastikteil bei mir nicht sofort zu einem Schleudertrauma führt.«

Wir sahen einander an, und mit einem Mal konnte ich nicht anders, als mir auch noch auffiel, dass ein paar seiner Strähnen wie bei einem verrückten Professor in alle Richtungen abstanden. Ich lachte.

Ich schlug mir die Hand vor den Mund, um das Geräusch zu ersticken, doch es bahnte sich seinen Weg durch meine Finger. Ich lachte und lachte, ein bisschen hoch und vielleicht auch ein bisschen albern, doch die Anspannung der letzten Tage löste sich wie Benzin, das man ins Feuer kippte und das die Flammen immer höherschlagen ließ. Hyun-Joons Mundwinkel bewegten sich leicht, als mein Lachen sich in ungeschicktes Glucksen wandelte.

»So lustig findest du mein Elend also, ja?«

Ich ließ die Hand von meinem Mund sinken und lachte weiter. »Absolut. Du sahst aus wie eine Zeichentrickfigur. Fehlten nur der Gong beim Kopfstoßen und die kleinen Vögelchen, die um deinen Kopf herumflattern.«

Hyun-Joon schien für einen Moment darüber nachzudenken, dann hob sich sein rechter Mundwinkel so weit, dass ich den Ansatz seines Grübchens sehen konnte. »Das ist dann vielleicht doch ein bisschen *Looney Tunes* von Neunzehnhundertfünfzig, findet du nicht?«

Meine Finger zuckten, und als Hyun-Joon darauf sah, versteckte ich sie schnell hinter meinem Rücken. »Du kennst die *Looney Tunes*?«

Er zog eine Augenbraue hoch, sagte jedoch nichts zu meinem ungeschickten Blendungsmanöver. »Ich habe einen Cousin, der Amerikaner ist, schon vergessen?«

»Nein, habe ich nicht«, sagte ich, als ich meine Tasche auf der breiten Fensterbank ablegte, auf der ich schon so oft gesessen hatte. »Aber ich hätte gedacht, dass dir diese Perle westlicher Popkultur vielleicht erspart geblieben ist.«

»Ist es nicht. Als wir klein waren, hat Tyler es im Sommer immer auf VHS mitgebracht, wenn er mit meiner Tante und meinem Onkel zu Besuch war.«

»VHS?« Ich grinste. »Du bist wohl doch steinalt, was?«

»Immerhin bin ich, im Gegensatz zu dir, noch näher an der Zwanzig als an der Dreißig.« Er legte das Buch, das ihm aus der Hand gefallen war, auf den Beistelltisch, und mir wurden die Knie weich, als das Grübchen mir noch einen Augenblick länger erhalten blieb, da Hyun-Joon offensichtlich in Erinnerungen schwelgte. »*Eomma* und meine Tante haben uns immer die Hölle heißgemacht, wenn wir zu lange vor der Flimmerkiste gehangen haben.«

Hyun-Joon sprach nie über seine Kindheit, und so stürzte ich mich begierig auf diesen kleinen Brotkrumen, den er mir hinwarf. »Also wart ihr zwei damals schon so ein dynamisches Duo?«

»Sozusagen. Zumindest, solange Ty noch mitgekommen ist. Als er sechzehn und ich elf war, wurde aus dem dynamischen Duo dann ein dynamisches Uno.« Das Grübchen schwand, und er rieb sich über die Brust, ehe er mich ansah und genauestens betrachtete, wie ich wie eine Statue dastand, die Tasche auf der Fensterbank, aber noch unschlüssig, ob ich gehen oder bleiben sollte. »Setz dich. Hyun-Ah müsste bald wiederkommen. Sie ist noch im Gemeinschaftsraum.«

Irritiert runzelte ich die Stirn, legte meine Jacke ab, die ich auf dem Steinsims ausbreitete, bevor ich mich hinsetzte. »Hat sie eine weitere Stunde Gruppentherapie dazubekommen?«

»Nein.« Das Lächeln kehrte zurück, diesmal allerdings voller Stolz. »Sie guckt mit ein paar neuen Freunden einen Film.«

Das überraschte Keuchen entwich mir, bevor ich es zurückhalten konnte. »Wirklich?«

»Wirklich.« Hyun-Joon nickte in Richtung des leeren Bettes von Hyun-Ahs Zimmergenossin, die zwar selten da, mir bei unseren kurzen Begegnungen aber bisher immer ein wenig mürrisch vorgekommen war. »Nachdem sie wohl bei einer Gruppensitzung über Hobbys und Interessen gesprochen haben, hat Ha-Eun sie mal zu dem wöchentlichen Dramaabend mit ein paar anderen Kids von der Station mitgenommen, und seitdem geht sie hin, wenn ihr das Drama gefällt, das an dem Tag läuft. Außerdem will sie immer seltener, dass ich herkomme, weil sie jetzt andere hat, mit denen sie ihre Zeit verbringen kann. Wenn ich mich nicht so für sie freuen würde, wäre ich beinahe eingeschnappt.«

»Oh, wow.« Meine Euphorie war keinesfalls gespielt. Hyun-Ah hatte sich komplett zurückgezogen, und soweit ich wusste, beantwortete sie auch keine Nachrichten ihrer Freundinnen und Freunde. Dass sie nun Kontakt zu anderen zuließ, die nicht zu ihrer Familie gehörten, war ein gewaltiger Schritt in die richtige Richtung. »Das ist wirklich toll, Hyun-Joon.«

»Das musst du ihr sagen. Ich hatte da keinerlei Aktien drin.« Hyun-Joon spähte auf die Uhr an seinem Handgelenk. »Ich meine, heute ist kein Special oder so, sie müsste also in einer knappen halben Stunde wieder hier sein.«

»In einer halben Stunde?« Ich überlegte, ob ich es mir erlauben konnte, so lange hierzubleiben, wenn es doch noch Tausende anderer Dinge zu erledigen gab.

»Ich bin mir sicher, Hyun-Ah würde sich freuen, wenn du noch bleiben würdest. Oder musst du noch arbeiten?«

»Wann muss ich das mal nicht?« Ich linste zu Hyun-Joon hinüber, der sich auf dem Bett etwas gerader aufgesetzt hatte, und automatisch folgten meine Augen der Linie seiner Schultern, die meine Fingerspitzen wieder zum Zucken brachten, sodass ich schnell die Fäuste ballte und sie auf meinen Schoß bettete. »Vor Mitternacht wird das mit meinem Feierabend heute definitiv nichts.«

»Das kommt mir irgendwie bekannt vor.« Hyun-Joon hob abwehrend die Hand, als unsere Blicke sich begegneten. »Was ich damit sagen wollte, ist, dass eine kleine Pause dir bestimmt nicht schaden kann. Du siehst aus, als hättest du einen harten Tag hinter dir.«

Ich schaute an mir herab und schlang die Arme um mich, als ich die roten Flecken auf meiner Bluse wieder entdeckte, die von meinem Tischnachbarn im Restaurant herrührten, der ein großes Stück Tofu zurück in seinen *Kimchi Jiigae* hatte fallen lassen, der dann überall hingespritzt war. Wegen seines starken Tremors und der entschuldigenden Worte seiner Frau hatte ich ihm allerdings nicht einmal für fünf Sekunden lang böse sein können, auch wenn meine himmelblaue Bluse jetzt wahrscheinlich für immer ruiniert war. »Alles halb so wild.«

Hyun-Joons Kiefer spannte sich an, und ich wusste nicht, was ich Falsches gesagt hatte. Doch so schnell, wie die Regung gekommen war, war sie auch wieder verschwunden, und Hyun-Joon atmete einmal tief durch. »Willst du drüber reden?«

Keine Ahnung, ob man mir die Überraschung im Gesicht ansah, doch so, wie Hyun-Joon die Lider niederschlug und ein *Musst du ja auch nicht* vor sich hin grummelte, hatte ich wohl ein schlechteres Pokerface als zunächst angenommen. »So ist das nicht. Es ist nur ...«

»Es ist nur was?«

Mit einer Hand fuhr ich mir frustriert durch das Haar. »In Anbetracht dessen, was deine Familie gerade durchmacht, kommen mir meine Sorgen so schrecklich alltäglich vor.«

»Jade, momentan würde ich für ein paar alltäglichere Sorgen morden. Also, schieß los.«

Ich sah zu meiner Handtasche, in der die Skizzenbücher und all meine Unterlagen ruhten. Skizzen für eine Ausstellung für das Institut. Unterlagen, die ich für meine Arbeit benötigte. Eine Anstellung bei eben jenem Institut, für das ich mich, anstelle von einem Leben mit Hyun-Joon hier in Korea, entschieden hatte. »Es geht dabei aber um meinen Job.«

»Davon bin ich ausgegangen.« Hyun-Joon deutete nachlässig auf mein Outfit. »Ich denke nicht, dass Seidenbluse, Pumps und Hose mit Bügelfalte seit Neuestem zu deinem Freizeitlook gehören.«

Ertappt zuckte ich zusammen und schlang die Arme nur noch fester um mich selbst. Mir war durchaus bewusst, in was für unruhiges Fahrwasser wir uns begaben, nachdem wir zum ersten Mal, seit wir uns wieder begegnet waren, in ruhigeren Gewässern schifften. »Ich weiß nicht …«

»Erzähl es mir einfach, Jade.«

Ich streckte die Hand nach der Tasche aus und fuhr mit der Hand über das Leder, das den Strapazen meines Alltags eigentlich hätte standhalten sollen. Doch die Last war wohl zu groß gewesen, und ich fragte mich, wann ich wohl selbst zerreißen würde, wenn ich nicht etwas von dem Gewicht loswurde, das ich mit mir herumtrug. Es war dumm, das ausgerechnet bei Hyun-Joon zu tun, der mehr als genug eigene Sorgen und Probleme hatte. Und doch wollte ich ihm davon erzählen, wollte mich ihm anvertrauen, um Brücken zu bauen, Mauern einzureißen und vielleicht auch um etwas Neues zu erschaffen, aus den Splittern und Fetzen der Vergangenheit, die jeden Tag etwas weniger schmerzten. »Das Institut veranstaltet kurz vor Weihnachten eine Ausstellung der Kids und Absolventen als Debüt in der Kunstgemeinschaft. Es ist das erste Event unserer Lehreinrichtung und das letzte Event des Jahres für die Künstlerszene hier in Seoul. Und ich bin damit betraut worden, sie zu organisieren.«

»Wow.« Die Bewunderung in Hyun-Joons Stimme war gleichermaßen unangenehm wie beflügelnd, und ich beobachtete jede noch so kleine Regung in seinem Gesicht, hungrig nach etwas, das ich nicht benennen, sondern nur fühlen konnte. »Das klingt nach einer ganzen Menge Verantwortung. Geht das nicht deutlich über die Position einer Englischlehrerin hinaus?«

»Tut es.« Ich zögerte einen Augenblick, doch dieser Hunger in mir trieb mich voran. »In Singapur war ich nicht nur Mrs Singhs Schülerin, sondern auch ihre Assistentin. Sie hat mich nach Seoul geschickt, um beim Aufbau des Instituts zu helfen, und seitdem stehe ich unserem Institutsleiter als seine rechte Hand zur Verfügung.«

»Der Institutsleiter?« Die kleinen Denkerfältchen auf seiner Stirn brachten meine Finger erneut zum Zucken, und diesmal bemerkte er es, seine Augen darauf fixiert. »Du willst mich zeichnen, oder?«

Mein Mund wurde trocken, und vorwurfsvoll sah ich auf meine Hände hinab, die mich so eiskalt verraten hatten. Mit den Daumen strich ich über meine Fingerkuppen, in der Hoffnung, diesen Drang in mir besänftigen zu können, doch er wurde nur noch stärker, und ich schluckte schwer. »Ja. Aber mach dir darüber keinen Kopf, das geht – «

»Gehst du immer noch nirgendwo ohne eins deiner Skizzenbücher hin?«

Ruckartig sah ich auf und begegnete Hyun-Joons goldenen Augen, in denen ich Erinnerungen an Bleistiftstaub und geteilte Küsse erkennen konnte. »Ja.«

»Gut.«

Er rieb sich mit einer Hand über den Nacken, ehe er es sich bequem machte und zu der Tasche deutete. »Es ist okay. Du darfst mich zeichnen, wenn du möchtest.«

Skepsis und Schuld erfassten mich, doch meine Hände waren flink, als sie die Tasche beinahe aufrissen und den Block und mein Etui mit Zeichenutensilien hervorzerrten. »Bist du dir sicher?«

»Ja.« Hyun-Joon räusperte sich, sein Blick analytisch, als er ihn durch den Raum schweifen ließ. »Geht das so vom Licht her, oder soll ich mich anders hinsetzen?«

»Nein, das geht so.« Hastig blätterte ich durch die Seiten, damit er nicht eine der unzähligen Skizzen erspähen konnte, in denen er so oft auftauchte. Doch als ich den Stift ansetzte, zögerte ich, dieser Moment noch so präsent, dass ich ihn nicht hätte vergessen können, selbst wenn ich es gewollt hätte.

»Joon. Und völlig egal, wie das zwischen uns beiden auch geendet ist, ändert das nichts daran, dass du mir die Liebe meines Lebens zurückgegeben hast, als ich selbst noch nicht in der Lage gewesen bin, sie wieder in mir selbst zu finden.«

Hyun-Joon sagte lange nichts, aber als er dann sprach, klang seine Stimme dünn. »Dafür habe ich aber auch einen verdammt hohen Preis gezahlt.«

»Alles okay?« Hyun-Joon sah mich abwartend an, und ich wusste nicht, wie ich darauf antworten sollte. Eigentlich war alles in Ordnung und auch irgendwie nicht. Alles in meinem Kopf war zu einem Chaos verkommen, aus dem ich mich nicht selbst zu befreien wusste.

»Ja, alles okay.« Ich rieb mir mit einer Hand über die Brust und setzte den Stift wieder an, doch Angst machte sich in mir breit und mischte sich mit dem Hunger, der ein immer deutlicheres Antlitz bekam, je länger ich hier mit Hyun-Joon saß, und für das ich mich schämte. Denn ich wollte seine Anerkennung. Seine Anerkennung für meinen Job, für meine harte Arbeit und meine Kunst. Meine Wangen brannten, und ich steckte den Stift zwischen die Seiten, ehe ich das Skizzenbuch zuklappte. »Ich denke nur nicht, dass das hier eine gute Idee ist.«

»Jade …« Hyun-Joon wartete geduldig ab und sprach erst weiter, als ich ihn ansah. »Deine Liebe zur Kunst war nie das Problem.«

Seine Worte ließen mich sprachlos zurück. Ich konnte ihn nur anstarren. Er saß da, schön und unwirklich wie ein Traum, und doch so real und greifbar, wie seit Jahren nicht, während der Hunger in mir nur noch stärker wurde.

»Das war eins der Dinge, die ich am allermeisten an dir geliebt habe. Wie du in der Kunst aufgegangen bist und wie du dich in ihr verloren hast. Wie alles andere, auch ich, in den Hintergrund getreten ist, wenn du so inspiriert warst, dass du nicht wusstest, wohin mit dir, bis du endlich einen Pinsel oder einen Stift in der Hand hattest.« Hyun-Joon überkreuzte die Beine an den Knöcheln und blickte zur Zimmerdecke. Er hatte seine großen Hände in die Bauchtasche seines Hoodies gesteckt und schloss die Augen. »Ich hab dir immer gerne stundenlang dabei zugesehen oder für dich Modell gestanden.«

Meine Sicht verschwamm, als ich an die unzähligen Nachmittage in meiner Wohnung zurückdachte, gehüllt in Sonnenlicht und mit sanftem RnB im Hintergrund, während es nach Acrylfarbe roch und ich hin und wieder Hyun-Joon spürte, der für wenige Augenblicke in meine Welt trat, um sich einen Kuss zu stehlen oder ein Foto von mir beim Malen zu machen.

»Was war es dann?«, fragte ich in die Stille hinein, und erst jetzt realisierte ich, wie schwer die Ungewissheit auf mir gelastet hatte. Wie sehr seine Wut mich verwirrt und getroffen hatte, neulich in dieser kleinen Gasse. Diese Begegnung war nur wenige Wochen her, und doch fühlte es sich mehr an wie Jahre, so viel wie seitdem passiert war. »Wenn es nicht meine Liebe zur Kunst war, was dann?«

Hyun-Joon ließ sich Zeit, anstatt seine Antwort zu überstürzen, doch als sie kam, presste sie mir sämtliche Luft aus den Lungen. »Dass du dich dafür entschieden hast, mich zu verlassen, obwohl ich dich gebeten hatte, zu bleiben.«

Der Schmerz, den ich in seiner Stimme hörte, hallte auch in mir wider, und meine Hände schlossen sich fester um das Skizzenbuch, als ich mir klar wurde, wie sehr ihn diese Entscheidung damals verletzt haben musste, die Wunden über den Verlust seines Vaters tiefer, als ich es damals auch nur hätte erahnen können. »Joon …«

Er hob eine Hand, und ich schwieg sofort, als er den Kopf senkte und mich ansah. »Nicht heute, okay? Irgendwann mal, aber nicht heute.«

Frust und Erleichterung fluteten gleichermaßen meinen Kopf, denn auch wenn wir nicht jetzt darüber sprachen, um es aus der Welt zu schaffen, machte Joon mir doch deutlich, dass er zumindest irgendwann einmal vorhatte, diesen Fleck auf unserer gemeinsamen Vergangenheit zu betrachten. »Okay.«

Die Erleichterung stand ihm ins Gesicht geschrieben, und er nickte in Richtung des Skizzenblocks. »Also, der Institutsleiter. War das der Typ, mit dem du da letztens essen warst?«

Zögerlich schlug ich den Skizzenblock auf und nickte. »Genau der.«

Er nickte verstehend. »Und der hat dir heute Ärger gemacht?«

»Nein. Woo-Young ist ein netter und sehr kompetenter Chef.« Ich setzte den Stift an, zog aber noch keine Linie, dankbar um den Vorwand, Hyun-Joon intensiv betrachten zu können. Unsere Blicke trafen sich. »Es war mehr der Rest des Tages, der mich aus dem Tritt gebracht hat.«

Gold tanzte, floss aus seinen Augen, flutete den gesamten Raum und umfing mich warm in der eisigen Kälte der weißen Wände. »Erzähl mir davon.«

Und ehe ich mich versah, tat ich genau das. Ich erzählte, wie der Wecker nicht geklingelt hatte, Joonie meinen Kaffeebecher umgekippt und das dunkelbraune Getränk die Unterlagen für mein Meeting mit dem Galeriedirektor besudelt hatte, der das Ganze zwar mit Humor genommen, mir dann aber mit ernster Miene eröffnet hatte, dass die gelieferten Kunstwerke eines der

Absolventen des Instituts viel größer waren, als von dessen Assistenten angegeben, sodass wir den kompletten Teil der Ausstellung umplanen mussten, damit unser Konzept mit seinen Kompositionen weiterhin aufging. Mein Bleistift jagte nur so über das Papier, während ich mich in meinem Unglauben über ein weiteres Kunstwerk, das wir ausstellten, verlor, welches wir von einer anderen Galerie angefordert hatten, und das bei Anlieferung von Schimmel befallen gewesen war, was wir dann der Künstlerin hatten beibringen müssen, die noch am Telefon in Tränen ausgebrochen war und die wir mit vereinten Kräften zu beruhigen versucht hatten, während die Zeit uns davonlief, und ich mir dann noch, ohne meine Zutun, die Bluse versaut hatte.

»Und eigentlich hätte ich heute im Atelier sein müssen, um mein eigenes Werk für die Ausstellung fertigzustellen.«

Hyun-Joon, der meinen Erzählungen geduldig und ruhig zugehört hatte, ohne sich auch nur ein einziges Mal zu rühren, um meine Skizze nicht zu ruinieren, verengte für den Bruchteil einer Sekunde die Augen. »Und dann bist du hier?«

»Ja. Ich wollte Hyun-Ah sehen«, sagte ich, und meine Gedanken fügten ein *und dich auch* hinzu, das seinen Weg zum Glück nicht über meine Lippen fand. »Ich weiß nämlich nicht, ob ich es schaffe, vor der Ausstellung noch mal herzukommen, und im Atelier vereinsame ich manchmal, wenn ich stundenlang nichts anderes tue, als dort allein zu hocken und zu malen.«

Meine Worte schienen irgendetwas in Hyun-Joon auszulösen, denn er legte grübelnd den Kopf schief, und mein Stift stoppte.

»Joon?«

»Oh, sorry.« Er setzte sich wieder in seine ursprüngliche Position, doch mit einem Mal wirkte er beinahe rastlos, als er mich eingehend musterte. »Hab ich dir jetzt die Skizze versaut?«

»Nein.« Ich sah auf das Büchlein in meinem Schoß hinab. »Ich bin Lehrerin an einem Kunstinstitut. Ich bin unruhige Modelle also gewöhnt.«

Er gab einen undefinierbaren Laut von sich, und dann schwiegen wir eine Weile, ehe Hyun-Joon sich auf die Kante des Bettes schob und mir direkt in die Augen sah. »Könnte ich es mir einmal ansehen?«

»Huh?«, entfuhr es mir geistreich, mein Verstand war komplett damit überfordert, dass er mir plötzlich so viel näher war als noch vor ein paar Sekunden.

»Dein Atelier?« Verlegen kratzte er sich am Hals. »Es würde mich wirklich interessieren, wie so was aussieht, und du hast gesagt, dass du manchmal beim Malen vereinsamst, also dachte ich, ich könnte vielleicht –«

»Natürlich.« Meine Hände klammerten sich um den Bleistift, als ich Hyun-Joon ansah. »Natürlich kannst du es dir ansehen, wenn du das möchtest.«

Das Lächeln, das sich auf seine Züge schlich, war etwas unsicher und zögerlich, und doch wärmte es mich von innen heraus wie Sonnenstrahlen auf meiner Haut. »Okay. Morgen dann?«

»Okay. Morgen.« Ich klappte mein Skizzenbuch zu und legte es beiseite, ganz gefangen in dem Gold seiner Augen, während eine leise Stimme in mir mich daran erinnerte, dass ich noch nie jemanden in mein Atelier gelassen hatte, weil meine Kunst für mich etwas unfassbar Intimes und Persönliches war.

Hyun-Joon würde der Erste sein.

Und auf seltsame Art und Weise fühlte sich das genau richtig an.

26. KAPITEL

작업실 = Atelier

Nervosität war ein unangenehmes Gefühl. Wie ein Muskel, der nach dem Einschlafen erwachte und Tausende kleine Nadelstiche durch den Körper jagte. Nicht wirklich schmerzhaft, aber trotzdem irgendwie unschön. Man wusste nicht so recht, wohin mit sich, während man seinen Arm oder sein Bein schüttelte und hoffte, es würde dann schneller vorbeigehen. Bei mir allerdings war das ein aussichtsloses Unterfangen, denn ich konnte schlecht die Fragmente meines Mosaikherzens aus meiner Brust reißen und sie schütteln, um dieses Kribbeln loszuwerden, das mich rastlos in meinem Atelier auf und ab pirschen ließ.

Ob es tatsächlich eine so gute Idee gewesen war, Hyun-Joon einen Besuch hier im Atelier zu erlauben?

Unsicher sah ich mich in dem lichtdurchfluteten Raum um, in dem wohl auf den ersten Blick für jeden Außenstehenden absolutes Chaos herrschte. Unzählige Dosen mit verschiedensten Arten von Farben standen herum, die Pinsel in hohen Vasen organisiert und in die wenigen Zwischenräume gestellt, die auf den befleckten Tischen und unzähligen Rollwagen noch blieben. An den Wänden hingen ein wildes Durcheinander meiner eigenen Werke und vereinzelte Leinwände von anderen Kunstschaffenden, die ich bewunderte, und deren Arbeiten mich inspirierten. Sie alle variierten in ihrer Form und Größe, manche von ihnen hastig mit Farbe bekleckst, andere das Resultat monatelanger akribischer Arbeit. Auf dem Boden fanden sich Skizzenpapier und Tonkarton, mal mit Zeichnungen versehen und mal komplett unberührt, aber doch alle Teil meines kreativen Chaos', für das ich mich noch nie geschämt hatte. Bis jetzt.

Scheiße, hätte ich vielleicht doch besser aufräumen sollen? Dabei hatte ich dafür gar keine Zeit gehabt, denn um Hyun-Joons Terminvorschlag gerecht zu werden, war ich direkt nach meiner letzten Unterrichtsstunde hochgesprintet und wartete nun auf ihn, während die Wanduhr mich mit ihrem leisen Ticken zu verhöhnen schien.

»Das ist doch albern«, rügte ich mich selbst und ging zu dem mit Farbe beschmierten Radio in der Ecke, schaltete es ein, und die Stille um mich herum wurde im Nu mit mehr gefüllt als dem Klang meiner eigenen Schritte und diesem beständigen *Tick, Tick, Tick*, das mich in den Wahnsinn zu treiben drohte. »Dein Atelier ist gut, so wie es ist. Du arbeitest hier. Da ist es völlig normal, dass es ein bisschen unordentlich ist.«

Der voreingestellte Sender bespielte mein Atelier mit einer ruhigen Mischung aus Soul und RnB, und tatsächlich entspannte ich mich ein bisschen, als ich mich zum Takt hin- und herwiegte, während ich mein Haar zu einem Zopf flocht und ihn über meiner Schulter drapierte.

Es gab keinen Grund, nervös zu sein. Mein Atelier war mein Reich. Einer der Orte, an dem ich mich am sichersten fühlte, und das würde sich nicht plötzlich ändern, nur weil Hyun-Joon mich für eine Stunde besuchte, um sich umzusehen. Alles, was ich tun musste, war, tief durchzuatmen und –

Vergessen war die beginnende Entspannung, als das Klopfen an der Tür erklang. Tja, jetzt gab es eh kein Zurück mehr. Ich sah an mir hinab und richtete den Kragen des bunt befleckten Hemdes, ehe ich zur Tür ging und diese aufzog. Obwohl wir einander in den letzten Wochen so häufig begegnet waren, war es doch immer wieder wie ein kleiner Schock, Hyun-Joon gegenüberzutreten, der in dem sanften Licht des Korridors in seiner langen gefütterten Lederjacke und der schlichten blauen Jeans einfach nur umwerfend aussah. Ich gestattete mir einen winzigen Moment, um ihn zu betrachten. Wie die Sonne seine Wangen streifte, die von der Kälte draußen ganz rot waren, und wie er die Hände fest um zwei Kaffeebecher geschlossen hatte, während eine mir sehr bekannt vorkommende Kuriertasche von seiner Schulter baumelte. Wie er von einem Bein aufs andere wechselte und eben nicht an mir vorbei ins Atelier linste, sondern seine honigfarbenen Augen allein auf mich richtete, so, als wäre er von meinem Anblick ähnlich gefangen wie ich von seinem.

»Hey«, sagte ich betont locker, obwohl jeder Muskel in mir angespannt war. Ich machte einen Schritt rückwärts, um ihn hereinzulassen. »Schön, dass du da bist.«

»Hey.« Er schob sich an mir vorbei in den großen Raum mit den hohen Decken und ließ seinen Blick interessiert umherschweifen, der an den bodenhohen Fenstern hängen blieb, die heute bei winterlichem Sonnenschein und klarem Himmel einen fantastischen Ausblick auf die Stadt boten. »Ich hab Kaffee mitgebracht. Du trinkst deinen doch noch schwarz, oder?«

»Ja.« Ich zog die Tür hinter ihm zu und nahm von ihm den Becher entgegen, der sich warm in meiner Handfläche anfühlte. Ich fuhr mit dem Daumen über den Plastikdeckel und lächelte, weil er mich zurück zu kühlen Frühlingsnächten und ungeschickten Annäherungsversuchen katapultierte. »Danke.«

Hyun-Joon nickte nur und räusperte sich dann, die Spitzen seiner Ohren leuchteten rot, als er den ersten Schritt ins Atelier machen wollte, von dem ich ihn mit einem schnellen Blick auf seine zweifellos teuren Boots prompt abhielt.

»Du solltest dich besser umziehen, bevor du auch nur einen Schritt in dieses Chaos machst.« Ich genoss es vielleicht etwas zu sehr, wie das kühle Leder seiner Jacke sich unter meiner Haut anfühlte, weshalb ich einen Moment brauchte, um von seinem Oberarm abzulassen. »Manche der Flecken sind nicht richtig durchgetrocknet, und ich weiß nicht genau, welche, was so ziemlich jede Oberfläche hier zu einem Minenfeld macht, das nur darauf wartet, deine Klamotten zu versauen.« Ich deutete auf die Tür direkt rechts von ihm, die in einen kleinen Raum führte, in dem ich mich immer umzog, wenn ich herkam. »Ich hab mir von einem Arbeitskollegen einen seiner Overalls geliehen. Er hat ungefähr die gleiche Größe wie du.«

Hyun-Joon ließ seine Augen einen Moment über meine schwarze Schürze und meine fleckigen Klamotten wandern. Der Ansatz eines Schmunzelns, der sich auf seinen Zügen ausbreitete, half meinem galoppierenden Herzen leider kein bisschen, das sich dringend beruhigen musste, bevor mein Hirn noch beschloss, sich dieser irrwitzigen Wahnvorstellung anzuschließen, dass wir je wieder mehr sein konnten, als wir jetzt gerade waren. »Soll das heißen, ich sehe am Ende des Tages sonst auch aus wie ein Regenbogen?«

Ich brauchte einen Moment, um darauf zu antworten, da mein Verstand noch versuchte, die Aussicht auf einen ganzen Nachmittag mit Hyun-Joon zu verarbeiten, was meinen Magen eigenwillige Purzelbäume schlagen ließ. »Unmöglich wäre es nicht. Außer natürlich, du hast vor, die ganze Zeit unbeweglich in einer Ecke zu stehen. Dann hättest du vielleicht die Chance, hier nicht als bunt gefleckter Dalmatiner hinauszuspazieren.«

Der Klang seines Lachens traf mich unvorbereitet, und ich konnte nicht anders, als ihn anzustarren, diesen neuen und doch auch irgendwie altbekannten und gelösteren Hyun-Joon, der Dinge mit meinem Herz anstellte. »Ich denke, ich könnte den Look rocken, meinst du nicht?«

»Bestimmt«, murmelte ich wahrheitsgetreu, während ich ihn intensiver musterte und seine Mundwinkel bemerkte, die heute mal nicht neutral waren oder hinabgingen. Sie waren nach oben gebogen, wenn auch nur ein wenig. »Ist heute irgendetwas Gutes passiert?«

Hyun-Joon blinzelte verdattert, schlug dann aber mit einem schiefen Grinsen die Augen nieder. Er schwenkte den Kaffeebecher in seiner Hand und trank dann einen Schluck, ehe er mir antwortete. »Hyun-Ah hat sich jetzt doch dazu entschieden, die vorgeschlagene längere stationäre Therapie zu machen. Die Ärzte versuchen grade, einen Platz für sie auf Jeju, in der Nähe unserer Großeltern, zu bekommen, und wenn jetzt alles glatt geht, kann es schon kurz nach Neujahr für sie losgehen.«

»Wirklich?« Als Hyun-Joon bestätigend nickte, konnte ich meine erleichterte Euphorie nicht zurückhalten und schlang fest die Arme um ihn. »Das sind echt fantastische Neuigkeiten. Herzlichen Glückwunsch, Joon.«

»Danke«, hauchte er in mein Haar hinein, und ich bekam eine Gänsehaut, als sein Atem mein Ohr streifte. Er schob mich nicht von sich, sondern zog mich noch näher zu sich heran, sein Arm wie eine sichere Stützte, die sich um meine Schultern legte, um mich dichter an sich zu ziehen, bis seine Brust sich flach gegen meine schmiegte. »Ich hatte darauf gehofft, dass sie doch noch einlenkt, aber hundertprozentig damit gerechnet, hatte ich nicht.«

»Aber sie hat, und das ist alles, was gerade zählt.«

Hyun-Joon brummte zustimmend, krallte die Hand noch fester in meine Schulter, während er tief einatmete und mich damit zum Schaudern brachte. Dann ließ er mich langsam und behutsam wieder los. Einen Moment lang blieb er noch direkt vor mir stehen, ehe er einen Schritt zurücktrat, und auf eigenwillige Weise fühlte ich mich sofort beraubt. »Du hast recht.«

Etwas unschlüssig standen wir da, und ich bemühte mich um ein neutrales Lächeln, als ich erneut auf die Tür deutete und nach besten Kräften versuchte, diese Sehnsucht in mir zu ignorieren, die mich zurück in seine Arme ziehen wollte, und die ich beinahe physisch spüren konnte, wie Bänder, die sich um meine Arme und Beine schlangen. »Also dann, der Overall hängt da drin am Haken.«

Hyun-Joon nickte, wenn auch etwas zeitversetzt, und mit einem Mal war sie zurück, diese Mauer der Befangenheit, die sich immer wieder zwischen uns aufbaute, wann immer einer von uns sich zu verstecken versuchte. Doch auch wenn sie noch dort war, fiel sie erheblich kleiner aus, und ein törichter Teil von mir hoffte darauf, dass sie in nicht allzu ferner Zukunft gänzlich in sich zusammenstürzte.

»Okay.« Er ging rückwärts auf die Tür zu, ohne mich aus den Augen zu lassen, bis sein Rücken auf Holz stieß. »Also dann, bis gleich.«

»Bis gleich.« Erst als die Tür hinter ihm zufiel und ich wieder allein war, erlaubte ich mir, meine kühlen Hände auf meine erhitzten Wangen zu pressen. Das war nur eine Umarmung unter Freunden gewesen. Nicht mehr und nicht weniger. Und ich würde mich genau darüber freuen, anstatt daraus mehr zu machen, als es war und je wieder sein konnte. Hyun-Joon und ich hatten einander schrecklich wehgetan, und ich war einfach froh, dass wir uns wieder auf dieser Ebene begegnen konnten, in der nicht jedes Wort und jeder Blick schmerzte. Eine Ebene, auf der nicht alles perfekt und viele Dinge ungesagt blieben. Aber ich war bereit, mit ihm hier zu sein, auf diesem roten

Drahtseil, mit meinen Händen in seinen, während keiner von uns einen Schritt tat, und der Abgrund wartete, in dem wir nur langsam das Sicherheitsnetz knüpften.

Um mich von meinen Gedanken zu befreien, verfiel ich in emsige Betriebsamkeit und bereitete alles für meine Arbeit vor. Die große Leinwand war wie immer eine Herausforderung, als ich sie auf die Staffelei hob, bevor ich Handschuhe und Öl-farben bereitlegte. Die Pinsel ließ ich direkt links liegen. Heu-te wollte ich keine Distanz zwischen mir und den unzähligen Farben um mich herum, aus denen es unmöglich schien, eine Auswahl zu treffen. In den letzten Tagen und Wochen war so viel passiert, meine Erinnerungen und meine Gegenwart ein buntes Chaos, das ich aus mir heraus auf die Leinwand brin-gen musste, damit es mich nicht zerfraß. Meine Fingerspit-zen kribbelten, und ich rieb sie aneinander, um meine Gefühle zu besänftigen, die an die Oberfläche drängten, um in meiner Kunst ihr neues Heim zu finden, weil es für sie in meiner Brust schon seit Tagen zu eng geworden war. Jedes einzelne von ih-nen lockte mich, als ich die Dosen anhob, die leise klickten, wenn sie gegeneinanderstießen. Ihr kühles Metall weckte Er-innerungen, und ich spähte zur Tür, hinter der Hyun-Joon sich noch immer umzog. Und mit einem Mal formte sich eine Idee, die mein Herz in einer Mischung aus Angst und Erwartung höherschlagen ließ.

Ob Hyun-Joon sich darauf einlassen würde? Ob er mir ver-trauen würde? Oder eher, ob er sich mir *anvertrauen* würde? Ich wusste es nicht. Und wenn ich ehrlich war, hatte ich auch ein bisschen Angst. Aber das *Tug-Tug-Tug* in meiner Brust ließ alle Sorgen verstummen, als ich verschiedene Paletten hervor-kramte und wartete, in meinem Kopf ein lautes Tohuwabohu, das nur mit dem Aufruhr in meiner Brust konkurrieren konnte.

Als sich die Tür zu meiner kleinen Umkleidekabine öffnete,

hielt ich den Atem an, als dunkles Blutrot, geküsst von Sonnenlicht, meine gesamte Wahrnehmung flutete, während Silber funkelte und Gold das Atelier um mich herum in Vergessenheit geraten ließ.

»Sag mal, ist dein Arbeitskollege zufällig *Captain America* oder so?«

Eine schlagfertige Antwort darauf fiel mir nicht ein, als Hyun-Joon in den Raum geschlendert kam, der Overall war an seinen Hüften mit den Ärmeln festgebunden und das unschuldige Weiß seines Shirts erschien in dem bunten Chaos um ihn herum beinahe unwirklich. Das *Tug-Tug-Tug* in meiner Brust war plötzlich kaum noch zu ertragen, und ich versuchte den Blick abzuwenden, schaffte es aber nicht, als ich den Mann vor mir sah, der in jedem meiner Gemälde wohnte, und der mir gerade auf so simple und schmerzhafte Art vor Augen führte, was wir hätten haben können, wenn wir nur die Kraft gehabt hätten, aneinander, anstatt an unserer Wut und unserer Enttäuschung festzuhalten. Ich hätte ihn bei mir haben können, in meiner Festung aus Farben, in der ich sicher und stark, aber ohne ihn doch irgendwie einsam war.

»Jade?« Hyun-Joons Stimme klang besorgt. »Hey, alles okay?«

»Ja, alles okay.« Ich lächelte, wusste aber, dass ich keinen guten Job machte, als Hyun-Joon die Stirn in Falten zog. »So trägt man einen Overall aber eigentlich nicht.«

»Na ja, wenn man sonst völlig darin untergeht, dann schon.« Erleichterung erfasste mich, weil er nicht näher darauf einging, was los war, und in Richtung Leinwand nickte, während er seine Kuriertasche, trotz meiner vorherigen Warnung, aber immerhin mit einem prüfenden Blick auf dem Tisch gegenüber der Staffelei ablegte. »Ist das das Projekt, an dem du für die Ausstellung arbeiten willst?«

Ich sah auf die unberührte Leinwand vor mir, die mit ihrem Weiß inmitten der Welt bunter Farbspritzer ähnlich deplatziert wirkte wie Joons weißes Longsleeve, und traf eine Entscheidung. »Nein. Ich denke, für die Ausstellung werde ich etwas Kleineres machen.«

Die Falten auf Hyun-Joons Stirn vertieften sich. »Aber hast du nicht gesagt, du musst –«

»Ich dachte, wir könnten vielleicht zusammen malen. Du und ich.«

Hyun-Joon starrte mich an, die Augen groß und die Lippen zu einem schmalen Strich zusammengepresst, während der Raum zwischen uns sich nur mit dem Song aus dem Radio füllte, der von unerwiderter Liebe sang und dessen Rhythmus eigenwillig hoffnungsvoll daherkam. Erst als der Song wechselte, wurde mir das Schweigen zwischen uns zu erdrückend, und so wagte ich einen erneuten Vorstoß, auch wenn ich keine Ahnung hatte, ob ich auf zartes Fleisch oder harten Granit stoßen würde.

»Wir müssen nicht, Joon. Das ist ganz allein dir überlassen«, schickte ich vorweg, meine Stimme klang sogar in meinen eigenen Ohren etwas rau und verzweifelt. »Ich dachte nur, es könnte vielleicht helfen. In den letzten Tagen und Wochen war so viel los, und ich persönlich hatte keine Gelegenheit, das alles zu verarbeiten, und malen hilft mir dabei irgendwie immer.« Ich spähte an ihm vorbei zu der Kuriertasche auf dem Tisch und Unruhe erfasste mich, die mich dazu brachte, mit einem Fuß im Rhythmus des Songs aus dem Radio zu wippen, nur um mit meiner nervösen Energie zumindest irgendwo hinzukönnen. »Du fotografierst gar nicht mehr, oder?«

Hyun-Joon stützte die Hände hinter sich auf dem Tisch ab und ließ mich keine Sekunde aus den Augen. Ich erkannte Unsicherheit in seinem Blick. Besorgte Vorsicht. Aber eben auch ein Funkeln, das durchaus von Interesse zeugte. »Wie kommst du darauf?«

»Ich habe dich seit diesem Abend im *Jiigae* Restaurant nicht mehr mit deiner Kamera gesehen. Früher bist du kaum ohne sie aus dem Haus gegangen.«

»Ich nehme sie eigentlich nur noch mit, wenn mich irgendwer explizit darum bittet, Fotos von irgendwas zu machen.«

»Warum?«

Er legte den Kopf schief, starrte mich weiter an. Dann stieß er sich vom Tisch ab und fuhr mit den Fingern über das abgetragene Leder seiner Tasche. »Ich brauchte Abstand.«

»Von der Fotografie?«

»Nein.« Seine Worte waren kaum mehr als ein Murmeln. »Vom Rest der Welt.«

Ich wusste, wie Hyun-Joon über seine Fotografie dachte. Wusste, wie er nie das Display, sondern immer nur den Sucher nutzte, um ein Foto zu schießen, immer darauf bedacht, das Leben und die Menschen so einzufangen, wie sie waren. Hyun-Joon hatte keine Filter geduldet, die Bearbeitungen höchstens minimal und doch immer in die Töne schwerer Melancholie getaucht, die seine Fotografie zwar einzigartig, aber auch entwaffnend und schmerzhaft machte.

Ich schlang die Arme um mich selbst und versuchte die Bilder zu ignorieren, die mich umgaben. Die Kunstwerke, mit denen ich nicht zufrieden war, weil ihnen etwas fehlte. Weil ich, wie Hyun-Joon auch, Abstand gebraucht hatte. Von der Welt um mich herum. Aber vor allem von mir selbst und den Fragmenten, die in meiner Brust ruhten. »Das verstehe ich nur allzu gut.«

Hyun-Joon ließ den Blick schweifen, ehe er traurig lächelte. »Das sehe ich.« Er öffnete die Schnalle der Kuriertasche, nur um sie wieder zuschnappen zu lassen, ohne die Kamera auch nur zu berühren. »Ich habe keine Ahnung, warum ich sie heute überhaupt mitgebracht habe.«

»Ist das denn so wichtig? Zählt die Tatsache, dass du sie mitgebracht hast, nicht viel mehr?«

Darauf antwortete er nichts, sondern ließ gänzlich von der Tasche ab und kam zu mir herüber. Mein Herz machte einen kleinen Satz, als er die Ärmel hochkrempelte, den Blick fest auf die Leinwand gerichtet, so, als wäre sie ein verwirrendes Rätsel, das es mit aller Macht zu lösen galt. »Also, was muss ich tun?«

Ich klatschte begeistert in die Hände und holte ihm ein paar schwarze Handschuhe, ehe ich in meine eigenen schlüpfte. »Gar nichts. Bring einfach das auf die Leinwand, was du fühlst.«

Die Skepsis drang Hyun-Joon aus jeder Pore. Er beäugte die schwarzen Handschuhe argwöhnisch, die er jedoch trotzdem anzog. »Dir ist aber schon klar, dass ich in meinem Leben noch nie gemalt habe, oder?«

Mir fielen die Kinderkrackeleien im Hause Kang ein, und ich lachte. »Die Bilder in eurem Wohnzimmer sprechen da allerdings eine ganz andere Sprache.«

Hyun-Joons Ohrenspitzen färbten sich erneut rot, doch anstatt ihn dafür aufzuziehen, öffnete ich in Windeseile die Farbdosen um uns herum. Die drei Primärfarben und Weiß. Mehr würden wir gar nicht brauchen.

»Probiere dich einfach aus«, sagte ich unvermittelt und stellte mich neben ihn. Die große Leinwand war auch für mich ein wenig einschüchternd, auch wenn ich wusste, dass wir sie mit all den angehäuften Gefühlen zweier überlaufender Herzen problemlos würden füllen können. »Denk nicht darüber nach«, flüsterte ich beinahe, als ich eine der Paletten in die Hand nahm. »Mach einfach das, was du für richtig hältst.« Ich schnappte mir die Spachtel, die vor uns lag, und lud damit Farbe auf, die ich zu mischen begann. Ein bisschen mehr Blau. Ein bisschen weniger Rot. Und ehe ich mich versah, entstand das Graublau, das mich seit diesem Augenblick auf der Brücke im Klammergriff hielt. Ohne zu zögern tauchte ich die Hand hinein, spürte die Kälte und Textur der dicken Farbe auch durch das Latex, das meine Haut vor der Ölfarbe schützte, ehe ich sie wieder hervorzog, und den nassen Glanz einen Moment betrachtete, bevor ich die Farbe beherzt auf die Leinwand auftrug. »Lass einfach alles los, Joon. Alle Gedanken, Gefühle und Sorgen. Lass sie los und lass sie hier.« Meine Bewegung war rau und fast schon ungestüm, als meine Hand über die Leinwand glitt und eine Schneise dunkler Beklemmung hinterließ, die aus mir herausfloss, bis das Atmen mir endlich wieder ein bisschen leichter fiel. Ich schöpfte von der Palette nach, die Bilder aus dem Krankenhaus omnipotent, als ich Grau um Grau um Grau auftrug, um den Geruch von Desinfektionsmittel, das Gefühl von klammem Stoff auf meiner Haut und den Klang von leisem Schluchzen aus meiner Erinnerung zu verbannen.

Über die Schulter spähte ich zu Hyun-Joon und streckte die Hand nach ihm aus, das leise und zähe *Tropf-Tropf-Tropf* der Farbe so laut und fordernd wie das *Tug-Tug-Tug* in meiner Brust, das mich in seine Richtung zog, egal was ich auch tat. »Vertraust du mir?«

Er sah auf meine Hand, von der graue Farbe auf den Boden tropfte. Es waren nur Sekunden, die vergingen, doch sie kamen mir vor wie Minuten, die ihr erlösendes Ende fanden, als er meine Hand ergriff, um sie gemeinsam mit mir auf die Leinwand zu pressen.

»Was Kunst angeht, ja«, antwortete er heiser, und ich sah auf die Farbe, die zwischen unseren verschränkten Fingern hervorquoll, als er unsere Hände gemeinsam über die Leinwand gleiten ließ und den ersten Schritt tat, um etwas aus dem Nichts zu erschaffen.

Ich lächelte. Das war genug. Zumindest fürs Erste.

27. KAPITEL

금시초문이다 = Etwas zum ersten Mal hören

»Aus dir wäre eine wirklich gute Kunsttherapeutin geworden.«

»Danke.« Ich legte meine Palette beiseite und trat einen Schritt von der Leinwand weg, um den Fortschritt des Bildes zu begutachten, an dem Hyun-Joon und ich nun schon seit einer Weile arbeiteten. Was ich erblickte, überraschte mich wenig, die Komposition aus Farben war an den Rändern, an denen wir beide begonnen hatten, düster und bedrückend. »Fühlst du dich denn schon etwas besser?«

»Ein wenig.« Hyun-Joon mischte Farben auf seiner Palette, die Augen gesenkt, als er mit den Fingern hindurchfuhr, das Herabsinken seiner Mundwinkel ebenso unmissverständlich wie sein erneuter Griff zum Rot. »Wobei ich keinen blassen Schimmer habe, ob ich das hier richtig mache.«

»Erinnerst du dich daran, was ich bei unserem ersten Date zu dir gesagt habe?«

Hyun-Joon stoppte, offensichtlich genauso erstaunt wie ich selbst, über meinen kleinen Ausflug zur Allee der Erinnerungen, die wir beide bisher noch nicht gemeinsam entlanggelaufen waren. Seine Finger kreisten in der angemischten Farbe. »Du meinst, in dem Café in Seongsu?«

»Ja, genau. Kunst ist subjektiv und obliegt allein der Interpretation des Betrachters.« Ich zog meine Handschuhe aus, die längst völlig besudelt waren und somit nur die neuen Farben verunreinigen würden, und warf sie in einen der Mülleimer, in dem sich schon unzählige von ihnen häuften, weil ich oft vergaß, die Beutel mit nach unten zu nehmen. »Es gibt also kein Richtig und kein Falsch. Was du malst, malst du für dich.«

Nachdenklich rieb Hyun-Joon die stark pigmentierte und feste Farbe zwischen seinen Fingern, bevor er sie an die Leinwand hob. Die erste Berührung war zaghaft, doch dann trug er das dunkle Violett mit etwas mehr Sicherheit auf. »Kunst kann aber durchaus gut oder schlecht gemacht sein.«

»Natürlich. Aber das ist nichts weiter als Handwerkszeug. Das kann nun wirklich jeder lernen.« Ich griff mir das nächste Paar Handschuhe und zog es an, ehe ich mir eine der unberührten Paletten schnappte. Blau nahm ich mir diesmal nur ganz wenig, denn ich hatte nicht vor, weiter in der Melancholie meiner eigenen Farben zu verweilen, als ich zu mischen begann. »Das ist ja aber etwas anderes, als Kunst nach gut und schlecht zu beurteilen. Früher hat man auch gedacht, die Kunst von Expressionisten wie Edvard Munch wäre schlecht, und heute gilt er als einer der Meister seiner Zeit. So etwas wie gute oder schlechte Kunst gibt es also nicht. Es hat nur einfach alles seine Zeit.«

»Hat Mrs Singh dir das eingetrichtert?«

Meine Kreise wurden ruppig, als ich versuchte, das Weiß schlierenfrei einzuarbeiten, und durch den dichten Kranz meiner Wimpern sah ich zu Hyun-Joon hinüber, der mir den Rücken zugewandt hatte und sich an einer der Dosen zu schaffen machte. In der Linie seiner Schultern suchte ich nach einem Zug von Härte. Nach etwas, das auf Provokation oder Wut schließen ließ, doch da war nichts außer der Anspannung, die ihn immer begleitete und die ich früher hatte vertreiben können, wenn wir allein und in der Sicherheit meines kleinen Apartments waren, eingepfercht auf einen Meter zwanzig in der Hitze der schwülen Sommernächte, ohne von ihr Notiz zu nehmen, solange wir nur zusammen sein konnten.

»Sozusagen.« Ich wählte meine Worte mit Bedacht, denn wir hatten noch kein einziges Mal über Singapur gesprochen. Stattdessen hatten wir das Thema umschifft. »Als ich in Singapur ankam, habe ich praktisch nur gemalt, aber keins der Gemälde, die ich erschaffen hatte, ließ sich verkaufen. Niemand wollte sie haben, und irgendwann habe ich angefangen, an mir selbst zu zweifeln, bis ich mir selbst eingeredet habe, dass ich die schlechteste Künstlerin unter der Sonne sein muss, wenn sich niemand für meine Werke interessiert.« Ich horchte in mich hinein, ignorierte aber den Drang, die Farbe mit Blau dunkler und kälter werden zu lassen, sondern besann mich stattdessen auf das Gefühl der Dankbarkeit, das mich erfasste, als ich der Erinnerung zurück nach Singapur folgte.

»Sunita«, begann ich, brach jedoch ab und korrigierte mich, unsicher, ob Hyun-Joon den Vornamen seiner ehemaligen Stammkundin behalten hatte. »Mrs Singh hat dann immer zu mir gesagt, dass meine Zeit noch kommen wird. Und sie hatte recht, denn sechs Monate später hat die Frau eines amerikanischen Diplomaten in Rom eins meiner Werke gekauft, nachdem sie es auf der Internetseite des Instituts gesehen hat.« Unwillkürlich lächelte ich, als ich mich an die Euphorie von damals und an den Geschmack von Champagner auf meiner Zunge erinnerte. »Kunst ist also nicht gut oder schlecht. Entweder sie erreicht jemanden oder eben nicht.«

Hyun-Joon, der mir bis gerade aufmerksam zugehört hatte, ließ den Blick durch den Raum schweifen, und ich schluckte, weil ich wusste, was er dachte, ohne dass er ein einziges Wort sagte.

»Du hast recht. Meine Bilder haben schon seit einer Weile niemanden mehr erreicht.« Ich trug das intensive Dunkelrot mit den Fingern auf und wünschte mir, die Struktur von Haar und nicht von Leinen darunter zu spüren. »Deshalb hat Sunita mich auch zurück nach Korea geschickt. Weil sie hofft, dass meine Bilder dann wieder jemanden berühren. Vor allem aber wohl mich selbst.«

Hyun-Joon sah mich überrascht an. »Hattest du nicht gesagt, sie hat dich hergeschickt, um beim Aufbau des Instituts hier zu helfen?«

»Das auch. Aber eigentlich ging es mehr darum, meinen Bildern wieder Leben einzuhauchen.« Die Bitterkeit, die ich bisher darüber empfunden hatte und die wie ein Krebsgeschwür immer weiter in mir herangewachsen war, schrumpfte ein bisschen. »Sie hat gehofft, dass, wenn sie mich dorthin zurückschickt, wo meine Liebe zur Kunst wieder erwacht ist, sich meine Schaffenskrise in Luft auflöst.«

»Und, hat sie das?« Etwas blitze im Gold seiner Augen auf, als Hyun-Joon die Farbe auf seiner Palette mit einem Spachtel zusammenkratzte, um sie dann auf einem der Papiertücher zu entsorgen, die auf dem Wagen mit den Farbdosen lagen.

»Nein, leider nicht. Aber sie wird mit jedem Tag hier ein bisschen weniger lähmend. Ich habe immer seltener bereits morgens beim Aufstehen den Drang, laut zu schreien, und wenn ich meine Gemälde sehe, will ich auch nicht mehr unkontrolliert in Tränen ausbrechen, weil mir nichts weiter als hübsch verpackte, aber seelenlose Leere entgegenblickt.« Dass ich die erste Veränderung ausgerechnet nach unserem Abend im *Pojangmacha* bemerkt hatte, ließ ich bewusst unerwähnt. Mir war selbst noch nicht klar, was ich mit dieser Information anfangen sollte, und sie dann schon zu teilen, kam mir nicht richtig vor. Die Basis, die wir uns mühsam schufen, war noch zu wackelig, als dass ich mich traute, sie mit den schweren Steinen meiner wirren Gefühle zu belasten. »Ich bin also eigentlich ganz guter Dinge, dass sie wieder verschwinden wird. Auch wenn es vielleicht länger dauert, als ich das gerne hätte. Aber bis dahin mache ich einfach weiter, obwohl mir das an manchen Tagen leichter fällt als an anderen.«

»Das kenne ich.« Hyun-Joon griff nach dem Gelb, stellte es dann aber wieder zurück und suchte stattdessen die noch geschlossenen Dosen ab, deren Deckel ich mit einem einfachen Klecks farblich markiert hatte. »Während meines Militärdienstes gab es auch gute und schlechte Tage.«

Meine Finger auf der Leinwand stoppten nicht, obwohl mein Herz ins Stolpern geriet. Hyun-Joon und ich hatten noch kein Mal über seine Zeit beim Militär gesprochen. Nur von Hyun-Ah wusste ich, dass ihn die Monate dort derartig verändert hatten, dass selbst sie manchmal Probleme hatte, ihren großen Bruder wiederzuerkennen. Erinnerungen an unsere erste Begegnung in der Gasse schoben sich vor mein inneres Auge, und ich fröstelte, als mir sein schneidender Ton und seine eisige Ablehnung wieder einfielen. Erst jetzt begann ich Hyun-Joon langsam wiederzuerkennen, das Gold seiner Augen deutlich freundlicher und offener als die kalten Flammen, die zuvor darin gelodert hatten. Ich linste zu ihm hinüber, unsicher, ob ich nachfragen durfte, doch bevor auch nur ein Wort meinen Mund verlassen konnte, sprach Hyun-Joon schon von ganz allein.

»Achtzehn Monate.« Er hob eine der Dosen an und begutachtete den Deckel genauer unter dem Licht der Decke, ehe er sie wieder zurückstellte und weitersuchte. »Das waren mindestens neunzehn zu viel.«

Ich hatte Gerüchte über den südkoreanischen Militärdienst gehört, die Geschichten eine sonderbare Mixtur aus lustigen Anekdoten über schiefgegangene Übungen und besorgniserregenden Horrorgeschichten von Misshandlungen durch Vorgesetzte. »Wo warst du stationiert?«

»In Busan. Ich war bei der Marine.« Scheinbar endlich fündig geworden, zog Hyun-Joon eine Dose hervor und öffnete sie, das Schwarz der Ölfarbe intensiv und schillernd wie Rabenschwingen. Mit ungestümer Hand nahm er sich einen Pinsel mit breitem Kopf und tauchte ihn in die Farbe. »Mein Stützpunkt war groß, und ich hatte Pech. Es war der Tummelplatz der selbstgerechten Arschlöcher, denen von ihren Ausbildern und Vorgesetzten beigebracht wurde, dass ein hoher militärischer Rang absolut alles entschuldigt.« Er zog den Pinsel am unteren Rand des Bildes entlang, und ich betrachtete die zornige Linie, die immer wieder überquoll, so fest, wie Hyun-Joon die Borsten auf die Leinwand drückte. »Natürlich waren nicht alle dort so, aber es gab mehr als genug, die sich einen Spaß daraus gemacht haben, Neuankömmlingen das Leben zur Hölle zu machen.«

Sorge regte sich in mir, die düster meine Sinne flutete. »Dir auch?«

Hyun-Joons Schweigen wog Tonnen, als er den Pinsel zurück in den Eimer pfefferte, aus dem er ihn geholt hatte. Die restliche Farbe in den Borsten spritzte überall hin, und er atmete einmal tief durch, bevor er einen Lappen mit Farbverdünner benetzte und begann, den Boden damit abzuwischen. »Bei mir hielt es sich noch in Grenzen, aber es gab da jemanden in meiner Truppe, den es ziemlich schlimm erwischt hat. Und es gab nichts, was ich dagegen tun konnte. Ich hab mal einen Vorfall gemeldet und bin dann vier Wochen lang durch die absolute Hölle gegangen.« Er hob den Lappen an und musterte die dunklen Flecken darauf, der Ausdruck auf seinem Gesicht war zu verschlossen, als dass ich darin lesen konnte. »Danach habe ich es nicht noch einmal gewagt, sondern hab stattdessen versucht, mich mit den Ranghöheren gut zu stellen, damit das nicht noch mal passieren konnte. Es war nämlich ziemlich schnell deutlich, dass niemand dort Interesse daran hatte, diesen toxischen Mobbing-Scheiß zu stoppen, und als mir klar geworden ist, dass ich nicht allein die Welt retten kann, hab ich es gar nicht erst versucht.«

Ich hörte sie genau, die Selbstvorwürfe, die in seiner Stimme mitschwangen. Für jemanden wie Hyun-Joon, dem Ungerechtigkeit schon immer ein Dorn im Auge gewesen war, mussten diese achtzehn Monate wirklich der Hölle gleichgekommen sein. »Das macht dich zu keinem schlechten Menschen, Joon.«

Er brummte nur. Es war keine richtige Zustimmung, aber auch keine Ablehnung. Er erhob sich, der Lappen landete unbeachtet zwischen all den anderen, die ich über die Monate hinweg mit Farbe versaut hatte. Erleichtert fiel mir auf, dass die Linie seines Kiefers sich entspannte, als er wieder nach der Palette griff, auf der er erneut Farbe anzumischen begann.

»Du kannst nicht immer die ganze Welt retten.« Meine Finger tanzten über die Leinwand, so wie früher über Hyun-Joons Rücken, wenn ich ihn in den Arm genommen hatte, um ihn aufzuheitern. Da ich das nicht tun konnte, schlug ich zumindest einen heitereren Tonfall an, damit wir beide nicht wieder in die düsteren Gefilde unserer eigenen Gedanken abdrifteten. »Ich weiß, das entspricht nicht deinem Naturell, aber gesunder Egoismus kann unter Umständen sehr hilfreich sein.«

Hyun-Joon gab etwas Weiß auf seine Palette, und ich lächelte, als ich das gemäßigte Gelb erspähte, das mich an die Wintersonne erinnerte. Nachdenklich rührte er in der Farbe herum, ehe er sich räusperte und sie auftrug, seine Finger waren unweit von meinen entfernt, als er Strahlen auf die Leinwand brachte. »Ich verhalte mich sehr viel öfter egoistisch, als ich mir selbst eingestehen mag.«

Die Schwere seines Tonfalls entging mir nicht. »Joon, lass uns nicht –«

»Sehr viele Beziehungen überstehen den Militärdienst nicht. Die, die es packen, nennen wir die goldenen ein Prozent.« Er sah mich nicht an, seine Augen waren stur geradeaus gerichtet, während seine Worte mein Herz zum Stocken brachten. »Ich habe so oft Soldaten mit dem Handy am Ohr weinen gesehen, wenn ihre Beziehungen in die Brüche gegangen sind. Einige von ihnen waren sogar Jahre mit der anderen Person zusammen, und trotzdem ist alles vor die Hunde gegangen.« Sein Daumen schuf eine Furche in dem Gelb, und darunter kam die Leinwand zum Vorschein, beschmiert mit der Farbe, aber doch noch klar als Leinenweiß erkennbar. »Scheiße, Baek-Ho kannte seine Freundin sogar aus der Mittelstufe, und dennoch haben sie keine sechs Wochen nach Beginn Schluss gemacht, weil sie die räumliche Trennung nicht ausgehalten haben.«

Ich glaubte zu ahnen, wohin das Ganze führte, und mein Herz zog sich schmerzhaft zusammen. Ich sagte jedoch nichts, meine Finger wie erstarrt, weil ich nicht in der Lage war, sie auch nur einen weiteren Millimeter zu rühren, während ich mit angehaltenem Atem auf Hyun-Joons nächste Worte wartete.

»Wenn Leute, die seit der Mittelstufe ein Paar waren, es nicht geschafft haben, wie hätten wir es dann hinbekommen sollen?« Hyun-Joon schnaubte, doch sein Ton war unfassbar sanft, als er leise zu mir sprach. »Du und ich, wir …« – er brach ab und atmete tief durch, bevor er die nächste Furche in das Gelb zog –, »wir haben einander geliebt, aber ein paar Monate hätten im Leben nicht gereicht, um so etwas auszuhalten. Von Ländergrenzen mal ganz zu schweigen. Und es tut mir leid, dass ich das damals überhaupt von dir verlangt habe, nur weil ich Angst davor hatte, dich zu verlieren.« Ein letztes Mal zog Hyun-Joon seinen Daumen durch das Gelb, bevor er die Palette beiseitelegte und einen großen Schritt zurücktrat. »Jetzt brauch ich erst mal eine Pause. Kein Wunder, dass du so durchtrainierte Arme hast, diese Malerei ist ja echt ein Knochenjob.«

Ich öffnete den Mund, doch kein Ton kam heraus. Stattdessen war da nur diese Wärme, die sich in meiner Brust ausbreitete, und von dort meinen Arm hinunter bis in meine Fingerspitzen strömte. Unzählige Worte tanzten auf meiner Zunge, drehten sich im Kreis, mit den roten Fäden, die sich um die Fragmente meines Herzens schlangen und sie dichter zusammenzogen. So eng, bis es beinahe schmerzte. Ich wusste, ich sollte schweigen, sollte zwischen den Zeilen lesen und darauf Rücksicht nehmen, wovon Hyun-Joon wirklich eine Pause brauchte. Doch ich schaffte es nicht, als auch ich einen Schritt zurücktrat und das Gemälde betrachtete, das wir gemeinsam geschaffen hatten.

»Das, was wir hatten. Du und ich«, begann ich, ohne ihn anzublicken. Aus dem Augenwinkel sah ich, wie er sich auf den Tisch setzte, auf dem seine Kuriertasche neben Farbeimern und Wachsmalern ruhte. »Das war etwas ganz Besonderes, oder?«

Ich hörte ihn schwer schlucken und glaubte schon fast, dass er nichts dazu sagen würde, so lange, wie ich auf ein Wort von ihm warten musste. Doch dann sprach er, und seine Worte verloren sich fast in dem leisen Flüstern der Sängerin aus dem Radio. »Ja, das war es.«

Ich nickte, und einen Moment lang verschwammen all die Farben vor meinen Augen. Doch dann waren sie wieder zurück und diesmal so viel klarer, schillernder und brillanter als noch vor wenigen Sekunden. So, als hätten die zwei einsamen Tränen, die über meine Wangen kullerten, den Grauschleier abgewaschen, der mich schon so lange begleitete. Verstohlen hob ich meine Brille an und wischte sie an meiner Schulter ab, ehe ich die Palette wieder in die Hand nahm, um die letzten kleinen Arbeiten an dem Bild vorzunehmen, bevor es trocknen konnte. In ein paar Tagen würde ich es versiegeln können, und ganz egal, wie schwer es mir auch fallen würde, diese Leinwand würde ich mit nach Hause nehmen. Nirgendwo sonst dürfte es einen Platz bekommen, dieses Kunstwerk, das wir gemeinsam angefertigt hatten, und ich lächelte unwillkürlich, als ich ein Detail bemerkte, das mir bis jetzt entgangen war.

Die Ränder des Bildes, an denen wir angefangen hatten, zu malen, waren dunkel und unheilvoll, beseelt von einer tief liegenden Trauer, die keiner von uns beiden erklären, die wir aber bis ins Mark spüren konnten. Doch die Farben wurden immer heller und freundlicher, je näher wir uns auf das Zentrum zubewegt hatten. Je näher wir uns aufeinander zubewegt hatten.

»Gefällt es dir?«, fragte Hyun-Joon mich, und ich nickte.

»Ja, sehr.« Ich sah zu ihm, und die Fragmente in meiner Brust bebten, als ich die Kamera in seiner Hand bemerkte, deren Gehäuse er mit Farbe beschmierte, als er unser Gemälde mit der Linse in den Fokus nahm. Schnell blickte ich wieder nach vorn, damit er sich nicht beobachtet fühlte, doch mein Lächeln wollte nicht verschwinden, während ich ein paar letzte weiße Tupfer setzte. Weiß. Eine Farbe, die mir bis vor wenigen Minuten noch Angst gemacht hatte, mir aber jetzt so viel Hoffnung schenkte wie ein Neubeginn. »Dir denn auch?«

»Ja.« Seine Stimme klang heiser, und ich bekam eine Gänsehaut, als ich sie wie eine Berührung auf mir spürte. »Darf ich eventuell irgendwann noch mal wiederkommen?«

Auf diese Frage gab es nur eine Antwort.

»Natürlich. Mein Atelier steht dir immer offen.«

Die Worte klangen selbst in meinen eigenen Ohren abgedroschen, und doch haftete ihnen eine aufrichtige Wahrheit an, mit der ich mich noch nicht auseinandersetzen konnte und wollte, die die Fragmente meines Herzens aber am roten Faden so fest zusammenzurrte, dass mir die Luft wegblieb.

Meine Tür stand ihm immer offen. Und das würde sich wohl niemals ändern.

28. KAPITEL

초상화 = Porträt

Jetzt such dir einfach eins aus. Das kann doch so schwer nicht sein.
Ich streckte die Hand nach einem der Porträts aus, die ich auf dem Tisch ausgebreitet hatte, zog sie dann aber wieder zurück. Himmel, ich fand sie alle schrecklich. Und der Gedanke, dass eins dieser Bilder in der Galerie hängen und mich und meine Arbeit über Tage hinweg repräsentieren würde, drehte mir den Magen um. Mein Aussehen hatte nicht den höchsten Stellenwert in meinem Leben. Ich war so zufrieden, wie man mit sich selbst nun mal sein konnte, und auch wenn mein Kinn etwas zu spitz zulief und meine Augenbrauen etwas zu dunkel und vielleicht auch zu buschig geraten waren, wusste ich doch, dass ich nicht unansehnlich war. Doch der Fotograf, den Woo-Young mir empfohlen hatte, sah das wohl gänzlich anders. Und so starrten mir sieben beinahe identische DIN-A4-Bilder entgegen, von denen ich eins furchtbarer als das andere fand. Als es vor wenigen Minuten an der Tür geklopft und der Kurier mir den schlichten Umschlag überreicht hatte, war ich noch voll freudiger Erwartung gewesen. Nur zu gern hatte ich das Bild, an dem ich arbeitete, links liegen gelassen und mir die Handschuhe praktisch von den Fingern gezerrt, um endlich eins der Bilder auszusuchen, das gerahmt im Eingang hängen und den Besuchern, zusammen mit einem kurzen Text, verraten würde, wer ich war.

Und jetzt erkannte ich mich auf keinem einzigen Bild tatsächlich wieder.

Ich wusste nicht, woran es lag. Ob an dem schwarzen Blazer, der mich nur noch blasser wirken ließ, dem aufgesetzten Lächeln oder dem leeren Blick. Vielleicht waren es auch alle drei Faktoren in ihrem kühlen Zusammenspiel, die mich erschaudern ließen. Aber es war eigentlich auch vollkommen egal, denn eine Tatsache blieb: Ich hasste jedes einzelne von ihnen.

Leider blieb mir nur keine Zeit, um neue Bilder machen zu lassen. Die Ausstellung war schon übermorgen, und es grenzte an ein Wunder, dass ich es überhaupt geschafft hatte, mein Bild fertigzustellen und es zu versiegeln, sodass der Spediteur es vor knapp einer Stunde zur Auslieferung hatte abholen können. Und auch wenn das Bild fertig war, blieben noch Tausende von Meetings und kleiner organisatorischer Dinge, um die ich mich kümmern musste, sodass ein erneuter Stopp in einem Fotostudio vollkommen ausgeschlossen war. Zumal höchstwahrscheinlich kein Fotograf dieser Welt es bis übermorgen schaffen würde, neben seinen anderen Aufträgen noch eben mal ein Porträt zu schießen, zu retuschieren, zu drucken und einzurahmen, damit es vor Eröffnung der Ausstellung an der Galeriewand hing.

Ich würde also damit leben müssen, dass meine Kids und die gesamte Kunstszene mich als leblosen Zombie sehen würden.

»Was seufzt du denn so schwer?«

Erschrocken fuhr ich zusammen und sah zur Tür, durch die Hyun-Joon sich gerade schob, in der Hand wie immer einen Pappträger von dem Café in der Nähe der U-Bahn-Station, an der er ausstieg. Ganz selbstverständlich scannte er mit seinen Augen den Raum nach offenen Farbdosen, bevor er an den Tisch trat, an dem ich stand, regungslos und noch immer ein wenig verblüfft, obwohl er mich mittlerweile regelmäßig im

Atelier besuchte. Und allein dieser Schockstarre hatte ich es zu verdanken, dass ich nicht geistesgegenwärtig genug war, um Zombie-Jade rechtzeitig verschwinden zu lassen.

»Oh, wow.« Der Sarkasmus war zwar trocken, aber nicht zu überhören. »Sollst du das sein?«

Schnell klaubte ich die Bilder zusammen und stopfte sie zurück in den Umschlag, aus dem sie gekommen waren. Meine Wangen brannten wie Feuer, als ich neugierige Augen auf mir spürte. »Ja. Das sind die Porträts für die Ausstellung. Für die Wand der Künstlerinnen und Künstler.«

Scharf sog er die Luft ein und stellte die Kaffeebecher ab, denen die Kuriertasche folgte, mit der ich ihn nun wieder häufiger sah, auch wenn er die Kamera in meinem Atelier nicht mehr hervorholte, sondern sich lieber mit seinem Laptop oder einem Buch auf einen der Barhocker zurückzog, auf denen ich manchmal saß, weil mir die Beine vom langen Stehen wehtaten. »Auch auf die Gefahr hin, dir zu nahezutreten, aber wenn du eins davon nimmst, erkennt dich niemand.«

»Ich weiß«, murmelte ich leise und fuhr mit den Fingerspitzen über den Rand des Umschlags. Obwohl ich das Gleiche gedacht hatte, tat es doch irgendwie weh, diese Worte ausgerechnet von Hyun-Joon zu hören. »Ich habe aber leider keine Zeit mehr, neue Fotos machen zu lassen.«

Hyun-Joon schälte sich aus seiner Jacke, die er in der kleinen Ankleide aufhing, ehe er zu mir zurückkam und mir das Kuvert abnahm. »Hat er dir die Daten mitgeschickt?«

In der Hoffnung, zumindest einen Funken meiner Selbstachtung retten zu können, versuchte ich, ihm die Fotos abzuluchsen, leider jedoch ohne Erfolg. Denn Hyun-Joon war größer als ich, und diese Tatsache nutzte er schamlos aus. »Nein, hat er nicht.«

»Wundert mich nicht.« Erst als ich aufgab, ließ er den Arm

wieder sinken und zog die Fotos heraus, die er naserümpfend betrachtete. »War das ein professioneller Fotograf?«

»Ja.« Meine Hände suchten nach einer meiner Strähnen für ein bisschen Trost, doch dann fiel mir wieder ein, dass ich mir mit ein paar Pinseln das Haar am Hinterkopf aufgesteckt hatte, weil mich die Strähnen des Zopfes heute genervt hatten. »Er ist ein Freund von Woo-Young.«

Hyun-Joon sah mich über die Bilder hinweg an, so als wollte er das Wort *Freund* in Zweifel ziehen. »Was macht er sonst so für Aufnahmen?«

Ich versuchte, mich an die Arbeiten zu erinnern, die ich in seinem kleinen Studio an der Wand hatte hängen sehen. Es war eine Ansammlung wunderschöner Bilder gewesen. Nur leider eben nicht von Menschen. »Produktfotografie.«

»Das erklärt einiges.« Hyun-Joon kratzte sich am Hinterkopf, offensichtlich ehrlich bemüht, mich davor zu bewahren, als lebloser Fisch in die Geschichte der südkoreanischen Kunstszene einzugehen. »Wie lange warst du da?«

»Wir hatten beide kaum Zeit, also vielleicht so zwanzig Minuten? Er hat mich als Freundschaftsdienst mehr oder weniger dazwischengequetscht.«

»Das hätte er lassen sollen. Wenn du auch nur fünfhundert Won dafür ausgegeben hast, würde ich die an deiner Stelle zurückverlangen.« Die Fotos landeten unbeachtet auf dem Tisch. »Für ein gutes Porträt sollte man zumindest den Hauch einer Ahnung haben, wen man da vor sich hat. Das hatte er bei dir nicht, und es ist ein ziemliches Armutszeugnis für einen Fotografen, dass er es offensichtlich, trotz der geringen Zeit, nicht einmal versucht hat.«

»Wie meinst du das?« Klar wusste ich, dass die Fotos schlecht waren, aber Hyun-Joon schien eine ganze Menge mehr aus ihnen lesen zu können als ich.

»Na ja, er hat sich nicht einmal die Mühe gemacht, dich richtig anzusehen. Guck mal.« Er zog eines der Fotos hervor und schob es mir direkt unter die Nase. Meine leeren Augen ließen mich noch immer frösteln. »Das Licht ist klasse. Das muss ich ihm lassen. Aber wenn er nur fünf Sekunden darauf aufgewendet hätte, dich richtig anzusehen, wäre ihm aufgefallen, dass dieser Winkel bei dir nicht funktioniert.« Er tippte auf meine Nase, und ich presste die Lippen fest aufeinander, weil er damit einen wunden Punkt traf, von dem ich geglaubt hatte, dass er längst verheilt war. »Du hast mir mal erzählt, dass du als Kind einen Unfall hattest, richtig? Du bist beim Spielen mit der Nase auf den Rand eines Blumentopfs aufgeschlagen, oder?«

»Ja«, wisperte ich mit trockenem Mund. Ich hatte ihm diese Geschichte irgendwann einmal abends erzählt, als wir im Bett gelegen hatten. Es war nichts weiter als eine Anekdote über Chris und mich gewesen. Wie wir schon als Kinder nur Mist gebaut und unseren Eltern damit Sorgen bereitet hatten. Eine einfache Geschichte, erzählt zwischen gestohlenen Küssen und gedämpftem Kichern, in dieser kleinen goldblauen Blase, in die wir uns immer so leichtfertig verzogen hatten und die zerplatzt war, als die Realität uns einholte.

»Du hast dir dabei die Nase gebrochen, und seitdem ist sie ein bisschen schief, weil man sie im Krankenhaus nicht gerichtet hat. Wenn man nicht wirklich hinsieht, fällt es nicht auf, aber ein Fotograf sollte richtig hinsehen und solche Dinge bemerken, da sie in bestimmten Winkeln auf Fotos einfach nicht gut aussehen, ganz egal, wie wunderschön das Model auch ist. Was sicherlich genau das ist, worauf dieser Typ sich ausgeruht hat. Die Tatsache, dass du eine wunderschöne Frau bist. Als würde das einem Fotografen jegliche Arbeit abnehmen.«

Ich wusste nicht, was ich sagen sollte, und so starrte ich Hyun-Joon einfach nur an, der sich völlig in seinen Erklärungen verloren hatte, die Funken in seinen goldenen Augen wie ein Inferno, als seine Finger über das Bild glitten, die ich wie ein Phantom auf meiner eigenen Haut zu spüren glaubte.

»Auch dieser Hintergrund. Er übertüncht völlig das Blau deiner Augen und lässt dich blass aussehen. Fast schon, als wärst du scheintot.« Entrüstet schüttelte er den Kopf. »So schlechte Arbeit habe ich wirklich lange nicht mehr gesehen, und ich bin auch kein Experte, was Porträts angeht. Aber ich bin mir sicher, dass –«

»Würdest du ein Foto von mir machen?«

Meine Frage stoppte seine Erklärungen so abrupt, dass wir beide ins Straucheln gerieten. Mit weit aufgerissenen Augen und offenem Mund sah er mich an, in seinem Gesicht erkannte ich den gleichen Unglauben, der auch mich erfasste, als ich realisierte, was für eine Bitte ich da äußerte. Aber jetzt waren sie raus, die Worte, die ich doch bis tief in mein Innerstes spürte, und vor denen nur mein falscher Stolz mich bisher bewahrt hatte.

»Würdest du bitte mein Porträtfoto für die Ausstellung machen?«

Hyun-Joon seufzte schwer. »Jade, ich habe ewig nicht mehr fotografiert.«

Hoffnung keimte in mir auf. Das war kein Nein. »Und?«

»Und noch länger habe ich schon keine Porträtaufnahmen mehr gemacht.«

»Ich bin mir sicher, dass du es auch ohne Übung tausendmal besser hinbekommst als der andere Fotograf.« Das Schnauben, das er von sich gab, konnte ich wohl als Zustimmung auffassen. Ich schob die Fotos auf dem Tisch zusammen, bevor ich sie beherzt in den Eimer mit den versauten Putztüchern und unbrauchbaren Pinseln warf. »Du hast gesagt, für ein gelungenes Porträt ist es wichtig, dass man einander kennt. Und du kennst mich.«

»Ich kannte dich.« Anders als damals in meinem Büro fehlte seinen Worten jegliche Hitze, und so setzte ich nach, anstatt mich von ihnen beirren zu lassen.

»Nein, Hyun-Joon. Du kennst mich. So wie ich dich kenne.« Ich trat einen Schritt näher an ihn heran, und er beobachtete mich wie Joonie, wenn ich etwas tat, das er nicht verstand, mit dieser Mischung aus Argwohn und Interesse. »Was genau der Grund dafür ist, warum ich mir niemand Besseren für diesen Job vorstellen kann.«

Hyun-Joon öffnete den Mund, brauchte aber zwei Anläufe, um etwas zu sagen. »Hier gibt es keine passenden Hintergründe.«

»Dann nehmen wir das Fenster.«

»Und ich hab keine Reflektoren.«

»Weiße Pappe und Alufolie habe ich hier mehr als genug.«

»Studiolichter gibt es hier auch keine.«

»Hast du nicht immer gesagt, dass Tageslicht eh am besten ist?«

»Jade –«

Ich unterbrach ihn noch, bevor er das nächste Argument hervorbringen konnte, von dem wir beide wussten, dass es nichts weiter war als eine lahme Ausrede. »Ich erwarte keine Wunder von dir, Hyun-Joon. Es muss nicht perfekt sein. Aber ich würde mich ganz gern zumindest ansatzweise selbst wiederkennen können, wenn ich mein Porträt an der Wand einer Kunstgalerie hängen sehe.«

Unsicher sah er zu seiner Kuriertasche, bevor er den Schulterriemen umfasste und die Nähte mit seinem Daumen nachzeichnete. »Jade, bist du dir wirklich sicher? Ich weiß, wie lange du auf einen Moment wie diesen gewartet hast, und ich will es einfach nicht versauen.«

»Du wirst es nicht versauen.« Die Überzeugung in meiner Stimme war keinesfalls gespielt. Ich hatte volles Vertrauen in Hyun-Joon. Und damit meinte ich nicht allein seine Fähigkeiten als Fotograf. »Bitte, Hyun-Joon.«

Er sah mich an, lange und so intensiv wie früher, und mein Herz machte etwas, das irgendwo zwischen einem aufgeregten Satz und ängstlichem Zittern lag. Doch dann nickte er barsch und ging mit staksigen Schritten zu dem Barhocker, auf dem er sonst so oft saß. Er trug ihn zum Fenster, und ehe ich mich versah, fand ich mich darauf wieder, mein unordentliches Studio diente als Hintergrund, während das Tageslicht mir seitlich ins Gesicht fiel.

Ich blinzelte gegen die Helligkeit der Sonne an und versuchte die Augen offen zu halten, während ich Hyun-Joon hinter mir im Studio herumeilen hörte. Anstatt mich einzumischen, wartete ich geduldig ab, mir der Fragilität des Moments zu bewusst, als dass ich riskieren würde, ihn durch störende Einwürfe zu ruinieren. Lange ausharren musste ich jedoch nicht, denn mit einem Mal war Hyun-Joon vor mir und richtete eine Leinwand aus, die er in Alufolie eingewickelt hatte, bevor er mit seiner Kamera in der Hand vor mir auf die Knie ging. Das Silber seiner Ringe blitzte im Licht der Wintersonne, als er die Kamera prüfte. Mit flinken und geübten Fingern veränderte er Einstellungen und tauschte Objektive, bis er endgültig zufrieden war. Er spähte auf das Display, und ich hörte den Auslöser ein paarmal klicken, ehe er wieder etwas anpasste.

Ich wartete ab, die Hände auf meinen Oberschenkeln abgelegt, während ich ihn beobachtete, so völlig in seinem Element und versunken in seine eigene Welt der Fotografie, in die ich ihn früher hatte begleiten dürfen, und die sich in ihrer goldenen Melancholie auch jetzt vor mir entfaltete. Es war einfach nur schön, mit anzusehen, wie Hyun-Joon seinen selbst gebauten Reflektor ausrichtete, wie er den Song aus dem Radio mitsummte und wie er die Stirn in Falten zog, als ihm eine Einstellung nicht gefiel. Es war das erste Mal seit Langem, dass ich ihn so gelöst sah. So entspannt. Und das, obwohl die Linie seiner Schultern noch immer von einem letzten Rest Nervosität zeugte.

Unwillkürlich lächelte ich, und Hyun-Joon stoppte.

»Was?« Ich strich über meine Oberschenkel. »Soll ich mich anders hinsetzen?«

Hyun-Joon räusperte sich und nickte dann. »Setz dich bequem, aber gerade hin. So wie du immer sitzt.«

Zu Hause saß ich am liebsten im Schneidersitz auf dem Boden, mit Joonie im Schoß und der Wärme der Fußbodenheizung unter dem Teppich, aber das ließ sich auf dem Hocker wohl schlecht umsetzen. Also schlug ich die Beine über und drückte den Rücken durch, bevor ich die Position überprüfte, wobei mir etwas auffiel. »Warte, ich muss mich noch schnell umziehen.«

»Nein, musst du nicht. Das, was du trägst, ist gut.«

Skeptisch begutachtete ich meine befleckte Malkleidung und die ruinierte Schürze. »Hyun-Joon, ich weiß nicht –«

»Vertraust du mir?«

Ich presste die Lippen fest aufeinander, als er meine eigenen Worte so spielend leicht gegen mich verwendete. »Ja.«

Eine Einschränkung setzte ich nicht nach, und Hyun-Joon atmete so tief ein, dass seine Nasenflügel bebten, bevor er den Blick wieder auf seine Kamera richtete. »Was war das Schönste, was du im Zusammenhang mit deiner Kunst erlebt hast?«

Ich runzelte ob der Frage die Stirn, ließ mich jedoch darauf ein und folgte meinen Erinnerungen zu diesem einen Moment, den ich nie vergessen können würde, selbst wenn ich es gewollt hätte. »Als du meine Bilder im *SONDER* ausgestellt hast.«

Hyun-Joon umfasste die Kamera so fest, dass seine Knöchel weiß hervortraten, als er ein Stück näher in meine Richtung kam. »Warum?«

»Weil es das erste Mal war, dass meine Werke irgendwo ausgestellt waren. Das hat mir das Gefühl gegeben, dass auch andere den Wert meiner Arbeit anerkennen und nicht nur ich.« Erneut lächelte ich, als ich an diesen Augenblick zurückdachte, in dem alles so vollkommen wirkte und den ich oft gedanklich besuchte, wann immer mein Leben mir zu entgleisen schien. Der Auslöser klickte ein paarmal, und ich blinzelte überrascht.

»Sprich weiter«, murmelte Hyun-Joon leise, sein Blick noch immer auf das Display gerichtet und durch seine dichten Wimpern vor mir verborgen.

Ich faltete die Hände in meinem Schoß, in der Hoffnung, dass er nicht mitkriegte, wie sie vor Anspannung bebten. »Es hat mir einfach das Gefühl gegeben, gesehen zu werden. Für das, was ich tue, wahrgenommen zu werden. Geliebt zu werden.«

Wieder klickte der Auslöser, und ich schluckte. Und dann hob Hyun-Joon die Kamera an und sah durch den Sucher, zwischen uns nun nicht mehr die Distanz des Displays, hinter der er sich bisher versteckt hatte.

»Joon ...«

Er schüttelte nur den Kopf, seine Augen waren zwar vor mir verborgen, und dennoch spürte ich, wie er mich ansah, mit dieser wissenden Intimität, die ich früher kaum ertragen, die sich aber jetzt wie ein Funke durch meine Adern fraß und mich wissen ließ, wie sehr ich sie vermisst hatte, diese ungefilterte

Aufmerksamkeit, die einem so leicht zu Kopf steigen konnte. Ein Kribbeln durchlief mich, und wie eine Süchtige wollte ich sofort mehr davon, während die Fragmente meines Herzens aus Angst vor dem kalten Entzug, der unweigerlich folgen würde, erzitterten.

Als er die Kamera sinken ließ, fühlte ich mich sofort beraubt, zumindest so lange, bis seine Augen der Linie meines Halses folgten. Der Funke darin erinnerte mich daran, wie er mich immer angesehen hatte, wenn ich nichts weiter angehabt hatte als eins seiner Hemden, und ich glaubte, kaum atmen zu können. Meine Haut kribbelte unter seinem intensiven Blick, eine Mischung aus Hitze und Kälte, von der mir ganz schwindelig wurde. »Könntest du deine Haare öffnen?«

Es hätte mir wohl peinlich sein sollen, wie schnell meine Hände zu den Pinseln flogen, die ich hastig aus meinen dicken Strähnen herauszuzerren versuchte. Schmerz durchfuhr mich, als sich meine Kopfhaut spannte, scharf und unnachgiebig, und mir schossen die Tränen in die Augen, die wohl auch Hyun-Joon nicht entgingen, der fluchend seine Kamera beiseitelegte und zu mir rüberkam.

»Lass mich das machen«, brummte er und trat hinter mich. Seine Hände waren anders als meine, nicht so grob und viel sanfter, während er die Pinsel aus den Strähnen entwirrte und meinen geflochtenen Zopf öffnete. Er drapierte mein Haar über meine Schultern und ging dann um mich herum, um die welligen Strähnen mit akribischer Achtsamkeit neu zu richten.

Er hockte dabei vor mir und war mir jetzt so nah, dass ich sein Parfüm riechen und jede seiner Wimpern einzeln zählen konnte, und ehe ich mich versah, stieg mir diese ungefilterte Aufmerksamkeit endgültig zu Kopf, die Freudentränen fließen ließ, noch bevor ich sie aufhalten konnte.

Hyun-Joon stoppte sofort mitten in der Bewegung, als er sie bemerkte, und sah mich aus großen Augen besorgt an. »Habe ich dir wehgetan?«

»Nein«, stieß ich hervor und machte dann einen Laut, den man irgendwo zwischen erleichtertem Glucksen und befreitem Schluchzen einordnen konnte. »Es ist nur das erste Mal, dass du mich wirklich ansiehst.«

Er runzelte die Stirn. »Ich habe dich schon tausend Mal angesehen.«

Ich schüttelte den Kopf. »Nein, du verstehst nicht«, plapperte ich und ergriff seine Hand, die noch immer eine meiner Strähnen hielt. »Es ist das erste Mal, dass du mich wirklich wieder ansiehst, Joon. Dass du *mich* siehst und nicht all das, was wir falsch gemacht haben und was passiert ist.«

Hyun-Joon drückte behutsam meine Hand. »Jade ...«

»Danke.« Ich schniefte und lächelte ihn an, mit all der Freude, die ich über diesen Augenblick empfand, der mich vollkommen überwältigte. »Danke, dass du mich wieder so ansiehst, Joon.«

Er ließ meine Hand los, und einen Augenblick lang glaubte ich, dass er aufstehen und gehen würde. Doch dann legte er seine Hand in meinen Nacken, und alles andere hörte auf zu existieren, als er mich zu sich zog und seine Lippen auf meine legte. Für einen kurzen Moment war ich viel zu geschockt, um mich auch nur zu rühren, doch dann ließ ich mich ganz in den Kuss sinken, der so anders war als eben jener vor ein paar Wochen in meinem Büro.

Dieser Kuss war vorsichtig. Er war sanft und warm und weich und ließ mich all die hässlichen Worte vergessen, die wir einander an den Kopf geworfen hatten, in dem Glauben, dass die Wunden von damals alles waren, was zwischen uns noch geblieben war. Dabei konnte das nicht weiter von der Wahrheit entfernt sein, die sich mit jedem zarten Streichen von Hyun-Joons Lippen über meine tief in meiner Brust einnistete.

Zwischen uns war kein schwarzes Loch, das jegliche Freude schluckte. Und wir waren auch kein längst verglühter Stern. Zwischen uns waren noch immer ganze Galaxien, gefüllt mit glitzernden Sternen, denen es gelang, sich gegen das düstere Schwarz des Alls durchzusetzen und meine komplette Welt in glimmendes Licht zu tauchen, als ich meine Arme um Hyun-Joons Nacken schlang und ihn so dicht an mich zog, wie ich nur konnte.

Zwischen uns waren ganze Galaxien.

Und keine Zeit der Welt wäre jemals genug, um jeden einzelnen der Sterne zu erkunden, die Hyun-Joon in mir mit einem einzigen Blick zum Leuchten brachte.

29. KAPITEL

새벽 = Morgengrauen

Sicherheit.

Das war alles, was ich spürte, als ich mit dem Rücken an der Tür meiner Wohnung lehnte, mit Hyun-Joons Lippen auf meinen, während er mich küsste, als wäre ich ein kostbarer Wein, den es zu genießen galt. Seine Zunge in meinem Mund machte mich benommen, doch auf die gute Art. Wie dieses eine Glas Champagner, das man zu viel trank, und das einem die Gewissheit einzuflößen versuchte, die Welt an einem einzigen Tag nachhaltig verändern und endlich zum Besseren wenden zu können.

Generell fühlte ich mich ziemlich unbesiegbar, hier in seinen Armen, und mit meinen sonst so stetig surrenden Gedanken ganz weit entfernt, die mich schon nicht mehr plagten, seitdem wir gemeinsam mein Atelier verlassen hatten, um zu mir zu fahren. Die Taxifahrt war geprägt gewesen von leise gemurmelten Worten und prüfenden Blicken zum Fahrer, während wir uns hin und wieder Küsse stahlen, von denen wir beide wussten, dass wir sie wirklich wollten.

Das hier war keine Kurzschlussreaktion. Keine übereilte Dummheit, die wir am nächsten Morgen bereuen würden. Das hier war ein Augenblick, den wir entschieden hatten, miteinander zu teilen, ganz gleich wie die Dinge zwischen uns auch stehen mochten. Und mit jeder Berührung und jedem Seufzen war ich mir nur noch sicherer, dass das hier die richtige Entscheidung war.

Seine Hände fuhren meine Seiten hinauf und in mein Haar, bevor er den Kuss löste. Seine Lippen waren rot geküsst und seine Augen verhangen, als er mich betrachtete, seine Finger unendlich zärtlich, während er sie durch die blonden Strähnen gleiten ließ. »Bist du dir wirklich sicher?«

»Ja«, wisperte ich gegen seinen Kiefer, als ich einen Kuss draufhauchte. »Ich war mir selten im Leben bei einer Sache so sicher wie bei dieser.«

Hyun-Joon schloss die Augen, und ich genoss es, ihm dabei zuzusehen, wie er erschauderte, als ich meine Hand erst unter seine Jacke, dann unter sein Shirt und über seine Haut gleiten ließ. Langsam und vorsichtig und ohne jegliche Eile, während die ersten Schatten sich über meine Wohnung legten und die Sonne zu ihrer Reise gen Horizont aufbrach.

»Gut.« Seine Stimme war rau, und obwohl er sich gegen meine Hände drängte, bemühte er sich, mich nicht zur Eile anzutreiben. »Wir können aufhören, wenn es sich einer von uns beiden anders überlegt.«

»Das können wir.« Ich stellte mich auf die Zehenspitzen, um ihn erneut zu küssen, und erst als wir beide atemlos waren, löste ich mich von ihm, mit seinem Geschmack auf meiner Zunge und völlig in seinen Bann gezogen. »Aber ich habe so das dumpfe Gefühl, dass das keiner von uns tun wird.«

Das Lachen, mit dem er mich für meinen Scherz belohnte, jagte einen Schauer meine Wirbelsäule hinab, und ich schwankte ihm entgegen. Hyun-Joon fing mich auf, seine Hände sicher, als sie sich um meine Oberarme legten, während seine Lippen sich zu einem wissenden Schmunzeln verzogen, das ich fortküssen wollte.

Miau.

Ich sah auf meine Füße, um die Joonie herumscharwenzelte. Seine großen goldenen Augen blickten mich an, seine Miene fragend, als er sich auf die Hinterläufe setzte und uns beide argwöhnisch beobachtete.

»Sorry, Kumpel«, sagte Hyun-Joon und beugte sich zu meinem Kater hinunter. Er ließ sich geduldig von ihm beschnuppern, bevor er ihn kurzerhand hochhob und in Richtung Badezimmer trug. »Aber jetzt gerade gehört dein Frauchen nur mir.«

Amüsiert sah ich dabei zu, wie Hyun-Joon meinen Kater einsperrte, während ich mir meinen Mantel auszog, an den ich nicht mehr gedacht hatte, seitdem wir vor einer Weile küssend durch die Wohnungstür gekommen waren. »Ich gehöre also nur dir, ja?«

Hyun-Joons Jacke raschelte, als er sie sich von den Schultern streifte, ehe er wieder zu mir herüberkam. Er legte seine Hände an meine Wangen und bog meinen Kopf nach hinten, um forschend meinen Mund zu erobern, den ich mit einem bereitwilligen Seufzen nur zu gern hergab. Er lehnte seine Stirn gegen meine, während seine Hände meine Arme hinaufglitten und sein Atem sich mit meinem mischte. »Nur für ein paar Stunden.«

Ich nickte. »Okay. Nur für ein paar Stunden.«

Wir ließen uns alle Zeit der Welt, als wir einander auf dem Weg zu meinem Bett im oberen Halbgeschoss nach und nach die Kleidung auszogen. Auf jeder Treppenstufe hielten wir inne, küssten uns und erkundeten jeden Zentimeter unserer Körper, als wäre es das erste Mal. Ich schloss die Augen, als ich die Arme um Hyun-Joons nackten Körper schlang, der mich hielt, als wäre ich das Kostbarste, das er je in den Händen gehalten hatte. Er strich mit seinen Lippen über die Stelle, an der meine Nase gebrochen gewesen war, eine so zärtliche Geste, dass ich beinahe in Tränen ausgebrochen wäre. Indigoblaue Schatten legten sich über mein Apartment, je höher der Mond am Himmel stieg, doch diesmal fürchtete ich sie nicht, denn ich sah in goldene Augen, die meine Ängste und Sorgen in Flammen aufgehen ließen, als er gänzlich in mir versank und ich für einen Moment vergaß, dass wir zwei Seelen waren und nicht nur eine einzige, während wir uns wie ein Körper bewegten, im Einklang miteinander, und beide nach den Sternen unserer eigenen Galaxie strebten.

Ohne Hast. Ohne Angst. Ohne Reue.

»Joon?«

Er regte sich kaum, nahm nur meine Hand in seine, die auf seiner Brust ruhte, während er mit geschlossenen Augen dalag. »Mhm?«

Ich musste lächeln, als ich ihn ansah. Es war niedlich, wie träge er war, doch mir ging es nicht anders. Meine Glieder waren schwer wie Blei, nur mein Herz schlug zu schnell, als dass ich in den Schlaf abdriften konnte, während das Mondlicht silbrig meine Wohnung erhellte. Dass ich es nach unten geschafft hatte, um Joonie zu befreien und ihn mit Leckereien zu bestechen, grenzte schon an ein kleines Wunder, denn meine Beine fühlten sich an wie Wackelpudding. »Darf ich dich etwas fragen?«

Joon riskierte ein halbes Auge, als er das leise Klingeln von Joonies Halsband hörte, der sich endlich die Treppenstufen zu uns nach oben wagte. »Natürlich.«

Ich kicherte, als Joonie skeptisch Hyun-Joons Fuß beschnupperte, der unter der Decke hervorlugte. »Woher hast du die Narbe?«

Hyun-Joon hob den Kopf und betrachtete den Kater, der es sich nach langem und nervösem Schnuppern an seinen Füßen bequem machte. Erst als Joonie ein zufriedenes Schnauben von sich gab und die Augen schloss, ließ Hyun-Joon seinen Kopf wieder sinken und gähnte herzhaft. »Da musst du schon etwas spezifischer werden. Ich habe ein paar mehr davon.«

»Die an deiner Augenbraue.« Noch immer von der Intimität des Moments getragen, lehnte ich mich vor und drückte einen kurzen Kuss auf die helle Linie, die Hyun-Joons Haut durchbrach. »Die hier.«

Er antwortete nicht, starrte stattdessen an die Decke, die kaum mehr als eine Armlänge entfernt war. »Willst du das echt wissen?«

Sein ernster Tonfall ließ mich aufhorchen, und ich rückte unter der Decke ein Stück näher an ihn heran. »Ja, möchte ich.«

»Ich frage, weil ich nicht weiß, ob ich das noch mal kann, Jade.« Er hob unsere Hände an, dem Mondlicht entgegen, in dem er sie drehte, als wolle er sichergehen, dass dieser Augenblick tatsächlich real war. »Ich weiß nicht, ob ich dich noch mal in mein Leben lassen kann, nur damit es dann doch wieder endet.«

Ich wusste, dass er mich mit seinen Worten nicht verletzten wollte, dafür war sein Ton zu sanft und viel zu vorsichtig. Es war kein Angriff, sondern eine leise Bitte, dass wir einander nicht wieder Messer zwischen die Rippen stießen, und vor Schmerz weder ein noch aus wussten. »Würdest du es denn versuchen wollen?«

Er blinzelte ein paarmal, das Licht des Mondes war wunderschön und zugleich irgendwie kühl. Er ließ unsere miteinander verschränkten Finger zurück auf seine Brust sinken. »Ich weiß es nicht.«

»Das musst du jetzt ja auch gar nicht wissen.« Ich sagte die Worte nicht einfach so dahin, sondern meinte sie wirklich ehrlich, nicht im Mindesten verletzt, dass er sie überhaupt äußerte. »Du wirst es schon noch herausfinden. Kein Grund zur Eile.«

Hyun-Joon seufzte leise und zog mich mit dem Arm, der unter meinen Schultern lag, näher an seine Seite, bis uns kein Millimeter mehr trennte. »Du denkst also nicht, dass ich ein totales Arschloch bin?«

»Wieso sollte ich?« Der Kuss, den ich ihm auf die Brust drückte, kam wie von selbst, ebenso wie die Wahrheit, die ich aussprach. »Wir haben *miteinander* geschlafen, Hyun-Joon. Wir wollten das hier beide. Keiner von uns hat das Recht, von diesem Moment mehr zu verlangen als genau das. Das macht weder dich noch mich zu Arschlöchern, solange wir, wie jetzt, darüber reden und ehrlich zueinander sind.«

Schweigen folgte, aber nicht die schwere unangenehme Art, die mich zur Flucht animierte. Es war das Schweigen von Verständnis. Die Art Schweigen, die einen mit Wärme umhüllte und die man einfach genoss, Zeit und Raum vergessen, in dieser kleinen Blase, in der nichts zu hören war als Joonies leises Schnurren.

»Bist du eigentlich schon nervös wegen der Ausstellung?«

Allein die Erwähnung des wichtigsten Events meiner bisherigen Karriere sorgte dafür, dass ich unruhig unter der Decke mit den Füßen wackelte. Ich wusste, ich war bestens vorbereitet, immerhin plante ich diese Ausstellung schon seit Monaten. Und dennoch blieb da dieser letzte Rest Ungewissheit, die durch kleine Fehler, wie das misslungene Porträtfoto, nur noch mehr angestachelt wurde. »Ja, sehr.«

Hyun-Joon küsste meine Fingerknöchel, und tatsächlich beruhigte es mich und brachte mich von der Galerie zurück in dieses warme Bett, in dem es außer ihm und mir nichts anderes gab. »Es wird toll werden, Jade.«

»Bestimmt. Bisher habe ich noch alles irgendwie hinbekommen, aber bei dieser Ausstellung geht es eben nicht nur um mich und nicht nur um das Institut.« Ich dachte an die Kids, die monatelang an ihren Werken gefeilt hatten, um sie stolz der Welt präsentieren zu können, und mir wurde das Herz schwer. »Diese Ausstellung ist für viele meiner Kids ihr Debüt in der Kunstszene. Ich will einfach, dass es perfekt wird und dass dieses Event für sie ein Karrierebooster und kein Stolperstein wird.«

Beruhigend strichen seine Finger über meine Wirbelsäule und vertrauensvoll bettete ich meine Wange auf seiner Brust. Ich spürte es genau, dieses Verständnis, das sich wie Balsam auf meine strapazierten Nerven legte und sie zur Ruhe zwang. »Wenn ich eins weiß, dann ist es, dass du immer dein Bestes für die Kids gibst, die du unterrichtest. Und diese Ausstellung wird keine Ausnahme sein.«

»Und was, wenn doch?«

»Wird es nicht.« Diese absolute Zuversicht in seiner Stimme war entwaffnend, und die Fragmente in meiner Brust flatterten, das Gegeneinanderschlagen ihrer Scherben war wie ein melodisches Flüstern, das in meinem ganzen Körper widerhallte. »Ich hab gesehen, wie du dir im Atelier den Arsch aufgerissen hast, Jade. Wie du Videomeetings und Telefonkonferenzen abgehalten hast, während du an deinem eigenen Werk gearbeitet hast. Diese Kids sind in den besten Händen, in denen sie sein könnten.«

Orange flutete für einen kurzen Augenblick meine Gedanken, doch Hyun-Joons warme Hände mit den kalten Ringen hielten mich im Hier und Jetzt. »Ich hoffe, dass du recht behalten wirst.«

»Das werde ich. Du wirst schon sehen.« Er löste unsere Finger voneinander und strich mir eine Strähne zurück hinter das

Ohr, sein Lächeln sicher und doch verflochten mit etwas anderem, das ich nicht benennen konnte. »Freust du dich denn wenigstens auch ein bisschen?«

»Ich glaube, freuen kann ich mich erst so richtig, wenn alles glatt über die Bühne gegangen ist.« Ich horchte in mich hinein und dachte an das Werk, das ich geschaffen hatte. Ein Werk, das nicht perfekt war und dem es aufgrund meiner Hast ein wenig an handwerklicher Raffinesse fehlte, das ich dafür aber nach Monaten der Leere wirklich wieder fühlen konnte. »Okay, vielleicht ein bisschen.«

»Und ich wollte dich schon eine Lügnerin nennen.« Hyun-Joon ergriff wieder meine Hand, seine Finger glitten zögerlich über meine Haut. »Weißt du, du darfst solche Glücksmomente auch einfach mal genießen. Die sind eh viel zu selten. Du kannst es dir also ruhig erlauben, mit einem Glas Champagner in der Hand an der Seite deiner Freunde durch die Galerie zu spazieren und einfach mal stolz auf dich selbst zu sein.«

Meine Freunde. Ich dachte an all die unbeachteten Nachrichten, die in meinem Messenger ruhten, die meisten von mir nur hastig beantwortet, zwischen Krankenhausbesuchen, Meetings und all den anderen Dingen, die mich derzeit auf Trab hielten. »Ich hab sie nicht eingeladen.«

»Wieso nicht?«

»Die Ausstellung ist in einer kleinen Galerie in Gwacheon, und von Seoul ist das schon ein Stückchen entfernt. Außerdem war ich ihnen in letzter Zeit nicht die allerbeste Freundin, und ich weiß nicht, ob sie überhaupt kommen würden, selbst wenn ich sie einlade.« Das konnte ich beim besten Willen nicht schönreden. Eigenartigerweise war es für mich einfacher gewesen, den Kontakt aufrechtzuerhalten, während ich in Singapur gelebt hatte, unsere Videoanrufe Donnerstagabends ein festes Ritual, auf das ich mich stets gefreut hatte. Doch seitdem ich wieder in Korea war, fiel es mir schwer, ihnen gegenüberzustehen, all unsere Pläne stets durch mich und meine Sorgen beeinflusst, während wir alle immer versucht hatten, um den Elefanten im Raum herumzutanzen, den niemand von uns hatte ansprechen wollen, außer wenn genug Soju geflossen war. Ich streichelte über Hyun-Joons Rippen und fragte mich, was meine Freunde wohl sagen würden, würde ich jemals den Mut aufbringen, ihnen hiervon zu erzählen. »Es war schwer für mich, in Korea wieder Fuß zu fassen. Es war einfach nicht dasselbe wie vorher, und wir alle wussten es, aber niemand hat es wirklich je zur Sprache gebracht, und so haben wir uns wohl irgendwie Stück für Stück auseinandergelebt. Es ist nicht so, dass ich sie gar nicht mehr sehe oder wir einander egal sind. Es ist nur einfach nicht mehr dasselbe.«

Hyun-Joons Kuss an meiner Schläfe beruhigte mein schmerzendes Herz, und als er seine Nase in meinem Haar vergrub, wäre ich am liebsten nie wieder aufgestanden. »Das tut mir leid.«

»Muss es nicht. Das ist ja meine Schuld.«

»Schuld ist da ein zu starkes Wort, meinst du nicht?« Er murmelte die Worte sanft in mein Ohr, und ich erlaubte mir, Trost in ihnen zu finden. »Ich bin mir sicher, wenn du wieder einen Schritt auf sie zumachst, wird sich alles wieder fügen.«

»Meinst du?«

»Ja, meine ich.« Er hielt mich ganz fest, und ich spürte, wie die Fragmente in meiner Brust noch ein Stück näher zusammenrückten. »Lad sie einfach ein. Sie werden kommen. Ganz bestimmt.«

Einen Moment lang dachte ich darüber nach. Der Gedanke, meine Freunde bei einem der wichtigsten Events meiner bisherigen Karriere nicht dabeizuhaben, öffnete mir die Augen. »Du hast recht. Ich lade sie direkt morgen ein.«

Auf andere zuzugehen, war nicht gerade meine Stärke, und doch nahm ich mir vor, es zumindest zu versuchen. Ich schloss die Augen und lauschte Hyun-Joons ruhigem Herzschlag, dessen Hand noch immer beruhigende Kreise auf meiner Haut zog.

»Eine Barschlägerei.«

Hyun-Joons Worte holten mich aus dem Dämmerschlaf, und ich blinzelte träge, während ich mich näher an seine Seite schmiegte. »Wie bitte?«

»Ich habe die Narbe von einer Barschlägerei.« Er sprach leise und mit Bedacht, jede Silbe vorsichtig abgewogen, so als wäre er sich nicht sicher, ob er diese Geschichte wirklich mit mir teilen wollte. »In Busan. Das war ungefähr zwei Monate nach meiner Einberufung an meinem ersten freien Abend. Die Jungs sind extra mit dem KTX zu mir runter, um mich zu besuchen, und wir haben die Stadt unsicher gemacht.«

»Dein Wolfsrudel?«

Bei dem Namen kräuselte sich Hyun-Joons Nase, seine Lippen jedoch zierte der Ansatz eines Schmunzelns. »Ja, genau.«

Ich erinnerte mich an unzählige Momente in den Bars von Seoul, in denen die Jungs von anderen zwar dumm angemacht worden waren, es aber immer geschafft hatten, mit simpler Einschüchterung und ihrer üblichen Rudelattitüde die ganze Sache nicht bis zu einer Schlägerei ausarten zu lassen.

Meine Verwunderung schien auch in den Halbschatten der Nacht deutlich erkennbar zu sein, denn Hyun-Joon verzog die Lippen zu einem angespannten Lächeln. »Du hast recht. Das ist eigentlich nicht unsere Art.«

»Nicht wirklich, oder?«

»Nein. Wir halten uns von so was eigentlich immer fern, weil es eh zu nichts weiter führt, als zu Auseinandersetzungen mit der Polizei, und keiner von uns ist da scharf drauf.«

»Wie ist es dann passiert?«

»Ein ungünstiger Mix aus angestauter Wut, einer ganzen Menge Frust und einer gehörigen Portion Leichtsinn.«

Ich konnte nicht ganz folgen, wartete aber stumm, bis Hyun-Joon so weit war, seine Geschichte weiter auszuführen.

»Erinnerst du dich daran, wie ich dir erzählt hab, wie ich bei der Marine vier Wochen lang durch die Hölle gegangen bin, weil ich jemanden gemeldet habe?«

»Ja.« Ich erinnerte mich mit aller Deutlichkeit an jeden Moment, den wir geteilt hatten.

»Ausgerechnet der Kerl, den ich gemeldet habe, ist natürlich in genau die Bar spaziert, in der ich mit meinen Freunden saß.« Die Wut ließ seine Stimme beben, und beruhigend fuhr ich mit meinem Daumen über seine Fingerknöchel. »Natürlich ist er direkt zu uns rübergekommen, anstatt einfach in die andere Richtung zu gehen. Er hat mich vor versammelter Mannschaft zur Sau gemacht. Hat gesagt, ich hätte Schande über den Stützpunkt gebracht, weil ich ihn dafür verpetzt hätte, dass er nur seinen *Hobae* zurechtgewiesen hat.« Hyun-Joon brach ab und atmete ein paarmal tief durch, ehe er erneut ansetzte. »In-Jae hat mir gesagt, ich soll es gut sein lassen, und dass ich meinen *Seonbae* einfach reden lassen soll. Aber an dem Abend konnte ich das einfach nicht, also hab ich zumindest ihm klarzumachen versucht, dass man Soldaten, die im Rang unter einem stehen, weil sie noch nicht so lange beim Militär sind wie man selbst, nicht mit Schimpfwörtern und Schlägen zurechtweist. Daraus ist ein heftiger Streit entstanden, und eigentlich hätte ich es einfach lassen sollen, aber zu dem Zeitpunkt war mir alles schnurzpiepegal.«

Mein Herz zog sich schmerzhaft zusammen, denn auch, ohne dass er weiter ins Detail ging, wusste ich, was er meinte. Auch für mich hatte unsere Trennung sich wie das Ende der

Welt angefühlt, nur im Gegensatz zu Hyun-Joon, der sich in Schlägereien verloren hatte, war ich dazu übergegangen, meine Tränen mit Arbeit zu versiegeln.

»Wer dann den ersten Schlag getan hat, weiß ich schon gar nicht mehr. Alles, woran ich mich noch erinnern kann, ist, dass Yohan mich praktisch von dem Kerl runterzerren musste, der mich dann mit seinem Stahlkappenschuh erwischt und mir dieses hübsche Andenken an meine Zeit beim Militär verpasst hat.« Er hob unsere miteinander verschränkten Hände an sein Auge und fuhr die Narbe nach, die mir mit einem Mal wie ein Riss in Hyun-Joons Rüstung vorkam, den er mir gestattete anzusehen. »Ich fühlte mich damals einfach ziemlich verloren.«

»Ich auch«, gestand ich und dachte an die Tage, die ich wie ein Zombie verbracht hatte, verloren in dem nie enden wollenden Strom der Menschen im Großstadtdschungel, in dem ich nichts weiter war als ein weiteres Gesicht. »Ohne dich kam mir Seoul irgendwie schrecklich leer vor.«

Hyun-Joon sog scharf die Luft ein und drückte mich so fest an sich, dass es beinahe wehtat. Doch ich ließ ihn nicht los, rückte keinen Millimeter von ihm ab, sondern schwelgte in seiner Nähe, von der ich wusste, dass sie ein Geschenk war, das es auszukosten galt.

Bei Morgengrauen würde ich ihn wieder gehen lassen müssen. Aber bis dahin war er hier bei mir.

Und für diesen Augenblick war das mehr als genug.

30. KAPITEL

내게 기대어도 돼 –
Du kannst dich auf mich verlassen

»Danke, dass ihr gekommen seid.«

»Das ist doch selbstverständlich.« Lauren schlang die Arme um meine Schultern und drückte mich fest an sich, ihre Umarmung war wie ein Trostpflaster, von dem ich nicht einmal gewusst hatte, wie sehr ich es brauchte. Dabei war es so leicht, sich an jemanden anzulehnen. Die Wärme, die sie ausstrahlte, und die Vergebung, die sie so bereitwillig schenkte, waren Balsam für meine Seele, obwohl ich daran zweifelte, ob ich sie überhaupt verdiente. »Vielen Dank, dass du uns eingeladen hast.«

»Und das alles hier hast du echt komplett allein auf die Beine gestellt?« David ließ den Blick durch die Galerie schweifen, die aus allen Nähten platzte. Alles, was in der Kunstszene Seouls Rang und Namen hatte, tummelte sich hier, und mein Freund pfiff anerkennend durch die Zähne. »Respekt, du alte Überfliegerin.«

Ich löste mich nur widerwillig aus Laurens Umarmung, die den Arm um meine Taille geschlungen hielt, während ein Kellner uns Champagner servierte, den auch ich endlich annahm, jetzt, wo das Schlimmste überstanden und die Ausstellung in vollem Gange war. »Gott, nein. Ohne das Galeriepersonal wäre ich völlig aufgeschmissen gewesen.«

»Ich bin mir sicher, du übertreibst.« Yeo-Reum schwenkte ihr Champagnerglas und betrachtete mich mit einem schiefen Grinsen, das ihre Augen zum Funkeln brachte, und mir wieder einmal klarmachte, wie sehr ich sie und die anderen vermisst hatte. »Wir wissen alle, wie sehr du dir immer den Arsch aufreißt.«

»Was der Grund dafür ist, warum wir uns nicht beschweren, wenn wir dich wochenlang nicht zu Gesicht bekommen.« Hoon lehnte ab, als einer der Kellner ihm ebenfalls ein Glas anbot, und machte dann eine Geste, die den ganzen Raum miteinschloss, der mit seiner dezenten Deckenbeleuchtung und den dramatischen Spots durchaus etwas hermachte. »Das hier ist schon echt irre, Oxford.«

Ich ließ meinen Blick durch die Galerie schweifen, und meine Brust schwoll an vor Stolz, als ich meine Kids sah, die sich mit etablierten Größen der Kunstszene unterhielten und Visitenkarten austauschten. Monate der Vorbereitung hatten sich ausgezahlt, und auch wenn die Kunstkritiker mich nervös machten, die sich unter das Volk gemischt hatten, versuchte ich, mich davon nicht aus der Ruhe bringen zu lassen, sondern einfach den Abend zu genießen, der ein voller Erfolg zu sein schien. »Ja, das ist es wirklich.«

Hoon schnaubte amüsiert und zog unbehaglich am Kragen seines Hemdes, von dem ich wusste, dass er es nur für mich aus den tiefen seines Kleiderschranks gekramt hatte. »Was? Keine falsche Bescheidenheit und rote Wangen, während du uns stotternd erklärst, dass es keine große Sache ist?«

Ich dachte an Hyun-Joon und was er im Mondlicht unserer gemeinsamen Nacht in meinem Apartment zu mir gesagt hatte. Dass es okay war, solche Momente zu genießen. Und wenn die letzten Wochen mich eine Sache gelehrt hatten, dann, dass er damit recht hatte. Das Leben war zu kurz und zu kostbar, um sich an so unwichtigen Dingen wie gespielter Demut aufzuhalten, wenn ich doch allen Grund dazu hatte, stolz auf mich und meine Arbeit zu sein. »Nein, diesmal nicht.«

»Na, das nenne ich mal Character Development.« David hob sein Glas und schüttelte es auffordernd, die Bläschen darin wie Kristalle, als sie in dem Gold der Flüssigkeit aufstiegen. »Auf dich, Posh Spice.«

Gespielt genervt rollte ich mit den Augen, obwohl der Spitzname mich mit Wärme und Zuneigung erfüllte. »Den Namen werde ich auch nicht mehr los, oder?«

»Niemals.«

Wir stießen an, und ich trank den ersten Schluck, der auf meiner Zunge ebenso prickelte wie das Hochgefühl, das mich erfasste, hier inmitten meiner Kids und umgeben von der Kunst, die ich so sehr liebte, zu stehen, zusammen mit meinen Freunden. Sie waren hier an meiner Seite, waren meiner Einladung gefolgt, obwohl ich mich in letzter Zeit nicht gerade mit Ruhm bekleckert hatte. Ich krallte meine Finger fester in den Stoff von Laurens Rock und schluckte, ehe ich die Worte aussprach, die in meiner Kehle feststeckten, seitdem die vier zur Tür hereingekommen waren. »Es tut mir leid.«

»Es gibt nichts, was dir leidtun müsste, Jade.« Yeo-Reum legte mir die Hand auf die Schulter und drückte sanft zu, während Lauren bekräftigend nickte, sie alle offensichtlich in vollständiger Einigkeit darüber, dass es ein Leichtes war, mir zu vergeben, während ich mich damit unendlich schwertat. »Wir wissen alle, wie hart es für dich war, zurückzukommen.«

»Genau.« David zuckte mit den Schultern, doch der Zug um seinen Mund strafte seine scheinbar entspannte Haltung mindestens genauso Lügen wie der verräterische Glanz in seinen Augen, den er zu verbergen versuchte, indem er blicklos in die andere Richtung sah. »Wir wussten alle, dass du zu uns zurückkehren wirst, sobald du so weit bist.«

»Und es hat gar nicht so lange gedauert wie erwartet.« Hoon zuckte zusammen, als Lauren ihm einen beherzten Schlag zwischen die Rippen verpasste, und er rieb sich die zweifellos schmerzende Seite, die von ihrer absoluten Treffsicherheit nicht verschont geblieben war. »Was? Ist doch wahr.«

»Nur weil etwas wahr ist, heißt nicht, dass man es auch aussprechen muss.« Lauren schüttelte entrüstet den Kopf, doch die Art, wie sie mich ansah, mit dieser entwaffnenden Ehrlichkeit, die ihr immer schon zu eigen gewesen war, ließ mich wissen, dass sie Hoon durchaus recht gab. »Wir sind einfach nur froh, dass du uns eingeladen hast, Jade.«

Der Stress der letzten Wochen hatte mich offensichtlich weichgekocht, denn ich musste schnell gegen die Tränen anblinzeln, damit sie mir nicht über die Wangen kullerten. Inmitten meiner eigenen Ausstellung zu heulen, stand jetzt nicht unbedingt so weit oben auf der Liste der Dinge, die ich schon immer mal hatte ausprobieren wollen. »Ich wüsste niemanden, den ich lieber hier bei mir hätte.«

»Okay, das wird mir hier jetzt alles zu sentimental.« Hoon sah sich interessiert in der Galerie um, wie immer immun gegenüber den Blicken, die sein Äußeres auf sich zog, während sein schwerer australischer Akzent nach Wochen ohne ihn wie Musik in meinen Ohren klang. »Führst du uns rum oder hast du noch irgendwelche Verpflichtungen, denen du nachkommen musst?«

Im Kopf ging ich schnell den Zeitplan durch, den Woo-Young und ich für die Ausstellung ausgearbeitet hatten, aber die Eröffnungszeremonie sowie die Ehrung der Absolventen und die Vorstellung der Kids waren längst abgeschlossen. »Nein, eigentlich nicht. Der offizielle Teil ist vorbei, und ich muss erst wieder verfügbar sein, wenn die Ausstellung für heute schließt und wir uns von ein paar speziellen Gästen verabschieden müssen. Sollte natürlich zwischendurch was sein, dann muss ich mich darum kümmern.«

»Klasse.« Yeo-Reum stürzte ihr Glas und stellte es auf dem Tablett eines Kellners ab, der beinahe an uns vorbei in Richtung des Caterings flog, das zurückversetzt im größten der Ausstellungsräume aufgebaut worden war. »Sollen wir dann?«

»Liebend gern.« Doch bevor wir einen Fuß in Richtung der Ausstellungsstücke setzen konnten, bemerkte ich eine Galeriemitarbeiterin, die sich mit höflichem Lächeln, aber großen Schritten auf uns zubewegte. Auch über das Stimmengewirr und die zarte Orchestermusik aus den Lautsprechern hinweg hörte ich das Klicken ihrer Absätze, und als unsere Augen sich begegneten und sie meinen Blick festhielt, machte Sorge sich in mir breit. »Geht doch schon mal vor. Ich komme dann nach, sobald ich kann.«

David runzelte die Stirn, als ich ihm mein Glas in die Hand drückte, doch als er meinem Blick folgte und ebenfalls die junge Frau bemerkte, nickte er. »Wir fangen bei den Absolventen an, ja?«

»Alles klar.« Ich sah meinen Freunden noch einen Augenblick nach, ehe die Mitarbeiterin mich erreichte. Sie lächelte noch immer freundlich und zwar tatsächlich auf die ehrliche Art und Weise, die nicht mühsam antrainiert war, was dafür sorgte, dass ich mich augenblicklich entspannte. Ich inspizierte ihr Namensschild und wechselte ins Koreanische, als ich sie ansprach. »Guten Abend, Ms Lee. Kann ich Ihnen irgendwie helfen?«

»Ja, Ms Hall. Am Eingang hat ein Mr Kang Hyun-Joon nach Ihnen gefragt.« Sie schlug die Augen nieder, ihre Wangen ein wenig rosa, bevor sie sich eine verirrte Strähne hinter das Ohr schob. »Er hat keine Einladung für den heutigen Abend, aber er scheint Sie zu kennen.«

Mein Herz machte einen Satz und drohte, meine Kehle hinauf über meine Zunge direkt aus mir herauszuspringen, als ich Ms Lee mit großen Augen ungläubig anstarrte.

Hyun-Joon war hier.

Ich bemühte mich um ein höfliches Lächeln, dankte ihr für die Information und machte mich mit hastigen Schritten Richtung Eingang auf. Peinlich darauf bedacht, nicht zu hektisch zu wirken und über meine eigenen Füße zu stolpern, zügelte ich mein Tempo immer wieder, auch wenn ich am liebsten gerannt wäre, nur um schneller zu ihm zu kommen. Es zog mich einfach zu ihm, fast so stark wie die Schwerkraft, und gehüllt in tausend Schattierungen aus Rot. Ich schlängelte mich an den Gästen vorbei, die mich nur hin und wieder eines Blickes würdigten. Kurz vor dem Eingang blieb ich stehen und presste mir die Hand auf die Brust, um mein rasendes Herz zu beruhigen, obwohl ich wusste, was für ein hilfloses Unterfangen das war. Wenn es um Hyun-Joon ging, machte mein Herz eh, was es wollte. Es hebelte meinen Verstand aus, legte meine Vernunft lahm und zwang mich beständig in seine Richtung, ganz gleich, ob der Weg zu ihm die Leinwand meiner Welt in Schattierungen aus Grau und Schwarz hüllte. Es war, als strebe es einfach immer weiter voran, den goldenen Tupfern entgegen, während es all die anderen Dinge ignorierte, die noch ungeklärt zwischen uns standen, und die uns auf dem Drahtseil hielten, zwischen unserer schmerzhaften Vergangenheit, der komplexen Gegenwart und dem Flüstern einer eventuellen Zukunft, von der wir beide nicht wussten, ob sie je eintreten würde.

Und so gab ich es auf, mein Mosaikherz an Ort und Stelle

halten zu wollen, und trat einfach durch die Türen hinaus in die Kälte des frühen Dezemberabends, die ich kaum noch spürte, als ich Hyun-Joon erblickte, der nur wenige Meter von mir entfernt stand. Meine Hand schloss sich fester um den Türgriff, während ich versuchte, mich im Hier und Jetzt zu halten, auch wenn es sich anfühlte, als wäre ich durch diese Tür geradewegs zurück nach Itaewon gestolpert, zurück zu einer Frühlingsnacht vor drei Jahren, die alles verändert hatte, und die mir zum Greifen nah erschien, jetzt, wo Hyun-Joon so vor mir stand, ganz in Schwarz gekleidet und mit seinen Haaren so gestylt wie damals, als wir einander zum ersten Mal begegnet waren.

»Hey«, begrüßte ich ihn lahm, weil mir nichts Besseres einfiel, so sehr wie sein Anblick mir die Sprache verschlug. »Was machst du denn hier?«

Hyun-Joon trat auf mich zu, ein Hauch von Unsicherheit lag in seinem Blick, während er an mir vorbei in Richtung der Galerie spähte. »Ich wollte dir nur zur Eröffnung der Ausstellung gratulieren. Ist es gerade ungünstig?«

»Nein. Nein, auf keinen Fall.« Den Türknauf loszulassen, traute ich mich erst, als meine Beine sich weniger wackelig anfühlten. »Ich freue mich total, dass du hergekommen bist.«

Er sah mich an, seine Lippen umspielte ein schüchternes Lächeln, und er hielt mir etwas unbeholfen den opulenten Strauß hin, den ich erst jetzt bemerkte. »Hier, für dich.«

»Vielen Dank.« Etwas perplex nahm ich ihn entgegen, sein Gewicht wog schwer bei all den Blumen in den unterschiedlichsten Nuancen von Weiß, Rosa und Violett. Ich strich mit den Fingerspitzen über eine der weißen Rosen, die Blütenblätter fühlten sich fast so weich an wie Hyun-Joons Lippen auf meiner Haut. »Er ist wunderschön.«

»Freut mich, dass er dir gefällt.«

Die Unsicherheit strahlte in Wellen von ihm ab, und auch wenn wir uns zuletzt mit einem Kuss an meiner Wohnungstür verabschiedet hatten, war doch noch so vieles zwischen uns ungeklärt. In der Hoffnung, ihm damit ein bisschen Zuversicht geben zu können, überbrückte ich den letzten großen Schritt, der uns voneinander trennte, und küsste ihn auf die Wange, diesmal, ohne mich auf die Zehenspitzen stellen zu müssen, da ich ziemlich hohe Absätze trug. »Er gefällt mir wirklich sehr, Joon.«

Ich spürte seine Hand im Rücken wie ein warmes, vertrautes Gewicht, das mich hielt, wo ich war, hier ganz dicht bei ihm, so wie es sein sollte. Ich sah, wie seine Schultern herabsanken, als er sich entspannte, und schmiegte meine Wange an den Aufschlag seines Mantels. Er roch nach seinem üblichen Parfüm und einer Note Minze, die wohl von dem Kaugummi stammte, auf dem er beständig herumkaute. »Ich wusste nicht, ob du Rosen magst.«

»Ich mag sie sehr«, sagte ich und drückte die Blumen vorsichtig näher an mich, als ich gerade weit genug von ihm abrückte, um in seine goldenen Augen sehen zu können. Die Selbstbeherrschung, die ich aufbringen musste, um ihm nicht zu sagen, dass ich alle Blumen lieben würde, solange er derjenige war, der sie mir schenkte, grenzte fast an Folter. Doch ich hielt die Worte zurück, war mir durchaus bewusst, dass wir noch nicht so weit waren. Aber darüber wollte ich jetzt nicht nachdenken. Stattdessen wollte ich das warme Gefühl genießen, das sich durch Hyun-Joons unangekündigten Besuch in meinem ganzen Körper breitmachte, und das mit jeder Sekunde, die er mich anblickte, nur noch weiter wuchs.

»Ich will dich auch gar nicht so lange – «

»Möchtest du reinkommen und dir die Ausstellung ansehen?«

Er legte sich die Hand in den Nacken und sah zu all den schicken und kostspieligen Autos, die auf dem Parkplatz der Galerie geparkt waren, und leider die Tatsache widerspiegelten, dass die Kunstszene immer auch von den Menschen abhängig war, die die Mittel hatten, für sie zu zahlen. Ein Umstand, an dem Woo-Young und ich zu arbeiten versuchten und für den dieses Event den Grundstein legen sollte, mit dem wir genug Investoren für die Stiftung auftreiben wollten, von der Woo-Young schon so lange träumte. »Ich weiß nicht, ob ich da so gut reinpasse.«

»Natürlich tust du das.« Ich winkte nachlässig ab, nicht gewillt, dieses Argument auch nur für den Bruchteil eines Augenblicks gelten zu lassen. »Und selbst wenn nicht, dann könnte mir das nicht gleichgültiger sein. Ich würde dir diese Ausstellung wirklich gerne zeigen, Hyun-Joon. Aber nur, wenn du möchtest.«

Das Glimmen in seinen Augen erinnerte mich an unser erstes Date. Daran, wie fasziniert er all die Bilder betrachtet, aber immer wieder beteuert hatte, dass er ja eigentlich keine Ahnung von Kunst hatte, obwohl es doch so offensichtlich war, wie sehr er sich dafür interessierte.

»Du bist doch wohl nicht den ganzen Weg von Seoul nach Gwacheon gekommen, nur um mir einen Blumenstrauß zu überreichen, oder?« Ich lächelte ihn an und zog ihn beherzt am Ärmel seines Mantels in Richtung der Tür. »Na, komm schon.«

Allein dass Hyun-Joon sich nicht so richtig wehrte, ließ mich wissen, wie gern er sich die Ausstellung eigentlich ansehen wollte, und ich lächelte in mich hinein, als wir über die Schwelle ins Innere der Galerie traten. Ein kurzer Wortwechsel mit dem Personal am Eingang reichte aus, und schon führte ich Hyun-Joon in den offen gestalteten Eingangsbereich hinein, in dem er prompt stehen blieb, seine Augen auf das Foto von mir gerichtet, das er selbst geschossen und bearbeitet hatte. Es stach aus der Masse der Fotografien heraus, das Porträt war auf seltsame Art und Weise intim und so wunderschön, dass ich gewillt war, es mit der Welt zu teilen. Auf dem Bild lächelte ich ehrlich in die Kamera, meine Augen waren groß und blau und voller Funken, von denen weder mein hochgestecktes Haar noch der Hintergrund ablenken konnten. Und ich glaubte, in meinem ganzen Leben hatte ich noch nie ein schöneres Bild von mir gesehen als dieses.

»Von der Auswahl, die du mir geschickt hast, fand ich das hier am schönsten«, sagte ich, plötzlich unsicher, ob ich die richtige Wahl getroffen hatte, so intensiv, wie Hyun-Joon es zwischen all den anderen betrachtete. »Ich hoffe das war okay?«

»Ja.« Hyun-Joon räusperte sich. »Ja, total. Es war auch mein Favorit.«

Tatsächlich überraschte mich das ein wenig, denn es war die letzte Datei ganz unten in der Mail gewesen, die er mir gerade noch rechtzeitig geschickt hatte, damit ich das Bild drucken und rahmen konnte. »Wirklich?«

»Ja, wirklich.« Er trat einen Schritt näher an die Wand mit den Fotografien heran, der Rahmen nun nah genug, sodass er ihn mit den Fingerspitzen berühren konnte. Er fuhr über das Holz, ganz sanft, denn er verschob es nicht einmal um einen Millimeter, ehe er sie wieder sinken ließ und zu mir zurückkam. »Es ist das erste Mal, dass eine meiner Fotografien irgendwo ausgestellt wird.«

Das erste Mal. Und dann war es ausgerechnet ein Foto von mir.

Ich versuchte etwas zu sagen, brachte aber kein Wort heraus, mein Verstand Opfer des Kurzschlusses, den mein Herz gerade ausgelöst hatte.

Hyun-Joon steckte die Hände in seine Manteltaschen und sah mich an, vollkommen nonchalant, so, als hätte er nicht gerade meine ganze Welt mit einem einzigen Satz lahmgelegt. »Wo ist dein Bild ausgestellt? Das würde ich mir gerne als Erstes ansehen.«

Ich öffnete den Mund, schaffte es aber noch immer nicht, irgendetwas hervorzubringen, und deutete stattdessen nur geistreich in Richtung der Ausstellungshalle, in der sich die Werke der Lehrkräfte befanden.

Als würde er sich bestens hier auskennen, ging Hyun-Joon los, und ich folgte ihm, kaum mehr als einen Schritt hinter ihm, während wir uns durch die Besuchermenge hindurch in Richtung meines Gemäldes schoben.

»Ich soll dir übrigens auch ganz herzlich von meiner ganzen Familie zu deiner ersten Ausstellung gratulieren.« Hyun-Joon hielt sich jetzt dicht bei mir, seine Hand zwischen meinen Schultern wie ein Sicherheitsnetz, in das ich mich nur zu gern hineinlehnte. »Sie wären gerne gekommen, aber alle stecken mitten in Reisevorbereitungen, und es gibt wegen Hyun-Ahs Überweisung auch noch einiges zu klären.«

»Sag ihnen lieben herzlichen Dank von mir.« Ich dachte an unsere Gespräche von vor einigen Tagen zurück und biss mir beschämt in die Wange, weil ich nicht viel früher nachgefragt hatte. »Hat Hyun-Ah jetzt einen Platz bekommen? Und was meinst du mit Reisevorbereitungen?«

»Ja, in der Klinik auf Jeju, von der ich dir erzählt habe.« Hyun-Joon klang so zufrieden und glücklich, dass sich auch bei mir ein tiefes Gefühl von Ruhe einstellte, das ich seit Wochen nicht verspürt hatte. »Wir fliegen alle übermorgen gemeinsam über Weihnachten nach Jeju und bleiben mit ihr dort, bis sie kurz nach Neujahr ihren Platz antreten kann. Es sind also alle am Packen, Planen und Buchen.« Nur zu gut konnte ich mir vorstellen, wie die Familie Kang akribisch einen Urlaub vorbereitete, der eigentlich nicht geplant war. Aber wenn ich wohl eins gelernt hatte, dann, dass diese Familie mit absolut allem umgehen konnte, völlig egal, was das Schicksal ihnen auch für Karten auf den Tisch legte. Ihre Art, Situationen anzunehmen und aus ihnen das Beste zu machen, war etwas, das ich ehrlich bewunderte, und das nicht vielen Menschen zu eigen war. »Wir haben mit den Ärzten gesprochen und gemeinsam beschlossen, dass es gut für Hyun-Ah wäre, wenn sie noch ein bisschen Zeit mit der Familie verbringt, bevor sie für mehrere Monate von uns getrennt ist. Und um ehrlich zu sein, können wir den Urlaub alle gebrauchen.«

»Das klingt wirklich schön.« Allein der Gedanke an ein paar Tage Auszeit ließ mich verträumt seufzen, als wir in die Ausstellungshalle traten, in der wir Lehrkräfte unsere Bilder ausgestellt hatten, und in der etwas weniger los war als in der Halle der Absolventinnen und Absolventen, in der auch jetzt noch reges Treiben und eine Atmosphäre von geschäftstüchtiger Vorfreude herrschte. »Und ich denke auch, dass dir ein paar Tage Auszeit guttun werden.«

Hyun-Joon antwortete nicht, doch die steile Falte zwischen seinen Augenbrauen und die herabgesunkenen Mundwinkel sagten mir doch alles, was ich wissen musste.

»Du freust dich nicht?«

»Das ist es nicht.« Hyun-Joon ließ den Blick durch den Ausstellungsraum gleiten, ohne wirklich etwas ins Auge zu fassen. »Für mich wird es nur nicht sonderlich erholsam, das ist alles.«

»Warum nicht?« Ich legte ihm die Hand unter den Ellbogen und zog ihn mit mir in Richtung meines Werkes, das etwas weiter nach hinten versetzt hing, weil es seinen Platz zwischen zwei anderen Gemälden mit entgegengesetzter Farbgebung gefunden hatte. »Ich habe gehört, Jeju soll wunderschön sein.«

»Ist es wohl auch. Wenn nicht der eigene Vater dort begraben liegt.«

Ich blieb stehen, mitten im Raum und ohne jegliche Vorwarnung, während ich Hyun-Joon aus großen Augen anstarrte. »Die Großeltern, zu denen ihr fahrt, sind die Eltern deines Vaters?«

Er sah mich nicht an, hatte die Augen in die Ferne gerichtet, und knirschte mit den Zähnen. »Ja. Und bevor du fragst, ich war seit seiner Beerdigung nicht mehr dort. An dem *Jesa* für ihn habe ich auch noch nie teilgenommen, und das habe ich auch nicht vor.«

Orange flutete meinen Verstand, und ich krallte mich an ihm fest, während unzählige Gefühle mich zeitgleich anfielen, gegen die ich mich nicht zur Wehr setzen konnte. Sie schienen aus Hyun-Joon heraus und in mich hineinzufließen, und ich schmeckte ihn beinahe auf meiner Zunge, diesen Cocktail aus Trauer, Schmerz und Zorn, der schon immer durch seine Adern geflossen war, und der nur dann aus ihm herausbrach, wenn man lange genug an der Oberfläche kratzte, um Risse in die Fassade des starken und beschützenden Tigers zu schlagen, die er über Jahre hinweg perfektioniert hatte. »Joon …«

Doch er hörte mir gar nicht mehr zu, sondern machte sich von mir los und ging geradewegs auf mein Gemälde zu, das in Tönen aus Rot, Gold und kräftigem Grün zwischen dem Meeresblau und dem Butterblumengelb der Werke daneben klar herausstach. Mit einem Mal spürte ich, wie Nervosität in mir aufstieg, und ich drückte die Blumen in meinem Arm fester an mich, als ich neben Hyun-Joon trat und mich fragte, ob er sie erkannte, die abstrakten Linien, die meine Finger bei der Erinnerung an diesen Abend im *Pojangmacha* geschaffen hatten.

Wie immer, wenn er meine Kunst betrachtete, blieb er ganz still, seine Augen aufmerksam, während sie jedes Detail aufzunehmen schienen, und ich war gespannt, was er wohl zuerst bemerkte. Waren es die kräftigen Farben, von denen ich sonst eher selten Gebrauch machte? Die Mischung aus Pinselstrichen, dickeren Farbapplikationen mit meinem Spachtel und dem Einsatz meiner Finger? Oder vielleicht doch die kleinen weißen Flecken, die ich hier und da versteckt hatte, um mich an den Schnee zu erinnern, der die Wärme dieses einen Augenblicks doch nicht hatte vertreiben können? Vielleicht sah er aber auch, wie ungestüm ich an dieses Bild herangegangen war, manche der Farben vermischt, weil ich zu ungeduldig gewesen war, auf die Trocknung zu warten, so dringend, wie ich meine Gefühle hatte auf die Leinwand bringen wollen.

Meine Augen glitten zu dem kleinen Schild unter dem Gemälde, und ich erdrückte die Blumen fast an meiner Brust, als ich den schwarzen Punkt entdeckte, der mich wissen ließ, dass mein Werk bereits verkauft worden war.

그날 *(An jenem Tag); Künstlerin: Jade Hall*

Das Schweigen hielt an, zog sich in die Länge und machte mich unruhig, während ich von einem Fuß auf den anderen wechselte und Hyun-Joon nicht aus den Augen ließ, der noch immer einfach nur auf das Bild starrte. Sein Gesicht war verschlossen, seine Züge für mich nicht zu lesen. Er trat einen Schritt zurück, um es noch besser in Augenschein nehmen zu können.

»In dem Bild«, sagte er nach einer Weile zögerlich, »geht es um uns, oder?«

Kurz überlegte ich, es abzustreiten, in der Hoffnung, ihn mit all meinen Emotionen nicht zu überfordern. Allerdings wusste ich genau, wie sinnlos das war, so leicht wie Hyun-Joon schon immer mich und meine Kunst durchschaut hatte. »Ja.«

Er nickte, so, als würde er die Erleichterung und das Glücksgefühl dieses einen Abends teilen, die ich ohne Worte, nur mit Pinselstrichen versucht hatte, in die Welt hinauszuschreien. Er schwieg erneut, legte den Kopf schief und verengte die Augen, bevor er sich plötzlich zu mir drehte, mit einem dermaßen ernsten Ausdruck auf dem Gesicht, dass ich beinahe rückwärts stolperte. »Komm mit nach Jeju.«

Das war wohl das Letzte, womit ich in dieser Situation gerechnet hatte. »Ich soll was?«

Hyun-Joon trat auf mich zu, überbrückte die wenigen Zentimeter, die ich zwischen uns gelassen hatte, mit spielerischer Leichtigkeit, ehe er meine Hand ergriff, so, als wäre er sich der Tatsache völlig unbewusst, dass wir nicht allein waren. Oder als wäre es ihm vollkommen egal. »Komm mit nach Jeju. Mit meiner Familie und mir.«

Obwohl alles in mir danach schrie, blindlings Ja zu sagen, zwang meine Vernunft mich zum Nachdenken, bevor ich etwas tat, das wir beide später bereuen würden. »Joon, ich weiß nicht, ob das so eine gute Idee ist.«

»Ich auch nicht«, entgegnete er, und seine Ehrlichkeit war so entwaffnend, dass meine Vernunft ins Wanken geriet. »Ich weiß nur, dass ich möchte, dass du mitkommst.«

»Wieso?«

»Weil ich das nicht ohne dich kann. Ich hab zwar immer noch keine Ahnung, was genau das hier zwischen uns ist, aber wenn ich mir vorstelle, diese Sache ohne dich an meiner Seite durchziehen zu müssen, wird mir ganz schlecht.« Er drückte meine Hand fester. »Bitte, komm mit.«

Gold flutete meinen Verstand, und obwohl ich wusste, wie leichtsinnig es war, dieser Einladung zu folgen, die für uns beide völlig aus dem Nichts kam, gab es auf seine aufrichtige Bitte dennoch nur eine einzige Antwort. »Okay.«

31. KAPITEL

해변 = Küste

Kein Reiseführer dieser Welt hätte mich auf die Schönheit von Jeju vorbereiten können, die sich wie Balsam auf meine Seele legte und meine seit Tagen kreisenden Gedanken zum Stillstand zwang. Ich stand schon eine ganze Weile so gebannt in meinem Hotelzimmer, die Hand noch immer am Griff meines Koffers, und konnte den Blick einfach nicht von den Wellen abwenden, die gegen das steinige Ufer direkt unter meinem Fenster schlugen. Das Wasser, auf dem sich die tief stehende Sonne spiegelte, war kristallklar und verzauberte mich mit einem Farbenspiel, wie ich es noch nie zuvor gesehen hatte. Ich war mir ziemlich sicher, dass es von nun an keinen Ort mehr auf dieser Welt gäbe, der mit dieser Insel würde mithalten können, die wie ein Juwel vor der Küste der großen Halbinsel schlummerte, nur einen kurzen Flug von der pulsierenden Metropole entfernt, in der ich lebte und die auf ihre ganz eigene Art und Weise mein Herz erobert hatte.

Schon auf dem Weg zum Hotel, in dem wir uns einquartierten, weil in dem Haus von Hyun-Joons Großeltern einfach kein Platz für uns alle war, hatte ich kein Wort herausbekommen, mein ganzes Sein zu gefangen von der natürlichen Pracht um uns herum, die uns vom Flughafen erst durch eine Stadt, dann ein paar Waldstraßen entlang, an Hügelketten vorbei, bis hin zu einer Küstenstraße begleitet hatte. Es waren so viele

Eindrücke auf einmal gewesen, der klare blaue Himmel mit den vereinzelten Wolken mindestens genauso atemberaubend wie die schneebedeckten Hügel um uns herum, die mit den Bäumen konkurrierten, die die Kristalle des Winters mit einer solchen Würde und Anmut trugen, dass man beinahe vergessen konnte, dass sie den Rest des Jahres von einem Blätterdach gekrönt wurden.

Ich hatte mich kaum auf Hyun-Ah und April konzentrieren können, die hinten saßen und miteinander plauderten, während Hyun-Joon am Steuer saß und dem Wagen vor uns folgte, in dem Tyler und Mrs Kang mit dem leicht flugkranken Hyun-Sik auf dem Rücksitz die Richtung wiesen.

Gott, wie überwältigend musste dieser Anblick wohl bei Sonnenuntergang sein? Ich riss mich von der Schönheit des schimmernden Ozeans los und wuchtete den Koffer auf mein Bett, den ich ungeduldig öffnete, nur um meine Zeichenutensilien herauszuholen, die ich feinsäuberlich auf dem Tisch direkt am Fenster ausbreitete. Den Rest räumte ich eher nachlässig weg, nicht gewillt, damit mehr Zeit als nötig zu verschwenden, wenn ich sie auch damit verbringen konnte, diese atemberaubende Stimmung direkt vor meinem Fenster einzufangen, die meine Fingerspitzen zucken und mein Herz höherschlagen ließ. Mein Körper verlangte zwar nach Erholung, nachdem ich ihn die letzten Tage für die Ausstellung bis zum Äußersten getrieben hatte, aber die würde ich ihm noch früh genug zugestehen.

Ich schob die letzte Schublade zu, in die ich meine Socken gestopft hatte, und hörte nur gerade eben so das Klopfen an meiner Tür, bevor ich um ein Haar schon in meiner eigenen Welt versunken war, die nur wenige Meter entfernt von mir in Form von Buntstiften und einem Zeichenblock auf mich wartete.

Ich zog die Tür auf, mit den Gedanken noch halb bei den Wellen und der Idee, wie ich sie am besten einfangen konnte, nur um mit einem Mal von einer goldenen Realität eingeholt zu werden, auf die ich nicht vorbereitet gewesen war, nachdem er sowohl auf dem Flug als auch auf der Fahrt nichts als Schweigen von sich gegeben hatte.

»Hyun-Joon.«

Er stand mit beiden Händen in seinen Hosentaschen vor meinem Hotelzimmer, auf seinen Lippen lag ein angespanntes Schmunzeln, dem keinerlei Bitterkeit, dafür aber eine große Portion Unsicherheit anhaftete. »Du hast gar nicht mitbekommen, dass ich schon drei Mal geklopft habe, oder?«

Hitze stieg mir in die Wangen, als mir klar wurde, wie tief ich meinen eigenen Gedanken in den Kaninchenbau gefolgt sein musste. »Entschuldige bitte.«

»Das macht nichts. Ich hatte mir schon gedacht, dass du sofort anfangen willst zu zeichnen.« Er nickte an mir vorbei Richtung Fenster. »Die Aussicht ist sehr schön, oder?«

Das war die Untertreibung des Jahrhunderts, aber ich würde ihn gewiss nicht korrigieren. Da seine Großeltern hier lebten, war Hyun-Joon gewiss schon unzählige Male auf der Insel gewesen, der Anblick des Ozeans war für ihn also sicher nichts Besonderes mehr, während er mir komplett die Sprache verschlug. »Ja, das ist sie wirklich.«

»Gefällt dir dein Zimmer? Tyler und April haben das Hotel ausgesucht, weil es so nah am Strand und nicht weit von meinen Großeltern weg liegt.«

Hyun-Joon plapperte. Automatisch verspannte ich mich. Hyun-Joon plapperte absolut nie. »Total.«

»Gut. Das ist sehr gut.« Hyun-Joon nickte erneut, seine eine Hand steckte nicht länger in seiner Hosentasche, sondern in seinem Nacken, während er auf die Spitzen seiner Stiefel starrte, in die er nur nachlässig reingeschlüpft sein musste, da er den Reißverschluss der Boots nicht einmal zugezogen hatte, und deren komplexe Schnürung ebenfalls lose herumbaumelte. »Ich wollte dich nur daran erinnern, dass wir gegen sechs zu meinen Großeltern aufbrechen wollen.«

»Okay.« Unauffällig spähte ich auf meine Uhr und runzelte die Stirn. Bis dahin waren es noch ein paar Stunden. Auch wenn ich durchaus gerne mal die Zeit vergaß, während ich zeichnete, war es doch noch deutlich zu früh, um mich jetzt schon daran zu erinnern. Ich ließ die Augen erneut über Hyun-Joon gleiten. Über die markante Linie seines Kiefers, die etwas zu stark hervortrat, weil er die Zähne fest aufeinanderbiss, zu seinen Schultern, die genauso herabhingen wie seine Mundwinkel, bis hin zu seiner Hand, die nervös seinen Nacken knetete, die Fingerknöchel ganz weiß, weil er so fest zudrückte.

Und bevor du fragst, ich war seit seiner Beerdigung nicht mehr an seinem Grab.

Und mit einem Mal machte es Klick.

»Joon?«

»Ja?« Er nahm die Hand aus seinem Nacken, und ich ergriff sie, ohne darüber nachzudenken, denn er sollte auch nicht nur eine Sekunde lang das Gefühl haben, mit dieser Situation allein zu sein.

Mühelos glitten meine Finger zwischen seine, und ich zog ihn sanft in meine Richtung, damit er meinem Blick nicht länger ausweichen konnte, obwohl er es doch so eisern versuchte. Kurz überlegte ich, ihn zur Rede zu stellen, entschied mich dann jedoch dagegen und für einen Ansatz, den ich oft selbst verfolgte, wenn mich etwas überforderte: Ablenkung.

»Hast du Lust, mir ein bisschen die Gegend hier zu zeigen?« Ich machte eine Geste, die so ziemlich alles hätte heißen können, und lächelte ihn an. »Wenn deine Großeltern in der Nähe wohnen, dann kennst du dich bestimmt gut hier aus, oder?«

»Na ja, die paar Sommer, die ich hier verbracht habe, machen mich jetzt auch nicht zum Experten.« Hyun-Joon spähte an mir vorbei in Richtung des Tisches mit meinen Zeichenutensilien. »Willst du nicht lieber zeichnen?«

Kopfschüttelnd winkte ich ab, auch wenn es mich durchaus in den Fingern juckte. »Zeichnen kann ich immer noch wann anders.«

»Du glaubst doch wohl nicht ernsthaft, dass meine Familie dir auch nur eine ruhige Minute gönnen wird, oder?« Hyun-Joon lachte, aber es klang hölzern, was wohl auch ihm auffallen musste, denn so schnell wie es gekommen war, war es auch wieder verschwunden und ließ ihn mit glühenden Wangen und gesenkten Lidern zurück. »Du hast heute nur Glück, dass alle von dem frühen Flug so erledigt sind, dass sie jetzt lieber etwas Schlaf nachholen als dich zu belagern.«

Ich betrachtete die Schatten unter seinen Augen, und auch ohne es ihm vorzuschlagen, wusste ich, dass für Hyun-Joon an Schlaf nicht zu denken war. Ich selbst hatte nächtelang nicht geschlafen, gefangen zwischen Albträumen und Realität, Tod und Leben, Gegenwart und Erinnerungen. »Dann hast du auch Glück und mich noch für ein paar Stunden nur für dich allein, während du mir zeigst, wo du früher deine Sommer verbracht hast.«

»So spannend ist das nicht, Jade. Wir sind hier praktisch mitten im Nirgendwo.« Er sah auf unsere miteinander verschränkten Hände hinab, und ich fragte mich, was ihm durch den Kopf ging, als er mit dem Daumen über meine Knöchel fuhr. Doch ich wusste, dass es keinen Sinn hatte, ihn zu irgendetwas zu drängen. Ich würde also einfach abwarten, mit einem offenen Ohr und in dem Wissen, dass er es mir erzählen würde, sobald er bereit dazu war, ganz egal, wie lange es auch dauern mochte.

»Komm schon, irgendwas wird es hier doch geben.« Ich setzte das aufmunterndste Lächeln auf, das ich zu bieten hatte. »Außerdem wird die frische Luft uns beiden guttun.«

Sein Blick glitt zwar noch einmal zu dem Tisch, den ich hergerichtet hatte, doch letztendlich nickte er, die Augen voller Emotionen, die gegeneinander zu kämpfen schienen, bis Dankbarkeit und Erleichterung gewannen. »Okay.«

»Super, dann bis gleich.« Widerwillig ließ ich seine Hand los, und er verschwand durch die Tür.

In Schuhe und Jacke trat ich kurz darauf auf den Flur, genau in dem Moment, in dem Hyun-Joon mit seinem Mantel und jetzt geschlossenen Boots aus seinem eigenen Zimmer kam. Ich prüfte, ob das Schloss auch wirklich verriegelte, und wartete, bis Hyun-Joon bei mir war, damit ich meine Finger wieder zwischen seine schieben konnte. »Schläft Hyun-Sik auch?«

»Ja, aber bei *Eomma* und Hyun-Ah.« Er richtete den Aufschlag seines Mantels und führte mich dann durch das Foyer des Hotels nach draußen auf den Parkplatz. Kurz blieb er stehen, seine Augen suchend, bevor er sich plötzlich wieder in Bewegung setzte. Unsere miteinander verschränkten Hände steckte er in die Tasche seines Mantels und führte mich zu einer Treppe, die mit gerade mal fünf Stufen direkt an den Strand hinunterführte. Der Wind, der uns vom Ozean entgegenblies, war hier um einiges stärker, und schützend zog ich die Schultern hoch, während ich bewundernd den Anblick der Wellen aufsog, die aufs Ufer prallten. Der Geruch von Meersalz lag in der Luft, und tief atmete ich die kühle Luft ein, die mich als Kind wohl hätte husten lassen, sich aber jetzt so befreiend anfühlte, dass ich nicht anders konnte, als einen

Augenblick lang stehen zu bleiben und meine Lungen noch einmal mit ihr zu füllen.

»Bist du oft hier an diesem Strand gewesen, als du klein warst?«

Hyun-Joon nickte und deutete dann in Richtung der Promenade, die von dem kleinen Ort ein paar Meter weiter den Strand herunter bis zum Hotel führte. »Ja, aber damals gab es das alles hier noch nicht. Da standen hier nur eine Handvoll Häuser und sonst fast gar nichts. Ich hatte Glück, wenn ich im Sommer mal ein oder zwei Gleichaltrige zum Spielen hatte.«

Ich versuchte, mir Hyun-Joon als Kind vorzustellen, und hatte automatisch Hyun-Sik vor Augen, der seinem großen Bruder zum Verwechseln ähnlich sah. »Aber du hattest doch Hyun-Ah, oder nicht?«

»An Sätzen wie diesen merkt man, dass du keine Geschwister hast.« Er grinste schief, und ich verstand nicht so recht, welchen Witz ich gerade verpasst hatte, als Hyun-Joon meine Hand fester drückte, während wir den Strand entlangschlenderten. »Wir mögen zwar jetzt alle bestens miteinander auskommen, aber als Kinder sah die Welt noch anders aus. Hyun-Ah und ich haben uns ständig wegen irgendwas in der Wolle gehabt, und ich war froh, wenn meine Großeltern mich mal nicht dazu verdonnert haben, mit ihr zu spielen.« Er schien sich an genau so einen Vorfall zu erinnern, denn seine Mundwinkel zuckten, ehe er stehen blieb und eine Muschel vom Boden auflas, die er schüttelnd vom Sand befreite. »Außerdem sind wir sechs Jahre auseinander. Welcher pubertierende Vierzehnjährige spielt schon gerne mit seiner achtjährigen Schwester?«

Es fiel mir schwer, mir Hyun-Joon als schlaksigen Teenager vorzustellen, musste aber doch kichern, wenn ich daran dachte, dass der aufopferungsvolle große Bruder, den ich kannte, eben doch genau solche Teenie-Probleme gehabt hatte wie alle anderen auch. »Ich weiß nicht, aber deinem Tonfall nach zu urteilen, wohl eher nicht so furchtbar viele.«

»Richtig.«

Auch wenn die Umstände, die mich hergebracht hatten, nicht ideal waren, und sicherlich viele Tränen und Schmerz auf mich warteten, war es doch das erste Mal seit Jahren, dass ich mir Zeit für einen Urlaub nahm. Zeit, durchzuatmen und mit Hyun-Joon für einen Augenblick einfach nur zu existieren, ohne dass gleich die nächste Katastrophe auf uns wartete, oder einer von uns aus irgendwelchen Gründen den Tränen nahe war.

Jetzt, hier an diesem Strand, mit den Füßen im Sand und dem Rauschen der Wellen im Ohr, fühlte es sich wirklich so an, als wären wir einfach über die Feiertage aus der Großstadt geflohen, und obwohl ich wusste, dass es nur eine Illusion war und die Realität in wenigen Stunden auf uns warten würde, wollte ich diesen Moment voll und ganz genießen, der sich ein wenig anfühlte, wie der goldene Streifen Sonne, kurz bevor der Himmel sich bei Tagesanbruch rot färbte.

»Vorsicht!« Hyun-Joon zog mich behutsam, aber beherzt in seine Richtung und aus der Trance, in die ich mich hatte fallen lassen, und nickte Richtung Wellen, die fast bis zu meinen Schuhen den Sand hinaufrollten. »Deine Schuhe werden gleich nass.«

Ich sah auf meine Schuhe hinab, die tief in den Sand eingesunken waren und grinste, ehe ich einen großen Schritt zurück in Richtung Meer machte und Hyun-Joon mit mir zog. »Und? Die sind wasserdicht.«

»Jade« – sein Tonfall klang amüsiert, aber auch eine Spur besorgt –, »das Wasser ist eiskalt.«

»Hyun-Joon«, begann ich und erntete dafür, dass ich seinen Ton nachäffte, tatsächlich ein ehrliches Lachen, das mich nur noch mehr anstachelte, weil ich mehr davon hören wollte. »Ich bin Engländerin. Ich weiß nicht, wie sich warmes Wasser am Strand anfühlt.«

»Für diese Ausrede bist du dir auch nie zu schade, oder?« Er sah mich an, und zum ersten Mal, seitdem wir in den Flieger gestiegen waren, lächelte er tatsächlich ehrlich. Funken tanzten in seinen Augen, und die Grübchen auf seinen Wangen sorgten dafür, dass ich mich auf die Zehnspitzen stellte und einen Kuss auf beide hauchte.

»Nur dann, wenn sie passt.« Ich nutzte den Augenblick, in dem er mich einfach nur ansah, und schubste ihn in Richtung der Wellen. Mein Lachen vermischte sich mit seinem Fluchen, als er sich, wild mit den Armen rudernd, aufrecht zu halten versuchte, während seine Füße das Wasser berührten und dicke Tropfen hochspritzten.

»Das hast du gerade nicht wirklich gemacht.«

»Und ob ich das habe.« Ich kicherte, hoch und albern, aber total befreit, als ich die Wassertropfen entdeckte, die wie Kristalle an Hyun-Joons Haarspitzen hingen. »Was willst du jetzt dagegen tun?«

Er blinzelte verdattert, und kurz glaubte ich, dass er echt sauer war. Doch dann schüttelte er sein Haar aus wie ein nasser Hund und nahm mich ins Visier. »Na warte.«

Als er einen Satz auf mich zu machte, stieß ich einen spitzen Schrei aus und wich ihm lachend aus. Ich hetzte los, doch Hyun-Joon war größer und auch schneller als ich, und so fand ich mich schnell in seinen Armen wieder, während wir taumelnd darum rangen, wessen Füße nun zuerst das Wasser berühren würden, wobei Tropfen in alle Himmelsrichtungen flogen und unser Lachen sich mit dem Klang der Wellen mischte.

Ich wusste, es war kindisch, und die anderen Spaziergänger würden vermutlich nur die Köpfe über uns schütteln, wie wir hier den Strand entlangflitzten wie zwei ausgelassene Kinder, und so gar nicht unserem Alter entsprechend.

Aber das war mir so was von schnuppe. Alles, was ich gerade wollte, war, mit Hyun-Joon für einen kurzen Moment diese Schwere abzulegen, die ständig auf unseren Schultern lastete und uns jeden Tag in die Knie zu zwingen drohte. Die uns dazu veranlasste, immer überlegt und richtig zu handeln. Die uns in Schubladen presste, aus denen wir uns so unbedingt befreien wollten, in der Hoffnung, den Ballast der Vergangenheit abwerfen zu können, ganz gleich, wie ausweglos das auch schien.

Denn die Vergangenheit war ein Teil von uns.

Aber hier an diesem Strand, an dem das Wasser kalt, der Wind laut und Hyun-Joons Atem warm an meiner Wange war, zählte sie nicht.

Und solange ich uns beiden dieses Stückchen Unbefangenheit schenken konnte, war es mir egal, was andere wohl über uns zu sagen hatten. Denn für diesen kurzen Moment waren wir lebendig. Und ich würde an ihm festhalten, solange ich nur konnte.

32. KAPITEL

달빛을 받은 뜰 =
Ein mondbeschienener Garten

Diese Teller sind vermutlich älter als du, Jade. Lass sie also bitte bloß nicht fallen.

»Danke, Jade.« Mrs Kang lächelte mich an, als es mir gelang, die Teller vom Esstisch unbeschadet zur Spüle zu tragen, an der sie stand, die behandschuhten Hände im Wasser und mit einem Schwamm bewaffnet, während sie unermüdlich die Überreste des Festmahls beseitigte, das Hyun-Joons Großeltern bei unserer Ankunft in einer typischen Zurschaustellung koreanischer Gastfreundschaft aufgetischt hatten. Mir tat noch immer der Bauch weh und die Massen an Obst, die Hyun-Joons Großmutter emsig zum Nachtisch schälte, erfüllten mich mit Sorge. Ich konnte auf keinen Fall auch noch nur einen einzigen Bissen essen, doch genauso wenig konnte ich ablehnen, was eine ältere Person mir anbot. Das gehörte sich einfach nicht.

»Das ist doch das Mindeste, was ich tun kann.« Ich stieß den Atem aus, den ich auf dem Weg zur Küche, aus Sorge um die Erbstücke in meinen Händen, angehalten hatte, und sah mich nach einem Handtuch um, um mich irgendwie nützlich machen zu können. »Kann ich eventuell beim Abwasch helfen?«

»Auf keinen Fall. Du bist unser Gast.« Mrs Kang nahm einen der großen weißen Teller in die Hand, auf denen *Bul-*

gogi, mariniertes Rindfleisch und eins von Hyun-Siks Leibgerichten, serviert worden war. Wie von so vielen der Gerichte war auch von diesem hier kein einziges Krümelchen mehr übrig. »Ist Hyun-Joon-Ah schon wieder reingekommen?«

Ich warf einen Blick über die Schulter und ließ ihn durch das Haus gleiten, durch die geöffneten Flügeltüren zwischen den Räumen und die offene Struktur des schlauchförmigen *Hanok* – einem traditionellen koreanischen Wohnhaus, das seit Generationen im Besitz der Kang-Familie war, und das vor reicher Geschichte und koreanischer Architekturbrillanz nur so strotzte. Nicht umsonst hatte es so viele Jahre überstanden, hier, unweit der Küste, und doch unbeschadet durch Sorgfalt und ständige Investitionen, die dafür sorgten, dass sich auch moderne Annehmlichkeiten fanden, wie Hyun-Joons Großvater mir mithilfe von Tyler erzählt hatte. Auch wenn ich den älteren Mann, der um die siebzig sein musste, wegen seines starken Jeju-*Saturi* nur schwer verstand, hatte ich trotzdem den Stolz über das Erbe seiner Ahnen klar heraushören können, was das Haus mit dem dunklen Holz und den sanften Farben nur noch wärmer wirken ließ. »Bisher nicht. Soll ich ihn holen gehen?«

»Lass ihn. Er braucht wahrscheinlich einfach einen Moment für sich.« Sie schrubbte den Teller, der durch die Marinade ein wenig in Mitleidenschaft gezogen worden war, ehe sie plötzlich innehielt. »Allerdings ist es schon ziemlich kalt, und ich habe nicht gesehen, ob er eine Jacke anhatte.«

Ich hingegen wusste es genau. Sofort nach dem Essen und sobald das Thema des morgigen Besuchs am Grab seines Vaters aufgekommen war, hatte Hyun-Joon sich höflich entschuldigt, war in seinen Mantel geschlüpft und in den kleinen Garten hinter dem Haus verschwunden, mit einem Ausdruck auf dem Gesicht der irgendwo zwischen Wut, Trauer und Sehnsucht lag. »Würden Sie sich besser fühlen, wenn ich kurz nach ihm sehen würde?«

»Ein bisschen schon. Würdest du das für mich machen, Jade?«

»Natürlich.« Ob Mrs Kang wohl bemerkte, dass ich mich regelrecht auf die Chance stürzte, nach Hyun-Joon sehen zu können, weil die Sorge langsam an mir zu nagen begann? Ich hoffte nicht, auch wenn ich mir sicher war, dass die verspannte Linie seiner Schultern an ihr am allerwenigsten vorbeigegangen war. Ich hatte schon oft gehört, dass den wachsamen Augen einer Mutter nichts verborgen blieb, ganz egal, wie sehr ihre Kinder auch versuchten, sich nicht anmerken zu lassen, was mit ihnen los war. Und die Tatsache, dass ausgerechnet Hyun-Joon, der sonst ein sehr guter Esser war und der zu traditioneller koreanischer Küche nicht Nein sagen konnte, sein Essen kaum angerührt hatte, waren für sie gewiss mindestens genauso deutliche Warnsignale wie seine einsilbigen Antworten bei Tisch, auch wenn er sie mit einem Lächeln zu überspielen versucht hatte. »Außerdem könnte ich nach dem vielen Essen auch ein bisschen frische Luft vertragen.«

»Das ist sehr lieb von dir. Nimm es meinem Sohn bitte nicht übel, wenn er ein bisschen ruppig ist. Hierherzukommen ist so schwer für ihn.« Sie spülte den Teller mit klarem Wasser ab und stellte ihn dann zum Abtropfen beiseite. Ihre Hände waren dabei ganz ruhig, doch ihre Stimme zitterte ein wenig. »Als Kind war er immer so gerne hier. Wenn das Wetter gut war, musste man ihn immer regelrecht aus dem Meer zerren, damit er sich mal eincremt und eine Pause macht. Manchmal sehe ich immer noch die kleine Wasserratte von damals vor mir, auch wenn er schon lange erwachsen ist.« Tapfer rang sie sich ein Lächeln ab, und für einen Augenblick erinnerte sie mich damit so sehr an meinen Vater, dass ich mir sicher war, sie hätten sich gut verstanden, sosehr, wie sie sich für ihre Kinder aufopferten und zeitgleich versuchten, stets den Eindruck von Stärke und Unerschütterlichkeit zu erwecken. »Vergiss nicht, dir selbst eine Jacke anzuziehen, wenn du rausgehst. Die Nächte hier sind im Moment ungewöhnlich kalt.«

»Das mache ich.« Unauffällig versuchte ich die Tränen wegzublinzeln, die sich in meine Augen geschlichen hatten, als meine Gedanken ein Szenario zauberten, in dem Mrs Kang und mein Dad die Chance gehabt hätten, einander kennenzulernen. Wobei ich wohl niemals in Südkorea gelandet wäre, wenn mein Vater nicht gestorben wäre. Eine Tatsache, die ich zwar von mir schieben wollte, die mir aber immer wieder in den Sinn kam, wenn ich mit Mrs Kang allein war und die unzähligen *Was-Wäre-Wenn*-Fragen mir Kopfschmerzen bescherten. Dankbar für die willkommene Ausrede wandte ich mich ab, obwohl ich eigentlich gern Zeit mit Mrs Kang verbrachte, die meistens eine Geschichte über ihre Kinder parat hatte, und die so warmherzig und liebenswert war, dass es an Unmöglichkeit grenzte, sich in ihrer Nähe nicht wohlzufühlen. Sie hatte etwas so unverfälscht Mütterliches an sich, weshalb ich auf keinen Fall wollte, dass sie sich um irgendetwas sorgte. Darum betete ich, dass sie von meinem kleinen emotionalen Ausbruch nichts mitbekommen hatte. Die Chancen dafür standen allerdings reichlich schlecht, denn Mrs Kang war aufmerksam und ihren kaffeebraunen Augen entging nichts, eine Eigenschaft, die sie an ihren Ältesten vererbt hatte, der es nutzte, um atemberaubende Fotos zu schießen und die Menschen um ihn herum zu lesen, während er einen Blick in sein eigenes Innerstes so oft beharrlich verweigerte. »Ich bin gleich zurück.«

»Lasst euch ruhig Zeit.«

Ich ging zurück ins Wohnzimmer, in dem Hyun-Ah neben ihrer Großmutter auf dem Boden hockte und ihr beim Man-

darinenschälen half, während Hyun-Sik sich an seinen Großvater kuschelte, der ihm gerade anscheinend etwas über die
Säulen erzählte, die das Haus aufrecht hielten. Tyler hatte den
Rücken gegen eine der geschlossenen Türen gelehnt, hinter denen der Garten wartete. April saß zwischen seinen Beinen, ihr
Rücken an seine Brust gelehnt, während die beiden sich mit
gedämpften Stimmen unterhielten. Der eingeschaltete Fernseher auf der Kommode diente allein als monotones Hintergrundgeräusch in dieser friedlichen Atmosphäre, die ein ganz
eigenes Gefühl von Heimat vermittelte.

So leise wie möglich, um niemanden zu stören, schlich ich zu
unseren in der Ecke gestapelten Sachen und zog meine dick ge-
fütterte Jacke hervor, die feinsäuberlich gefaltet zwischen den
anderen Platz gefunden hatte, bevor ich mir meine Stiefel griff,
die neben Aprils Boots standen. Auf meinem Weg ins Nebenzimmer schlüpfte ich in meine Jacke, schob die Türen auf und
trat hinaus in die kalte Nacht. Leise schloss ich die Türen hinter mir wieder und fröstelte sofort, als eine seichte Böe durch
den Garten blies und etwas von dem Pulverschnee verwirbelte.

»Was machst du denn hier draußen?«

Meine Augen glitten den kleinen Holzvorsprung hinter
dem Haus entlang, an dessen Ende ich Hyun-Joon entdeckte.
Er hatte sich in die Schatten zurückgezogen, und nur dank des
Scheins des tief stehenden Vollmonds konnte ich schemenhaft
sein Gesicht ausmachen. Er sah aus wie einem Traum entstie-
gen, getaucht in silbernes Mondlicht, hier in dem stillen Gärt-
chen mit den runden in den Boden eingelassenen Steinplatten
und den Bäumen, die über die Mauern des Grundstücks hinweg in den Himmel ragten und im Sommer gewiss angenehmen Schatten spendeten.

»Du solltest besser wieder reingehen. Es ist zu kalt für einen
spontanen Gartenausflug.«

Ich ignorierte ihn geflissentlich, stellte meine Stiefel behutsam ab und stieg hinein, ehe ich sie fest zuzog. Sie halfen sofort gegen die Kälte, die zum Glück auf der Insel hier im Süden etwas milder ausfiel als in der Landeshauptstadt. Die Arme um mich selbst geschlungen ging ich auf Hyun-Joon zu. »Das musst du ja gut beurteilen können, so lange, wie du schon hier draußen bist.«

»Ist es wirklich schon so lange?« Hyun-Joon streckte die Hand nach mir aus und zog mich auf die Kante direkt neben sich.

»Schon. Ungefähr zwanzig Minuten.« Ich versuchte, ein Stück von ihm abzurücken, um ihm etwas mehr Raum zu geben, den er vermutlich in der Einsamkeit hier draußen gesucht hatte, doch Hyun-Joon schmiegte sich mit seiner Seite näher an mich, um seine Wärme mit mir zu teilen. Die Berührung war für ihn wohl ganz selbstverständlich, und mir ging sie, trotz der Kälte, unter die Haut.

»Ich bin diese Winter gewohnt. Du nicht, Ms Singapur.«

»Ich bin in London groß geworden, schon vergessen? Ich bin ein Kaltblüter.«

Für meinen schlechten Scherz erntete ich lediglich ein wenig amüsiertes Schnaufen. »Sicher.«

Ob er wohl auch gerade an diese eine Nacht während des Monsuns dachte, in der ich auf dem Weg, um ihn abzuholen, klatschnass geworden war und wie Espenlaub gezittert hatte? Das Zittern hatte erst nachgelassen, als wir später bei mir gemeinsam unter der Dusche gestanden hatten, mit Hyun-Joons Haut direkt an meiner und seinem Mund an meinem Ohr, während er mir warme Worte zugeflüstert hatte.

Als ich die drei Zigarettenstummel zu Hyun-Joons Füßen bemerkte, wandte ich den Blick ab und gen Himmel, der schwarz und auch ein wenig bewölkt war, an dem aber dennoch unzählige Sterne funkelten, so, als wären ihnen die Grauschleier vollkommen egal, die sie zu verstecken versuchten. »Es ist unfassbar schön hier.«

»Ist es.« Die Antwort kam gepresst, und ich musste nicht hinsehen, um zu wissen, dass Hyun-Joon das Gesicht verzog. »Als ich jünger war, hab ich darüber nachgedacht, mal irgendwann hier zu leben anstatt in Seoul, aber das Thema ist durch.«

»Warum?« Ich zog die Beine an meinen Körper und schlang die Arme um meine Knie, weil ich Hyun-Joons Augen entfliehen wollte, die ich so deutlich wie eine Berührung spüren konnte. Wenn wir allein waren, konnte ich der Intensität seines Blickes nicht standhalten. Immer wieder dachte ich daran, wie er mich angesehen und wie er mich berührt hatte. Wie er mich im Arm hielt, seine Haut an meiner und zwischen uns tausend Fragen, auf die wir beide noch keine Antwort kannten. Und so war es einfacher, nicht hinzusehen, und stattdessen die *Onggi* zu betrachten, koreanische Fässer aus Ton, die an der Mauer aufgereiht standen, ihre dunkle Oberfläche voller Schnee, den das Mondlicht in etwas unwirklich Schönes verwandelte, das niemand auf dieser Welt, weder mit Kamera noch Pinsel, jemals würde festhalten können. »Dir würden nie die Motive für deine Fotos ausgehen und ein Franchise-Café würde sich hier irgendwo am Meer sicherlich auch gut machen.«

»Zwischen den Tausenden, die es auf Jeju eh schon gibt?« Hyun-Joon schüttelte den Kopf und nahm einen Zug von seiner Zigarette, der Rauch waberte wie Nebelschwaden vor seinem Gesicht, als er ihn durch die Nase ausstieß. »Nein, danke. Mich würden keine zehn Pferde hier herkriegen, wenn meine Großeltern nicht hier wohnen würden.«

»Weil dein Vater von hier kommt?«

»Auch. Hier ist alles wie ein beschissenes Mausoleum. Ich

weiß, sie haben vieles weggeräumt, weil sie wussten, dass ich diesmal mitkomme, aber dennoch ist er hier einfach überall. In den Gerichten, die meine Großmutter kocht, in den Liedern, die mein Großvater summt, und sogar in dem winzigen Stück Pappe, das er unter den Fernsehtisch geklemmt hat, damit das Ding nicht wackelt.« Er inhalierte ein letztes Mal tief, bevor er auch diese Zigarette auf der Stufe ausdrückte und den Filter sorgfältig zu den anderen legte, gewiss, um sie nachher zu entsorgen. »Aber mehr, weil Seoul mittlerweile durch meine Adern fließt. Ich habe mich an den Takt der Stadt gewöhnt und genieße die Hektik sogar manchmal ein wenig. Sie lenkt mich ab mit ihren Milliarden von Dingen, die es zu tun und die es auch für Leute wie mich, die in der Stadt geboren und aufgewachsen sind, noch zu entdecken gibt. Ein paar Tage im Jahr wäre das sicher ganz nett, aber für immer wäre das für mich definitiv nichts.«

Ich dachte daran, was Mrs Kang gerade in der Küche gesagt hatte, und fragte mich, ob der Junge von damals noch irgendwo unter seiner Haut schlummerte. »Auch nicht für ein Jahr oder zwei?«

»Nein. Ich hab dir doch erzählt, dass ich während meines Militärdienstes in der Marine und in Busan stationiert war. Das kam mir schon wie ein Schuhkarton vor, obwohl es die zweitgrößte Stadt des Landes mit über drei Millionen Einwohnern ist.« Er streckte die langen Beine aus, sein Gesicht unergründlich, während er auf seine Schuhspitzen starrte. »Auf Jeju würde ich auf Dauer definitiv durchdrehen.«

»Das wollte ich dich im Atelier schon fragen. Hast du dir da das Rauchen angewöhnt?«, fragte ich vorsichtig, in der Hoffnung, den blinden Fleck der Vergangenheit ein bisschen ausfüllen zu können, die den Hyun-Joon geformt hatte, der jetzt neben mir saß. »Beim Militär, meine ich?«

»Ja, aber mehr, um mir das Leben leichter zu machen als aus Neugierde oder sonst irgendetwas.« Er holte die Zigarettenschachtel hervor und betrachtete sie nachdenklich im silbrigen Mondlicht, ihre Verpackung war schwarz mit Golddetails, die einen die Warnhinweise in weißer Schrift auf schwarzem Grund beinahe übersehen ließen. »Beim Militär fangen viele koreanische Männer mit dem Rauchen an, einfach, weil du besser durch deinen Wehrdienst kommst, wenn du dich mit den richtigen Leuten gut stellst. Und die lernst du am schnellsten kennen, wenn du unauffällig Zeit mit ihnen verbringst, ohne dass es so aussieht, als wolltest du bei ihnen Liebkind machen. Und nach meinem schlechten Start hatte ich vor, so problemlos wie möglich da durchzukommen.« Er klappte den Deckel auf, dann wieder zu, ehe er den Arm sinken ließ und die Packung mit einem Seufzen zurück in die Tasche steckte. »Ich hab mir gesagt, dass ich locker wieder aufhören kann, sobald ich raus aus der ganzen Sache bin. Aber so leicht ist das leider nicht, wenn man erst mal abhängig ist. Außerdem …« Er stockte und warf mir einen Seitenblick zu, schüttelte dann nur den Kopf.

Mein Griff um meine Knie wurde fester. »Außerdem?«

»Außerdem habe ich bisher keinen wirklichen Grund gesehen, aufzuhören.« Er rieb mit den Händen über seine Oberschenkel, bevor er die Ellbogen auf den Knien abstützte, sein Blick war auf den mondbeschienenen Garten gerichtet, in dem sicherlich unzählige von Erinnerungen an eine Zeit ruhten, in der das Wort Schmerz höchstens mit aufgeschürften Knien verbunden gewesen war. »Tut mir leid. Ich weiß, das ist nichts, was man zu einer Angehörigen von einem Lungenkrebspatienten sagen sollte.«

»Nein, ist es nicht, aber mein Vater hatte keinen Lungenkrebs, weil er geraucht hat. Mein Vater hat in seinem ganzen

Leben keine einzige Zigarette angefasst und lag auf einer Station mit Kettenrauchern.« Ein Umstand, der es mir lange unmöglich gemacht hatte, die Diagnose zu akzeptieren, die so viele billigend in Kauf nahmen, wenn sie sich die kleinen Sargnägel zwischen die Lippen steckten. »Du bist erwachsen und kannst das selbst entscheiden. Ich habe nicht gefragt, um dir das Rauchen auszureden. Ich wollte einfach nur wissen, wann es angefangen hat.«

Hyun-Joons Zähne mahlten, doch er stieß mich nicht fort, sondern harrte neben mir aus, auch wenn meine gebündelte Aufmerksamkeit ihm offensichtlich auf einmal unangenehm war, so nervös, wie er die Hände aneinanderrieb. Und doch stand er nicht auf, ließ mich nicht hier in der Kälte zurück, mit all seinen Geheimnissen, die noch tief in ihm schlummerten. Er blieb hier bei mir, in den silbrigen Schatten des Mondlichts, anstatt wieder hineinzugehen in das Haus, in dem seine Familie, aber auch unzählige Erwartungen und Erinnerungen ihn empfangen würden, die ihn offensichtlich mehr verschreckten als all die Dinge, die zwischen uns in der Luft lagen. »Gibt es noch etwas, das du wissen möchtest?«

Alles. Gott, ich wollte alles über Hyun-Joon wissen, was er mit mir zu teilen bereit war. Und das nicht allein, weil ich die Lücken füllen wollte, die wir beide durch unsere Trennung vor drei Jahren hatten entstehen lassen. Ich wollte Hyun-Joon neu kennenlernen. Ohne die Mauern, hinter denen wir uns beide so beharrlich versteckten, weit weg von der Außenwelt und auch voneinander, obwohl wir uns einmal doch immer nur hatten nah sein wollen. Und obwohl ich auch Angst davor hatte, was passieren würde, wenn ich mich aus meinem dunklen Versteck der Halbwahrheiten und Ausflüchte heraus zurück in das unversöhnliche Licht der Ehrlichkeit wagte, wollte ich es doch versuchen. Ich wünschte mir so sehr, dass Hyun-Joon und ich einander dort wiederfinden konnten, mit all den Narben und klaffenden Wunden, die wir über Jahre hinweg mit uns herumgeschleppt hatten, ohne ihnen die Chance auf Heilung zu geben. Und ich hoffte inständig, wir würden das hinkriegen, ohne zu verbluten, wenngleich der Boden, auf dem wir gestanden hatten, doch schon blutbesudelt gewesen war, lange bevor wir zum ersten Mal auf die Bühne getreten waren, die *Wir* genannt wurde.

Doch Heilung setzte oft erst nach dem Schmerz ein, und an dem führte kein Weg vorbei. Zu sehr waren unserer beider Leben von ihm geformt worden, sein Einfluss in allen Bereichen unseres Seins und unserer Geschichte spürbar, sodass ich daran zweifelte, ob wir beide uns wohl daran erinnerten, wer wir eigentlich ohne ihn waren. Wir klammerten uns an ihn, hielten ihn fest, weil er alles war, was wir kannten und was uns voneinander, aber auch von unseren Vätern geblieben war, die wir beide noch nicht hatten gehen lassen können, wenn auch aus völlig unterschiedlichen Gründen.

Und doch, auch wenn ich mich nicht traute, die Worte auszusprechen, sehnte ich mich danach, dass Hyun-Joon meine Hand ergriff und an meiner Seite war, während wir beide herausfanden, was Heilung eigentlich wirklich bedeutete.

Vielleicht sogar gemeinsam.

Ich zögerte nicht, als ich die Hand nach seiner ausstreckte und meine Finger zwischen seine schob, hier im Mondlicht und in der Kälte, von der ich wusste, dass wir sie würden vertreiben können, wenn wir einander nur Wärme spendeten. »Ich möchte alles von dir wissen, Kang Hyun-Joon.«

33. KAPITEL

솔직한 말 =
Mit Ehrlichkeit gesprochene Worte

Hyun-Joon sah mich an, seine goldenen Augen standen in starkem Kontrast zu der silbrig-weißen Welt um uns herum, während die Äste der Bäume sich im Wind wiegten und die Stimmen seiner Familie wie ein seichtes Flüstern durch die Türen zu uns nach draußen drangen. Er sagte nichts, entzog mir aber auch nicht seine Hand, musterte mich nur, so, als suchte er in meinem Gesicht die Antwort auf eine Frage, die sein Mund sich zu formen scheute.

»Meinst du das ernst?«, fragte er mich nach einer Weile.

»Ja.« Meine Antwort war so simpel wie schicksalsbesiegelnd, und ich drückte Hyun-Joons Hand, als er schwer ausatmete. »Total ernst. Aber wir müssen auch nicht jetzt reden, Joon. Wenn du lieber allein sein möchtest, dann kann ich auch wieder reingehen und –«

»Nein.« Er schüttelte den Kopf und hob unsere Hände an seine Stirn und atmete noch mal tief durch. »Bleib hier.«

Das *bei mir* schien wortlos durch die Luft zu hallen, und ich hielt ganz still, aus Angst, diesen fragilen Moment zwischen uns zu zerstören, in dem gerade etwas entstand, das ich genau spüren konnte, für das ich aber keine Worte hatte. »Okay, ich bleibe hier.«

Er verharrte in seiner Position, die Augen geschlossen, und

sein warmer Atem strich über mein Handgelenk. Ich zählte zehn Atemzüge, bevor Hyun-Joon zu sprechen begann, seine Worte zögerlich, aber offen in ihrer rauen Intensität. »Hier zu sein, ist so verdammt schwer.«

Ich rückte näher an ihn heran, mein Oberschenkel presste sich nun fest gegen seinen, während ich mir alle Mühe gab, nicht in Tränen auszubrechen, als ich die Linien bemerkte, die der Schmerz und die Anspannung in sein Gesicht zeichneten.

»Dort drinnen zu sitzen, als wäre alles okay, während sie sentimentale Geschichten auspacken und so tun, als hätte er sich nicht bewusst dazu entschieden, uns alle zu verlassen, während sie schon den nächsten *Jesa* planen, um seiner zu gedenken und sich vor seinem Bild und unserer Ahnentafel zu verbeugen, mit dem Essen, das die Frauen dieser Familie über zwei Tage hinweg extra dafür vorbereiten.« Hyun-Joon stieß die Worte zwischen zusammengebissenen Zähnen hervor, wieder auf dieser dünnen Linie zwischen blindem Zorn und lähmender Trauer, auf der er immer einen Drahtseilakt vollführte, bevor er schließlich der Wut nachgab, mit der er offensichtlich besser umgehen konnte. »Ich kann das einfach nicht. Ich kann nicht in irgendwelchen Erinnerungen schwelgen, am *Jesa* den Tisch vorbereiten, mich vor seinem Bild verneigen und dabei nicht wütend werden, weil ich mich die ganze Zeit frage, warum er uns das angetan hat.« Er öffnete die Augen, in denen es verdächtig glänzte, doch er hielt die Tränen zurück, denen er bisher nur ein einziges Mal erlaubt hatte, ihn zu überwältigen. »Ich verstehe einfach nicht, wie er sich bewusst dazu entscheiden konnte, Hyun-Siks Einschulung nicht mitzuerleben oder bei Hyun-Ahs Aufführungen nicht mehr dabei zu sein. Wie er mich nicht irgendwann heiraten sehen oder mit meiner Mutter alt werden wollte, die sich nichts sehnlicher gewünscht hätte als das. Wie er seine eigenen Eltern dazu gezwungen hat, ihn zu Grabe zu tragen, obwohl es eigentlich andersherum sein sollte.« Hyun-Joon sah mich an, die Verzweiflung und die Wut sichtbar in jedem seiner Züge, die in diesem Moment der ehrlichen Verletzlichkeit an Schönheit dazu gewannen. »Und genauso wenig verstehe ich, wie meine Familie mich dazu zu drängen versucht, ihm das zu verzeihen und so zu tun, als wäre alles okay. So, als hätte er die Verantwortung für diese Familie nicht auf die Schultern eines Zwanzigjährigen geladen.«

»Joon«, begann ich mit sanfter Stimme und hoffte, durch den Nebel seiner Wut hindurchdringen zu können. »Dein Vater war sehr krank.«

»Ich weiß.« Er sog die Luft durch die Zähne ein. »Das weiß ich doch, aber ich −« Er brach ab, und als er mir diesmal in die Augen sah, drohte die Schuld in seinem Blick mich zu ersticken. »Irgendjemand hätte das doch merken müssen, oder nicht? Ich hätte das doch mitbekommen müssen. Ich war jeden Tag mit ihm zusammen, hab im Laden geholfen und bin mit ihm zum Campen gefahren. Ich hätte doch wissen müssen, dass er krank war.«

»Du warst zwanzig, Hyun-Joon.« Ich hielt seine Hand ganz fest. »Du hast in deinem Vater einfach nur deinen Vater gesehen und nicht jemanden, der Hilfe braucht. Daran ist nichts verwerflich. Und selbst wenn du es bemerkt hättest, hättest du ihn nicht davon abhalten können, diese Entscheidung zu treffen. Du hättest ihn nicht retten können, ganz egal wie sehr du es auch versucht hättest.«

»Aber −«

»Nein, hättest du nicht. Ich habe es bei meinem Vater gewusst und habe es auch nicht verhindern können.« Mein Herz schlug mir bis zum Hals, als ich die Worte aussprach, die mir seit dieser Taxifahrt vor all den Jahren auf der Zunge gelegen hatten, um die Wahrheit über den Tod meines Vaters endlich offenzulegen. Und obwohl ich wahnsinnige Angst hatte, fühlte es sich doch richtig an, sie außerhalb der Wände der psychiatrischen Praxen meiner Therapeuten auszusprechen und mit dem einen Menschen zu teilen, der vielleicht Linderung aus meiner Geschichte ziehen konnte, die wohl für jeden seine ganz eigene Lehre parat hielt. »Ich habe meinem Vater nicht helfen können, Hyun-Joon. Und du konntest es genauso wenig.«

Hyun-Joon starrte mich an, mit weit aufgerissenen Augen und offenem Mund, während er um Fassung und Worte rang. »Jade, dein Vater hatte Krebs. Natürlich konntest du ihm nicht helfen. Du bist keine Ärztin oder Wunderheilerin.«

»Mein Vater ist nicht an Krebs gestorben, Joon.« Ich nahm meinen ganzen Mut zusammen, um die nächsten Worte zu sagen, die mir über Jahre hinweg nicht über die Lippen gekommen waren. »Mein Vater hat sich das Leben genommen, mit einer Überdosis an Schmerz- und Schlaftabletten.«

Die Verwirrung, die in seiner Stimme mitschwang, war mehr als nur verständlich. »Aber du hast doch gesagt, er wäre an Krebs gestorben.«

»Ich habe gesagt, dass mein Vater Krebs gehabt hat«, widersprach ich sanft und hoffte, dass er mich verstehen würde, anstatt über die verschwiegenen Worte nachzusinnen, die mich schon so lange in einen selbst gebauten Käfig sperrten, den ich nur langsam und oft auch nur für sehr kurze Zeit zu verlassen wagte. »Ich habe lediglich nicht korrigiert, wovon alle automatisch ausgehen, wenn sie das hören.«

Hyun-Joon runzelte die Stirn, und ich ließ ihm Zeit für was immer auch gerade in seinem Kopf vor sich ging. Doch noch immer ließ er mich nicht los, sondern hielt meine Hand nur noch fester, was mir auf eigenwillige Art und Weise Trost spendete. »Wieso hast du mir das nie erzählt?«

»Weil ich nicht darüber sprechen wollte und weil ich mich schuldig gefühlt habe. Weil ich mich manchmal immer noch schuldig fühle.« Ich sah in den Schnee, unbefleckt, weiß, kalt und so ganz anders als das Orange der Pillenverpackung, die ich so oft zwischen meinen Fingern gedreht hatte, und in der das Rascheln mit jeder Woche lauter wurde. »Weil ich die gleichen Fragen hatte wie du. Weil ich genauso wütend war wie du. Weil ich ihn vermisst habe und es kaum ertragen konnte, an ihn zu denken, geschweige denn über ihn zu reden. Und nach der Sache im Taxi damals, als wir uns so gestritten haben, hatte ich so eine Angst davor, was du sagen oder denken würdest, wenn du je davon erfährst, dass ich den Mantel des Schweigens darüber gelegt habe. Und sieh, wohin uns das geführt hat.« Mit den Knöcheln fuhr ich mein Brustbein nach, um mich wieder im Hier und Jetzt zu verankern, anstatt mich nach London forttragen zu lassen, in eine Zeit, die mich für immer verändert hatte. »Damals warst du der einzige Mensch, mit dem ich mir auch nur vorstellen konnte, darüber zu reden, und als mir dann klar wurde, wie verschieden wir darüber denken, habe ich Panik bekommen und beschlossen, niemals auch nur ein Wort darüber zu verlieren. Aber irgendwann hat es angefangen, mich von innen heraus aufzufressen, Joon. Ich habe Jahre gebraucht, um überhaupt darüber sprechen zu können. Nur meine beiden Therapeuten wissen bisher davon. Ich habe es nicht einmal Chris erzählt. Aber ich will es dir endlich erzählen, weil ich weiß, dass ich es nie hätte verschweigen sollen oder müssen. Weil du und ich vielleicht nicht einer Meinung sind, wir einander aber vielleicht trotzdem helfen können, solange wir nur ehrlich zueinander sind. Und weil ich mich nicht mehr verstecken will, besonders vor dir nicht.«

Das schien Hyun-Joon nun endgültig die Sprache zu verschlagen, denn er presste die Lippen fest aufeinander und sah zum Mond auf, dem einzigen Zeugen dieses Gesprächs, in dem ich Hyun-Joon den dunkelsten Teil von mir offenbarte, in der Hoffnung, dass er darin vielleicht einen Funken Licht für sich selbst fand.

»Mein Dad war der beste Vater, den man sich hätte wünschen können«, fuhr ich fort, ohne dass ich mich bewusst dazu entschied, die Worte zu sprechen, die über meine Lippen kamen. »Es waren immer wir beide gegen den Rest der Welt, weil meine Mutter sich aus dem Staub gemacht hat, als ich noch ganz klein war. Ich war so klein, dass ich mich nicht mal selbst daran erinnern kann, wie sie ausgesehen hat. Ich weiß es nur, weil wir Fotos von ihr in unserer Wohnung hatten, und weil mein Dad immer gesagt hat, ich wäre ihr wie aus dem Gesicht geschnitten.« Ich begann, mit dem Daumen Kreise auf Hyun-Joons Handballen zu zeichnen, versunken in meinen eigenen Gedanken und Erinnerungen, die ich zum ersten Mal seit Jahren von ihrer Leine ließ, und die mich sofort anfielen, es aber diesmal nicht schafften, mich zu Boden zu ringen und mich dort zu halten, regungslos und um Atem ringend.

»Es gab nichts, was ich meinem Dad nicht hätte erzählen können. Völlig egal, was es war. Er war immer für mich da und war immer auf meiner Seite, hat all meine Launen und Ausbrüche ertragen, ohne auch nur ein einziges Mal die Beherrschung zu verlieren. Klar, wir haben auch mal gestritten, aber ich habe immer gewusst, dass mein Dad mich bedingungslos liebt, ganz egal, was auch kommt.« Ich schloss die Augen und stellte ihn mir vor, mit seinem Schnauzbart und dem kleinen Bierbauch, wie er in dicker Winterjacke und mit Mütze durch den Garten lief, die Hände hinter dem Rücken verschränkt, während er sich umsah, immer offen für die Schönheit um ihn herum, auch wenn er manchmal nicht wusste, wie er sie in Worte fassen sollte und über seine eigene Zunge stolperte, wenn er es versuchte. »Wir hatten nicht viel, aber er hat immer dafür gesorgt, dass wir genug zu essen hatten und dass es uns trotzdem gut ging. Weil Malen ein teures Hobby ist, hat er so oft auf Dinge für sich selbst verzichtet. Er ist lieber in löchrigen Klamotten durch die Gegend gelaufen, als mir irgendwelche Farben nicht kaufen zu können. Er hat alles für mich gegeben, auch dann noch, als ich es eigentlich nicht mal wirklich zu schätzen wusste, einfach weil ich jung und dumm war. Übel genommen hat er mir das aber nie.«

Als ich die Augen öffnete, sah ich ihn noch immer vor mir, wie er vor den *Onggi* stand und sie mit kindlicher Neugierde betrachtete, während er darüber mutmaßte, was wohl gerade in den großen Fässern aus Ton lagerte, und wie die Fermentierung von Sojapasten oder *Kimchi* darin wohl genau funktionierte, und darüber staunte, dass sich ihre Form und Funktion seit Jahrhunderten nicht verändert hatte.

»Dann wurde er krank, und unsere Rollen waren mit einem Mal vertauscht. Ich war es, die sich um ihn gekümmert hat, die für das Essen auf dem Tisch gesorgt und die Krankenhausrechnungen bezahlt hat. Ich war jeden Tag bei ihm und hab seine Hand gehalten und mit ihm diesen Kampf gegen den Krebs ausgefochten, ohne zu merken, wie müde er ihn gemacht hat. Er hat so viele Medikamente genommen, dass mir gar nicht aufgefallen ist, wie viele Psychopharmaka mit der Zeit dazugekommen sind. Und als die Ärzte uns dann nach vier Jahren gesagt haben, dass es keine Aussicht auf Heilung gibt und mein Vater sterben wird, da wurde es nur noch schlimmer. Neben dem Pflegepersonal und der Ärztin sind auch immer wieder Seelsorger und Psychotherapeuten zu uns nach Hause gekommen, aber keiner von ihnen hat bemerkt, dass mein Vater die Psychopharmaka abgesetzt und angefangen hatte, seine Schmerzmedikamente und Schlaftabletten zu sammeln.«

Ich räusperte mich und hielt mich an Hyun-Joon fest, als mein Vater auf mich zukam, mit einem warmen Lächeln auf den Lippen und einem Ausdruck in den Augen, der zwischen Liebe und Schuld zu verorten war.

»Eines Tages, als er geschlafen hat und ich das Zimmer aufgeräumt habe, um Platz für die Monitore zu schaffen, die die Ärztin aufstellen wollte, habe ich in seinem Nachtschrank dann ein orangefarbenes Pillendöschen ohne Aufschrift gefunden. Erst habe ich mir nichts dabei gedacht, zumal mein Dad den Eindruck machte, als würde es ihm besser gehen, weil er plötzlich auch mal Ausflüge mit seinem Rollstuhl machen wollte. Aber über die kommenden Wochen wurde es immer voller anstatt leerer, und als ich Dad darauf angesprochen habe, hat er es mir aus der Hand genommen und gesagt, dass er zu müde ist, um länger zu kämpfen.«

Das Bild meines Vaters, das mein Geist geschaffen hatte, blieb direkt vor mir stehen und sah mich an. Und auch wenn ich wusste, dass er nicht real war, hätte ich am liebsten die Hand nach ihm ausgestreckt und ihn berührt. Seine Wärme gespürt, die mir in den letzten Wochen seines Lebens immer verwehrt gewesen war, der Tod längst Dauergast in seinem Körper, der lediglich auf den besten Moment wartete, um ihn mit sich fortzunehmen. Ich fühlte die Nässe auf meinen Wangen, brachte es aber nicht über mich, die Tränen wegzuwischen, die ich längst als ein Zeichen der Liebe und nicht als eins der Schwäche akzeptiert hatte.

»Er hat mich darum gebeten, ihn gehen zu lassen, bevor er mir gesagt hat, wie sehr er mich liebt. Und obwohl ich wusste, was er vorhatte, habe ich ihm ein Wasserglas eingeschenkt, bin aufgestanden und gegangen. Ich habe zehn Minuten lang im Bad geweint, bevor ich zu ihm zurückgegangen bin, um seine Hand zu halten, damit er nicht allein ist. Als er zum Schluss noch ein paarmal Luft geholt hat, wusste ich irgendwann, dass dieser eine der Letzte sein würde. Und so war es dann auch.« Das Bild meines Vaters verschwamm vor meinen Augen. Ich blinzelte, um die Tränen fallen zu lassen, und da war er mit einem Mal verschwunden. Ich schluckte das Schluchzen hinunter, das sich meiner Kehle zu entringen drohte.

»Ich habe nie wieder darüber gesprochen. Mit niemandem. Ich habe Jahre gebraucht, um zu begreifen, dass es nicht meine Schuld war, und dass ich nichts hätte tun können, weil Suizid ein Symptom einer Krankheit ist, die in manchen Fällen tödlich endet, und vor der sich niemand schützen kann.« Ich blickte zu Hyun-Joon, der mich längst ansah, und ich hoffte so sehr, zu ihm durchdringen zu können, um etwas von seinem Schmerz zu nehmen, der ihn tagtäglich begleitete, und der nie ganz verschwinden würde, egal wie viele Jahrzehnte auch vergehen mochten. Aber er würde vielleicht etwas kleiner werden, eine Narbe, die mal mehr und mal weniger wehtat, und nicht diese klaffende Wunde bleiben, die jeden Tag unerträglich machte.

»Weder dich noch mich trifft eine Schuld. Weder du noch ich hätten verhindern können, was passiert ist, Joon. Wenn ein Mensch entschieden hat, dass er sterben möchte, dann gibt es nichts und niemanden auf dieser Welt, der das aufhalten kann. Und auch wenn es wehtut, ist das eine Entscheidung, die wir nicht verstehen können, aber akzeptieren müssen.« Ich atmete zitternd ein. »Aber das ist ein Prozess, der nur bei einem selbst beginnen kann. Ich war damals so wütend auf meinen Vater, weil ich nicht begreifen konnte, wie er nicht jeden einzelnen nächsten Tag mit mir verbringen wollte. Wie er sich dafür entscheiden konnte, mich zu verlassen, während ich jeden einzelnen weiteren Tag mit ihm mit Kusshand genommen hätte. Ich hätte alles getan und alles in Kauf genommen, nur um fünf Minuten mehr mit ihm zu haben, und es hat mir das Herz gebrochen, dass mein Dad nicht genauso empfunden hat.« Ich sprach mit eindringlicher Stimme und betete, dass Hyun-Joon verstand, was ich ihm so dringend zu sagen versuchte. »Aber mein Vater war krank. Genau wie dein Vater. Genau wie Hyun-Ah und so viele andere Menschen auf dieser Welt. Und manchen von ihnen können wir einfach nicht helfen.«

Erneut begann Schnee zu fallen, die Flocken klein und wie Diamantsplitter, die im Mondlicht glänzten und mit dem Wind tanzten, der vom Meer über das Land wehte.

»Alles, was wir tun können, ist, es zu akzeptieren und ihre Entscheidung anzuerkennen. Und wir müssen uns selbst vergeben und weitermachen, auch wenn es sich unmöglich anfühlt. Das schulden wir ihnen, für all die Liebe, die sie uns über die Jahre hinweg gegeben haben, die diese letzte Entscheidung nicht relativieren sollte. Denn es hat nichts mit uns zu tun. Weder dein Vater noch meiner hat diese Entscheidung getroffen, um uns wehzutun. Sie haben sie getroffen, weil sie den Schmerz nicht mehr ertragen konnten und nur noch einen einzigen Ausweg gesehen haben.«

Hyun-Joon schlug die Augen nieder, und ich konnte sie sehen, die Träne, die sich über seine Wange stahl. Ich ließ seine Hand los und schlang die Arme um ihn, was er sofort erwiderte, seine Hände klammerten sich verzweifelt in meine Jacke, und er zog mich so dicht an sich und drückte mich so fest, dass ich kaum noch atmen konnte.

»Es ist nicht unsere Schuld, Hyun-Joon. Weder jetzt noch damals.«

Er weinte nicht, sagte kein einziges Wort. Doch er hielt mich ganz fest an sich gepresst, seine Wärme mit meiner verschmolzen, während der Schnee auf die Erde fiel, Hyun-Joons Schuhabdrücke im Garten nur noch eine Erinnerung, die mit jeder neuen Flocke weiter in Vergessenheit geriet.

Vielleicht hatten wir Glück, und uns würde es genauso gehen.

Irgendwann einmal.

Aber bis dahin würden noch unzählige Winter vergehen, und ich hoffte, dass ich ihn jeden einzelnen davon in meinen Armen halten und ihn wärmen konnte, ganz gleich, was auch geschah.

34. KAPITEL

동고동락 = Gute und schlechte Zeiten
gemeinsam erleben

»Du weißt, dass du das nicht tun musst, wenn du noch nicht so weit bist, oder?«

Ich beobachtete Hyun-Joon im Spiegelbild, als er sich in seinem Badezimmer kaltes Wasser ins Gesicht spritzte, bis die dunkelroten Strähnen ihm an der Stirn klebten. Seine goldenen Augen waren unfokussiert, während er sich eines der Handtücher schnappte und es sich unsanft ins Gesicht drückte, seine Hände rieben ruppig seine Haut trocken, die heute ungewöhnlich blass war. Eigentlich hatte ich nur kurz herkommen wollen, um nach ihm zu sehen, doch als Hyun-Joon mir die Tür geöffnet und mich in sein Hotelzimmer gelassen hatte, in dem von Hyun-Sik jegliche Spur fehlte, weil er sich höchstwahrscheinlich bei seiner Mutter im Zimmer gegenüber fertig machte, war mir längst klar gewesen, dass es nicht bei einer kurzen Stippvisite bleiben würde.

»Ja, ich weiß«, antwortete Hyun-Joon knapp, und ich seufzte leise, als ich dabei zusah, wie er sich das Hemd von den Schultern zerrte, das er falsch herum angezogen hatte. »Ich will aber.«

Ich war froh, dass Hyun-Joon mich nicht anguckte, sondern stattdessen mit den Knöpfen seines Hemdes beschäftigt war, denn die Skepsis stand mir bestimmt förmlich ins Gesicht geschrieben, die ich beim Anblick des unordentlichen Hotelzimmers und seiner flattrigen Händen nicht abschütteln konnte. »Wenn du dir sicher bist, dann werde ich dich nicht aufhalten, Joon.«

»Ja, bin ich.«

»Ich möchte nur, dass du weißt, dass niemand dich zwingen wird, an sein Grab zu gehen, wenn du eigentlich noch nicht hingehen möchtest.« Ich stieß mich vom Türrahmen ab und legte Hyun-Joon sanft die Hand auf die Schulter, der zwar nicht von seinen Knöpfen abließ, dessen Hände jetzt aber ein bisschen weniger zitterten. »Deine Familie würde das sicherlich verstehen.«

Daraufhin sagte Hyun-Joon nichts, schloss schweigend seine Manschettenknöpfe, bevor er zu der Krawatte griff, die er nachlässig neben das Waschbecken gefeuert hatte. Allein an der Art, wie er die beiden Enden nicht auf die passende Länge bekam, konnte man sehen, dass er mit seinen Gedanken nicht hier in diesem kleinen Hotelbadezimmer, sondern bereits in der Urnenhalle war, die seine Haut fahl und seine Hände unruhig machte.

»Komm«, murmelte ich nach drei gescheiterten Versuchen seinerseits, sich die Krawatte zu binden, »lass mich mal.«

Widerwillig nickte er, ehe er die Enden der Krawatte losließ, um die ich sofort die Hände schloss. »Danke.«

»Nichts zu danken.« Der schwarze Stoff fühlte sich seidig unter meinen Fingern an und ich ließ mir Zeit, anstatt in Hyun-Joons Hektik zu verfallen, die so leicht ansteckend war. »Ist ein einfacher Windsor okay? Das ist leider der einzige Knoten, den ich kann.«

»Ja. Ist okay.« Hyun-Joon stützte die Hand auf dem Rand des Waschbeckens ab und betrachtete das schwarze Sakko, das er an einem Bügel an der Tür aufgehängt hatte, mit undurchsichtiger Miene. »Ich wusste gar nicht mehr, dass ich den Anzug überhaupt eingepackt habe.«

»Vielleicht weil du insgeheim wusstest, dass du ihn brauchen würdest.« Meine Finger waren etwas eingerostet, doch der Knoten saß, und behutsam zog ich ihn fest, bevor ich den Kragen des blütenweißen Hemdes richtete, auf dem ich ein paar vereinzelte Wasserflecken entdeckte. Ich legte die Hände an seine Wangen und zeichnete mit dem Daumen die hohe Linie seines Wangenknochens nach. »Aber selbst wenn du ihn nicht brauchst, weil du es dir anders überlegst, dann ist das vollkommen okay, Joon.«

Er schloss die Augen, und mein Herz krampfte sich schmerzhaft zusammen, als er sich vertrauensvoll in meine Hände schmiegte. Die Linien um seinen Mund waren harsch, die Fältchen um seine Augen, genauso wie die Schatten darunter, geprägt von dem Schmerz, den er schon so lange mit sich herumtrug, und den er noch immer nicht hatte loslassen können. Scharf sog ich die Luft ein, als Hyun-Joon seine Hand über meine legte, und automatisch trat ich einen Schritt näher an ihn heran, als er den Kopf senkte, damit er seine Stirn gegen meine lehnen konnte. Unser Atem mischte sich, und ich hielt ganz still, war für ihn die Stützte, die er auch immer für mich gewesen war, während er sich zu fangen versuchte.

»Danke, dass du mitgekommen bist«, murmelte er rau in die Stille hinein. »Und danke für gestern. Und ... für alles andere.«

Ich presste die Lippen fest aufeinander, um die Tränen zurückzuhalten, die mir unwillkürlich in die Augen stiegen, nicht gewillt, sie jetzt zu vergießen, wenn ich doch für Hyun-Joon stark sein wollte, damit er sich so an mich anlehnen konnte wie ich an ihn. »Danke, dass du mich an deiner Seite sein lässt.«

Hyun-Joon zog mich an sich, seine Arme schwach, und doch spürte ich seine Verzweiflung, als er seine Hände in den

Stoff meines schwarzen Kleides krallte und sein Gesicht an meinem Hals vergrub. Einen Augenblick lang glaubte ich, dass er zu weinen beginnen würde, doch stattdessen drückte er nur einen Kuss auf die Stelle direkt unter meinem Ohr, ehe er mich losließ und sich vom Waschbecken abstieß. Er schlüpfte in das Sakko und ging zurück ins Hotelzimmer, wo er seinen Mantel überzog, bevor er mir meinen hinhielt. »Wir sollten los. Die anderen warten bestimmt schon.«

Gemeinsam traten wir hinaus auf den Flur, unsere Finger fest miteinander verschränkt, als wir uns nach rechts wandten. Den gleichen Weg, den wir bereits gestern gegangen waren. Doch unser unbeschwerter Nachmittag am Strand fühlte sich Jahrzehnte weit entfernt an, als wir mit kleinen Schritten vorwärtsgingen, an diesem Weihnachtstag, der uns beide in Schweigen hüllte.

Bis zur Lobby war es nicht weit, in der es heute deutlich voller war als gestern noch. Ich manövrierte uns durch die Schar an Pärchen, Singles und kleinen Familien in Richtung der Sitzgruppen in der Nähe des Eingangs, an der wir gestern Abend verabredet hatten, uns zu treffen, und ein Blick auf die große Uhr über der Rezeption verriet mir, dass wir bereits fünf Minuten zu spät dran waren. Doch als die lange Couch in Sicht kam, auf der Mrs Kang mit Hyun-Sik auf dem Schoß direkt neben April und Tyler saß, während Hyun-Ah es sich in einem der Ohrensessel bequem gemacht hatte, schien niemand so wirklich in Eile zu sein.

»Entschuldigt bitte die Verspätung«, sagte ich, sobald wir in Hörweite waren, und alle hielten überrascht inne, als sie bemerkten, dass ich nicht allein gekommen war. »Es hat einen Moment länger gedauert.«

Aufgeregt kam Hyun-Ah auf die Füße, die zwischen Hyun-Joon und mir hin und her sah. »Das macht doch nichts.«

»Genau.« Tyler stand auf und klopfte Hyun-Joon auf die Schulter, mit einer Mischung aus brüderlichem Stolz und ehrlicher Sorge im Blick. »Wir haben alle Zeit der Welt, nicht wahr, *Imo?*«

Mrs Kang, die Hyun-Sik auf die Füße stellte, und sich erhob, ihr Kleid so zeitlos elegant wie die Frau selbst, nickte und schaute ihren ältesten Sohn an. »Dein Cousin hat recht, Hyun-Joon-Ah«, sagte sie leise, als sie die Hand ihres jüngsten Sohns ergriff. »Du hast alle Zeit der Welt.«

Ich vernahm, wie Hyun-Joon schwer schluckte, und ich strich über seine Hand, in der Hoffnung, ihn wissen zu lassen, dass ich direkt an seiner Seite war, ganz gleich, welche Entscheidung er auch treffen mochte. Doch er drückte nur den Rücken durch und nickte abgehackt.

»Ich weiß. Aber es ist Zeit, *Eomma.*«

Mrs Kang musterte ihren Sohn einen Moment lang, ehe sie ihm kurz die Wange tätschelte, sich bei Hyun-Ah unterhakte und sie mit sich hinter Tyler und April herzog, die bereits in Richtung Parkplatz davongingen. Alle waren offensichtlich schwer bemüht, kein großes Aufsehen aus diesem Augenblick zu machen, auf den sie alle jahrelang gewartet hatten.

»Dann fährst du bei uns mit, *Seonsaengnim?*«, fragte mich Hyun-Sik, und als ich geistesabwesend nickte, die Augen noch immer auf Hyun-Joon gerichtet, der seiner Mutter nachsah, mit einer Mischung aus Unsicherheit und Reue, ergriff er meine Hand. »Wie schön. *Appa* wird sich freuen, dass ihn diesmal so viele Leute besuchen kommen.«

»Ganz bestimmt«, versicherte ich dem Jungen, der mich breit angrinste. Der Besuch in der Urnenhalle war für ihn wohl weit weniger emotional aufgeladen als für seine Geschwister, da er noch zu klein gewesen war, als sein Vater starb, und seine Erinnerungen zu gering in ihrer Anzahl und nicht gefüllt mit Jahren väterlicher Liebe, auf die er zurückblicken und sie schmerzlich vermissen konnte.

Ungeduldig zog Hyun-Sik an meiner Hand, doch sein großer Bruder bewegte sich keinen Millimeter. Auch dann nicht, als seine Mutter und Schwester aus der Tür hinaustraten und aus unserem Blickfeld verschwanden.

»Hyun-Joon«, sagte ich sanft über den Lärm im Foyer hinweg, und das schien ihn aus seiner Starre zu lösen, denn endlich richtete er seinen goldenen Blick auf mich, und ich versuchte mich an einem beruhigenden und aufmunternden Lächeln, auch wenn ich nicht wusste, ob es gelang, da Hyun-Joon keine Miene verzog. »Kommst du?«

Hyun-Joons Wangenknochen traten noch schärfer hervor, als er die Zähne aufeinanderbiss, und kurz glaubte ich, dass er es sich anders überlegen und in sein Hotelzimmer zurückkehren würde. Dann plötzlich nickte er, und wir setzten uns zu dritt in Bewegung. Ich spürte, wie angespannt er war, jeder seiner Schritte steif und ungelenk und ein bisschen zu schnell, sodass ich bewusst schlenderte, um ihn etwas auszubremsen. Am Wagen angelangt, kletterte Hyun-Sik gleich auf die Rückbank, während ich auf dem Beifahrersitz Platz nahm, direkt an Hyun-Joons Seite, der sich in den Fahrersitz fallen ließ und das Lenkrad so fest umklammerte, dass seine Knöchel weiß hervortraten. Er startete den Motor, sobald wir alle angeschnallt waren, und fädelte sich hinter Tyler ein. Seine Fahrweise wirkte weitaus vorsichtiger und schreckhafter, als ich es von ihm gewohnt war. Für die Schönheit von Jeju hatte ich heute keine Augen, mein Blick war fest auf den Mann neben mir gerichtet, dem kein Wort über die Lippen kam. Ich wusste, dass der Friedhof mit der Urnenhalle nah sein musste, als auch Hyun-Sik auf dem Rücksitz stiller wurde, der bis gerade eben noch fröhlich von seinem Videospiel erzählt hatte. Tatsächlich bogen wir wenig später auf einen kleinen Parkplatz vor einem Friedhof ein, dessen Mauern hoch und die Eingangstore aus schwarzem Stahl schlicht waren.

Beim Einparken würgte Hyun-Joon den Wagen gleich zweimal ab, und bevor auch nur irgendeiner von uns beiden etwas sagen konnte, hatte Hyun-Sik sich schon abgeschnallt und war auf dem Weg zu seiner Mutter, die selbst gerade ausstieg.

Der Schnee vor dem Friedhof war grau und matschig, mit einigen Fußspuren darin, die darauf hindeuteten, dass heute bereits einige Menschen hergekommen waren, um der Toten zu gedenken. Vermutlich hatte es wenig damit zu tun, dass Weihnachten war, da über fünfzig Prozent der koreanischen Bevölkerung sich keiner Religion zugehörig fühlten und nicht mal dreißig Prozent dem Christentum angehörten. Es lag vermutlich eher daran, dass heute ein nationaler Feiertag war, und die Menschen endlich einmal Zeit hatten, die Grabstätten ihrer Liebsten zu besuchen, etwas, das in der Hektik des Alltags durchaus in Vergessenheit geraten konnte.

Hyun-Joon schloss die Augen und atmete tief durch, er hatte den Kopf gegen die Kopfstütze gelehnt, während seine Hände noch immer fest das Lenkrad umklammerten. Die Linie seines Kiefers war so angespannt, dass ich fürchtete, er würde ihn nie wieder auseinanderbekommen, und vorsichtig streckte ich die Hand nach ihm aus und legte sie auf sein Knie.

»Hey«, murmelte ich leise in die Stille des Wagens hinein, »bist du okay?«

Hyun-Joon öffnete die Augen nicht, doch seine Mundwinkel sanken noch weiter herab, als er das Gesicht verzog. »Ich bin überhaupt nicht okay.«

»Du musst das hier nicht tun, Joon.« Ich drückte sein Knie fester, als ich die Worte wiederholte, von denen ich glaubte, dass er sie so dringend hören musste. »Es ist vollkommen okay, wenn du noch nicht so weit bist. Alles zu seiner Zeit.«

»Und wann soll das sein? Wenn ich alt und klapprig bin und den Weg hierher kaum noch finde?« Er schüttelte den Kopf. »Ich kann doch nicht ewig so weitermachen.«

Durch die Windschutzscheibe sah ich, wie Tyler abwartend zu uns herübersah, doch ich schüttelte nur den Kopf und deutete ihm mit einem Nicken an, dass sie schon vorgehen sollten, was sie nach kurzem Zögern und ein paar gewechselten Worten auch taten. Ich wusste nicht, wann Hyun-Joon aus diesem Wagen stieg. Und gerade konnte ich nicht einmal abschätzen, ob er es überhaupt tun würde.

»Es ist nur eine Urne. Es ist nicht so, als wäre mein Vater wirklich dort.« Er öffnete die Augen und begegnete meinem Blick. Er wirkte fast abwesend, schien meilenweit entfernt zu sein, so, als wollte er sich absichtlich von diesem Ort distanzieren. »Es ist nichts weiter als ein Gefäß mit den Überresten seines verbrannten Körpers.«

Ich nahm die Hand von seinem Knie und legte sie stattdessen auf seinen Unterarm, der noch immer zum Zerreißen gespannt war, so fest wie er das Lenkrad umklammerte.

»Ich ...« Er sah zur Windschutzscheibe hinaus, seine Familie war längst am Eingang zum Friedhof angekommen, wo seine Großeltern warteten. »Ich will ja mit ihnen zusammen da reingehen, es ist nur – «

Ich dachte an den Augenblick, in dem der schwarz glänzende Sarg meines Vaters in die matte braune Erde eingelassen wurde. Eine Erinnerung, die ich noch immer weit von mir zu schieben versuchte. »Unfassbar schwer?«

»Ja.« Er nickte und löste eine Hand vom Lenkrad, um sich damit über das blasse Gesicht zu fahren. »Weil es immer noch genauso wehtut wie damals.«

»Das darf es auch, Hyun-Joon. Es darf wehtun, und es darf schwer sein, diesen Weg zu gehen.« Der Weg zur letzten Ruhestätte eines geliebten Menschen war immer hart, das wusste ich aus der traurigen Erfahrung, die ich bei meinen Großeltern hatte sammeln können. Der Weg zu ihren Gräbern war scheinbar endlos, der auch an meinem Vater nie spurlos vorbeigegangen war. »Ich hatte vom Institut aus ein- oder zweimal die Gelegenheit, nach London zu fliegen, aber ich hab es nie getan. Weil ich weiß, dass ich dann zum Friedhof gehen würde, obwohl ich noch nicht so weit bin. Weil ich mich dann wirklich von ihm verabschieden muss, und bisher konnte ich das einfach noch nicht. Nicht jeder muss das sofort können. Man darf auch Jahre dafür brauchen.«

»Sollte man aber nicht.«

»Wer sagt das? Trauer hat ihr ganz eigenes Tempo«, bekräftigte ich, und die Überzeugung in meiner Stimme war keinesfalls gespielt. »Man sollte es dann tun, wenn man sich bereit dafür fühlt, und keine Sekunde vorher.«

Endlich löste Hyun-Joon auch seine andere Hand vom Lenkrad und ließ sie in seinen Schoß sinken, kraftlos, so, als käme er gerade aus einem Ringkampf mit einem Gegner, dem er hoffnungslos unterlegen war. »Ich möchte wirklich da reingehen, aber ich habe keine Ahnung, ob ich es kann.«

Ich fuhr mit der Hand seinen Arm hinauf bis hin zu seinem Nacken, der sich ganz verspannt unter meinen Fingerspitzen anfühlte, als ich sie in beruhigenden Kreisen in seine Haut drückte. So wie früher schien es auch jetzt zu helfen, wenn ich dem leisen Seufzen Glauben schenken durfte, das Hyun-Joon ausstieß. »Wenn du wirklich dort reingehen möchtest, dann kannst du das auch. Und wenn du auf dem Weg über den Parkplatz oder auf dem Friedhof oder sogar zwei Meter vor der Urnenkammer feststellst, dass du es doch nicht möchtest, dann lässt du es einfach. Allein, dass du dich heute überhaupt entschlossen hast herzukommen, ist schon ein gewaltiger Schritt in die richtige Richtung.«

Hyun-Joon starrte nachdenklich weiter geradeaus, und ich fragte mich, was er jetzt wohl gerade dachte, während er das Eisentor fixierte, das zwar offen stand und doch einer unüberwindbaren Barriere glich. Er hob seine Hand an den Türgriff, ließ sie aber dann wieder sinken, nur um dann doch wieder nach dem Hebel zu greifen, ohne ihn zu ziehen. Ein Laut der Frustration kam ihm über die Lippen, und so zögerte ich nicht, sondern stieg aus, ging um die Motorhaube herum und öffnete seine Tür von außen für ihn.

»Komm«, sagte ich und hielt ihm meine Hand hin, »lass uns zumindest ein paar Schritte gehen.«

Er sah auf meine schwarzen Handschuhe, und ich glaubte die Sekunden ticken zu hören, bis er sich schließlich abschnallte und ausstieg. Sobald er die Fahrertür zugeschlagen hatte, langte er sofort nach meiner Hand und steckte sie in seine Jackentasche, während er dem Tor entgegensah. Stillschweigend gingen wir langsam darauf zu, unser Atem formte kleine Wölkchen in der kalten Luft, und als wir das Tor passierten, hinter dem die Friedhofsanlage in Sicht kam, blieb Hyun-Joon stocksteif stehen. Vor uns lagen die Gräber, die in den Hang gebaut waren und den Weg zum Kolumbarium säumten, das in der Mitte des Friedhofs und ganz oben auf dem Hügel thronte.

Ich legte Hyun-Joon die freie Hand auf den Unterarm und nickte ihm ermutigend zu. Er sah mich aus seinen goldenen Augen an, so verunsichert und mit einem Hauch von Angst, was mich fast dazu bewog, mit ihm auf dem Absatz wieder kehrtzumachen, hätte er nicht meine Hand so fest gedrückt. »Einfach einen Fuß vor den anderen, Joon. Ich bin bei dir.«

Seine Lippen öffneten sich, und er sog scharf die Luft ein, tat dann aber den ersten Schritt. Aus einem wurden zwei. Aus zwei wurden drei. Und so gelangten wir Meter für Meter näher an die Urnenhalle heran, vorbei an Trauernden, die alle aus dem gleichen Grund hergekommen waren: Um der Menschen zu gedenken, die sie geliebt und verloren hatten.

Als wir vor dem Kolumbarium ankamen, blieben wir noch einen kurzen Augenblick stehen. Mit seinen verwaschenen weißen Wänden und der schlichten Eingangstür sah es beinahe unspektakulär aus, wäre da nicht das Kuppeldach aus Glas gewesen, das das Innere mit Licht flutete und die Urnenschränke beleuchtete, die man durch die großen rechteckigen Fenster erkennen konnte.

Hyun-Joons Atmen klang angestrengt, und ich blieb dicht an seiner Seite, als wir die wenigen Stufen zur Tür erklommen und dann über die Schwelle in die Vorhalle traten, die wie eine Galerie gestaltet war und sich über zwei Stockwerke erstreckte. Es war angenehm warm, und die Stimmen um uns herum gedämpft. Eine sechsköpfige Familie, ganz in Schwarz gekleidet, ging an uns vorbei nach draußen. In einer Ecke befand sich sehr dezent eine kleine Rezeption, doch Hyun-Joon schien keine Auskunft zu benötigen, denn er sah nur einmal kurz hoch zu den schlichten Schildern über unseren Köpfen, die mit Nummern und Richtungen versehen waren, ehe er sich in Bewegung setzte. Ich folgte ihm die Treppe hinauf in den ersten Stock und an den ersten Räumen auf diesem Stockwerk vorbei hin zu dem zweiten Gang auf der linken Seite, dem wir eine Weile folgten, bis Hyun-Joon plötzlich abrupt stehen blieb und sich an der Wand abstützte. Sein Atem ging flach, und seine Augen waren starr auf den Marmorboden unter seinen Füßen gerichtet, dessen makelloses Weiß hin und wieder von dunklen Linien durchzogen war.

Ich drängte ihn nicht, wartete ruhig darauf, dass er sich wieder fing. Seinen betäubenden Schmerz konnte man förmlich mitfühlen, und ich bewunderte ihn für jeden Schritt, den ich noch immer nicht in der Lage war zu tun. »Sollen wir umkehren?«

»Nein. Es geht gleich wieder.«

Dicht blieb ich bei ihm stehen, mein Körper gegen seinen Oberarm gelehnt, um ihm mit meiner Anwesenheit und Wärme Halt zu geben, und tatsächlich wurde seine Atmung langsamer, auch wenn sie noch immer sehr angestrengt klang, und seine Nasenflügel bei jedem einzelnen Zug bebten.

Hyun-Joon drückte meine Hand jetzt so fest, dass es wehtat. Doch ich ertrug es und trat einen kleinen Schritt zurück, als er sich von der Wand abstieß und mich hinter sich her um die Ecke in die Urnenkammer zog.

Ein Blumenmeer erblühte vor meinen Augen, an diesem Ort, an dem die Angehörigen mit gesenktem Kopf vor ihrer jeweiligen Urnenkammer standen, hatten so viele von ihnen kleine farbenfrohe Sträuße an den Gläsern angebracht, hinter denen ihre Liebsten in einer Urne und zusammen mit ein paar Fotos und anderen Kleinigkeiten ihre letzte Ruhe fanden.

Durch das helle Licht, das durch das große Fenster und das Glasdach hereinfiel, wirkte dieser Ort keinesfalls düster und bedrückend, sondern eher warm und einladend, woran auch die tief stehende Sonne einen großen Anteil hatte, die golden auf uns alle herabstrahlte. Die Kammern waren in die Wände eingelassen, vom Boden bis kurz unter die Decke, und jede einzelne von ihnen war anders gestaltet, geformt von Erinnerungen an den Menschen, dem man sich an diesem Ort besonders nahe fühlen wollte.

Dies war nicht nur ein Ort der Trauer. Es war auch ein Ort der Erinnerungen und der Liebe, und das machte es mir leichter, fest und sicher an Hyun-Joons Seite zu stehen, als er zögerlich einen Schritt auf seine Familie zutrat, die mit dem Rücken zu uns stand.

Ich wusste nicht, wie sie uns bemerkte, aber es waren wohl die Instinkte einer Mutter, die Mrs Kang dazu brachte, mit glasigen Augen über die Schulter zu sehen, und als sie ihren Sohn erblickte, kullerten die Tränen, die sie bis gerade noch so wacker zurückgehalten hatte, über ihre Wangen. Einer nach dem anderen drehte sich nun zu uns um, und auf allen Gesichtern war die gleiche Erleichterung und Freude zu erkennen, was Hyun-Joon abrupt zum Stillstand brachte. Mit hochgezogenen Schultern wand er sich, als wollte er sich selbst in diesem hellen Licht der Sonne noch verstecken, die das absolut unmöglich machte.

»Alles ist okay«, wisperte ich so leise, dass nur er es hören konnte.

Hyun-Joons Atmung wurde noch flacher, sodass ich sie kaum noch hören konnte, und Sorge erfasste mich. Doch mit einem Mal machte er einen großen Schritt vorwärts und zog mich mit sich, direkt in die Reihen seiner Familie und vor die Urnenkammer seines Vaters, der mich von einem Familienfoto aus warm anlächelte.

Mein Blick schnellte zu Hyun-Joon und dann zurück zu dem Bild seines Vaters, der genauso aussah, wie ich mir den Ältesten der Kang-Geschwister in ungefähr zwanzig Jahren vorstellte. Sie hatten das gleiche Lächeln, die gleichen Grübchen und die gleichen goldenen Augen, denen man sich nicht entziehen konnte. Und auch wenn Hyun-Joon die Nase und die Lippen seiner Mutter hatte, war er doch das Abbild seines Vaters, der auf dem Foto inmitten seiner Familie stand und so sehr in die Kamera strahlte, dass er dem Sonnenschein Konkurrenz machte. Neben dem Familienfoto fanden sich noch ein selbst gemaltes Bild, abgetanzte Spitzenschuhe und eine Medaille von einer Schule darin, Zeugnisse seines Lebens als liebender Vater, der leider den Kampf gegen seine Krankheit verloren hatte.

Hyun-Joon starrte auf die Urne seines Vaters, die schlicht weiß war, und die in säuberlich geschriebenem Hangul seinen Namen und seine Daten verriet.

Kang Byung-Hoon. Als er sein eigenes Leben beendete, war er gerade einmal einundvierzig Jahre alt. Nur drei Tage später, am sechsten März, wäre er zweiundvierzig geworden.

35. KAPITEL

아빠 = Papa

Wie lange wir dort standen, auf diesem weißen Marmor, das mit schwarzen Linien durchzogen war, vermochte ich nicht zu sagen. Doch mit jeder Minute, die verstrich, wurde mir das Herz schwerer, während ich die Augen fest auf Hyun-Joon gerichtet hatte, der einfach nur vor der Urnenkammer seines Vaters stand, mit stoischer Miene, doch in den Augen so viel Trauer, Wut und Sehnsucht, dass ich kaum atmen konnte.

Ich wusste genau, was er da tat. Wusste genau, dass er mit den unzähligen Emotionen in seinem Innersten kämpfte, von denen er keine einzige teilte, hier inmitten seiner Familie, vor der er keine Schwäche zeigen wollte, um für sie stark zu sein. Und ich konnte mir kaum vorstellen, wie schwer es sein musste, all das tief in sich verschlossen zu halten, während der Raum sich mit leisen Schluchzern und Tränen füllte, als Hyun-Ahs Dämme brachen und sie sich an ihrer Mutter festhielt, die mit Hyun-Sik auf dem Arm selbst um Fassung rang, während die Großeltern ihrer Trauer mit leise gemurmelten Worten Ausdruck verliehen, die ich zwar nicht verstand, die mir aber auch so schon genug unter die Haut gingen, dass auch mir Tränen in die Augen traten.

Gott, ich hatte keine Ahnung, wie Hyun-Joon es schaffte, keine einzige Träne zu vergießen, während seine Familie ihrer Trauer so offen Ausdruck verlieh. Aber ich verstand, warum er sie zurückhielt, eingeschlossen hinter den Schutzdämmen, die er gebaut hatte und deren Schleusen er nicht zu öffnen gewillt war, aus Angst, was die Fluten anrichten würden, wenn sie erst einmal in das Tal seiner Seele flossen.

Ich selbst schaffte es kaum, mich meiner eignen Trauer zu stellen, jeder Tag ein Kampf, während mir dieser Moment, den Hyun-Joon gerade durchlebte, erst noch bevorstand. Wie ich das schaffen sollte, wusste ich nicht. Nicht, wenn dieser Augenblick allein mir schon fast den Boden unter den Füßen wegzuziehen drohte, auf dem ich wohl nur stehen blieb, weil ich wusste, für wen ich es tat, und wessen Stützte ich sein wollte. Und so hielt ich seine Hand so fest ich nur konnte, während die Minuten an uns vorbeiflossen und wir in absoluter Stille ausharrten und um uns herum die Trauer ihre Furchen riss.

Doch wie bei jeder Flut glätteten sich auch diese Wogen irgendwann. Tyler und April führten Hyun-Joons Großeltern aus dem Raum, als Hyun-Ah vortrat und ihre Finger auf das Glas der Urnenkammer presste, die Wangen tränennass und die Haut bleich. Dann wandte sie sich ab und ging. Mrs Kang blieb noch einen Augenblick länger, den weinenden Hyun-Sik auf dem Arm, der von den Gefühlen um ihn herum wohl einfach mitgerissen worden war, und erneut bewunderte ich sie für ihre Stärke, wie sie es schaffte, ihren zehnjährigen Sohn zu halten, als wiege er nichts, während sie ihm den Trost spendete, den sie wohl selbst so dringend gebraucht hätte.

Diese Frau war, wie ihr ältester Sohn, ihre ganz eigene Naturgewalt, und ich fragte mich, ob Hyun-Joon bewusst war, wem er seine Stärke eigentlich zu verdanken hatte, die durch seine Adern floss und ihn zu dem Mann machte, der er war.

Mrs Kang legte Hyun-Sik die Hand auf den Hinterkopf und wiegte ihn sanft hin und her, während ihre Augen zu Hyun-Joon hinüberwanderten, der nach wie vor mit versteinertem

Blick auf die Urnenkammer starrte. Doch ich wusste, dass er es registrierte, spürte es daran, wie sein Griff fester und sein Rücken noch gerader wurde. »*Adeul.*«

Hyun-Joon zeigte keine Regung, als seine Mutter mit dieser koreanischen Anrede für *Sohn* ihr Wort an ihn richtete.

»Ich möchte, dass du dir all die Zeit nimmst, die du brauchst, hörst du?« Mrs Kangs Worte waren so eindringlich, dass ich nicht anders konnte als zu nicken, auch wenn sie gar nicht mich meinte. »Nimm dir Zeit. Sprich mit deinem Vater. Ich bin mir sicher, er ist froh, endlich einmal wieder dein Gesicht zu sehen.« Sie räusperte sich, als ihre Stimme ein wenig brach, und ich kam nicht umhin, zu lächeln, als ich Hyun-Siks Hände sah, die über den Rücken seiner Mutter strichen. »Ich werde bis morgen mit deinen Geschwistern bei deinen Großeltern bleiben. Also, nimm dir die Zeit, die du brauchst, und denk einmal nicht zuerst an uns, hörst du?«

Das schien Hyun-Joon endlich aus seiner Starre zu lösen, denn er sah von der Urnenkammer zu seiner Mutter, sein Gesichtsausdruck blass und fassungslos. »*Eomma –*«

Sie unterbrach ihn, indem sie ihm eine Hand an die Wange legte. »Glaubst du, ich weiß nicht, was du die letzten Jahre für uns aufgegeben hast? Glaubst du, ich weiß nicht, warum du hier stehst, ohne eine einzige Träne zu vergießen?« Sie lächelte traurig, in ihren Augen war der Glanz unzähliger Tränen zu erkennen, die sie, anstelle ihres Sohnes, vergossen haben musste. »Ich bin deine Mutter. Ich weiß immer, was in dir vorgeht, auch wenn du beschließt, eisern zu schweigen. Und es tut mir leid, dass ich dir das Gefühl gegeben habe, immer zuerst an uns denken zu müssen, wenn du ein so viel einfacheres Leben hättest haben sollen.«

Ich schloss die Augen und schluckte leise, als die Worte von Mrs Kang sich mit denen meines Vaters mischten, getränkt mit so viel Schuld und so viel elterlicher Liebe, dass ich genau wusste, was Hyun-Joon empfand, als er in ihre kaffeebraunen Iriden sah, die ihn hatten aufwachsen sehen, und in denen er genauso wenig Schmerz sehen wollte wie sie in seinen.

Es tut mir leid, Jellybean.

Mir tut es auch leid, Dad.

»Danke, dass du heute mit hergekommen bist, *Adeul.*« Mrs Kang nahm die Hand von seiner Wange, und als unsere Blicke sich begegneten, ließ sie die Liebe darin auch mich spüren, als sie meine freie Hand ergriff und sie einmal kurz drückte. »Pass mir gut auf ihn auf, ja, Jade?«

»Natürlich, Mrs Kang.« Die Worte, gesprochen mit mütterlicher Wärme und gehüllt in Brauntöne frischgerösteter Kaffeebohnen, lagen schwer im Raum, als sie meine Hand wieder losließ und ihr goldener Ehering im Sonnenlicht funkelte. »Ich werde ihn nicht allein lassen.«

»Das weiß ich.« Sie warf einen letzten Blick in Richtung der Urnenkammer, und als sie diesmal lächelte, fragte ich mich, was sie sah, während sie Hyun-Sik auf ihrem Arm zurechtrückte und das Bild des Mannes betrachtete, den sie viel zu früh hatte zu Grabe tragen müssen, wegen einer Entscheidung, die keine Tränen und keine Macht der Welt je wieder zurücknehmen konnte. »Ich komme dich bald wieder besuchen, *Yeobo.* Das verspreche ich dir.« Mit diesen Worten ging sie, ihre Augen voller Tränen, aber in ihrem Gang eine Leichtigkeit, die zuvor nicht dort gewesen war, und von der ich instinktiv wusste, dass sie von nun an jeden ihrer Schritte begleiten werden würde, ganz gleich, wohin sie auch ging.

Und mit einem Mal waren Hyun-Joon und ich mit seinem Vater allein.

Lange sagte keiner von uns etwas, die Stille in der Urnenhalle war fast bedrückend. Doch ich drängte ihn nicht und wartete einfach an seiner Seite, in dem Wissen, dass Hyun-Joon diese Zeit brauchte und dass ihm niemand diese nehmen sollte, ganz gleich, wie lange es auch dauerte. Und so hielt die Stille an, während andere Besucher kamen, trauerten und wieder gingen.

Dann plötzlich sprach Hyun-Joon, und seine Worte brachen mir das Herz, als er sie gepresst und leise in diesem Augenblick murmelte, in dem er zum ersten Mal mehr in seinem Vater sah als nur die Wut, die er verspürte, und all seine Wunden zum ersten Mal die Chance hatten, zu heilen.

»Ich sehe meinem Vater wirklich sehr ähnlich, oder?«

»Ja«, sagte ich, strich mir eine Träne von der Wange und lehnte mich gegen ihn, in dem Wissen, dass der erste wichtige Schritt getan war. »Ja, das tust du.«

Hyun-Joon legte seinen Arm um meine Schulter und atmete tief durch, dann trat er mit mir zusammen näher an die Urnenkammer heran, bis er die Hand ausstrecken und sie auf das Glas pressen konnte. Er verzog das Gesicht, ließ die Hand aber nicht sinken. »Es ist kalt. Mein Vater ... Mein Vater hatte nie kalte Hände.«

»So wie du.« Ich wandte mich Hyun-Joon zu und legte ihm eine Hand auf die Brust, direkt über das Herz, das darunter wie wild schlug. »Deine Hände sind auch niemals kalt.«

Meine Welt verschwamm an den Rändern, als Hyun-Joon die Kiefer aufeinanderpresste, das Knirschen seiner Zähne war laut genug, dass man es wohl zwei Räume weiter auch noch hätte hören können. Er sah auf das Glas, das um seine Hand herum leicht beschlug, und blinzelte hektisch, im Kampf gegen die Tränen, von denen ich mir wünschte, dass er ihnen endlich erlaubte zu fließen. »Ich mag es nicht, dass das Glas kalt ist.«

»Das verstehe ich.« Ich schmiegte mich ganz an seine Seite, um meine Wärme mit ihm zu teilen. Um ihn wissen zu lassen, dass ich hier war, lebendig und an seiner Seite. »Aber wenn du sie lange genug dort liegen lässt, wird es irgendwann warm.«

Er nickte. Die Hand auf dem Glas blieb, wo sie war, fest darauf gepresst, während das Foto seines Vaters und seines jüngeren Ichs uns entgegenlächelte. Eine Aufnahme aus einer Zeit, von der ich hoffte, dass Hyun-Joon sich irgendwann einmal wieder mit einem ehrlichen Lächeln daran zurückerinnern könnte, ohne mit der Wut und der Trauer um die Vorherrschaft ringen zu müssen. Ich wünschte mir für Hyun-Joon, dass der Schmerz irgendwann in den Hintergrund treten und stattdessen der Wärme der Erinnerungen Platz machen würde. Vielleicht nicht an jedem Tag, aber an den meisten Tagen. Und dass er –

»Hallo, *Appa*. Es ist lange her.« Hyun-Joons Stimme brach, und ich konnte nicht anders, als das Gesicht an seiner Schulter zu vergraben, als ich sah, wie die ersten Tränen flossen und die folgenden Worte in einem Schluchzen untergingen, von dem ich wusste, dass ich es mein ganzes Leben nie vergessen würde. »Es gibt so viel, das ich dir erzählen muss.«

»Wo hast du deinen Zimmerschlüssel?«

Meine Hände waren noch schweißnass von der Rückfahrt, auf der ich meine Hände panisch um das Lenkrad geschlossen hatte, weil es so sehr geschneit hatte, dass ich kaum etwas hatte sehen können. Hyun-Joon war nicht in der Lage gewesen zu fahren. Am Grab seines Vaters hatte er so sehr geweint, dass er sich völlig verausgabt hatte, seine Energie gerade noch ausreichend, um mit mir zum Auto zu wanken. Und jetzt standen wir vor seiner verschlossenen Hotelzimmertür, hinter der Hyun-Joons weiches Bett auf ihn warten würde.

»Innentasche Mantel«, wisperte er. Mit flatternden Händen tastete er selbst danach, gab aber auf.

»Okay.« Ich schlug seinen Mantel ein Stück weit auf und schob die Hand in die Tasche, in der ich neben seinem Handy und seinem Feuerzeug schnell die Schlüsselkarte fand. »Wir haben es gleich geschafft, Joon. Dann kannst du dich hinlegen, okay?«

Seine Antwort war mehr ein Grummeln, und wenn ich nicht selbst von der emotionalen Talfahrt so ausgelaugt gewesen wäre, hätte ich es wohl niedlich gefunden. So allerdings hatte ich kaum ein Ohr dafür und hielt zielstrebig die Karte vor das Magnetschloss, das entriegelte und uns die Tür öffnete.

Hyun-Joon schlurfte an mir vorbei, und ich steckte die Karte in die Halterung an der Wand, die den Strom aktivierte.

Ich trat mir die Schuhe von den Füßen und wartete darauf, dass Hyun-Joon das Gleiche tat, doch er regte sich kaum.

Also schob ich ihn kurzerhand zum Bett, auf das er sich sogleich sinken ließ.

Ich suchte in dem Chaos aus Hyun-Siks herumliegenden Spielsachen und Hyun-Joons Kleidung vom vorherigen Tag nach der Fernbedienung, die alles im Hotelzimmer steuerte. Letztendlich fand ich sie auf dem hölzernen Kopfteil des Bettes und drückte den Knopf für die Vorhänge, die sich mechanisch schlossen, ehe ich die Fernbedienung wieder beiseitelegte und eine der beiden Nachttischlampen einschaltete, die den Raum in ein warmes Licht hüllte.

Hyun-Joon kämpfte währenddessen mit seinen Klamotten, die nach und nach auf dem Boden landeten. Als ich die Decke für ihn zurückschlug, kroch er sofort darunter, und sobald sein Kopf das Kissen berührte, ließ er ein so zufriedenes Seufzen hören, dass ich unwillkürlich lächeln musste. Ich setzte mich auf die Bettkante, die Matratze unter mir weich und einladend wie eine Wolke, und strich ihm sanft durchs Haar. »Joon?«

Hyun-Joon brummelte etwas, machte sich aber nicht die Mühe, die Augen zu öffnen.

»Joon, ich sage der Rezeption Bescheid, dass der Zimmerservice dich heute nicht mehr stören soll, ja? Soll ich dich denn fürs Abendessen wecken?«

Die letzte Frage brachte mir zumindest ein Kopfschütteln ein, und auch wenn ich nicht glücklich damit war, dass Hyun-Joon nicht vorhatte, heute noch etwas zu essen, wusste ich doch, dass Schlaf jetzt erst einmal wichtiger war. Gott allein wusste, wie sehr dieser Mann ihn verdiente, nach jahrelangen Nächten voll von Überstunden, Wut und Schlafstörungen.

»Okay. Dann schlaf schön. Wenn du etwas brauchst, bin ich nur drei Zimmer den Flur runter, ja?«

Ich erhob mich, um in mein eigenes Zimmer zu gehen und dort vielleicht selbst für ein paar Stunden lang Schlaf zu finden. Weit kam ich jedoch nicht, denn Hyun-Joons Finger schlossen sich um mein Handgelenk, und jetzt öffnete er die Augen, in denen es noch immer feucht glänzte, als er mich ansah.

»Bleib bei mir.« Seine Stimme war schwach und kaum mehr als ein Flüstern, doch ich hörte die ehrliche Bitte darin, als seine Finger sich noch fester um mein Handgelenk schlossen. »Bitte, Jade.«

Ich ließ mich wieder auf die Bettkante sinken und lächelte ihn an. »Okay, ich bleibe, bis du eingeschlafen bist.«

Hyun-Joon runzelte die Stirn und schüttelte den Kopf, während sein Daumen über mein Handgelenk fuhr. Er blickte mich aus goldenen Iriden an, als wäre ich der letzte Bezug zur Wirklichkeit, der ihm noch geblieben war. »Nein. Bleib bitte ganz bei mir. Ich möchte jetzt gerade nicht allein sein.«

Ich dachte daran, wie er am Grab seines Vaters geweint hatte, bis die Erschöpfung keine weiteren Tränen hatte fließen lassen. Wie er sich an mich geklammert hatte, die Hand noch immer auf dem Glas der Urnenkammer, während er kein einziges Wort herausbekommen hatte, sein Körper von Schluchzern geschüttelt, die ich für immer würde hören können, verewigt in meinem Gedächtnis, das jede einzelne Erinnerung an Hyun-Joon auf ihren Leinwänden versiegelte und akribisch katalogisiert lagerte, bevor ausgewählte Stücke unserer Ausstellung hinzugefügt wurden. So wie dieser Tag, der sich in seinen ganz eigenen Farben zwischen Meeresblau, Weiß und Silber verewigt hatte.

Er wollte nicht allein sein. Und ich wollte es genauso wenig.

»Okay.« Ich sah auf seine Finger, die noch immer mein Handgelenk festhielten, der imaginäre, rote Faden darum zog mich in Hyun-Joons Richtung. »Aber du musst mich erst loslassen, damit ich meinen Mantel ausziehen und zu dir unter die Decke kriechen kann, okay?«

Hyun-Joon nickte, brauchte aber eine ganze Weile, bevor er mich loslassen konnte. Doch sobald er es tat, stand ich auf, schlüpfte aus meinem Mantel und meinem schwarzen und recht unbequemen Kleid, bevor ich die Decke zurückschlug, unter der Hyun-Joon schon mit ausgebreiteten Armen auf mich wartete, und in die ich mich sofort sinken ließ. Augenblicklich schlangen seine Arme sich fest um mich, und er zog mich ganz dicht an sich, während sein Oberschenkel ganz automatisch zwischen meine rutschte und ich den Kopf an seinem Hals vergrub und die Augen schloss. Und sobald ich ihm so nah war, sein Herzschlag im Einklang mit meinem, floss die Anspannung des Tages einfach aus mir hinaus, in die Laken, die sie wie eine Wolke aufsaugten, bis nichts mehr von ihr übrig war.

Ich lauschte Hyun-Joons Atmung, die mit jedem weiteren Atemzug tiefer und ruhiger zu werden schien, der Schlaf der Erschöpfung zum Greifen nahe, zumindest bis Hyun-Joon die Stimme erhob. »Danke, Jade.«

Ich fuhr über seinen Rücken, streichelte die Haut, die warm und weich war. »Dafür musst du mir nicht danken, Joon.«

»Ich weiß.« Er gähnte, und die Fragmente in meiner Brust zitterten, als er seine Wange auf meinem Haar bettete, genau dort, wo sie auch sonst geruht hatte, wann immer wir in meinem viel zu kleinen Bett in meinem allerersten Apartment in Seoul eingeschlafen waren. »Ich würde aber gerne. Und es gibt da diesen Ort, den ich dir gerne zeigen würde. Vielleicht können wir morgen zusammen hinfahren?«

»Natürlich.« Ich spürte, wie der Schlaf mich mehr und mehr in seine süßen Fänge nahm, und schmiegte mein Gesicht näher an Hyun-Joons Hals, den unzählige kleine Muttermale wie Sternenkonstellationen zierten. »Ich gehe mit dir überall hin, Joon. Ganz egal, wohin. Und jetzt schlaf einfach. Ruh dich aus.«

Hyun-Joon seufzte leise, und der letzte Rest Anspannung fiel von ihm ab, als er seine Lippen auf meine Stirn presste. Und so schlief ich ein, vollkommen erschöpft und von Hyun-Joon umgeben, sicher in dem Wissen, dass keiner von uns allein sein musste.

Wir würden nie wieder allein sein müssen. Nicht, solange wir einander hatten. Und daran würde ich mich festhalten, so wie an Hyun-Joon, als meine Träume bilderlos und mein Schlaf tränenlos blieb.

36. KAPITEL

가랑비 = Nieselregen

»Ist das jetzt der Moment, in dem du mich umbringst?«

Hyun-Joon rollte mit den Augen und schüttelte den Kopf, während er durch die Windschutzscheibe des Mietwagens in den grauen Himmel spähte, der, seitdem wir vor knapp zwei Stunden aufgewacht waren, nicht aufgebrochen war. »Du übertreibst.«

»Findest du?« Skeptisch sah ich mich um, die verlassenen bunten Buden zu unserer Rechten wirkten nicht sonderlich vertrauenerweckend. »Ich glaube, jeder würde sich Gedanken machen, wenn man auf einer Insel, auf der man sich nicht auskennt, auf einen verlassenen Parkplatz mitten im nirgendwo mitgenommen wird.«

Hyun-Joon zog seine Augenbraue beinahe bis zum Haaransatz hoch. »Mord stand für heute eigentlich nicht auf meiner Tagesordnung.«

»Gut zu wissen.« Ich betrachtete die Pfützen auf dem Asphalt, in denen der leichte Nieselregen Kreise zog, der den Schnee von gestern hatte schmelzen lassen. »Was steht denn auf der Tagesordnung.«

»Ungeduldig wie immer.« Hyun-Joon stieß sie Fahrertür auf und schaute mich mit einem herausfordernden Lächeln an. »Wenn du das wissen möchtest, dann wirst du schon mitkommen müssen.«

Ich guckte ihm hinterher, als er ausstieg und die Tür zuschlug, bevor er zur Motorhaube ging und mich auffordernd ansah. Er steckte die Hände in seine Jackentaschen, auf seinem Gesicht lag ein eigenwilliger Ausdruck, gleichzeitig entspannt und verschlossen, der mich neugierig machte. Was war es nur an Kang Hyun-Joon, das es mir unmöglich machte, Nein zu ihm zu sagen?

Ach ja, die Tatsache, dass ich noch immer Hals über Kopf in ihn verliebt war, obwohl Jahre ins Land gegangen und wir Tausende von Meilen getrennt gewesen waren.

Ich spürte sie beinahe physisch, unsere Verbindung, die roten Fäden, die mich aus dem Auto und in Hyun-Joons Richtung zogen.

»Ich wusste, dass du aussteigst«, sagte er belustigt, als er auf mich heruntersah und dann plötzlich die Kapuze meiner Jacke ergriff, die er mir behutsam aufsetzte, ehe er den Schal um meinen Hals richtete. »Der Himmel reißt gleich bestimmt auf, aber es wäre besser, wenn du sie jetzt noch trägst.«

Als wäre nichts gewesen, machte er auf dem Absatz kehrt und ging an einer großen Muschelstatue vorbei in Richtung der hohen Nadelbäume, zwischen denen ich erst jetzt die Öffnung zu einem Wanderweg ausmachte. Sofort verzog ich das Gesicht. Meine Muskeln schmerzten, doch jetzt, wo wir hier waren, konnte ich ja schlecht umdrehen, und so folgte ich Hyun-Joon, der bei dem dunkelrot lasierten Holzzaun auf mich wartete, der den Eingang markierte.

»Die Stufen könnten ein bisschen glatt sein, sei also vorsichtig, okay?«

»Danke für die Vorwarnung.« Ich linste an ihm vorbei, und meine Augen wurden groß, als ich den Ozean hinter den Bäumen erkennen konnte. Die Wellen schlugen wegen des Windes hoch und schafften ein Bild von der rauen Schönheit der

Naturgewalten. Das Meeresrauschen konnte ich nun deutlich hören, wo wir ein ganzes Stück näher gekommen waren, und freudige Unruhe erfasste mich.

Hastig machte ich mich zu den Treppen auf, doch Hyun-Joon hielt mich an der Schulter zurück. In seinen Augen lag zwar eine gewisse Ernsthaftigkeit, doch seine leicht nach oben gebogenen Mundwinkel straften seine rügenden Worte Lügen. »Was habe ich gerade gesagt?«

»Aber –«

»Wir kommen auch ans Ziel, wenn wir langsam machen, Jade.« Er ließ mich los und schob sich direkt an mir vorbei, damit ich nicht wieder gedankenlos davonstürzen konnte. »Die *Jusangjeolli*-Klippen verschwinden nicht plötzlich, nur weil du fünf Minuten länger zu ihnen brauchst.«

Jetzt, wo ich endlich wusste, wo wir waren, war ich nur noch ungeduldiger, dem Wanderweg zu folgen, von dem ich in einem Reiseführer am Flughafen gelesen hatte. Die Klippen waren ein nationales Naturdenkmal, geformt aus Lava des nun ruhenden Vulkans *Hallasan*, dessen würfelförmige und sechseckige Steinsäulen wahrlich einzigartig waren.

Gemächlich ging Hyun-Joon voraus, seine Schritte waren vorsichtig, als er sie auf das nass glänzende Holz setzte. Wir ließen die Bäume rasch hinter uns, der Wanderweg passte sich an die Struktur der steinernen Küstenlinie an, sodass man das Gefühl hatte, direkt am Rand der Insel entlangzubalancieren. Wir gingen die Stufen hinab, vorbei an Steinfelsen, die aus dem Meer ragten, bis ich nichts anderes sehen konnte als die Weiten des Ozeans zu meiner Rechten und die grasbewachsenen Hänge der Insel zu meiner Linken, ein Bild aus den unterschiedlichsten Nuancen von Gestein, gemischt mit dem Weiß der Schaumkronen auf den blaugrauen Wellen und dem Grün von Gras, das nicht länger unter Schnee verschwand. Die Farben waren gedeckt, durch den verhangenen Himmel vielleicht sogar etwas verwaschen, so, als würde über allem ein Grauschleier liegen. Doch es war atemberaubend, und in mir erblühte eine Wärme, die ich nicht aufzuhalten vermochte, und die sich trotz der kühleren Temperaturen in meinem gesamten Körper ausbreitete.

Schönheit ließ sich eben doch in den Schattierungen von Grau finden.

»Wow«, stieß ich beeindruckt hervor, und Hyun-Joon sah mich über die Schulter hinweg an.

»Gefällt es dir?«

»Machst du Witze?« Ich legte ihm die Hände auf die Schultern und schob ihn behutsam weiter voran, damit wir schneller zu den Klippen kamen. »Es ist wunderschön.«

Hyun-Joons leises Lachen mischte sich mit dem Rauschen der Wellen. »Ich hatte eigentlich auf besseres Wetter gehofft, aber dafür ist immerhin Flut.«

Überrascht von der nonchalanten Art, mit der er zugab, dass dieser Besuch keine spontane Idee, sondern geplant gewesen war, stolperte ich fast über meine eigenen Füße, geriet aber nicht ins Wanken, da ich mich auf Hyun-Joon stützte, der sofort warnend mit der Zunge schnalzte.

»Ich hab doch gesagt, du sollst vorsichtig sein, weil die Stufen etwas rutschig sind.« Kurzerhand machte er etwas mehr Platz auf der Stufe neben sich und zog mich an seine Seite, seine Hand verflochten mit meiner, als er weiterging. »Ein Besuch in der Notaufnahme gehört nicht zum üblichen Sightseeing-Programm auf Jeju.«

Vielleicht hättest du mich eher vor dir warnen sollen.

»Entschuldige«, beeilte ich mich zu sagen, um nicht die Worte auszusprechen, die mir durch den Kopf gingen. »Ich muss wohl eine kleine Pfütze übersehen haben.«

Ich sah auf unsere miteinander verschränkten Hände, und mir wurde der Mund trocken. In den letzten Tagen und Wochen hatte ich unzählige Male seine Hand gehalten, doch als seine Finger sich jetzt zwischen meine schoben, fühlte es sich anders an. Nicht wie eine Geste der Solidarität und des Mitgefühls, sondern wie etwas völlig anderes, das es mir unmöglich machte, auch nur einen klaren Gedanken zu fassen. Zum Glück hatte ich nicht die Zeit, großartig darüber nachzudenken, denn nach unserem Abstieg folgte ein kleiner Aufstieg, und das Brennen in meinen Oberschenkeln war genug, um mich abzulenken. Ich biss die Zähne zusammen und stieg die Stufen hoch zu einer viereckigen Plattform direkt gegenüber den einzigartig geformten Klippen.

Hyun-Joon führte mich an den Rand der Plattform bis zu dem Geländer aus Holz, und mir blieb bei dem Ausblick fast die Luft weg. Die Bucht war genauso atemberaubend wie die Felsformationen selbst, an denen das Meer auf Land traf, und an denen die Wucht der Wellen brach und das Wasser meterhoch in die Höhe spritzen ließ.

Etwas Derartiges hatte ich noch nie gesehen.

Die raue Gewalt der Natur zeigte sich hier vollkommen ungefiltert, und mit einem Mal fühlte ich mich klein und unbedeutend im Angesicht ihrer Kraft, an der gewiss unzählige Schiffe im Laufe der Zeit zerschellt waren. Es war so bildschön, und eine tief empfundene Ehrfurcht, die ich nicht in Worte zu fassen vermochte, erfüllte mich.

Ich wandte mich Hyun-Joon zu, um irgendwie zum Ausdruck zu bringen, was ich gerade empfand, schwieg aber, als ich sah, wie nachdenklich er in die Ferne starrte. Seine freie Hand fuhr zu seiner Jacke, und er fischte die Kette mit dem geometrischen Anhänger unter dem Kragen hervor. Ich hatte noch nie gesehen, dass er sie ablegte. Seine Faust schloss sich fest um die Form, die einer Kompassnadel ähnelte, und er blickte in die Wellen, die sich laut an den Klippen brachen.

»Die Kette«, sagte er irgendwann über das Rauschen der Wellen hinweg, »hat mein Vater mir zu meinem Geburtstag geschenkt. Siebzehn Tage, bevor er von der Brücke gesprungen ist.«

Ich sagte nichts, wartete stattdessen, ob er noch mehr preisgeben würde, da ich ihn nicht zu unterbrechen wagte, in diesem Moment, in dem er zum ersten Mal von sich aus über seinen Vater sprach.

»Er hat mir erklärt, sie würde dafür sorgen, dass ich nie die Richtung verliere und mich nie verloren fühle, ganz egal, was passiert. Das war seltsam für meinen Vater, denn er war nicht der Typ für Sentimentalitäten. Er hatte nicht sonderlich viel dafür übrig, ganz anders als meine Mutter.« Hyun-Joon löste seinen Griff und drehte den Anhänger zwischen seinen Fingern, und irgendwie fragte ich mich, wie er es wohl schaffte, sich aufrecht zu halten unter dem Gewicht dieses kleinen Stückchens Silber. »Damals hab ich noch gedacht, er redet davon, dass ich im ersten Semester nicht so viel Party machen soll oder sonst was. Aber als er sich dann umgeb–« Er hielt inne und schüttelte den Kopf. »Als er dann sein Leben beendet hat und ich mit der Verantwortung für meine Familie dastand, hatte das Ganze plötzlich eine völlig andere Bedeutung. Von einem auf den anderen Tag war mein ganzes Leben auf den Kopf gestellt. Plötzlich hatten wir Schulden bis zum Hals, mussten uns mit der Auflösung seines Geschäfts befassen, seine Beisetzung organisieren und die Trauerfeier überstehen, während meine Geschwister nur geweint haben und meine Mutter es vor Kummer kaum aus dem Bett geschafft hat.« Die Erinnerung schien schmerzhaft, denn Hyun-Joon wand sich, so, als hätte ihm jemand ein Messer in die Seite gerammt und es einmal herumgedreht. »Ich hab sofort meinen Studienplatz, den ich schon sicher hatte, auf Eis gelegt, und jeden Job gemacht, den ich kriegen konnte, um irgendwie das Geld aufzubringen. Es war die absolute Hölle, und erst als mein Cousin Tyler kam und mir geholfen hat, hab ich angefangen, wieder einigermaßen Luft zu kriegen. Denn ich war nicht nur von heut auf morgen das Oberhaupt dieser Familie.« Er sah gen Himmel, in den grauen Weiten, durch die sich langsam feine Linien aus Blau zeigten, nichts weiter als ein Schimmer, aber dennoch dort. »Ich hatte auch plötzlich meinen Vater nicht mehr, auf den ich mich immer verlassen habe, ganz egal, was los war.«

Ich schloss die Augen, um mich zu fangen, seine Worte so rau und ehrlich, dass sie mir direkt unter die Haut gingen und mein Mosaikherz in den Klammergriff nahmen, verwoben mit meinen Gefühlen für Hyun-Joon, die mich mit ihm lachen, weinen und leiden ließen, und die so viel tiefer gingen, als ich mir ihm gegenüber einzugestehen erlaubte, in dem lächerlichen Versuch, die Fragmente zu schützen, die doch längst Hyun-Joon gehörten, und die ihm auch immer gehört hatten.

»Mein Vater war vielleicht nicht oft da, weil er jeden Tag lange im Laden gearbeitet hat, aber er war der Mann, zu dem ich immer aufgesehen habe. Den ich um Rat fragen konnte, wenn ich nicht weiterwusste, und der es immer geschafft hat, mich wieder auf Spur zu bringen, wenn ich abzudriften drohte.« Hyun-Joon nahm die Hand von dem Anhänger und legte sie stattdessen auf das Geländer. »Zusammen mit meiner Mutter hat er mir beigebracht, was es heißt, für die Familie da zu sein. Und auch wenn wir häufig nicht einer Meinung waren und wir uns oft in den Haaren hatten, besonders wenn es um die Schule ging, hab ich damals doch immer gedacht, dass ich irgendwann mal genauso sein will wie er. Jemand, der nie klein beigibt und der einen Weg und Glück findet, auch wenn er seine Träume für seine Familie aufgeben musste.«

Er atmete tief durch, so, als müsste er sich für die Worte wappnen, die folgen würden, die er aber doch nach Jahren des eisernen Schweigens endlich zu sagen wagte. »Aber das alles war mit einem Mal vorbei, als die Polizei bei uns aufgeschlagen ist und uns die Nachricht von seinem Suizid überbracht hat. Der Mann, den ich mein Leben lang auf ein Podest gestellt und dem ich nachgeeifert hatte, hatte eigentlich nie existiert. Und dann war da nichts weiter als diese Wut, die alles andere verschluckt hat. Aber ich hab es einfach von mir geschoben, hab einfach weitergemacht und funktioniert, da es einerseits das war, was ich tun musste, weil meine Familie mich brauchte, und andererseits weil ich auch nichts anderes ertragen hätte. Und als ich dann vom Militär zurückkam und meine Familie meine Unterstützung nicht mehr die ganze Zeit brauchte, da hat sie sich plötzlich durch meinen ganzen Körper gefressen, bis ich sie nicht mehr unter Kontrolle hatte. Ich hab den Zorn und den Hass einfach wüten lassen, ohne zu merken, was das eigentlich mit meiner Familie, meinen Freunden, mit mir und mit den Erinnerungen macht, die ich an meinen Vater habe.«

Gedankenverloren hob er die Hand an die Narbe, die ich an seiner Augenbraue entdeckt hatte. Er fuhr sie nach, seine Finger vorsichtig, so, als würde die Wunde noch immer aufklaffen und sein Gesicht mit Blut besudeln. Er zog die Finger fort, spähte für einen Augenblick darauf, ehe er die Hand wieder um die Kette schloss, der Griff diesmal eine Spur lockerer als noch vor wenigen Augenblicken. »Ich wollte einfach nur, dass dieser Teil von mir verschwindet. Ich wollte mich nicht damit auseinandersetzen und einfach alles nur vergessen. Und dann ist diese Sache mit Hyun-Ah passiert, und ich konnte nicht länger so tun, als hätte es meinen Vater nie gegeben. Als hätten wir diese Vergangenheit nicht.«

Als er schluckte, klang es angestrengt, und seine Hand drückte meine etwas fester, so, als müsste er sich erinnern, wo er war, anstatt sich von seinen Gefühlen leiten zu lassen, die ihn vermutlich über die Klippe in die See seiner Erinnerungen zu stürzen drohten. »Ich hatte keine Ahnung, wie ich mit alldem umgehen sollte, und ich konnte kaum klar denken, aus Angst, Hyun-Ah zu verlieren, und das Gleiche noch mal durchmachen zu müssen. Ich habe immer noch keine Ahnung, wie ich mit allem umgehen soll. Ich hab keine Ahnung, wie ich diese Wut loslassen oder wie ich meinem Vater wirklich vergeben soll, der mit seiner Entscheidung nicht nur seinem Leben, sondern auch irgendwie dem Leben meiner Familie ein Ende gesetzt hat, weil von einem Tag auf den anderen nichts mehr so war wie vorher.« Hyun-Joon sah mich mit seinen goldenen Augen an, und ich atmete tief ein, als ich die Risse in ihnen entdeckte, die der Verlust seines Vaters in Hyun-Joon hinterlassen hatte, die er mich zum ersten Mal wirklich ungefiltert sehen ließ, und denen ihre ganz eigene Schönheit anhaftete, wenn man nur gewillt war, wahrhaftig einen Blick darauf zu werfen, was unter dem Schmerz verborgen lag. »Aber ich will es versuchen. Irgendwie. Auch wenn ich keine Ahnung hab, wie lange es wohl dauern wird, und ob es überhaupt jemals klappt. Aber ich will nicht für immer so bleiben, gefangen in dieser beschissenen Wut und mir selbst so ausgeliefert.«

Hyun-Joon wandte sich mir zu, und wie von selbst tat ich es ihm gleich, folgte dem Magnetismus, den es schon immer zwischen uns gegeben hatte, und für den es von der ersten Sekunde an keine Erklärung geben hatte.

»Ich will versuchen, irgendwie von vorne anzufangen«, sagte er mit solch einer Entschlossenheit, dass ich nicht anders konnte, als eine Welle von unbändigem Stolz für diesen Mann zu empfinden, der so viel stärker war, als ihm wohl selbst bewusst war.

»Das ist wirklich toll, Hyun-Joon. Ich denke – «

Er ließ die Kette los und hob die Hand in einer Bitte um mein Schweigen, das ich ihm nicht verwehren konnte. Also wartete ich, während die Wellen gegen die Klippen schlugen, eine nach der anderen, bis ich aufhörte, sie zu zählen.

Hyun-Joon atmete tief durch und trat dann einen Schritt auf mich zu. Ich blieb einfach stehen, den Kopf in den Nacken gelegt, während ich zu ihm aufsah, gefangen von ihm, verwoben mit ihm in diesem Netz aus roten Fäden, dem wir uns nie hatten entziehen können.

»Ich will von vorne anfangen«, wiederholte er, und ich hielt den Atem an, als seine Finger meinen Arm hinabglitten und er auch meine andere Hand ergriff. »Mit allem. Und mit dir an meiner Seite. Natürlich nur, wenn du das auch willst.«

Ich starrte ihn an, brachte kein Wort heraus, während die Fragmente in meiner Brust mit einem Ruck näher zusammengezerrt wurden, bevor ich richtig bereit dafür war.

»Ich will dich nie wieder verlieren. Weder jetzt noch sonst irgendwann.« Hyun-Joon blickte auf unsere miteinander verschränkten Hände, sein Daumen zeichnete behutsam Achten damit auf meine Haut. »Ich weiß, dass es keine Garantie dafür gibt, dass es zwischen uns noch mal funktioniert. Vielleicht kommt wieder ein Jobangebot aus der Kunstwelt und du gehst. Vielleicht verletzte ich dich so sehr bei einem meiner Wutausbrüche, dass du dich von mir abwendest. Vielleicht schaffen wir es nicht, das, was gewesen ist, hinter uns zu lassen. Vielleicht geht alles wieder in Flammen auf, und wir stehen beide wieder vor dem Nichts.«

Er sprach jetzt so schnell, dass er über seine eigenen Worte stolperte, und besorgt drückte ich seine Hand. »Joon …«

»Ich habe nur so eine verfluchte Angst davor, dich noch einmal zu verlieren, Jade. Aber noch mehr Angst habe ich davor, es nie versucht zu haben. Ich will mich nicht immer fragen müssen, was passiert wäre, wenn ich einfach losgelassen und das zwischen uns zugelassen hätte. Ich will wie du die Dinge anders sehen. Will sie anders machen. Besser machen. Ich will meinen Frieden mit allem machen und es endlich hinter mir lassen. Ich will meinen eigenen Weg gehen, mit dir. Ich will mit dir einschlafen und neben dir aufwachen. Ich will mit dir lachen, und ich will mit dir weinen, und ich will mit dir streiten und mit dir malen und dich fotografieren und mit dir etwas aufbauen, weil ich mir ein Leben ohne dich weder vorstellen kann noch will.« Er hob den Blick, und was ich in seinen Augen sah, schob die Fragmente seines Herzens zwischen meine und füllte die Risse, die unsere gemeinsame Vergangenheit dort damals hinterlassen hatte. »Du bist das Beste, was mir je passiert ist, und ich weiß nicht, ob du genauso empfindest wie ich, aber ich liebe dich und möchte –«

Der Rest seiner Worte ging für mich in dem Rauschen des Wassers unter, als es gegen die Klippen klatschte, die den Wassermassen unerschütterlich trotzten, egal wie hoch die Wellen auch schlugen.

Ich liebe dich.

Als wäre ich selbst eine Welle, entzog ich ihm meine Hände, nur um sie zu dem Revers seines Mantels schnellen zu lassen, wo meine Finger sich in den weichen Stoff gruben, ehe ich ihn mit einem Ruck zu mir herunterzog. Meine Lippen prallten auf seine, und für einen kurzen Moment taumelten wir auf dem nassen Holz der Plattform. Doch Hyun-Joons Griff war fest, als seine Arme sich um meine Taille schlangen, und er uns beide aufrecht hielt, sicher wie die Klippen unter uns, die den Zorn des Ozeans ertrugen und das Land schützten, das sie trugen.

Ich legte alles, was ich hatte, in diesen Kuss.

All meine Hoffnungen, all meine Träume und all meine Liebe, die nach drei Jahren ohne ihn noch immer ungebrochen war.

Seine Wärme umfing mich, sickerte durch die Schichten meiner Kleidung unter meine Haut, bis sie durch meine Adern floss, als seine Hand meinen Rücken hinauf in meinen Nacken glitt, wo sie ruhte, in der Gewissheit, dass genau hier ihr Platz war. Sein Atem wurde zu meinem, sein Herzschlag der Rhythmus, auf den sich auch meiner einstellte, während all die Anspannung der letzten Jahre mit einem Seufzen von mir abfiel, als ich mich ganz gegen ihn sinken ließ, zurück in die Umarmung, in der wir es gemeinsam schaffen würden, uns wieder zusammenzusetzen, solange wir nur gemeinsam daran arbeiteten und einen Fuß vor den nächsten setzten.

Erst als ich atemlos war, löste ich mich von Hyun-Joon, meine Wangen glühten heiß, als ich meine Stirn gegen seine lehnte.

»Ich liebe dich«, hauchte ich zwischen zwei Atemzügen, bevor ich meine Lippen wieder für einen kurzen Augenblick auf seine presste. »Das habe ich immer und das werde ich immer, ganz egal, was auch passiert. Ich habe auch Angst«, gab ich zu, nicht gewillt, die Fehler der Vergangenheit zu wiederholen. »Angst davor, dich wieder zu verlieren oder vielleicht auch mich. Aber egal, wie viel Angst ich auch habe, Joon, ich will auf keinen Fall jemals wieder ohne dich sein. Also, ja: Lass uns von vorne anfangen, Kang Hyun-Joon. Lass uns leben. Zusammen.«

Hyun-Joon drückte mich so fest an sich, als wären wir nur noch eins. Und in diesem Moment fühlte es sich tatsächlich so an.

Ich gab mich keinesfalls der Illusion hin, dass all unsere Probleme sich mit diesem einen Kuss in Luft aufgelöst hatten. Das Bild, das wir gemeinsam erschaffen hatten, war noch immer unvollendet und voller Flecken, war mit einem Grauschleier überzogen, und die Leinen hatten sich an manchen Stellen ein wenig vom Rahmen gelöst. Doch wir beide scheuten nicht mehr davor zurück, nach neuen Farben zu greifen, unter denen wir die alten nicht länger verstecken, sondern die wir erweitern wollten. Gemeinsam und in dem Wissen, dass die Vergangenheit sich nicht auslöschen ließ, dass sich in ihren Gold-, Indigo- und Grautönen aber eine ganz eigene Schönheit verbarg, die für immer nur uns beiden gehören würde, in diesem Museum unseres *Wir*, in dem euphorisches und silbriges Weiß und tiefstes, trauriges Schwarz gemeinsam existierten, und dessen zentrales Ausstellungsstück unsere fragmentierten Herzen aus brillantem Indigo und schillerndem Gold waren, die Bruchstücke zusammengeschoben und mit einem roten Faden zusammengeflickt, bis sie endgültig eins waren.

Denn unser gemeinsames Gemälde hatten wir gerade erst begonnen, und in mir machte sich die Hoffnung breit, dass wir die Pinsel erst beiseitelegen würden, wenn unsere Hände zittrig und unsere Augen vom Alter schon ganz schwach waren, für immer vereint in diesem wunderschönen Kunstwerk, das wir gemeinsam erschaffen hatten, und das man *Leben* nannte.

EPILOG

운명의 붉은 실 =
Die Geschichte des roten Fadens

3 Jahre später; Seongdong-Gu, Seoul, Südkorea

»Jade! Besuch ist da!«

»Komme!« Ich betrachtete das Gemälde, an dem ich derzeitig arbeitete, und zog die Handschuhe aus, die ich achtlos
in den Mülleimer warf, während ich einen Schritt zurücktrat
und auf die Komposition aus Indigo und Orange sah, an der
ich schon seit einer Weile malte. Ich wusste, es brachte nichts,
jetzt großartig über die Linien nachzudenken, und doch kam
ich nicht umhin, das Gesicht zu verziehen, als ich eine bemerkte, die nicht in das Konzept passte, das ich mir überlegt hatte.
Doch für den Moment ließ ich es links liegen, nicht gewillt,
meinen Gast zu lange warten zu lassen. Ich zog die Schürze aus
und suchte schnell mein Kleid, in dem ich nachher mit meiner
Schwiegermutter zum Markt wollte, um alles zu kaufen, was
Hyun-Joon und ich für den *Jesa* brauchten, den wir zum ersten
Mal ausrichten würden, nach frischen Farbflecken ab. Glücklicherweise fand ich keine, sodass ich mein schönes lichtdurch-
flutetes Atelier im Anbau verließ und durch die Schiebetür aus
Metall ins Café hinüberging, in dem wie immer emsige Betriebsamkeit herrschte, mit all den Künstlerinnen und Künst-
lern aus dem Viertel, die es täglich anlockte. Was exakt der

Grund war, warum wir es vor einem Jahr eröffnet hatten, hier, in einer der verwinkelten Seitengassen von Seongdong, in der ausrangierten Lagerhalle, in der nicht nur das Café, sondern auch mein Atelier und unsere Wohnung ihren Platz fanden. Ein Ort, dekoriert mit meinen Gemälden und Hyun-Joons Fotografien, in dem immer leiser RnB zu hören war, und den wir uns zu eigen gemacht hatten, auch wenn er zum Franchise passen musste, dass Hyun-Joon noch immer aufzubauen versuchte.

Ich fand meinen Ehemann wie üblich hinter dem Tresen, wo er an der Kaffeemaschine seine Magie ausübte, und schlich mich schnell dahinter, um ihm einen Kuss und aus der Auslage einen Muffin zu stibitzen, was Hyun-Joon nur mit einem Schmunzeln bedachte, bevor er sich herunterbeugte und mir einen weiteren Kuss abluchste. David nannte es entnervt die Flitterwochenphase, ich hingegen genoss einfach die Extraportion Liebe, die ich bekam, und um die ich zum Glück nicht mehr kämpfen musste, seitdem Joon die Übernahme der Cafés endlich finalisiert hatte.

»Ich erwarte eigentlich keinen Besuch.« Ich zupfte eine Ecke von dem Blaubeermuffin ab, auf den ich seit einiger Zeit ständigen Heißhunger hatte, sodass ich sogar manchmal nach Ladenschluss herüberkam, um einen davon zu naschen. »Wer ist es denn?«

Hyun-Joon grinste schief, seine Grübchen waren noch immer der Grund dafür, warum mir, auch mit dreißig, die Knie weich wurden. Er schob einen Becher mit irgendeinem süßlich riechenden Kaffee über den Tresen zu einer jungen Kundin hinüber, die erst ihn und dann mich mit großen Augen musterte, bevor sie sich mit ihrer Tasse zu einem Tisch in der Ecke davonstahl, an dem drei ihrer Freundinnen zu warten schienen. »Dein ehemaliger Boss.«

Ich reckte den Hals auf der Suche nach Woo-Young, der so oft schon hergekommen war, um mich wegen meiner Kündigung zum Umdenken zu bewegen, sah ihn aber nirgendwo, erspähte dafür aber Hyun-Sik, der wie immer mit seinen Freunden an einem Tisch herumlungerte und Videospiele spielte, anstatt seine Nase mal in eines seiner Schulbücher zu stecken. Jetzt, mit dreizehn war er schon deutlich schwerer zu bändigen, was wohl auch an seinem Freigeist von Schwester lag, die ihre neue Passion im Künstlermanagement gefunden hatte, was uns allen einiges an Nerven abverlangte, so oft, wie sie selbst im Studium zwischen Agenturen hin und her wechselte, nicht gewillt, schlechte Konditionen für die Tänzerinnen und Tänzer zu akzeptieren, die ihr unterstellt waren. Ich persönlich hatte da ja ein wenig ihren Freund Tae-Sung im Verdacht, der als Rebell in der Bildhauerszene sämtliche Regeln brach, behielt das aber für mich, weil der arme Kerl Hyun-Joon eh ein Dorn im Auge war, ganz egal, ob die beiden jetzt schon zwei Jahre zusammen waren oder nicht.

»Ich sehe Woo-Young gar nicht.«

»Woo-Young meinte ich auch nicht.« Hyun-Joon nahm die Bestellung eines weiteren Gastes auf, ehe er in Richtung der größten Leinwand nickte, die wir im Café aufgehängt hatten. »Sunita ist hier.«

»Himmel, warum hast du das nicht gleich gesagt?«

»Habe ich doch.« Hyun-Joon tippte seinem Mitarbeiter auf die Schulter und griff sich einen To-go-Becher, den er gerade mit einem Mocca gefüllt hatte, bevor er mit mir an der Hand um den Tresen herumging. Für mich war es noch immer ungewohnt, den Ehering an meiner Hand zu spüren, was wohl auch nur verständlich war, wenn man bedachte, dass ich ihn erst seit knapp vier Wochen trug. »Ich kann ja nichts dafür, dass du an den falschen Boss denkst.«

Ich stieß ihn mit der Schulter an und lachte, als er beinahe den Becher fallen ließ, meine Schritte groß und beschwingt, als wir uns durch die Schar an Gästen bewegten.

»Wenn du nachher mit *Eomma* zum Mark gehst, kannst du dann auch eine Flasche *Makgeolli* mitbringen?« Hyun-Joon nickte einem unserer Stammgäste lächelnd zu und hob die Hand mit dem Mokkabecher an, als ein Kind mit ein paar Wonscheinen an uns vorbei in Richtung Tresen hastete. »Es war *Appas* Lieblingsgetränk, und ich glaube, er würde sich freuen, wenn wir es für seinen *Jesa* hätten.«

»Natürlich. Ich hab auch gedacht, wir könnten einen der Muffins deiner Mutter bei den Süßspeisen dazustellen. Was meinst du?«

»Das ist eine schöne Idee.«

Zuerst sah ich einen Fleck aus Fuchsia. Dann langes schwarzes Haar, mittlerweile mit unzähligen grauen Strähnen durchzogen. Und als ich Sunitas Lächeln bemerkte, ergriff eine so ungestüme Freude von mir Besitz, dass ich mich von Hyun-Joon löste, um sie in die Arme zu schließen. Meine Beziehung zu Sunita war jetzt rein freundschaftlicher Natur, wo ich nicht mehr fest für das Institut arbeitete, sondern nur noch an drei Abenden die Woche für eine Handvoll Kids Seminare über Ölmalerei in meinem Atelier abhielt. Es war ein Kompromiss zwischen meiner Liebe zum Malen und der zum Unterrichten, aber ich war froh, ihn mit Hyun-Joons Hilfe gefunden zu haben, der mich bei jedem Schritt in meinem Leben unterstützte.

»Sunita! Schön, dich zu sehen!« Ich hielt sie eine Armeslänge von mir weg und sah in ihre warmen Augen, während sie mich mit so viel Wohlwollen im Blick betrachtete, dass mir ganz warm ums Herz wurde. »Was führt dich nach Seoul?«

»Ich habe mir gedacht, wenn ich schon nicht zu eurer Hochzeit hier sein konnte, muss ich zumindest vorbeischauen und persönlich meine Glückwünsche überbringen.«

Hyun-Joon reichte ihr den Mocca, den er für sie gemacht hatte, und drückte sie für einen kurzen Augenblick an sich. Die Beziehung zwischen den beiden war noch immer ein bisschen steif, aber nicht annähernd so angespannt wie damals, als sie einander zum ersten Mal nach dem Jobangebot für Singapur begegnet waren. Sobald er sie losließ, legte er mir den Arm wieder um die Schultern. Die Nähe zu mir war für ihn das Wichtigste, und nur zu gern ließ ich mich gegen seine Seite sinken, von der ich wusste, dass ich von nun an für immer genau dort einen Platz haben würde. »Danke. Darüber freuen wir uns sehr.«

»Und natürlich habe ich auch ein Geschenk dabei.«

Erwartungsvoll sah ich Sunita an, doch anstelle eines bunt verpackten Päckchens holte sie eine Klemmmappe aus schwarzem Leder aus ihrer Handtasche, auf ihren Lippen ein breites Grinsen, als sie sie mir reichte. »Was ist das?«

»Na, schlag schon auf.«

Etwas skeptisch sah ich zu Hyun-Joon, der lediglich mit den Achseln zuckte und weiter fleißig auf seinem Kaugummi kaute, ein Hochzeitsgeschenk ganz eigener Art, auch wenn er eine Packung Zigaretten für den Notfall noch immer in der kleinen Küchenzeile neben Joonies Katzenfutter aufbewahrte.

Da ich keine Geduld hatte und auch kein Freund von großer Geheimniskrämerei war, schlug ich die Mappe auf. Mir blickte ein Vertrag entgegen. Ein Vertrag, der das Logo der Galerie trug, in der ich vor drei Jahren zum ersten Mal die Ausstellung für das Institut ausgerichtet hatte und mit der ich bis zu meiner Kündigung zusammengearbeitet hatte.

»Also, wenn das deine Art sein soll, mich zu fragen, ob ich

dieses Jahr wieder die alljährliche Ausstellung organisiere, dann muss ich passen.« Ich erinnerte mich nur zu gut daran, wie stressig die Wochen vor der Ausstellung immer gewesen waren, und nachdem ich lange mit meinem Therapeuten darüber gesprochen hatte, war ich zu dem Entschluss gekommen, mir das nicht noch einmal anzutun, ganz egal, wie sehr ich es auch liebte. Das Malen und Unterrichten reichten mir völlig.

»Nein. Das ist meine Art, dich zu fragen, ob du Interesse an einer Einzelausstellung hättest. Natürlich nur, wenn du genug Werke hast.« Sunita ließ den Blick durch unser Café schweifen und lachte leise. »Wobei das wohl kein Problem sein dürfte, wenn ich mich hier so umsehe.«

»Du machst Witze, oder?« Ich sah zwischen dem Vertrag und Sunita hin und her, noch völlig fassungslos über die Worte, die gerade ihren Mund verlassen hatten, und von denen ich träumte, seitdem ich ein Kind war. Automatisch kam mir mein Vater in den Sinn, und mir traten Tränen in die Augen, als unser gemeinsamer Traum mit einem Mal zum Greifen nah schien.

»Hast du mich jemals über Kunst scherzen hören?« Sunita ergriff meine Hand und nickte in Richtung der Leinwand, vor der wir standen. »Erinnerst du dich daran, wie du mir ein Foto von diesem Bild geschickt hast und ich dir gesagt habe, dass ich es irgendwann einmal zum Zentrum einer Ausstellung machen möchte?«

»Ja.« Ich schluckte leise und lehnte mich gegen Hyun-Joon, als ich seine Hände fest und sicher auf meinen Schultern spürte, die mich mit ihrer Wärme erdeten, damit ich immer wusste, wo ich war, ganz gleich, wie sehr mein Kopf versuchte, mich von ihm fort in die Tiefen meiner Erinnerungen oder in die Luftschlösser meiner Kunst zu entführen. »Ja, ich erinnere mich.«

»Das ist diese Ausstellung, Jade. Deine Ausstellung. Und es wäre mir eine große Ehre, dir als Partnerin zur Seite stehen zu dürfen.«

Ich wollte etwas sagen, aber kein einziges Wort kam über meine Lippen, als ich Sunita stumm wie ein Fisch, anstarrte. Für einen Augenblick hörte ich die Stimme der Skepsis, die mir zuflüsterte, dass es zu gut war. Dass mein Leben zu gut, zu perfekt war, als dass ich es wirklich verdient hätte. Doch als ich Hyun-Joons Lippen auf meiner Schläfe spürte, konnte ich nicht anders, als das Glücksgefühl willkommen zu heißen, das meine Adern flutete und mein Mosaikherz in all seinen Schattierungen aus Gold und Indigo zum Höherschlagen brachte.

Ich wandte den Blick dem Bild zu, von dem Sunita gesprochen hatte, sah auf die Wirbel aus Indigo, vermengt mit den Tupfern aus Gold, die in sich alles durchbrachen, von den tiefsten Tönen aus Schwarz bis hin zu den Nuancen aus Grau, dem satten Beerenton und den sanften Pastelltönen, mit denen ich versucht hatte, all die Farben abzubilden, die Hyun-Joon in mein graues Leben gebracht hatte.

Es hatte Monate gedauert, dieses Bild zu erschaffen, geformt aus der Reise, die hinter uns lag, und dem Weg, den wir noch immer gemeinsam bestritten, die Linien nicht immer perfekt, genauso wenig wie wir selbst. Aber das hatten wir längst akzeptiert, diesen Status der ständigen Veränderung, dem wir alle unterlagen, und der auch vor Hyun-Joon und mir nicht haltmachte. Doch eine Sache hatte sich nie verändert, verewigt in den Linien aus Metallic-Rot, die sich über die Leinwand zogen, manche von ihnen verknotet und verworren, andere wiederrum glatt und makellos, aber sie alle Teil einer unumstößlichen Wahrheit: Hyun-Joon und ich waren miteinander verbunden. Jetzt und für alle Zeit, über Ländergrenzen und den Schmerz hinweg hatten wir unseren Weg zueinander gefunden. Und ich wusste, dass es für immer so sein würde, ganz gleich, wie viele Leben und Jahrhunderte noch vor uns lagen.

Ich streckte die Hand aus, das Gold meines Eherings glänzte wunderschön, als ich über das Schild unter dem Gemälde strich, Hyun-Joon direkt hinter mir, seine Arme hielten mich fest und sicher, und seine Lippen waren warm an meinem Ohr, als er mir zuflüsterte, wie stolz er auf mich war.

운명의 붉은 실
(Die Geschichte des roten Fadens);
Künstlerin: Jade Hall (Unverkäuflich)

Hyun-Joon war ein Teil von mir. Und ich war ein Teil von ihm, unsere Fragmente aus Gold und Indigo ein schillerndes Ganzes, zusammengehalten durch den roten Faden, den ich spürte, jedes Mal, wenn er mich nur ansah.

»Es wäre mir eine große Ehre.«

NACHWORT

Liebe Leser:innen,

vier Jahre ist es jetzt her, seitdem ich in Seoul am Hangang gesessen habe und Jade und Hyun-Joon mit ihrer Geschichte in meinem Kopf eingezogen sind. Damals habe ich nicht gedacht, dass ich jemals die Chance bekommen würde, sie mit euch zu teilen, aber hier sind wir nun, am Ende dieses Weges mit all seinen Höhen und Tiefen.

Während ich *Golden S(e)oul Days* geschrieben habe, gingen mir unzählige Dinge durch den Kopf. Immer wieder habe ich mich gefragt, ob es richtig ist, euch mit auf diese immer persönlicher werdende Reise zu nehmen. Aber ich bin froh, dass ich, trotz all der Tränen, beschlossen habe, weiterzumachen, und Jades und Hyun-Joons Welt mit euch allen zu teilen.

Laut der *World Health Organization (WHO)* nehmen sich jedes Jahr 703 000 Menschen auf der Welt das Leben. Allein in Deutschland sind es, laut der *Deutschen Gesellschaft für Suizidprävention (DSG)*, jedes Jahr um die 10 000. Im Jahr 2019 war Suizid, nach Zahlen der WHO, die vierthäufigste Todesursache weltweit in der Altersspanne der Fünfzehn- bis Neunundzwanzigjährigen.

Solltet ihr oder jemand in eurem Umfeld mit Suizidgedanken kämpfen, steht euch die *Deutsche Telefonseelsorge* unter der Nummer 08 001 110 111/08 001 110 222 oder mit der App *Krisen-Kompass* zur Seite.

Auch ich habe oft mit Suizidgedanken gekämpft. Und es gibt Tage, an denen ich das noch immer tue. Umso wichtiger war es für mich, diese Geschichte mit euch zu teilen, in der Hoffnung, dass sie dem einen oder anderen von euch genau das gibt, was sie mir gegeben hat: Ein hoffnungsvolles Bild aus allen Farben des Lebens, an dem ich mich festhalte, wenn das Grau meiner Welt mich zu überwältigen droht.

Ihr seid nicht allein. Und wenn ihr euch doch einmal so fühlt, dann warten Jade, Hyun-Joon und ich immer zwischen den Seiten dieses Buches auf euch, bereit und glücklich, euch für ein paar Stunden nach Seoul zu entführen, damit ihr euch ausruhen könnt.

Denn hier seid ihr immer sicher.

Vielen Dank, dass ihr mit mir auf diese Reise gekommen seid. Für eure Liebe und Unterstützung bin ich euch immer dankbar.

Kara Atkin
Osnabrück, den 08. April 2022

Triggerwarnung

Dieses Buch enthält Elemente, die triggern können.

Diese sind:
Panikattacken, terminale Erkrankungen, Tod, Suizid,
passive Sterbehilfe, Suizidversuch, Trauer.